KB096383

정본 방정환 전집 5

정본 방정환 전집 5: 산문 3_『별건곤』②·기타·부록

2019년 5월 1일 초판 1쇄 발행
2021년 4월 8일 초판 2쇄 발행

지은이 ● 방정환
펴낸이 ● 강일우
책임편집 ● 유병록
조판 ● 신혜원 박지현 박아경 황숙화
펴낸곳 ● (주)창비
등록 ● 1986. 8. 5. 제85호
주소 ● 10881 경기도 파주시 회동길 184
전화 ● 031-955-3333
팩스 ● 031-955-3399(영업) 031-955-3400(편집)
홈페이지 ● www.changbikids.com
전자우편 ● enfant@changbi.com

ISBN 978-89-364-7711-0 03810
ISBN 978-89-364-7950-3(전5권)

정본 방정환 전집

산문 3 『별건곤』 ② · 기타 · 부록

한국방정환재단 엮음

5

| 발간사 |

그의 삶이 우리에게

이상경 한국방정환재단 이사장

조선 후기 유학자 유한준은 김광국의 화첩 『석농화원(石農畵苑)』 발문에 "알면 곧 참으로 사랑하게 되고 사랑하면 참으로 보게 되고, 볼 줄 알게 되면 모으게 되니 그것은 한갓 모으기만 하는 것이 아니다."라고 썼습니다.

저희 한국방정환재단도 처음부터 전집을 발간하려 한 것은 아니었습니다. 그동안 소파 방정환 선생에 대하여 모르는 사람이 없다고 여겨왔지만, 소파가 사람들에게 제대로 알려져 있는가 하는 질문에는 그렇다고 대답하기가 어려웠습니다. 그래서 연구자들과 연구를 시작했습니다. 벌써 8년 전입니다. 이후 3년 동안 세 분의 연구자와 살펴보았더니, 소파의 활동이, 그의 저작물과 삶이 우리에게 돌아오는 듯했습니다. 이제 그것에 더하여 여기저기 흩어져 아직 미답으로 남겨져 있던 소파 선생의 온 모습을 세상에 드러내야 한다고 확신하게 되었습니다.

최원식 선생님께서 이끌어 주신 간행위원회와 원종찬 선생님께서 이끌어 주신 편찬위원회의 노고로 4년여 간의 대장정이 마무리되었습니다. 위원으로 참여해 주신 여러 선생님과 편찬위원회 간사를 맡아 수고해 준 염희경 박사를 비롯한 실무진 덕분에 소파 방정환의 면모를 우리의 미래 세대에게 제대로 전달할 수 있게 되었습니다. 그 과정에서 새로운 글을 발굴한 것은 큰 성과라 생각합니다. 이 일에 우리 재단이 함께할 수 있었음을 기쁘게 생각합니다.

드디어 『정본 방정환 전집』이 나옵니다. 많이 애썼지만 아직 끝난 것은 아니라고 생각합니다. 첫째는 아직도 발견되기를 기다리는 작품들이 있을 것이란 점에서이고, 둘째로는 소파의 작품들이 오늘날에 맞게 새롭게 태어나길 바라는 점에서입니다. 이제부터는 여러분들에게 맡겨드립니다. 감사합니다.

소파(小波)라는 원점

최원식 간행위원장, 인하대학교 명예교수

어찌된 셈인지 또 언제부터인지 아동문학은 일반문학으로부터 분리되었습니다. 때론 분리가 좋을 수도 있지만 이 경우 양자 모두에 좋지 않습니다. 아동과 어른이 떨어질 수 없듯이 아동문학도 일반문학과 떨어질 수 없기 때문입니다.

시간을 거슬러 오르면 분리는 관행이 아닙니다. 근대문학 건설이 곧 국민국가의 창출과 긴밀히 연계된 계몽주의 시대는 차치하더라도, 이후 특히 카프와 모더니즘도 아동문학을 중히 여겼습니다. 새로운 역사적 과제는 그때마다 어린이의 재발견을 요구하기 때문입니다.

분리의 관행이 6·25 이후 서서히 자리 잡은 것을 감안하면 이 또한 분단체제의 본격적 전개와 관련이 있을지도 모르겠습니다. 민주화와 탈분단화를 축으로 한 1970년대 민족문학운동의 진전 속에서 이오덕과 창비를 축으로 한 새로운 아동문학운동이 일어나면서 분리의 극복이 비롯된다는 점은 시사적입니다.

그러나 때로 급진적 오류에 빠진 경우도 없지 않았습니다. 소파 방정환의 문학에 대한 평가가 대표적일 겁니다. 어린이를 발견한 동학의 사상적 자장 안에서 아동문학운동을 근대문학운동의 일환으로 추동하신 선생은 또한 어린이의 소수자적 위치 또는 소수자 어린이의 처지에 주목하여 대두하는 민중문학의 호흡을 아우르셨습니다. 말하자면 소파는 그 자신이 민족협동전선입니다.

소파 가신 지 벌써 한 세기가 가까워 오건만 선생의 진면목은 아직도 미명입니다. 다행히 최근 선생의 글들이 속속 발굴되면서 어둠이 급히 가시고 있습니다. 이에 힘입어 한국방정환재단과 연구자들이 발의하여 전집을 발간할 뜻을 모았습니다. 전집 발간 선포식을 치른 지 4년여 만에 3·1운동 100주년을 맞은 뜻깊은 해에 뭇 공덕으로 드디어 전집이 완성되었습니다. 소파가 21세기에 어떤 모습으로 거듭날 것인지에 우리 아동문학의 다른 내일, 또는 우리 어린이운동의 다른 미래가 숨어 있으리란 예감이 종요롭습니다. 감사합니다.

방정환 전집을 새로 펴내며

원종찬 편찬위원장

방정환은 모두에게 친숙한 이름이지만, 그의 행적이 적잖이 가려지고 구부러져 왔기에 줄곧 논란의 중심에 있었습니다. 그를 '어린이 사랑'과 '나라 사랑'의 표본으로 만든 과거의 논의가 전부 틀린 것은 아닐지라도, 국가권력이 필요로 하는 것만을 골라내어 강조한 데에서 빚어진 현상일 것입니다. 한쪽에서는 '동심'과 '애국'의 이름으로 순화된 방정환 상(像)을 만들어 국민 계도의 방편으로 삼으려 했고, 다른 쪽에서는 그와 같은 '방정환 신화'를 부정하는 데 급급했던 게 저간의 사정이었습니다. 어찌 보면 양쪽 모두 실상과는 거리가 먼 방정환 상을 붙들고 있었던 셈입니다.

『정본 방정환 전집』을 새로 펴내는 일은 의미가 매우 크기에 무거운 책임감이 뒤따랐습니다. 다행히 각계를 대표하는 간행위원을 모시고 학계와 시민사회 운동에서 활동하는 전문 편찬위원이 힘을 모은 덕택에 기존 전집을 크게 보완하는 성과를 내올 수 있었습니다. 방정환 전집은 1940년 박문서관에서 처음 발행된 이래 10여 차례 간행돼 왔습니다.

그만큼 방정환의 비중이 컸던 것인데, 그에 비한다면 연구는 초보적인 수준이었고 여건도 매우 열악했으므로 전집다운 전집이 되기에는 여러모로 부족할 수밖에 없었습니다. 그러나 각 분야의 학문이 비약적으로 성장한 오늘날에는 과거에 이뤄 내지 못한 많은 것들을 해결할 수 있었습니다.

이번 전집의 가장 큰 성과는 지금까지 발굴되고 확인된 방정환의 저작과 필명에 대한 새로운 연구 성과를 남김없이 반영함으로써 수록 대상을 대폭 확장한 점입니다. 자료의 수집과 분류에서 연보 작성과 텍스트 확정에 이르기까지 수많은 토론과 검증 과정을 거쳤습니다. 확정을 유보할 수밖에 없는 논쟁적인 자료에 대해서는 글마다 해제를 달아서 추후 사실관계를 따지는 데 도움이 되도록 했습니다. 비단 논쟁적인 자료뿐 아니라 기존 전집과 다른 원칙과 기준으로 분류하거나 제목을 정한 것들에 대해서도 하나하나 해제를 달았습니다. 편찬 원칙과 기준은 워크숍, 세미나, 학술대회 등을 개최하여 도출된 결과에 기초했습니다. '정본'의 이름에 걸맞도록 치밀하고 세심한 고증에 만전을 기하는 한편으로 해석이 필요한 경우에는 해제로 밝혀서 책임의 소재를 분명히 했습니다.

『정본 방정환 전집』의 출간은 방정환에 대한 고정관념을 깨는 커다란 전환점이 되리라고 봅니다. 첫 출발점은 환골탈태로 거듭난 한국방정환재단이 방정환의 뜻에 맞는 교육문화 사업을 펼치고자 기초 자료의 수집과 조사를 신진 연구진에 의뢰한 데에서 비롯되었습니다. 연구진은 재단의 후원으로 2011년부터 여러 차례 학술회의를 개최해 오던 중 제대로 된 방정환 전집을 새로 펴내야 한다는 데 뜻을 모았습니다. 그리하여 2014년부터 재단의 사업으로 전집 간행 및 편찬위원회 활동이 개시되어 오늘에 이르게 되었습니다.

돌아보건대 한국방정환재단이 새롭게 개편된 것은 하나의 사건이 아닐 수 없습니다. 과거의 한국방정환재단은 설립자의 파행적인 운영 행태로 말미암아 명예와 권위가 땅에 떨어진 상태였습니다. 과거였다면 재단의 사업과 인연이 멀었을지도 모르는 신진 연구진으로 편찬위원회가 구성된 것은 결코 예사로운 일이 아닙니다. 출범 당시에 한국작가회의 이사장께서 간행위원장을 맡아 주시고 창비가 전집 출판사로 정해진 것도 하나의 상징이라면 상징일 수 있습니다. 비로소 방정환이 한국방정환재단과 더불어 진보적이고 개혁적인 학술단체와 시민사회 운동 속에 자리하게 된 것입니다.

방정환은 귀여운 어린이를 품에 안은 모습으로 기억되고 있으나 꽃길은커녕 한평생 가시밭길을 걸은 재야 운동가에 속했습니다. 약자를 짓누르는 부당한 권력과 제도를 그냥 보고만 있지 않았으며, 헐벗고 굶주리고 학대받는 어린이의 삶에 바짝 붙어 있었습니다. 모쪼록 『정본 방정환 전집』의 출간을 계기로 우리 시대 '해방' 운동의 길에서 방정환이 새롭게 부활하기를 기원합니다.

차례

편집후기

2부 기타

부록

일러두기

1. 『정본 방정환 전집』은 지금까지 발굴된 방정환의 모든 글을 대상으로 삼고, 1권 동화·동요·동시·시·동극, 2권 아동소설·소설·평론, 3권 산문 1(『어린이』 『학생』 편), 4권 산문 2(『개벽』 『신여성』 『별건곤』 편), 5권 산문 3(『별건곤』, 기타, 부록 편)으로 구성해 장르별로 수록하였다.
2. 작품 수록 순서는 창작·번역·번안을 구분하지 않고 발표 순서에 따랐다. 발표 당시의 장르명·기획명·코너명과 번역·번안 여부 등은 각주에 밝혔다.
3. 작품은 처음 발표된 글을 저본으로 삼고, 글의 맨 마지막에 수록 지면을 밝혔다. 한 작품이 개작 후 다시 발표된 경우에는 각주에 달라진 부분과 재수록 지면을 밝혔다. 단, 작가가 독자층이 다른 매체의 특성을 고려해 개작한 경우로 보이는 작품은 모두 수록하였다. 작가가 생전에 유일하게 간행한 동화집 『사랑의 선물』(개벽사 1922) 수록작은 해당 책을 저본으로 삼았다.
4. 작품이 작가의 본명 방정환과 아호 소파(小波) 외에 목성(牧星), ㅈㅎ生, 몽중인(夢中人), 몽견초(夢見草), 깔깔박사, 삼산인(三山人), 雙S 등 필명으로 발표된 경우에는 글의 맨 마지막에 필명을 기재하였다.
5. 동일한 제목으로 시리즈 성격이 강한 글에는 일련번호를 붙였고, 작품의 제목이 긴 경우에는 줄여 싣고 각주에 원제를 밝혔다.
6. 맞춤법, 띄어쓰기는 현행 표기법을 따르는 것을 원칙으로 하되, 작가의 독특한 어휘나 사투리, 독창적 표현은 최대한 존중하여 작품이 본디 품고 있는 원형을 훼손하지 않도록 하였다. 한자는 한글로 바꾸고 필요한 경우에만 한자를 병기하였다.
7. 외래어 표기는 현행 표기법을 따르되, 작품 속 고유한 인물이거나 파악이 불가능한 인물과 지명은 원문대로 표기하였다.
8. 원문 해독이 불가능하거나 작품 발표 당시 검열로 삭제된 부분은 □□로, 원문에서 밝히지 않은 부분은 ○○으로 표시하였다.
9. 설명이 필요한 경우에는 주석을 달았고, 어려운 낱말에는 뜻풀이를 달았다.

1부

『별건곤』

감사할 살림 여러 가지

'단발랑'●이라고 꼭 명토●를 박지 말고 그냥 '모던 걸'이라 하고 그 중의 하나와 결혼할 생각을 해 보기로 한다.

할아버지의 조카를 보고 무어라고 부를 줄도 모르면서 진고개● 포목전 출입만 하면 잘난 사람인 줄 아는 여자, 시골집에서 반가운 아버지가 여관으로 찾아오면 동무보고 우리 집 마름이 찾아왔다고 하면서 마름이라고 하는 아버지보고 비단 양말 사 달라고 조르는 여자, 신문 한 장 조리 있게 볼 줄 몰라도 활동 남배우●의 이름 알기로는 세계적 지식을 자랑하는 여자, 그런 대단한 모던 걸과 내가 결혼을 한다고는 꿈엔들 생각할 수 없는 일이다.

그러나 나 같은 사람도 열 번, 열두 번 죽었다가 다시 그런 훌륭한 자격을 얻어 가지고 태어난다 치고 생각을 해 본다면,

첫째, 특별한 벌이가 없이도 둘이서 쓰고 싶은 데 쓰기에 넉넉한 재산이 있어야 할 일. 혹은 없더라도 있는 것처럼 보여야 할 것.

* 기획 '내가 만일 단발랑과 결혼한다면'에 포함된 글이다.

● **단발랑** 단발한 젊은 여자.

● **명토** 누구 또는 무엇이라고 구체적으로 하는 지적.

● **진고개** 서울 중구 충무로2가의 고개.

● **활동 남배우** 영화에 출연하는 남자 배우.

둘째, 얼굴에 분살을 올리어 직업은 무엇이든지 보기에는 활동배우 처럼 보일 것.

셋째, 잡지에는 잊어버리지 않을 만큼 글을 내이고, 강연회에 가면 반드시 연사 축에 한몫 들되 박수 소리가 연해 나도록 강연을 잘하고, 음악회에 가면 환영받는 악사가 되고, 운동 경기회에 가면 거기서도 또 인기 끄는 선수의 한몫이 되어야 하고, 그네 뛰는 데 가서는 그네를 제일 잘 뛰어야 할 것.(모던 걸은 가는 곳마다 그 판에서 인기 끄는 사람에게 마음이 끌리고 그러는 적마다 옆에 남편이 있거나 말거나 그와 친하고 싶어 하는 까닭이다.)

넷째, 어떠한 경우에든지 자기 고집을 세우지 말고 여자에게 충실한 시종이 되어야 할 것.

"이게 콩이지요." 여자가 말하거든

"네, 그것 아주 좋은 콩입니다."

"아니여요. 콩이 아니라 팥인가 보오."

"네, 그게 참 콩이 아니라 훌륭한 팥입니다."

"아이그, 팥이 아니고 자세 보니까 녹두(청포 만드는 것)인걸요."

"네, 분명히 녹두입니다. 좋은 녹두인걸요."

"아이가가! 녹두가 아니라 조여요."

"네, 분명히 조입니다. 빨간 조도 있으니까요."

이렇게…….

다섯째, 부모가 계시면 아내 몰래 부모 대접을 할망정 아내의 앞에서는 부모를 잊어버리고 살아갈 각오를 가져야 할 것.

여섯째, 어데로 무슨 구경을 가든지 입장권이 아니라 초대권을 가지고 가도록 주선이 있어야 할 것.

다행히 이 일곱 가지 자격을 구비하여 모던 걸과 결혼을 하였으면 반드시 반드시 실행하여야 할 것이, 아니 하고는 못 배길 것이, 몇 가지만 추려도 이럴 것이다.

첫째, 솥은 못 사고 밥상은 장만 못 하더라도 피아노, 유성기, 라디오, 트럼프, 마작을 장만해 놓아야 할 것.

둘째, 고깃집, 쌀집, 청요릿집, 반찬 가게, 세탁집과 함께 반드시 화장품 상점과 포목전에 외상 통장을 대일 것.

셋째, 아츰밥●은 남자 혼자 먹고, 자는 아내 깨이지도 말고 그대로 나아가는 법으로 정할 것.

넷째, 피임법을 연구 실시하고 한편으로는 보양제를 장복할 것.

다섯째, 수요일 토요일은 활동사진● 날, 일요일은 산보 날, 화요일 목요일은 아내가 나가자고 오는 날로 정해 놓고 실시할 것.

여섯째, 남자가 특별한 의미가 따로 없는 '연회'에 가는 때는 혹은 기생집에 가는 때는 반드시 아내를 동반하고 가고, 남자 혼자 나가서 부득이 묵고 오게 되는 때에는 아내에게 미리 통지하여 아내도 자유 행동을 하여 후일 불평이 생기지 않게 할 것.

일곱째, 여자만을 방문하러 온 여자나 남자 손님이 있는 때는 아내의 명령에 의하여 싫어도 외출할 것.

이렇게 고마운 외에 또 한 가지 고마운 일이 있을지니, 그것은 이혼과 이혼 후의 일일 것이다.

남자가 죽기보다 같이 살기 싫다 하여도 '나는 이 집 귀신이요.' 하고 목을 매는 여편네만 많은 세상에, 이것은 툭하면 저편에서 박차고 '나

● **아츰밥** 아침밥. '아츰'은 '아침'의 사투리.
● **활동사진** '영화'의 옛 용어.

는 가우. 또 만납시다.' 하고 시원스럽게 가 버리니 약속하기는 할망정 구찮을[●] 것 조금도 없을 일이요, 정말 감사한 일은 이혼해 헤어진 후에도 조금도 이편을 원망하거나 욕하는 법이 없을 뿐만 아니라, 다른 남편과 뜻 맞추어 살면서도 가끔가끔 조용히 놀러 오라고 넌지시 초대 편지를 보내 주는 일일 것이다.

어허, 철없는 모던 보이 제군! 그대들은 속속히 뼈를 추려 내던지고 이 거룩한 여왕님들을 모시라!

_波影, 『별건곤』 1928년 7월호

● **구찮다** '귀찮다'의 사투리.

미두 나라 인천의 밤 세상

미두●로 날이 밝아 미두로 날이 저문다는 인천, 그 인천에 풋내기 미두꾼이 쑥 빠져 놓아서 지금의 인천은 물이 쭉 빠졌다. 일확천금을 꿈꾸는 얼빠진 부자 자식도 이제는 종자가 끊어질 만큼 되었거니와 한편으로는 꾀도 생길 만큼 되어서 전문적으로 직업적으로 하는 사람만 남은 까닭으로 여관에 묵거나 공돈 쓰는 사람이 적어진 까닭이다.

공돈 쓰는 미두꾼이 적어지니까 갈보집이 거의 반이나 졸아들고 여관, 요리점, 기생집은 적어지지는 않았어도 날마다 파리를 날린다. 불 없는 화로같이 숙객 없는 여관같이 어떻게 쓸쓸한지, 이럴 줄 모르고 내려왔으니 탐사기 쓸 나(기자)도 자칫하면 파리를 날리게 생겼다.

*

암야● 탐사니 밤들기●를 기다릴밖에…….

* 기획 '본·지사 기자 5대 도시 암야 대탐사기'에 포함된 글이다. 실제로는 4대 도시만 다루었다. 제1대 관상자(차상찬)는 개성, 제2대 파영생(방정환)은 인천, 제3대 석화생(김진구)은 원산, 제4대 송작생은 평양 지역을 취재·탐사하였다.

● **미두** 현물 없이 쌀을 사고파는 일. 쌀의 시세를 이용해 약속으로만 거래하는 일종의 투기 행위이다.

● **암야** 앞이 잘 보이지 아니하게 어두운 밤.

● **밤들다** 밤이 깊어지다.

인천의 밤은 천주교당의 저녁 종소리를 들어야 슬금슬금 기어든다. 그러나 실상은 천주교당보다도 먼저 치는 것이 있으니 그 건너편 맞은짝 집 부처님 포교실에서 놋접시 같은 것을 쨍쨍 하고 채신없는• 시계 소리처럼 치는 것이다.

쨍쨍 쨍쨍, 포교소에서 접시를 두드리면 길 건너 천주교당에서 저녁 종을 땡그렁 땡그렁 울린다. 그러면 길 가던 사람들도 "벌써 저녁일세." 하고 서천을 바라보고, 장기 두던 사람들도 "벌써!" "벌써!" 하고 일어난다. 유특하게• 소란한 항구 터도 이때만은 그윽이 적요한• 기운이 종소리를 따라 돈다.

그러나 불당의 쨍쨍 소리, 성당의 땡땡 소리를 따라 기다리고 있었던 듯이 활동사진•의 취군• 음악 소리와 요릿집의 장고 소리가 요란히 일어난다.

인천이라고 꼭 그러하랄 법이야 없었겠지만 이상하게도 그러한 집들이 한자리에 모여서 이마를 마주 대고 지내는 것은 스스로 묘하게 된 일이다. 천주당 뾰족집(수녀원)과 길 하나를 사이하고 불교 포교당이 이마를 마주하고 있는데, 그 사이에 요릿집 삼성관과 활동사진 애관•하고 무도관 도장과 요릿집 일월관하고 한자리에 모여 있어서 천주교 수녀들이 '이 세상은 하잘것없는 더러운 세상이니 죽어서 천당에나 가겠

• **채신없다** 말이나 행동이 경솔하여 위엄이나 신망이 없다. '채신'은 '처신'을 낮잡아 이르는 말.
• **유특하다** 유난히 특별하다.
• **적요하다** 적적하고 고요하다.
• **활동사진** '영화'의 옛 용어.
• **취군** 군사나 인부 등을 불러 모음.
• **애관** 1894년 무렵 '협률사'라는 이름으로 세워진 후 1925년경 '애관'으로 바뀐 극장.

다.'고 기도를 올리고 성가를 높이 부르면, 그 턱 앞에서 '인생 한번 늙어지면 다시 젊지는 못하리니 맘대로 쓰고 놀자.'고 악을 악을 쓰고 있고, 속세를 떠나서 연화대●를 가겠다고 처자까지 떼치고● 염불을 외이면, 판장 하나 격한● 집에서 미국 연애 영화가 좋다고 나팔을 힘껏 불고 북을 깨어지라고 두들기니, 세상이란 멋대로 지내는 것이란 것을 한 장에 그려 놓은 표본이 인천의 이 외리(外里) 언덕이다.

뱃머리에서 1전, 2전을 다투거나 마당(미두장)에서 전 가족의 생명을 걸고 노름을 하거나, 아니면 한잔 술에 손님의 눈을 속이려는 갈보 판이거나, 이렇게 시끄러운 판인 인천에서 활동사진의 취군악 소리나 기생 잡배의 자탄가 아니면 세상을 피하는 무리의 염불 소리나 기도 소리만 어우러져 그야말로 광소곡● 중에도 패망해 가는 광소곡만이 가뜩이나 피곤한 신경을 어지럽게 하는데, 다만 한 집 천주당, 포교소, 활동사진, 두 요리점 그 한복판에 조꼬맣게 들어앉아서 집은 창고같이 작고 추할망정 '무도관'이라는 간판을 붙이고 삼복 고열에도 쉬는 법 없이 정각 8시에 모여든 건아 20명, 유도 복장 씩씩하게 늘어서서 사범의 훈화를 듣고 나서 날마다 하는 대로 소리 높여 부르는 무도가 합창.

인생의 큰 전쟁에 용사 되려고
날랜 몸 굳센 마음을 기를 양으로
사해(四海)로 와서 모인 우리의 무리

● **연화대** 연꽃 모양으로 만든 불상의 자리.
● **떼치다** 달라붙는 것을 떼어 물리치다.
● **격하다** 사이를 두다.
● **광소곡** 미친 듯이 떠들어 대는 시끄러운 노래.

일신[•]이 도시담[•] 도시의[•]로다

주먹을 불끈 쥐니 힘이 넘치고
가슴에 손을 대니 ○○이 끓네
……………………………………
……………………………………

오오 이 소리 이 소리 이 소리뿐만이 인천에서 듣는 산 소리다. 모든 사람이 흐느적거리고 온갖 소리가 자멸에 노그라지는 것뿐인 중에 1분 1시 어그러짐 없이 이 집 이 마당에 모여서 외치는 이 소리!! 이것이 전 인천의 모든 조성[•]을 물리치고도 오히려 더 솟아 뻗치는 소리가 아니냐.

노래가 끝나자 에잇!! 얏!! 넘게 치는 소리, 쓰러지고 일어나면서 외치는 힘찬 소리, 오오! 이 힘찬 소리를 들으라! 이 쇠 같은 팔뚝과 주먹을 보라! 월미도 몇 천의 유랑객에서 어찌 구할 수 있는 것이며, 미두장 몇 만의 부호에게서 어찌 볼 수 있는 것이랴. 모든 운동이 잠자고 있고 온갖 잡것만 난무하는 곳에서 구석구석 모여드는 소년들의 속삭임과 이 무도관에서 외치는 소리뿐만이 하잘것없는 인천의 속에서 가장 위대하게 울리는 희망의 소리이다.

• **일신** 한 몸.
• **도시담** 온몸이 간 덩어리라는 뜻으로 몹시 대담한 사람.
• **도시의** 온몸이 의리로 똘똘 뭉쳐 있다는 뜻.
• **조성** 조문하는 소리.

월미도의 연보 연결●

암야 탐사니 싫어도 난무장●을 찾아갈밖에……. 밤 10시까지는 월미도 해수욕장(조탕●)을 먼저 다녀와야겠다고 싸리재● 마루터기에서 승합자동차를 기다려 타니, 생기긴 경성 버스보다 먼저 생겼다면서 노랑 칠한 궤짝 같은 데에 태워 가지고 5리쯤 되는 데에 20전씩을 받으니 경성보다 배나 더 비싸다. 그러나 석유 상자 같은 궤짝 차에 앉아서도 멀리 월색● 받은 바다 물결을 보면서 꼿꼿한 축로●를 닿는 재미는 그래도 유흥장에 가는 멋이 있다.

조탕에서 돌아오는 남녀 떼가 더러 있으나 내 몸이 닿는 차중●에 있으니 바라만 볼 뿐이요, 종점에서 차에 내리니 온천 입구까지 늘어 있는 매점에서 조개껍질, 소라껍질, 기구와 그림엽서를 파는데 모를 사람들 틈에 양복 청년 하나와 옥색 아사 치마 트레머리● 하나 얼른 보아도 연보 연결이라, 물건 사는 체하면서 면상을 조사하니, 어쩐 말씀요 서울 ○○여학교 테니스 선수 ○양이신데 결혼도 약혼도 아니 한 처녀가 하이칼라● 청년 동반이신 광경이다. 회엽서●는 벌써 두 봉이나 집어 들었

● **연보 연결** 연애하는 남녀. 영어 '보이'(boy)와 '걸'(girl)을 따서 씀.
● **난무장** 엉킨 듯이 어지럽게 추는 춤이 벌어지는 판국. 또는 그 장소.
● **조탕** 바닷물을 끓이어 데운 목욕물. 또는 그런 물을 사용하는 목욕탕.
● **싸리재** 1920년대 말, 인천의 새로운 문화와 유행을 이끌던 중심지.
● **월색** 달빛.
● **축로(築路)** 원문 그대로이다. '바닷가 방파제로 쌓은 길'을 뜻하는 것으로 보인다.
● **차중** 열차, 자동차, 전차 따위의 안.
● **트레머리** 신여성을 상징하는 머리 스타일로, 옆 가르마를 타서 갈라 빗어 머리 뒤에다 넓적하게 틀어 붙인 머리.
● **하이칼라** 서양식 유행을 따르던 멋쟁이를 이르던 말.
● **회엽서** 그림엽서

고 이 물건 저 물건 골라 주무르면서

남: 이걸 사다가 조카애를 주지.

여: 아이그, 그만두어요. 집에선 인천 온 줄 모르는데.

탐사도 요렇게 묘하게 걸리면 힘이 안 든다. 한마디 대화를 들으면 독자도 그들이 몰래 다니는 연남연녀●인 줄을 알 것 아니냐. 그러나 대체 경성까지 돌아가자면 자정이 되리니 저 여자가 부모에게 어데 갔다 왔다고 꾸며 대일지 그것이 궁금스럽다.

"그 남자가 누구인지 혹 알겠소?"

동행 R 군에게 물으니까

"글쎄요. 분명히 경성 ○○은행에서 보던 사람인데요."

한다. 은행원과 여학생과의 야행, 월미도에 있음 직한 일이다. 부모가 부처님일 뿐이지…….

조탕에는 인 20전씩 내고 입장권을 사 가지고 들어가면, 표 받고 신발 표 주고 구두 꿰어 매다는 것까지 연극장과 다를 것이 없다. 밤이라 그런지 그리 복잡지 아니한데 그래도 목욕탕에는 남탕에만 10여 명의 벌거숭이가 커다란 강당만 한 욕탕에서 심심하게 몸을 씻고 있다. 탐사하는 길에 경품 격으로 한 바퀴 휘 감고 나와서 바다를 향한 난간에 섰으니, 눈 아래가 벌거숭이 남녀의 난무장인 유영장●이다. 밤중이라서 벌거숭이 남자의 궁둥이에 머리를 비비대면서 헤엄치는 여자는 하나도 없고, 남자 아홉 사람이 달을 등덜미에 지고 쓸쓸한 헤엄을 하고 있는데 일본 여자의 한 떼가 우리와 한 난간에서 그것을 구경하고 있다.

"저 남자는 잘하는걸."

● **연남연녀** 연애하는 남녀.
● **유영장** 수영장.

"체격이 참 좋은걸요."

벌거숭이 예찬이 대단한 것 자못 풍기 괴상해 들리지마는 그것은 일일이 기삿거리 못 되는 것이다.

"얘, 그만 보고 들어가자. 시간도 한 시간밖에 안 남았다."

하는 조선 남자의 소리

"아그, 추워."

하고 남자의 겨드랑이에 딸려서 슬리퍼를 끌면서 딸려 가는 여자. 언뜻 보니까 쪽을 지고 일본 유카타(욕의•)를 입은 것 기생이다.

"여보, 들어갑시다."

기생을 끼고 가면서 아까 그 남자가 소리치니까 또한 해수욕복 입은 남자가 또 그따위 기생을 달고 저편 복도로 들어간다. 먼저 들어가던 남자! 그가 서울서 유명한 부랑자•요 유인자제• 전문업인 박○○이다. 일찍 보○학교를 졸업하고 형제가 똑같이 부랑자 괴수요 유인자제 전문인지, 근 20년이건마는 한 번도 검거되지 않는 수완가이다. 아마 오늘도 한 놈 물어 가지고 하나씩 끼고 온 모양인데, 그들이 들어가는 곳은 공동 휴게소가 아니고 한 칸씩 한 칸씩 따로따로 한 시간 2, 3원씩에 세주는 넌짓한 방이다. 쫓아간댔자 방 속까지 볼 수 없는 것이요, 보지 않는댔자 뻔히 아는 광경이니까 그냥 보내 두고 2층 위 공동 휴게소 올라가니까 일인• 부부만 일곱 패 요기를 하고 있고, 어여쁜 여급사가 이 상저 상 시중을 들고 있을 뿐 스시• 일곱 개에 50전, 찻물 반탕기에 5전 비

● **욕의** 목욕옷.
● **부랑자** 일정하게 사는 곳과 하는 일 없이 떠돌아다니는 사람.
● **유인자제** 남의 아들을 그른 길로 꾀어냄.
● **일인** 일본 사람.
● **스시** 초밥.

싼 돈을 내던지고 뛰어 내려와서 다른 데 갈 시간이 바빠서 급급히 신발을 찾아 신고 나서니, 앞서가는 중년 신사 한 분과 노랑 참외같이 조꼬만 쪽 찐 여자 한 분

"그까짓 목욕만 하고 가려면 집에는 목욕물이 없나, 이냥 도로 올라가려면 무엇 하러 왔어. 괜히 왔지."

조꼬만 여자가 불평 대불평이시다.

"글쎄, 여기는 시간이 10시까지고 손님 숙박은 절대로 안 시킨다니까 그러네."

"그런 줄 알면 왜 여기까지 내려왔어. 그까짓 목욕 한번 하려고?"

조꼬만 아씨의 불평은 사라지지 않는다. 어느 모로 보아도 기생은 아닌데 걸음걸이가 얄미우니 소실인 것까지는 확실하다.

"저리 조금 가면 여관이 있어."

이렇게 말하면서 유유히 걸어가는 남자를 매점 앞에까지 가서 전등 불빛에 보니까 이건 또 웬일여, 경성 변호사 ○씨의 넙적한 얼굴이다. 저 친구가 소실이 있다는 말은 못 들었는데……. 누구의 귀물•을 횡령한 모양인가? 어쩐 모양인가……. 그것은 경성 가서 조사해 보면 즉시 알 일이니 저편에서 내 얼굴 보기 전에 도망을 하자고 급급히 노랑 궤짝을 올라탔다.

해수욕장 아닌 해변에 남자 3, 4인이 목욕을 하고 있고 그 옆에 여자 3, 4인이 무어라고 떠들고 있는 것이 차창으로 뵈니, 그것은 인천 거주의 연결 연보인 모양이요, 달밤의 소나무 그림자, 달밤의 해변 천막, 멀리서 깜빡이는 등대, 그냥 가기 아까운 것이 많으나 오늘이 수요일 3일 예배

• **귀물** 귀한 물건.

가 있을 터이니 인천의 선남선녀를 볼 길이 바빠서 궤짝 차로 닿는다.

예배당 그늘의 수확

번개같이 달리어 ○리 예배당에 가니까 3일이라 일요일보다 적게 모인 것이겠으나 그래도 남자가 20여, 여자가 40여 명 단상 걸상에, 목사는 아니라는데 노인 사회자가 코를 고는지 기도 내용 연구를 하는지 쭈그리고 앉았고, 25세나 잘되어야 스물여덟아홉 되었을 하얀 양복 청년이 설교인지 강도●인지 열심으로 끙끙대고 있다.

"우리가 아무 목적지가 없이 산보로 나서서 걸을 때에는 길 좌우 옆 상점들 창에 마음과 눈을 빼앗기지만, 가정에 급한 병이 있어서 급히 뛰어갈 때는 아무리 길거리에 찬란한 것이 있더라도 그것이 우리 눈에 뜨일 리 없는 것입니다."

여기까지는 과히 틀릴 것 없는 말인데,

"그와 마찬가지로 우리의 생활에 아무리 무서운 압박과 경제적 핍박이 심하더라도 우리가 예수 씨 말씀만 꼭 믿고 돌진해 나가면 그것이 우리에게 거리끼지를 않는 것입니다."

이따위 탁설●을 하고 섰는 것 보면 젊은 청년이 얼굴이 아까워 보인다. 경제적 핍박이 아무리 심하더라도 예수 씨의 무슨 말씀을 믿고 어데로 돌진하자는 말인지, 경제 핍박이 왼편 뺨을 때리거든 바른편 뺨까지 내어 대라는 말씀만 믿고 한강철교로 가서 천당으로 돌진하자는 말이

● **강도** 교리를 알기 쉽게 설명하는 일.
● **탁설** 뛰어난 논설이나 의견. 풍자적으로 쓴 것으로 보임.

라면, 말인즉 옳은 말이다.

"여러분! 우리는 결단코 이 세상의 향락에 빠져서는 안 됩니다. 허영과 위선 덩어리인 소위 예술이니 철학이니 하는 데 빠져서도 안 됩니다. 우리는 오직 무엇을 믿고 나아갈고 하니, 우리 구주이신 예수밖에 없습니다. 누구보다도 불쌍한 우리 조선 사람은 오직 예수를 믿고 나가야 구원을 받을 수 있는 것입니다."

말이 여기에까지 이르는 것을 보면 그의 이마 속에서 구더기가 끓는 것을 알 수 있다. 이런 데 모이는 사람들이 모두 이따위 생각을 가졌다면 참말로 2300만에서 빼어놓고 나갈 일이다. 하도 구역이 나서 마당으로 뛰어나오니, 마당 나무 그늘에서 쪽 찐 부인 한 분과 양복 입은 중년 신사 한 분 설교보다 긴한 밀담을 하고 있으니, 영화광 아닌 이가 보아도 러브신이다. 설마 그럴 리 없을 터이니 들어 보면 알리라고 마당 저편 구석 숙직실인지 소사실인지 그 앞에 가서 물 먹는 체하면서 그 밀담에 귀를 기울이니까 벌써 눈치를 채었는지 서로 헤어지려고 부인이 먼저 주춤주춤 떨어져 물러서면서

"남이 자꾸 보는데 어쩌려고……."

하니까 남자도 따라 움직이면서

"그럼 내가 먼저 가서 기다릴 테니."

"글쎄, 오늘은 어린애를 안 데리고 나와서 늦게 못 있어요. 주일날 가만는데 왜 그래요."

"그러지 말고 잠깐 들러 가요."

여자는 "에이!" 하고 혀를 차고는 예배당으로 천연히 들어가고, 남자는 휭하니 대문 밖으로 나간다. 독자 여러분, 나는 더 그 대화를 듣지 못하였는데 여러분은 이상 두어 마디 대화를 무얼로 해석하겠습니까.

나도 다시 예배당으로 들어가니까 그제야 그 고마운 설교가 끝나고, 그 아까운 얼굴(설교하던 이)이 두 손을 번쩍 들어 참례자의 머리를 일제히 숙여 놓고 자기도 단상에 꿇어앉아서 설교하던 소리를 또 한 번 고대로 되풀이한다. 그것이 끝나고 일동 기립 찬미가 합창, 그리고 그대로 기립한 채로 노사회자의 들리지 않는 조꼬만 기도가 끝나고 헤어지는 지라 나는 얼른 먼저 튀어나와 대문 옆 나무 그늘에 수문•을 하고 섰었다. 흩어져 나오는 사람 중에 학생복이라고는 단 두 사람, 하나는 인천 ○업인데 그들도 탐사기를 쓰는지 후닥닥 튀어나와서 대문 옆에 수직하고• 서 있다. 맨 뒤에서 떠들면서 나오는 부인네와 여학생들, 그중에서 아까 그 밀담 부인이 제일 미인인 것 같은데

"아이그, 애기아버지께서 제주도 가셨다더니 아직껏 안 돌아오셨소?"

노부인이 물으니까 그 밀담 부인

"네, 인제 가을에나 온답니다."

대답도 천연하다. 독자여, 이 대답과 아까 그 밀담과 맞추어 생각하면 어떻겠소이까.

그 뒤에 서울○화전문에 다닌다는 풍금 치던 여자와 그 동행, 이쪽에 검찰관처럼 서 있는 남학생보고 "○선생! 왜 안 가고 거기 서셨습니까." 한다. 학생으로서 선생님이란 소리를 듣는 데에 현대 연애의 맛이 있는 것이다.

하나도 남은 사람 없이 다 돌아간 것을 보고 나도 R 군을 재촉하여 천천히 나아가니까 골목 바깥 냉면집 앞에서 여학생 두 사람(단발 처녀)

• **수문** 문을 지킴.
• **수직하다** 건물이나 물건 따위를 맡아서 지키다.

이 기다리고 있다가 남학생 2인 중의 인천○업 학생 보고 꾸뻑하더니 남자가 "에그 참, 제가 편지로 말씀드린 것" 하니까 여자가 몸을 좌우로 비비 흔들더니 손수건을 헤치고 지갑을 꺼내더니 그 속에서 하얀 종이 착착 접은 것을 꺼내서 남학생을 주고 또 몸을 비비 흔든다. 그리다가는 "감사합니다." "아니여요." 꾸뻑꾸뻑. 여자들은 정거장 쪽으로, 남학생들은 바다 쪽으로 약속한 듯이 달음질해 간다. 아아.

잡동사니 견문

시간이 10시 25분, 밝은 달이 바다의 서늘한 바람을 꼬여다가 시가● 에 부어 주는 것처럼 서늘하다. 용동 큰길로 걸어서 싸리재 고개를 넘어 율목리 근방으로 가니 길거리 상점마다 부인네 손님이 많은 것을 보면, 서울 같으면 야시● 구경 핑계로 산보 나오는 부인네 폭인가 싶다. 고개 너머에 유성기도 없는데 부인네 많이 모인 곳이 있기에 보니까, 서적과 문방구, 잡화 파는 조고만 '희문당(喜文堂)'이란 상점이다. 젊은 주인이 어떻게 상략하게● 친절하게 구는지 장사술이 인천에서 유명하여 학생들과 부인네 고객이 날마다 이렇게 많단다. 잠깐 서서 보니 딴은 5전어치 물건에도 단추 경품과 기차 시간표를 더 주고 있다. 상계●에도 이렇게 묘한 투사가 생기는 것은 적이 좋은 일이다.

● **시가** 도시의 큰 길거리.
● **야시** 야시장.
● **상략하다** 성격이 막힌 데가 없고 싹싹하다.
● **상계** 상업계.

그길로 외리에 들어서니 이곳이야말로 이상한 갈보향●이다. 풋내기 미두꾼이 줄면서 반이나 줄었다는 것이 이렇게 거의 호마다 주점이요, 주점마다 갈보 아씨다. 경성 색주가와 다른 것은 집마다 선술청을 꾸며 논 것이요, 손님의 요구를 따라 방술●을 따른다는 것이요, 막걸리와 소주 옆에 정종을 받아다 놓고 소주잔 한 잔에 5전씩 파는 것이다. 집집이 보아야 미인도 없는 모양이요, 볼만한 손님도 없이 그저 이 집 저 집 떠들고 돌아다니는 주정객이라고는 모두 일본 상점 점원들뿐이다.

요릿집 삼성관은 손님이 없이 2층이 캄캄한데 보이들이 단소만 불고 있고, 일월관이라야 미점● 주인 한 패가 장고를 두들길 뿐 미두장 쓸쓸해진 인천의 유흥장은 거세를 당한 것 같다. 10시 반이나 되어 활동사진애관 앞을 지켜보니 모두 나오는 객이 200명쯤 될까 한데, 학생도 적고 여학생이라고는 단 세 사람 저희끼리 빽소니를 치고, 맨 나중에 나오는 기생 두 사람이 공연히 이 골목으로 갔다 저 골목을 나왔다 하면서 극장 사람과 농지거리를 하다가 돌아갔다.

싸기로 유명한 인천 참외, 경성 같으면 5전짜리를 1전씩에 사서 맛보고, 배다리를 넘어서 부도정●을 가니 여기가 유곽이건마는 히야카시● 객이나마 많지 않아서 아씨들이 바느질만 하고 앉았는데, 배 부리는 얼굴 검은 사람 수염 털보 맨저고리 바람으로 "조꼼 덜 하려무나." 하고 흥정하다가 그냥 다음 집으로 가고 가고 하는 것이 서너 패 있을 뿐이다.

● **갈보향** 몸 파는 여자들이 사는 마을.
● **방술** 주막이나 선술집 같은 데서 특별한 손님들을 방에 들여앉히고 파는 술.
● **미점** 쌀집.
● **부도정** 인천 중구 신흥동의 일제강점기 명칭.
● **히야카시** '놀림' '희롱'의 일본어.

*

해변으로 돌아 □사정(寺町)을 들어서니 좁다란 골목에 어찌 그리 선술집이 많은지 노동촌이라 합숙소도 많고 싸움패도 많이 있는 곳이라는데, 새로• 한 시가 넘었건마는 점심때까지 분잡스럽다.

"그래, 이놈의 계집년아! 쌀 고르러 다닙네 하고 감독 놈을 붙어먹든지 사무원 놈을 붙어먹든지 너 혼자 할 일이지, 무엇 때문에 남의 집 계집애까지 붙여 주어……. 그래 이년아! 얼마나 받아먹었니, 얼마나 받아먹었어!"

"너, 이년아! 그래 먹고 뱃속이 편할 줄 알았디?"

동리가 들먹거리게 큰 소리로 떠드는 여편네 한 사람, 상대자는 보이지도 않는데 남의 집 대문을 들여다보면서 야단이다.

"이년이 안 먹었으면 떳떳이 나와서 왜 말을, 왜 말을 못 하느냐 말이야! 이 치도곤•을 맞을 년아!"

화가 점점 높아 가는데

"아따, 얼굴이나 번번하니까 감독 나으리를 얻지. 지금 야단치면 소용 있나."

"예쁜 애기 정미소에 보내면 으레 그럴 줄 알 노릇이지, 별수 있답데까."

길가에서 자다가 깨인 노동꾼 냉정하게 웃는다.

조선서 청요리 제일인 곳이 인천이요, 인천서 제일 좋은 집이 중화루(中華樓)라. 모여드는 유객이 많다기에 밤새어 영업한다는 말을 믿고 그

• **새로** (12시를 넘긴 시각 앞에 쓰여) 시각이 시작됨을 이르는 말.
• **치도곤** 조선 시대에 죄인의 볼기를 치는 데 쓰던 곤장의 하나.

길로 지나가●를 지나 찾아가니, 1시도 30분이나 넘어서 금현판 달린 문이 꽁꽁 잠겼다. 마지막으로 인천 제일의 비밀 굴이란 '터진개'●를 찾아가니 신정● 일본인 상점만 빼 둘러싼 곳인데 굴뚝 속같이 좁은 벽 틈으로 간신히 기어 들어가니까 천만의외●에 색주가만 10여 호 오붓하게 들어앉아 있다.

딴은 이래서는 인천 사는 사람은 고사하고 이 동리에 사는 사람도 이 속에 매주매음가●가 폭 숨어 있는 줄은 꿈도 못 꾸게 생겼다. 찾기 어려운 비밀 굴에 들어온 길에 한잔 맛이나 보려고 한 집에 들어가니까, 어이쿠머니! 웃통 벗은 병아리 같은 색시를 코 떨어진 시꺼먼 친구가 끼고 앉아서 놀 줄도 모르고 뻔뻔히 내다보고 있다. 어떻게 단번에 정이 떨어지는지 구렁이를 밟은 것처럼 그냥 튀어나와서 다른 집도 안 들여다보고 그냥 기어 빠져나왔다.

인천의 철없는 경성 통학생들이 통학 여학생 미인 투표를 하려다가 각 방면에 꾸지람을 톡톡히 듣고 중지하였다는데, 그 1등에 당선할 뻔하였다는 최 양 김 양의 이날 이 밤의 동정을 살피고 싶었으나, 시간이 없어서 못 한 것은 섭섭하였다.

오후 2시 숙소로 가는 길에 일시 미두왕이라던 반 씨●가 서울 미인● ○동(○洞) 재킷●의 형님을 얻어 가지고 흥청거릴 때, 집 지으려고 터를

● **지나가** 중국인 거리. 차이나타운. '지나'는 외국인이 '중국'을 얕잡아 일컫던 말.
● **터진개** 인천 중구 신포동의 옛 이름.
● **신정** 인천 중구 신포동의 일제강점기 명칭.
● **천만의외** 전혀 생각하지 아니한 상태.
● **매주매음가** 술과 여자를 파는 가게.
● **반 씨** 반복창.
● **미인** 아름다운 사람.
● **원동 재킷** 연애를 상징하는 자줏빛 재킷을 걸치고 빈 바이올린 케이스를 들고 다녀

닦아 놓았다는 높다란 성축을 보니, 그의 애인은 소생아•까지 데리고 도망하여 예전 애인 류 모와 동거한다는데, 닦아 놓은 집터는 남의 소유가 되고, 수중에 일분•이 없이 앉아서 그대로 이번 여름에는 미두로 다시 승세하겠다고 벼르고 있다는 그의 얼굴이 눈에 뵈는 것 같고, 역시 '인천'이다 하는 생각이 새삼스레 두터웠다.

_波影生, 『별건곤』 1928년 8월호

'원동 재킷'이라 불린 김화동.

● **소생아** 자기가 낳은 아들이나 딸.

● **일분** 일푼. 또는 아주 적은 양.

자연 미인 제조 비술

미인이란 인공적으로 제조할 수 있는 것인가. 예전과 달라서 지금은 주근깨를 없애는 약이 생기고, 머리가 빠져서 대머리 진 사람을 위하여 모생약•이 생기고, 코가 납작한 사람을 위하여 융비술•이 생기고, 키를 늘이는 장신술까지 생긴 세상이니 미인 제조란 인공적으로 될 수 있다고도 할 것이다.

그러나 그것은 신문 광고만 보고 하는 말일 뿐이요, 실상은 융비술로 한두 시간 주물러서 코가 그리 높아지는 것이 아니요 모생약 한두 병으로 모근이 없어진 이마에 머리가 분명히 나는 것이 아니니 그것은 애초에 믿는 것이 잘못이요, 미인 되려는 생각이 있는 이는 더 근본적 방법을 연구하지 않으면 안 될 것이다.

어떤 것이 미인이냐

미인이란 말은 누구나 흔히 하는 말이요 나도 자주 쓰는 말이지마는

* 원제목은 「인류학적 미인고(考) 자연 미인 제조 비술」이다. '미인 제조 비법 공개'에 실린 글이다.

● **모생약** 털이 나게 하는 약.

● **융비술** 코높임술.

대체 얼만큼 어여쁘게 생긴 사람을 미인이라 할 것인지! 신문이나 잡지 기자가 툭하면 미인이라고 떠들어 놓는 그따위 투의 미인이면, 언청이도 도망만 하면 미인이요 곰보도 자살만 하면 미인이니까 세상 여자가 모두 미인이지 별로 따로 다른 미인이 없을 것이다. 그러니 그런 류의 미인이 아니고 정말 글자대로의 뛰어난 미인이란 참말 어떤 것일까. 이것을 잡아내어야겠는데 실상은 이것도 허공에 구름을 잡기처럼 막연한 일이다.

옛날부터 절세미인이니 경국미인이니 하고 떠들리어 온 미인이 많이 있지마는 생각건대 그도 그때의 한 군주나 누가 자기 눈에 좋아 보여서 나라를 기울여 가면서 그 미인을 구한 것이 큰 소문거리가 되어서 듣는 사람마다 덮어놓고 뇌동하고 그것을 또 후대 사람이 그대로 전하고 전하고 하여서 아주 훌륭한 미인이 되어 버린 것일 것이다. 그때에 그를 공개해 세우고 만인의 앞에 보여서 만인이 모두 미인이라고 수긍했을는지도 문제요, 또 한 걸음 사양해 주고라도 그때에 만인이 모두 미인이라 하던 참말 절세미인이 있었다 하더라도 그를 지금 이 시대 사람에게 보여서 과연 지금 사람도 미인이라 할는지 크게 의문이다.

유행이 때를 따라 변하는 것처럼 미인이라는 표준도 시대를 따라서 몹시 변해 왔으니 둥근 얼굴을 좋아할 때도 있던 대신, 길다란 얼굴이 좋다 할 때도 있었던 것이다. 그러니 예전부터 유명하게 전해 온 미인으로도 미인의 표준을 정할 수 없는 것이다. 더구나 한 시대 한 지방에 있어서도 살찐 사람을 토실토실하다 하여 즐기는 이가 있고 마른 여자를 섬세하여 좋다는 이도 있고, 본남편이 보기 싫다고 소박해 던진 여자에게도 목을 매고 쫓아다니는 애인이 있는 것을 보면, 결국 '미인이란 이러한 것이 미인이다 하는 일정한 표준이 있을 것이 아니요, 마음에 드는 것이 미인이다.' 할밖에 없이 된다.

과학적 견지로 보는 세계 공통 미인 표준

그러나 그것은 너무 세세히 각개의 마음을 따라가면서 하는 말이고, 그래도 대체로라도 어떤 것이 미인이라는 표준이 없을 수 없으니 그것을 알아보자 하면, 지금 세계에 공통하는 미인의 표준으로 이러한 몇 조건을 들 수가 있기는 있다. 사람의 좋아하는 점에 다소의 변화는 있을망정 인체미의 근본이 되는 전형은 그렇게 용이하게 움직이지 않는다.

이것은 멀리 희랍,• 애급•에서부터 기원하여 거의 미개 토종을 제하고는 전 인류 간에 공통하는 표준이니 사람의 머리, 얼굴, 어깨, 팔, 가슴, 허리, 다리 각 부분의 균형이 잘 잡혀야 한다는 점에 있다.

사람 천연의 미를 잘 나타내일 '사람의 본질'은 즉,

1. 키는 두부• 전체의 길이의 8배, 얼굴 길이의 10배.

1. 얼굴은 머리 난 데서부터 눈썹까지, 눈썹에서 코 밑까지, 코 밑에서 아래턱까지가 같(등분)고,

1. 안면은 손바닥과 길이가 같고,

1. 두 팔을 벌려서 그 길이가 키와 같다.

고 한다. 그리고 남성미와 여성미와는 다른 점이 있어서 남자의 키는 두부의 8배, 여자의 키는 두부의 7배 반이라니, 여자도 키가 땅딸보이면 앙증스러워 보여도 미인은 못 되는 폭이다.

위에 말한 인체미의 근본인 전형에 맞은 후라야 비로소 미인 격이 되

• **희랍** '그리스'의 음역어.
• **애급** '이집트'의 음역어.
• **두부** 머리가 되는 부분.

는 것이나, 그러나 누구나 저마다 들어맞는 것이 아니니 미인이 되기 바라면 얼굴의 단점을 가리기 위하여 얼굴 형편을 따라 머리 트는 형태를 변하고, 몸맵시에 따라 의복 맵시를 연구해 입어야 하되, 그보다도 더 근본적으로 육체의 균형이 잘 잡히도록 다리(족부)로만 동작을 많이 하는 이는 손발을 잘 놀리기에 용심하여야● 하고, 주야로 앉아서만 일을 하는 부인은 하로● 한 번씩이라도 일어나서 전신 활동을 하도록 노력하여야 할 것이니, 가정부인보다 여학교 출신의 자태가 더 좋은 것을 보아도 확실한 증거가 되는 일이다. 이 점에서 여자에게도 체조, 유영, 또는 무용이 필요하다는 것이요, 구가정에 있어서 그것을 하지 못하는 부녀는 되도록 산보, 원족●을 자주 하는 것도 아쉰 대로의 한 방법이 되는 것이다.

그리고 육체가 이미 굳어져서 새삼스레 이렇게도 저렇게도 못 하게 된 부인은 전기● 각 조건을 참작하여 의복 맵시로라도 육체의 단점을 잘 조화시켜야 할 것이다. 즉 한 가지 예를 들면 상체(고개에서 허리까지)가 길어서 보기 흉한 여자는 되도록 저고리를 짧게 하고 치마를 길게 하는 비법 등이다.

_城西人, 『별건곤』 1928년 8월호

● **용심하다** 마음을 쓰다.
● **하로** '하루'의 사투리.
● **원족** 소풍.
● **전기** 앞부분에 쓴 것.

담뱃불 사건

이 땅에 태어난 죄로 외국 사람에게 미움도 받고 욕도 먹은 일은 있을는지 모르나 대소사 간에 별로 욕먹을 만큼 큰 잘못도 없이 지내 왔습니다마는, 억지로라도 찾아내라면 꼭 한 번 우습게 그러나 되게 욕을 먹은 일이 있습니다.

일본서 나와서 몇 날 안 되던 때이니 발써• 여섯 해 전 늦은 가을이었습니다. 개벽사 일과 소년회 일로 날마다 밤 열 시가 넘어서야 새문 밖(서대문 외) 모화관•까지 걸어 나갈 때인데, 지금은 담배 대신 단장을 들고 다니지만 그때는 반드시 손이나 입에 담배를 들거나 물고야 다녔습니다.

깊은 밤 행인 없는 큰길을 담배를 천천히 피우면서 유유히 걸어야 밤길의 재미도 있거니와 머리에 생각이 돌지 담배가 없이는 저절로 무엇에 쫓기는 사람처럼 급급해지고 빡빡해지는 까닭이었습니다.

하로•는 몹시 바쁜 일을 마치고 자정도 지난 새로• 한 시에 텅 빈 큰

* '내가 제일 욕먹던 일' 코너 글이다. 소파(방정환), 춘파(박달성), 야뢰(이돈화), 청오(차상찬)의 글이 실렸다.

● **발써** '벌써'의 사투리.

● **모화관** 조선 시대에 명나라와 청나라의 사신을 영접하던 집.

● **하로** '하루'의 사투리.

길을 혼자서 걸어가는데, 담배는 손에 내어들었으나 조끼에도 외투에도 성냥이 도무지 없었습니다. 어둔 길에 등불 없이 더듬는 것 같고 샘물도 나무 그늘도 없는 언덕 비탈을 걷는 것 같기도 하여 목마른 길을 타박거리면서 담배 피워 물고 가는 행인이나 만나기를 바라도, 하도 늦은 깊은 밤이라 그 역시 없었습니다. 그러다가 거의 천연정● 앞까지 가니까 길가에 고구마(야키이모) 장사가 있고, 그 옆에 노동자 같은 이 세 사람이 쭈그리고 앉아서 담배들을 피우면서 이야기하고 있는 것을 보고 어찌 반가운지 발길이 저절로 그리로 가서 "미안합니다만 불 좀 주시요." 성냥불을 달라기는 실례일 것 같아서 담뱃불 빌리기를 청하였더니, "네." 하고 한 분이 벌떡 일어서서 담뱃불을 내어미는 고로 머리를 굽실하고 맞대어 피워 붙여 물고, 이번에는 모자까지 벗어 들고 "고맙습니다."고 인사하고 돌아서서 비로소 한 먹음● 맛있게 빨면서 '인제는 되었다.'고 만족해하였습니다. 그러나 그 걸음이 단 열 걸음쯤 걸리었을 때 "하, 별 거만스런 빌어먹을 놈 다 보겠네." "그래 저놈이 어디서 굴러먹었기에 그렇게 거만하담……. 에, 재수가 없으니까 저따위 치도곤●을 할 놈을 다 보네그려."

하도 항내 나는 말이니까 그것이 나에게 퍼붓는 말이라고는 꿈도 안 꾸었었더니 웬걸…….

"하, 그놈의 자식……. 남더러 불을 달래서 불을 대어 주면 공손이 받아서 붙이고 도로 주어야 옳을 일이지, 그래 불을 빌려주는 것도 고마운

● **새로** (12시를 넘긴 시각 앞에 쓰여) 시각이 시작됨을 이르는 말.
● **천연정** 서울 서대문구 천연동에 있던 정자.
● **먹음** '모금'의 사투리.
● **치도곤** 조선 시대에 죄인의 볼기를 치는 데 쓰던 곤장의 하나.

데 제 종놈처럼 불은 받아 들지도 않고 내 손에 들려 세워 놓고 제 담배를 갖다 붙여……. 그런 천하에 거만한 놈이 또 있담…….”

하하, 그제야 내가 잘못한 것을 나는 깨달았습니다. 일본서는 일본 사람들은 남의 입에 대일 담배에 손을 대는 것이 불결한 짓이요 실례의 짓이라 하여, 담뱃불을 빌리라 하되 그냥 그 손에 들린 채 내 손은 안 대고 담배 끝만 마주 대는 법이요, 또 빌려주는 편에서도 결코 자기 담배에 남의 손을 닿지 않게 하는 터이라 그 버릇을 배워 가진 몸이 조선에 돌아와서 언뜻 그 버릇이 무심코 나온 것이라, 내 딴에는 실례 아니 하려고 그리하였다가 생후 처음으로 그 무지한 욕을 먹은 것이었습니다.

나는 곧 돌아서서 가서 사과를 하고 일본서 배워 온 짓이 무심코 나왔노라고 말하였습니다. 그러니까 그도 “그러신 줄은 모르고 잠시 분해서 실례의 말씀을 하였습니다.”고 하여 마음은 편히 돌아와졌으나 처음 먹은 욕이라 잊혀지지 아니합니다.

_『별건곤』 1929년 1월호

한 집에 고부 동거가 가(可)한가 부(否)한가

—신춘 지상 남녀 대토론, 현하●의 조선 가정

부편

아들이 칠팔십을 먹어도 부모의 마음에는 자기가 돌보아 주지 않으면 못 살아갈 어린 사람으로 알지마는, 결혼을 하여 신부를 맞이해 왔으면 벌써 그 두 남녀의 따로운 살림이 새로 생기는 것입니다. 신랑 신부뿐만이 자기 두 사람의 뜻을 맞추어 조화된 가정을 이루기에도 상당한 노력이 드는 터이니 여기에 다른 수하 사람이라도 개개면● 안 되겠는데, 하물며 두 사람의 마음대로 이러지도 저러지도 못할 윗사람이 개개인다 하면 그 두 새사람의 가정이란 아무것도 되지 않을 것입니다.

'한집안'이란 원래 한 패의 부부를 중심해서 이루어져야 할 것인데 한 집 속에 여러 패의 부부가 있다 하면, 그것은 갑의 집도 아니요 을의 집도 되지 않을 것입니다. 그런데 더구나 절대 복종을 강요하는 시부모가 한데 있다 하는 것은 심히 망령된 것입니다. 이제 그 폐해되는 점을 대강 들어 보겠습니다.

* 가(可) 편에 오화영·김미리사의 글이, 부(否) 편에 방정환·박호진의 글이 실렸다.

● **현하** 현재의 형편 아래.

● **개개다** 성가시게 달라붙어 손해를 끼치다.

첫째, 현대인이 그 가정에 요구하는 것은 휴양과 안식입니다. 공장에를 가든지 사무소에를 가든지 또는 연구소에를 가든지 극번한● 사회일에 피곤하면 할수록 절대의 휴양과 안식을 그 가정에서 구하게 되는데, 재래 조선식 대가족제의 가정을 보면 집에 오면 집안의 번잡한 관계에 휴양은커녕 다시 머리 아픈 일을 많이 닥뜨리게 됩니다. 가정에 있는 아내가 남편 한 사람을 위하고 생각하게 되어야 남편의 직업을 이해하고 또 그 직업 성질에 맞는 휴양처를 꾸미기에 노력할 것입니다.

그런데 위로 시부모가 계시고 시삼촌이 있고 식구가 많은즉 주부의 주의가 여러 군데로 골고루 가야 하는 관계상 도저히 남편 한 사람에게만 전일하지● 못하게 됩니다. 그러니 직업과 가정생활이 딴 세상에 떨어져 있게 되는 고로 온종일 직업에 피곤해 가지고 돌아와서 집에 와서는 여관 속 같은 가정일을 걱정하느라고 여관 경영자와 같은 걱정을 또 하게 됩니다. 참말 대가족제도의 가정을 보면 요란한 여관 속 같습니다. 그러니까 식구마다가 직업과 가정과 두 세상 두 사람의 고생을 하게 되는 것입니다.

둘째로, 그 가정의 중심이 시부모에게 있는지 젊은 부부에게 있는지, 또는 시삼촌 부부에게 있는지 시아저씨 부부에게 있는지 모르게 되고, 따라서 가정 속에서는 쓸데없는 체면을 보게 되어 이것이 여러 가지로 손해가 많이 되는데, 그중에도 제일 많이 해가 되는 것이 어린 사람 양육 문제입니다. 시부모에게 불평이 있어도 얻어맞는 것은 어린 사람이요, 동세●나 사랑손님에게 불평이 있어도 죄 없는 야단을 만나는 것이

● **극번하다** 몹시 바쁘다.
● **전일하다** 마음과 힘을 모아 오직 한 곳에만 쓰다.
● **동세** '동서'의 사투리.

어린 사람입니다.

상벌의 이유가 분명치 못하여 선악 분간을 잘하지 못하게 하는 것처럼 자라 가는 사람에게 더 해로운 일이 없습니다. 효성 있는 사람일수록 부모의 앞에서는 어린 사람을 꾸짖지 않는 법이요, 간혹 꾸짖을 일이 있어서 어린 사람으로 하여금 자기 잘못을 깨닫게 하려면 웃어른이 옆에서 말리거나, 그렇지 않으면 벌 받는 아이를 덥석 안아다가 쓰다듬어 주면서 칭찬의 말로 달랩니다. 이렇게 하여서 아이로 하여곰 상을 받는 셈인지 벌을 받는 셈인지 스스로 분간 못 하게 하면서, 그러면서 하로•도 몇 번씩 어린애 자신은 잘했거나 못했거나 옛날식 자기 마음에 맞지 않는다고 이유 없는 꾸지람과 매를 내리어 어린 사람의 기운을 여지없이 상해 놓습니다. 대가족제의 제일 큰 희생이 어린 사람입니다.

셋째는, 누구나 다 같이 말하는 바 공통한 큰 폐해는 아들 부부가 부모를 의뢰하든지• 부모가 아들 부부에게 의뢰하든지 의뢰 생활이 생겨져서 조선 민족 전체로의 능률이 지극히 감소되고, 거기 따라 우리의 경제생활이 점점 가속도로 파멸되어 가는 것입니다.

다만 젊은 사람뿐만의 생활이면 경험이 없어서 조고만한 일이 생겨도 평정을 잃어버리고 황망히 굴어서, 예를 들면 어린 아기의 병이 있어도 겁 먼저 집어먹고 황망히 굴다가 그르치는 때가 많고 다른 일에도 그러한 때가 많으니 그런 일을 당할 때마다 집안에 경력 많은 노인이 계셔야 한다는 생각을 하게 되는 모양입니다마는, 그러한 이유로 시부모가 반드시 동거해야 한다는 이유는 되지 못합니다.

• **하로** '하루'의 사투리.
• **의뢰하다** 의탁하다.

그런 때를 위하여 안잠자기•나 침모•를 경력 많은 사람을 구해 두면 될 것이요, 시어머니가 동거한다면 현대적 시어머니로서의 충분한 자각과 이해가 있은 후에 살림에 간섭하지 말고 막막해서 묻는 것이 있을 때에 의논해 주는 자격으로만 동거하여야 할 것입니다. (박수 대갈채)

_『별건곤』 1929년 1월호

• **안잠자기** 남의 집에서 먹고 자며 그 집의 일을 도와주는 여자.
• **침모** 남의 집에 매여 바느질을 맡아 하고 일정한 품삯을 받는 여자.

답답한 어머니: 제1회 아기의 말

유익한 말을 재미있게 쓰기란 지극히 어려운 일입니다. 더욱 요사이같이 바빠서는 재미없게나마라도 차서• 있게 쓰기가 어렵습니다. 되도록 재미있게 쓰도록 애써 보겠으나 얼마나 재미있게 될는지……. 차례를 못 차리고 한 달에 한 가지씩 순서 없이 쓰게 될 것을 미리 짐작하시고 읽어 주십시오.

언어도 서로 모르고 흉내도 서로 짐작 못 하는 사람끼리 한집에서 같이 살게 된다면 어떻게 되겠습니까. 어린 사람을 양육한다 하고 어린 사람과 함께 살면서 어린 사람의 말을 못 알아듣는 어머니가 있다면 그 꼴이 어찌 되겠습니까.

그런데 조선의 어머니들 중에는 어린 사람의 말을 분간해 들을 줄 아는 이가 열 분에 한 분쯤 있기도 퍽 드문 것 같습니다.

온종일 운동하기에 몸이 피곤하고 배가 고픈 학생이 저녁밥을 맛있게 따뜻하게 배불리 먹고 나면, 만족한 기쁨에 혼자서 창가•를 하든지 휘파람을 불든지 가만히 못 있고 이웃집 동무를 찾아가서 지껄거리기

* 발표 당시 '취미 있는 가정 강화 기(其) 이(二)'로 소개되었다.
• **차서** 차례.
• **창가** 근대 음악 형식의 하나. 서양 악곡의 형식을 빌려 지은 간단한 노래.

라도 하여야 견딥니다.

온종일 추워서 떨고 배가 고파서 어려워하던 늙은이가 저녁밥에 따뜻한 반주라도 겸하여 잘 잡수었으면 이것이 극락세계로구나 하고 만족한 기쁨에, 풍치 있는 사람이면 시조를 하나 읊든지 그것도 못 하면 집안 식구라도 데리고 이런 말 저런 말을 많이 하고야 견딥니다.

어머니가 바빠서 젖도 변변히 못 얻어먹고 배가 고팠던 갓난아기가 퉁퉁하게 부른 젖 한 통을 배불리 먹어서 마음이 만족한 때에 어쩔 것 같습니까. 창가나 시조를 하자니 배운 일이 없고, 누구하고 이야기나 하여야 견디겠어서 "거기 누구 아무도 없느냐." "이리 와서 나하고 이야기나 하자." 하고 부르는 꼴이 말을 하지 못하니까 "응아, 응아." 합니다.

그 말을 못 알아듣고 부엌 속에서 찌개 끓이던 어머니 "아이고, 저 애가 또 왜 울어. 금방 젖 한 통을 다 먹고 또 먹자고 저러지." 바쁜 틈을 간신히 타 가지고 쫓아 들어가서 젖꼭지를 물립니다. 배가 불러서, 마음이 기껍다는 소리를 배가 고프다는 말로만 알고 젖을 또 먹이니 먹을 리가 있습니까. 젖꼭지를 씹어 뱉기만 하고 같이 놀자 합니다.

"아이그, 이 애가 왜 이래! 얼른 먹지 않고……. 남은 지금 바빠 죽겠는데, 어서 먹어라." 하면서 싫다고 버둥거리는 머리를 손으로 당기어 꽉 붙들고 강제로 먹입니다. 감옥에서 먹이는 콩밥도 싫으면 그만이지 강제로 먹이는 법은 없다는데.

강제로 먹이는 동안에 부엌에서 밥이 탈까 봐, 찌개가 졸까 봐, 마음이 조비비듯• 하여서 허둥허둥 뉘여 놓고는 후닥닥 뛰어나갑니다. 이번에는 아기가 포대기(자리) 밑에 무엇이 들어갔는지 볼기 밑이 배겨서 거

• **조비비다** 마음을 몹시 졸이거나 조바심을 내다.

북하니, 어머니가 너무 허둥지둥 뉘여 놓고 나가노라고 포대기 끝이 접힌 것을 모르고 그 위에 그냥 뉘여 놓은 까닭입니다.

팔이 돌아가지를 않으니 제 손으로 만져 보거나 일어나서 검사해 볼 재주가 없으매 "거기 아무도 없느냐. 누구든지 와서 내 자리 밑 좀 보아 다우." 하고 사람을 청하는 꼴이 또 "응아, 응아." 합니다.

부엌에서 한참 바빠하는 어머니가, 이번에는 골이 단단히 나십니다. "저 애가 배 속에 거렁뱅이(걸인)가 들어앉았단 말인가. 금방 또 먹이고 나왔는데 또 저러니." 안방에서 시어머니가 "아이그, 이 애야! 애기 젖 먼저 먹이고 하려무나."

어머니 마음이 점점 황당하여져서 또 뛰어 들어가서 "자, 어서 먹어라. 실컷 먹어!" "온종일 젖만 먹고 있으면 좋겠니!" 하고 화풀이를 합니다. 젖이 목에까지 차 있는데 암만하니 먹을 재주가 있습니까. "왜 안 먹어. 어서 먹어, 어서 실컷 먹어!" 하고 볼기짝을 때립니다.

경성이나 지방으로 강연을 하러 갔을 때 종종 보는 일로 이런 어머니가 있습니다. 강연회나 음악회가 있다니까 들으러 가려고 낮부터 벼르면서 저녁밥까지 일찍 치우고 아기까지 젖을 먹여 재워 놓고, 분세수● 에 새 옷까지 입었는데, 아기를 그냥 두고 가자니 돌아오기 전에 깨면 곤란하겠고 일찍 오자니 끝까지 듣지를 못하겠고, 망설거리다가 자는 아기를 그냥 포대기에 싸서 업고 옵니다. 강연회에 와 보니 사람이 어찌 많은지 혼자 몸으로 끼어 앉았기도 비좁으니까 아기를 꼭 껴안고 앉았게 됩니다.

자다가 깬 아기가 눈을 떠 보니 자기 몸이 잔뜩 결박을 당하여 감옥

● **분세수** 세수하고 분을 바름. 덩어리 분을 개어 바르고 하는 세수.

속 같은 데에 꼭 끼여 갇혔는 모양이라 숨이 답답하여서 "이것이 웬일이요, 나를 좀 숨을 쉬게 해 주시오." 하는 소리가 역시 응아, 응아입니다. 어머니가 깜짝 놀래어 가슴을 헤치고 젖꼭지를 물립니다. 아기를 달래는 방법은 젖꼭지뿐일 줄 아니까요. 한참 자고 난 판이니까 젖을 먹느라고 한동안 가만있지만, 다 먹고 나도 역시 꼭 끼어서 갑갑하니까 다시 놓아 달라고 응아 응아 합니다. "아이고, 이 애가 금방 먹고 또 먹재여." 하고는 또 물립니다. 그래도 안 먹고 울기만 한즉 그만 어머니가 어찌할 줄을 모릅니다. 옆에 남자석에서 쉬쉬 하는 소리에 점점 더 황급하여져서 무지한 부인은 아기의 볼기짝만 때립니다.

이런 때에 그 응아 소리를 알아듣고 자리를 조금 넓게 잡아서 아기가 몸을 펴게 해 주고 좌우로 조금씩 흔들흔들 흔들어 주면 시원하여져서 방긋방긋 웃을 것이 아닙니까.

말 모르는 아기의 울음의 절반은 울음이 아니고 말(언어)인 것을 알아야 합니다. 그리고 그 말이 무슨 말인 줄을 알아내기에 마음을 써야 합니다.

_方小波, 『별건곤』 1929년 1월호

대경성 광무곡

1

바가지 쓴 나리는 머리가 좋아
종로 네거리에 온종일 서서
대경성 광무곡• 에 귀가 썩어도
신경쇠약 이름도 모르신다네
광무곡 광무곡

2

여드름 차장은 머리가 좋아
기차 시간 동리 이름 모두 외이고
나물 같은 손님 틈 베집고• 가서
예쁜 여자 두 번씩 차표를 받네
광무곡 광무곡

● **광무곡** 미쳐 날뛰는 소리.
● **베집다** '비집다'를 낮잡아 이르는 말.

3

학교 출신 모던 걸 머리가 좋아
귀밑까지 덮은 머리 곯지도 않아
미국 배우 독일 미남 이름 잘 알고
모던 보이 서너 뭇 주소 잘 외네
광무곡 광무곡

"그것 괜찮군. 누구의 작인가?"

"누가 만들었거나 그럴듯한 노래지. 숫도동부시•로 한다네."

뿌웅 뿌웅 꺄르르르 뿌웅,

먼지를 연기같이 일으키면서 진흙 묻은 자동차와 기생 태운 서울 자동차가 엇바뀌어 지나가는가 하면, 탁탁탁탁탁탁, 큰일이나 난 것처럼 자동자전거가 눈이 뒤집히어 닫는다.

와지직 와지직 깔깔 와와, '짐마차'

덜거덕 덜거덕, 어라! 이놈의 소야, '소 구루마•'

뽕뽕 기생 탄 인력거 텁석부리 '인력거'

따르릉 따르릉 아차차, 자전거가 어린애를 치고 쓰러졌다.

땡땡 웅, "아이고 나 좀 내려 주셔요."

쩔렁쩔렁, 어서 가, 이놈 소야! '나뭇바리'•

• **숫도동부시** '숫통통 가락' '숫통통 선율'이라는 뜻으로, 다이쇼기 말에 유행한 가락으로, 관동대지진 후 염세적 사회 분위기 속에서 나타났다. 검열을 피하기 위해 선전지 책자에 노래 가사를 바꿔 인쇄하여 엔카 가수(演歌師)가 읽으면서 팔았다고 한다.
• **구루마** '수레'의 일본어.
• **나뭇바리** 말이나 소의 등에 잔뜩 실어 나르는 나무. 또는 나무 파는 사람.

저벅 저벅 저벅 '중학생'
짜박 짜박 짜박 '송곳굽 구두'
깨육 깨육 깨육 딱 딱, '모던 보이 지팡이 소리'
여보셔요, 종로 인경전● 으로 가려면 어데로 갑니까?

날마다 아츰●부터 밤중까지 이 요란한 속에서 눈을 핑핑 돌리면서도 그래도 신경쇠약을 부르지 못하는 교통순사야말로 건강하다면 굉장히 건강한 몸이요, 불쌍하다면 굉장히 불쌍한 신세지.

"그래서 대경성 광무곡에 귀가 썩어 드는구먼."

"그렇지! 그렇지만 광무곡이 거기에만 그치면 좋겠지만, 백귀야행● 은새로에● 낮에 난 도깨비가 수없이 나와서 광무를 하니까 큰일이지."

"어데 잠깐 나선 길에 종로 근방으로 경성의 광무곡을 주우러 나가 봅시다그려."

종로 네거리

훤칠하고 쓸쓸하기는 하지만 안동● 네거리에서 창덕궁 앞으로 뚫린 새 길은 갓 다듬은 길에 햇볕만 환해서 시골 정거장 마당같이 맑고 깨끗

● **인경전** '보신각'의 다른 이름.
● **아츰** '아침'의 사투리.
● **백귀야행** 온갖 잡귀가 밤에 나타난다는 뜻으로, 괴상한 꼴을 하고 해괴한 짓을 하는 무리가 웅성거리며 돌아다님을 이르는 말.
● **새로에** '고사하고' '그만두고' '커녕'의 뜻을 나타내는 보조사.
● **안동** 서울 종로구 안국동의 일제강점기 명칭.

하다. 그 깨끗한 길로 나비가 한 마리 너울너울 춤추면서……. 아니 아니, 나비였으면 좋겠는데 벌만큼도 못 생긴 나비 아닌 나비가 제멋에 지쳐서 미친 춤을 추며 간다. 톱니같이 삐죽삐죽한 맥고모●를 한편 귀에 기울여 걸고, 상아 손잡이 단장은 팔뚝에 걸고, 하얀 분물을 모가지에까지 바르고. 새빨간 목도리 조끼 같은 짧은 저고리에 나팔바지, 이만하면 내가 새 세기 초의 모던 보이랍시고 어깨하고 단장으로 걸어간다.

"나팔바지라니!"

"저것 보오. 조끔이라도 먼지가 더 많이 들어가라고 바지 끝이 나팔주둥이처럼 얌체 없이 짝 벌어지지 않았나. 저것이 모던 보이의 자랑되는 맵시라오."

"흐흥, 저렇게 모던 자격을 갖추어 가지고 어깨가 으쓱하여 어데를 가시노."

"절간, 한강, 카페, 극장."

"또 있지."

"응, 여학생 하숙."

벌만큼도 못 생긴 나비가 또 한 마리 길가 새로 난 책사● 앞에 서서 손님 없는 책사의 젊은 주인과 수작이 야단스런 중이다. 옆에 가게 유리창 들여다보는 체하고 발을 잠깐 멈추자

"글쎄, 내놓아요. 없기는 왜 없어. 돈 2원이 없단 말인가. 내일모레 주마는데."

"글쎄, 이 사람아! 남의 상점의 시재● 2원 남은 것을 긁어내라니 될

● **맥고모** 밀짚이나 보릿짚으로 만든 모자.
● **책사** 서점.
● **시재** 당장에 가지고 있는 돈이나 곡식.

말인가. 그것 이따가 일숫돈● 줄 것이야."

"일숫돈 내일 주게그려. 내일 갖다가 줄 터이니."

"일없네. 자네가 가져가고 도로 가져온 적 있나."

"허허, 시간만 자꾸 가네. 벌써 다들 들어오겠네."

"들어오긴 무에 들어와."

"아니야, 이 사람! 참말일세. ○○여학교에서 300명이 오늘 청량리에 원족●을 갔어요. 그래 내가 김 군한테 가서 한 시간이나 졸라서 이것(사진 기계)까지 빌려 가지고 왔어요. 그런데 돈 2원이 없어서 가려다가 못 가야 옳단 말인가."

"또 누구 집 처녀를…… 그러려구."

"아따 자네는 입이 열둘이라도 내 앞에선 그런 말 못 하네. 어서 돈이나 내게."

서울이라는 도회의 날마다 울리는 음악 소리 중에는 이따위 악사들의 소리가 얼마나 많이 섞여 있는지……. 아버지가 보내 주는 취직·운동비는 양복점·이발소에 갖다주고, 여학교 원족 뒤따르기에 2원 상점의 밑천을 긁어 가려고 새파란 젊은 몸을 말리고 섰는 점에 못된 보이● 의 가장 '못된' 값이 있는 것이다.

안동 네거리 2층 빙숫집에서 날마다 들리는 요란한 유성기 소리를 오늘 낮에도 들으면서, 버스인가 바스(승합자동차)를 처음 타 보려고 정류장 말뚝 밑에서 기다리다 못하여 파출소에 가서 여쭈어보니까 "황금정●으

● **일숫돈** 본전과 이자를 합해 며칠에 나눠 일정한 돈을 날마다 갚아 나가는 빚돈.
● **원족** 소풍.
● **못된 보이** '모던 보이'를 비꼬아 이르는 말.
● **황금정** 서울 중구 을지로 일대의 일제강점기 명칭.

로 다니는 것만 온종일 다니지 이쪽 것은 아츰하고 저녁때하고 관청의 출근·퇴사 시간 두 때만 다니우." 한다.

"북촌 구석에 사는 주제에 외람되게 그런 혜택을 얻어 입어 보려 했으니 될 뻔이나 할 일인가."

뒤통수가 아니라 벗었던 맥고모자 천장을 툭툭 치고서 전동 큰길로 돌아서면서 보니까 경관 나으리 무슨 생각을 하였는지 픽 웃는다.

"저건 무얼까. 밀가루 부대에 네 발(사족) 돋친 것이."

"밀가루 부대는 걸작인걸……. 양장이라고 한 꼴이 자네 말마따나 어째 밀가루 부대 같을세."

"조선 여자의 체격이 갸륵하게 좋거든……. 하체가 길다라면 좋겠지만 공교롭게 상체가 길어서 조선 여자는 짧은 저고리 긴 치마로 조화를 시켜야 좋은 줄은 모르고, 양장이면 덮어놓고 좋아 보이는 줄 알고 잘못 지은 토시짝 같은 것을 그냥 입고 나서니, 조꼬맣지 않은 궁둥이가 땅 위에 가깝게 처져서 뒤룩거리거든."

"자기 돈으로 사 입었을까?"

"웬 돈으로."

"그럼 부모가 사 주었겠지?"

"남편이야. 남편의 돈이야."

"그럼 입고 나서는 여자보다도 사 입히는 남편이 더 높은 멍생원•이지……."

"남편의 멍생원은 그만두고 입고 나서는 여자가 대담하지."

대담한 아가씨 뒤에서 쑥덕거리는 소리도 칭찬으로만 들리는지 갸웃

● **멍생원** '개'를 에둘러 표현한 말.

갸웃 어깨로 궁둥이를 흔들면서 가다가, 견지동 조선일보사 앞에서 만난 것이 나팔바지 청년 두 사람!

악수나 할 드키 반갑게 달겨들더니 그래도 고개만 끄떡이면서 "어데?" 인사는 힘껏 간단하다. 남자가 무어라고 대답을 하고 그냥 지나가다가 잊어버렸다가 생각난 드키 "어데?" 하고 돌아다보면서 소리치니까, 모던 걸 흘낏 돌아다보고 손가락 둘을 빳빳이 펴서 번쩍 쳐들고 빙긋 웃고는, 어리광 부리고 돌아서서 간다. 그러니까 묻던 청년 하나 "좋겠군." 또 하나가 "나도 대어설까?•"

손가락 둘이 무슨 소리인지 알 길이 없어서 궁금해하는데, 지나가던 흰 두루마기 청년 세 사람 양장 여자를 보고 "흥, 저래 보여도 밀가루 장사라네." 한다. 밀가루 장사가 무슨 말인지 그것도 모를 말이려니와, 대경성의 종로 거리를 밀가루 장사가 밀가루 부대를 입고 뛰어가는 것은 정히 가락 맞는 장난이라 할 것이지…….

종로 네거리 서울의 한복판이다. 전쟁터보다도 더 요란한 광무곡의 꽹과리를 울리는 본바닥이다. 자동차·마차가 연달아 오고 가는 틈새로 자전거·인력거가 제비같이 새어 다니고, 짐구루마·소바리•가 분주히 오고 가든가 하면, 그 틈바귀•로 앉은뱅이 아편쟁이가 늙은 거미같이 기어 다니는 것도 여기요, 어머니를 두들긴 놈도 아버지와 주먹싸움하는 놈도 인력거 타고 큰기침하면서 지나가는 곳이 여기다.

와글와글 머리가 아프게 시끄러운 소리란 소리는 다 모두 다 한데 불어 대이는 대광무곡에 정신을 차리지 못하고 섰노라니까, 무서운 세상

• **대어서다** 바짝 가까이 서거나 뒤를 잇대어 서다.
• **소바리** 등에 짐을 실은 소.
• **틈바귀** '틈바구니'의 준말.

이 그것도 못 하게 하고 옆에 와서 팔을 잡아당기는 사람이 있다. 누가 코를 베어 가려노 하고 깜짝 놀래니까 "여보세요. 실례합니다." 뜻밖에 어여쁜 여자의 목소리! 돌아다보니까 목소리와는 딴판으로 새까만 얼굴에 주근깨 경품까지 늘어놓으신 구세군 여병정이시다.

"신문 한 장 사 보시지요."

구세 신문을 쑥 내민다.

"동아일보입니까, 중외일보입니까?"

"아니요. 그런 세속 신문이 아니라 우리 구세주 예수 씨의 좋은 말씀만 적은 훌륭한 신문입니다. 사 보시지요."

3문 4답. 그동안에 벌써 구경꾼이 4, 5인이나 모여 섰고 그 틈에 구세군 여병정도 또 한 분 와서 서셨다.

"그런 좋은 말은 많이 듣기도 하고 헌책이나마 책도 많이 있으니까요. 그러지 말고 정말 신문을 파시면 사는 사람도 많고 고맙기도 하겠는데요."

"그러시지 말고 두 분이 한 장씩 팔아 주세요."

그때 웃고 보고 있던 구경꾼 중의 한 남자

"아따 그 양반 예수의 말을 빌어다가 한 푼 두 푼씩에 장사하고 있으면, 예수 아들들이 가만히 두오?"

성난 것처럼 퉁명스럽게 하는 말에 모두 체면을 잊어버리고 웃었다. 종로란 별별 사람이 다 있고 별별 이야깃거리가 다 생기는 곳이다.

"아니올시다. 예수 씨 말씀을 팔아먹는 것이 아니라오. 수입은 사회사업에 쓰는 것이랍니다."

"당신들 공연히 시골 시집 싫다고 도망해 올라와서 팔자에 없는 병정 노릇 하느라고, 밥 지어 먹고 구두 사는 데 쓰는 것이 사회사업이요?"

아까 그 친구가 싸움꾼같이 을러댄다.

"안 사면 안 사지, 왜 그런 말씀을 합니까?"

시골 시어머니, 시골 남편 하나쯤은 우습게 여길 만한 암상한• 자격이 금시에 나타난다.

"여보, 어지러운 세상을 건지려고 시집살이도 팽개치고 나선 이가 그렇게 노하기를 잘해서 쓰겠소. 그런 히야카시•는 탄할 것이 아니고, 그래 이렇게 여러분이 나서서 파는 중에 남은 몇 장씩 파는데, 한 장도 팔지 못하면 어떻게 되나요?"

"어떻게 될 것 없어요. 그대로 도로 가져다 바치지요."

"당신들의 성적이 깎이지 않느냐 말씀이여요."

"아니요." 하고 자못 싱겁게 시치미 떼는데, 옆에 섰던 또 한 병정이 "성적에도 관계가 되기는 되지요." 정직하게 쏜다.

수작을 길다랗게 하였으니 안 사는 수 없어서 둘이 얼러서• 한 장을 받아 들고, '1금 2전야•라'를 지출하였다. 동전 두 푼을 받아 들고 만족해 돌아서는 여병정 두 분, 우리를 구원할 수 있었다고 만족해하는지 성적을 올릴 수 있게 된 것을 기뻐하는지……. 무엇에 미쳐서 추는 춤인지 몰라도 우스워 보이기보다는 도리어 가긍해• 보인다.

"남편을 여읜 과택•일까?"

"글쎄……. 서울이 좋아서 몰래 빠져 온 도망꾼이도 없지는 않을

• **암상하다** 남을 시기하고 샘을 잘 내는 마음이나 태도가 있다.
• **히야카시** '놀림' '희롱'의 일본어.
• **어르다** '어우르다'(여럿을 모아 하나로 만들다)의 준말.
• **—야** '그 금액에 한정됨'의 뜻을 더하는 접미사.
• **가긍하다** 불쌍하고 가엾다.
• **과택** '과댁'(과부댁)의 사투리.

걸…….”

“어쨌든지 홀아비 병정들에게 ○○○○되렸다.”

말이 끝나자마자 이번에는 그 홀아비 병정 한 분이 또 쫓아왔다. 사람이 좋아 보여서 만만히 아는지 “지금 금방 샀습니다.” 하고 내어보여도 ‘그래도 한 장만 더 사시라.’고 조르는 것은 암만해도 ‘내 성적도 2전어치쯤 올려 달라.’는 것 같았다.

조르다 못해서 도망하듯 하여 화신상회●로 피해 들어가니까 숨이 탁탁 막히게 갑갑하게 진열한 집 속에 그래도 금은 패물에 제정신 빼앗긴 여자들과 그따위 여자에게 또 제정신 빼앗긴 남자가 여기도 저기도 추운 줄 모르고 들어서 있다. 들어서야 어서 들어오라는 사람도 없고 머리 하나 굽실하거나 눈짓 하나 반가이 하는 이 없는 것은 가뜩 좁은데 왜 또 들어오느냐는 핀잔인지, 여자 동반도 없이 오는 것을 보니 고맙지 않을 손님이라는 눈치인지…….

별로 구경할 맛 없어서 도로 나오려 하니까 그때 들어오다가 우리와 마주치고 얼굴이 발개지는 미인 한 분, 내가 석 달 전까지 살던 동리의 부엌 뒷집에 있는 부인이다. 나이는 스물둘 ○○여학교를 졸업한 미인으로 보통학교 훈도●로 다니던 남편을 재작년에 여의고 수절하면서 양복 짓는 것이나 배우러 다닌다는 이인데, 깨끗한 불란서● 치마저고리는 그다지 호사스러울 것도 없지마는 같이 들어오는 양복쟁이 남자 하나가 꺼리어서 나를 보고 얼굴이 변한 것인가 보다. 터놓고 개가를 하였으면 낯 붉어질 일은 없겠는데, 양복 공부 다닙네 하고 남모르는 엉덩춤

● **화신상회** 귀금속 전문 상회. 1931년 백화점으로 바뀌었다.
● **훈도** ‘초등학교 교사’를 이르던 말.
● **불란서** ‘프랑스’의 음역어.

추기에 가슴을 태우는 것은 무슨 맛인지, 어쨌든 대경성이란 음폭해서 고마운 곳이지…….

"어서 갑시다. 어서 갑시다."

길거리에 나서니 단 3, 4분 지난 고동안에 큰길에는 온통 딴 사람들이 딴 걸음걸이를 하고 있다. 교통순사뿐만이 아까 그 사람이고, 온갖 수레와 사람이 모두 딴것이다. 아까 그 사람들은 어데로 가서 지금 무슨 짓을 하고 있고, 지금 이 사람들은 또 어데로 무슨 짓을 하러 가는 사람들인지……. 트레머리[●]도 자꾸 딴 사람이고, 양복쟁이도 모두 딴 사람들이다. 노랑 치마, 초록 치마, 흰 구두, 얼룩 구두, 우산 빛은 저마다 다르니 결국 대경성에는 빛깔도 많다.

"어째서 요새 여자들의 옷 빛깔이 그다지 어지러울까. 실신한 사람의 것같이 대담하고 극렬하니."

"옷 빛깔뿐인가. 우산도 그렇고 머리 맨드리[●]도 그렇고 양말도 그렇고, 구두 맵시도 이상야릇하지요."

"그러니 유행도 주책없는 유행이 아닌가."

"결국 지금 젊은 사람들의 마음이 아무 방향을 찾지 못하고 그냥 그저 미쳐 펄떡거리는 표증이지."

"옳지, 어제는 초록 칠을 했다가 오늘은 노랑 칠을 해 보았다가 그것도 또 싫증이 나서 내일은 빨강 칠을 했다가."

"그저 못 먹을 독약을 먹고 가슴속이 타올라서 펄펄펄펄 뛰는 그 모양이지."

● **트레머리** 신여성을 상징하는 머리 스타일로, 옆 가르마를 타서 갈라 빗어 머리 뒤에 다 넓적하게 틀어 붙인 머리.

● **맨드리** 물건이 만들어진 모양새.

"혼자 뛰었으면 좋지만, 부모의 피땀을 긁어 가지고야 뛰니까 고마운 짓이란 말이지."

종로 네거리에서 안국동 네거리 젓가락짝만 한 길을 두 채가 엇갈려 다니면서도 여기 전차는 사람을 많이 기다리게 한다. 이번에는 또 뙤약볕에 얼마나 오래 기다리게 하였는지 색동는• 소리를 하면서 전동에서 나온 전차가 10여 명 남녀 손님을 쏟아 놓았다.

그중에서도 빠지지 않고 못된 보이라고 맥고모자와 구두 끝에 패를 써 붙인 도령님 세 분이 단장에 매달려 내리더니 무엇을 찾는지 그 큰 거리를 휘휘 둘러보는데, 그때 도로 돌아서서 떠나려는 전차에 눈에 뜨이는 여자가 있는 것을 보고 금방 내린 세 사람 "다시 타세." "다시 타요." 하고 떠드니, 그중에 한 사람 "그럼 내가 안국동까지 갔다 올 터이니 여기서 기다리고 있게." 하고는 급자기• 뛰어가서 금방 타고 온 전차에 다시 뛰어올랐다.

남아 섰는 두 사람, "망할 녀석 같으니." "그까짓 것 무얼 ○○유치원에 다니는 걸 가지고 처음 보나?" 그따위 짓 아니 하고는 아비의 먹이는 밥 그냥 먹기가 미안한 모양이지……. 기자도 여기서 긴 한숨 5분간.

재판소 앞

경성의 광무곡은커녕 시골의 곡보까지 몰아다가 울리는 곳이 재판소 앞이라. 단단히 벼르고 쫓아오니까 벌써 시간이 늦어서 생각던 이보

• **색동는** 원문 그대로이다. 정확한 뜻은 알 수 없다.
• **급자기** 미처 생각할 겨를도 없이 매우 급히.

다는 음악이 덜 요란하다. 재판소 문안에서 눈물을 비죽비죽 흘리는 촌 부인.

"왜 울고 계시오?"

"우리 집 사람이 지금 감옥으로 넘어갔습니다."

하면서 또 비죽비죽 처량한 장단.

"무슨 일로요?"

"남의 밭고랑에 떨어져 있는 새끼줄 하나를 집었대요."

"그것이 무슨 죄란 말요?"

아무 대답도 없이 처량한 곡조만 아뢰는데 옆에서 따라 나오던 파나마모자•의 노랑 구두 두어 친구,

"홍, 새끼줄 하나 집었다구 그럴 리가 있나요. 그 새끼줄 끝에 황소 한 마리가 매달렸더랍니다."

"아아!"

울고는 있어도 그녀인데 제법 엉큼한 품이 소도적의 아내 될 만하다. 가뜩이나 요란한데 이런 촌여자까지 올라와 참례하니• 서울의 광무곡이 얼마나 굉장할 것이냐.

"그래, 그런 마른벼락을 맞을 놈이 어데 있단 말요. 그래, 아무리 시체• 법이기루 그래 날더러 증인으로 오라구 하다니……."

이건 또 무슨 곡인가 하고 떠들면서 나오는 뚱뚱한 마나님을 붙잡았다.

"왜 그러십니까? 무슨 일로요."

● **파나마모자** 파나마모자풀의 잎을 잘게 쪼개어서 만든 여름 모자.
● **참례하다** 예식, 제사, 전쟁 따위에 참여하다.
● **시체** 그 시대의 풍습·유행을 따르거나 지식 따위를 받음. 또는 그런 풍습이나 유행.

“아니 그래 여러분 다 좀 들어 보시우. 그래그래, 이런 법이 또 있단 말요? 천하에 에!”

우리를 보고 호령하듯 소리치는 것이 자못 폭풍우곡•이다.

“그래, 중매를 들어 달라고 하두 조르기에 우리 친정 동리에 부탁해서 좋은 색시를 중매해 주었더니, 벌써 4년째 참땋게• 잘 살다가 무슨 짐승의 혼이 씌었는지 요새 와서 여학생인가 양갈보인가 무엇에 미쳐 가지고 이혼을 하려고 그러니, 살기 싫으면 그냥 살기 싫다지 그래 생트집을 잡는 것도 분수가 있지, 그래 자기 아내가 행실이 부정하다고 정명•을 씌워야 옳단 말요? 그러구 어떻게 말을 꾸며 놓았는지 오늘 날더러 증인으로 오라고 호출장이 떡 나와 놓았으니 어떻게 되었소! 그래 내 바른대로 다 말했지요. 내가 말 못 할 게 무어요. 내가 다 바른대로 다 해 버렸소.”

누가 말끝을 건드리다가는 큰 야단 만날 것 같다.

“못 하지, 못 하지. 제가 그 아내를 버리고는 못 살지. 여학생 아니라 여학생 할미년이라도 못 살걸.”

어떻게 기운 좋게 떠드는지 얼이 빠져서 듣고 섰는데

“이거 누구요!”

하고 뒤에 와서 팔을 붙잡는 사람, 돌아다보니까 보통학교 적에 같이 다니던 사람으로 선생님의 욕은 도맡아 놓고 하던 사람이다.

“어이고, 이거 얼마 만요! 그래 지금 무슨 사무를 보시우?”

“내 사무야 그적 이따위지요. 그런데 참 사건 하나 얻어 주시우. 사건

• **폭풍우곡** 폭풍우 같은 노래.
• **참땋다** ‘참따랗다’(딴생각 없이 아주 진실하고 올바르다)의 준말.
• **정명** 원문 그대로이다. 정확한 뜻을 알 수 없다.

없소?"

"사건이라니, 무슨 사건? 신문기자 다니우?"

"아니야. 변호사 사무소에서 노는데, 더러 가끔가다 사건이 좀 생겨서 내 손으로 맡아 와야 수가 난단 말이지. 이건 요새는 그저 하나 안 걸리는구려."

"재판거리를 얻어 달라는 말야?"

"그래요. 제발 더러 좀 얻어 주구려."

"에끼, 이 나쁜 친구! 친구더러 밤낮 재판거리만 생기란 말이야?"

"먹어야지. 먹어야 살지."

하면서 손을 들어다 입에다 댄다. 변호사 사무원이 되어서 눈이 벌개 가지고 싸움거리만 찾아다니는 친구도 경성에는 수효가 적지 않으니, 대체 대체…….

광충교 카페

종로 네거리에서 광충교로 가다가 오른편 쪽 끝으로 둘째집인가 첫째집인가 환대(丸大)상점이라는 빙숫집을 찾아갔다.• 얼음을 곱게 잘 갈아 주기로 경성 제일, 해마다 보아도 그대로 잘해 주는 집. 주인은 갈려도 솜씨는 여전한 집이라 하여 이름이 높은 집이다. 얼음이 눈발 같고 솜사탕 같아서 혀에만 닿으면 금시에 녹으니, 빙숫집이 저마다 이럴진대 아이스크림 먹을 사람이 없을 것이다.

• 『별건곤』 1929년 8월호에 실린 「빙수」에 '환대상점' 이야기가 나온다.

얼음에 채운 맥주 38전이니 싼 맛에 한 병 없애고 나서서 광충교 끼고 돌아 무○헌(無○軒)으로 들어간즉, 다마쓰키•에는 한○은행 패가 세 사람, 기생 내기라고 지껄이면서 공 찌르기에 정신이 없고, 양식부에는 고개를 들이미니까 "이랏샤이."• 하고 두둑한 소리가 뾰족하게 귀를 찌른다.

"저 뚱뚱한 여자가 아따 조선읏마랴• ○명여학교 졸업생이라오."

"상당하구먼."

"○명여학교를 졸업하고 어쩌다 잘못되어 여기서 웃음을 팔게까지 되었으니, 누가 잘못한 짓인지 모르겠지만 경성이란 무서운 곳이지."

"어이구, 일본 여자도 있네."

"흐흥, 그이도 조선 미인이라오."

"저런? 저것이 조선 여자야?"

"그러기에 광무곡이지. 맵시도 서투른 옷을 입고 돌아가지 않는 '오로쿠고부시'•를 소리 높여 하고 있는 것이 광무곡 아니고 무어요."

우리끼리 숙덕거리는데

"이건 앉지도 않고 남의 흉만 쑥덕거리러 오셨소?"

하고는 걸상을 내어놓고 두 손을 잡아끌어다 앉힌다.

"우리 같은 사람이 앉으란다고 앉지는 않겠지만."

"아이가 언제 적부터 나지미•로군그래."

저희끼리 찧고 까부르고 한참 주무르다가

• **다마쓰키** '당구'의 일본어.
• **이랏샤이** '어서 오십시오.'라는 뜻의 일본어.
• **조선읏마랴** 원문 그대로이다. 정확한 뜻을 알 수 없다.
• **오로쿠고부시** 일본 오키나와의 '오로쿠'라는 곳의 가락을 뜻하는 일본어.
• **나지미** 친숙함. 친한 사이. 잘 아는 사람. 단골. 창녀.

"나니오 메시앙 아루노? 비루?"•

기가 막혀서

"비눗물이나 한 잔!"

청해 보고 일어나 퇴각하였다.

진고개•

"정자옥•에 들어가 봅시다."

"양복 사 입게?"

"양복 사 입는 사람 구경 좀 하게."

생전 처음 이렇게 굉장한 인물들만 출입하는 집에 들어와 놓아서 어릿어릿하니까 "조선 옷감은 위층에 있습니다." 한다.

안내 아니라도 아래층에는 조선 사람이 보이지 않으니 2층으로 갈밖에. 낮이 되어 그런가 사람은 그리 많지 않고, 학교 교원 같은 생색 안 나는 양복 남자 한 분이 얼굴 길다란 여자 한 분을 대동해 와서 지어 놓은 양복을 이것저것 입어 보더니 "맞는 게 없구먼. 다른 데 가서 새로 맞추어 입지." 하고는 어색하게 내려간다.

옳다, 있다 있다! 석유통인지 모르고 자꾸 덤벼들어 몸을 망치는 여름밤의 벌레같이, 세상모르고 눈에 뜨이는 대로만 쫓아가려고 마음을

• **나니오 메시앙 아루노? 비루?** '나니오 메시 아가루노? 비루?'의 오식으로, '무엇을 드시겠어요? 맥주?'라는 뜻의 일본어이다.
• **진고개** 서울 중구 충무로2가의 고개.
• **정자옥** 1921년 세워진 백화점.

달쿠는● 철모르는 트레머리 치마가 두 사람, 저편 구석에서 값비싼 비단을 주무르고 있다.

"가깝게 갑시다. 가서 그들의 이야기 소리를 들어 봅시다." 하고 가서 듣노라니

"아이고, 좋기는 좋은데 너무 비싸아!" 얼굴 고운 열여덟아홉의 어린 처녀,

"와이셔츠감으로는 금년 상등 유행에 제일가는 것이올시다. 유행을 아시는 분은 값을 더 내고 이걸로 쓰십니다."

검고 뚱뚱한 점원의 사탕 칠.

"아이그, 이걸 사라니까그래. 값싼 것 아무거나 사려면 왜 여기까지 왔어어." 이건 ○○여학교 마크를 달았는데, 통통하고 낫살● 들어 보여, 얼른 보기에 과부 같아 보이는 여자의 말.

"그런 게 아니라 돈이 조금 모자라." 어여쁜 어린 처녀 돈 소리를 몹시 작게 은근히 부른다.

"무얼 그래. 어머니가 아기 옷감 사 오라신 것 그것이라도 먼저 쓰지. 괜찮어어, 이왕 사면 좋은 걸 사지 다른 건 껄렁껄렁해서 어데 쓰겠어?"

"그럼, 이 저 와이셔츠 두 감만 주세요."

낫살 먹은 과부 같은 여자가 열여덟아홉 처녀를 데리고 와서 좋은 와이셔츠감을 사게 하니, 연애 중매를 들어 준 것이 분명하지.

"껄렁껄렁이란 말이 요새 남녀 학생계에 대단히 유행하는 모양이지."

"남학생보다도 여학생들이 색주가 세상의 유행어를 얻어다 쓰는(차

● **달쿠다** '달구다'의 사투리.
● **낫살** '나잇살'의 준말.

용) 것인데, 이 껄렁껄렁이란 말이 온통 처녀들의 마음을 달뜨게 해 놓고, 부모의 피땀을 긁어다 진고개에 주다 주다 못하여 나중에는 껄렁껄렁하지 않은 살림 하려고 정조까지 판다오. 모던 걸 잡아먹는 말이 껄렁껄렁이라오."

"에에, 갑시다. 옆에서 보고 있으면 두들겨 주고 싶어서……."

경성 우편국 끼고 돌아서면서, 요지경 속 같은 진고개이다. '이곳에 오는 조선 여자는 반드시 입을 벌리고 다니라.'고 누가 어데다 써 붙였는지 저마다 입을 헤벌리고 다닌다. 그것이 보기 싫어서 평전상점●으로 쑥 들어가니 어떻게 사람이 많은지, 그래도 놀라지 말라. 그 반수 이상이 조선 남녀이시다.

커피잔, 사기 화병을 고르느라고 어여쁜 모던 걸이 앉았다 일어났다 하면, 모르는 양복 신사의 고개가 따라서 올라갔다 내려갔다 하면서 쓸데없는 그릇을 덩달아 사는 것도 광무곡. 화장품 어여쁜 병을 집어 들고 "이게 머리에 바르는 약인가, 얼굴에 바르는 것인가." 모양만 양복을 하였지 영자●를 모르니 볼 수는 없고, 일본 말이 서투르니 물어보기도 힘들고, 공연히 코 밑에 가져다 향내만 맡느라고 쭝긋쭝긋하는 것도 훌륭한 광무곡이다. 말을 못 통하고 시원시원히 고르지 못해도, 그래도 먼 곳으로만 모여드는 알 수 없는 야릇한 심리. 아아 고만두자 고만두자.

"여보, 아까 정자옥에서 와이셔츠 사던 패가 여기 왔소."

"골고루 미쳐 돌아가는군……. 어데 있소?"

"저기 과자 파는 곳에 있지 않우?"

"분명히 연애 공부 시키는 판인걸."

● **평전상점** 1926년 세워진 백화점.
● **영자** 영어 글자. 로마자.

"어미 아비가 나쁘지. 아까운 딸 버리고."

"부모가 무얼 아나. 당자•가 나쁘지."

"저 소견 없는 것들이 저렇게 알뜰살뜰히 돈을 끌어다 주어 놓고, 이 다음에 찾아와서 아기 봐주는 어머니로 하나 써 달라고 애걸할 날이 얼마나 오래되겠소."

"갑시다, 갑시다."

여기가 미츠코시•라오. 들어가 봅시다. 어째 으리으리한데 하면서 구두의 먼지를 털고 들어가니, 아래층 음식 과자 파는 데서는 여기의 점원인지 재동 네거리에서 아츰마다 만나는 아사 치마 아사 적삼의 하얀 여자가 포도주 병을 들고 왔다 갔다, 갔다 왔다 대단히 분망하다.• 2층으로 가니 거기는 일본 옷감뿐, 3층에 가니까 장난감·학용품·아동복·치맛감. 예수 냄새 나는 트레머리 두 분이 아동복을 아까부터 고르면서 결정을 못 하고 있고, 식당에는 늙은 마나님 두 분이 앉아서 "물 좀 주어, 물 물!" 하면서 입에 손을 대고 벙어리 행세를 하더니 "미수,• 미수 좀 주어." 한다. 늙은 마나님까지 미쳐 날 것이야 무엇 있소. 남미아비타불.•

사는 물건도 없고 골라 보려고도 안 하고 그냥 3층 위로 올라왔다가 내려갔다가 또 올라왔다가 휘휘 둘러보고는 또 내려가고 세 번이나 휘도는 여자, 얼굴 좋고 맵시 좋기는 오늘 보던 중에 제일 좋은 여자인데.

"어째서 사는 것 없이 들락날락만 할고……."

"애인을 여기서 만나자고 약속을 한 것이겠지."

- **당자** 당사자.
- **미츠코시** 1926년 세워진 백화점.
- **분망하다** 매우 바쁘다.
- **미수** '물'의 일본어.
- **남미아비타불** 불교의 염불 소리인 '나미아미타불'의 한자를 그대로 옮긴 것.

"아니면."

"아니면? 은근짜●로서 낚시질하러 온 것이지."

"그것이 가까운 것 같은데."

"에에, 조 매친● 것! 또 올라온다. 네 번째."

"갑시다, 갑시다."

길거리에 나서니 밤인 줄 알았던 것이 그저 낮이다. 진고개 2정목 3정목 입을 벌리고 정신 다 빠져서 헤엄치듯 걸어가는 조선 부인들 욕먹을 말이지마는, 여기 와서 입을 벌리고 지나가는 여자는 여기 물건만 몇 가지 사 준다면 몇 번이든지 개가해 갈 것이라고 할 수 있겠다.

경성극장 앞에서 꺾이어 구리개●로 나오니까 뙤약볕 밑에 몬지●가 물결같이 일어난다. 버스차를 얻어 타 보려고 네거리에 서서 휘휘 둘러보니까 빈 말뚝만 서 있는데, 그 옆에 과실 가게에 구운 얼음이란 광고가 쓰여 있다.

"이러다가는 우리까지 미쳐 나지. 군 얼음이라니! 그래 얼음을 구워 판단 말인가?"

"어데 시골뜨기 행세로 한번 물어보기나 합시다그려. 어떻게 생긴 것인가."

"군 얼음 있소?"

"네에! 있습니다."

● **은근짜** 몰래 몸을 파는 여자를 속되게 이르는 말. 겉보기에는 어리석은 것 같으나 속은 엉큼한 사람을 이르는 말.

● **매치다** 정신에 조금 이상이 생겨 말과 행동이 보통 사람과 다르게 되다. (낮잡는 뜻으로) 상식에서 약간 벗어나는 행동을 하다.

● **구리개** 서울 중구 을지로의 옛 지명.

● **몬지** '먼지'의 사투리.

일본 옷 입은 조선 소년

"어데 어떻게 생긴 것인가 두 개만 갖다주시오."

"네에."

하고서 상자에서 왜떡•으로 만든 조꼬만 인주합• 같은 것을 꺼내더니 거기다 아이스크림을 떠 담고 그 위에 과자 뚜껑을 덮어다가 준다. 별다른 것이 아니다. 요새 서울서 아이스크림 담아 파는 고깔 같은, 나팔 같은 왜떡, 그것을 납작하게 접시같이 만들어서 거기다 얼음을 담아 주는 '모나카'라는 것이다.

어떻게 싱거운지 뺨 한 번 얻어맞은 폭이 되어

"아니 이것이 무슨 군 얼음이요 불에 구워야 군 얼음이지."

"아따, 그릇은 과자니까 불에 구운 것이지요. 불에 군 그릇에 담았으니까 군 얼음 아닙니까?"

"예끼, 이 진고개 녀석아!"

하나에 10전씩 20전야를 내주고 나서니, 훈련원 쪽에서 굴러온 버스차가 우리를 보고 말뚝 앞에 정거를 한다. 처음 타 보는 것이니 서울 살아도 시골 친구라, 올라타라는 대로 올라서서 뒷손으로 문을 닫으려고 애를 쓰니 문이 있어야지.

"그냥 가 앉으세요. 문이 원래 없는 거예요. 아이그, 참!"

목소리가 복장보다 어여쁘다. 여차장이 쓴 모자는 누가 고안을 했는지 귀찮으니까 생각하다가 말고 그냥 팽개친 것을 주워 씌워 내보낸 모양이고, 허리에 혁대와 가방은 참말 어여쁜 소리와 가는 허리가 통곡을 하게 생겼다.

• **왜떡** 밀가루나 쌀가루를 반죽하여 얇게 늘여서 구운 과자.
• **인주합** 인주(도장밥)를 담는 그릇.

전차보다 좁아서 모르는 승객끼리도 이야기 한마디 하고 싶게 오붓한데, 어떻게 그렇게 잘 흔들어 주는지 옆에 사람의 어깨나 무릎을 탁탁 쳐 주기는 십상 좋게 되었다. 구리개 네거리올시다. 내릴 손님 없습니까, 꾀꼬리 같은 소리에 손님 중에서도 여드름 난 청년이

"내리실 분 없으십니까?"

어여쁘게 흉내를 내니 이 차는 버스라는 것보다 '앵무차'라는 것이 더 어울리겠다. '스톱' 초내● 나는 어여쁜 명령에 능청맞은 운전수 싱끗 웃고서 정거를 한다.

"여보, 얼른 갑시다그려. 막 틀구료, 막 틀어요."

"여기도 내릴 사람 없소. 그냥 막 달아납시다."

"아이그, 차장님! 내 두루마기에 파랑물이 묻었으니 어쩌오. 나 우리 마누라에게 자볼기● 맞아도 괜찮소?"

승객이 모두 웃어 제끼는데 어여쁜 차장님, "다 내리세요. 정거장에 다 왔습니다."

들었던 7전 표를 내고 내리니 경성역 벌써 전기불이 켜졌다. 정거장에 들어가려니까 그때 마침 부산 차가 닿아서 숱한 사람이 쏟아져 내린다. 가방을 세 개씩 들고 기어가는 사람, 기생 같은 여자를 달고 급히 걷는 사람, 지팡이만 휘젓는 못된 보이. 저 중에는 땅 팔아 가지고 오는 사람도 있겠고, 남의 집 아들 꾀어 가지고 오는 사람도 있겠고, 도망해 오는 오입쟁이 여인네도 있을 것이니, 저들이 모두 경성의 광무곡을 보태려고 오는 것이 아니냐. 자꾸 쏟아져 오는 것이 아니냐.

아아, 고마운 대경성. 여기에 사는 시민이 50까지 사는 것도 희한한

● **초내** 초보 냄새.
● **자볼기** 자막대기로 때리는 볼기

일이지.

갑시다, 갑시다.

_双S生, 『별건곤』 1929년 1월호

너무도 진기한 연애

이것이 연애 축에 들 것인지 아닌지 그것은 여기서 말할 것이 아니겠고 소설로도 활동사진●으로도 있을 수 없는 너무도 진기한 사실이기에 이 기회에 글자로 적어 보기로 한다.

서대문 밖 죽첨공립보통학교가 10여 년 전에 서부 경찰서일 적에 바로 그 앞에 보행객주업●을 하는 장 모라는 이가 있었는데, 위인이 어찌되고 싶은 대로 팔자가 편하게 되었던지 곰보요, 꼬맹이요, 모주●요, 염병이요, 떼꾸러기●요, 욕쟁이어서 술만 취하면 극락으로 알고, 술만 굶으면 아내이고 손님이고 행인이고 눈에 뜨이는 대로 욕설을 퍼붓고, 심술 사나운 자를 만나서 얻어맞으면 고스란히 서서 얌전히 얻어맞고 진창이거나 행길●이거나 얻어맞은 고 자리에 누워서 한잠 자고 일어나는 인물이었다.

그가 어찌한 복인지, 아내는 인물이 좋고 부덕이 지극한 이를 만나서

* '소설 이상 영화 이상 진기 연애 전람회'라는 난에 실린 글이다.

● **활동사진** '영화'의 옛 용어.

● **보행객주업** 걸어서 길을 가는 나그네만 받던 여관업.

● **모주** 모주망태. 술을 늘 대중없이 많이 마시는 사람을 놀리는 말.

● **떼꾸러기** 늘 떼를 쓰는 버릇이 있는 사람을 낮잡아 이르는 말.

● **행길** '한길'(사람이나 차가 많이 다니는 넓은 길)의 사투리.

누가 보든지 그의 아내로는 너무도 아까워하였다. 그 부인이 머슴 하인을 하나 데리고 보행객주나마 경영하면서 경찰서의 신용을 얻어 사식 차입•도 맡아 하고 순사들의 점심도 대이고 하여 살림을 유지하여 가고 있었다.

그런데 그 부인이 그 망나니 남편에게서 얻은 딸이나, 소생•들은 시로때로• 그 처녀 얼굴을 보려고 그 조꼬만 오막살이 밥집에 모여들고 모여들고 하였다. 그러나 원래 방 한 칸, 허청• 한 칸에서 보행객주를 하여 사는 터에, 제아무리 빈한할지언정 딸 하나는 마구 기르지 않겠다는 부인의 결심이 그 처녀를 방 속에만 넣어 주고 길러서 참말로 한울• 구경을 해 볼 때가 없이 자랐다.

그런데 그 집에 심부름하는 머슴 총각이 은근히 그 처녀를 연모하고 지내는 지 오래인 것을 몰랐던 그 어머니가 친척의 집 환갑에 참례하노라고• 집과 딸을 남편에게 맡기고 갔더니, 장 주인은 막걸리가 궁금하여 술 먹을 구녁•을 찾아 나가고 말았다. 그 틈을 타서 오래오래 남모르게 연정을 태우던 머슴 총각이 대담하게 과년한 미인 처녀의 방을 뛰어들어가 버렸다. 점점 불러 가는 처녀의 배가 일을 탄로시키니, 원래 얌전한 부인의 일이라 그리되었으면 별수가 없이 그 사람의 아내가 된 것이라고 그냥 작수성례•를 시켜서 어른을 만들었다.

• **사식 차입** 교도소나 유치장에 갇힌 사람에게 사사로이 음식을 마련해 들여보냄.
• **소생** 유생, 어린 학생.
• **시로때로** 수시로.
• **허청** 헛간.
• **한울** 천도교에서 '하늘'을 달리 이르는 말.
• **참례하다** 예식, 제사, 전쟁 따위에 참여하다.
• **구녁** '구멍'의 사투리.
• **작수성례** 물 한 그릇만 떠 놓고 혼례를 치름. 가난한 집안의 혼례를 이르는 말.

그 후 모주 장 대인은 돌아가시고 그 사위를 데리고 영업을 계속해 가는데, 그 출중한 사위님이 바람이 들기 시작하여 장모와 같이 있기 싫다고 절대라 하여 과언이 아닐 미인 아내를 데리고 성안 당주동 어느 바깥방에 월세를 들었다. 그때 그 집 안집은 어느 상인의 소실집인데 이 똑똑한 사위님이 이번에는 안에 홀로 있는 남의 소실을 연모하기 시작하여 남모르는 애를 혼자서 태워 오다가 하로•는 주인 남자가 없는 틈을 타서 안방에 뛰어 들어갔다. 대단한 열정가요 대단한 과감성 있는 남자였던 것이다.

뛰어들기만 하면 응종할• 줄만 알았던 노릇이 어그러져서 수작도 못 붙이고 쫓기어 나왔다. 그러니 어찌 될 것이랴. 엉큼한 주인 나리가 그날 밤에 그 말을 듣고 열정가를 불러 세워 놓고 "너는 강간 미수죄로 감옥에 보내겠다."고 으르대어, 위협해 놓고는 특별히 용서해 주는 조건으로 열정가의 미인 아내를 빼앗아 버렸다.

그 후부터 그 여자는 비단옷 금붙이에 세상에 있는 것을 마음대로 휘감고 나서니 참말로 그림 속에서 나온 선녀 고대로였고, 그 후로도 두 손을 더 넘어가서 소실에서 소실로 전전해 갔으나, 그의 온갖 미는 점점 더 맑아 가는 중에 지금 있다.

이만큼 진기하여도 부족이 있을까?

_雙S生, 『별건곤』 1929년 1월호•

● **하로** '하루'의 사투리.

● **응종하다** 명령이나 요구 따위에 응하여 그대로 따르다.

● 필명 波影生의 「낙화? 유수?」라는 제목으로 개작해 『별건곤』 1930년 3월호에 수록했다.

취직 소개해 본 이야기

취직 운동을 하는 데는 먼저 중간에서 소개해 주고 주선해 주는 사람의 마음에 들도록 주의해야 할 것입니다. 이것은 누구나 그리할 줄 알고 있을 일이니 아니 해도 좋은 말 같지만, 내가 여러 번 당해 보는 바에 주선해 줄 사람의 눈치를 잘 보고 사정을 잘 보아주면서 요령 있게 구는 사람—즉 청탁을 하러 왔다가도 내가 좀 바빠하는 눈치를 보거나 불편해하는 눈치를 보면 후일을 기약하거나 얼른 요령만 말하고 일찍 가 주는 사람, 또는 자기의 실력을 이쪽에서 요구하기 전에 마음성 좋게 보여주는 사람, 자기 개인의 궁한 사정만 자꾸 되짚어서 길게 늘어놓지 않고 내가 소개해 주기에 필요한 말만 제공해 주고 가는 사람—이런 사람은 그 눈치 빠른 점으로 보아 일과 말에 요령이 있는 점으로 보아 아무 데에 소개하더라도 나중에 후회하게 될 일은 없겠다고 믿어지고, 따라서 자신을 가지고 소개하게 되고 또 스스로도 귀찮은 줄 모르고 힘들여 정성껏 주선해 주고 싶어집니다. 그와 반대로 이편이 바빠하는지 곤란해하는지 눈치도 사정도 없이 벽창호로 지긋이 자기 말만 하고 있는 사람, 그런 사람은 도무지 기민해 보이지 않아서 어데다 소개하였다가 나중

* '취직 주선을 하여 본 경험담'란에 실린 글이다.

에 성적이 좋지 못하거나 달리 결과가 좋지 못하게 되면 어쩔까 하는 불안이 생겨서 소개하기도 주저되는 때가 있습니다.

곤란한 것 세 가지

취직 소개를 하여 달라 하는 중에 가장 곤란한 것 세 가지가 있습니다. 잡지 편집에 종사하는 관계인지 나에게는 직접 집이나 사무실로 찾아오는 외에 지방에서 편지로 주선 청탁이 오는 것입니다. 얼굴도 짐작 못 하는 이에게서 나는 이러이러한 사람인데 이력은 어떻게 어떻고 하며 모 방면을 지원하니 아무쪼록 주선해 달라 하는 편지가 오는 것입니다. 멀리서도 믿고 편지를 보내 주는 것은 한없이 감사합니다. 친척입네 동창입네 하는 이보다도 이렇게 원처•에서 편지해 주는 이를 될 수 있으면 더 먼저 하고 싶어집니다.

그러나 딱한 일이 아닙니까. 그의 얼굴도 모르고 제일 그의 성정을 모르고 어떤 장점을 가졌는지 모르고 어떻게 어데다 소개를 합니까. '내가 그 자리에 있으면 이 사람을 꼭 쓰겠다. 이 사람의 모든 것이 그 자리 그 일에 꼭 맞는다.'고 믿어지지 않으면 얼른 소개하러 나서지를 못하는 것입니다. 그런데 어떻게 편지 한 장만 보고 어떻게 합니까. 그리고 심한 이는 편지 한 장 해 놓고 답장도 기다리지 않고 그냥 상경 여비만 가지고 불쑥 서울로 올라오는 것이고…….

셋째로 곤란한 것은 남의 사정은 들은 체 만 체 하고 그저 '나는 거기가 꼭 소원이니 어떻게든지 되도록만 해 주시오.' 하고 고집고집 세우는 사람입니다.

• **원처** 먼 곳.

주선하다가 딴 사람 넣은 이야기

나의 친척 되는 이 중에 일본 ○○대학을 마치고 돌아와서 취직 운동을 하는 Y 군이 있어 되도록은 신문기자를 희망하는 고로 그때 ○○일보 사회부장으로 있는 친우● 모 씨를 만나서 Y 군의 이야기를 하였습니다. 신문사 모 씨는 나와 경외하는 사이요, 또 교분이 그만한 소청은 성의껏 들을 사이였고, 또 그런 사이임을 알고 있는 고로 Y 군도 꼭 되는 것으로 믿고 있었습니다.

그런데 내가 그에게 Y 군 이야기를 마치자 마침 다른 전문교 강사 한 분이 왔다가 신문사 모 씨를 보고 그해의 자기교 졸업생 중의 한 사람 P 군이라는 사람을 써 달라고 소개하고 갔습니다. 그러나 소개받은 그는 P라는 졸업생을 짐작을 못 하고, 나는 그 P가 어떤 성정을 가진 사람이라고 알고 있었습니다.

전문교 강사가 돌아간 후 모는 말하되 '실인즉 기자를 한 사람 쓰겠으되 외근 기자가 아니라 안에 있어서 차근차근하게 편집을 도와 갈 사람을 구한다.' 합니다. "그러면 틀렸네. 내가 말한 Y 군은 외근 탐방 기자로 수완이 있을 사람인 고로 믿고 추천하려던 것인데 내근할 편집 조수라면 부적하고, 지금 왔던 그 강사가 말한 P라는 졸업생은 내가 짐작은 하는 바 그가 적임일 것 같으니 그 사람을 쓰도록 하시오." 하고 말았습니다. 내가 주선하는 Y 군 말은 나 스스로 취소해 버렸고 그 P라는 이가 채용되었습니다.

● **친우** 가까이하여 친한 사람.

소개하였다 낭패

소개해 주느라고 정성껏 해 주고 낭패 본 일이 있습니다. 한번 좀 연소한 이의 청에 못 견디어 여기저기 명함도 보내고 편지도 하여 주선하다가 결국 한 자리 안정할 곳을 얻어 주었기에 잘 시무하고• 있거니 하고 있었더니, 나중에 알아보니까 그곳에는 있지 않고 내가 처음 명함도 주어 보내고 편지도 주어서 그것 가지고 갔던 곳마다 찾아가서 나를 팔고 돈을 사취하여• 가지고 어데로 가 버린 것을 알았습니다. 내가 어리석은 탓밖에 없겠지마는 힘써 주선하던 일이 억울하기도 하거니와 조금이라도 나를 믿다가 견기한• 그들 친우에게 면목이 없어서 곤란하였습니다.

_『별건곤』 1929년 4월호

● **시무하다** 사무를 보다.
● **사취하다** 남의 것을 거짓으로 속여서 빼앗다.
● **견기하다** 남에게 버림을 받다.

빙수

기왓장이 타고 땅바닥이 갈라지는 듯싶은 여름낮에 시커먼 구름이 햇볕 위에 그늘을 던지고 몇 줄기 소낙비가 땅바닥을 두드려 주었으면 적이 살맛이 있으련마는 그것이 날마다 바랄 수 없는 것이라, 소낙비 찾는 마음으로 여름 사람은 얼음집을 찾아드는 것이다.

*

"엣—쓰꾸리잇!● 에이쓰 꾸리잇!" 얼마나 서늘한 소리냐! 바작바작 타드는 거리에 고마운 서늘한 맛을 뿌리고 다니는 그 소리. 몬지● 나는 거리에 물 뿌리고 가는 자동차와 같이, 책상 위 어항 속에 헤엄하는 금붕어같이, 서늘한 맛을 던져 주고 다니는 그 목소리의 임자에게 사 먹든지 안 사 먹든지 도회지에 사는 시민은 감사하여야 한다.

그러나 얼음의 얼음 맛은 아이스크림에보다도 밀크셰이크에보다도 써억써억 갈아 주는 '빙수'에 있는 것이다.

* 『별건곤』 1928년 7월호의 글과 제목이 같다. 목차에는 제목이 '빙수 이야기'로 표기되어 있다.

● **엣—쓰꾸리잇** '아이스크림'의 일본어.

● **몬지** '먼지'의 사투리.

*

찬 기운이 연기같이 피어오르는 얼음덩이를 물 젖은 행주에 싸쥐는 것만 보아도 냉수에 두 발을 담그는 것처럼 시원하지마는 써억써억 소리를 내면서 눈발 같은 얼음이 흩어져 내리는 것을 보기만 하여도 이마의 땀쯤은 사라진다.

눈이 부시게 하얀 얼음 위에 유리같이 맑게 붉은 딸기물이 국물을 지을 것처럼 젖어 있는 놈을 어느 때까지든지 들여다보고만 있어도 시원할 것 같은데, 그 새빨간 데를 한 술 떠서 혀 위에 살짝 올려놓아 보라. 달콤한 찬 전기가 혀끝을 통하여 금시에 등덜미로 쪼르르르 달음질해 펴져 가는 것을 눈으로 보는 것처럼 분명히 알 것이다.

*

빙수에는 바나나물이나 오렌지물을 쳐 먹는 이가 있지마는 얼음 맛을 정말 고맙게 해 주는 것은 새빨간 딸기물이다. 사랑하는 이의 보드라운 혀끝 맛 같은 맛을 얼음에 채운 맛! 옳다 그 맛이다. 그냥 전신이 녹아 아스러지는 것같이 상긋하고도 보드랍고도 달큼한 맛이니 어리광부리는 아기처럼 딸기 탄 얼음물에 혀끝을 가만히 담그고 두 눈을 스르르 감는 사람, 그가 참말 빙수 맛을 향락할 줄 아는 사람이다.

경성 안에서 조선 사람의 빙숫집치고 제일 잘 갈아 주는 집은 내가 아는 범위에서는 종로 광충교 옆에 있는 환대(丸大)상점이라는 조꼬만 빙수점이다.

얼음을 곱게 갈고 딸기물을 아끼지 않는 것으로 분명히 이 집이 제일이다. 안동[●] 네거리 문신당 서점 위층에 있는 집도 딸기물을 상당히 쳐

● **안동** 서울 종로구 안국동의 일제강점기 명칭.

주지만 그 집은 얼음이 곱게 갈리지를 않는다. 별궁● 모퉁이의 백진당 위층도 좌석이 깨끗하나 얼음이 곱기로는 이 집을 따르지 못한다.

*

얼음은 갈아서 꼭꼭 뭉쳐도 안 된다.

얼음발이 굵어서 싸라기를 혀에 대는 것 같아서는 더구나 못쓴다. 겨울에 함박같이 쏟아지는 눈발을 혓바닥 위에 받는 것같이 고와야 한다. 길거리에서 파는 솜사탕 같아야 한다. 뚝 떠서 혀 위에 놓으면 아무것도 놓이는 것 없이 서늘한 기운만 달큼한 맛만 혀 속으로 스며들어서 전기 통하듯이 가슴으로 배로 등덜미로 쫙 퍼져 가야 하는 것이다. 그러고는 그 시원한 맛이 목덜미를 식히고 머리 뒤통수로 올라가야 하는 것이다. 그러는 동안에 옷을 적시던 땀이 소문 없이 사라지는 것이다.

시장하지 않은 사람이 빙수점에서 지당가위●나 밥풀과자●를 먹는 것은 결국 얼음 맛을 향락할 줄 모르는 소학생이거나 시골서 처음 온 학생이다. 얼음 맛에 부족이 있거나 아이스크림보다 못한 것같이 생각하는 사람이 있으면 빙수 위에 달걀 한 개를 깨쳐서 저어 넣어 먹으면 족하다. 딸기 맛이 감해지니까 아무나 그럴 일은 못 되지마는…….

*

효자동 꼭대기나 서대문 밖 모화관●으로 가면 우박 같은 얼음 위에 노랑물 파랑물 빨간물을 나란히 쳐서 색동빙수를 만들어 주는 집이 몇 집 있으니, 이것은 내가 먹는 것 아니라도 가엾어 보이는 짓이요, 삼청

● **별궁** 안동별궁. 1881년 세워진 별궁.
● **지당가위** 단 과자의 한 종류. 지당가우.
● **밥풀과자** 쌀을 튀겨 조청에 버무려 굳힌 과자.
● **모화관** 조선 시대에 명나라와 청나라의 사신을 영접하던 객관.

동 올라가는 소격동 길에 야트막한 초가집에서 딸기물도 아끼지 않지마는 건포도 4, 5개를 얹어 주는 것은 싫지 않은 짓이다. 그리고 때려 주고 싶게 미운 것은 남대문 밖 봉래정•하고 동대문 턱에 있는 빙숫집에서 딸기물에 맹물을 타서 부어 주는 것하고, 적선동 신작로 근처 집에서 누런 설탕을 콩알처럼 덩어리진 채로 넣어 주는 것이다.

*

빙숫집은 그저 서늘하게 꾸며야 한다. 싸리로 울타리를 짓는 것도 깨끗한 발을 치는 것도 모두 그 때문이다. 조선 사람의 빙숫집이 자본이 없어서 야트막한 초가집 두어 칸 방인 것은 할 수 없는 일이라 하고, 안동 네거리나 백진당 위층같이 좁지 않은 집에서 상 위에 물건 궤짝을 놓아두거나 다 마른 아욱나무 쪼각이나 놓아두는 것은 무슨 까닭이며, 마룻바닥에 물 한 방울 못 뿌리는 것은 무슨 생각인지 이해하기 어려운 일이다.

더구나 조꼬만 빙숫집이 그 무더워 보이는 빨건 헝겊을 둘러치는 것은 무슨 고집이며, 상 위에 파리 잡는 끈끈이 약을 놓아두는 것은 어쩐 하이칼라•인지 짐작 못 할 일이다.

_波影生, 『별건곤』 1929년 9월호

● **봉래정** 서울 중구 만리동2가의 일제강점기 명칭.
● **하이칼라** 서양식 유행을 따르던 멋쟁이를 이르던 말.

임자 찾는 백만 원

숭얼숭얼숭얼 시뻘건 '빈대'란 놈이 잡아도 또 나올 때마다 생각하는 일이 두 가지 있다.

'사람 중에 나쁜 놈은 빈대 같은 놈이라고 욕을 하는 것이 제일 큰 욕이겠다.' 하는 생각하고, '조선 사람 중에는 빈대 잡을 약을 생각해 보는 이가 그렇게 한 사람도 없을까.' 하는 생각이다.

빈대 잡는 신통한 약을 발명만 하면 단번에 백만 원씩은 굴러 들어올 것이 천지신명에 점쳐 보지 않더라도 확실한 일이다. 백만 원, 백만 원. 3, 4원에도 미인이 팔리고 1원 50전에 살인 사건도 일어나는 세상에 백만 원, 백만 원이 생긴단다. 이런 생각을 할 때 나는 의학이나 약학을 배우지 못한 것을 한탄한다.

약학자 아닌 사람의 갑갑한 생각으로 따져 본대도 빈대를 잡는 데는 두 가지 길이 있을 것이다. 사람에게 비상이 독약인 것처럼 빈대에게 제일 독한 독약을 발견하여 빈대 있음 직한 곳에 뿌리든지, 아니면 빈대가 제일 좋아하여 어여쁜 계집 보고 부잣집 자식이 땅문서 들고 대어들듯 참지 못하고 달겨들 만큼 빈대가 좋아할 냄새 낼 물건을 발견하여 그 냄

* '녹음 만화'란에 실린 글이다.

새로 빈대란 빈대를 모조리 요강 속으로 꼬여 들이든지, 석유통 속으로 꼬여 들이든지 이 두 가지밖에 더 확실한 방법이 없을 것이다.

그러나 독약을 생각하는 길로는 석유를 뿌려 보아, 휘발유 양잿물을 뿌려 보아, 그래도 안 되니까 더 독한 것은 생각하기 망연하겠고 빈대가 좋아 못 견디고 달겨들 냄새를 발견할 도리를 하는 것이 옳을 것 같다.

빈대가 대체 무슨 냄새를 좋아하는가. 그것은 약학자가 추근추근하게 급히 굴지 말고 천천히 실지 연구를 해 보아야 알 것이다. 그러나 우리 따위 무식배의 생각으로도 빈대가 사람의 땀내를 좋아하는 것은 분명하다. 어두운 속에서 그 좁은 틈바귀●에 끼어 있다가도 땀 흘리는 사람의 고기 냄새를 맡기만 하면 3년 묵은 빈 껍질도 기가 나서 기어 나오는 것으로 보아 사람의 땀내와 피 냄새를 좋아하는 것만은 사실이다.

그러니까 말이지, 목욕탕에서 목욕하고 버리는 더러운 물 그 물을 그냥 버릴 것이 아니라 그것을 체에 쳐서 건더기(땀과 때)만 남기든지 어떻게 끓여서 '엑기스'를 만들든지 하면 어떨까. 그래서 그것을 요강 속 바닥에 놓고 빈대들을 꼬여 들이거나 석유통 속에 놓고 꼬여 들이거나 하면 묘하지 않은가 말이다.

온돌 방 한 칸 치에 30전씩, 적게 적게 줄잡아 한 집에서 3칸 치씩만 100만 집에서 한 번씩 사도 100만 원.

그 누가 더러 이런 생각을 안 해 보는가. 하하.

_波影,● 『별건곤』 1929년 9월호

● **틈바귀** '틈바구니'의 준말.
● 목차에는 필자 이름이 '波影生'으로 표기되어 있다.

남자 모르는 처녀가 아기를 배어 자살하기까지

—너무도 거짓말 같은 사실 비화

1. D온천의 P여관

온 산과 온 들이 눈 속에 파묻힌 겨울에도 온천은 좋지만, 꽃피는 봄 잎 붉은 가을에도 온천은 좋지만, 푸른 잎 땅에까지 덮이는 여름철에 깊은 녹음 속에 아늑히 숨어 앉은 온천처럼 좋은 것은 없다.

더욱 D온천은 촌리•를 멀리 떨어져 땅에까지 덮은 벚나무 가지 틈으로 굽이굽이 돌아들어서 2층 지붕도 보이지 않게 깊숙이 들어앉은 곳이라 그야말로 별세상같이 아늑하고 조용하여 여름에 좋은 곳이다.

K는 더위도 피하려니와 제일 사무소로 번거로이 찾아오는 손님을 피하여 한동안 조용히 집필하여야 할 원고지 뭉치를 가방에 넣어 가지고 서울서 멀리 이 온천을 찾아와서 P여관의 2층 한 방에 들어 있었다.

짐작과 같이 이때의 D온천은 심심해 못 견딜 만큼 조용하였다. 장마철이라 그런지 어느 여관이고 손님이 2, 3인씩밖에 없고 어떤 여관에는 한 사람도 없는 곳이 있었다. K가 있는 P여관이래야 K의 5호방에서 네

* 발표 당시 '처녀 혼자 잉태할 수 있는가' '천하 괴사실'이라고 소개했다. 목차에서는 제목을 '독신처녀괴태사건'이라고 밝혔다.

● **촌리** 마을.

방이나 건너서 1호방에 일본 사람 어느 학교 교원 같은 중년 신사가 한 사람 와 있고, 복도 건너편 구석 9호방에 역시 일본 사람 젊은 내외가 젖먹이 어린 아기를 데리고 K가 오기 전부터 와서 있는 외에 아무도 없었다.

"으째 이렇게 조용한고?"

밥상 옆에 꿇어앉은 스미라는 하녀에게 K는 물었다.

"지금 어느 때입니까. 장마철에는 어느 해든지 이렇게 조용하답니다. 그렇지만 올해는 참 유난히 더 손님이 적으셔요." 하였다.

사실 어찌 조용하고 심심한지 여덟 사람이나 되는 하녀 중에 두 사람은 손님 적은 때 고향에를 다녀온다고 갔고, 여섯 사람만 남아 있건마는 그들도 할 일이 없어서 낮이면 바느질만 배우고 있는 형편이었다.

조용하여서 제일 고맙다고 생각하는 K는 날마다 원고가 생각던 이보다도 더 많이 슬슬 써져서 마음이 좋았다.

"그런데 오신 지 벌써 닷새째 되었어도 K 상께서는 탕에를 왜 안 들어가세요? 오시던 날 낮에 들어가시는 것을 뵙고는 그 후로는 한 번도 못 뵈었어요. 제가 바빠서 못 뵈었는지요." 하고 거의 서른이 가까워 보이면서도 애교 많은 스미라는 하녀는 저녁 밥상 옆에 꿇어앉아서 이런 말을 하였다.

"왜 안 들어가! 날마다 들어가는데. 탕에 안 들어가면 온천에 공연히 왔게?"

"아이그, 저런! 그럼 제가 게을러서 목욕 시중도 못 해 드렸습니다그려. 아이그, 미안해 으쩌나……. 저는 K 상께서는 원고만 쓰고 계시니까, 쓰시는 것이 바빠서 안 들어가시는 줄만 알고 있었어요. 참말 미안합니다. 내일부터는 정신 차리지요."

하면서 진정으로 미안해하는 모양이었다.

"아니 아니, 목욕 시중은 무슨 시중. 그만두어요. 나는 이상한 버릇이 있어서 낮에 다른 사람들이 깨어 있어서 지껄거리고 수선스러울 때는 시끄러워서 낮잠을 자 버리고, 밤이 깊어서 다른 사람들이 모두 잠이 들어 고요한 때에 일어나서 원고를 쓰는 터이니까 탕에도 밤에야 들어가거든……."

"그렇지만 요새같이 손님 없는 때 무에 시끄러우셔요."

"아니 요새는 낮에도 조용하지만 밤에라야 쓰는 것이 아주 습관이 되어 버려서……."

"그래 탕에도 남들이 모두 잠든 후에 들어가셔요?"

"그럼. 밤에 아무도 깨어 움직거리는 사람이 없는 때, 나 혼자 들어가서 물속에 가만히 앉아 있으면 참 신선같이 좋지."

"아이그, 무서워라!"

"무엇이 무서워? 조용하고 좋지. 그러고 나오면 원고도 아주 퍽 잘 써지는데."

"아이그머니나! 저희 같으면 무서워서 밤에는 탕 근처에는 가지도 못하는데요."

창밖에는 또 빗방울이 나뭇잎을 때리는 소리가 나기 시작하였다.

2. 괴상한 나체 미인

비 오는 밤이었다. 요란히 쏟아지지도 않고 봄비같이 부슬부슬 잔잔한 비가 부는 밤이었다. 녹음 깊은 온천의 비 오는 밤. K가 서울에서 늘 좋게 생각하던 온천에 비 오는 밤이었다.

K는 기분에 끌려서 일찍부터 원고를 쓰고 앉았다가 밤마다 탕에 들어가는 '새벽 1시'가 오래 지나친 것을 깨닫고 "아이, 오늘은 탕에 들어가는 것도 잊었구나." 하고 중얼거리면서 술술 내리쓰던 원고를 눌러놓고 수건을 들고 나섰다.

새벽 3시 10분 전이라 그 큰 여관은 사람마다 깊은 잠 속에 들어 죽은 것같이 고요하였다. 끄는 신을 소리 적게 끌면서 복도를 지나 아래층으로 내려가서 길다란 복도를 천천히 걸어가서 탕 앞에 이르러 옷을 벗고 탕 문을 고요히 열고 들어갔다.

정적! 참말 여관 본채보다도 이 탕은 더욱 고요하여 무덤 속같이 깊은 데를 들어온 것 같았다. 탕 물속에 가만히 들어앉아서 K는 전날 저녁밥 때 스미가 '밤중에는 무서워서 탕 근처에도 못 온다.' 한 말을 문득 생각하였다.

딴은 여자 아니라도 우연만한● 남자도 이렇게 깊은 밤에는 무섭다고 오지 아니할 것이다. 이렇게 집 뒤채에 따로 떨어진 곳에서 귀신이나 도깨비 같은 것이 몇 백이 들끓어도 본채에서는 알지도 못할 것이다. 이런 생각을 하고 있었다.

그때다. K가 문득 이 탕 속에 사람의 기척이 있는 듯이 느껴져서 감고 있던 눈을 떠 보니까 아아, 참말로 이상한 일이었다. 희미한 전등불 밑에 분명히 사람 하나가 탕 속 물간● 위에 K의 코앞에 허리를 걸치고 가만히 앉아 있다.

조금 열어도 드르륵 소리가 나는 탕 문이 열린 적이 없었는데, 어느

● **우연만하다** '웬만하다'의 본말.
● **물간** 일정한 규격으로 둘러막아 물을 담아 두는 공간.

틈에 어데로 들어왔는지 분명히 자기의 눈앞에 사람 하나가…… 더구나 그는 남자가 아니라 살결이 백옥같이 흰 나어린 여자였다.

K는 머리가 쭉, 탕 물속에서도 전신에 소름이 쭉! 끼치는 것을 느꼈다. '내 눈이 잘못된 것이 아닐까.' 싶어서 K는 두 손으로 두 눈을 비비고 또다시 보았다. 아무리 보아도 분명한 어여쁜 여자였다.

그러나 이상치 아니한가. 어째 왔든지 탕 속에 들어왔으면 물통으로 물을 떠내서 씻든지 물속으로 들어오든지 할 터인데 들어와서 앉은 지 벌써 4, 5분이 지나도록 손끝 하나 까딱하지 않고 그림같이 고스란히 앉아만 있다.

K는 생각해 보았다. 자기 방을 맡아 가지고 드나드는 스미가 아닌가 뚫어지도록 자세 보아도 그도 아니었다. 2층 구석방에 있는 부부 중의 여자가 아닌가, 그도 아니었다. 아마 오늘 자기가 낮잠 자는 동안에 새로 온 손님인가 보다, 이렇게 생각해 버릴밖에 없었다.

그러나 너무 이상치 아니하냐. 문소리도 없이 어데로 들어왔으며 어째서 새벽 3시에 혼자 들어오는가. 새벽 3시 아니라 4시에라도 올 수는 있는 일이지만 왔으면 어째서 저렇게 고개 한 번 손끝 하나 까딱이지 않고 그림같이 저렇게 앉아 있는가.

귀신? 도깨비? K의 머릿속은 어지럽게까지 여러 가지로 생각해 보았으나 도무지 판단이 나지 않고 그렇다고 무어라고 말을 걸어 보거나 이편에서 물 밖으로 튀어 나갈 기운도 마음도 생기지 못했다. 이편에서도 그냥 그저 숨소리도 못 내고 그림같이 고요히 있었다.

한 시간이나 지난 것 같았으나 실상은 한 10분이나 지난 때였을까. 그 발가벗은 여자는 스르르 일어섰다. 일어서서는 가만히 걸어간다. 놀란 눈에도 그 벌거벗은 뒷맵시는 참말 날씬하고 어여뻤다. 그가 어떻게 여는지 문소리 안 나게 문을 열더니 스르르 연기 사라지듯 밖으로 사라져 버렸다.

K는 그가 나간 후에도 한 4, 5분이나 정신 나간 사람처럼 고대로 있었다. 한동안이나 지난 후에 K는 물속에서 나와 문밖을 휘휘 둘러보았으나 거기는 아무것도 아무 자취도 없고, 다만 복도 바깥에 비 오는 소리만 주룩주룩 들릴 뿐이었다. K는 자기가 도깨비에게 홀려서 못 올 데를 와서 헤매는 것같이 생각되었다.

K는 정신없이 옷을 걸쳐 입고 수건을 들고 신은 끌지를 못하고 맨발로 걸어 돌아왔다. 아까 올 때와 달라서 거기서 복도를 걸어 아래층 여러 방을 지나 위층으로 올라가기가 한 백 리 길이나 갈 것처럼 멀게 생각되었다. 알 수 없는 불안한 마음으로 간신히 돌아왔다.

자기 방에 와서는 원고도 쓰지 못하고 잠도 오지 않고, 어지럽게 핑핑 도는 생각을 그대로 눈만 말뚱말뚱하고 있었다. 아까 그 탕 속에 연기같이 나타났던 그 이상한 여자가 지금 자기 방에 와서 자꾸 들여다보는 것 같이 생각되어서 더욱 불안하였다. K는 어서 이 밤이 새고 아츰[•]이 오기를 바라고 고대하고 있었다.

3. 탐정 취미의 호기심

"이것 보아. 어제 낮에 새로 온 손님이 있는가?"

아츰 밥상을 받아 놓고 꿇어앉아서 밥을 뜨는 스미에게 K는 물었다.

● 아츰 '아침'의 사투리.

"아니요."

"정말 아무도 안 왔어?"

"아무도 새로 오신 이 없어요. 왜 그러셔요? 누가 K 상 아시는 이가 어저께 오신다구 그랬어요?"

"아니. 그러면 주인집에 어느 친척이 왔거나 그런 일이 없나?"

"없어요. 그런데 왜 별안간에 순사처럼 호구조사를 하세요?"

"아니야. 좀 알 일이 있어서 그러는 게야. 그런데 좀 이상한 말을 묻는 것 같지만 혹시 전에 이 집에서 앓다가 죽었거나 한 사람이 없는가?"

"에그, 점점 이상한 말씀을 물으시네. 그런 사람 없어요. 왜 그런 이상한 말씀을 자꾸 하세요?"

"아니야. 내가 지금 소설을 하나 꾸미는데 거기 참고하려고 그러는 것이야."

K는 잘 알지도 못하는 일에 어젯밤에 본 일을 말하면 온 집 안이 소동이 될 것도 미안하고, 자기로도 경솔한 것 같애서 하녀에게일망정 본설●을 토하지 않았다.

"그럼 이 집 하녀가 모두 몇 사람이나 있는지, 그중에 밤중에 탕에 가는 사람이 있나?"

"아이고 누가 밤중에 탕에를 갑니까. 있기는 여덟 사람 중에 둘은 고향에 다니러 가고요, 지금 여섯이지요마는 모두 저 같은 겁쟁인데요. 그러구 온종일 일하고는 저녁상까지 치워 놓고 열 시 되기 전에 목간하고 나와서는 그냥 쓰러져 자지요. 그래야 이튿날 새벽에 일어나지 않습니까?"

● 설 이야기.

K는 아무리 지혜를 짜내어도 어젯밤의 괴상한 어여쁜 여자의 정체를 짐작도 할 길을 얻지 못하여 그날 온종일 원고 한 장 못 쓰고 불안하고 불쾌하게 지냈다.

"이것을 정체를 알아내기만 하면 좋은 소설거리요 또 잡지 기삿거리인데……."

온종일 이런 말만 혼자 중얼거렸다.

4. 나체 미인의 재현

또 밤이 들었다. 8시, 9시, 시간이 자꾸 지날수록 밤이 차차 깊어 갈수록 K는 무슨 무서운 사람의 손아귀에 자꾸 얽혀 드는 것 같았다. 오늘 밤에도 또 그 이상한 여자를 만나면 어쩌나……. 에에, 오늘은 초저녁에 일찍이 갔다 오는 것이 낫겠다. 그러나 그 이상한 여자를 다시 만나지 못하면 영구히 그것이 무엇인지를 알지 못하고 말게 되지 않는가. 더구나 그는 아름다운 어린 여자다. 오늘은 일부러라도 그 여자를 또 만나서 이편에서 먼저 말을 걸어 보아야 한다. 그래서 그가 누구인 줄을 알아야 한다.

그러나 만일 그 어여쁜 여자가 만일 무슨 요사한 귀신이면? 그렇다. 아무리 생각하여도 이 세상 인간은 아닌 것 같다. 당장 현재 이 집에 있는 사람 중에는 그러한 인물이 없지 아니한가……. 이 집에 없는 인물이 깊은 밤중에 이 집 맨 뒤채에 있는 탕에를 어떻게 들어올 리가 있는가. 문소리도 없이 발소리도 없이 오고 가는 것을 보든지 들어와서는 손 하나 머리카락 하나 까딱하지 않고 10여 분 동안이나 그림같이 앉았다가 가는 것을 보든지 확실히 이 세상 인간은 아니다. 이 세상 인간이 아니면 귀신일밖에 없지 않은가? 에에, 오늘부터는 초저녁에 얼른 다녀오는 것이 낫겠다.

망설거리고 있는 동안에 11시 12시도 지나고 새로• 1시도 지났다. 이제는 여관 안의 모든 사람이 잠들었을 것이요 다른 날 같으면 탕에 들어갈 시간이다. 그러나 '어저께 밤에 그를 만난 것이 3시쯤이었었겠다.' 하는 것이 K의 머리에 무겁게 박혀 있어서 망설거리면서도 K는 그 3시에 질질 끌리고 있는 것이었다. 불안을 느끼면서도 3시라는 시간에 끌리어가는 자기의 마음을 K는 자기로도 알 수가 없었다.

2시! 2시 30분! 40분! 50분! 기어코 어저께 그 시간이 되었다. 갈까 말까 왼종일 망설거리면서 이 시간까지 망설거리고 앉았던 K는 무슨 줄에 매여 잡아당겨지는 것처럼 부스스 일어나서 수건을 들고 방문을 나섰다. 어젯밤과 다름없는 무덤 속같이 고요한 밤이었다. K는 신도 끌지 않고 벗은 맨발로 길다란 2층 마루를 걸어 층계로 내려가서 2층보다 더 길다란 아래층 마루를 지나 따로 떨어진 복도를 걸어 탕에까지 갔다. 탕 앞에 이르자 K의 가슴은 울렁거리기 시작하였다. 그 이상한 요귀가 먼저 와 있다가 와락 악을 쓰고 달겨들지나 않을까 겁이 나면서도 K는 조심조심 탕 문을 열었다. 아직 아무것도 없고 어저께 밤과 같이 고요하였다. K는 안심하고 탕에 들어갔으나 목욕에는 뜻이 없고 물속에 가만히 들어앉아서 그 여자가 나타나기를 기다리고 있었다.

몇 분 동안이나 지났는지 한동안을 지나서 두 눈 말뚱말뚱히 K가 쏘아보고 있는 그 문이 소리 없이 열렸다. 그리고 그 어여쁜 날씬한 발가

• **새로** (12시를 넘긴 시각 앞에 쓰여) 시각이 시작됨을 이르는 말.

벗은 미인이 수건 하나 가린 것 없이 맨몸으로 사뿐사뿐 시멘트 층계를 걸어 내려오더니 K라는 남자가 자기 앞에 있는 것이 전혀 보이지도 않는 것처럼 부인 탕에 혼자 들어온 것처럼 무심히 걸어와서는 물을 떠내지도 않고 물속에 들어오지도 않고 어저께처럼 물통 세멘트 담 위에 가만히 걸터앉았다.

K는 이날은 비교적 어저께보다 가라앉은 마음으로 그 여자의 살결이며 머리 맵시며 얼굴을 자세 바라볼 수가 있었다.

만지기만 하여도 터져서 새빨간 피가 흐를 듯싶은 한창 피어오른 토실토실한 살, 보기만 하여도 아직 꽃봉오리 같은 처녀라고 누구든지 말할 깨끗한 살결, 만지기도 아까울 듯싶은 젖가슴과 허리, 그리고 둥근 얼굴이라 할지 갸름한 얼굴이라 할지 얼른 판단하기 어려운 도톰한 얼굴, 코와 입술은 화가가 마음대로 어여쁘게 그린 그림과 같았다.

K는 이것이 사람이냐 귀신이냐 하는 의심도 다 잊어버리고 그 아름다운 얼굴과 좋은 몸 자태에 취해서 한동안이나 멀거니 보고만 있었다.

'저렇게 아름다운 것이 참말 보통 사람이었으면…….' 하는 마음이 간절하여졌다. '그러나 저렇게 깨끗하고 귀여운 여자가 어쩐들 나쁜 귀신이거나 도깨비거나 할 수가 있을까.' 이렇게 생각하는 동안에 K의 무섭고 불안한 생각은 적이 감하여졌다.

불안한 생각이 감해지면 질수록 얼른 그 정체를 알고 싶은 생각이 강해졌다. K는 큰 용기를 내기에 한참 동안 노력하여 자기 마음을 가꾸었다. 그래 가지고 일부러 후닥닥 수선스럽게 물 밖으로 튀어나오면서 탕물이 그 여자의 몸에 많이 튀게 하였다.

그러나 그래도 여자는 까딱도 하지 않고 그대로 그림같이 고스란히 앉아 있다.

K는 다시 불안을 느꼈다. 저것이 정말 사람이면 저렇게 있을 수가 있을까. K는 또 한동안 노력하여 기운을 내어 가지고 자기가 다시 물속으로 들어가 앉아서 "여보셔요. 왜 그러고 앉으셨어요. 이리 들어오시지요." 하여 보았다. 이상한 일이었다. 그 말도 듣는지 못 듣는지 그냥 그대로 가만히 앉았더니 한참 후에 부시시 일어나서 상글상글 웃으면서 물속으로 들어와서는 저편 구석에 쪼그리고 앉았다.

말을 알아듣는 것을 보니 이제는 K가 부끄러워서 민망해졌다. 저편 구석에 앉았고 이편 구석에 앉았다 해야 탕 물속이라 그 거리가 불과 3, 4척•이다. 같이 들어앉았기가 거북하여 K는 튀어나와 앉아서 때도 있을 리 없는 등덜미를 밀고 있었다.

"여보셔요."

미인이 K를 부르는 소리에 K는 깜짝 놀랐다. 등덜미에 찬물을 끼얹는 것처럼 온몸이 선뜻하였다.

"왜 오래간만에 만나서 그렇게 달아나셔요. 이리로 들어오세요."

K는 어안이 벙벙하여 멀거니 앉아서 바라만 보고 있었다. 그는 점점 안타까운 표정을 하면서

"왜 그렇게 잠자코 계셔요. 나를 원망을 하셔요? 왜 그동안에는 그렇게 한 번도 오시지도 않고요."

하더니 다시 우는 듯한 소리로

"저렇게 마음이 변한 줄은 모르고 공연히 나 혼자 그렇게 밤마다 여기 와서 기다렸지……."

기어코 훌쩍훌쩍 울기 시작하였다.

• **척** 길이의 단위로 1척은 약 30.3cm에 해당한다.

K는 어찌할 줄을 모르고 가만히 앉았으니까

"그렇게 남의 얼굴만 보고 계시지 말고 이리 와서 내 몸을 좀 따뜻하게 안아 주세요."

"왜 그렇게, 무엇에 노하셨세요? 한 번도 만나러 오시지도 않고…… 도리어 나를 왜 원망하세요?"

"무엇 때문에 마음이 그렇게 변하셨어요. 네?"

K는 무어라고 대답을 해야 할지도 모르거니와 아직도 아녀자의 정체가 무엇인지 알지 못하여 그냥 가만히 보고만 있었다.

한참이나 그 투로 울다가는 말하고, 말하다가는 울다가 그 여자는 물속에서 나와서 처음처럼 물간 '세멘담'● 위에 걸터앉았다. 그러더니 다시 처음과 같이 입을 다물고 그림같이 가만히 앉아 버렸다.

이번에는 밖에 나와 있던 K가 도망하듯이 탕 물속으로 들어가 앉았다.

한참이나 되도록 그림같이 앉아 있던 여자는 이윽고 비시시 일어나서 몸에 물도 씻지 않고 그냥 사뿟사뿟 걸어서 역시 소리 없이 문을 열더니 밖으로 사라져 버렸다. K는 물속에서 튀어나와서 그 뒤를 따라가려고 급급히 수건을 짜 가지고 몸에 물을 대강대강 씻고 탕 밖으로 나아가 옷을 걸치고 맨발로 복도를 급히 걸어 쫓아갔다. 그러나 그동안에 벌써 어데로 사라졌는지 아무 데에도 보이지 않았다.

고동안에 멀리까지 갔을 수가 없는데 어데로 갔을꼬……. 아무리 생각하여도 알 수 없는 일이어서 그냥 자기 방으로 돌아온 K는 "암만해도 내가 무슨 도깨비 나라에 붙들려 들어가는 것 같다."고 중얼거렸다.

● **세멘담** 시멘트 담.

5. 요수•냐, 원귀냐?

이튿날 이른 아침에 소제하러• 들어왔을 때는 묻고 싶은 것을 참았다가 아침 밥상을 가지고 와서 옆에 꿇어앉아 있는 스미에게 K는 또 묻기 시작하였다.

"혹시 이 여관에 전에 도깨비가 난다고 소문났었던 일이 없었나?"

"온 별말씀을 다 물으셔요. 그런 일이 있으면 우선 저희들이 무서워서 하로•라도 이러고 붙어 있겠습니까? 하고많은 여관에 왜 그런 집에 붙어 있겠어요."

"혹시 이 여관 말고라도 이 온천 다른 여관에도 그런 일이 없었을까?"

"없어요. 왜 그렇게 무서운 소리만 자꾸 하셔요. 왜 밤중에 무얼 보셨어요?"

"아니 무얼 보아서 그러는 게 아니라, 소설을 재미있게 꾸미려고 그런 이야기를 구하는 것이야."

"없어요. 제가 벌써 이 집에 와 있는지도 4년째 됩니다마는 그런 말도 들은 일이 없답니다."

K는 점점 더 갑갑해졌다.

*

그날 점심이 지난 후 오후 3시쯤 되어서 아래층에서 적지 아니한 소동이 난 것을 K는 구석방 부부 손님방에 드나드는 기요라는 하녀에게

● **요수** 요사스러운 짐승.
● **소제하다** 청소하다.
● **하로** '하루'의 사투리.

듣고 알았다.

스미가 점심 먹은 것이 관격•이 되어 당장 죽을 지경이라는 것이었다. 주인은 병원에 전화를 걸고 남자 하인은 자전거를 타고 어데인지 뛰어가고…….

그날 저녁상은 물론 스미는 누워 있으니까 다른 하녀가 가져올 것인고로 K는 어떤 하녀가 자기 방에를 오려는지…… 얼굴이 좀 더 어여쁜 여자가 오게 되기를 바라면서 저녁상이 오기를 기다렸다. 사실 단조하기 짝이 없는 온천 여관 생활이라 드나드는 하녀가 바뀌는 것도 큰 심심파적•이 되는 것이었다.

저녁상 올 때가 되어 방문 밖 복도에 하녀의 신발 끄는 소리가 들렸다. 책상 옆에 누워 있던 K는 '어데, 어떤 하녀인가 보자.' 하고 벌떡 일어나 앉았다.

"용서하셔요." 방문 열기 전에 방문 밖에서 하는 인사 소리가 우선 스미보다 훨씬 젊고 아름다웠다. 방문이 곱게 열리고 그 밖에 꿇어앉았던 하녀가 저녁상을 다시 들고 일어서서 들어오는 것을 보자 K는 전기에 찔린 사람처럼 깜짝 놀랐다.

밥상을 들고 들어오는, 눈이 환하게 잘생긴 그 하녀는 이틀 밤째 탕 속에서 귀신같이 나타났다 사라진 그 얼굴 그 사람과 조금도 다르지 않았다.

K가 하도 놀란 얼굴로 노리고 쳐다보니까 그는 얼굴이 발개지면서 K의 앞에 상을 내려놓고 얌전스럽게 엎드려 절을 하였다. 그가 엎드려 절

• **관격** 먹은 음식이 갑자기 체하여 가슴속이 막히고 위로는 계속 토하며 아래로는 대소변이 통하지 않는 위급한 증상.

• **심심파적** 심심풀이.

하는 동안에 K는 얼른 자기의 두 눈을 손으로 부비고 다시 주의해 보았다. 그러나 다시 보아도 분명히 그 사람과 다르지 않았다. K의 눈에 저녁상은 보이지도 않고 볼 새도 없었다. 그의 둥그런 놀랜 눈은 하녀의 얼굴에서 젖가슴에서 허리에서 손끝에서 떠나지 않았다.

"왜 그렇게 이상하게 보셔요. 그렇게 무섭게 보시면 저는 얼굴도 들 수가 없어요."

하녀가 먼저 하는 말에 비로소 천연한 태도로

"내가 이 집에 와 있는 지 여러 날 되면서도 처음 보는군. 이름이 무언고."

"다마예요."

"흥! 다마짱! 이름도 어여쁘군. 하도 미인이니까 이런 깊은 곳에 저렇게 절세미인이 있는가 하고 놀래서 정신없이 쳐다보았지."

"아이, 농담도 잘하세요."

"아니, 농담이 아니야. 그런데 고향은 어데고, 몇 살인구?"

"고향은 야마구치고 금년 스물한 살입니다."

"결혼은 아직 안 하고?"

K는 알고 싶은 필요가 있어 대담하게 물었다.

"아이, 또 농담을 하셔요. 어린애가 결혼이 무어여요."

"스물한 살이 어려? ……결혼은 아니 했드래도 저렇게 미인이니까 연애는 하였겠지."

"아이……."

요령 없는 아이 소리였다.

"하하. 아이 하기만 하면 알 수가 있는가……. 아마 하였다는 대답이겠지……. 그러나 그것은 농담이고, 다마짱은 왜 그렇게 새벽녘에야 혼자 탕에를 들어가는구. 무섭지도 않은가?"

이렇게 물으면서 형사처럼 눈을 굴려서 그의 얼굴에 나타나는 기색을 주의해 보았다.

"네?"

놀래는 것도 아니요, 평상스레 무슨 말인지 얼른 짐작 안 되는 낯빛이었다. 그 말을 하면 깜짝 놀라 얼굴이 붉어지거나 파래지거나 하여 어쩔 줄을 몰라 말도 떠듬거리리려니…… 하던 K의 짐작은 아주 어그러졌다.

"왜 날마다 새벽 3시에야 탕에를 가느냐 말이야!"

하면서 K는 다시 또 그 낯빛을 검사하였다.

"3시요? 누가요? 제가 왜 3시에 갑니까?"

아무리 보아도 짐작이 없는 딴청의 소리를 듣고 정말 어리둥절하는 태도였다.

"다마짱은 새벽 3시에 혼자 탕에 갔다 오는 것이 버릇이라는데?"

"아이그, 누가 그런 소리를 해요. 하녀 방에서 한 방에 네 사람씩 자는데 11시에 고단하게 잠이 들면 세상모르고 잘 자야 새벽에 또 일어난답니다. 새벽 3시나 2시나 일어날 수만 있으면 부지런하구 좋게요? 공연히 농담을 그렇게 하시지요."

"3시에 간다구 흉 될 것 무어 있나? 조용하고 좋은 일이지."

"글쎄 3시에두 일어나서 탕에나 다니구 그럴 수 있으면 좋지만, 하녀 신세에 그럴 재주가 있어야지요."

"그러면 우리 그런 말은 그만두고 다른 이야기나 하지. 다마짱은 오늘 나를 처음 만나지만 어데서든지 나를 만나 본 듯싶지 않은가?"

"K 상을요? 아니여요. 참말 오늘 처음 뵈어요. 이 방 맡은 스미 상이 온종일 원고만 쓰시는 어른이 오셨다구, 그런데 쓰시는 것을 읽어 보았으면 재미있을 터인데 조선말로 쓰시는 게 되어서 읽을 수가 없으니까 갑갑하다구 그래요. 그래서 저는 올봄에 소설 쓰는 이가 왔었는데, 술을 몹시 먹고는 사람을 공연히 지근덕거리고● 툭하면 주정을 자꾸 하고 그래서 이번에도 소설 쓰는 이가 오셨다 하기에, 처음에는 아주 술주정 잘하고 머리가 덥수룩하고 그런 이인 줄 알고 있었더니 이렇게 만나 뵈니까 아주……."

"아주 어떻단 말인가."

"실례지마는요, 아주 점잖으시고 약주도 안 잡숫고 퍽 좋으셔요."

"좋기는 무에 좋아. 속으로는 별소리를 다 묻는다고 성가신 사람이라고 흉을 보면서."

"아이, 천만에요. 저는 말하기 싫으면 아니 하지 입에 발린 거짓말은 할 줄 몰라요. 어서 진지나 잡수셔요. 변변치 않은 반찬이 다 식습니다. 국을 다시 떠 올까요?"

목소리도 아름답거니와 천진스런 소녀 같은 귀염성이 뚝뚝 떨어졌다. '사람도 쌍스럽지 않은데 어째서 저런 아까운 처녀가 이런 곳 하녀로 왔을꼬…….' 궁금스러웠다.

새로 바뀐 하녀에게 더할 수 없는 호감과 위안까지 아울러 얻게 된 것이 마음에 유쾌한 K는 얼굴은 같은데 이 사람이 그가 아니라 하면 그 괴상한 문제의 해결은 어찌해야 좋은가……. 거기 대하여 K는 속으로 기약하는 꾀가 하나 있어서 다마를 더 추궁해 묻기를 그쳤다.

● **지근덕거리다** 성가실 정도로 끈덕지게 자꾸 귀찮게 굴다.

6. 괴미인의 정체

그날 밤이었다. 2시 반쯤부터 K는 미리 내려가서 아래층 구석 주인들의 방을 지나 부엌 앞을 지나 하녀의 방 앞을 한 간쯤 떨어져서 지키고 있었다.

물론 시계까지 손에 쥐고 있어서 자주 들여다보고 있었다.

2시 50분. 55분. 59분. 3시! 그래도 아무 소식이 없더니 3분이 채 못 지나서 하녀 방 둘째 칸 문이 스르르 소리 없이 열렸다. K는 자기 짐작대로 일이 들어맞는 것을 우선 기뻐하면서 몸을 어두운 벽에 바싹 붙였다. 열린 문에서 나온 것은 희미한 전등 빛에 보아도 분명히 다마짱이었다.

짐작한 바와 같이 다마는 탕을 향하여 복도를 걸어갔다. 옷은 자리옷•을 입은 채로 허리띠도 안 맨 모양인데 이상한 일로는 그 몸이 공중에 뜬 것처럼 발이 땅에 닿지 않는 것처럼 스르르르 흘러가듯 한다.

탕 앞에까지 가더니 어깨에 걸친 둘매기• 같은 자리옷이 그냥 주르르 흘러내리고 속두렁이•를 자기 손으로 끌러 내려놓으니 그 어여쁜 발가벗은 몸이 되어 문을 사르르 열고 안으로 들어가 버렸다.

K는 들어가지 않고 문밖에서 유리창에 손을 대고 들여다보고만 있었다.

다마는 전에 하던 것처럼 물간 세멘담에 허리를 걸치고 앉더니 역시 그림같이 그냥에 가만히 머리털 하나 까딱이지 않고 앉아 있다. 5분, 10분, 15분. 가만히 서서 보기는 퍽 오래인 동안이었다. 그 오랜 동안을

• **자리옷** 잠옷.
• **둘매기** '두루마기'의 사투리.
• **두렁이** 어린아이의 배와 아랫도리를 둘러서 가리는 치마같이 만든 옷.

그림같이 앉아 있는 것은 참말 짐작할 수 없는 이상한 일이었다.

15분이 지나자 다마는 일어나서 나왔다. 나오더니 아주 얌전하면서도 아주 속하게• 속두렁이를 입더니 자리옷을 어깨에 걸치고 아까처럼 공중에 떠서 날아가듯 스르르 흘러가듯 하여 자기 방으로 다시 들어가 버렸다. K는 그의 방문에 귀를 대고 방 안의 기척을 들어 보았다. 그러나 다른 하녀들의 고단히 코 고는 소리밖에 아무 소리도 들리는 것이 없었다.

'어째서 그 어여쁜 처녀가 이런 일을 하는 것이며, 어째서 자기가 이런 일을 하는 것을 자기도 모르는 것일까…….' 자기 방에 돌아와서도 K는 이 풀리지 않는 수수께끼를 풀어 보느라고 한잠도 자지 못하였다.

이튿날 아츰 밥 때 다마는 여전히 아츰 밥상을 가지고 들어왔는데, 여러 가지로 완곡하게 돌려서 이 말로 저 말로 더듬어 보아도 그는 밤중에 자기가 한 일을 사실로 자기도 모르고 있는 것이었다. K는 이제는 서서히 다마의 고향 사정과 지난날의 연애 관계와 그의 정신 상태를 조사해야겠다고 일을 늦추잡고• 서서히 자세히 조사하기로 결정하였다.

그러나 그러나 그날 낮에 전보 한 장이 이 깊은 온천 속에 있는 K에게 날아왔다. 그가 관계하는 ○○사에서 '사건 돌발'하였으니 '즉 상경'하라는 전보였다.

K는 쓰다가 둔 원고를 수습하여 행장•을 차려 놓고 점심때 점심상에는 맥주와 안주를 명령하여 놓고 여관 주인 영감을 자기 방으로 청해 올리고 하녀는 내려보냈다.

● **속하다** 꽤 빠르다.
● **늦추잡다** 시간이나 기한을 늦게 잡다.
● **행장** 여행할 때 쓰는 물건과 차림.

주인은 술과 바둑을 즐기는 좋은 중노인이었다. 주고받고 맥주를 다섯 병째 기울일 때 K는 오늘 전보가 있어 상경하였다가 급한 일을 보고 다시 내려와야 할 사정을 이야기하고 나중에 다마의 이야기를 슬그머니 지나가는 말처럼 내놓았다.

"네, 얌전하고말고요. 외양 생긴처럼 마음도 예쁘지요. 그래서 실상은 내가 내 딸처럼 여기고 바느질이며 살림을 가르치고 엔간히 바쁜 때가 아니면 손님방에 심부름으로 내보내지를 아니합니다. 실상은 그것이 야마구치에서 온 것인데 내 친구 친구도 어려서부터 같이 자란 죽마지우의 딸이지요. 제 시골서 고등여학까지 다니었고 집안도 상당한 집안이지요. 그런데 작년 여름에 저의 모친이 그 애를 데리고 온천에를 갔더라더군요. 거기서 어느 대학생하고 연애가 생겨서 처음에는 어머니의 눈을 피하여 그 남학생과 만났는데, 그거 으레 누구든지 다 한때 하는 것 아닌가요. 허허허. 그런데 나중에 온천에서 헤어져서 대학생은 동경으로 돌아가고 그 애는 자기 고향으로 돌아가서 편지질을 하게 되어 부모도 알게 되어서 부모가 알아보니까, 그 남학생도 상당한 가정의 얌전한 수재더랍니다. 서로 연애하는 것을 내버려 두었을 뿐 아니라 적극적으로 주선하여 결혼까지 시켜 주기로 하였더라는군요. 그런데 그 학생이 몸이 허약하여 여름에도 의사의 권고로 온천에 갔던 것이라는데, 그만 지난겨울부터 누워 앓다가 금년 봄에 죽었다는구먼요. 그 소식을 듣고 그 애도 자꾸 울기만 하고 몸이 쇠약해지면서 잘 때는 식은땀을 흘리면서 헛소리를 하더랍니다. 그래 그 부모들이 염려를 하다 못해 어데로 바람이나 쏘이라 보내서 그것을 잊어버리게 해 줄까 하고 내게 편지를 하였어요. 하녀처럼 심부름도 시키고 하여 바쁘게 고단하게 굴어서 한가히 딴생각할 틈이 없이 하라고……. 그래서 지난 5월 초순에 왔으니까 인제 온 지 두 달도 못 되지요. 참 얌전한 애여요."

K는 이 주인 영감의 말을 듣고 대강은 맥락을 알아진 것 같았다.

K는 그 밤에 떠나기 섭섭한 작별을 하고 밤차로 귀경하였다. 상경하여서는 전보까지 치게 된 급한 일을 대강 치르고 틈틈이 심리학 연구한 친구들과 의사를 방문하여 그 이야기를 하고 의견을 들어 모으기에 노력하였다. 그리하여 대강 이렇게 판단을 내렸다.

다마는 작년 여름에 자기 고향 가까운 온천에 어머니를 따라갔다가 어느 준수한 대학생을 만나게 되어 서로 사모해 지내게 되었다. 가을 개학기가 가까와서 서로 헤어질 날이 가까워올 때 남자는 다마가 있는 여관으로 옮아와서 한 여관에 있으면서 '밤에 여관에 있는 사람이 모두 잠이 들었을 때 탕으로 오라. 거기서 단둘이 만나자.'고 요구하였다. 일찍 자는 사람도 있고 늦도록 술을 먹거나 하다가 나중에 자는 사람도 있으나 누구든지 제일 고단히 잠자는 때가 새벽 3시경인 줄을 대학생이 아는 고로 꼭 새벽 3시에 그리하자 한 것일 것이다. 대학생은 남자의 욕심에 헤어지기 전에 단 한 번이라고 그렇게 하여 완전히 자기 사람을 만들어 놓고 헤어져야 안심이 더 되겠는 까닭으로 안타깝게 그것을 요구하였다.

그러나 다마는 순진한 처녀라 그것이 무섭고 두려운 일이어서 얼른 응종하지를• 않고 차일피일 심중에 망설거리다가 그냥 헤어질 날이 와서 그냥 헤어졌었다. 그리하여 그 후로는 남자는 동경에서 여자는 시골에서 편지 왕래만 맹렬하여 서로 사모하는 정은 백열하여• 갔다. 그러다가 남자는 금년 봄에 죽어 버렸다.

• **응종하다** 명령이나 요구 따위에 응하여 그대로 따르다.
• **백열하다** 기운이나 열정이 최고 상태에 달하다.

그러나 다마도 그때 그 온천에서 밤중에라도 남자와 탕 속에서 만나기를 속으로도 전혀 싫어한 것은 아니었었다. 혼자 그 어머니 옆에 누워서는 '새벽 3시에 모든 사람이 깊은 잠자는 때 단둘이 탕 속에서 만나서 한없이 재미있을 여러 가지 광경'을 상상해 보기도 많이 하였고 또 그 광경을 꿈꾸기까지도 하였다. 아무 탄로 없이 그리되어 보았으면! 하는 생각도 여러 번 해 보았다. 그러나 그것은 처녀로서는 너무도 두려운 일이었다.

그래서 좋기도 하겠고 두렵기도 하고 그래서 망설거리다가 그 일을 범하기까지는 아니 하였으나 그 혼자서 상상도 하고 꿈도 꾸던 것이 모르는 중에 잠재의식이 되어 다마의 머릿속 어느 깊은 속에 박혀 있었다. 그러다가 금년 5월에 아버지의 친구의 집인 이 D온천에 와 보니 여기도 온천이요 여관이요, 여관 뒤채에 탕까지 있는 것이 그때의 그 온천과 흡사하여서 다마는 잊어버리기 어려운 그때의 일을 벌컥 다시 꺼내어 생각하게 되었다.

여러 가지 회상이 일어나는지라 그때에 '세 시에 탕 속에서 만나서' 하는 그 잠재의식이 밤마다 발동하기 시작하였다. 그래서 마치 몽유병자와 같이 제이영격[•]의 소지자가 되어 버린 것이다. 그래서 보통 꿈꾸는 것과도 더 다르게 그 시간만 되면 자기도 모르게 딴 세상에 딴사람처럼 행동하고, 그 시간이 지나면 자기도 전혀 꿈꾼 것 같은 생각도 남지 않고 아주 모르고 있는 것이다.

그는 조선의 D온천에 온 지 며칠 안 되는 날부터 시작하여 매일 3시만 되면 15분 동안 그리하였다. 그런데 한방에서 자는 하녀들은 원래 온

● **제이영격** 두 번째 영혼. 두 번째 인격.

종일 시달리는 고단한 몸이라 잠만 들면 송장과 같이 되는 고로 매일 그리하는 것을 모르고 있었고, 간혹 가다가 그가 일어나는 것을 잠결에 본 일이 있다 하더라도 아마 변소에 가는가 보다 하고 무심하였을 것이다.

그런 것이 공교히 K가 그날 원고가 잘 써지는 재미에 탕에 들어갈 시간을 잊어버려서 조금 늦게 갔다가 맞닥뜨리어 발견한 것이었다.

7. 애련한 결말

이야기가 그것뿐이면 이 이야기는 한 진기한 기담•으로만 남을 것이다. 그러나 나는 이 이야기의 가엾고 슬픈 결말까지 독자에게 전하지 않으면 안 되게 되었다.

K는 한 10여 일 지나서 다시 그곳을 찾아가려 하던 것이 마음대로 되지 않아서 바쁜 일에 쫓기어 이내 기회를 얻지 못하고 있다가, 해가 바뀌고 이듬해 첫여름에야 불쌍한 다마를 찾아 D온천의 P여관을 찾아갔다가 다마는 만나지 못하고 이 슬픈 결말만을 듣게 된 것이었다. 다마는 금년 봄 3월 하순에 온천 뒤 우물에 빠져서 자살을 하였다는 것이다.

다마는 금년 정월부터 까닭도 모르게 배가 불러 오는 고로 넌지시 주인 내외에게 사정을 말하고 의사에게 진찰을 시켰더니 보는 의사마다 태기•라고 하였다. 그러나 다마는 사실로 아무 남자와도 안 일이 없었는 고로 의사의 말도 믿지 않았으나, 여러 가지 증세가 태기가 분명한 고로 다마는 미칠 듯이 고민고민하다가 마침내 3월 그믐달도 별도 없는

● **기담** 이상야릇하고 재미있는 이야기.
● **태기** 아기를 밴 기미.

밤에 우물에 빠졌다는 것이다.

그의 품에는 주인 내외와 고향의 부모께 보내는 유서가 있었는데 처음부터 끝까지 자기도 모를 아기를 배인 까닭을 모르겠다는 말이었다 한다. K는 다마의 비밀을 아는 사람은 자기 한 사람뿐이니 죽은 다마를 위하여 변명해 주지 않으면 안 되겠다고 생각하였다. K는 다마가 아기를 갖게 된 때가 작년 9, 10월께라고 치고 그때에 이 여관에 와서 묵고 있던 손님 중에 밤중에 탕에 들어가는 사람이 없었느냐고 그 조사를 시켰다.

시즈라는 하녀하고 기요라는 하녀가 "옳지 옳지. 그때 2층 7호 방에 와 있던 데이(鄭) 상이라는 이가 서울서 큰 무역상을 한다는 인데 불면증이 있어서 밤에도 잠이 아니 온다고 잠이 아니 오는 때는 탕에나 다녀오면 잠이 올까 하고 2시, 4시 때에도 가고 가고 한대요."

"그런데 그가 다마의 이야기를 아니 하던가?"

"아이그, 하고말고요, 아주 귀여운 애라고 이번에 다시 올 때는 보석반지를 사다 준다구 그러겠지요?"

"그러면 그 사람이다. 그 사람이 애 아비다."

하고 K는 비로소 자기가 그 전해 여름에 왔을 때 새벽 3시마다 본 일, 그 까닭을 알려고 고심하던 이야기를 자세자세 이야기하고 "아마 그 데이 상이라는 이가 불면증으로 자다가도 탕에 들어가고 가고 하다가, 공교히 3시 때에 들어갔다가 다마를 만나서 안아 달라는 말을 곧이듣고 무지하게 안아 준 것이 분명하지요. 그러나 다마는 자기 일을 자기가 전혀 모르니 자기로서는 참말 억울한 일일 것입니다."

이리하여 K가 다시 갔던 덕택으로 죽은 다마의 변명은 시원히 되었으나 D온천 뒷산 중턱에 묻혀 있는 다마의 넋은 영구히 웃어 볼 날이 없이 되고 말았다.

_雙S生, 『별건곤』 1929년 9월호

스크린의 위안

행인 드문 산길에서 낯모를 사람을 잠시 만나는 것도 한 인연이라 하는 생각으로 보면 30수만이 사는 경성에서 단 4, 5시간일망정 한 집 한 장소 한 전기등 밑에서 같이 웃고 같이 눈물을 흘리게 되는 것은 특별한 인연이라 할 것이니, 이것만으로도 겨를 있는 때 활동사진● 홀에 잠시 들어가 앉았다 나오는 값이 상당한 것이다. 더구나 거기에는 자기의 물건 사는 상점 사람도 와 있는 것을 만날 수 있고, 인사는 없지만 길거리에서 자주 만나는 사람과 나란히 앉았게 될 수도 있다. 요정에서 같이 놀던 기생도 길거리에서 보던 여학생도 반갑게 발견할 수가 있고, 친한 친구를 만나서 정다운 한담을 할 수도 있다.

그러나 그것보다도 더 고마운 것이 스크린에서 샘물같이 수없이 우리들을 향하여 흘러나온다. 그 악독한 도회의 마귀 눈 같은 전깃불이 슬그머니 꺼지고 고요한 음악 소리에 따라서 부드러운 회색 광선이 스크린 위에 움직이기 시작할 때 우리들은 진종일 극무●에 시달린 피곤을 여름날 냉욕을 하는 것처럼 시원스럽게 잊어버린다. 불란서● 풍경이 나

* '서울 맛·서울 정조'란에 실린 글이다.

● **활동사진** '영화'의 옛 용어.

● **극무** 매우 바쁘고 힘든 사무.

오고 영국의 산수가 비치고 양상•의 고래 사냥이 나오고 알프스의 백설이 보이고 노국•의 청년들이 우리들보고 이야기를 걸고 구미•의 귀여운 여배우들이 해수욕복만 입고 우리를 웃겨 주는 등의 실사 사진이 우리의 고달픈 넋을 고이고이 어루만져 준다.

이리하여 우선 우리들의 머리를 목욕을 시켜 놓고는 로이드나 채플린 아니라도 별의별 희극배우가 재주를 다하여 우리의 넋을 웃겨 준다. 그것은 훌륭한 세탁인 것이다. 심신 피곤의 가장 훌륭한 세탁인 것이다.

이 까닭으로 도회 사람들은, 더욱 뇌신경 노동자들은 때로 희극 사진만의 웃음거리 대회를 기다리는 것이다. 거기에는 아무 이론의 질서도 없이 그냥 그저 뒤범벅으로 웃음만 자아내는—어린 아기의 어리광 같은—장난이 있을 뿐인 까닭이다. 머리를 쓰고 생각을 해 가며 구경하기에는 도회 생활자의 머리가 너무 지나치게 피곤해 가지고 온 까닭에 아무 까닭도 이유도 없이 그저그저 우습기만을 요구하게 되는 것이다.

아아, 이것을 쓰면서도 따뜻한 봄날 햇볕 좋은 잔디밭에 네 활개를 내던지고 누워서 새소리를 듣는 것같이 평화하고 양기로운 기분을 얻을 수 있는 희극 영화대회의 스크린이 그리워진다.

*

그러나 특별한 인연을 가지고 나와 한날한시에 한집 한자리에 들어와 앉았는 근천•의 관객 중에는 가지가지의 저마다 다른 설움과 불평과 분노를 가진 사람들이 많이 섞여 있다.

• **불란서** '프랑스'의 음역어.
• **양상** 해상. 큰 바다의 위.
• **노국** '러시아'를 이르던 말.
• **구미** 유럽과 미국을 아울러 이르는 말.
• **근천** 1천 가까운 숫자.

사랑하는 여자에게 버림을 받아 울분하게 지내는 청년을 위하여는, 진실한 남자를 박차고 돈 많은 사람에게 안겨 간 여자가 몹시 불행하게 되는 연애극을 비추어 관객을 대신하여 여성에게 복수를 하여 준다. 인정 없는 채귀●에게 시달리다가 홧김에 입장권 한 장 사 들고 들어온 무산인을 위하여는 돈만 아는 수전노가 불에 타 죽는 인정극을 비추어 원수를 갚아 준다. 자극 많은 도회 생활에 시달리면서 갖은 불만과 불평을 잊어버릴 여유를 가지지 못한 사람들에게 스크린처럼 고마운 것은 다시없을 것이니 활동사진 상설관 하나 없는 곳에 사는 젊은이들이 어떻게 가엾은 일이냐.

뱀의 그림에 발을 그리는 쓸데없는 군더더길는지 모르나 영화 홀의 책임자들이 좀 더 관객의 심정을 살피기에 친절하였으면 하는 소망이다.

매 프로 머리에 실사와 짧은 희극을 잊지 말고 넣어 줄 것, 휴게 시간에 조선곡 음악을 연주할 것, 해설자가 자막 이외의 딴말을 많이 하지 말 것 등이니 하로● 업무에 피곤한 머리를 쉬러 돈 내고 들어온 사람에게 첫 번부터 7, 8권짜리의 머리 쓸 사진을 보이는 것이나 도리어 머리가 무거워질 것을 보이는 것은 쉬기는커녕 더 피곤하게 하는 것이요, 관객이 숨이 차서 못 견디겠는 까닭이다.

그리고 흡연실을 따로 설비하여 관람석에 그 불쾌한 담배 연기가 없게 하여 준다면, 처음부터 끝까지 기분 좋게 편안히 쉬어 갈 수 있게 해 준다면 입장료쯤은 비싸다고 아무도 생각지 않을 것이다.

_波影生, 『별건곤』 1929년 10월호

● **채귀** 악착같이 이자를 받고 빚 갚기를 몹시 졸라 대는 빚쟁이를 비유한 말.
● **하로** '하루'의 사투리.

누구든지 당하는 쓰리 도적 비화

—쓰리 맞지 않는 방법

서울 명물이 무어무어냐 하고 치려면 몇 가지를 꼽든지 그중에 쓰리•를 빼어서는 안 된다. 쓰리 도적은 참말 서울의 유특한• 명물 중의 하나다.

*

서울 사정 모르는 공진회 보따리• 아니라도, 야뢰 이돈화• 씨는 순회 강연 떠나는 여비 60여 원을 어데서 잃어버린 줄도 모르게 빼앗기고 정거장에서 도로 돌아왔고, 어느 고등보통학교 교장 모 씨는 미술 전람회에서 모르는 결에 150여 원을 빼앗기고 쓰리의 재주에 오래 두고 감탄하고 지냈다.

10년 동안 저금해 모은 돈을 은행에서 찾아 가지고 전차 타고 집에 와 보니 감쪽같이 천여 원 지폐 알맹이만 빼어 가고 없더라는 이야기, 집 팔아 가지고 새집 값 치르러 가는 길에 어데서 없어졌는지 모르게 없어졌더라는 이야기들을 어떻게 일일이 기억이나 할까 부냐. 그중에 대부

- **쓰리** '소매치기' '소매치기꾼'의 일본어.
- **유특하다** 유난히 특별하다.
- **공진회 보따리** 공진회(각종 산물이나 제품을 한곳에 많이 모아 놓고 품평하고 전시하는 모임)에 참석한 시골 사람을 일컫는 말.
- **이돈화**(1884~?) 천도교 사상가, 『개벽』 편집인.

분이 시골서 혼수 흥정하러 서울 왔다가 여관에 묵어 보기도 전에 돈보퉁이를 빼앗겼다는 것인 것만은 말해 두지 않을 수 없는 것이다.

일본의 의학박사 모 씨는 기차 속에서 어떤 시골 촌장 같아 보이는 사람하고 이웃해 앉게 되어 주거니 받거니 이야기를 하였더니, 그 촌장 같은 인물이 손가락질을 하면서 "여보십시오. 저기 저 건너편에 앉아 있는 저 여자하고 그 옆에 앉아서 지껄이는 양복 입은 젊은 녀석하고를 좀 보십시오." 하는 고로 "응, 조금 이상해 보이는군. 남매간인가요, 부부간인가요?" 하고 박사가 물으니까 "흥! 남매나 부부간이면 이상할 것 없지마는요, 저 남자로 말하면 어느 마을 남자인지 나하고 한 정거장에서 탔는데요, 탈 때는 혼자 탔는데요, 중로●에서 저 여자의 옆에 앉아서 말을 걸기 시작하더니 무슨 말로 어떻게 꿀을 담아 부었는지 아주 부부간이나 남매간처럼 저 촌여자는 저 남자의 궁둥이만 꼭 붙들고 따라다닙니다그려. 내가 벌써 그동안에 차를 두 번이나 바꿔 탔는데 바꿔 탈 적마다 꼭 저렇게 둘이 붙어 앉아서 쑤군덕거립니다." 하는 소리에 박사는 "하하! 아, 아마 혼자서 서울길을 나섰다가 생면부지 알지도 못하는 저 놈에게 속아떨어지는 모양이로군." 하고 긴치 않은 흥미를 내어 그들이 어느 정거장에서 내려서 어데로 가는가 쫓아가 보기로 하고 그 촌장 같은 인물과 수군거리면서 건너편 수상한 남녀에게만 눈을 쏘고 있었다.

그러다가 남의 일에 공연한 걱정이라는 생각이 나서 박사는 자기가 내릴 정거장에서 촌장 같은 이보고 "혼자 쫓아가 보시오. 나는 먼저 내리겠소이다." 하고 기차에서 내렸다. 내려서 복잡스런 틈에 끼어 정거장 구름다리를 올라갈 때 '옳지 이렇게 복잡한 틈에서 쓰리를 맞기 쉽

● **중로** 오가는 길의 중간.

다더라.' 하고 언뜻 생각이 나서 양복 속주머니에 있는 돈지갑을 내어보니 지갑 속에 넣어 두었던 100원짜리 지폐 20매가 간 곳이 없더란다.

물론 기차 속에서 처음 만나 친절히 이야기를 걸던 시골 촌장 같아 보이던 그가 쓰리 도적이요, 그가 건너편 남녀를 가리켜 수상한 남녀라 한 것은 박사의 주의를 그리로 쏠리게 하기 위하여 꾸며 댄 거짓말이었다.

중국 상해에는 이름난 여배우가 있었는데 그의 잘생긴 얼굴에는 입모습• 옆 백옥 같은 볼 위에 까만 무사마귀• 하나가 붓끝으로 그린 것처럼 있는 것이 더욱 요염히 보이게 하여 그 무사마귀 하나가 그의 보물이었었다. 그런데 그 여배우에게 마음을 두었다가 핀잔을 받은 쓰리가 있어서 그 분풀이로 어느 병원에 가서 사마귀 떼는 약을 훔쳐 내 가지고 어느 틈에 했는지 여배우 자기도 모르는 동안에 그 얼굴의 사마귀를 훔쳐 가 버렸다는 이야기가 있다. 사마귀를 쓰리 도적해 간 것이다. 약을 훔쳐 내기는 그들에게는 과히 어려운 일이 아니라 하고, 남의 얼굴에 있는 사마귀를 당자•가 모르게 어떻게 떼어 가는가……. 이런 것은 쓰리 이야기 중에도 신기한 이야기의 하나이다.

쓰리란 어떤 것

대체 쓰리란 어떤 술법이기에 남의 옷 속에 주머니 속에 지갑 속에 있는 돈을 살짝 꺼내고 지갑을 도로 닫아서 도로 제자리에 넣어 놓도록 그

• **입모습** '입꼬리'의 사투리.
• **무사마귀** 물사마귀.
• **당자** 당사자.

당자가 모르게 하는 것일까…….

쓰리는 서양보다 동양이 본 터요, 동양에서도 일본이 종가라고 하는 말이 옳을 것이다. 쓰리는 '요술'의 사촌 격이라 할 것이요, 달리 말하면 요술 그것이 나쁘게 쓰이는 것이라고 하여도 틀릴 것 없는 것이다.

그러면 요술이란 무엇이냐? 무슨 별다른 조화 술법이 있는 것이 아니요, 오직 손끝을 요리조리 빠르게 놀려서 구경꾼이 자세 보지 못하는 틈에 물건을 움직여 놓고 움직여 논 것만 보게 하는 것인 고로, 들어가는 것은 보지 못하고 나오는 것만 보는 구경꾼은 신기해하는 것이다.

그와 마찬가지로 쓰리도 남의 주머니 속에 들어 있는 돈을 그냥 손도 대지 않고 꺼내는 조화가 있느냐 하면 결코 그런 것이 아니라, 손을 곱게 속하게• 놀려서 끄집어내는 것을 모르는 틈에 하고 없어진 후에만 알게 하는 고로 당하는 사람 이야기를 듣는 사람이 신기히 여기게 되는 것이다.

일본 사람은 손끝 재주가 좋아서 손끝 세공•을 잘하는 까닭으로 이 재주가 곧 쓰리에도 남다른 발달을 하게 된 것이다. 요술도 서양 요술은 기구를 복잡하게 만들어서 대개 기구로 눈을 속이지마는 일본의 기술은 손끝만 가지고 속이는 것이라 이것과 쓰리와는 함께 발달해 온 것이다.

일본에서도 동경을 중심으로 한 관동•과 대판•을 중심으로 한 관서• 지방과는 전혀 다른 것이 있으니, 관서에서는 칼이나 가위 같은 연장을 사용하는데 관동 지방에서는 연장을 쓰는 것을 아주 천하게 알아서 맨

• **속하다** 꽤 빠르다.
• **세공** 잔손을 많이 들여 정밀하게 만듦.
• **관동** 일본의 중부 지방.
• **대판** 일본의 도시 오사카.
• **관서** 일본의 간사이 지방.

손으로만 하는 것이다.

경성이나 평양에서도 쓰리가 연장을 사용한다는 말은 별로 듣지 못하였으니 아마 쓰리치고는 고급 쓰리에 속하는 패 같다.

쓰리의 유일 비방●

고급 쓰리거나 하급 쓰리거나 그들이 맨손만 가지고 아무 술법이 없이 어떻게 그런 신기한 장난을 하는가……. 그것은 전혀 남의 부주의 다시 말하면 남이 한눈파는 고동안을 이용하여 손끝을 잘 놀리는 것뿐이다.

욕심 많은 여자가 패물 상점 진열장 앞에 서서 유리창 속에 늘어놓인 보석 반지, 금비녀에 정신이 팔려 들여다보고 섰을 때는 자기 옆으로 어떤 사람이 스치고 지나가는지 알 길이 없는 것이다. 그런 때 그의 뒤에서 누가 그의 머리에 꽂은 금붙이를 빼어도 얼른 알지 못하는 것이다.

욕심 많은 여자가 아니고라도 우리가 길거리로 걸어갈 때에 속으로 무슨 궁리를 하거나 생각하는 일이 있어서 열심으로 그 일만 생각하면서 걸어갈 때는 아는 사람이 옆에 서서 모자를 벗고 인사를 하여도 그냥 모르고 지나가는 일이 종종 있다. 이런 때 누가 아무 소리 없이 모자를 사뿟 벗겨 가도 정말 열심으로 생각하면서 걸을 때는 모르고 그냥 있기 쉬운 것이다. 더구나 전문적으로 세련한 손끝으로 해내는 데이랴.

쓰리 도적은 돈 가진 사람의 정신이 돈주머니나 자기 몸을 떠나서 다

●**비방** 비밀 방법. 비법.

른 데로 눈이 쏠리고 정신이 팔리기를 바라는 것이요, 돈 가진 사람은 다른 데 정신이 팔리지 않도록 주의하면 그만인 것이다. 그러니 결국 쓰리를 맞고 안 맞는 것은 자기의 정성 여하에 달렸다고 할 것이다. 아무리 복잡한 데서라도 아무리 유명한 쓰리의 옆에서라도 돈지갑을 두 손에 꼭 쥐고 두 눈으로 그것만 지키고 있으면 잃어버리고 싶어도 잃어버릴 수가 없는 것이다.

그러나 사람의 정성이란 그렇게 꾸준하게 한곳에만 쏟기 어려운 까닭에 귀에 들리는 것 눈에 보이는 것을 따라서 눈 깜짝할 동안이라도 정신이 그리 옮겨지는 고동안에 쓰리로 하여금 활동을 하게 하는 것이다.

연극장, 강연회, 씨름터, 구경터 같은 곳이 쓰리들에게는 제일 고마운 자유 천지이니, 백 사람 천 사람이 모두 구경에만 팔려서 둘매기• 속 조끼 주머니 속에 무슨 손이 드나드는지 전혀 모르고 있는 까닭이다.

더욱 기차 정거장과 전차 속에서 쓰리들은 활동을 마음껏 하나니 정거장에서는 표 파는 구녁• 앞에서, 전차 속에서는 차장에게 차표를 살 때 돈지갑 벌리는 것을 옆에서 들여다보고 돈이 많고 적은 것을 짐작해 두고, 또 어느 편 주머니에 넣는지를 보아 둔 후에 정거장이면 개찰구로 차표 찍으러 나란히 서서 들어갈 때 슬쩍 스치는 체하면서 꺼내는 것이요, 전차 속이면 차가 몹시 흔들려서 몸과 몸이 접근할 때 쓰러질 뻔하는 체하면서 번개같이 꺼내는 것이다.

서울 길거리에서 약 파는 사람이 요술을 한다고 떠들고 섰는 것을 구경하고 섰는 때, 또는 경매소에서 물건 파는 자의 입만 쳐다보고 있을 때, 또는 길거리에서 꺼졌다 켜졌다 하는 전기 광고 같은 것을 넋 잃고

• **둘매기** '두루마기'의 사투리.
• **구녁** '구멍'의 사투리.

쳐다볼 때, 공진회나 박람회 때 구경에 팔려서 두리번두리번할 때, 이런 때는 모두 주머니와 돈을 잊어버릴 때이니 쓰리가 손을 집어넣을 때다.

그러나 이렇게 돈 가진 사람들이 저마다 한눈을 안 팔고 돈주머니를 지키고 있으면 쓰리 편에서 딴 꾀를 낸다. 쓰리는 혼자 다니는 법이 없이 반드시 짝이 있어서 패를 지어 다니니까, 사람 많이 모인 곳에서 한 놈이 공연히 "에그, 저기서 젊은 여학생이 아기를 낳았단다." 하고 허무한 거짓말을 해 놓는다. 그리면 "응? 이 사람 많은 틈에서 어떤 여학생이 아앨 낳았다지? 어딘가, 어디야?" 하고 이때까지 지갑을 지키고 있던 사람들이 갑자기 "어딘가, 어디야?" 하고 아이 낳은 곳을 찾노라고 덤빈다. 그때에 벌써 쓰리의 손은 온종일 노리고 있던 그 지갑을 꺼내서 돈만 꺼내고 지갑은 도로 넣어 놓는다. 흔히 시민운동회나 비행회 경마대회 같은 몇 만 명 구경꾼이 모인 데서 어떤 여자가 애기를 낳았다고 얼토당토않은 소문이 많이 나는 그것들이 모두 쓰리들의 장난인 것이다.

전람회 같은 데에는 더러 주머니가 든든한 양복쟁이 신사가 모여드는 곳이라, 쓰리 중의 한 놈이 여자 그림 앞에 서서 "이 그림은 너무 노골적으로 벌거벗은 것을 그려서 당국에서 출품 금지를 하려는 것을 간신히 양해 얻어서 출품한 것이랍데다. 참말 이 궁둥이 근처와 이 겨드랑이 같은 데는 좀 충동적으로 되지 않았습니까?" 하고 아는 체하고 없는 말을 입에서 나오는 대로 지껄거린다.

원래 소설을 애독하는 사람이 소설 작가의 생활에 대한 소식을 알고 싶어 하는 것처럼 그림 구경을 하는 사람은 그 화가의 생활 소식이나 그 그림에 관한 이야깃거리를 듣고 싶어 하는 것이라, 쓰리인 줄은 모르고 그 말에 귀가 끌리어 그 그림 앞에 모여 서서 그림만 쳐다보고 있다. 그러면 문간에서 입장권을 살 때부터 주머니 속을 들여다보고 쫓아온 딴 쓰리가 그동안에 마음 놓고 천천히 주머니를 꺼내고 있는 것이다. 그래도 모르고 당자는 설명에 팔려서 그림만 쳐다보고 있는 것이 보통이다.

아까 소개한 일본 의학박사 모 씨가 기차 속에서 당하였다는 것도 이 투다. 박사의 주의를 다른 데로 쏠리게 하기 위하여 공연히 모르는 여자를 가리켜 수상한 남녀라고 꾸며 대고 그의 주목을 그리로 옮기게 한 후에 천천히 2천 원을 빼어 간 것이다.

쓰리 예방법

남을 꼬여서 한눈을 팔게 하고 그동안에 꺼낸다 하지만 어떻게 감쪽같이 꺼내는지 그 재주가 용치 아니한가……. 더러 경찰서 유치장에 들어가 본 일이 있는 사람은 알겠지만 쓰리는 대개 열네 살, 열다섯 살 때 손이 작고 손끝이 뾰죽하고 손목이 부드러울 그때부터 공부를 시작하는 것이다. 유치장 속에 갇혀 앉아서 "저는 공연히 까닭 없이 잡혀왔어요." 하고 태연히 앉아 있는 십오륙 세 소년은 대개 그것이니 놀라운 일이 아닌가. 쓰리 이야기도 너무 지루해지면 못쓰겠으니 대강 이만큼으로 거둘밖에 없다.

쓰리를 예방하는 법은, 첫째 돈이나 값나가는 물건을 가진 눈치를 보이지 말 것이요, 둘째는 사람 많은 데일수록, 재미있는 구경거리가 생길수록 돈지갑을 더욱 단단히 수비할 것이다.

정거장 같은 데서 굽실하면서 "혹시 시계 가지셨습니까? 지금 몇 시나 되었습니까?" 하고 묻는 사람이 있다거나 "잔돈 가지신 것 있으면 이것 1원짜리 한 장만 잔돈으로 바꿔 주십시오." 하는 사람이 있다고 선불리 시계를 꺼내 보이거나 돈지갑을 펴 보이면 안 된다. 그가 만일 쓰리란 놈이면 '옳지, 이놈 시계는 금시계로구나. 조끼 윗주머니에 넣는구나!' 하거나 '하하, 이놈은 돈푼 가졌고나. 조끼 속주머니에 넣는구나!' 하고 기억해 두고 기회를 기다리는 까닭이다.

아무 데서나 돈지갑이나 시계를 잃어버린 것을 발견하고 수상해 보인다 하여 함부로 그 사람을 도적 대접을 해서는 큰코다친다. 설혹 그놈이 집었더라도 집자마자 다른 짝패•의 손에 넘기어 보내는 까닭이니 붙잡은 사람의 몸을 아무리 뒤져도 나올 까닭이 없는 것이다.

쓰리가 물건 훔치는 것을 발견하고 그 당장에 붙잡아 쥐고 있다가 "내가 형사이니 나에게 맡기시오. 경찰서로 데리고 가겠소." 하는 사람이 있다고 얼른 내어맡겨도 낭패 본다. 형사인 체하고 나서는 놈은 그놈의 짝패 쓰리가 임시응변으로 그래 가지고 경찰서로 데리고 간다는 핑계로 그냥 같이 도망해 버리는 까닭이다.

보이지 말 것. 한눈팔지 말 것.

신신 또 신신히 주의할 일이다.

_무기명,•『별건곤』 1929년 10월호

• **짝패** 짝을 이룬 패.
• 목차에서는 필자 이름을 '雙S生'이라고 밝혔다.

애급 여왕 클레오파트라 염사●

서력 기원전 30년,● 지금으로부터 1950여 년 전 일이다. 애급● 나라 나일강변에는 요묘하게도● 아름다운 장밋빛 두 볼과 높고 영리한 예지를 감춘 대리석 같은 이마와 털끝만 한 감정에도 호색하는● 암범같이, 도홧빛이 떠도는 어여쁜 코 그리고 또 그 조고맣고 동그스름한 윗입술을 뽐내는 듯이 움직이면서 갖은 일락●의 자취와 따스한 온정미를 새빨간 아랫입술에 띄우고, 샛별같이 반짝이는 푸른 눈동자가 커다랗게 둥근 선을 그은 초승달 같은 눈썹, 먹물이 뚝뚝 듣는● 듯한 삼단 같은 검은 머리채를 훌륭한 대리석 바탕에 새겨 낸 듯, 비너스 여신보담도 청아한, 염려한● 경국●의 미희● 클레오파트라는 태어났다.

* '세계 3미인 정화'란에 실린 글이다.
- ● **염사** 남녀 간의 정사나 연애에 관한 일.
- ● 실제 클레오파트라는 B.C. 69년에 태어나 B.C. 30년에 사망했다.
- ● **애급** '이집트'의 음역어.
- ● **요묘하다** 헤아릴 수 없을 만큼 오묘하다.
- ● **호색하다** 이성을 밝히다.
- ● **일락** 편안히 놀기를 즐김. 또는 쾌락을 즐겨 멋대로 놂.
- ● **듣다** 액체가 방울져 떨어지다.
- ● **염려하다** 용모와 태도가 아름답고 곱다.
- ● **경국** 나라를 위태롭게 함.
- ● **미희** 아름다운 여자.

"당신이여! 아름다운 당신의 몸은 애급의 광명이올시다. 아누비스● 도 당신의 미 앞에는 미치고 말 것입니다. 그리고 또 나는……."

정적 폼페이●를 추격하여 애급에 상륙한 다음 알렉산드리아 도시에 들어온 영웅 줄리어스 시저●를 하룻밤● 새 찬미자의 한 사람으로 발아래 꿇어앉힌 미희 클레오파트라의 가슴속에는 위대한 집시의 애증과 질투와 복수와 교만과 또는 한량없는 호색의 혈조●가 용솟음치고 있었다.

애급 여왕의 고귀한 지위를 영웅 시저의 영구한 수호 아래 확립시킨 클레오파트라의 하룻밤 정조쯤이야 실로 우습게 작은 희생이었다.

*

시저는 드디어 암살을 당하였다. 옥타비우스● 장군과 마크 안토니오● 둘은 함께 로마에 일어났다. 그리하여 클레오파트라는 다시 여왕의 지위를 수호해 줄 남성을 선택할 운명에 도달한 것이었다.

군신 하규리스●와 같은 미와 용맹을 갖추어 가진 안토니오의 초청을 받아 클레오파트라가 시도너스강●을 거슬러 시리샤●로 향해 갈 때에는 시리샤 백성들이 온 강변을 덮었었다.

"아시아의 행복을 위하여 사랑의 신 비너스가 주신● 바커스와 함께

● **아누비스** 이집트 신화에 나오는 죽은 사람의 신.
● **폼페이(B.C. 106~B.C. 48)** 고대 로마의 장군, 정치가 폼페이우스.
● **줄리어스 시저(B.C. 100~B.C. 44)** 고대 로마의 군인, 정치가.
● **하룻밤** 하룻밤. '하로'는 '하루'의 사투리.
● **혈조** 얼굴에 도는 핏기. '치솟는 혈기'를 비유한 말.
● **옥타비우스(B.C. 63~A.D 14)** 고대 로마의 황제 옥타비아누스.
● **마크 안토니오(B.C. 82~B.C. 30)** 고대 로마의 군인, 정치가 마르쿠스 안토니우스.
● **군신 하규리스** 그리스 신화에 나오는 전쟁의 신 '아레스'를 가리키는 것으로 보인다.
● **시도너스강** 키드누스강.
● **시리샤** 터키 남부 지방에 있던 옛 나라로, '실리시아' 또는 '킬리키아'라고도 한다.
● **주신** 술의 신.

잔치를 열려고 찾아왔다."

클레오파트라를 태운 칸디아(옥좌선●)는 황금 교의●와 같이 물결 위에 빛났다. 배 뒷전에 높이 솟은 갑판은 황금 연판●으로 덮이고, 비단 자범●은 향수 바람을 날리며, 수십 개 은로●는 야광충●의 발과 같이 반짝거리며 물을 찼다. 횡적●과 수금●의 고운 곡조 흘러나오는 가운데 갖은 기교를 다한 금실 수놓은 얄편한 비단 천개● 아래는 여신 비너스로 꾸민 절세의 미인 클레오파트라가 비스듬히 와상●에 기대어 있었다. 좌우에는 시동●들이 홍학 나래●로 만든 부채를 그림같이 부치고 섰고, 시녀들은 인어로 분장하여 옥좌 아래 몰려 있었다.

이와 같이 찬란히 빛나는 칸디아는 시드너스강을 불어오는 실바람에 취한 듯 깊숙한 향기를 양 언덕에 보내면서 움직이지 않는 듯이 움직이며 천천히 천천히 미끄러져 간다.

"오오, 비너스!"

"저 눈동자는 에로스 신의 황금 살●과 같이 사람의 가슴을 꾀집는다.●"

● **옥좌선** 임금이 앉는 옥좌를 실은 배.
● **교의** 의자.
● **연판** 금·은 따위의 금속을 두드려 늘여서 판자 모양으로 만든 것.
● **자범** 자줏빛 돛.
● **은로** 은으로 만든 노.
● **야광충** 어두운 곳에서 빛을 내는 벌레.
● **횡적** 플루트를 비롯해 가로로 불게 되어 있는 관악기를 통틀어 이르는 말.
● **수금** 하프.
● **천개** 닫집. 궁전 안의 옥좌 위나 법당의 불좌 위에 만들어 다는 집 모양의 구조물.
● **와상** 침상.
● **시동** 귀인 밑에서 심부름을 하는 아이.
● **나래** 날개.
● **살** 화살.
● **꾀집다** '꼬집다'의 사투리.

두 언덕에 모여 섰던 시리샤의 젊은이들은 꿈에도 볼 수 없는 여왕 클레오파트라를 연모하였다. 클레오파트라의 한 가지 미도 본 일이 없었던 색시들은 황홀히 취하여 아름다운 꿈나라를 헤매는 듯 클레오파트라의 배를 따라 달음질쳤다.

이리하여 시리샤 백성들은 시도너스강 언덕에 모여들고 시내에는 한 사람도 남아 있지 않았다. 마크 안토니오는 텅 빈 시내를 거닐면서 휘파람을 불고 있었다. 아직 보지 못한 연인을 생각하여 타는 듯이 끓어오르는 연정을 가만히 누르려고……. 클레오파트라를 강변에 나가 맞아들이고 싶은 젊은 혈조를 진정하려고…….

향연이 벌어진 저녁 안토니오는 홀연히 미칠 듯 연애에 빠졌다. 그리고 클레오파트라는 권세를 가진 영웅이요 미남자인 안토니오의 호소하는 눈동자를 아양스런 미소로서 맞아들였다.

"여왕이여! 로마의 장군은 여왕을 사랑합니다."

"안토니오여! 애급 나라 별들은 그 말로 하여 광채를 더하고 나일강에는 행복의 잔물결이 일어날 터입니다요."

"클레오파트라여! 당신의 눈은 내 몸을 불사르고 당신의 입술은 이 안토니오의 목숨과 같습니다."

이리하여 나일강변에 피는 '백합꽃보다도 붉은' 클레오파트라와 안토니오의 사랑의 실마리는 풀리어 갔다.

*

안토니오의 열렬한 사랑은 시인의 노래에도, 시리샤 노예들의 춤에도, 장미꽃 속에 싸여서 새벽까지 뻗치는 잔치에도, 투장•의 투기•에

● **투장** 싸움터.
● **투기** 서로 맞붙어 다툼.

도, 아름다운 진주에도, 다 싫증이 난 클레오파트라를 이러한 맛없는 영화의 피로에서 구해 내어 한정 없는 육정•에 사로잡았었다.

클레오파트라의 미는 은방울을 흔드는 듯한 아름다운 음성과 독특한 담화술 매력 속에 안토니오를 빠지게 하고, 비너스 상의 벽옥• 발보다도 어여쁜 장밋빛 발톱을 가진 발아래 꿇어앉히고, 광채 찬란한 여왕의 자줏빛 비단 치마와 황금관 앞에 그를 끌어넣어 미와 사랑의 왕국에 취하여 현세에 대한 모든 세욕과 상념을 잊어버리게 하였다.

그리하여 안토니오는 로마를 버리고 용사의 풍도•와 기개까지도 잃어버리고 오직 사랑의 불길에 타고만 있었다. 12년이란 긴 세월도 그에게는 실로 눈 깜짝하는 일순간에 지나지 못하였다. 클레오파트라의 염려한 일별•에 마주칠 때, 생물이란 생물은 모두 생기를 잃고 모진 열병에나 걸린 듯이 시간과 세상을 초월한 황홀경에서 헤매는 것이다.

옥타비우스 장군의 누이 되는 옥타비아는 안토니오의 처라는 이름뿐이오, 홀로 로마에 남아 있어 안토니오를 기다리며 독수공방으로 외로운 세월을 보내고 있었으나 클레오파트라의 미모에 미혹한 안토니오는 옥타비아에게 돌아갈 꿈도 꾸지 않았다.

그러나 12년 동안의 방자한 일락도 그 종막•을 맺을 때가 돌아왔다. 옥타비우스 장군은 드디어 애급에 도전하여 테나라스• 갑•에서 알렉

• **육정** 몸에 대해 느끼는 욕정.
• **벽옥** 푸른 옥. 비취.
• **풍도** 풍채와 태도.
• **일별** 한 번 흘낏 봄.
• **종막** 연극이나 오페라의 마지막 막. 일의 끝판이나 사건의 최후를 비유하는 말.
• **테나라스** 암브라키아. 오늘날 그리스의 아르타 지역.
• **갑** 바다 쪽으로 부리 모양으로 뾰족하게 뻗은 육지.

산드리아로 전박하였다.• 애급은 갑자기 수습할 길을 잃고 대번에 패전을 당하고 말았다. 이 패전과 정말 마음속에서 우러나오는—그러나 너무도 만각•인—후회는 안토니오의 어지러운 머리 위에 죽음과 함께 찾아왔다.

클레오파트라는 패전에 미쳐 난 안토니오를 피하여 선조제왕의 영묘• 안에 숨고 시녀들을 시켜 자기의 죽음을 전파하였다. 독사는 사랑의 끝 조짐에 그 머리를 쳐들었던 것이다.

클레오파트라는 애급의 여왕으로서 시저와 같이 이제야 옥타비우스 장군을 맞아들이지 않으면 안 될 처지에 있었다. 몸이 여왕의 지위에 있으므로 안토니오를 물리치고 옥타비우스의 살을 깨물 독사가 될 기회를 엿보았었다.

클레오파트라가 죽었다는 보도를 듣자 안토니오는 제 칼날에 쓰러졌다. 숨이 아주 끊어지기 전에 다 죽어 가는 안토니오는 들것에 담겨서 클레오파트라가 숨어 있는 종묘로 옮겨 갔다. 그리하여 그는 그곳에서 눈이 부시게 빛나는 아름다운 황금 왕관을 쓰고 제왕의 자의•를 몸에 두른 산 클레오파트라의 적막한 운명이 차갑게 미소하고 서 있는 자태를 바라볼 때 그의 입술은 오들오들 떨리었다.

"클레오파트라! 그대의 입술을 나는 로마와 바꾸고 세계와 바꾸고 이 안토니오의 일생과 바꾸었다. 나는 그대에게 권하노니 다시 옥타비우스의 사랑을 받아 애급의 여왕이 돼라. 그대는 요기•하고도 아름다운

• **전박하다** 점점 바싹 다가오다.
• **만각** 뒤늦게 깨달음.
• **영묘** 선조의 영혼을 모신 사당.
• **자의** 임금의 옷.
• **요기** 요사하고 기이함.

독사였었다."

*

옥타비우스 장군은 클레오파트라의 교태와 애원을 물리쳤다. 집시의 혈조는 클레오파트라의 아름다운 몸뚱이를 폭풍우와 같이 싸돌았다. 오만하고 강견한 그의 성격은 한 여왕으로서 안토니오의 처 옥타비아와 옥타비우스 장군의 정복 아래 있어 여왕의 권위와 자랑을 잃어버리는 것보다는 차라리 죽음의 길을 택하는 것이 영화와 영락의 절정에서 고통이 없는 아름다운 세계로 건너가는 첩경이었다.

"아숩후야● 독사야! 너의 독에 취해 꿈속에 춤추면서 죽고 싶다. 나를 위하여 부디 그 조그마한 날카로운 이빨을 내 팔뚝에다 세워다오."

클레오파트라는 혼자 이렇게 속삭이었다. 영묘한 애급의 밤은 끝없이 고요하였다. 대리석 침상에 누워 있는 클레오파트라는 눈이 부신 여왕의 의상을 몸에 감고 향을 피우고 방 안에다 꽃을 뿌리었다. 그는 수많은 진주를 감은 벗은 팔뚝에다 푸른 잎사귀로 덮은 무화과의 상자를 안았다. 그 속에는 날카로운 이빨이 숨기어 있었다.

독사는 고요히 대가리를 쳐들었다. 그 순간에 그는 조그만 고통을 참는 듯이 아름답게 미간을 찌푸리면서 새빨간 입술을 깨물었다. 클레오파트라의 39세를 최후로 남기고 간 처염한● 미야말로 이 순간에 있었다.

"오오, 아숩후야 뱀아! 너와 같이 생겨나고 너와 같이 살아온 나는…… 꿈속에 춤추면서 죽는 행복을 가졌구나."

클레오파트라는 가늘게 미소를 띠웠다. 그것은 클레오파트라의 생애

● **아숩후야** 아스피스. '살무사'를 뜻하는 라틴어.
● **처염하다** 처절하게 아름답다.

를 통하여 처음이요 마지막인 적막하고도 순결한 미소였다. 그의 금별 붙인 왕관이 떨리었다. 고요한 영면의 나라로 그는 들어갔다. 이리하여 장밋빛 볼에는 빛깔이 풀리고, 빈 데 없는 이마와 풍만한 살은 대리석같이 차졌다. 입술을 열 듯 말 듯 하고 고요히 잠들어 있는 여왕의 자태에는 클레오파트라가 세상에서 가지지 못했던, 움직이지 않는 순결한 미가 떠돌아 있었다.

클레오메네스•가 만일 클레오파트라의 임종 때 화려 풍만한 가슴 마루에서 흔들리지 않은 육선•과 엄숙하고도 청순하게 변해진 아름다운 얼굴을 보았더라면 그는 자기가 깎은 비너스 상을 두들겨 부숴 버렸을 것이요, 클레오파트라의 코끝이 한 푼만 낮았던들 안토니오는 이국의 고혼•이 되지 않았을 것이요, 로마의 역사가 뒤바뀌었을는지도 모르는 것이다.

_三山人, 『별건곤』 1929년 12월호

• **클레오메네스** 기원전 200년쯤 비너스 상을 만들었다고 전해지는 그리스의 조각가.
• **육선** 몸매. 몸의 선.
• **고혼** 의지할 곳 없이 떠돌아 다니는 외로운 넋.

꼭 한 가지

입이 가벼운 편에 끼이지는 못하나 뼈 없는 무관한 이야기치고는 단 한 사람에게도 아니 한 이야기가 별로 없습니다. 그래도 하나만 써 보라니 억지로라도 해 보겠으나, 이 이야기는 참말 단 한 사람에게도 하지 않은 것이나 그러나 그다지 신통한 이야깃거리는 아닙니다.

강연회에도 자주 가지마는 나는 동화를 하는• 것하고 강연하는 것하고 거의 횟수가 상반합니다.• 동화는 입으로보다도 몸으로 흉내를 잘 내라 하는 것이어서 나는 둔한 몸으로 동화 하나 하기에 큰 노력을 합니다. 슬픈 이야기는 슬프게, 우스운 이야기는 우습게 하노라고, 우는 목소리를 내느라고, 우스운 흉내를 내노라고 남모르는 고심을 합니다. 슬픈 이야기로는 듣고 앉았는 소년 소녀 들을 좍좍 울려야 하고, 우스운 이야기로는 허리가 아프게 웃겨야 동화 구연은 성공한 것입니다.

그런데 우순 이야기보다 슬픈 이야기를 할 때 힘이 더 듭니다. 전등 휘황하는 대강당에 1천여 명이 시끄럽게 떠드는 자리에서 그들의 마음이 고요해져 가지고 눈물이 흐르기까지 하노라니 큰 노력이 드는 것입

* 기획 '이때까지 아무에게도 아니 한 이야기 — 비중비화(秘中秘話)'에 포함된 글이다.

● **동화를 하다** 동화를 구연하다.

● **상반하다** 서로 절반씩 어슷비슷하다.

니다. 그런데 슬픈 이야기를 할 때는 내 눈에서 눈물이 흘러 내가 울면서 합니다. 이것은 내가 그리하노라고 노력도 하지마는 아직 아무에게도 이야기 아니 한 까닭이 한 가지 있습니다.

나는 내가 열아홉 살 되던 해에 끝끝내 고생살이만 하던 어머니가 돌아가셨습니다. 그리고 아래에는 나어린 누이동생 두 사람이 있어서 나는 가정을 모르고 밖으로만 돌아다니고, 어린 누이들은 오라비를 그리우면서 서모•님 앞에서 자라고 있었습니다.

다행히 서모님은 인정 많은 이요 또 집에서도 아무 불편 없이 자랐습니다마는 그래도 때로 강단에서 계모 앞에서 자라는 어린 사람의 불쌍한 이야기를 할 때에는 나는 반드시 내 누이동생들의 쓸쓸하였을 심경을 생각하고 울게 됩니다. 그리고 내 자신 역시 성인 된 몸이건마는 내 몸이 고달프고 내 넋(혼)이 외로움을 느낄 때마다 속으로 얼마나 없는 어머니를 불렀었습니다. 그래서 동화 속 계모에게 쫓겨서 산속에 방황하는 소년이나 소녀가 죽은 어머니를 부르노라고 처량한 소리로 "어머니, 어머니!" 하는 소리를 내 입으로 할 때, 그것이 동화가 아니고 내가 나의 어머니를 부르는 심경으로 변해져서 걷잡지 못하고 눈물이 단상에서 좍좍 흐릅니다.

덕택으로 이화보통교, 기타 다른 여학교·남학교에 가서 동화를 하다가 모두 울음판이 되어 얼굴을 파묻고 우는 바람에 그다음 다른 이야기를 못 한 일이 종종 있었습니다.

_『별건곤』 1930년 1월호

● **서모** 아버지의 첩. 여기서는 '새어머니'를 뜻한다.

작은 일 네 가지

아무 때부터라도 해야 하지마는 신년이란 한 마디가 좋은 까닭으로, 신년부터 해 보았으면 하는 일이 한두 가지가 아닙니다. 그러나 지금 형편에 실행될 수 있는 것만 꼽아서 이 몇 가지를 고치고 또는 새로 시작하려 합니다.

1. 편지 처리를 그날그날 하리라

아시는 바와 같이 나는 잡지사 일을 하는 외에 실제 운동단체에 관계하고 있는 고로 미리 예상 못 하던 일이 돌발해 닥뜨려 올 뿐 아니라, 닥뜨려 오는 그 일이 모두 시간 급히 처리해야 할 일뿐인 고로 그 일에 쫓겨서 하로● 7, 8매 많은 날은 14, 15매씩 날마다 오는 편지를 뜯어 보지도 못하고 넘어가는 일이 있습니다. 억지로라도 그날 편지 처리 먼저 하고 다른 일에 손을 대도록 하겠습니다.

2. 방문하는 날 방문받는 날을 정할 것

아츰●부터 밤까지, 또 날마다 일에 쫓겨만 사는 고로 사사로이 다른

* 기획 '가정생활 개신(改新) 새해부터 실행하려는 것'에 포함된 글이다.

● **하로** '하루'의 사투리.

● **아츰** '아침'의 사투리.

이를 방문할 일을 늘 잊어버리다시피 하고 지내 왔으니, 일주일에 하로를 방문 날로 정할 것. 내가 집에 있는 시간이 정해 있지 않은 고로 멀리 찾아온 이를 헛걸음하게 하는 일이 많이 있으므로, 집에 있는 날을 정하여 그날은 강연도 출장도 피하고 집에 있도록 하려 합니다.

3. 일요일은 어린 사람들과 산보할 것

늘 하려 하면서 바쁜 일이 생기는 때마다 중단되는 고로 이것을 더 힘써 계속할 것.

4. 가계부를 장만할 것

_方小波, 『별건곤』 1930년 1월호

남의 집 처녀에게

실수한 이야기를 하나씩 모은다 하지마는 나에게는 남을 웃길 만한 실수담이 없습니다.

내가 오래 두고 졸리다 졸리다 못하여 평양과 진남포에 강연과 동화차로 갔을 때에, 오래 졸리다가 벼르고 별러서 간 길이라 정거장까지 많은 어른이 마중을 나왔고, 길에서도 "저이다, 저이야!" 하고 손가락질하는 사람이 퍽 많아서 내가 숙소에 이르기까지 주루루 따라오는 이가 많았고, 숙소로 찾아와서 "뵙자."고 인사하는 이도 퍽 많아서 일일이 인사 답례하기에 한창 바빴는데, 한참 동안이나 걸려서 인사가 겨우 끝나고 허리를 쉬고 앉았노라니까 안으로 통한 방문이 열리면서 그 밖에 서 있는 주인 부인이 인사를 하더니 "우리 딸애가 『어린이』 잡지에서 방 선생님 이야기를 듣고 있었는데, 지금 선생님 얼굴 좀 뵙겠답니다." 하고 "이 애야, 무에 부끄러우냐. 어서 절을 하여라." 하는데 그 어린 따님이 방문 뒤에 서서 얼른 나서지를 못하고 주저하는 모양입니다.

어린 소녀이지만 하도● 여러 손님이 있는 자리라 부끄럼을 타서 얼

* '내가 실수한 이야기'란에 실린 글이다. 공봉재, 채만식, 차상찬, 방정환의 글이 실렸다.
● 원문에는 "하고"로 되어 있지만, '아주' '몹시'의 뜻을 나타내는 '하도'의 오식으로 보인다.

른 나서지 않는 줄을 짐작하고 내 딴에는 그가 부끄럼 없이 나서기 쉽게 하여 주느라고 내가 먼저 "어이꾸, 어디 보자우. 응, 귀엽게도 생겼네. 어데…… 응 어꾸, 어이구, 귀여워라." 하고 서울 투로 애기 어르듯 얼러 주었습니다.

그랬더니 그 말끝에 쑥 나와서 마당에서 허리를 굽혀 절을 하는데 천만뜻밖에 어린 소녀가 아니고 고등여학교에 다니는 커다란 처녀였습니다.

이건 실수하였구나! 하고 생각할 새도 없이 얼굴 먼저 화끈해지면서 무어라고 수습할 말조차 생각 못 하고 얼굴만 벌게졌었습니다.

한 10세 안팎의 어린 소녀일 줄만 짐작하고 내일모레 시집가게 생긴 처녀를 보고 나 같은 젊은 사람이 응 어꾸, 귀여워라 하였으니 그 꼴이 어찌 되었겠습니까……. 그 처녀는 금년 봄에 어느 일본 유학생하고 결혼을 한답니다.

_『별건곤』 1930년 2월호

최의순 씨·김근실 씨

"최 선생(진순)● 계시오?" 하면서 주저 없이 쑥 들어서면, "안직● 안 오셨어요. 올라와 기다리셔요." 하면서 언제든지 웃는 이가 김근실● 씨요, "진 선생(장섭)!●" 하고 찾아보아서 없으면 같이 없고, 있으면 두 분이 똑같이 내달아 맞아 주는 이가 최의순● 씨입니다.

내가 그 남편 되는 이와 대하는 꼭 마찬가지로 무관히 대화해 오는 부인은 아마 이 두 분뿐이라고 하여도 과히 틀리는 말이 아닐 것입니다.

김 씨가 일본 유학까지 하고 온 몸으로 고요히 가정에 있어서 아무 불만 없이 남편의 친우●를 남편의 생각과 꼭 같은 생각으로 늘 반갑게 접대하는 심덕●에 늘 속으로 감복하거니와, 자기 기분이나 남의 기분이나 기분을 존중하기로 최의순 씨는 조선의 여인 중에 제1인이라고 하고 싶

* '방문 가서 감심한 부인'에 실린 글이다. 차상찬, 김기전, 방정환, 최진순의 글이 실렸다.

● **최진순** 방정환과 함께 아동문예연구단체인 색동회에서 활약했다.

● **안직** '아직'의 사투리.

● **김근실** 최진순의 아내.

● **진장섭(1903~?)** 아동문학가, 색동회 창립 동인.

● **최의순** 도쿄여자고등사범학교에서 화학을 전공하고 1928년 4월에 개벽사에 입사해 기자로 활동했다. 진장섭의 아내.

● **친우** 가까이하여 친한 사람.

● **심덕** 마음을 쓰는 데서 나타나는 덕.

을 만큼 좋은 이입니다. 그다지 튼튼하지 못한 몸으로 잡지사나 신문사 극무●에 고달프기도 할 것이니, 가족이나 내객의 기분만 존중하기 어려울 때도 많으련마는 아무 때 찾아가도, 아무 데서 만나도 추호도 거북한 눈치도 보이는 일 없이 남의 마음을 편하게 기껍게 해 주는 것은 아무나 저마다 능할 일이 못 되는 것입니다.

한번 이런 일이 있었습니다. 몇몇 친구가 술이 조금 취해 가지고 그 부부의 가정을 방문(당야●의 말로 하면 습격)하니, 주인 부부가 다 외출하고 집 보는 소녀 한 사람뿐인 것을 '밤이 꽤 깊었으니까 조금 기다리면 돌아오겠지.' 하고 그냥 우덩우덩 올라가 앉아 버렸습니다. 몹시 친근한 사이니까 주인 없는 집에 올라앉아 기다리기까지는 보통이었으나, 취객들이라 한편에서 장난이 일어나서 그 집 벽장·부엌·찬장 등속을 달달 뒤여서● 있는 음식이란 다 꺼내 놓고 고추장을 푼다, 김치찌개를 만든다 하여 이사 가는 집처럼 어질어 놓았습니다.

아무리 숙친하다● 하여도 여자는 자기의 손그릇●을 뒤지면 아무래도 노하는 터이니까, 더구나 자존심 있는 최 씨가 이 꼴을 보면 대노하려니 하였더니, 돌아와서 이 천만몽외●의 꼴을 보자마자 손뼉을 치면서 '우리가 발이 길어서 잔치하는 때 돌아왔다.'고 기뻐합니다. 그러고는 곧 자기도 한몫 들어서 요리를 만든다, 음식 맛을 조미한다 하여 끝끝내 그날 손님을 유쾌하게 하였습니다.

● **극무** 매우 바쁘고 힘든 사무.
● **당야** 일이 있는 바로 그날 밤.
● **뒤이다** '뒤지다'의 사투리.
● **숙친하다** 오래 사귀어 친분이 아주 가깝다.
● **손그릇** 거처하는 곳에 가까이 두고 늘 쓰는 작은 세간.
● **천만몽외** 천만뜻밖.

그 후에 들으니 장난치고는 심한 장난이라고 불평 가까운 말씀을 하더라고 들었으나, 이 말은 결코 불쾌하게 들리는 말이 아니요, 더욱 그날의 장난꾼을 더욱 유쾌하게 하는 말이었습니다.

남의 기분을 좋게 해 주는 일은 그의 일의 반을 덜어다가 치워 주는 것보다도 더 많은 조력이 되는 것이니, 동거인의 기분을 존중하는 습관은 가정인 아닌 사회인으로도 크게 유의해야 될 일이거니와 최 씨는 동거인뿐 아니라 찾아오는, 만나는 사람마다의 기분을 이해하고 존중해 주는 데에 누구보다도 나은 덕과 기능을 가진 이입니다.

_『별건곤』 1930년 2월호

자동차 황금시대

자동차…… 자동차

현대의 메커니즘이 낳은 고속도의 문명 그중에도 꽃다운 성능을 발휘하고 있는 비행기와 자동차. 조선에는 아직 자동차를 구경도 못 한 사람이 있지만 미국에서는 전 인구와 자동차의 수가 거의 같아져 가는 중이요, 어느 도시는 이미 인구보담도 자동차가 많아졌다는 소식까지 들린다.

사람이 만들어 낸 기계에게 도리어 사람이 지배를 받게 되려고 하는 것이 지금의 세상이다.

그러면 그 자동차의 수는 얼마나 되는가?

전 세계의 자동차

지금으로부터 13년 전까지는 전 세계의 자동차 수가 423만 대밖에는 더 없었다. 그 뒤로 차차 늘어서 1928년 말까지에는 실로 3200만 대에 달하였다. 이에 과거 10년간의 증가율을 보면 다음과 같다.

1919	8,852,394
1920	10,942,924
1921	12,719,500
1922	14,618,944
1923	18,212,702
1924	21,455,971
1925	24,473,629
1926	27,650,267
1927	29,687,499
1928	31,778,203

이상의 표로 보건대 증가의 수는 실로 연평균 200만 대에 달하여 있다. 다음에 이상의 수의 자동차를 국적별로 보면 다음과 같다.

미국 26,300,000	오지리● 502,000
영국 1,370,000	아이연정● 310,000
불란서● 1,110,000	이태리● 180,000
캐나다 1,100,000	일본 75,000
독일 550,000	조선 3,000

● **오지리** '오스트리아'의 음역어.
● **아이연정** '아르헨티나'의 음역어.
● **불란서** '프랑스'의 음역어.
● **이태리** '이탈리아'의 음역어.

다시 각국의 자동차도● 1리●에 대한 자동차의 수를 보이면 다음과 같다.

묵서가● 37.7대	화란● 9.5대
쿠바 27.3대	미국 7.8대
하와이 23.5대	애급● 7.5대
백이의● 22.0대	독일 6.8대
아이연정 14.0대	일본 0.99대
영국 10.4대	애란● 0.95대
서서● 10.0대	조선 0.30대
고륜비아● 9.7대	노서아● 0.6대

이상으로 보면 의외로 미국 같은 나라는 이정●에 대하여 차대가 적은 셈이나, 실상 미국은 도로가 발달이 되고 지역이 넓은 까닭이다.

● **자동차도** 자동차 길.
● **리** 마일. 육지의 거리를 재는 단위로 1리는 약 1.6km에 해당한다.
● **묵서가** '멕시코'의 음역어.
● **화란** '네덜란드'의 음역어.
● **애급** '이집트'의 음역어.
● **백이의** '벨기에'의 음역어.
● **애란** '아일랜드'의 음역어.
● **서서** '스위스'의 음역어.
● **고륜비아** '콜롬비아'의 음역어.
● **노서아** '러시아'의 음역어.
● **이정** 어떤 곳에서 다른 곳까지 이르는 거리의 리(里) 수.

다시 자동차 1대에 대한 각국의 인수•를 보면 다음과 같다.

미국 4.9인	우루과이 42.0인
하와이 6.0인	서전• 47.0인
캐나다 9.0인	일본 1,500인
신서란• 9.3인	토이기• 2,516인
오지리 12.0인	파사• 1,968인
불가리아 2,147인	아이연정 34.0인
인도 2,548인	정말• 35.0인
노서아 6,980인	영국 35.8인
조선 7,950인	불란서 37.0인
중국 17,000인	불령• 인도 37.0인

자동차 왕국의 미국

쩍 하면 입맛이라고, 돈하고 자동차라면 미국이다. 과연 미국은 자동차로서도 세계에 군림하고 있다. 다음의 통계가 그것을 보여 준다.

• **인수** 사람 수.
• **서전** '스웨덴'의 음역어.
• **신서란** '뉴질랜드'의 음역어.
• **토이기** '터키'의 음역어.
• **파사** '페르시아'의 음역어.
• **정말** '덴마크'의 음역어.
• **불령** 프랑스의 영토.

미국 자동차 생산 수

1895	4대
1897	100대
1898	1,000대
1901	7,000대
1905	24,550대
1910	181,000대
1915	895,930대
1920	1,905,560대
1925	3,317,586대
1928	4,601,130대

즉 재작년도에 460만 대, 작년도 상반기에 320만 대를 생산하였다. 그 중 종별●을 하여 보면 승용차가 4,024,590대요 화물차가 576,540대이다. 그중에 해외로 수출한 수는 825,113대이니, 즉 전 세계 자동차 생산고의 83.3%를 점령하고 있다.

● **종별** 종류에 따라 구별함.

미국의 자동차 등록 대수

1895	4대
1897	90대
1898	800대
1901	14,800대
1905	77,400대
1910	458,500대
1915	2,309,666대
1920	8,225,859대
1925	12,512,638대
1928	24,493,124대

이상의 통계를 보건대 1897년으로부터 1910년까지에 미국의 자동차 생산 수보담도 등록 수가 많으니 즉 그때까지는 생산국이 아니요 구주•로부터 수입하였었다는 것을 말하는 것이다. 즉 미국이 자동차 왕국이 된 것은 최근 20년간의 일이다.

미국의 자동차 산업 자금 급• 판매액(1928년 현재)

총 자본금	40억원
종업원(공업 급 판매) 급료	14억원

● **구주** 유럽.
● **급(及)** 및. 와/과.

판매액	승용차 54억 원 화물차 9억 원 부분품 26억 원 기타 24억 원
자동차 관계의 세액	6억 원

미국의 자동차 생산 요원(料原)(1928년 현재)

이상과 같은 생산을 하자니 원료도 겁나게 많이 든다. 다음에 그 중요한 것을 열거한다.

강철	6,700,000톤
고무	441,000톤
초자판●	97,422,801평방척●
피혁	31,500,000평방척
목재	1,920,000,000BM●
알루미늄	25,000톤
동	135,000톤

_무기명,● 『별건곤』 1930년 2월호

● **초자판** 유리판.
● **평방척** '제곱자'(제곱 눈금을 매긴 자)의 옛 용어.
● **BM** 목재의 양을 셀 때 쓰는 단위.
● 목차에는 필자 이름이 '三山人'으로 표기되어 있다.

낙화? 유수?

꽃이 피고 낙화가 지고 여름비가 내리고 추풍에 나뭇잎이 지는 것도 다 같이 아름답건마는 홀로 인생의 걸어가는 길만은 왜 그리 악착스러운● 것일까…….

한 치 앞을 내다보지 못하는 인생인 까닭에 절벽에 떨어져서야 그 길이 애초에 못 올 길이었던 것을 깨닫고, 가시넝쿨에 살을 찢기고야 애초부터 나쁜 길인 것을 깨닫게 되는 것이라, 하잘것없는 설움을 하소연할 길조차 없어서 사람들은 '운명'이란 말로 자위를 하는 것이다. 그러나 운명이 아니라기에는 너무도 운명의 장난 같은 기구한 길을 걸어가는 사람이 이 세상에는 너무도 많다.

봄비가 내린다. 비단실 같은 봄비가 내린다. 우산 하나 없이 비에 젖어서 기구한 걸음을 걸어가는 불쌍한 젊은 가인●의 신세 이야기나 시작해 보자.

*

* '무엇이 그렇게 시켰나? 사실이 낳아 논 인생의 기록'에 실린 글이다. 파영생(방정환), 백릉생(채만식), 송작생, 임인의 글이 실렸다. 「너무도 진기한 연애」(『별건곤』 1929년 1월호)의 개작이다.

● **악착스럽다** 잔인하고 끔찍스럽다.

● **가인** 미인.

거의 20년 전 경성 새문(서대문) 밖 경구교 옆에 서서•가 있었으니 지금 서대문 밖 죽첨공립보통학교가 그 집이요, 그 집에 '서서' 즉 서대문 경찰서가 있었던 것이다.

그 건너편에 땅에 찰싹 엎드린 것처럼 납작한 집에 '상밥집• 사식 차입•'이라고 소학교 어린이 글씨로 써 붙인 밥집이 있고, 그 앞에 길거리에서 날마다 하로•도 몇 번씩 술주정을 하고 있는 키 작은 망칙한 남자 하나가 있으니, 그가 이 조꼬만 밥집의 주인이요 서부(서문) 새문 밖 일대에 소문 높은 명물이었다.

키가 4척을 넘지 못하게 작고 통통하고 똥그런 얼굴이 악죽악죽 얽기까지 하였고, 비지와 모주밖에 든 것 없는 배가 올챙이같이 통통하면서 목소리까지 맹맹하여서 아무라도 처음 보고도 맹꽁이라 부르는데, 공교스럽게 성까지 장(張)씨여서 '새문 밖 장 맹꽁'이라면 모를 사람이 없었다.

밥은 열흘을 굶어도 관계없지만 막걸리나 모주를 못 먹거나 주정을 못 하면 아편쟁이처럼 사지가 비비 꼬여서 그냥 견디지 못하는 성질이라, 밥값이거나 외상값이거나 손에 만져지기만 하면 모줏집으로 가고, 가서 먹고는 반드시 자기 집 문전 전찻길 가에 서서 "내가 이래 뵈도 서울 장안에 이름난 장 맹꽁이다! 내가 장 맹꽁이야!" 하면서 온종일 연설을 하다가 졸리우면 그냥 전찻길 옆에 누워서 편안히 주무시는 버릇이었다.

- **서서** 서울 서부를 관할하던 경찰 업무 관서.
- **상밥집** 상에 반찬과 밥을 차려서 한 상씩 따로 파는 집.
- **사식 차입** 교도소나 유치장에 갇힌 사람에게 사사로이 음식을 마련해 들여보냄. 또는 그 물건.
- **하로** '하루'의 사투리.

밥집 주인 영감이면서 밥 한 상에 얼마나 하는지 알 까닭이 없고, 밑지는지 망하는지 돈끝만 보면 술이요, 불이 나는지 난리가 나는지 모주만 먹여 주는 사람 있으면 장타령•을 부르는 배포였다.

무슨 운명이 어떻게 한 장난인지 그의 마누라, 마누라라고 허투로 불러 버리기에는 너무도 미안하게 현숙한• 부인이 실로 아름다운 자태와 아무나 못 미칠 재주—음식 재주, 재봉 재주—를 가지고 남편 하나 때문에 창자 썩는 생활을 하고 있었던 것이다.

그 아까운 착한 부인이 어느 때 어데서 어떻게 되어서 그 남자를 남편으로 만나게 되었는지, 그것은 그때나 지금이나 아는 사람이 없다. 독자도 이것을 읽은 후에 제일 궁금하게 생각되는 것이 그것일 것이다. 그러나 이것은 영구히 두고두고 심심한 때마다 다시다시 생각해 볼 의문으로 남을 것이다.

남편이 남편인 까닭에, 그 현숙한 부인을 넘보는 소위 점잖은 남자가 많아서 '밥장사를 그만두고 우리 집에 침모•로 오너라.' '안잠자기•로 오너라.' 하고 꼬여 보다가 장 맹꽁이에게는 막걸리를 사 먹여 전찻길가에 잠들여 놓고는 단 한 칸밖에 없는 방에 뛰어 들어갔다가 봉변을 하고 쫓겨 나오는 자도 단 한 사람뿐만이 아니였었다.

주림과 모욕과 유혹과 갖은 고생과 설움과 싸우면서 부인은 혼자 손으로 경찰서에 밥상 심부름하는 머슴 용천이라는 열아홉 살 난 총각을 데리고 그날그날의 밥장사에 부지런하였다.

• **장타령** 각설이타령.
• **현숙하다** 여자의 마음이 어질고 정숙하다.
• **침모** 남의 집에 매여 바느질을 맡아 하고 일정한 품삯을 받는 여자.
• **안잠자기** 여자가 남의 집에서 먹고 자며 그 집의 일을 도와주는 일. 또는 그런 여자.

*

그 딱한 남자를 아버지로 하고 그 불쌍한 부인을 어머니로 하고 그 햇볕 못 보는 한 칸 방에서 태어나서, 지나가는 나무 장사가 먹고 남긴 새우젓 반찬에 자라 주린 배를 채우면서 자라 가는 '음전'이라는 소녀가 있었으니, 이 가련한 소녀가 이 기구한 이야기의 주인공이다.

진흙 속에서 연꽃이 나는 격일까. 어느 창작가가 지어내는 소설과 꼭 같이 이 소녀는 어머니보다도 더 잘생겨서 동리 집 부인들이 자기 집 딸같이 귀애하였다.•

"너의 집에 가서 무엇을 먹겠니. 너의 집 찬밥은 너의 어머니 잡숫게 두고 우리 집에서 먹고 가거라."

이리하여 동리 집에서는 다투어 그 가련한 소녀에게 더운밥을 먹이고 '어머니 갖다 드리라.'고 반찬 접시를 들려 보내곤 하였다.

그러나 그 음전이, 그 가련한 소녀가 나이 열세 살이 되는 해부터는 '인제는 나이 열세 살이니 이 집 저 집 돌아다닐 때가 아니라.'고 너무도 현숙한 옛날 시대의 부인은 이웃집에 가는 것도 금하였다. '시운을 잘못 만나 구차하여서 밥장사는 할망정…… 어린 딸 하나야 함부로 기를까 보냐.' 하는 생각이었다.

그러나 집이라 해야 방 한 칸, 헛간 두 칸뿐으로 방문만 열면 헛간에는 이름도 성도 모를 뭇사람들이 밥을 사 먹는 좌석이니, 남녀 칠 세면 부동석이라는데 열세 살 먹은 딸을 방문 밖에 나오게 할 수가 없었다. 아츰•에 일찍 손님 있기 전에 헛간에 나와서 세수를 하고 들어가서는 일절 방문을 열지 못하게 하니, 소변을 보려도 방 속에서 요강에…….

• **귀애하다** 귀엽게 여겨 사랑하다.
• **아츰** '아침'의 사투리.

열네 살, 열다섯, 열일곱, 열여덟 살이 되도록 움 속의 파 모양으로 햇볕을 모르고 자랐다. 한울●을 못 쳐다보고 그 소녀는 불쌍히 살았다.

남녀 칠 세면 부동석이니, 열여덟 살이면 시집갈 때도 늦기 시작하였다고 생각되었다. 햇볕을 모르고 커서 얼굴이 병든 사람같이 이상하게 희기는 할망정 타고난 용모는 동리 부인들이 때때로 구경하러 찾아가게까지 아름다웠다. 그래서 그 구차한 장 맹꽁의 어두운 방 속에 햇볕보다 더 찬란스런 보옥이 감추어 있다고 동리 부인들은 도적질이라도 해내고 싶게 아까워하였다.

"부잣집으로 보낼 재주야 있습니까마는 과히 쌍스럽지 않은 신랑에게나 보내야겠는데요." 하는 것이 그 불쌍한 어머니의 이 세상 단 하나뿐인 소원이었다.

인물이 그같이 잘나 동리 집 바느질을 가져다 해 버릇하여서 바느질이 좋아…… 동리 집 부인들은 자기 딸의 일처럼 서로서로 혼처를 주선하고 있었다. 그런데 누가 알았으랴. 좋은 신랑감이 있다는 말을 듣고 뒷집 부인에게 자상한 이야기를 들으러 그 어머니가 잠깐 집을 빈 사이에 30살 먹은 총각 더부살이 용천이가 처녀의 방에 뛰어 들어갈 줄을……. 방 속에서만 자란 처녀는 바느질밖에 배운 것이 없었다. 아무것도 배워 아는 것이 없었다.

혼자 있는 방에 남자가 달려들면 어떻게 해야 할 것을 알지 못했다. 어떻게 하면 피할 수 있을지를 알지 못했다. 남자에게 강제되면 그 결과가 어떻게 될는지도 알 길이 없었다. 너무도 현숙한 부인이라 더부살이 녀석을 경계하라고 들려준 일도 없었던 것이다.

● **한울** 천도교에서 '하늘'을 달리 이르는 말.

"어머니, 저 더부살이가 고약스러우니 내어쫓으세요."

천진한 처녀의 이 말로부터 시작되어 낭패된 것을 알았을 때의 그 불쌍한 부인의 가슴이 어떠하였을 것이랴. 그것은 생각만 하기도 너무도 딱한 일이다. 남편이 있으니 의논이나 해 볼 만할까, 남부끄럽지 않은 일이니 동리 부인들께 의논이나 할 수 있을까. 혼자서 혼자서 잠을 자지 못하고 열흘, 스무날 또 한 달 생각하였으나, 남녀 칠 세면 부동석이란다고 한 칸 방 속에서만 길러 낸 부인이다. 생각하고 또 하고, 두고두고 생각하여도 '겁탈을 당했어도 한 번 당했으면 벌써 그 사람의 아내가 되었지 별수가 없다.' 하는밖에 달리 생각이 공글릴● 수가 없었다.

*

바느질품을 팔아서 푼푼이 모은 돈을 내어서 신랑의 옷 한 벌, 신부의 옷 한 벌 무명일망정 새로 장만하고, 물을 곳에 물어서 길일을 받아 냉수 한 그릇 떠 놓고 그야말로 작수성례●를 시켜 버렸다.

이렇게 하여 어머니의 단 한 가지 희망은 헛되이 흩어져 버리고, 진흙에서 피어난 귀여운 연꽃 같은 처녀는 용천이의 깨끗지 못한 가슴에 안겨 가고 말았다.

신부부●는 이웃 어느 과붓집에 행랑방 한 칸을 얻어 들고, 용천이는 땜가게(철물 때이는 집)에 품팔이로 다니기 시작하였으나, 이 사람이 돈 없이도 신마치●에를 잘 다니던 버릇은 없어졌으나 술 먹고는 아내를 때리는 버릇이 점점 늘어서, 역성들러 간 장인님 장 맹꽁 씨를 번쩍 들

● **공글리다** 마음이나 생각 따위를 흔들리지 않도록 다잡다.
● **작수성례** 물 한 그릇만 떠 놓고 혼례를 치름. 가난한 집안의 혼례를 이르는 말.
● **신부부** '새로 혼인한 부부'를 뜻하는 것으로 보인다.
● **신마치** '유곽'(많은 창녀를 두고 매음 영업을 하는 집. 또는 그런 집이 모여 있는 곳)의 일본어.

어 개천에 넣기가 일쑤이었다.

개천에 자주 들어간 빌미인지 장 맹꽁 씨는 그 후 2년이 지나서 병이 들어 죽었다. 죽으니까 그래도 개천에 자주 넣어 주던 사위의 손으로 그는 공동묘지에 묻혔다.

이러니 해방을 얻은 것은 부인이었다. 혼잣몸 같으면 남의 집 침모가 되어도 벌써 되었고, 안잠자기가 되어도 벌써 되었을 것을 딸 하나 남편 하나 때문에 오래인 고생을 하여 온 몸이라, 이제는 남편과 딸이 저 갈 데로 다 찾아갔으니 부인 한 몸이 누구를 위하여 그 고생스런 장사를 계속할 까닭이 없었다.

밥장사하던 세 칸 집일망정 집과 기구와 밑천을 고대로 딸과 사위에게 넘겨주고 자기는 시골 있는 형님 집을 찾아 경성을 하직하였다.

믿고 위하고 아끼던 단 하나뿐인 소생을 믿기 어려운 사람의 손에 쥐여 두고 혼잣몸으로 경성을 떠나는 그는 만나는 사람마다 보고는 울었다. 그는 그 발이 시골 형님 집에 닿을 때까지 내처 울었을 것이다.

그가 시골 가 있으면서도 어떻게 딸 내외의 영업이 꾸준하기를 바랐으랴마는 알뜰한 사위는 반년이 못 가서 그것을 다 집어마시고 단 두 몸만 남아 가지고, 시내 인사동 연극장 뒷골목 어느 집 행랑방을 세금● 3원씩에 얻어 들고 막벌이를 나섰다.

그런데 그 집이란 어느 잡화 상점 하는 사람이 어여쁜 소실을 감추어 살림하는 집이라, 주인 남자는 깊은 밤에나 들어와서 자고 이른 아침에 나가 버리면 어여쁜 여주인 혼자 온종일 안잠자기 하나만 데리고 쓸쓸히 지내는 집이었다.

● **세금** 셋돈.

막벌이도 변변히 못 하여 굶기를 안집에서 밥 먹듯 하는 주제건마는 욕심이란 엉큼한 것이어서 안집에 늘 혼자 있는 어여쁜 주인을 욕심내기 시작하여 낮에도 벌이를 잘 나가지 않고 기회를 엿보고 있다가 하로는 안잠자기가 없는 것을 엿보고 안방으로 뛰어들었다. 먼젓번처럼 과히 힘들지 않고 꼭 이룰 줄 알았던 소원을 이루지 못하고 봉변만 대단히 하고 그냥 쫓겨 나왔으니 그 일이 그냥 그대로 흐지부지될 리가 없었다.

그날 밤에 자러 온 남편에게 안주인이 사실을 고하고 "그런 괴악한 놈은 버릇을 좀 가르쳐야지 그냥 둔단 말이요." 하였더니, 이 집주인이란 전부터 행랑방 신부를 엿보아 오던 터이라 기회가 잘되었다 하고 용천이를 불러 세우고 '강간 미수' 죄로 감옥에 보내겠다고 을러대었다.

염치는 옛날부터 없어도 감옥에 가면 무서운 줄은 아는 용천이라 아무 짓을 시키더라도 감옥에 가는 것만 용서해 달라고 애걸복걸을 하여 얻은 결과가, '그러면 네 계집을 바치고 너는 어데로든지 도망을 가라.' 하는 관대관대한 처분이었다.

계집을 빼앗기지 말자니 감옥에를 가야겠고, 감옥에를 가자니 계집은 정해 놓고 잃어버릴 것이고……. 이래도 저래도 잃어버릴 바에는 감옥에 안 가는 것이 약은 편이라고 놈은 승낙을 하였다.

모르는 남자에게 아니 가자니 남편이 감옥에를 가야 한다 하니, 감옥이라면 꼭 죽거나 늙어 죽도록 다시 못 나오는 줄로만 아는 그는 그 소위 남편을 감옥에 안 보내기 위하여 울면서 울면서 행랑방에서 건넌방으로 옮아갔다.

이리하여 남의 계집 욕심내다가 자기 아내를 잃어버린 용천이는 그 후 어데 가서 어떻게 사는지 알 길이 없어졌지마는, 행랑방 용천이의 죄를 남편에게 고해바친 덕으로 안주인은 행랑에서 새로 들어온 새 여자에게 총애를 빼앗기고 쫓겨나고 말았다.

여기서 우리가 빼지 말고 들어 둘 것은 행랑에서 안으로 들어간 음전 부인이 안주인 쫓아내지 말라고 울면서 주인에게 애걸한 것이요, 그 집이 완전히 자기 살림이 된 후에도 찬모●를 두어 주겠다, 침모를 두어 주겠다, 행랑을 두어 주겠다 하는데, 빨래도 내 손으로 하지요, 바느질도 내 손으로 하지요 하고 굳이 사양한 것이다. 그만큼 그는 순진하였고 그만큼 그는 착하였던 것이다.

*

생후 처음으로 비단옷을 입어 보고, 덥고 정한● 방에서 자고, 이름도 모를 화장품으로 몸을 가꾸기 시작하니 비로소 천생의 미모가 처음 그 빛을 나타내어 그야말로 그림 속에서 걸어 나온 선녀같이 어여뻤다.

*

아아 그 후로도 3년이란 세월이 지났다. 전하는 소식에 들으면 그는 작년에 또 한 손을 건너서 지금은 어느 포목전 주인의 소실이 되어 귀염받는 생활을 하고 있다.

우연이겠지. 그러나 그냥 우연이라기에는 너무도 기구한 걸음걸이가 아니냐, 불쌍한 이야기가 아니냐.

_波影生, 『별건곤』 1930년 3월호

● **찬모** 남의 집에 고용되어 주로 반찬 만드는 일을 맡아 하는 여자.
● **정하다** 깨끗하다.

미행당하던 이야기—도리어 신세도 입어

"호상, 오갸쿠상데스요."●

반드시 2층에까지 올라와서 손님 오셨다고 전해 주는 주인 여자가 이렇게 아래층에 서서 소리만 올려 보내는 때는 정해 놓고 형사가 온 것이다.

"아니요. 계신지 안 계신지만 알려고 그런 것인데 청해 내리기까지 할 것 없습니다." 하고 으레이● 형사는 쩔쩔매면서 창황히● 구는 것을 나는 2층에서 듣는다. 자기 깐에는 내가 집에 들어앉았는지, 어데 나가고 없는지 그것만 주인에게 알아보려고 하는 노릇인데 눈치 빠른 여인이 그의 얼굴만 보면 2층으로 통지 먼저 하니까 창황히 구는 것이다.

*

대체 나에게, 나같이 무능한 사람에게 동경 있은 지 3, 4년이 되도록 히비야공원에 한번 안 가고, 학교와 도서관에 안 가면 집에만 들어앉아 있는 나에게 무슨 필요로 두 사람씩 형사를 달아 두는가 도무지 이해할 수 없는 일이었으나, 그러나 자꾸 따라다니는 것을 나로서는 금할 수도

● **호상, 오갸쿠상데스요** '방 선생님, 손님이요.'라는 뜻의 일본어.
● **으레이** '으레'의 사투리.
● **창황히** 당황히.

없는 일이었다. 들으면 다른 사람들은 혹시 미행 형사가 따르면 자랑 삼아 골려 주기를 잘한다 하지마는, 나는 그런 장난을 좋아하는 성미도 못되거니와 내가 비밀히 하는 일이 없고, 있다 하더라도 따라다닌다고 그에게 알려질 것도 아니지만 별로 오고 가는 데가 없으니까 대단한 불편도 느낄 까닭이 없어서, 따라오면 따라오나 보다 하고 지냈을 뿐이다.

내가 그들에게 사납게 굴지 아니하니까 그들도 고맙게 여기는 모양인지 나를 괴롭게 굴지 않을 뿐 아니라 나의 심부름을 잘해 주었다.

한 사람은 젊은 사람으로서 밤에 주오대학 법과에 다니는 자이라 그렇게 무식하지 않고 빡빡하지 않아서 나도 독서하는 겨를에 가끔 방에 올려 앉히고 이야기를 하였다. 말하면 좋게 대접해 준 것이다. 또 한 사람은 늙은이였다. 비 오는 날 으시시 추운 때 골목 밖에 서서 지키느라고 고생하는 것을 볼 때는 불러올려서 차도 대접하고, '오늘은 아무 데도 나가지 않고 집에서 책만 보고 있을 것이니 안심하고 가서 쉬다가 그렇게 보고만 하라.'고 일러 주면 그는 구원된 것처럼 "고맙습니다. 그러면 공부하시는 데 방해되게 할 것 없이 집에 가서 쉬겠습니다. 꼭 외출 아니 하시지요? 그렇게 믿고 보고해 버리겠습니다." 하고 가는 것이었다.

*

앞문으로 들어가서 뒷문으로 슬쩍 빠져나아가 버리면 그는 뒷문으로 나간 줄은 모르고 그 집 앞문 앞에서 온종일 헛지키고 있다가 서에 가서 꾸지람을 받는다. 비 오는 날 나는 학생 양복이므로 젖어도 괜찮을 것을 믿고 일부러 전차를 안 타고 우중• 행인으로 걸어 다니거나 하면, 그

● **우중** 비가 내리는 가운데. 또는 비가 올 때.

는 한 벌밖에 없는 비단옷을 입고 생쥐처럼 젖어서 따라다니느라고 개 같은 욕을 본다. 그렇지 않으면 찻길 옆으로 걸어가다가 나 혼자 돌연히 전차에 비승•을 해 버리면 그가 아무리 눈이 뒤집혀 야단하여도 나를 놓치고 만다. 그러나 그러나 나는 한 번도 그런 일은 한 적이 없었다. 내가 장난을 하지 못하는 재질이요, 또 그리할 필요가 없었던 까닭이다.

*

동경은 비가 많이 오는 곳이라 시원하게 쏟아지지도 못하면서 흐리다가는 찔끔찔끔, 그치는 듯하다가는 또 찔끔찔끔, 아츰 등교할 때 깨끗하던 날이 하학•되어 나서려면 비가 오는 중이어서 우비가 없어서 교문에 서서 쩔쩔매는 날이 퍽 많다.

이런 때 나의 늙은 미행은 벌써 내 하숙에 가서 나의 우산과 높은 나막신을 찾아 들고 마중 와 준다. 미행이라 해도 이런 때는 퍽 고맙게 생각되었다. 다른 날 같으면 교문 옆 수위실에 들어앉아서 하학되어 나오기를 기다리고 앉았을 그가 비 오는 날이면 나 공부하고 있는 틈에 내 집에 가서 우비를 가지고 와서 하학 시간을 기다려 주기는 참말 당해 보지 않은 사람이면 곧이들리지 않을 것이다. 내가 평소에 그를 구박하지 않은 덕이라면 덕일는지 모르나, 다 늙어진 몸이 믿을 재산 없고 의지할 자식이 없어 굶어 죽지 못해서 형사 노릇을 할망정 마음까지 나빠질래 나빠지지 못하는 사람인 것이 사실일 것이다.

*

일본 옷감이나 자취 살림 기구를 사려면 선불리 조선 사람이나 지나•

● **비승** 날 듯이 빨리 오름.
● **하학** 학교에서 그날의 수업을 마침.
● **지나** 외국인이 '중국'을 일컫던 말.

사람으로 보여지면 물건을 속이거나 정가를 속이는 일이 많다. 이런 때 나는 정해 놓고 미행 형사를 시켜서 사다 달라 하였다. 그를 시키면 반드시 자기 생색으로 좋은 물건을 값싸게 사 왔다. 꽃 때 꽃구경을 가겠다 하면 반드시 앞장서 가서 실로 수많은 사람의 틈을 베집고• 나의 일행을 위하여 좋은 자리를 잡아 주곤 하였다.

*

제일 불쾌한 꼴을 보기는 여행을 할 때였다. 귀국을 하려면 동경역에서 경성역에까지, 경성에 내려서 집에 들기까지 꼭 이어서 붙어 다니는데, 동경에서 경성까지 한 사람 형사가 줄창 붙어 오는 것이 아니라, 전선•을 몇 구역에 나누어 가지고 이 구역 형사가 다음 구역까지 가서 그곳 형사에게 넘겨주고 넘겨받고 하는 고로 재미도 있지만 몹시 불쾌한 꼴을 보게 되는 것이었다.

동경서 몇 시발 제 몇 호 열차에 타는 줄 알면 동경에서 경성까지의 여러 구역의 각 책임 경찰서에 일일이 전보를 치는지, 전화로 하는지 '모일 모시 동경발 모 호 열차에 주의 인물이 타고 가니 받아넘길 준비를 하라.'고 예통하는• 모양이었다.

동경 형사가 횡빈•까지 붙어 가면, 횡빈서(署) 형사가 미리 나와 기다리고 있다가 서로 군호•를 하여 만나서는 '나'라는 주의품을 넘기고 받고 한다. 물론 내가 보는 데서는 아니 하고 열차 입구에 서서 멀리 나를 가리키면서 수군거리는 것이다. '저기 몇째 자리에 양복 입고 앉은

• **베집다** '비집다'를 낮잡아 이르는 말.
• **전선** 전 조선.
• **예통하다** 미리 알리다.
• **횡빈** 일본의 도시 요코하마.
• **군호** 군대에서 나발·기·화살 따위를 이용해 신호를 보냄. 또는 그 신호.

상고머리로 깎은 남자가 그것이다. 그 머리 위 선반에 얹은 가죽가방 두 개가 그의 소지품이요, 그 옆에 앉은 사람하고는 동행은 아니나 아는 사람인 모양이다.' 아마 이런 말을 하는 모양이었다. 그러고는 반드시 넘겨받는 자가 자기 명함을 내어서 무엇인지를 적어서 넘기는 형사에게 준다. '주의품 모와 그 소지품 몇 개 정정영수후야•'라고 쓰는 것일 것이다. 그것을 받아 가지고는 '이제는 무사히 갖다 넘겼으니 내 책임은 벗었다.' 하는 드키 가벼운 걸음으로 기차에서 내려가 버린다.

그들께 있어서는 '나'라는 이 존재가 화물차에 실어 넘기는 궤짝 한 개 폭밖에 못 되는 셈이다. 영수증이 붙어 다니고, 운송 책임자가 따라다니는 짐짝이니, 미친 체하고 분실되고 싶어도 완전히 분실되어질 수 없는 물건이요, 아무 데서 죽어도 신분 모를 행려시•는 될 수 없는 물건인 것이다.

*

하도 여러 번 동경-경성 간을 왕래하여서 미행 형사가 교체하는 정거장이 어데 어데인 줄을 아는 고로 나는 차가 그 정거장에 들어갈 때마다 차창 밖으로 고개를 내밀고 그들이 교체하는 꼴을 주의해 보는 것이 버릇이 되었다. 그리하여 그가 나를 넌지시 넘겨받기 전에 내 편에서 '이번 미행은 저자'로구나 하는 것을 먼저 알고 있기를 지루한 기차 여행 중의 한 재미를 삼게 되었다. 구역이 넓은 만큼 몇 백 리밖에 떨어져 있는 서원•끼리 서로 만나서 넘기고 받고 하는 것이라, 서로 누가 그것인지 모르는 고로 좌우편이 모자를 벗어서 단장 끝에 얹어서 높직이 들

• **정정영수후야** 다음 감시자에게 넘겼다고 적음.
• **행려시** 떠돌아다니다가 타향에서 죽은 사람의 주검.
• **서원** 세무서, 경찰서 따위와 같이 '서(署)' 자가 붙은 관서에 근무하는 사람.

어 서로 군호•를 삼는다. 모자를 들지 않는 때는 손수건을 단장 꼭지에 매어서 높이 든다. 그리하여 서로 만나서 열차 입구에 올라서서 눈으로 나를 가리키면서 수군거린다. 그래서 아무런 경우에도 새로운 미행을 용이히 발견하는 것이다.

*

그러나 부산-동경 간의 일본 형사는 대개 내 자리에 찾아와서 인사를 한다.

"당신이 호상이십니까? 저는 ○○ 경찰서에서 나온 ○○올시다. 여기서 광도•까지는 제가 모시고 가는 책임입니다. 형식상 부득이 하는 일이니 거북하게 생각 마시고 불편한 일이 있으면 심부름이라도 시켜 주십시오."

하고 친근히 내 옆에 앉는다.

인사를 붙이고 가깝게 와 앉는 것은 내가 차중•에서 읽는 책이 무슨 책인지를 보려는 것이요, 내 가방 속을 엿보자는 것이요, 이웃에 앉은 사람과 무슨 이야기를 하는가 엿듣자는 것이지마는 인사 없이 등 뒤에 와서 어름어름• 넘겨다보는 짓보다는 한결 낫다.

일단 조선 땅에 건너오면 부산에서 따르는 사람이나 대전서 바꿔 따르는 사람이나 어떻게 양반 노릇을 하는지, 불량하기 짝 없는 눈으로 기웃기웃 훑기면서 이편에서 쫓아가서 인사를 한다 해도 좋아하는 얼굴을 안 보일 맵시다. 조선 땅에 내리면 깨끗한 한울•을 오래간만에 보

● **군호** 서로 눈짓이나 말로 몰래 연락함. 또는 그런 신호.
● **광도** 일본의 도시 히로시마.
● **차중** 열차, 자동차, 전차 따위의 안.
● **어름어름** 말이나 행동을 똑똑하게 분명히 하지 못하고 우물쭈물하는 모양.
● **한울** 천도교에서 '하늘'을 달리 이르는 말.

아서 머릿속까지 산뜻해지다가도 이따위 미행 때문에 한없이 불쾌해진다.

*

어느 해이던가 동경에 평화박람회가 열리고, 영국 황태자의 동경 행차가 있고 하여 꽤 복작거리던 봄이었었다. 4월 상순 급한 공무로 동경 있는 여러 사람들을 대표하여 경성의 모 회합에 참석하려고 급히 떠나게 되었는데, 박람회 통이라 기차를 탈 수 있기는 고사하고 도저히 정거장 구역에 발을 들여놓을 수가 없어서 여간 용기쯤으로는 표를 살 생각도 못 할 형편이었다.

이런 때 미행이 고마운 것이라고, 나는 미리 내 미행에게 담요와 가방을 주어 시간 전에 미리 들어가 식당차 옆 칸에 좋은 자리를 잡아 놓으라 하고, 또 한 사람 미행에게 부탁하여 미리 차표를 구해 오게 하였다. 이리하여 사오백 리를 앉지 못하고 서서 가는 승객이 많은 복잡한 차중에서 나는 좋은 자리에 타고 떠났었다.

그런데 그 차가 광도를 지날 때 광도서에서 오른 미행이(하관•까지 갈 사람) 와서 인사하는 법 없이 내 자리 전후로 빙빙 돌면서 내가 읽는 책을 넘겨다본다, 이야기하는 말에 귀를 기울인다 하여 몹시 민하게• 불쾌하게 굴었다.

저편에서 그리하면 이편에서도 얌전치 않은 꾀가 나서 일부러 맥주를 사서, 하고많은 동승객 중에 그에게 한잔 권하였다. 그는 벼락을 맞은 사람처럼 자지러졌다. 얼굴이 새빨개졌다.

시골서의 한 형사로서 생각할 때 동경서부터 '아무 차에 주의 인물이

• **하관** 일본의 도시 시모노세키.
• **민하다** 답답하다.

타고 가니 경계하라.'는 명령이 있는 것을 보면 주의도 주의, 굉장히 위험한 인물, 극흉한 악한이 타고 오는 줄 자량하고• 있었을 것이니, 그의 눈에 '나'라는 이 인물이 몹시 험상스럽고 아무런 짓이라도 감행할 흉적으로 보였을 것이요, 내가 가진 가방 속에는 육혈포•깨나 폭탄깨나 들어 있는 줄로 여겼을는지 모르는 일이다. 그 흉한이 자기에게 맥주잔을 쑥 내밀어 놓았으니 혼비백산이라면 조금 과장이겠지만, 대단 놀란 것은 사실이었다.

"한잔 잡수오. 하관까지 가려면 인제도 두 시간도 더 남았소." 하니까 "아니요, 안 먹습니다." 하고 창황해하는 것을 "노형 광도서부터 나하고 동행되지 않았소?" 하고 들이쏘니까• 참말 껄껄대면서 "아니요, 광도서 타지 않았습니다." 한다.

*

그냥저냥 차가 하관 종점에 들어가게 되었는데, 차가 도착되기도 전에 내 짐을 맡으려고 중간에서부터 뛰어오른 아카보우•에게 가방을 내어맡기면서 '부산행 연락선으로 가져가라.' 하니까 "부산 연락선은 벌써 만원입니다." 하는 고로 어째 벌써 만원되었느냐고 물었더니 "박람회 다녀가는 관광단 때문에 매일 만원이니 하관서 하룻밤• 자고 내일 일찍 타셔야 합니다." 한다.

탈 난 것은 하관 1박에 5원 돈이 손해나는 것보다도 대회의에 참석 못

● **자량하다** 스스로 헤아리다.
● **육혈포** 탄환을 재는 구멍이 여섯 개 있는 권총.
● **들이쏘다** 마구 쏘다.
● **아카보우** '빨간 모자'라는 뜻의 일본어로, 빨간색 모자를 쓰고 일하는 철도역 짐꾼을 이르는 말이다.
● **하룻밤** 하룻밤. '하로'는 '하루'의 사투리.

하게 되는 것이었다. 그러나 만원 된 것을 별도리 없는 터이니까 싫어도 부득이 하관서 잘밖에 없다고 나는 단념하였다. 그러나 그때 차중에서 우연히 만난 동행 2인이 있었으니, 한 사람은 안창남• 군의 제자인 비행가 김용섭 군, 또 한 사람은 제대•를 졸업하고 나오는 박정근 군이었었다.

박과 김이 "그래도 연락선까지 뛰어가서 떼를 써 보아야지 아카보우의 말만 듣고 미리 낙망할 것 있습니까. 달음박질을 하여 뛰어가 봅시다." 하는 바람에 차가 닿자마자 후닥딱 뛰어내려 기운껏 달음질을 하였다. 이 통에 두 번째 놀란 것은 광도서의 형사였다. 위험인물이 두 주먹을 쥐고 뛰니까 도망가는 줄 알고, 놓치면 목이 달아나는 판이라 하고 그야말로 결사적 추격을 해 오시는 모양이었다.

뛰어서 뛰어서 허덕지덕 연락선 앞에 당도하니 승선구에는 만원 간판이 덩그렇게 달려 있고, 그 앞에 타지 못한 승객이 근 100명이나 몰켜• 서 있다. 이제는 아주 틀렸다 하고 돌아서려 하니까, 바로 나의 바로 등 뒤에 헐떡헐떡하면서 충실한 미행 광도 형사가 서 있는지라 그의 어깨를 툭 치면서 "키미."• 하니까 그는 세 번째 경풍하였다.•

"그대는 광도에서 온 경관이 아닌가?" 하니까 그제야 "핫!!" 한다.

"내가 급한 공무로 귀국하는데, 배를 못 타게 되어서 큰일 났으니 특별히 탈 수 있도록 주선해 줄 수 없겠는가?" 하니까 "글쎄요. 나는 광도에 있는 고로 이곳 서원을 모르고, 배에는 더군다나 아는 사람이 없습니

• **안창남(1901~1930)** 비행사, 독립운동가.
• **제대** 일본의 동경제국대학.
• **몰키다** 한곳에 빽빽하게 모이다.
• **키미** '그대' '자네' '너'의 일본어.
• **경풍하다** 깜짝 놀라며 경련이 일어나 까무러치다.

다." 하는지라 '그럼 이곳 하관 서원을 만나게 해 달라.' 하였더니 훙여케● 뛰어가서 하관서 부산까지 미행할 형사를 데려다 준다.

그래 그에게 주선을 부탁하여 나 하나만 승선시켜 주마고 승낙된 것을 떼를 써서 동행 3인이 다 올라타고. 늦지 않게 조선으로 건너왔었다.

이따위 편의일망정 미행의 신세를 종종 지어 왔으니 학생 생활을 마친 후 7, 8년이 지난 작년 연말에 길을 다시 갈 때는 뻔히 있는 미행을 발견하지 못하였으니, 그들의 군호가 변한 것이 사실인 듯싶다.

_方小波, 『별건곤』 1930년 3월호

● **훙여케** 휭하니.

모를 것 두 가지

알 수 없는 일 중의 한 가지. 민중 교도 기관●이 전혀 없다 할 경성에서 각 고보학교와 보통학교의 그 훌륭한 건축물이 밤마다 적요히● 놀고 있는 것이다. 관립이나 공립학교는 이야기 말고라도 사립 남녀 학교까지 교사●를 놀려 두는 것은 암만해도 알 수 없는 일이다. 일급에 시달리는 무산 소년 소녀 들, 월급에 쫓기어 공부 못 하는 청년 남녀들, 일반 민중을 위하는 성인 교육, 단기 혹 장기의 강습, 이것들을 위하여 그 훌륭한 건축물이 이용된다면 어떻게 좋은 일일까.

색책●의 노력에 그치지 말고 좀 더 적극적으로 애써 줄 여유가 지금 교육계의 인사들께는 아주 없을까……. 실현시켜 보자면 거기에도 여러 가지 곤란한 문제에 닥뜨릴 것은 미리 짐작 안 되지 않는다. 그러나 다소 곤란한 점이 있더라도, 그래도 억지로라도 해야 하겠다고 필요를 느낀다면 더러는 될 수 있을 길이 있지 아니할까……. 오늘의 조선, 오늘 이 처지의 조선 사람이 자기네가 가지고 있는 그 훌륭한 건축물들을

* '알 수 없는 일'에 실린 글이다.

● **교도 기관** 가르쳐서 이끌 기관.

● **적요하다** 적적하고 고요하다.

● **교사** 학교 건물.

● **색책** 책임을 면하기 위하여 겉으로만 둘러대어 꾸밈.

밤마다 컴컴하게 놀려 두고도 마음에 송구함이 없을까…….

또 한 가지……는

부모의 유산이 없고, 자기의 저금이 없고, 일정한 직업이 없고, 분명히 없는데 시절 맞추어 양복 입고, 남부끄럽지 않을 구두 신고, 젊은 사람들이 모이는 곳마다 돌아다니는 반지르르한 청년이 근래 경성에 퍽 많다. 먹지 않고 사는 방법이 그들께만 따로 있을 리 없고, 돈 안 주고 의복 치장을 할 수 있는 술법이 그들께만 있을 리 없건마는 그들은 하로• 이틀이 아니요, 한 달 두 달이 아니요, 1년 2년뿐만이 아닌 세월에 알 수 없는 생활을 남부끄럽지 않게 계속하니, 우리 같은 범인이 보기에 분명히 그것은 조화다.

알 수 없이 되는 일을 조화라 한다면 그것들은 분명히 조화 붙은 생활들이다. 알 수 없는 일이 이 세상에 있을 수 있을까? 조화 붙은 생활이라면 그들이야말로 무서운 조화다. 현대 조선 청년이 제일 무서워해야 할 조화꾼들이다.

_『별건곤』 1930년 3월호

● 하로 '하루'의 사투리.

박희도 씨

박희도[●] 선생의 씨명은 내가 열일곱 열여덟 살 때부터 많이 들었습니다. 그이가 글을 쓰는 이가 아니매 지면을 통해서 알 길이 없었고, 내가 기독교인이 아니매 어느 집회에서 그 얼굴을 대할 기회가 전혀 없었습니다. 그러나 나에게 돈으로 곤란한 사정을 말하는 사람이나 달리 번민되는 일을 의논하는 사람마다 거의 다수가 '박희도 씨에게 의논하였다.'거나 '박희도 씨의 주선으로 이리이리 잘되었었는데…….' 하는 것을 들었습니다.

그래서 어떤 얼굴과 어떤 음성을 가진 이인지는 도무지 알 길이 없으나 다방면으로 활동하면서 남의 일 주선, 특히 청년의 일, 학생의 일 주선을 즐겨 해 주는 이이거니 생각하고 있었습니다. 성격은 쾌활하고 퍽 사귐성 좋은 이라고 생각하고 있었습니다. 그런 까닭에 사실대로 고백하면 나에게 취직의 길을 이야기하는 이가 있는 때 시원한 대답을 못 할 때는 박희도 씨에게 찾아가 보라고 말씀한 일도 두어 번 있었습니다.

내가 모르는 이인 고로 소개도 못 하고 그냥 그를 찾아가 보라고 할

* 기획 '만나 보기 전과 만나 본 후'에 포함된 글이다.

● **박희도**(1889~1952) 교육가, 언론인, 기독교 민족운동가.

뿐이었었습니다. 그 후 기미년● 때에 그이가 33인 중에 끼어, 특히 학생 측 일을 맡아 주선하였다는 말을 들을 때에 평소에 듣던 말과 어그러지는 것 없이 부합된다고 나 혼자 고개를 끄덕이었었습니다.

이렇게만 알고 있다가 선생을 직접 만나게 되기는 근년의 일이었습니다. 학교의 일●로 선생이 전화로 먼저 말씀하는 고로 음성을 먼저 듣게 되었는데, 결코 안존한● 선비거나 칼끝으로 도장을 새기듯 일본 나막신 같은 융통성 없는 성격자가 아닌 것을 누구든지 짐작하게 하는 음성이었습니다.

만나 보아도 그 시원하게 큰 키와 강장제 약장사가 사진 박여 가고 싶게 건전한 체도●와 오밀조밀하거나 갑갑한 구석을 찾으려도 없는 얼굴과 서근서근한 구수한 음성과 버팀성 없는 반검성과●가 미리 가졌던 상상에 조금도 실망을 주지 않는 것을 나는 기뻐하였습니다.

_『별건곤』 1930년 3월호

● **기미년** 1919년. 3·1운동을 가리킴.
● 1928년 9월 중앙보육학교의 설립과 교장 취임을 가리킨다.
● **안존하다** 성품이 얌전하고 조용하다.
● **체도** 체모(생김새)와 태도를 이르는 말.
● **반검성과** 원문 그대로이다. 정확한 뜻을 알 수 없다.

내가 본 나

고집이 세다는 말을 듣건마는 실상은 끝끝내 우겨 보지 못하는 성질이요, 능청스럽다는 말을 듣건마는 일을 위해서도 거짓말을 못 해 보는 성질이어서 일에는 늘 약합니다.

남이 상상 못 할 만큼 눈물이 잘 나오고, 작은 일도 대범하지 못하여 얼른 잊어버리지 못하고 심중에 몹시 안타깝게 구는 것도 남모르는 괴로움의 한 가지입니다.

내 형편, 내 힘으로 될 수 없는 일에도 남이 일곱 번, 아홉 번 조르면 끌리어 승낙해 놓고 나중에 후회하는 것도 약한 성질이요, 끝끝내 옳고 그름을 밝혀야 할 경우에도 두어 번 말한 후에는 물러서 버리는 것도 약한 성질입니다.

현대에 활동하려면 아직 한참 수양해야 할 것을 알 뿐입니다.

_『별건곤』 1930년 5월호

* '명사의 자아관'이라는 설문 조사에 포함된 글이다.

제일유효투빈술●

시를 잘 쓴다고 그더러 시 짓는 법을 설명하라면 한마디도 못 한다고 어떤 시인은 말하였다. 가난뱅이보고 가난뱅이의 살아가는 법을 설명하라면 할 말이 없는 것이다.

이렇게 써서 『별건곤』 편집 선생께 보내려 하는데, 봉투에 우표도 부치기 전에 또 달겨들어서 "이 말 한마디만으로는 안 된다."고 떼를 쓴다. 떼에 패전하여 놓았으니 쓰기는 무어든지 써야겠는데…….

"수남아, 뒷집 복동이 아버지한테 가서 못 하나 박고 곧 가져올 터이니 장도리를 잠깐 빌려줍시사 해 오너라."

수남이가 뒷집에 갔다가 그냥 빈손으로 와서

"장도리가 닳겠으니까 못 빌려드린다고 그래요."

"아따 그 친구도 엔간하구나. 안 빌려주는 걸 할 수 있니? 그럼 우리집 장도리를 내어 쓸밖에 없지."

이것이 투빈술이라고 할까? 이따위 인종은 그 소위 백만장자가 되어

* '유머 난센스, 현대 투빈 비술, 가난뱅이의 생활 사전'에 실린 글이다. 활빈당, 운정거사(방정환), 백릉(채만식)의 글이 실렸다.

● **제일유효투빈술** 가장 효과 있는 가난과 싸우는 기술. 가난뱅이가 살아가는 기술.

도 여전할 것이니까 투빈술이 못 된다.

어떤 프로 철학자(?)는 투빈술의 묘는 외상을 잘 얻어 쓰는 데에 있다고 한다. 외상값을 짊어지고 갚지를 않으면 외상 주기를 거절할 것이니, 그가 거절만 하면 일은 상지상● 으로 되는 것이니, 거절당한 것을 핑계로 하고 짊어진 돈을 무기 연기해 버리고 외상 통장을 다른 상점으로 옮기라 한다. 인생도처유청산●이니, 상점 수효가 부족할 걱정은 아니 해도 좋다고……. 그러나 먼저 상점 주인이 시로때로● 문전에 와서 졸라 대는 것은 어쩔 터이냐고 물으면 우리 프로 철학가는 무릎을 치면서 가로되

"그렇지, 물론 자꾸 조르러 오지. 암만 와도 솥하고 단벌 입은 옷 한 벌은 못 벗겨 가는 법이니까, 그 외에 가져갈 것 있으면 마음대로 가져가라고 시원스럽게 선언을 해 주거든……. 여러 차례 와서 조르던 끝에는 반드시 봉변을 시키려고 으레 큰 소리로 욕설을 퍼붓겠다. 그것은 프로에게 귀중한 단련이니까 고맙게 받아야지. 월사금 안 내고 받는 훈련이니까 속으로라도 감사해야 안 하겠나. 그러나 그런 귀중한 훈련도 도를 넘게 당하면 두통이 나고 머리털이 일시에 쑥 빠지는 것 같지. 그런 때는 또 묘법이 있거든."

"무슨 묘법이?"

"목욕을 하거든, 목욕! 그런 때 목욕을 훌훌 하고 나면 다 잊어버리고 깨끗해져요."

● **상지상** 더할 수 없이 좋음을 비유적으로 이르는 말.
● **인생도처유청산** '인생 가는 곳마다 청산(좋은 곳)이 있다.'라는 뜻으로, 중국의 시인 소동파의 시에 나오는 구절이다.
● **시로때로** 수시로. 시시때때로.

"그럼 그것은 목욕값이 필요한 투빈술이로군."

이것도 독자나 편집자가 듣기 원하는 투빈술이 되지 못할 것이다. 이것도 아니고 저것도 되지 못하는 것은 결국 가난뱅이의 싸움은 가난뱅이 아닌 사람과 싸우는 것뿐이겠는데, 그것은 아무리 정성 들여 써 놓아도 작대기만 맞고 말 것이니 소용없는 일이고, 이건 참말 어려운 주문을 받아 놓았다.

조금 구문●에 속하는 일이나, 식구 네 사람 데린 한 사람이 월급 28원 50전 가지고 살아가는데 그 가계표를 꾸민 것을 본 일이 있다. 지금 그 가계표 숫자를 일일이 기억하지 못하나 28원 50전을 양식값, 나무값, 회비, 전등료, 목욕값, 소아 1인 학용품값, 엽서 우표값, 교제비(혼상부의●)에 각각 갈라놓고 포목값, 예비 저축금 내놓고, 병약값 예비 저금 1원까지 세워 놓았었다.

아무나 꼭 요대로 하라 할 수는 없는 일이요, 또 가다가 불의의 용도가 생기지 말라는 법도 없으나, 그러나 우리들에게 가르치는 바가 많이 있는 것을 나는 믿는다. 100원 수입 가지고도 쓰기에 있어서 얼마든지 부족할 것이요, 30원 수입 가지고도 별러● 쓰기에 있어서 짜개 놓을 수는 분명히 있는 것이다. 조선 사람은 수입 숫자를 흔히 잊어버리고 쓴다. 허영 때문에 쓰고, 체면 때문에 쓰고, 예절 때문에 쓰고, 얼마든지 손에만 있으면 아니 손에 없어도 빚이라도 쓸 수만 있으면 쓰려고 한다.

한 달 40원 수입 있는 사람이, 하로● 평균 1원 30전밖에 더 쓸 턱이 없

● **구문** 이미 들은 소문이나 이야기.
● **혼상부의** 혼인과 초상집에 부조로 보내는 돈이나 물품.
● **별르다** '쪼개다'의 사투리.
● **하로** '하루'의 사투리.

는 사람이 사돈집 혼인이 있다고 혹은 친구 집 경사가 있다고, 식구의 생일이나 제사가 있다고 5원 6, 7원을 취해서라도 쓰고, 전당이라도 잡혀서 쓰고야 만다. 이래서는 투빈술의 술 자도 말해 볼 자격이 없는 것이다.

정히 부득이 불가피의 경우에 하로 1원 이삼십 전 가지고 살아야 할 사람이 단번에 6, 7원을 썼으면 그것을 그달 중 나머지 날짜에 별러서 하로 이삼십 전씩이라도 절약을 하여서 메꾸어야 할 것이건마는 그러지 않는다. 쌀밥 먹던 것을 조밥, 보리밥으로 고치든지 두부찌개를 당분간 없이 하든지, 아니 할 말로 담배를 당분간이라도 그것이 메꾸어질 때까지 끊든지 해야겠는데, 그달 수입에서 6, 7원 더 써 놓고도 그냥 그대로 매일 지출을 하면서 산다.

중국 노동자는 비가 와서 노동을 못 하는 날은 먹지도 않는다는 말이 있다. 설마 아주 굶지야 못하겠지마는 적어도 그 정신이라야 투빈술을 말할 자격이나 있다고 할 것이다.

없는 사람이 생일날 먹고, 제사 지낸다고 친척까지 모아서 빚을 내어 해 먹고, 체면 위해 부의 잘 내고, 그리고 그것은 딴 사람이 부담할 사람이 있는 것처럼 잊어버리고 살다가 월종•에 가서 탄식을 하고, 탄식하다가 고리금을 얻어 갚고, 그 이자가 늘어서 더 큰 빚을 내어서 메꾸고. 동방예의지국 자손인 덕택에 조선의 성자신손•들은 모두 이따위 믿음직한 투빈술을 쓰고 있다.

10여 일째 졸린 아들의 월사금을 주려고 일금 1원야•를 간신히 차금

• **월종** 월말.
• **성자신손** 임금의 자손을 높여 이르는 말.
• **—야** '그 금액에 한정됨'의 뜻을 더하는 접미사.

해[•] 가지고도 그 돈으로 전차 탄 동행의 차표를 혼자 도맡아 사 내고는 집에 돌아와서 아들 앞에서 후회하는 심정, 전등료를 못 내서 강제 휴등을 당하여 암흑 지옥에 들어앉았으면서도 남의 집 생일이라고 술 사 들고 나서는 심정, 이렇게 지존지귀한[•] 성자신손들이니 몇 천 년 전 옛날 세상으로 이사를 해 가야 할 것을, 이 세상에 고대로 앉아서 옛날대로만 살자니 쪽박을 차고 진고개[•]로 나설밖에 별수가 없는 것이다.

늙은 아버지는 진고개 쓰레기통을 뒤져서 휴지를 모아 오는데, 그걸로 군불을 때면서도 철 맞춰 흰 구두 사 신고, 청량사[•]에 점심 사 먹으러 나가는 신사, 전당 잡혀 가지고 창경원 야앵[•] 보러 나서는 신사, 이따위 심정이나 내일은 굶어도 생일잔치, 제사 차림 차리는 심정이 서로 욕하고 서로 책망하면서 사는 것이 조선 사람들이다. 이따위 심정을 버리는 것이 이 체면, 허영, 예의를 용기 있게 버리는 것이 투빈술이다. 제일 먼저 배울 투빈술이다.

써 놓고 보니 중간층 사람들에게 소비 절약을 권한 것같이 되었다. 그러나 이것은 결코 소비 절약을 말한 것이 아니다. 맨 나중에 '그나마 수입이 있고 아껴 먹을 것이라도 있는 사람에게 말이지, 아끼고 남기고 할 턱거리가 애초부터 없는 사람은 어쩌란 말이냐.'고 독자는 말할 것이다. 그러나 그것은 여기 쓸 수도 없거니와 편자[•]가 나에게 명령한 것도 그것이 아닐 것이다.

_雲庭居士, 『별건곤』 1930년 6월호

● **차금하다** 돈을 꾸어 오다.
● **지존지귀하다** 지극히 존귀하다.
● **진고개** 서울 중구 충무로2가의 고개.
● **청량사** 서울 동대문구 제기동에 있는 절.
● **야앵** 밤에 벚꽃을 구경하며 노는 일.
● **편자** 책을 편찬하거나 편집한 사람.

신부 후보자 전람회

1

입장 무료 쌍S 주최

천하일등의 명기자 '쌍에스'라고 내 입으로 말하면 대담스런 짓이지마는……. 적어도 중간에서 소개하는 사람들은 대개 그렇게 말하는 터이니까, 더러 그렇게 굉장한 명기자로 알고 있는 사람도 있는 모양인지, 그 명기자 '쌍에스'가 장가를 들으실 의사가 계시다는 소문이 신문 호외에까지 커다랗게도 조꼬맣게도 나지는 않았지만, 이래저래 저절로 퍼져지니까 여기서 저기서 중매가 소개가, 신입•이 정거장에 표 사러 달겨들듯 쏟아져 들어오기 시작하였다.

그러나 헛소문으로라도 천하의 명기자라는 칭호를 듣는 쌍에스다. 아직 20세기의 말년일망정 남의 중매로 쌍에스 댁 주부를 모셔 올 그런 속없는 어리보기•는 못 된다.

직접 만나고 사귀고 아는 여자 중에서 후보자를 선택할 것인데, 그것도 그리 용이한 일이 못 된다. 쌍에스 비록 나이는 30을 못 넘었을망정

• **신입** '신청' '청약'의 일본식 한자말.
• **어리보기** 말이나 행동이 다부지지 못하고 어리석은 사람을 낮잡아 이르는 말.

직업이 직업인지라 학교에서 여자 청년회에서 교회에서 재봉소에서 야학에서 강연회에서 또는 친구의 집에서 만나고 사귀고 알게 된 처녀가 그리 적지 못하여, 이리 생각하고 저리 생각하고 저울질해 가면서 고르는 동안에 개벽사에 원고 보내기를 오래 쉬었던 것이다.

"너무 오래 쉬어서 독자들에게서 쌍에스가 죽었느냐고 재촉 편지가 심하니 차차 하나씩 써 보는 것이 어떻소."

개벽사 중에도 『별건곤』 편집인이 반갑지 않은 얼굴을 또 가지고 왔다.

"원고고 무어고 결혼 문제부터 해결해 놓는 것이 내게는 중대한 당면 문제인데……. 좀 더 기다려 주시오. 다른 것은 생각할 여유도 없소이다."

"쌍에스 같은 이가 장가를 들겠다면 천하에 내로라하는 여자들이 밀물 치듯 할 터인데 무엇 때문에 해결이 힘든단 말요. 벌써 여름도 되고 하여서 쌍에스식의 야릇한 글이 아니면 잘 읽혀지지 않는 철이니 부디 하나 써 주시오."

"밀물 치듯이야 하겠소마는 그럴듯하고 어상반한● 패가 너무 많아서 해결이 곤란하단 말이요."

"대체 몇 명이나 놓고 그러는 모양이요?"

"이럭저럭 아는 여자가 퍽 많은데, 그중에서 저편에서 싫다지 않는 사람만 꼽아서 마흔두세 명 되는걸."

"신랑 한 사람에 경쟁하는 처녀가 마흔두세 명?! 쌍에스라니까 그렇겠지만 너무 행복스러운걸. 그러나 쌍에스가 그렇게 여러 사람에게 알

● **어상반하다** 양쪽의 수준, 역량, 수량, 의견 따위가 서로 비슷하다.

려지고 인기가 좋아지기는 우리 『별건곤』에 글을 많이 내인 덕이 아니요. 그러니 그 은혜를 생각해서라도 하나씩은 써야 안 하겠소!"

"그는 그렇지. 그러나 지금은 아무 생각도 들지를 않는 걸 어떻게 쓰겠소."

"그러면 좋은 수가 있소. 당신의 신부 후보자인 마흔두세 명의 미처녀•에 관한 원고를 쓰시구려. 그러면 만 냥짜리 원고가 아니겠소. '쌍에스의 신부 후보자 공개'라 하면 굉장한 기사입니다."

"그건 그건 안 되지. 내 자신의 일이니까 안 되지."

"아니요. 그걸 꼭 쓰시오. 그걸 쓰면 아직 결혼 아니 한 미혼 남녀에게 참고도 될 것이요, 쌍에스식으로 멋있는 양념을 툭툭 쳐 가면서 쓰면 풍자의 효과도 많거니와 제일 여름날 더운 낮에라도 재미있게 읽습니다. 그렇게 해서 더위와 모기와 빈대에게 쪼들리는 사람을 위로해 주는 것도 한 적선이 아니겠소."

"그래도 안 되지, 안 되여. 절대로 그건 안 되지."

"그렇게 40여 명의 장점 단점 용모 성격을 자세 공개해 놓고, 독자의 투표를 모아서 제일 많은 투표를 얻는 이와 결혼하여도 좋지 않소? 쌍에스식에 맞춰서 기발하고 좋지 않소. 생각해 볼 것 없이 그렇게 합시다."

나는 슬그머니 승낙해 버렸다. 고대로 공개해 놓고 독자들이 골라 주는 이에게로 장가를 들라 하는 것이 슬그머니 비위에 맞기도 하지마는 『별건곤』 기자와 고집 다툼을 하여서 한 번도 이겨 본 적이 없는 고로 오래 버티어야 시간만 더 손해나는 노릇인 줄 아는 까닭이다.

• **미처녀** 아름다운 처녀.

개회사

에헴, 주최자인 쌍에스로서 이 전람회 개회의 인사와 아울러 취의[•]와 희망을 잠깐 말씀드리겠습니다.

여러분께서 쌍에스란 이름은 내가 자주 써낸 글을 읽으시고 일찍부터 짐작해 주시는 터이겠지마는 이 괴상 얄망궂은[•] 이름으로 행세하는 그 본인의 정체는 아무도 아시는 이가 없을 줄 압니다. 나기는 서울치고도 한복판 전동(공평동, 견지동)에서 나서 거기서 자랐건마는 조실부모하고 형도 없고 동생도 없고 삼촌도 조카도 없고 오직 나이 많은 누님이 한 분 계시나 일찍이 출가하여 먼 지방에 가서 사시고, 혼잣몸으로 이리 뚫고 저리 뚫어서 동경 상해를 거쳐서 미국 오하이오대학 구경을 잠깐 하고 돌아왔는데, 특별히 공부한 것은 없어도 생각날 사람도 없고 궁금해할 가정도 없었던 만큼 공부에만 전념했을 터이라고 남들이 그럽니다.

남들이 그러는 말이니 그 말이 맞는지 안 맞는지 나는 자세 모르겠습니다마는, 조선에 돌아와서 별로 이렇다 할 직업이 없으나 올올이 한 몸뿐이라 그야말로 세 발 막대 거칠 것 없는 격으로 몹시 자유롭게 지내는 중에, 이 사람 사귀고 저 친구 사귀다가 불행히 신문기자와 잡지기자들을 알게 되어 청하는 대로 졸리는 대로 잡동사니 글을 하나씩 둘씩 써 보기 시작한 것이 버릇이 잡혔고, 그것이 동기가 되어 신문기자 생활을 조꼼, 잡지기자 생활을 조꼼, 단행본 저술 조꼼, 그러는 동안에 집 한 칸 풍금 한 채 화장품 약간을 사려면 살 만한 예금을 하였습니다.

그러나 나는 외국 갔다 온 노처녀들처럼 독신 생활을 주창까지는 아

• **취의** 취지.
• **얄망궂다** 성질이나 태도가 괴상하고 까다로워 얄미운 데가 있다.

니 하였으나, 실상 할 수 있는 때까지 독신 생활의 자유로운 맛을 향락하려 해 왔습니다. 그것은 어쩐 까닭인고 하니, 내 옆에 가까이 도는 나보다 모던인 친구들이 결혼만 하면 석 달이 못 지나서 삶아 논 배추 꼴이 되는 것을 너무나 많이 보는 때문입니다.

삶아 낸 배추로라도 그럭저럭 그냥 지내 갔으면 좋지마는 금시 곧 하폄•을 하고 하폄이 세 번만 넘으면 반드시 후회를 하고 고민을 시작하니, 거의 모두라고 하여도 좋을 만큼 저마다 후회하는 놀음을 내가 즐겨서 자진해 하기가 겁이 나는 까닭이었습니다.

어떤 시인이 어둡지도 않은 초저녁에 모자도 안 쓰고 내 하숙을 찾아왔습니다. 신식 태양숭배자라서 모자를 안 쓴 것이 아니라 모자를 안 쓰고는 변소에도 못 가리만치 예절이 단단한 사람이 모자를 못 쓰고 와서 저녁밥을 내라 합니다. 어쩐 일이냐고 물으니까 와이프하고 싸웠다 합니다. ○화전문을 졸업한 대표 미인하고 결혼한 지 불과 다섯 달, 천하의 행복은 혼자 도차지하였다고• 친구들의 부러움받는 사람이 이 꼴입니다.

어떤 문학처녀가 자기 일신상 일에 의논할 일이 있다고 편지를 미리 해 놓고 찾아와서 건넌방에서 이야기하고 간 것이 동기가 되어서, '그런 좋은 애인이 있으면서 왜 나를 속여서 결혼하였느냐.'고 건넌방에 들여갔던 커피 찻잔을 정성스럽게 가루를 만들었더랍니다. 그래서 꾸짖다가 달래다가 기어코 투쟁 의식이 발동을 하여 만돌린•을 집어 내던지고 튀어나왔다 합니다. 그 분김에 집어 던진 만돌린 바가지가 공교히

• **하폄** 헐뜯어 비방함.
• **도차지하다** 일이나 물건 따위를 도맡거나 혼자 차지하다.
• **만돌린** 서양 탄현 악기의 하나.

어데로 떨어졌는지 물을 것도 없지마는 어쨌든지 모자도 못 쓰고 튀어 나온 것은 쫓겨 나온 셈이 되지 않습니까. 결혼했다고, 찾아온 여자를 만나 보지도 못하래서야 나는 결혼을 일생 아니 하겠다고 분연히 결심하였습니다.

지금은 아니 다니지만, 어느 신문사에 있던 모던 기자 한 분이 설렁탕하고 절연을 하였습니다. 미남자요 얌전하고 재주가 있고 외국말을 잘하고 부러워하는 처녀가 많았었건마는 다 물리치고 일본서 돌아온 어느 단발랑•하고 결혼을 하더니, 활동사진•도 산보도 동부인해• 다니면서 그야말로 원앙처럼 의가 좋은데 조선 옷을 입히지를 않는 것이 탈이랍니다. 신문사에 올 때는 양복을 입지 말래도 입지마는, 집에 와서도 목욕탕에 갈 때도 밥을 먹을 때도 드러누워 허리를 쉴 때도 그저 내리 양복뿐이라 합니다. 물론 단발 부인께서 조선 옷은 만지실 자격을 안 가지신 까닭입니다. 자격을 사양해 버리시기는 양복에 있어서도 마찬가지지만, 양복 같으면 세탁소에 맡기기가 편하고 조선 의복은 처음 지을 때는 남에게 삯을 주어 지어 온다 하더라도 빨래, 바느질, 다리미 등 두고두고 귀찮으신 까닭이랍니다.

그러나 그렇다고 설렁탕과는 왜 절연을 하였느냐고 물으실 터이나, 이분이 원래 '조선을 사랑'하고 따라서 조선 정조•를 사랑하기로 남달리 노력을 하기로 결심한 이라, 설렁탕 그 비현대적인 뚝배기에 그 불결한 국물에 조선 정조가 많다고 설렁탕 예찬을 끔찍이 부지런히 하던 터

• **단발랑** 단발한 젊은 여자. '신여성'을 상징하던 말.
• **활동사진** '영화'의 옛 용어.
• **동부인하다** 아내와 함께 동행하다.
• **정조** 진리, 아름다움, 선행, 신성한 것을 대했을 때 일어나는 고차원적 복잡한 감정.

인데, 결혼한 후로는 밥솥에 쌀이 들어가는 때보다 안 들어가고 그냥 편안한 때가 더 많다 합니다. 아츰•에는 부인께서 늦게 일어나시니 정해 놓고 설렁탕이요, 저녁밥은 산보 갔다 늦어서, 혹은 산보하고 와서 피곤하여서, 또 혹은 활동사진 시간에 늦겠으니까 으레이• '일상생활의 간편화'를 주창하고 설렁탕집으로 통지를 한다 합니다. 이 까닭도 저 까닭도 없는 날은 '오늘은 기분이 좋지를 못해서'라는 신식 꾀병이 생겨 가지고 오늘도 설렁탕, 내일도 설렁탕! 이래서 기어코 절연을 하였다는 것인데, 이 절연으로 말미암아 부인이 현해탄 바람처럼 시원하게 반성을 하셨으면 좋지마는, 그렇지 못하면 요다음에는 부인과도 절연을 하게 되고 말 형편 같아서 옆에서 보기에도 몹시 아슬아슬하였습니다.

결혼한 탓으로 따뜻한 새 밥을 못 먹어 보고 양복이란 것에 사지를 결박만 하고 살아야 한다면, 나는 일생 결혼을 안 하겠다고 분연히 결심하였습니다.

나의 존경하는 친구 중의 한 분 어느 대학에 교수로 계시던 이는 ○화 졸업의 현숙한• 부인을 맞으셨는데, 어쩐 일인지 자고만 나면 전신 특히 상반신에 상처투성이가 되어 나옵니다. 어깨, 목, 가슴 심지어 손가락에까지 상처가 나는데 알아보니까 그 현숙한 부인이 그래 놓는다 합니다. 그 얌전한 부인이 그럴 리가 있는가 하고 다시 가서 그 부인의 얼굴을 아무리 유의해 쳐다보아도 그이가 그럴 것 같지를 않습니다. 결혼 생활에는 얼굴만 보아 가지고는 상상하지 못할 비밀이 있는 줄 깨닫고 나는 분연히 결심하였습니다.

• **아츰** '아침'의 사투리.
• **으레이** '으레'의 사투리.
• **현숙하다** 여자의 마음이 어질고 정숙하다.

어떤 친구는 조금도 비난할 점 없는 부인을 맞았으나, 예금도 하기 전에 아기를 낳기 시작하여 머리털을 뽑으면서 두통 앓는 것을 보았습니다. 결혼은 무서운 것이니 가깝게 가지 말아야겠다고 단단히 결심하였습니다.

어느 중등학교 체조 선생님의 부인인 어느 여학교 출신 미인이 남편의 구두를 주고 엿을 사 잡숫는다는 소문을 들었습니다. 어찌 이루 다 일일이 이야기할 수가 있겠습니까마는 이래저래 나는 결혼하는 남자를 보면 측은해 보이는 버릇까지 생겼었습니다.

그런데 '시간은 금보다 중하다.'고 옛날부터 누구든지 말해 왔지마는 시간은 왜 금보다도 중하다는 까닭을 인제 와서 깨달았습니다. 시간은 하느님보다도 더 능란한 조화를 가졌기 때문입니다. 이 세상 역사란 역사는 모두 시간이 만들어 논 것처럼 시간이란 놈은 사람의 마음까지 변하게 하는 조화를 가졌습니다. 내 나이 서른 살이라는 고개를 자꾸 가깝게 올라가니, '결혼이란 경솔히 하니까 잘못되지 잘만 하면 좋은 것이다.' 하는 생각이 어느 틈에 어느 때부터 생기기 시작했는지, 지금은 제법 머리가 커다랗게 자라 놓아서 이제 당해서는 쫓아내려야 쫓아낼 재주가 없이 되었습니다. 이유가 분명하여 생긴 것 같으면 쫓아내기도 쉽겠는데 이유가 별로 없이 생겨진 놈이라 어찌할 도리가 도무지 없습니다그려.

그럴 바에는 들기는 들어야겠는데, 들겠다고 광고한 일이 없고 누구에게도 이야기한 일이 없는데 여기서 저기서 말이 많고 아는 사람만도 그 수효가 적지 않아서 그 선택에 여간 곤란하지를 않습니다그려.

남의 흠점,• 남의 실패를 다 알고 있던 겁쟁이인 만큼 진선진미한 인물을 골라야 할 관계로 이제껏 끙끙거리고 있어 왔는데, 마침 『별건곤』

기자의 쌍에스 이상의 얄망스러운 꾀로 신부 후보자를 만천하 독자의 앞에 일일이 공개하고, 그중에서 독자들의 가장 많은 표를 얻는 이로 결정하라니 그대로 해 볼까 하는 것입니다.

내가 아는 인물만 이편에서 좋다면 저편에서는 이의 없이 기다리고 있다가 대답해 줄 사람만을 꼽아도 40여 명, 그중에는 일본서 돌아온 이, 미국서 온 이, 상업학교·미술학교 출신, 보육학교·전문학교 출신, 여류 시인, 여류 음악가, 모두 학교 출신인 신여성뿐인 것은 물론입니다. 여기에 공개되는 신부 여러분께는 다소 미안하지 않을 수 없으나 내 일신에 중대한 문제요, 또 그 선택을 독자께 부탁하는 일이니까 부득이 자세하게 어느 정도까지 숨김없이 소개할밖에 없겠습니다.

독자 여러분께는 당치도 않은 폐를 끼치는 일입니다마는 기왕 몇 번 쌍에스의 글을 읽으신 것을 잘못된 인연으로 후회하실 셈하고 수고를 해 주실밖에 없겠습니다.

자아, 이제 진열장으로 안내하겠습니다. 모던 여자들일망정 처녀들의 앞이 과히 요란하지 않게 차례차례 열을 지어서 들어와 주십시오. 아니 아니, 그렇게 앞에 사람을 떠다밀면 안 됩니다. 차례차례, 차례차례요.

2

이제 정작 진열을 하자 하니 본성명까지는 그대로 발표할 재주가 없어서 그것은 일체 숨기기로 하고, 성자만 달되 가성을 붙이기로 할밖에

● **흠점** 부족하거나 잘못된 점.

없다. 그것도 중첩되어서 뒤섞이지 않게 하기 위하여 각 성을 붙이기로 하거니와 다소간 없는 '멋'이라도 멋을 부리어 웃으면서 읽게 해 주되, 톡톡한 풍자미가 있게 하려는 것은 편집자의 주문이니까 내 죄는 아닌 것을 미리 발뺌해 둔다.

최 양

21세. 조선 사람 회사로는 유명한 곳의 중역의 외따님이니 귀염받고 자란 여자다. 키가 중키요 살결이 희고 똥똥하지도 가냘프지도 않은 토실토실한 편이요, 가정이 쌍스럽지도 않고 너절한 처남이 없으니 퍽 좋은 자리건마는 이 여자가 간신히 미술학교를 졸업하고 그만두었다는 것이 섭섭한 점이다.

뒤로 알아보니 제가 재주만 있으면 일본을 거쳐서 미국 유학까지 시킬 요량이었었다는데 원체 응석과 어리광에만 재주가 기울어져서 뜻 아니한 미술학교로 귀양을 갔었는데, 그나마 서양화를 해 보다가 힘이 든다고 자수만 배웠다 한다. 우선 그가 저고리 빛과 치마 빛 하나를 조화시킬 줄 모르고, 동무가 남색 파라솔을 샀다고 자기도 남빛을 사서 흰 얼굴을 송장같이 푸르딩딩하게 해 가지고 다니는 것을 보면 미술학교의 선생님이 나빴는지 이 여자가 헛공부를 하였는지 알 수 없게 된다.

"얼굴이 흰 데다가 파랑 양산을 받으니까 얼굴이 아주 파래 보입니다 그려."

하고 슬그머니 놀려 주면 그것이 흉인 줄은 모르고

"무얼요. 그다지 좋지도 않은 것인데요."

하고 칭찬으로만 듣는 것을 보아도 이 여자가 얼마나 머리에 피가 돌지 못하는지 짐작하게 된다. 용모와 체격과 가정으로는 우등이건마는 나는 나의 제2세가 멍청이로 탄생할 것이 무서워서 결혼하자 할 용기가 나지 않는다.

홍양

22세. 내가 이 여자에게 제일 호감을 가지기는 그의 토실토실하고도 갸름한 두 다리에 있어서다. 이 여자에게 무용을 배우라고 권고한 일도 있었다. 이이가 이만큼 좋은 다리를 가지고도 만일 무용을 아니 한다면 다리를 위하여 아까운 일이다. 그만큼 이이의 다리는 유혹적이요 매력이 많다. 그러고 얼굴도 영리하고 몸도 날씬하고 말이며 행동이 모두 무겁거나 둔하지를 않아서 경쾌한 품이 선천적으로 무용가로 태어난 사람 같다. 이 여자가 길에 나서면 다시 쳐다보지 않는 사람이 없다. 이 날씬한 미인과 동행을 하는 남자는 곧 거리의 소문거리가 될 만치 부러움을 받는다. 사투리가 조금 있지만 워낙 미인이라 사투리도 도리어 애교가 있다고 듣는 사람마다 말한다.

일본 가서 어느 미션스쿨을 마치고 고향에 돌아와서 여교원 생활을 잠깐 한 일이 있던 이인데 이이가 나를 알게 되자 곧 편지를 교환하게 되기는, 내가 이 여자 있는 지방에 가서 강연을 하였을 때 강연회 끝에 처음 단 한 번 만난 그때부터였다. 그는 나를 만나기 전부터 내 글을 늘 읽고 있었다고 말하였다. 그 후 편지에는 자기에게 구혼하는 이가 퍽 많다고도 하였다.

다시 구하기 어려운 예술가적 기품이 있는 미인이건마는 강연 한 번에 즉시 호감을 가지는 여자, 이런 무용가적인 여자는 강연회에 가서 그날 강연 제일 잘한 남자에게 무한한 호감을 가지게 되는 것과 꼭 마찬가지로 음악회에 갔을 때는 그날 가장 인기 좋은 음악가에게, 운동장에 가서는 거기서 또 제일 인기 좋은 운동가에게 절대한 호감을 가지게 될 것이 무섭다. 이런 여자가 만일 활동사진 구경을 즐긴다 하면 가장 인기 좋은 변사를 한번 친히 만나 보았으면 하게까지도 될 것이니, 이 여자가 확실히 박애주의자가 아니라는 증명을 얻기 전에는 결혼하기가 겁이 난다.

한양

20세. 나이 좋고 재주 있는 여자로 어느 목사님의 셋째 따님인데, 영어 공부하노라고 눈을 버려서 무테안경을 쓰고 다닌다. 그러나 테 없는 깨끗한 안경이 흰 얼굴을 더욱 깨끗하게 할망정 결코 안경 때문으로 해서 흉해 보이지는 않는다. 이 여자가 젊은 남자들 사이에 유명하기는 문학처녀로서이다. 가끔 이 여자의 시가 어느 신문 구텅이나 5류, 6류의 잡지 구텅이에 나타나는 것을 볼 수가 있고, 여학교 안에서는 소설가로 이름이 높아서 교내 잡지에는 호마다 이 여자의 달콤한 연애소설이 실린다.

내가 미국에 갔다 왔다는 것이 이 여자의 마음에는 맞는지 퍽 좋은 마음으로 나에게 편지를 자주 보내는데, 그 편지라는 것이 모두 소설을 읽는 것 같다. 우선 문안 인사가 소설 투요, 자기가 어젯밤에 꾸었다는 꿈 이야기가 전부 소설이요, 자기의 이상이라는 것이 전혀 소설이다. 그러고 그렇게 끝도 없는 소설을 나는 일주일에 두 번씩은 받아 왔다. 시간 여유가 없는 남자는 여류 소설가하고는 연애할 자격이 없다고 나는 그 편지를 받을 적마다 나의 바쁜 생활을 탄식하였다.

이런 여자가 흔히 신경질인 것은 이 여자에게 있어서도 어그러지지 않았다. 그리고 얼굴이며 몸맵시가 청초하고 좋으나 사실은 육체가 조금 빈약한 편이다. 옷을 벗기고 아차차 남의 옷을 벗긴다는 것은 실례이지만, 혹 이 여자가 목욕탕에를 들어가면 재주도 소문도 그 웃옷과 함께

다 벗어져 달아나고 빼빼 말라 앙상한 골격밖에 남지 않을 것이니, 남에게 동정을 받을 만큼 참담한 대접을 받을 것이다.

그러나 그의 신경질은 뚱하고 무겁기만 한 것보다 귀염성이 있을 것이고, 결혼 전에 수척한 이가 결혼만 하면 살이 오를 수도 있는 것이다. 그러나 내가 이날까지 주저해 온 것은 이 여자가 값싼 애상소설에 침취한• 그만큼 자기가 늘 그러한 소설의 여주인공 같은 생활을 하게 되기를 바랄 것이 무서운 까닭이었다. 그가 바라는 대로 되자면 내 평생의 생활이 센티멘털한 소설 같은 파란이 그침 없이 계속되어야 할 것이니, 그렇지 못하고 늘 평화하기만 하면 이 여자는 염증이 나서 '평범한 생활이라 자극이 없어서 못 견디겠다.' 할 것이다. 내 일찍이 악착한• 죄를 지은 일이 없거든 무슨 벌로 그 풍파를 사서 겪으랴 말이다.

윤 양

19세. 아직 나이가 어린데 불구하고 무섭게 조숙한 숙성한 여자다. 아버지는 종로 큰 거리에서 포목전을 경영하는 상당한 재산가이니 군색한 것을 모르고 자라서 그런지 마음 놓고 자라서 키는 여자로는 시원한 큰 키요, 체격도 부족한 곳 없이 충분히 발달되어서 21, 22세 되어 보인다. 심덕•이 좋은 점으로 이 여자를 제일로 꼽겠는데, 이 여자는 그 좋은 얼굴에 입술이 아래위로 두둑한 것이 아까운 흠이다. 사주팔자를 따진다는 것은 믿지 아니하지만 관상학으로 보아 그의 성격을 짐작한다는 것은 골상학적으로 근거가 있는 줄 나는 믿는데, 종아리가 굵고 입술

• **침취하다** 만취하다. 깊이 빠져 마음을 빼앗기다.
• **악착하다** 잔인하고 끔찍스럽다.
• **심덕** 마음을 쓰는 데서 나타나는 덕.

이 두꺼우면서 아래위로 발달된 여자는 정이 많다고 하는 말을 들은 일이 있는 까닭이다.

이 여자가 그 좋은 얼굴과 몸맵시를 가지고 남의 혼인에 들러리로 자주 나서는 것을 보아도 맺고 끊는 아귐성•이 없이 남의 사정만 잘 보아주는 성미인 것을 알 수 있는 것이다. 한번은 이 여자의 동창 학생이 어느 부랑 청년에게 속아서 셋째 부인으로 시집가는 것을 옆에서 걱정을 하면서도 결국 그 혼인에 들러리로 나선 것을 보면, 너무 지나치게 헤프게 남의 사정을 보는 사람이다.

김 양

25세. 나이는 알맞게 지긋하여서 여자에게 남자란 것이 어떻게 필요하고 고마운 것인 줄을 가장 잘 알 사람이다. 그러나 여자로서는 학문이 너무 많다. 학문이 많아도 그다지 고맙지 못한 학문이니, 여학교 기숙사에서부터 소설책만 보아서 얻은 학문이다. 연단에 서서 강연도 몇 번 하였고 그의 소설은 여류 문사라는 이름으로 제법 많이 발표되었으니, 아직 문학 애호가인 한(韓) 양과는 달라서 소설가로 행세하는 여자다.

남자 소설가는 흔히 술을 많이 먹는데 이이는 여류 소설가인 만큼 술을 먹지 않으나 그 대신 바나나를 많이 먹는다. 한번은 바나나를 먹다가 적삼 소매 속에 넣었던 손수건을 떨어트려서 바나나를 입에 문 채로 수건을 집다가 큰 망신을 하고도 "무에 그리 우스워요?" 하면서 나머지 일곱 개를 태연히 잡수신 이다.

"나는 소설가로 태어났으니까요." 이런 말을 하면서 자기의 경험과

• **아귐성** 원문 그대로이다. 정확한 뜻을 알 수 없다.

생활을 소설로 늘어놓는 여자이니까, 만일 이 여자하고 결혼을 하면 나를 재료로 하여 소설을 쓰는 버릇이 생길 것이다. '나는 이 한 개의 남자(자기 남편을 가리켜 하는 말)의 머리가 차차로 진보되어 가는 것을 조용히 보고 있다.' 이따위 소설을 써서 말이다.

그러나 그것쯤은 여류 소설가의 남편으로서 참을 수 있는 일이라 하고, 이 여자가 소위 문인 생활을 하노라고 일부러 그러는지 집안 정리를 차근차근히 하는 것을 불명예로 알고 있는 것이 탈이다. 그의 거처하는 방에 찾아가 보면 이부자리를 깨끗이 개켜 논 것을 보지 못한다. 책상 위에는 잉크병과 철필, 빗, 머리카락, 분갑, 바나나 껍질, 두어 개의 면경 이런 것들과 섞여 있어서 쓰레기통을 쏟쳐• 논 것 같다. 소설은 깨끗이 써도 더럽게 사는 여자다.

언제던가 이 여자가 문지방 옆에 있던 바나나 껍질을 밟고 미끄러져서 책상 구텅이에 머리를 부딪고 나가 자빠졌던 것은 유명한 이야기의 하나요, 어느 신문사 초대의 요릿집에 갔을 때 양말 뒤에 구녁•이 커다랗게 뚫어진 것을 그냥 신고 다니던 것이 폭로되었던 것도 이 여자의 유명한 일화의 하나다. 인생이 남자로 태어나서 여류 소설가와 결혼하는 불행을 피할 것이라고 나는 여러 번 느꼈다.

강 양

23세. 굉장한 평판 미인이요 이 여자의 부모가 다 좋은 사람인데, 아까운 일로는 이 여자가 음악에만 열중하는 것이 탈이다. 아무 때 만나도 악보를 끼고 있고 입에는 껌 아니면 사탕을 물고 우물우물한다. 어여쁜

• **쏟치다** '쏟다'를 강조하여 이르는 말.
• **구녁** '구멍'의 사투리.

여자가 음악에 미치면 그 속 배알은 보통 인간 세상에는 용납되지 못하게 버려진다. 욕먹을 말인지 모르나 나는 음악 한다는 여자치고 마음 좋거나 심덕이 무던한 사람을 보지 못하였다. 속이 바늘구녁같이 좁고 빽빽하다.

그리고 결혼하면 자기 손으로 살림을 할 리가 없지마는 한다 해도 자기 몸에 해롭다고 고추장찌개나 고춧가루는 이웃집에서도 못 먹게 할 것이다. 그리고 그것보다도 더 위험한 일은 이따위류의 여자는 음악 이외에는 인생에게 필요한 것이 하나도 없는 줄 알고 음악 하는 사람만 사람으로 알 것이니, 결혼 후에도 언제든지 음악 잘하는 남자만 초대하고 싶고 친하고 허여할• 것이 제일 위험하다.

신 양

20세. 인물도 맵시도 성격도 환한 여자다. 이 여자를 아무 데서나 만나도 정신이 번쩍 나게 환한 여자다. 음성이 명랑하고 동작이 경쾌하고 조금도 음울한 구석이 없는 여자다. 그만큼 그의 화장술이며 그의 교제며가 모두 밝다.

이를 처음 만나기는 신천 온천장에서였다. 이이가 나에게 호감을 가져 주는 것은 나에게 자주 하는 편지에서보다도 만날 때 반겨해 주는 것보다도, 이이가 나의 몸맵시에 유특히• 주의해 주는 것하고 여러 사람 있는 좌석에서도 나의 눈치를 잘 알아주는 거하고 나의 말을 잘 기억해 주는 데서 볼 수 있었다.

여러 사람이 모인 데에서도 내가 넥타이를 새것을 맨 것을 제일 먼저

● **허여하다** 마음으로 허락하여 칭찬하다.
● **유특하다** 유난히 특별하다.

발견하는 것도 이 여자요, 내 옷에 머리털이나 분필 가루가 묻어 있는 것까지 제일 먼저 발견해 주고 기어코 틈을 잡아 그것을 떼어 주고야 안심하는 것도 이 여자다. 내가 담뱃갑을 꺼내는 것을 보면 제일 먼저 성냥통을 찾는 것도 이 여자다. 연애심리학자의 말에 의하면 그것만으로도 훌륭히 이 여자가 나에게 연애를 시작하는 것인 줄 믿어도 좋다.

내가 혹 여러 사람과 한담을 할 때에 '나는 빛 중에 옥색을 좋아한다.' 고 지나는 말을 한 일이 있으면, 그 말을 한 당자•인 나는 금방 그 말한 것을 잊어버렸는데 그다음에 만나게 될 때는 그는 옥색 저고리를 입는다. "저 이번에 이것을 새로 샀어요." 하고 새로 산 옥색 양산을 내어민다. 그 후에 보면 손수건에도 옥색 갓•을 두른 것을 가지고 다닌다. 연애심리학자는 '인제는 벌써 저편에서 자네 입으로 결혼 말이 나오기를 고대하는 것일세.' 한다.

참말 희귀하게 보는 상쾌한 여자다. 하이칼라•면서 단단하고 경쾌하면서도 요령이 있는 여자다. 이 여자면 남의 집에 가서도 아내 때문에 얼굴이 근지럽거나 무렴한• 꼴을 당할 염려는 조금도 없다. 운동으로는 테니스를 곧잘 하고, 우연만한• 잡지는 첫 장 빽빽한 글도 내리읽는다.

그런데 작년 여름에 삼방• 약수터에서 만났을 때 나는 안 볼 것을 보아 버렸다. 그때 경성으로 돌아오려는 날이 지났건마는 장마로 기찻길이 무너져서 교통이 복구되기를 기다리고 며칠 더 있는 때인데, 이 여자

• **당자** 당사자.
• **갓** '가'(경계에 가까운 바깥쪽 부분)의 사투리.
• **하이칼라** 서양식 유행을 따르던 멋쟁이. 고학력자.
• **무렴하다** 염치가 없다고 느껴져 부끄럽고 거북하다.
• **우연만하다** '웬만하다'의 본말.
• **삼방** 함남 안변군에 있는 명승지.

의 아주머니하고 이 여자하고 있는 집에 놀러 갔다가 장마 통에 산골에서 사람이 많이 상한 이야기가 시작되었었다.

"글쎄, 그런 참변이 어디 또 있겠어요. 어린 애기가 셋이나 무너지는 산에 묻혀 버렸다니요!"

나는 탄식하면서 말하였다. 그랬더니 이 여자도 탄식을 하면서 말하였다.

"글쎄지요. 그런 참변이 어디 또 있겠어요. 어린애가 셋이나 산에 묻혀 버렸다니요."

그러나 그런 탄식의 말을 하면서도 이 여자는 석경●을 들여다보면서 콧등과 입모습●에 분칠을 하고 있었다.

나는 그것을 보고 우리 집주인 노파가 칼질하는 도마만 들여다보면서 내가 하는 말에는 건성으로 대답하고 있는 태도를 생각하였다.

"아이그, 정말일까요. 어린애가 셋이나 한꺼번에 묻혀 버리다니요."

이 여자는 여전히 반주●를 해 가면서 옷매무새를 다시 주무르고 있었다. 이 여자가 잘못하면 남편이 병석에서 물을 찾아도 석경만 들여다보고 있지 않을까 겁이 나기 시작하였다.

민 양

22세. 이 여자는 돈푼이나 있는 과택●의 따님으로, 조선 있을 때는 우등으로 학교를 마치고 일본까지 가서 햇수로 4년이나 있다가 왔다는,

● **석경** 유리로 만든 거울.
● **입모습** '입꼬리'의 사투리.
● **반주** 노래나 연주를 도와 옆에서 다른 악기를 연주함. 여기서는 추임새를 넣는다는 뜻.
● **과택** '과댁'(과부댁)의 사투리.

대면만 해도 얼치기 모던인 것이 머리에 핏기가 잘 돌지 않는 것 같다. 그 훌륭한 체격 이 여자와 결혼하면 아들은 정해 놓고 잘 낳을 것 같다.

그런데 어째서 이 여자가 저고리를 길게 해 입고 치마를 될 수 있는 데까지 짧게 해 입으려고 애를 쓰는지, 이마를 쪼개 보면 똥이 얼마나 나올는지 달겨들어 쪼개 보고 싶은 생각이 난다. 조선 여자는 흔히 하반신이 날씬하지를 못하고 윗몸보다 다리가 짜르다.• 뚱뚱만 한 것이 미인이라면 모르되 훤칠하고 날씬한 것이 좋다 할진댄, 되도록 치마를 길쯤하게 입어서 아름답게 날씬하게 할 것이다. 그러고 치맛주름도 좁게 접어서 점점 더 길쯤하게 보여야 할 것이다. 저고리가 옛날처럼 젖가슴이 나오게 짧게 하여서는 안 되지만 저고리를 과히 길게 하지 말고 치마를 길쯤하게 입어서 날씬하지 못한 체구를 날씬하게 경쾌하게 하여야 할 것인데, 몸뚱이는 어떻게 생겼든지 치마가 짧은 게 유행이라니 정강이 위로 추키기만 하면 좋은 줄 아는 갑갑한 꼴을 보면 참말 이 여자의 머리에는 똥만 가뜩 들어 있는 것 같다.

편지하는 것을 보아도 장미꽃 박힌 편지지를 쓰기에 순실한 사랑을 의미하는 것인가 보다 하였더니, 웬걸 웬걸 백합꽃 박힌 것도 썼다가 물망초 그린 것도 썼다가 심지어 봉선화 박힌 편지지까지 사용하니, 봉선화면 '내 몸을 건드리지 마세요.' 하는 의미인 것을 알기나 하고 쓰는지 모르고 쓰는지, 내가 언제 자기에게 좋은 의미의 답장을 한 일이 있으며 내가 언제 자기 몸을 건드리려고나 하였었는가. 아무 이유 없이 지나가는 사람보고 '여보셔요. 제발 내 몸을 건드리지 말아 주셔요.' 한다면 그것은 정신에 이상이 생긴 것이 아닐 수 없다. 들으니까 이 여자가 전에

• **짜르다** 짧다.

한번 어떤 대학교수하고 약혼설이 있었는데, 쓸데없이 그 남자의 여관에 자꾸 찾아간 까닭에 조출하지● 못하다고 하려던 약혼이 퇴짜를 받았다 한다.

"올여름에는 우리 애도 원산을 가겠다 하는데 아무리 지금 세상이라도 결혼도 아니 한 여자를 혼자 보낼 수가 있어야지. 별로 바쁘지 않거든 둘이 원산에 가서 여름이나 지내고 오구려."

이 여자의 돈 있다는 어머니도 내가 자기 딸하고 약혼이나 할 요량으로 있는 줄 알고 있다. 요컨대 이 집의 모녀분이 멍짜 아니면 똑같이 광(狂)짜다, 광짜야.

류 양

19세. 여학교 시대부터 학교 안에서부터 이름이 높던 미인이다. 어느 시골 부호의 따님이다. 품행 방정, 성적 우량, 시집가면 땅마지기나 가지고 갈 유복한 여자다. 취미나 성격에 별로 특별난 것은 없으나 그 대신 아무 흠절이 없는 얌전한 현부인 감이다. 그러나 꼭 한 가지, 너무 체소하여서● 몹시 상냥스럽고 애교가 있고 만년 가도 새색시처럼 귀여울 사람이건마는, 좋은 아들을 바라는 사람에게는 위험을 느끼지 않을 수 없다. 내가 아는 친구의 부인 중에 건강하면서도 체소한 탓으로 해산하다가 산모 산아가 다 절명해 버린 것을 본 일이 있는 까닭이다. 아까운 일이다. 염려 없다고 누가 보증만 하여 준다면 나는 벌써 이 여자와 결혼하였을는지도 모른다.

● **조출하다** 행동, 행실 따위가 깔끔하고 얌전하다.
● **체소하다** 몸집이 작다.

차 양

23세. 좋은 여자다. 인물 좋고 마음 좋고 교제성 좋고 지식이 상당하고, 그 가정은 시골 어느 야소교● 장로님 댁이고, 이 여자가 글씨를 잘 쓰고 음악을 잘하고 연설도 해 보았고, 제일 연극을 크리스마스 때마다 성공하는 좋은 여자다.

그런데 이이가 박애주의자가 아닌지 그것 한 가지가 겁나는 조건이다. 그의 둘레를 에워싸고 도는 청년들이 4, 5인 된다는데 아무에게도 불평을 사지 않고 원만히 교제해 나간다. 학교에 있을 때에 동성연애, 소위 여학생끼리 사랑을 하는 데에도 넌지시 여러 동생을 일시에 원만히 사랑해 왔었다 한다. 그것은 어쨌든지 그가 여학교를 이 학교에서 저 학교로, 저 학교에서 또 다른 학교로, 한 학교에 꼭 박여 있지 못하고 전학을 하며 돌아다닌 것을 보아도 그의 성격을 의심하지 않을 수가 없다.

전 양

21세. 미국 가서 돈을 좀 벌어 가지고 연전●에 돌아온 사람의 딸인데, 서양 가정이 아니면 볼 수 없을 만큼 그 부모가 이 여자에게 자유를 주어서 밖에서 마음대로 날아다니는 새를 구경하는 것 같은 여자다. 그 서늘한 단발한 머리, 시원스럽게 자유로 노는 두 어깨와 거기 달린 팔, 날씬한 갸름한 다리와 그 걸음걸이. 젊은 남자들뿐 아니라 여자들도 보는 사람마다 부러워하는 성격과 맵시를 가진 여자다. 신시대의 아내로도 부족한 점이 없고, 내가 바라는 아기의 어머니로도 적합한 여자다. 이 여자는 나하고 만나면 미국 이야기가 가락이 맞아서 좋다고 유쾌를 느낀다.

● **야소교** 예수교. '야소'는 '예수'의 음역어.
● **연전** 몇 해 전.

그런데 이 여자가 미국식이어서 교제가 쾌활하고, 부모가 돈이 있으니까 이 세상 것이 모두 자기를 위하여 생겨났고 자기를 위하여 움직이고 있는 줄 알고 있다. 요전번 바자회에서 만났을 때도 어렵지 않게 내 돈을 30원이나 씌웠다.● 이 여자는 남자들은 여자를 대접하기 위하여 생겨난 것인 줄 알고 있다.

댄스를 잘하고 테니스를 잘하고 겨울에는 얼음을 잘 지친다. 몹시 어떻게 형용할● 수 없이 쾌활한 여자다. 나는 어떻게 하든지 이 여자와 결혼을 하는 것이 제일이겠다고 생각하였다. 이 여자 역시 나를 만날 때마다 나더러 넥타이를 더 화려한 것을 매라는 둥 모자를 바꾸어 쓰라는 둥 왜 단장을 짚지 않느냐는 둥 여러 가지로 내 맵시에 정성을 쓰는 것을 보면 나에게 대해서 전혀 마음이 없는 것은 아닌 것을 알 수 있다.

그래서 하로●는 이 여자를 내 여관으로 초대를 하는 광영을 얻었다. 이 이야기 저 이야기 하다가 이 여자는 내 책상을 들여다보고 "책상은 좋은데 책이 좋은 것이 적습니다그려." 하더니 "내가 유명한 작가의 좋은 책을 알려드릴 터이니 사다가 놓으셔요." 하고는 얼른 알아듣기 어려운 이름을 좍좍 부르면서 종이에 적어 놓는다.

"이게 로서아● 작가입니다."

"네, 로서아 작가의 소설이라야 볼 맛이 있어요."

그리고 그는 또 하나 길다란 이름을 불렀다.

"라빈드라나트 타고르! 이이는 인도 시인인데, 어머니에게 대한 어린

● **씌우다** 쓰게 하다.
● **형용하다** 말이나 글, 몸짓 따위로 사물이나 사람의 모양을 나타내다.
● **하로** '하루'의 사투리.
● **로서아** '러시아'의 음역어.

이의 감정을 노래한 것이 있는데 참 좋아요."

나는 이 여자가 어린 사람 문제에 흥미를 가지고 있는 것이 기뻐서 얼른 기회를 잡아 물었다.

"당신이 그러면 당신이 그 노래를 직접 노래해 들려주는 어머니가 되고 싶지는 않습니까?"

"아니요! 천만에요. 왜 어린애를 낳아요? 그러면 나는 금방 늙어 버리게요? 당신은 어린 애기를 바라실 터입니까? 어린애를 낳기 위하여 결혼하는 것은 시골 농사꾼입니다."

나는 그만 속으로 당장 단념하여 버렸다.

여기까지로 하고 두었다 요다음 호에 계속하여서 소개를 하겠는데, 이다음에 소개될 인물을 독자가 보면 이이가 다 진열되었나 하고 깜짝 놀래일 여자들이 나올 것이다. 누구가 그렇게 유명한 여자가 나올 것인가 이름만 듣고도 세상이 다 짐작할 여자. 그것은 요다음 호의 재미! 이번은 이만큼으로 쉬자.

3

이 양

20세. 턱이 조금 빠르기는 하지마는 날씬한 미인이라 '아이스크림 미인'이라고 이 미인을 숭배하는 사람들이 이름을 지었다. 얼굴이 날카롭게 어여쁘고 자태가 날씬한데 성질까지 터분한● 구석이 없이 칼날 같

● **터분하다** 날씨나 기분 따위가 시원하지 않고 매우 답답하고 따분하다.

아서 여름에도 찬바람이 홱홱 도는 까닭이다.

○화를 우등으로 졸업하였으며 집안이 유식한 집안이니 견문이 그리 빠지지 않는다. 나의 존경하는 선배 모는 그가 하관이 빨라서 덕이 고인 곳이 없다고 반대하지마는 나는 그 깨끗하고 정신 나게 어여쁜 용모와 칼날같이 분명한 성질이 도리어 단결성•이 있어서 이와 결혼하기를 매우 열심으로 생각하였었다.

그러나 이 여자가 의외의 단점을 한 가지 가진 것은 "에그, 어때요? 우습지 않아요?" 하고 옷맵시, 머리 맵시에만 머리를 썩히는 버릇이다. 그렇게 물어 놓고는 "왜 그렇게 남의 얼굴을 뚫어지게 보세요? 제가 면구하지• 않아요!" 한다. 눈으로 보지 않고도 맵시가 우스운지 아니 우스운지 보아 줄 재주가 있는 줄 아는지……. 결국 생각해 보면 "어때요? 우습지 않아요?" 하고 만날 적마다 하시는 그 말씀은 '어때요? 참말 어여쁘지요?' 하는 소리인 것이다.

언제인가 한번 나하고 산보를 같이 나섰을 때에 이 여자가 어느 서점 진열장 앞에서 발을 멈추고 서서 들여다보기에 나도 잠깐 같이 들여다보았었다. 거기 진열해 있는 책이 눈에 뜨이는 것이 없었던지 금방 그 유리창 앞을 떠나서 걷기 시작하였다.

"아까 그 진열장 속에 걸려 있는 도서관 독서주간 포스터의 그림이 그럴듯하게 잘되었지요?" 하고 내가 이야기를 꺼내 보니까, "어데요! 어데 그런 것이 있었습니까?" 하고 대답하는 것이 전혀 그 유리창을 들여다보기는커녕 그 앞으로 지나가지도 않은 사람 같았다. 이 여자가 그 유리창 속을 들여다본 것이 아니라 유리창에 비치는 자기 얼굴을 들여

• **단결성** 결단성.
• **면구하다** 민망하다.

다보고 있었던 것이었다.

나를 낙심시키기는 하였지만 그러나 조선 여자치고는 드물게 보는 열심가이다.

서 양

21세. 서울 청진동 어느 과택의 맏따님으로, ○명을 좋은 성적으로 졸업하고 지금은 ○○ 가사과에 다니는 얌전한 영양•이다. 이 양만큼 미인은 아니나 어느 사립전문학교 1년생인 청년 한 명은 이 여자에게 퇴박•을 맞고 홧김에 상해로 달음박질을 해 가고, 어느 의학전문학생 두 명은 이 여자의 뒤따르기에 시간이 부족하여서 한 해씩 낙제를 하였고, 지금도 길에 나서면 뒤따르는 남자들 때문에 밤에는 음악회나 연극장에를 혼자 나설 수가 없다고 가끔 나에게 배종•을 명령하는 것을 보면 확실히 미인 명부에 오를 자격이 있는 이다.

홀어머니 앞에서 길리운 탓인지 모르되 다소 응석과 어리광이 있고 또 한편으로는 다소 고집이 있으나 심덕만은 그 흠잡을 곳 없는 얼굴처럼 무던한 여자다. 골상학자의 말에 의하면 얼굴이 둥근 사람치고 마음이 악독한 이가 없다 한다. 이 말은 옳은 말이어니와 설혹 그 말이 옳지 않다고 하더라도 이 서 양은 분명히 심덕이 좋은 여자다. 옷 같은 것 제법 대담스럽게 새로 유행하는 빛깔 치마를 짧지도 않게 길지도 않게 정강이 중턱까지 되게 얌전히 입고 다닌다.

그러나 이 여자는 '그럼요.' '나는 몰라요, 나는 싫여요.' 소리밖에 다

• **영양** 윗사람의 딸을 높여 이르는 말.
• **퇴박** 마음에 들지 않아 물리치거나 거절함.
• **배종** 임금이나 높은 사람을 모시고 따라가는 일.

른 말을 배우지 못했다. 아무 이렇다 할 의견도 말하는 적이 없다. 그래서 이 여자의 아름다움은 결국 어여쁜 인형밖에 되지 못한다. "당신은 무얼 좋아합니까? 독서입니까, 가사입니까?" 하고 물으면 "가사가 제일 좋구요, 독서도 즐겨 해요." 한다.

그러나 가사를 좋아한다 하고 현재 가사과에 다니는 이 처녀의 방을 보면 우리 여관집 노파는 기절을 하여 쓰러질 것이다. 방구석에는 머리카락이 수세미같이 엉켜서 내던진 채로 있고, 마메•콩 껍질, 사과 껍질이 찢어진 봉지에 넘친 채로 그냥 놓여서 벗어 던진 양말짝 위에 놓여 있고…….

간신히 책상 위만 가지런히 정돈되어 있는데, 그나마 화병에 꽂을 꽂은 꼴이란 무궁화 한 가지, 백합 두 송이, 월계꽃 세 송이, 거기다 기생꽃까지 한데 모아서 꽂아 놓았으니, 이 사람의 머리가 쓰레기통 속같이 복잡한 것을 찬미하는 모양이나, 이따위란 생기도 향기도 생명도 없는 가화(인조화)를 꽂아 놓는 것보다도 더한층 천덕스러운 취미다. 그러고 벽이란 벽에 활동사진 남여 배우의 사진을 늘어 붙인 것은 거룩한 취미다.

"책은 무슨 책을 읽으십니까? 요새는 『간디는 부르짖는다』가 많이 읽혀지는 모양인데요, 읽으셨습니까?" 웬걸 웬걸, 그가 지금 읽는 것은 노춘의 『영원의 몽상』•이란다. "아주 퍽 재미있어요. 그이의 글은 언제든지 그렇게 재미있어서 나는 대로 사 보지요."
하고 어깨가 으쓱해한다.

그의 머리가 그다지 유치하면서도 부끄러운 줄을 도무지 모르는 용

● **마메** '대두'의 일본어.
● **노춘의 『영원의 몽상』** 춘성 노자영의 소설집 『영원의 몽상』(창문당서점 1929)을 빗댄 표현이다.

맹에는 감복하여 그 대담한 용맹에 즉시 쫓겨 나와 버렸다.

백 양

20세. 버들가지같이 호리호리한 여자다. 세상이 변해 오지 않았던들 이 여자는 우선 그 가느다란 체격에 있어서 누구보다도 더 잘난 미인이라고 특별한 대접을 받았을 것이다. 아까운 일로는 세상이 변해 온 까닭에 가느다란 편보다는 토실토실한 편을 현대적 미인이라 하면서 이런 여자를 빈약하다고 한다.

그렇다. 그것은 그렇다 하고, 이 여자가 효성이 지극해 그런지는 모르되 길에 나설 때마다 늙은 어머니를 동행하면서 "우리 어머니시랍니다." 소리를 잘하는 것이 몹시 영리하지 못하다. 살찌지 못한 늙은 노인이란 참말로 형용할 수 없이 빈약한 것인즉, 영리한 여자는 다 꼬부라진 어머니 옆을 따라다니면서 '저도 인제 몇 살만 더 먹으면 이렇게 보기 흉한 꼴로 변해 갈 것입니다.' 하지 않는 것이다.

길 양

29세. 서양 유학을 마치고 머리를 깎고 돌아와서 갑자기 유명해진 여자다. 용모나 자태로 미인 될 수는 없으나 탐스럽게 풍부한 육체를 가진 것이 자랑이요, 연설 잘하기로 유명하고 교제 잘하기로 유명하고, 그보다도 더 서양 가서 울고 온 것으로 더 유명하여 일에서는 귀신같이 위하고 아끼는 여자다.

얼굴은 코가 조꼼 나직한 것이 특징이나 이 여자의 교양이 많고 견문이 많은 것은 다른 여자에게서 그 비•를 구하기 어렵다. 이이와 결혼하면 결코 아내 때문에 부끄럼을 당한다거나 답답한 생각을 하는 일은 없을 것이다.

서양 갔다가 온 여자는, 또는 서양 가고 싶어 하는 노처녀는 흔히 '조선 안에는 결혼할 만한 마땅한 남자가 없다.'고 평생 시집 못 갈 소리를 한다. 그따위 말을 하는 여자의 소견이 바늘구녕•보다 넓은지 좁은지 그것까지는 재어 보지 않았으니까 아직 모를 일이로되, 적어도 이 여자만은 교양이 많은 만큼 그런그런 동록• 슨 바늘구녁• 같은 소리는 아니 한다. 다만 한마디, 자기가 가르치는 학생들보고 '조선에 돌아와서는 가히 마주 앉아서 의논하고 싶은 인물이 없으니까 나는 일체로 아무하고도 교제를 아니 하겠다.'고 하였다 한다.

이 말이 그의 거룩한 교양 있는 점인 것이다. 자기 남편감이 조선에는 없다 하는 말과 의논할 인물이 조선에는 없다 하는 말과 같은 말도 이렇게 점잖스럽게 하는 데에 유학까지 하고 돌아온 거룩한 교양의 값이 있는 것이다. 이 여자가 만일 좀 더 오래 유학을 하고 조금 공부를 더 하였다면, 조선에는 영구히 돌아오지도 아니하고 자기 몸에 흘러 있는 조선의 피를 다 뽑아 던지고 나는 서양 사람의 딸이요 하고 조선으로 시찰이나 하러 나왔다가 갔을 것이다. 그렇게 되었다면 이 여자의 가진 교양이 더한층 거룩하여졌을 것을…….

나는 그것을 아껴 마지않는다. 그리고 전일에 나는 어떤 여학교 기숙사에 있는 학생이 고향에서 찾아온 자기 아버지를 동무보고 '우리 집 마름꾼이란다.' 하였다는 말을 듣고 크게 욕하였던 일을 후회하기 마지

• **비** 비교 대상.
• **바늘구녕** 바늘구멍. '구녕'은 '구멍'의 사투리.
• **동록** 구리의 표면에 푸르스름하게 슨 녹.
• **바늘구녁** 바늘구멍. '구녁'은 '구멍'의 사투리.

않는다. 이렇게 교양 많은 여자도 만일 어느 서양 사람을 만나면 자기 남편을 가리켜 자기 집 하인이라고 넉넉히 그럴 것이니까.

명 양

26세. 시를 잘 쓰며 단발 양장미인이다. 조선 여자로 문예에 지조가 있기는 이 여자가 제일일 것이다. 애교가 있고 상략스럽고● 퍽 재주 있는 여자건마는 까닭 없이 웃기를 잘하고, 또 까닭 없이 울기를 잘한다. 하도 자주 웃고 하도 자주 우니까 어느 때 어느 틈새에 웃음이 울음으로 변하는지 알아볼 재주가 없다. 굵다란 닭의 똥 같다면 미인에게 대해서 실례이지만 진주 구슬 같은 눈물이 분 바른 얼굴에서 얼른 굴러떨어지지도 못하고 있는데, 그 눈물을 얼굴에 그대로 지녀 가지고 해해해해 웃는 것은 좋게 보아 퍽 귀엽다.

한번은 그가 어느 회사에 다닐 때 급사가 커피차를 한 잔 갖다가 주었더니 노발대발하여 하는 말씀이 "어쩌면 그렇게 무식하단 말이냐. 여자는 으레 한 달에 한 번씩 월○을 하는 줄 뻔히 알면서 커피를 주다니!"

이 여자 분명히 과도한 히스테리니 이 여자하고 결혼하였다가는 남편이 잠꼬대하는 말까지 떠들고 돌아다닐 것이다.

강 양

23세. 외국 땅에서 길려 가지고 조선에 돌아와서 여성운동에 애를 쓰고 다니는, 조선 여자치고는 활발하기 짝이 없는 여자다. 젊은 남자 대여섯 사람쯤은 사냥꾼이 개 데리고 다니듯 달고서 선술집에 들어가는,

● **상략하다** 성격이 막힌 데가 없고 싹싹하다.

거짓말 같은 짓을 예사로 하는 무서운 여자다. 이런 여자하고 결혼 생활을 하는 것도 꽤 시원스럽고 유쾌할 것이라고 많이 생각해 보았다.

그러나 들으니까 이 여자가 어려서부터 외국서부터 같이 자라던 남자와 친밀히 지내다가 최근에 그 남자가 살짝 돌아서서 다른 여자와 약혼을 하였다 한다. 그래 요전번에 만났을 때 내가 그 이야기를 꺼내서 실연한 심정을 위로해 주니까

"그건 무슨 말씀을 하셔요. 내가 그까짓 일에 절망을 하여 자살이라도 할 줄로 알고 그럽니까? 앳쩨쩨, 어림도 없습니다. 내가 그럴 생각만 있으면야 지금이라도 곧 딴 새 남자를 잡아 오기는 식은 죽 먹기라나요. 헌것을 버리고 새것을 취하라! 하는 것이 현대인의 모토인 줄 모르십니까?"

막 잡아 온단다.

이런 말을 하면서도 이 여자는 말할 때마다 혀끝을 쏙쏙 내어민다. 그 혀끝이 창백하지를 않고 새빨간 것은 다행한 일이지만 그래도 "그 혀끝을 내미는 습관을 좀 버리시요." 하고 말리면 그럴 적마다 하하 하고 웃는다. 그 하하가 무슨 의미의 하하인지는 나는 지금껏 해득•을 하지 못한다.

"쌍 선생 당신, 나하고 결혼하고 싶거든 앗차 하는 동안에 기회를 놓치고 후회하지 말고 얼른 말씀을 하세요."

나는 깜짝 놀라 전기에 찔린 사람처럼 튀어나왔다.

마 양

20세. 성은 마 씨라도 말 같지 않고 양처럼 유순하고 얌전한 처녀다. ○명여학교를 졸업하고 어느 개인교수에게 영어를 배우러 다니는데, 내

• **해득** 뜻을 깨쳐 앎.

가 그를 처음 만나기는 그 개인교수라는 이의 집에 갔을 때였다. 아주 얌전하기가 들어앉아서만 길리운 규중처녀처럼 얌전하고 안존한● 처녀다. 얼굴도 티 한 점 없는 초초한● 얼굴이다. 그 집안도 상당히 지조 있는 집안이요, 그 큰오빠는 의학사로 병원을 경영하고 있고 둘째 오빠는 독일 가서 유학하는 중이라 한다.

그런데 그 얌전하고도 조촐한 처녀의 왼손이 항상 수건을 쥐인 채로 왼편 목을 고이고 있다. 남자도 그렇지만 여자는 더군다나 자기 몸의 결함을 남에게 숨기는 법이라 엔간하여 가지고는 잠깐 만나서 그 여자의 외관상 결함도 발견하기 어려운데, 그런 때의 비방●을 한 가지 내가 넌지시 알고 있는 것이 있는데, 그 비방이란 '여자의 손이 어데로 자주 가는가 그것만 보면 안다.'는 것이다. 이것은 꼭꼭 맞는 비방이니, 가령 그 여자가 덧니배기거나 앞니가 빠졌거나 하면 그 손이 항상 입 근처를 떠나지 않는 법이요, 귀나 뺨에 흠집이 있으면 그 바른손이나 왼손이 반드시 귀 근처 뺨을 멀리 떠나지 않는 것이다.

이 비방을 알고 있는 나로서 이 여자가 처음 만나는 자리에서 그의 왼손이 늘 왼편 목을 받치고 있는 것을 보았으니 그 목에 무슨 흉이나 있지 않은가 의심 아니 할 재주가 없었다. 주의주의하여도 이내 그편을 자세 볼 기회를 얻지 못하고 있다가 그가 구두를 신을 때에 흘낏 보니까 과연 목병을 앓은 흠집이 엄지손가락만 하게 있었다. 아까운 일이었다. 참말 좋은 보석에 티가 있는 것같이 아까운 일이었다.

● **안존하다** 성품이 얌전하고 조용하다.
● **초초하다** 차림새나 모양이 말쑥하고 깨끗하다.
● **비방** 공개하지 않고 비밀리에 하는 방법.

오 양

22세. 이 여자 집안은 넉넉지 못하건마는 몹시 모양을 내는 여자다. 얼굴을 화장하는 솜씨라든지 머리치장을 하는 솜씨라든지 의복 치장을 잘하는 솜씨라든지 과히 어색한 점이 없는 만큼 항상 맵자하게[●] 차리고 나선다. 얼굴은 별 특징 없으나 투덕하게 무던스럽게 생기고, 억지로 특징을 잡아내라면 코가 조금 오뚝한 것이겠으나 이것은 좋은 특징일망정 결코 나쁜 것이 아니다. 이 여자가 살림도 맵자하게 잘해 갈 것은 물론이요, 테니스 선수였던 만큼 그 성정이 과히 갑갑하지 않을 것도 짐작된다.

그런데 이 여자가 군입질[●]을 잘하는 것은 유명한 일이다. 아무 때라도 그 동무들이 이 여자의 핸드백을 뒤지면 초콜릿이 없는 때가 없다는 것은 그다지 이상치 않을는지 모르나, 한번 전차에서 차표를 꺼내다가 핸드백을 떨어트렸는데 그 속에서 초콜릿이 아니라 군밤이 우르르 쏟아져서 망신을 하였다는 것은 유명한 이야기가 되어 있다. 먼저도 말하였지마는 이 여자가 잔돈이 떨어지면 어느 중학교 체조 선생님의 하이칼라 부인처럼 남편의 구두를 내어주고 엿을 사 먹는다면 큰일이다.

배 양

21세. 일본 가서 체육학교를 마치고 나온 상당히 이야기 상대 되는 여자다. 좋은 아기를 낳을 수 있는 좋은 어머니감이라 하여서 아무도 반대하지 않을 것이다.

그러나 어느 날 친구의 결혼 피로연에서 여흥으로 신랑 신부를 내어

● **맵자하다** 모양이 제격에 어울려서 맞다.
● **군입질** 아무것도 먹지 않으면서 그냥 입을 다시는 일.

세워 구식으로 혼례하는 장난을 하게 되었을 때, 이 여자가 신부의 들러리라면 들러리요 수모•라면 수모 격으로 지정되었었다. 그런데 이런 장난은 신랑보다도 신부 편에서 얼른 응하지를 않아서 중도에 흐지부지되기 쉬운 것이라 수백 명 참회자가 다 같이 이 장난이 순조로 완성되기를 바라는 판에 신랑도 신부도 순하게 응하여 잘 진행되어 신랑 신부가 마주 서기까지 하였는데, 이 여자가 '신랑이 먼저 절을 아니 하면 신부를 절대로 절을 시키지 않겠다.'고 고집을 하기 시작하였다.

구식 원래의 법이 신부가 먼저 하는 법이라고 신부 편에서까지 말하는데 불구하고 이 여자 혼자서 빡빡 우겨서 모처럼 계획한 장난이 한 시간 이상을 끌어 잘 진행하여 가지고 마지막 판에서 와해되어 수백 명 사람을 파흥시켜 놓고 말았다.

이 여자의 의지가 이렇듯 굳세다고 하면 좋은 일이다. 그러나 이런 때에 이따위 고집이란 이마를 부삽으로 헤쳐 놓아도 피 한 방울 보이지 않게 빽빽한 것밖에 더 보이는 것이 없다. 이 여자가 부부 생활에 있어서 당치도 않은 일에 외고집을 쓴다면 큰일 날 일이다.

구 양

19세. 몹시 입이 떠서• 용이히 의사 표시를 아니 하는 여자다. 수줍어서 못 하는지 일부러 아니 하는지 그것은 모르겠으되 어쨌든지 찬성하는지 불찬성하는지, 예스인지 노인지 용이히 의사를 보이지 않는 묵중한 여자다.

양친은 없고 조부모님 앞에서 자라서 학교까지 졸업한 가엾은 여자

• **수모** 전통 혼례에서 신부의 단장과 그 밖의 일을 곁에서 도와주는 여자.
• **뜨다** 입이 무겁고 말수가 적다. 행동이 느리고 더디다.

다. 그러나 조부모님이 남달리 귀엽고 가엾은 생각으로 정성 들여 양육한 만큼, 다소 구식이나마 여자의 예의를 알고 공부가 우등 성적이었고 또 침선•이 능란하여 동리에서도 칭찬받는 여자다. 그런데 다만 요새의 여학교 출신인 모던 처녀들에 비하여 수줍음이 많고 너무 얌전하다. 그래서 나도 이 여자의 의사를 알기에 적이 고심하였었던 것이다.

이 여자뿐 아니라 누구든지 여자는 대개 자기의 속을 남에게 얼른 알리지 않는다. 진정의 참말처럼 자기 속에 있는 고대로를 다 쏟아 놓는 것처럼 말하는 것 같아도 그래도 정말 속에 있는 말은 따로 간직해 두는 때가 많다. 그래서 저절로 거짓말이 많아진다. 욕먹을 말인지 모르나 낙지가 위험한 때 먹물을 풍기듯 거짓말을 뱉는다. 이것은 한울•이 여자들을 가엾이 여겨서 한 가지 더 준 본능일는지도 모른다.

그랬든 저랬든 이렇게 거짓말을 잘하는 사람에게도 속기가 쉬운 것이요, 아무 말도 안 하는 사람에게도 속기가 쉬운 것이다. 이런 때는 여자의 의사를 짐작할 수 있는 비방이 있다. 여간 변태적으로 된 여자가 아니면 대개 이 방법으로 알 수가 있는 것이다. 무언고 하니 '그 여자의 발을 보면 안다.' 하는 것이다.

이편에서 할 이야기를 일일이 정성스럽게 이야기하면서 그 대답을 주저하고 있는 여자의 발을 보아서, 그 여자가 두 발을 앞으로 놓고 다소 두 다리를 오그리지 않고 펴는 눈치요 발을 여덟 팔자(八字) 형상으로 벌리면, 그것은 '찬성'이요 '동감'이요 '예스'니 남자는 안심하여도 좋고 만족해하여도 좋다. 만일 그와 반대로 발끝을 모으고 다리를 오그리는 눈치면 그것은 '불찬성'이요 '반대'요 '노'이니 단념해야 된다.

● **침선** 바느질.
● **한울** 천도교에서 '하늘'을 달리 이르는 말.

대체로 나는 이 방법에 의하여 그의 의사를 알았다. 그러고 그 집 그의 조부모님도 내가 가기만 하면 환영한다. "쌍에스 선생이 틈 많이 있으면 저 애가 영어 공부를 좀 했으면 좋겠다고 그러는데, 워낙 바빠하시니까……." 이런 말씀을 한다.

그러나 한 가지 흠은 내가 이 여자와 결혼을 한다면 속이 무던히 갑갑할 것을 각오해야 하겠고, 또 한 가지 이 집 조부모님까지 우리 집 식구로 모셔야 하겠으니 이것이 적잖이 문제가 된다.

4

이 전람회가 여러 달 걸치게 되니까 끝도 나기 전에 쌍에스에게 편지가 많이 와서 탈이 났다. '대단히 흥미 있게 읽고 있으나 쓰시는 솜씨가 여자들에게 너무 심하지 않습니까.' 이따위 편지는 대개 여자들이 보낸 것이다. 재미는 있으나 너무 가슴에 찔리는 곳이 많으니 조금 부드럽게 해 달라는 말이겠지……. '당신 성미가 그렇게 심하게 고르다가는 평생 장가들기는 어려우리다.' 이렇게 써 보낸 것도 암만해도 여자의 필적 같다.

그런가 하면 또 한편으로는 '쌍에스 씨의 통쾌한 풍자를 감사합니다.' 하거나 '쌍에스 씨에게 특청하오니 기왕이면 더 노골적으로 더 통쾌하게 써 주기를 바랍니다.' 하는 편지가 제일 많이 오는데, 이것들은 아마 한두 번쯤은 여자에게 핀잔을 받았거나 속임을 당한 남자들인 것 같고, '저는 아직 미혼 남자로서 신부를 물색 중이온데 선생의 쓰시는 기사가 많이 참고가 되어 감사합니다.' 하는 편지들은 그중 진실한 편지다.

하여커나 나는 나대로 애초의 약속대로, 애초의 방침대로 진열을 계속해 가지 않으면 안 된다. 더 통쾌한지 너무 심한지 미지근한지 좋은 참고가 되는지 안 되는지, 그것은 독자의 일이지 내가 계관[●]할 일은 아닌 까닭이다. 자아 진열의 계속이다.

함 양

22세. 어느 커다란 제약회사 주인의 누이로 상업학교를 작년 봄에 졸업한 미인이다. 얼굴이며 맵시며 말소리 행동까지 어찌 시원스런지 겨울에는 어떨지 몰라도 여름철에는 굉장히 좋은 여자다. 거의 얼음덩어리 옆에 앉았는 느낌을 주는 여자다. 졸업한 후에도 진고개[●] 어느 상점에 점원으로 취직 소개가 있는 것을 "그까짓 걸 누가 다녀요!" 하고 외마디 소리로 차 버린 것도 서늘한 짓이요, 주판을 놓다가 조금만 거북하면 "나는 못 놓겠어!" 하고 거침없이 엎어 버리고 돌아앉는 것도 시원스럽다.

그러고 또 한 가지 다른 사람이 도저히 흉내 내지 못하게 시원스러운 짓은, 아무것이고 조금도 기탄없이 잃어버리기를 잘하는 것이다. 수건, 부채, 분갑, 손에 들고 다니는 것은 무엇이든지 시원스럽게 잃어버린다. 그가 앉았다가 일어나는 자리에 떨어져 있는 물건이 없는 때가 희귀할 만큼 표적을 남겨 놓는다.

"아가씨! 이것 아가씨가 놓으신 것 아닙니까?"

이 소리를 듣기에 우등 졸업을 한 여자다. 차근차근해야 할 상업학교를 졸업하고도 이 지경이니까 까닭을 모를 일이다.

"예전 처녀처럼 반진고리나 정리하고 있거나 수첩이나 만지고 앉았을 때는 아니니까요. 현대 여자가 이것저것을 일일이 기억하고 있으래

● **계관** 관계.
● **진고개** 서울 중구 충무로2가의 고개.

서야 신경쇠약에 걸리지 않겠어요? 한옆으로 척척 잊어버리는 것이 깨끗하고 가지런해서 나는 좋아요. 필요한 때 다시 사면 그만이지요."

이 여자 남에게서 온 연애편지도 질질 흘리고 다닐 터이니, 이렇게 깨끗하다가는 해수욕장 같은 데 갔다가 어느 것이 자기 남편인지도 잊어버리기 쉬울 여자다.

안 양

21세. 이 여자야말로 그림 속에서 빠져나온 듯싶은 어여쁜 미인이다. 상냥스럽고 마음씨가 착하고 ○명을 우등으로 졸업하였고 아버지는 ○○학교 교장이시고 가장 얌전한 후보자인데, 이 가엾은 미인이 어쩐 일인지 약병을 떠나지 못한다. 마치 약병에 사람의 옷을 입혀 앉힌 폭이다. 3년만 집안에 병이 없으면 부자 안 될 사람이 없다는데……. 이 여자하고 결혼을 하려면 약병하고 결혼을 하는 셈 치고 해야겠다.

박 양

21세. ○○보육학교를 졸업하고 시내 ○○유치원에 보모로 있는 미인이다. 얼굴이 귀염성스럽게 생기고 자태가 좋을 뿐이 아니라 목소리가 좋아서 말하는 소리가 어떻게 어여쁜지 모른다. 이 여자가 애교 있는 입을 놀려 쾌활하게 이야기하는 것을 듣고 앉았으면 그야말로 카나리아의 노래를 듣는 것 같다. 이 여자가 그 귀여운 얼굴에 웃음을 띠고 그 어여쁜 자태로 유치원 아기들에게 춤을 추어 보이고 그 어여쁜 목소리로 노래를 불러 주는 것을 보면, 그야말로 꽃밭에 소요하는• 선녀와 같다.

• **소요하다** 자유롭게 이리저리 슬슬 거닐며 돌아다니다.

이런 여자와 가정을 꾸미면 어떻게 좋은 낙원이 될는지 모른다. 그리고 이 여자가 아기를 낳으면 어떻게 아기에게 고맙고 충실한 좋은 어머니가 될는지……. 이만큼 훌륭한 미인이요, 이만큼 좋은 어머니 될 자격이요, 제일 유력한 후보자였는데 하로는 보아서 안 될 것을 보았다. 한번 지나는 길에 그 집에를 들렀을 때다.

"그래도 안 갈 테야? 요년아, 어저께두 사탕 사 주고 오늘도 아까 과자 사 준 것 제가 다 먹구 왜 안 가, 응? 심부름을 안 하려거든 다 내놓아라! 어서 내놓아, 요년아! 그래두 안 갈 테냐? 안 갈 테야! 요 안차구● 닳아진 깍정이 같은 년아! 그래두 낼름 안 갈 테야?"

갖은 향긋한 말만 골라 하면서 울고 섰는 조카 소녀의 빰을 자꾸 꼬집어 뜯고 있었다. 행랑 사람은 빨래를 갔는지 없는 모양이고, 우표딱지가 있어야 편지를 부칠 모양이고, 동리 아이들과 소꿉질하고 있는 소녀보고 사 오라 하는 맵시이시다.

유치원에서는 그렇게 부드럽고 어린애를 잘 위하는 여자가 어떻게 저렇게 우는 애의 빰을 꼬집어 뜯는가……. 대문 옆에 서서 그 보아서 안 될 꼴을 본 나의 낙망은 참말로 컸었다. 보육학교에서 무엇을 배웠는지, 나와서 다르고 집에서 다른 여자, 이런 여자는 다른 의미로도 위험성이 많은 여자다.

신 양

23세. 일본 가서 고사●까지 마치고 돌아온 유식한 여자다. 취직은 아

● **안차다** 겁이 없고 야무지다.

● **고사** '고등사범학교'(일제강점기에 사범학교·중학교·고등여학교의 교원을 양성하던 학교)의 줄임말.

니 하고 있으나 글을 잘 쓰는 여자다. 실력이 상당한 만큼 여자로서는 드물게 보는 독서가요, 생각하는 것이 무던히 철학적이다. 속에 든 것도 없이 날뛰는 야시● 장사와 같은 흔한 여자에 비하면 그야말로 군계 중의 단 한 마리뿐인 백학같이 출중한 여자다. 마땅히 대접할 만한 여자다. 그가 그만큼 실력이 있고 생각이 가라앉은 만큼, 평소에는 별로 말이 없으나 가끔가다 써서 발표하는 글을 보면 엄청나게 좋은 생각이 튀어나온다.

그런데 이 여자하고 결혼을 하면 멀리 떨어져 있어서 편지로만 결혼생활을 하여야지 직접 만나서 단 5분 동안만이라도 마주 앉았으면 아무라도 무거운 근심 구덩에 빠진 것 같아진다. 근심, 걱정, 우울뿐인 사람 같아서 마치 다 죽어 가는 중병자의 옆에 간호하고 앉았거나 송장 옆에 기도하고 앉았는 기분이 되어 버리고 말게 된다. 그 때문에 이 여자의 씻은 듯이 깨끗한 얼굴에도 어느 틈에인지 깊이 없는 우울이 장마 때 한울●처럼 찌푸리고 있는 것이 아까운 일이다. 이 여자하고 결혼을 하면 문턱까지 찾아왔던 행운도 기겁해 달아날 것은 확실하다.

정 양

22세. 이 여자는 어느 무역회사 중역의 따님이다. 먼저 소개한 신 양과 친한 동무인데 이 여자 문학처녀라고 남들도 그러고 자기도 그런 줄로 자처하는 터인데, 나는 아직 한 번도 이 여자의 글이…… 아무 데에도 발표된 것을 보지 못했다. 굉장히 하이칼라인 여자요, 성질이 쾌활하고 몸맵시를 잘 내어서 외국의 활동 여우●같이 헌칠한● 미인이다. 남자

● **야시** 야시장.
● **한울** 천도교에서 '하늘'을 달리 이르는 말.

교제를 할 줄 알고 손님 대접하는 솜씨가 좋고, 이 여자는 만나면 결코 갑갑하거나 근심스런 빛이 생기지 않는다. 체격이 좋고 성질이 쾌활하고 과히 무식하지 않고 집안이 넉넉하니 호화롭게 노는 데 필요한 돈이 부족하지 않고, 흠잡을 곳 없는 현대 미인이다. 그리고 이 여자가 만돌린을 잘 뜯는 재주를 가졌다.

하로는 달 밝은 날 그의 집 사랑 마당에 의자를 놓고 앉아서 그의 만돌린을 듣다가 우연한 말끝에 "내 친구 중에 소설 쓰는 K라는 사람이 제법 만돌린을 탈 줄 안다."고 이야기하였더니 그 당장에

"아이그, 그 K 씨를 참말 아세요? 그 센티멘털한 소설을 잘 쓰는 그 K 씨를! 아이그, 어쩌면……. 나는 그이 소설의 센티멘털한 것이 제일 좋아요. 그런데 그 K 씨가 어떻게 생긴 이여요? 잘생겼어요? 나이는 몇 살이나 먹은 이여요? 아직 젊어요? 장가를 든 이입니까? 아주 로맨스가 퍽 많은 이라지요? 정말 그렇게 로맨스가 많은 인가요? 소설가니까 물론 로맨스가 많겠지요? 그이를 한번 만나 보았으면 좋겠어요. 쌍에스 선생님이 한번 그이하고 같이 우리 집으로 놀러 와 주세요. 그럼 참말 감사하지요. 한턱이라도 낼게요."

K 씨란 사람의 소설 어느 구석에 센티멘털한 구석이 있는지, 이 여자 센티멘털이란 말이 무슨 말인지도 모르면서 함부로 내젓는 모양이다. 그리고 이 여자가 그 소문거리라는 로맨스에 한몫 들어 보기를 소원하고 있는 당치도 않은 허영객이니 참말 위험한 여자다. 이 여자가 나하고 결혼한 후에도 이따위 심리를 버리지 못할는지 아닐는지 누가 보증해 줄 사람이 있느냐.

● **활동 여우** 여자 영화배우.
● **헌칠하다** 키나 몸집 따위가 보기 좋게 어울리도록 크다.

임 양

24세. 이 여자 훌륭한 미인이요, 훌륭한 학력을 가졌건마는 개성이 너무 빳빳하여서 결혼도 부지런히 구하면서 이제껏 해결을 못 얻은 모양이다. 개성이 없는 여자는 그야말로 구역이 나서 못 살 것이다. 그러나 이 여자처럼 너무 개성을 존중하고 자기 개성만 대단한 줄 아는 여자는 부부 생활이라는 양인삼각• 경주에는 부적합하다. 발이 맞지를 않아서 늘 쓰러지기 쉬우니 섭섭하여도 이렇듯 개성이 빳빳한 여자는 그 개성을 위하여 독신 생활을 권할밖에 없는 것이다.

류 양

20세. 덕성스럽게 생긴 미인인데 전에 소개한 차 양처럼 박애주의자인 것이 흠점이다. 예배당 한 곳을 지며리• 다니지 못하고 이곳저곳으로 옮기는 것만으로도 그 조촐치 못한 성질이 보인다.

장 양

24세. ○○ 예배당은 '이 여자' 때문에 끌어간다고 소문이 났을 만큼 '이 여자'를 찬미하는 사람이 많았고, 이 여자 때문에 예배당에 다니는 독신자가 부쩍 많았었다. 그런데 그 많은 사람 중에서 이 여자를 독차지한 행복자가 불행히 작년에 죽었다.

성악도 능하지마는 피아노를 더 잘하는 고로 그는 지금 어느 유족한 집에 다니면서 피아노 개인교수를 하고 있다. 남편은 죽었건마는 그의

• **양인삼각** 이인삼각.
• **지며리** 차분하고 꾸준한 모양.

몸은 지금 한창 젊은 나이를 자랑할 때이라 아직 풋내 나는 어린 아름다움이 아니고 한참 익어서 무르녹은• 아름다움 때문에 그를 전부터 찬미하던 청년들이 다시 더 정성스럽게 찬미하기를 시작하고, 그 위에 또 새로운 찬미자들이 생기어 실로 수없이 많은 사람의 희망의 과녁이 되어 있다.

그의 화장술, 옷맵시 등을 보아 결코 머리도 둔하지 않고, 아무 데도 글을 발표하는 일이 없으나 편지 쓰는 것을 보면 상당한 지식과 글솜씨까지를 가진 여자다. 아무라도 연애할 때의 편지는 다 명문이라 하지만 이 여자의 편지는 글이 명문일 뿐 아니라 책 많이 읽은 힘이 어느 장에든지 나타나 있다.

책을 많이 읽은 만큼 이 여자는 자기가 곧 좋은 인연을 기다려서 재혼해야 할 것을 당연하게 생각하고 있다. '나같이 박복한 것이 결혼을 또 해 무엇 하나.' 한다든가 '개가하는 것이란 그리 자랑할 일이 아닌데.' 하는 등의 약하고 어리석은 생각을 가지지 아니하는 만큼, 새로운 사람이요 든든한 현대 여자다.

그리고 이 여자가 나의 신변을 눈치 빠르게 주의해 준다. 내가 바빠서 넥타이를 바꾸어 매지 않으면 "그 넥타이가 인제는 철에 맞지 않는데요." 하거나 "새로 매신 것이 전번 것만큼 색이 좋지 못해 보이는걸요." 해 준다. "왜 이발하실 때가 되었는데 아니 하셔요." 하는 등 자기 일같이 관심해 주는 것을 나는 늘 감사한다. 그리고 내가 무심코 하는 말 중에서도 내가 좋아하는 것 싫어하는 것을 잘 기억해 주는 것으로 보아, 또는 내게 보내는 편지로 보아 내가 이 여자에게 결혼하자는 말을 하여

• **무르녹다** 일이나 상태가 한창 이루어지려는 단계에 이르다.

도 결코 고개를 좌우로 흔들지 아니할 것을 믿어진다.

그러나 꼭 한 가지 이 여자가 말할 때마다 무심코 죽은 남편의 말을 자주 하는 것이 마음에 꺼려진다. 여자는 좋게나 나쁘게나 최초의 남자를 한평생 잊지 못한다는 말이 참말일 것이다. 그러나 그것이 상대되는 남자에게는 결코 고마운 일이 못 되는 것이다. 더욱 결혼한 후에도 매매사사를 전남편과 비교를 하고 앉았다면 피차에 큰일이다.

신 양

21세. 일본 말 잘하고 글씨 잘 쓰고 연설을 잘하고, 학교에 다닐 때는 학생회 회장 일을 하였고 졸업한 후에는 동창회 총무 일을 보고 있다. 그의 얼굴에 광대뼈가 솟은 것으로 보든지 머리털이 부드럽지 않은 점으로 보든지, 의지가 견고하고 다소 고집성이 있는 것을 알 수 있다. 그다지 미인은 아니나 그렇다고 보기 싫은 얼굴은 아니요, 용모보다도 그의 의지가 단단하고 활동성, 변통성•만은 거의 남자에 지지 아니할 성격을 가진 것이 용모의 부족한 점을 넉넉히 덮고도 남음이 있건마는, 이 여자의 코가 크고 성정이 남성적임에 가까운 것이, 우스운 말 같으나 자기도 풍파 많이 겪을 사람이요 남편을 불행케 할 것 같다.

이 여자를 볼 때마다 가만히 생각하면 내가 아는 연령 많은 부인 중에 코가 크고 얼굴과 성격이 남성적인 사람은 흔히 과부가 되거나 과부 같은 생활을 하고 있다. 쌍에스 비록 대단한 사업을 하는 것은 없으나 아내를 과부를 만들 만큼 일찍 죽어 버리기는 원통치 않을 수 없다.

• **변통성** 형편과 경우에 따라서 일을 융통성 있게 잘 처리할 수 있는 성질이나 능력.

손양

19세. 가정이 좋고 인물이 좋고 하건마는 아까 소개한 유치원 보모 박양과 똑같은 조건이다. 다른 점이 있다면 그 아버지가 모아 놓은 천량• 이 있고 아들이 하나도 없다는 것뿐이다.

고양

23세. 일본 가서 치과 의학을 마치고 나왔으나 아직 개업은 하지 않고 있으면서 개업보다 먼저 결혼을 하려고 신랑을 물색하고 있는 여자다. 그러노라니 갑자기 남자 교제가 빈번하고 얼굴 맵시, 옷맵시에 굉장한 노력을 하여서 닦아 놓은 체경같이 맑고 환한 여자다.

그런데 이 여자 머리가 곱슬머리요 이가 옥니•요 함경도 태생이다. 모양내는 모던 여자이면서 머리가 제물로• 곱슬머리이니 머리를 지지는 돈만은 경제가 될 것이지마는 거기다 옥니까지 겸한 것은 겁나는 일이다.

내가 친히 아는 함경도 친구 한 분이 장가든 여자를 이혼하고 신여자 한 분과 새 생활하는데, 그 신여자라는 이가 곱슬머리요 옥니의 소유자였다. 싹싹하고 교제 잘하고 아는 것이 많아서 친구들도 그 남자의 행복을 퍽 부러워하였건마는 그 여자가 악지•가 세고 싸움이 대단하다고 당자는 늘 아내 말만 하면 몸서리를 치는 터였다.

싸움도 부부 싸움이란 가끔가다 맛이 있는 것이라 하지마는 이 여자

• **천량** 개인 살림살이의 재산.
• **옥니** 안으로 오그라지게 난 이.
• **제물로** 그 자체가 스스로.
• **악지** 잘 안될 일을 무리하게 해내려는 고집.

는 자다가도 이불 속에서도 히스테리가 일어나면 이불을 박차고 벌거벗은 알몸으로 일어나서 남편을 물고 뜯고 악을 악을 쓴단다. 그래서 발가벗은 채로 남편을 방 밖으로 내쫓아 놓고야 마음이 풀리지, 남편을 발가벗은 채로 내어쫓지 못하면 자기가 발가벗은 채로 대문을 열고 밖으로 뛰어나가는 통에 그만 아무런 경우에도 남편이 항복을 한단다.

그 남자가 감옥에 들어가 3년을 지내는 동안에 그 여자는 다른 벌거벗기기 쉬운 남자를 골라 가고 말았는 고로 그 후에 감옥에서 나온 그 남자를 보고 친구들이 '감옥 3년에 독수●가 난 것은 그 발가숭이 귀신이 도망을 간 것뿐일세.' 하고 치하를 하였으니, 얼마나 무서운 사람이었던지 독자도 짐작할 것이다.

곱슬머리 옥니라고 다 그럴 리가 없을 줄도 알건마는 그래도 그 생각만 하면 나도 몸서리가 쳐진다. 생각만이라도 해 보라. 아닌 밤중에 여자가 악을 악을 쓰면서 발가벗고 대문 밖으로 튀어 나가면 어찌 될 것인가.

변 양

22세. 작년 가을에 ○○대회 때에 청년회관에서 강연을 한 번 하고 갑자기 유명하여진 여자다. 토실토실한 현대적 미인 타입의 육체를 가졌고 훌륭한 매력 있는 용모를 가졌건마는 입는 옷이나 구두 같은 데에 무관심한 것도 요사이 여자치고는 남다른 특성이요, 아는 것이 많고 독창도 잘하고 아버지도 훌륭한 명사요 하건마는 조금도 건방지게 굴거나 자기 자랑을 하지 않는 것도 귀여운 특성이다. 그런데 이마적●은 어데

● **독수** 원문 그대로이다. 정확한 뜻을 알 수 없다.
● **이마적** 지나간 얼마 동안의 가까운 때.

서 배워 왔는지 입술에 향수를 바르기 시작하여 시크한• 맛을 보인다.

그리고 이 여자의 또 한 가지 특성은 기분이 좋은 때는 이야기를 잘하고 남의 흉내를 잘 내는 것이다. 몸짓 손짓 눈짓이며 목소리까지, 한 번만 보거나 듣고도 여전하게 흉내를 낸다. 윤치호• 씨의 얼굴 흔드는 연설, 유성준• 씨의 앙증한 설교, 옥선진• 씨의 간드러진 강연 한 번 듣고 흉내 내지 못하는 것이 없는데, 요사이는 여러 사람 모인 데서마다 내 흉내를 내는 것이 버릇이 되었다. 좌우간 훌륭한 미인이요, 구수한 귀염성 있는 여류 인물이다.

"나는 내가 이상하는 남자를 발견하기만 하면 자진하여서 그 남자의 노예가 될 터이여요. 돈이 없어도 좋아요. 고생을 하여도 좋아요." 한다. 그것은 훌륭한 말이다. 그러나 자기의 이상의 남자가 어떤 성질의 사람이라고는 결코 이야기하지 않는다. 그래서 그를 에워싸고 돌면서 찬미하는 남자들이나 여자 동무 사이에는 그것이 커다란 숙제가 되어 있는 것이다.

한번 그가 나에게 놀러 왔을 때 이상하게도 그날은 단둘이 만나 조용할 뿐 아니라 그의 기분이 폭 가라앉은 듯하기에 그 기회에 그것을 정중히 물어보았었다.

"무게가 있어서 개인에게나 여러 사람에게나 믿음성이 있는 신뢰를 받는 사람, 자기 아내뿐 아니라 많은 사람을 지도할 만한 능•이 있는 사람, 용이히 낙심하지 않는 사람, 어떤 경우에든지 남의 앞에서 자기 포

● **시크하다** 세련되고 멋있다.
● **윤치호(1865~1945)** 정치가.
● **유성준(1860~1934)** 관료.
● **옥선진(1897~?)** 1930년대 보성전문학교 법학 교수 역임.
● **능** 재능.

부와 의사를 충분히 발표하여 여러 사람들 설복시킬 수 있을 만큼 강연을 할 줄 알거나 그만큼 글을 쓰는 사람, 이렇게 일꾼이면서 취미 생활을 이해하는 사람."이라 한다. 퍽 튼튼한 생각이다.

그러나 나는 내가 그 조건에 합격이 되는지 못 되는지 이 여자의 의견을 알아보기 전에 불행히 정떨어지는 말을 듣기 시작하였다. 이 여자가 최근에 와서 콜론타이●의 소설을 읽었는지,

"남녀 간에 성(性)에 주린 것은 밥에 주린 것과 꼭 마찬가지라지요. 그래서 배고픈 사람이 아무에게나 찬밥을 얻어먹은 것이 죄 될 것 없는 것과 같이 성에 주린 사람이 다른 사람에게서 그 기갈을 채우는 것이 허물 될 것도 없고 정조를 더럽히는 것도 아니라고 한다는 말이 나는 옳은 말이라고 생각되어요. 그렇지 않습니까. 배고픈 사람이 남에게 찬밥을 얻어먹었다고 어떻게 그것을 책망할 수 있겠습니까……."

이런 말은 자기 아내 아닌 사람이 할 때는 좋아도 직접 자기 아내가 그런 말을 하는 것을 좋아하고 기뻐할 사람은 없을 것이니까……. 나는 구식이라 그런지 그 말을 듣기 시작하면서부터 슬금슬금 퇴각하기 시작하였다.

자아, 이것으로 진열을 끝맺기로 하자! 이 외에 또 10여 인이 있으나 대개 위에 소개해 온 사람 중의 어느 사람과 공통하는 조건의 인물들인 즉 따로이 소개할 필요가 없을 것 같다.

이때까지 지루한 소개를 계속해 들어 준 독자들께 감사하면서 한 가지 변명을 첨부해 두겠으니, 그것은 이 글을 읽은 이가 자칫하면 '쌍에

● **콜론타이(1872~1952)** 러시아의 혁명가, 정치인, 소설가, 노동운동가, 페미니스트.

스가 자기 자랑을 굉장히 하는 사람이라.'고 오해하기 쉬운 그것이다. 애초에 쌍에스에게 호의를 가진 사람만을 추려서 쓴 것이라 호의를 가지지 아니한 이는 수에 넣지를 않았고, 일일이 단점을 들어서 '한 사람도 좋다는 사람이 없으니 결국 장가갈 곳이 없지 않느냐.' 하는 말이 나게 한 것은, 처음 약속처럼 이편이 나을까 저편이 나을까 일장일단이 다 달라서 선택이 곤란하니까 독자 여러분께 선택해 보아 달라고 내어맡기자니 조고마한 흠이라도 숨기지 않고 솔직하게 쓴 것뿐이다.

이 웃음거리도 못 되는 붓장난이 삼복더위 중에 부대끼는 독자들께 단 한 번의 웃음이라도 이바지하였다면 다행한 일이요, 이 좋은 기사 되지 못하는 잡문도 혹 일부 미혼 남녀에게 다소의 참고라도 되는 점이 있었다면 더욱 다행할 일이겠다.

그러나 그런 수작은 이 잡문으로써는 아니 해도 좋은 인사치레이고, 독자는 약속대로 이 중에서 어느 여자가 '그래도 그중에 나으리라.'고 골라 주어야 할 조건이 남았다. 인사●에 관한 일이니 공공연히 투표하여 달라 할 수는 없는 일이고, 넌지시 투서를 하여 주는 풍치객●이 있다면 어느 때 할는지 몰라도 혼인날 초대하여다가 박주● 일 배●라도 대접을 할 요량은 가지고 있다. 자 평안히들 계시다가 혼인날 만나십세.

_雙S, 『별건곤』 1930년 6~9월호

● **인사** 개인의 일신상에 관한 일.
● **풍치객** 격에 맞는 멋을 가진 손님.
● **박주** 남에게 대접하는 술을 겸손하게 이르는 말.
● **배** 술이나 음료를 담은 잔을 세는 단위.

선전 시대?

내가 내 일을 쓴다. 남이 내 일을 쓰는 것이 아니고 내가 남의 일을 쓰는 것이 아니라, 내가 내 일을 쓰는 것이면 세상에 이보다 더 확실 분명한 일이 없을 것입니다.—그런데 천만뜻밖에 이 결과는 '제가 제 일을 쓰고 앉았는 것은 그리 영악한 일이 아니다.' 하게 되는 것은 유감입니다.

그러나 나에게는 동에 닿지도 않는 만담•을 쓰라 하니 이것저것 만들어 꾸밀 줄은 모르고 어리석은 일인 줄 알면서라도 내게 관한 일이나 한 가지 써 볼밖에 없습니다. 그러나 이것이 어리석은 일일망정 내 일을 내가 쓰는 것이니 확실한 일인 것만은 사실입니다.

*

무슨 말인지 자세는 모르겠으나 지금 세상을 사람들은 흔히 선전 시대라고 합니다. 선전이란 것은 어느 때라고 없었던 것이 아니건마는 특별히 이름 지어서 선전 시대라고 하는 바에는 '실지보다도 선전' '내용보다도 선전만 잘하면 그만이다.' 하는 투가 아닌가 하고 잘못 생각되기

* '유모아·난센스·아이러니 현대 만문집—문자로 그린 만화(사물이나 현상의 특징을 과장하여 인생이나 사회를 풍자·비판하는 그림)'에 실린 글이다.

• **만담** 재미있고 익살스럽게 세상이나 인정을 비판·풍자하는 이야기를 함. 또는 그 이야기.

도 쉽습니다.

그래 그런지 어째 그런지 모르겠으나, 전혀 밑도 뿌럭지•도 없는 헛선전을 하는 사람이 많아 가끔 웃지도 못할 희극이 생겨납니다.

한번은 아동 문제에 관한 의견 교환을 하기로 여러 사람이 모이기로 하였으니 아무 날 몇 시에 아무 곳으로 꼭 와 달라는 전화를 세 번이나 받고 그날 그 시간에 바쁜 일을 제쳐 놓고 갔었더니, 전화하던 사람과 그의 친구 한 사람뿐이고 참석하러 온 사람은 나하고 또 한 사람하고 단 둘밖에 없었습니다. 부른 대로 다 모이면 한 30명 될 터이라는데, 시간이 한 시간이 넘도록 더 기다려도 더 오는 사람은 없고 형사만 세 사람이 와서 개회 안 하느냐고 독촉하듯 성화를 댈 뿐인 고로 그냥 흩어져 돌아와 버렸습니다. 주최자가 그리 신용하기 어려운 인물인 줄 알았으니 애초에 가지도 말았더면 좋았을 것을 공연히 갔다고 후회하고 있노라니까, 이게 웬일이겠습니까.

저녁에 배달된 신문을 펴 보니까 활자도 커다랗게 큰 제목으로 오늘 오후 몇 시 시내 모처(우리가 모이려던 그 시간과 그 장소)에 방정환 외 아동 문제 연구자 30여 인 모여서 간담회를 열고 원만히 의견 교환이 되어 아동 무슨 협회를 조직하기로 되어 방정환 외 누구누구가 그 창립위원으로 선정되었다고 기사가 실려 있었습니다.

도깨비에게 홀리면 이렇게 황당한가 싶어서 그 이튿날 신문사로 전화를 걸고 알아보니까 "우리야 누가 아오. 그 일을 처음부터 주선하였다는 아무가 적어 보냈기에 그대로 내었을 뿐이지요." 하는데, 아무개라는 그 아무개가 나에게 전화하던 그 아무개였습니다. 결국 아무개라

• **뿌럭지** '뿌리'의 사투리.

는 그 한 인물이 남의 이름 끌어다가 자기 이름 팔자는 장난에 지나지 못하였지마는, 시골서 그 신문 기사만 절대로 믿고 있는 사람들은 어떤 얼굴을 하고 있는지 궁금하였습니다.

*

"선생님, 시골 어느 날 떠나십니까?"

찾아온 손님이 딴청의 말을 묻습니다.

"시골은 무슨 시골요?"

하고 내가 되물으면 손님은 어리둥절하면서

"○○ 말씀이올시다. 강연하러 안 가십니까?"

"네 네, ○○요? 강연 와 달라고 편지가 왔습데다마는 바빠서 못 간다고 벌써 답장한 지도 오랬습니다."

"오늘 저녁 신문에 아무 날 ○○서 강연하신다고 났던데요."

그 이튿날 편지가 왔으되 '신문에 나기까지 하였으니 꼭 와야 한다.'고……. 바쁜 시간에 매여서 꼼짝 못 하는 사람을 자기네가 지정한 시간에 꼭 오라 해 놓고, 이편에서 그 날짜에는 가게 못 된다고 정중하게 통지하였는데 불구하고 신문에 발표해 놓고, 신문에까지 났으니 꼭 오라 합니다.

이렇게 점잖으신 처단을 해 놓고 그날 당일 가서는, 연사 방정환 씨는 꼭 오신다고 승낙하셨는데 마침 공교한• 사정이 생기셔서 못 오시게 되었습니다고 대담하게 말합니다. 자기들은 대담한 뱃심으로 그 당장 경우를 피하지마는 승낙하고도 안 왔다고 군중이 믿게 되었으니 나는 어쩌라는 것이겠습니까?

• **공교하다** 공교롭다.

기어코 선생이 오신다고 하였기에 25리 밖에서 제백사하고• ○○읍으로 들어갔었는데 급기야 못 오시게 되었다고 반포하는 말을 듣고 어찌 낙망하였는지 모릅니다. 그날 선생 말씀을 들으려고 모였던 사람이 수천 명이나 되는데 모두 몹시 섭섭히 여기고 헤어졌습니다.

이런 편지가 두 장씩 석 장씩 들어오게 됩니다. 그래 그 답장을 쓰고 앉았으면 또 뒤를 대여 들어오는 편지,

'신문을 보니 네가 아무 날 이곳 ○○읍에 와서 강연을 하고 갔다 하니, 이곳까지 왔다 가면서 단 10리 밖이니 잠깐 다녀갈 일이겠지 그냥 지나갔단 말이냐.'

하는 친척 댁 어른에게서의 원망과 책망 편지입니다.

그렇다고 독자는 미리 놀라서는 안 됩니다. 이것은 미리 편지라도 해 본 일이 있으니 용서한다 치고, 경성에 있는 어떤 사람들은 의논도 인사도 전화로도 통지 한마디 없이 연사니 혹은 무슨 위원이니 써서 발표해 놓고 앉아 지내는 사람이 생겼습니다. 이따위 인종이 서울에는 많이 생겨나기 때문에, 이런 종자들께 속아 넘어가지 않자니 서울 사는 사람들은 점점 더 까투리•가 되는 것인가 봅니다.

"승낙도 안 받고 광고 먼저 하여서 당일 가서 어쩌나?"

"아따, 그날 가서 급한 병이 생겨서 못 오게 되었다면 그만이지……. 애초에 그이가 승낙할 리는 없고 광고에만 우려먹으면 그만 아닌가!"

선전 시대? 소위 이 선전 시대가 낳아 놓은 특수 인종들이 이런 것들이라 하겠거니와 신문지란 것이 이따위들에게 편한 기관이 되게 되는 것은 피차에 생각해야 할 문제인 줄 압니다.

● **제백사하다** 한 가지 일에만 전력하기 위하여 다른 일은 다 제쳐 놓다.

● **서울 까투리** 수줍음이 없고 숫기가 많은 사람을 비유적으로 이르는 말.

만담되지 못하는 만담, 이것으로 끝입니다.

_『별건곤』 1930년 7월호

술·어린이

나는 술을 마시지 못한다. 피치 못할 좌석에 가서 강권에 못 이겨 석 잔만, 그것도 반이나 흘리고 마시면 수족 끝까지 주기가 돌아 전신이 붉어진다. 그러나 붉어지는 것쯤은 참는다 하고 제일 가슴이 울렁거리고 두통이 나서 4, 5시간이나 괴로이 지내는 까닭에 좌석에 술이 나오면 걱정부터 생긴다.

그러나 술 먹는 사람들은 흔히 자기 기분만 존중하여서 '조금 괴롭더래도 기분을 위하여 조금만 먹으라.'고 억지로 먹이는 버릇이 누구든지 있다.

일전의 일이다. 퇴사 시간에 어느 피할 수 없는 좌석에 갔다가 강제 5배주에 두통과 뇌통을 얻어 가지고 집에 와서 고로히 지내는데, 문전에 손님이 찾아왔다 하는지라 도저히 접객을 못 할 것 같아서 솔직하게 어린 사람을 시켜서 술이 취해서 못 일어나신다고 고하게 하였더니, 나아가 하고 온 말이 "지금 바쁘셔서 못 나오시겠대요." 해 놓았다.

먼 길에 찾아온 손을 바빠서 내다보지도 못한다고 했으니 그런 실례가 있을 수 있으며, 그가 어떻게 불쾌히 돌아갔을 것인가. 어째서 이른

* '1인 1문'(한 사람의 글 한 편)에 실린 글이다.

대로 안 하고 바빠서 못 본다고 했느냐고 물으니까, 그 어린 사람의 대답, "어떻게 손님보고 술이 취했다고 합니까?"

그렇다. 아직 11, 12세의 어린 사람에게는 다른 모든 말보다도 술 취했다는 말이 제일 나쁜 말이요, 제일 안된 일일 것이었다. 그러니 그 어린 사람이 내가 간혹 얼굴이 붉어 가지고 집에 돌아오는 것을 두고두고 얼마나 불미하게● 보아 왔을 것인가.

나는 이날 큰 책망을 들은 것이었다.

_『별건곤』 1930년 7월호

● **불미하다** 아름답지 못하고 추잡하다.

죽은 지 15개월 후에 관 속에서 기어 나온 사람

죽었던 사람이 다시 살아났다면 누가 그 말을 참으로 들을 수 있으랴.

옛날 신화에서나 옛말에서 우리는 흔히 실제와 너무도 떨어졌으나마 죽었던 사람이 다시 살았다는 말을 많이 들었다. 그러나 근대 의학의 발달은 그 옛이야기를 실현하였으니, 약품과 외과 의술로써 죽은 줄 알았던 사람을 다시 소생케 하는 것이 그것이다.

그러나 여기에 말하려는 이 사실은 신화도 아니요, 상상으로 꾸며 낸 옛이야기도 아니요, 또 약품으로나 의술로써 의학 발달의 은택을 입어 황천에서 다시 속세로 나온 것도 아니다.

아메리카 남북전쟁 당시 동맹군(남군)의 맹장 로버트 E. 리● 장군의 어머니 안나 카터 리 부인이 이 사실의 주인공이니, 이때까지의 연구함에 있어서 이처럼 극적 사실은 없을 것이다. 실로 이 로버트 E. 리 장군이라고 하는 사람은 그 어머니가 매장된 후로부터 15개월 만에 탄생하였던 것이다.

리 부인은 7일간 죽어 있었다. 그중 3일 동안은 버지니아의 뽀트쇠● 상

* 발표 당시 '무엇이 그렇게 시켰나? 사실이 낳아 논 인생의 기록'란에 실린 글이다.

● **로버트 E. 리**(1807~1870) 미국의 군인, 교육자.

● **뽀트쇠** 미국 버지니아주의 스트랫퍼드.

류에 있는 리 일가 사당에서 관 속에 들어 있었다. 그리고 우연한 일로써 살아 있다는 것을 알게 되어 그 후 완전히 건강을 회복하여 약 21년간을 살았다.

부인은 본래 발작적으로 기절하는 버릇이 있었는데, 의사도 그 병의 원인을 확실히 잡지 못하여 치료할 방책이 없었다. 그러는 동안에 부인은 점점 허약하여 1805년 11월에 드디어 4인의 의사의 치료도 헛되이 그만 죽어 버렸다. 그리하여 초자• 두깨•를 한 관에다 넣어 4일 만에 리가(家) 사당으로 옮기었다. 그 후로 매일 친척들이 간산•을 가서 부인의 얼굴을 보고 오기는 하였으나, 어느 누구 한 번도 그의 산 기맥•을 알 수가 없었던 것이다.

그런데 7일이 되는 날 묘지기는 무덤 소제•를 하러 들어갔었다. 한참 분주히 소제를 하는 중에 "사람 살리우." 하는 극히 가늘고 희미한 소리가 두어 번 들리었으나, 너무 소리가 약하기 때문에 처음에는 자기의 생각이 혼돈한가 하고 그냥 소제를 계속하고 있었다. 한즉 또 가는 목소래•로 살려 달라 소리가 들리었는데, 이번은 분명히 사람 소리인 것을 알고 묘지기는 혼비백산하여 기절할 듯이 그곳을 뛰어나와 버렸다.

그리하여 이 사실을 가족과 친고•에게 말한즉, 모두 그 묘지기의 정신을 의심하고 참으로 듣지를 아니하였다. 그러나 묘지기는 기어코 이

• **초자** 유리.
• **두깨** '뚜껑'의 사투리.
• **간산** 성묘.
• **기맥** 기운과 맥.
• **소제** 청소.
• **목소래** 목소리. '소래'는 '소리'의 사투리.
• **친고** 친척과 오래된 친구를 아울러 이르는 말.

것이 거짓이 아닌 것을 명백히 하고자 수인•을 같이하여 그곳을 다시 가서 소제를 시작하였다. 그때에도 역시 아까와 같은 가는 목소래가 들리었다. 모두 이상하여 주위를 살피어보았으나 사방에는 앙상한 뼈만 남은 시체를 담은 관들이 고요히 누워 있을 뿐이요, 음산한 사당에는 바람조차 새어 들 수 없게 되었다.

여러 사람은 수상히 여겨 마지않을 때에 그럭저럭 소제는 끝이 나고, 마침 가지고 왔던 꽃을 리 부인의 사관• 두깨 위에 놓으려 할 때 "살려 주. 살려 주." 하는 가늣한• 목소래가 극히 가깝게 들리었다. 공포 때문에 얼음이 된 묘지기는 무심코 그 초자 두깨 덮은 관을 내려다보았었다. 때에 그 속에는 죽었던 부인이 입을 움직이며 눈을 뜨려고 애를 쓰는 것이 밝히 보였다. 묘지기는 전신에 찬물을 끼얹은 듯하였다.

그러나 과연 노인이라 침착히 부하를 데리고 그 관의 두깨를 뜯었다. 그리하여 리 부인은 자택에 돌아가 놀랄 만치 그 경과가 좋아서 건강이 회복되고, 도리어 이전보다도 더 강장하여졌다.• 그로부터 5개년 후 즉 1807년 1월 19일에 장군 로버트 E. 리를 낳은 것이다. 그리하여 그 부인이 1826년 세상을 떠날 때까지 21년을 더 살았다.

일시적으로 사(死)의 상태에 이른다는 것은 과학이 승인할 수 없는 문제로, 일반 의학자는 이러한 상태의 존재를 부정하는 것이다. 리 부인의 이 사실은 의학상으로 '혼수상태'라고 하는 것이다.

그러나 현금에 어떤 의학자는 가사•라고 하는 존재를 긍정한다. 이에

• **수인** 두서너 사람.
• **사관** 시체를 넣어 놓는 관.
• **가늣하다** 약간 가늘다.
• **강장하다** 몸이 건강하고 활기가 왕성하다.
• **가사** 생리 기능이 약화돼 죽은 것처럼 보이는 상태.

한 예로써는 롱.렌드•의 삿포크• 요양소의 마리 트루우 부인이 있다.

트루우 부인은 펜실베이니아 철도 침대차에서 베개 옆에 클로로포름의 빈 병을 놓고 그만 죽어 버렸다. 때에 그 부인을 진찰한 한스 빼아가 박사는 '사후 5시 경과'라고 진단한 후 곧 사체 운반 자동차를 불렀다.

그러나 두 시간 후에는 워싱턴 소방서의 구호반과 병원 전속 의사는 그 부인을 소생케 하려고 모든 간호를 하고 있었다. 그것은 사체 운반자가 검사를 받은 후 사체를 냉장고에 넣으려 할 때에 그들은 그 부인이 아직 살아 있다는 것을 발견한 까닭이다.

한스 빼아가 박사는 그 여자는 완전히 죽었다고 주장하였다. 의학상 모든 방법으로써 진단한 것이니 만일 내가 진단할 때에 그 여자가 아직 살아 있었다고 하면, 현대 의학에 알려지지 않은 다른 진찰법이 있는 것이라고 박사는 공표하였다.

그러나 일반 의학자는 가사라고 하는 상태는 없는 것이고 그것은 수면 상태와 전신 경직이 오해된 것이라고 한다. 영국 의학의 연구에 의하면 때때로 폐결핵 환자로서 병이 앙진한• 결과 혼수상태에 빠져 전신이 경직하는 것인데, 이 부인도 역시 그 종류의 것이라고 한다. 그러나 그 부인을 최초에 진단한 한스 빼아가 박사는 그날 아침 여덟 시에 근육이 경직 상태로 되어 동일• 오후 세 시경에 죽은 것인데, 오전 아홉 시에 그 여자가 다시 살아난 것은 워싱턴의 조약돌 깔은 차도를 사체 운반차

• **롱.렌드** 미국의 뉴욕주 남동쪽에 있는 섬 롱아일랜드.
• **삿포크** 롱아일랜드의 서퍽 카운티.
• **앙진하다** 정도가 심하여져 가다.
• **동일** 같은 날.

가 달리는 동안에 어떠한 원인으로 다시 살아난 듯하다고 말하였다.

_무기명,[●] 『별건곤』 1930년 8월호

● 목차에는 필자 이름이 '三山人'으로 되어 있다.

연단진화●

전에는 지루한 장맛비 오는 날이면 한가히 누워서 내가 여행지에서마다 사다 둔 사진엽서를 내어 일일이 들여다보는 것이 재미였었다. 그러나 동경진재● 통에 다른 서책과 함께 그것들을 다 없애인 후로는 장맛비 오는 때 한가한 낮이면 지도를 펴 놓고 가 본 곳을 찾아보는 것으로 겨우 위로를 삼게 되었다.

지도를 펴 놓고 여행 갔던 때의 일을 회상하면서 들여다보고 있으면 창을 두드리는 빗소리도 멀리 들린다.

내가 갔던 곳마다 지도 위에 표를 해 놓고 헤어● 보면 작년에 헤일 때는 79, 금년에는 84 지방이 되었다. 가 보고 싶은 곳 수에 비하면 아직 5분의 1도 못 가 본 폭이다.

그러나 단 한 군데의 열외도 없이 전부 강연을 위하여 갔었던 것이라 아츰● 차로 떠나서 저녁에 도착, 저녁밥도 못 먹고 강연회로 바로 뛰어갔다가 익일● 아츰 차로 또 떠나오고 떠나오고 하여, 그 지방의 명승지

● **연단진화** 연단에서 보고 들은 이상야릇한 이야기.
● **동경진재** 1923년 일본의 간토 지방에서 일어난 대지진.
● **헤다** '세다'의 사투리.
● **아츰** '아침'의 사투리.
● **익일** 다음 날. 이튿날.

도 또는 산물도 풍속도 잘 알아볼 여유 없이 다녀온 까닭으로, 아무리 회상하려도 연단 위에서 본 일, 당한 일밖에 생각나는 것이 없으니, 생각하면 짝없이 우습고 무미하여 여행이라고 이름도 못 할 여행이다. 이 까닭에 나더러 여행담을 하라면 연단만화•밖에 있을 수 없는 것이다.

깊어 가는 가을밤에 심심치 않은 우스운 기사를 쓰라는 것이니, 그나마 되도록 웃음받을 이야기를 중심하여 적어 보자.

순회강연 진담•

내가 처음 연단에 서기는 10년 전 보성전문에 다닐 때 원산 이북 몇 군데로 순강•을 갔을 때였는데, 원산에서는 그럭저럭 큰 망신 없이 치렀으나 문천에 가서 일이다.

장소가 좁아서 마당에까지, 마당 앞에 호박밭에까지 그냥 청중이 짓밟고 들어섰는데, 학생 때요 또 처음 연단이라 한 마디라도 더 남이 듣기에 유식한 말을 하려고만 하던 만큼 세계대전의 원인• 근인•이 나오고, 윌슨 대통령이 나오고, 발칸 반도가 나오고, 도무지 농촌 사람들께 귀 익지 아니한 소리뿐이라, 30분 이상을 떠들어도 박수는커녕 청중의 얼굴에 표정 하나 나타나는 것 없고 간간이 하품하는 사람만 보인다.

대체 연사의 말이 귀에 들어가는지 안 들어가는지 눈치조차 챌 재주

• **만화** 풍자나 해학으로 즉흥적으로 하는 이야기.
• **진담** 진귀하고 기이한 이야기.
• **순강** 여러 곳으로 돌아다니면서 강의나 강연을 함. 또는 그 강의나 강연.
• **원인** 연관성이 먼 간접적인 원인.
• **근인** 연관성이 가까운 직접적인 원인.

가 없어서 속으로 몹시 초조해지는데, 그때 마침 강연회장 담 바깥 길거리에서 어느 여인네들의 싸움하는 소리가 들려오니까 기다리고 있었던 듯이, 부인석이 일제히 참말 한 사람도 남지 않고 일제히 와 일어나서 그리로 달아나고 말았다. 그러니까 남자석에서도 여기저기서 일어나는 사람이 생기는 것을 '일어나지 마우다. 그것 실례우다.' 하고 서로서로 말려 앉힌다. 이렇게 되니 연사는 얼굴이 붉은 무빛이 되고 어째야 좋을지 스스로도 정신을 잃게 되었다.

'실례우다.' 하는 것을 들으면 남아 있는 사람들도 다 달아나고 싶은 것을 체면 세우느라고 그냥 참고 앉아 있는 것이 분명하니, 내가 떠드는 것은 전혀● 벌판에 혼자 서서 떠드는 것인 것을 알았다.

말을 중지할 수는 없어서 그냥 떠들면서도 속으로는 궁리궁리하여 문득 일계●를 내어 슬금슬금 말을 바꾸어 전혀 시체● 유행 문자를 빼고 속담으로만 음성에 고저를 붙여 마치 동화하듯, 집안 식구와 의논하듯 쉬운 말로만 퍼부으니까 그적에야 청중들이 벙글벙글 웃기도 하고 가끔 박수도 하면서 자기네끼리 "모두 옳은 말이야. 딴은 그렇지." 하고 기뻐한다.

다행히 뒤끝을 고치어 수습을 하기는 하였으나 강연 중간에 청중이 일제 도망할 때는 참말 혼이 났었다.

● **전혀** 온전히.
● **일계** 한 가지 꾀.
● **시체** 그 시대의 풍습·유행을 따르거나 지식 따위를 받음. 또는 그런 풍습이나 유행.

내용을 빼앗겨서

동경서 나와서 부산에서부터 순회강연을 시작하여 논산에서 강연을 하는데, 부산 민중에게 필요한 말이면 논산 민중에게도 그 말이 필요하리라 하여 나는 전국 각지 어느 곳에 가든지 부산서 하던 그 연제●로 그 말을 하기로 하여 논산에서도 그 연제 그대로 써 붙였다. 그랬더니 동행 연사가 순서에 자기를 먼저 넣어 달라 하더니 먼저 연단에 나가서 내가 부산에서 한 말(약 한 시간 반 동안 한 말)을 전부 고대로 한 마디 빼지 않고 다 하고 있다. 동행 중의 다른 이가 눈이 둥글하여 나를 보고 "저이가 문제●는 다른 것을 가지고 방 선생이 할 말씀을 미리 다 하고 있으니 방 선생은 나중에 무슨 말씀을 하실라오?" 한다.

사실 큰일 났다. 지금 와서 연제를 고칠 수도 없고 그가 당장 하고 있는 말을 그만두랄 수도 없고, 망설거리고만 있다가 내 차례가 되어 연단에 나가서 임시응변으로 다른 말을 하느라고 한고생하였다.

그다음 강경에 갔을 때 "여기서도 당신이 그 말씀을 할 터이면 나는 애초부터 다른 연제로 하겠소." 하였더니 "아니요 천만에……. 논산서는 저절로 그 말이 자꾸 나왔지……. 오늘은 안 그럴 터이니 그냥 그 연제로 하라." 하는 고로 부산서 하던 그 연제를 붙였다.

그랬더니 웬걸 이분이 또 먼저 나서서 내가 한 시간 반이나 할 말을 고대로 정성스럽게 하고 계신다. 10시 30분이나 되어 간신히 그 말이 끝났기에 나는 남은 시간도 없지만 어이가 없어서 단에 나아가 인사만 하고 그만두어 버렸다.

● **연제** 연설이나 강연 따위의 제목.
● **문제** 글의 제목. 여기서는 '연제'를 뜻한다.

순회강연에도 자칫하면 이런 희극이 생기는 것이라고는 당해 본 사람 아니면 아무도 짐작하지 못할 것이다.

자꾸 내미는 머리

논산 강연을 마치고—7, 8일 후—그 길의 최종지 강연을 마치고, 논산 인사의 요청에 의하여 회로•에 다시 논산에 내렸을 때는 논산서 첫 번 강연을 들은 인사가 많이 출영•을 해 주셨다. 그러나 나는 참말 문자 그대로 홀왕홀래하는• 터이라 반가이 인사해 주시는 이들의 수많은 씨명과 얼굴을 일일이 기억해 낼 재주가 없어서 누구거나 나를 아는 체해 주는 이에게는 덮어놓고 머리만 자꾸 숙여 답례하였다.

그런데 출영 나와 주신 여러 인사 중에 촌노인 같은 이 한 분이 모자를 벗고는 인사를 하고 돌아섰다가는 다시 돌아서서 또 하고 또 하고, 그저 자꾸 몇 번 했는지 모르게 모자를 공손히 벗고는 허리를 숙인다. 나도 처음 3, 4회까지는 무심코 처음 만나는 이인 줄 알고 답례하였으나 7회 8회 자꾸 하니까 '저이가 무슨 까닭으로 저렇게 인사를 자꾸 하는고.' 하고 속으로 퍽 이상히 여기고 있었다.

그랬더니 여관에 안내되어 들어가 앉으니까 거기까지 쫓아와서 인사를 하고는 또 하고, 하고는 잠깐 있다가 또 하고, 한 다섯 번이나 하는 고로 '저이가 암만해도 심상치 않은 이이지.' 하고 생각하여, 그때부터는

● **회로** 갔다가 돌아오는 길.
● **출영** 마중.
● **홀왕홀래하다** 걸핏하면 가고 걸핏하면 오다.

그이가 인사를 할 적마다 웃음이 터져 나오는 것을 억지로 참으면서 답례를 그와 같이 정성스럽게 자주 하고 있었다.

그랬더니 논산 인사 중의 한 분이 "방 선생님, 그분이 죽어도 머리는 안 깎는다던 이인데 며칠 전 방 선생이 처음 오셨을 때 강연 말씀을 듣고 그 이튿날로 곧 머리를 깎았답니다. 그리고 오늘 방 선생이 또 오신다니까 저렇게 찾아와 뵙는 것이랍니다." 한다.

그제야 나는 그가 자기의 깎은 머리를 좀 보라고 모자를 벗고 고개를 내 눈앞에 들이민 것임을 짐작하였다. 그렇게 여러 번 고개를 내밀어도 머리 깎은 것을 얼른 알아드리지 못해서 그이가 몹시도 안타까워했을 것을 몹시 미안히 생각하였다.

그 후로 그이는 열심으로 동리인에게 머리 깎기를 권하였다 한다.

두 연사가 한 강연

전 조선 각지 어느 곳에 가서든지 똑같은 문제로 똑같은 말을 하던 것이 황해도 장연에 가서 중지 명령을 받았다. 물론 중턱에 한창 청중들이 기운이 나서 들먹거리는 판에 중지를 당하였다.

모 씨가 부산서 단 한 번 듣고 논산서 고대로 외어 옮긴 강연이라, 동행 누구든지 내가 하는 말을 고대로 외일 수 있는 것이라, 내가 중지를 당하자 내 다음에 나아가는 연사와 귓속을 하여 자기 강연은 그만두고 내가 중지한 거기서부터 하려다 못 한 말을 그로 하여금 대신 계속해 하게 하였다. 그리하여 나는 중지를 당하였으나 결국 두 사람이 덤벼서 그 강연을 완성시키고 만 것이다.

중지시키고 간 경관이 나중에 말하되, 같은 말을 하는 데에도 내 음성이 남을 격동시켜서 대단 위험하다고 하더란다.

동화 단상 진담

단상에서 동화를 구연할 때는 속된 말로 가장 능청스럽게 하여, 우스운 동화를 할 때는 어린 청중을 배가 아프게 웃기고, 슬픈 이야기를 할 때는 몇 백 명 청중을 울려야 동화를 들리는 효과가 있다는 것이다. 무슨 사건 보고하드키 이야기 줄거리만 죽죽 이야기하여서는 아니 하는 편이 낫다는 것이다. 그래서 동화 구연이란 굉장히 힘이 드는 것이다.

내가 맨 처음(10년 전) 경성에서 동화 구연이란 것을 맨 처음 할 때 천도교당에서 '난파선' 이야기를 하였더니 그날 온종일 울고 앉았는 소년을 두 사람 본 일이 있었지마는, 금년 봄에 이화여자보통학교에 끌리어 가서 전교 학생에게 '산드룡이' 이야기를 할 때 옆에 늘어앉아 계신 남녀 선생님이 가끔 얼굴을 돌이키고 눈물을 씻으시는 것을 보았다. 그러나 그때 학생들은 벌써 눈물이 줄줄 흘러 비단 저고리에 비 오듯 하는 것을 그냥 씻지들도 않고 듣고 있었다.

그러다가 이야기가 산드룡이가 의붓어머니에게 두들겨 맞는 구절에 가 이르자 그 많은 여학생이 그만 두 손으로 수그러지는 얼굴을 받들고 응응, 마치 상갓집 통곡같이 큰 소리로 응응 소리치면서 일시에 울기 시작하였다. 옆에 있는 선생님들도 일어나 호령을 할 수 없고, 나인들 울려는 놓았지만 울지 말라고 할 재주는 없고, 한동안 단상에 먹먹히 섰기가 거북한 것은 고사하고 교원들 뵙기에 민망해서 곤란하였다.

소변 벼락 소동

진남포 2년 동안이나 졸리우다가 가서 동화를 하는데, 입장료 받는 동화회건마는 그 큰 천도교당이 꽉 차고 들창● 밖에도 세 겹 네 겹 둘러서서 듣는 성황이었다.

아래층에는 16세 이하의 소년 소녀만 들이고 2층에는 부인네만 들이어 아래층도 위층도 그야말로 콩나물같이 조여 앉아서 팔짓 하나 할 수 없을 지경이니, 소변이 급하여도 엔간한 용기를 가지고는 베집고● 나갈 재주가 없는 형세였다.

슬프고 무섭고 재미있는 이야기가 점점 가경●에 들어가서 웃다가 아슬아슬하여 손에 땀이 흐르게 되어 그 많은 청중의 숨소리 하나 들리지 않게 긴장되어 갈 때, 돌연히 2층 맨 앞 턱 끝에서 아래층 빽빽이 앉은 청중의 어깨와 머리 위에 뜨거운 소낙비가 좌르르르르…….

기어코 부인석에서 실례한 이가 생긴 것이었다.

이와 근사한● 이야기가 또 한 가지 있으니 동화 때가 아니요 강연 때였었다. 전라도 익산에 갔을 때 익산좌에서 강연을 하는데 아래층은 남자석, 위층은 부인석으로 정한 것이 상하층 모두 만원이 되었다.

'희한하게 오늘은 여자가 많이 왔으니 부인네 각성될 말씀을 많이 해 달라.'는 부탁도 있고 하여 특별히 말을 쉽게 하고 또 재미있게 하였다.

● **들창** 들어서 여는 창. 벽의 위쪽에 조그맣게 만든 창.
● **베집다** '비집다'를 낮잡아 이르는 말.
● **가경** 한참 재미있는 판이나 고비.
● **근사하다** 거의 같다.

그랬더니 부인석인 위층에서 더 박수를 많이 하는데, 한창 신이 나서 박수를 할 때 별안간 부인석 바로 밑층에서 소란한 소리가 나면서 청중이 와하고 일어나 놓아서, 부득이 나는 말을 중지하고 그냥 단상에 섰었다. 알고 보니 위층에서 부인네들이 열광하여 박수할 때 젖먹이 어린 아기가 한 사람 아래층으로 떨어졌다는 것이었었다.

도망가는 연사

정주군 내 수십 소년단체의 연합회 주최의 소년 문제 강연과 동화회가 있어서 정주 고읍 오산학교 강당에서 하롯밤•을 치렀더니, 오산보통학교에서 '아츰• 열한 시 차로 떠나시기까지에 학교에 오셔서 전교 학생들에게 유익한 말을 해 달라.'는 말씀이 있어서 조반•을 급히 시켜 먹고 오산 강당으로 가서 이야기를 하는 중인데, 하다가 시계를 보니 벌써 열한 시라 그냥 급히 뛰어나가도 늦기 쉬운 시간이었다.

이야기는 끝으로 결말이 조금 남았을 뿐이나 다 하면 늦겠고, 못 가면 안주 강연이 낭패되겠어서 이야기 끝도 안 마치고 교장과 교원들께 인사도 못 하고 강단에서 이야기하다 말고 그냥 미친 사람처럼 냅다 뛰었다. 듣기에는 심심한 이야기이나, 이야기하다 말고 인사도 없이 모자도 안 쓰고 뛰어 달아나는 내 꼴을 보는 사람들에게는 그보다 더 우스운 일이 없었을 것이다.

• **하롯밤** 하룻밤. '하로'는 '하루'의 사투리.
• **아츰** '아침'의 사투리.
• **조반** 아침밥.

오줌 싼 연사

소변을 흘린 이야기가 나면 내가 평생에 잊혀지지 않을 일이 있으니, 경성 현대소년구락부●와 경성 도서관의 아동부 일로 동관 아동관에서 동화회가 열렸는데 가 보니까 소년 소녀가 반, 부인네가 반, 집이 좁아서 앉지를 못하고 모두 서서 있었다.

슬프고도 용감한 이야기를 시작하여 거의 두 시간 노부인들까지를 울리고 웃기고 하면서 이야기는 하반●에 이르러 점점 가경에 들어갔는데, 경우 모르는 소변이 변소에 갈 생각을 재촉하는데 이야기는 결말이 조금 남았을 뿐이라 한참 재미나는 판에 아무리 생각해도 연사가 '변소에 좀 갔다 와서 계속하겠소.' 할 수는 없어서 그냥그냥 참으면서 간신히 끝을 마치었다.

연단에서 내려오기가 무섭게 주최 측의 사람을 찾아서 "변소를 어데로 가오? 변소요!" 하면서 뛰어나가느라니, 워낙 강당이 터지게 빽빽하게 들어찬 청중을 헤치고 나가는 것이라 소변은 자못 급을 고하는데 나아갈 틈은 얼른 베집어지지를● 않는다.

간신히 참으면서 문턱까지 베집고 저어 갔더니, 탈 났다! 뒤에 서서 좍좍 울면서 듣던 노부인들이 남의 급한 사정은 모르고 앞을 막고서

"아이그, 고맙습니다."

"아이그, 그 불쌍한 아이를 나중에 그렇게 잘되게 해 주셔서 참말 감축합니다."

● **구락부** 단체, 모임 등을 뜻하는 '클럽'의 일본식 음역어.
● **하반** 둘로 나눈 것의 아래쪽. 후반.
● **베집다** '비집다'를 낮잡아 이르는 말.

하면서 부처님에게 하듯이 합장 배례●를 한다. 이 노인들이 이야기의 주인공의 불쌍한 신세를 구연자인 내가 인심이 좋아서 끄트머리를 잘 되게 만든 줄 알고 있다.

그것은 어떻게 요량을 하든지 자기네들 자유거니와 남의 급한 사정을 알아주어야지, 소변을 그냥 쌀망정 남이 절을 하는데 그냥 밀치고 달아날 수도 없고 그렇다고 '내가 변소가 급하니 갔다 와서 절을 하자.' 할 수도 없고 7, 8인과 맞절을 한 후에 겨우 해방을 얻어 안내를 따라 변소에까지 가기는 갔으나 벌써 반쯤은 중간에서 흘리었다.

잡동사니 진담

여러 해 전 순회 때의 일이다. 개성, 황주, 중화를 거쳐 평양 남산현 예배당에서 한 시간 십 분 동안의 강연. 내 깐은 열변을 토하고 나니까 이상한 일이지, 청중들이 폐회 후에도 흩어져 나아가지 않고 가만히 서서 연사를 보고 있고, 일부의 청중은 양복한 이거나 학생복 입은 이거나 감투만 쓴 노인이거나 우루루 단상으로 몰려 올라와서 인사를 한다.

그런데 하기방학 때라 그 더운 날에 그 큰 교당에 꽉 들어찬 그 많은 사람에게 한 시간 십 분이나 악을 쓰노라고 내 전신은 양복이 물에 빠졌던 사람처럼 흠빡 땀에 젖어 있었다. 단상에 올라와서 인사를 하고 에워싼 모르는 이들이 주최 측은 제쳐 놓고 그들이 "에그, 옷이 이렇게 젖었쇠다그려. 저 밖으로 시원한 데로 나아가십시다." 하여 흩어지지 않은

● **합장 배례** 두 손바닥을 마주 대고 절함.

군중을 헤치고 문밖으로 몰고 나간다. 나가 보니까 높은 지대라 과연 시원한데 옆에 섰는 노인 한 분이 "자, 벗으시오." 하고 땀에 젖은 양복저고리를 벗긴다.

그것이 너무 시원하였던지 감기가 들어서 이튿날은 여관에 누워서 앓았다. 순회 나선 연사가 인후가 부어서야 될 수 없어서 하는 수 없이 가까운 병원에를 갔더니 의사가 몹시 친절하게 보아 주면서 며칠 동안 목을 쓰지 말라고 간권하면서• 자기도 엊저녁 강연 듣고 감사했노라고 약가•도 받지 않는다.

여중•의 사람에게 약가를 받지 않아 주는 것은 고마운 일이나 순회 연사에게 목을 쓰지 말라는 것은 정히 되거 명령이다. 의사의 말도 불구하고 아픈 목으로 또 하로 강연을 치르고 신열이 심한 몸으로 정주를 들어가 역시 여관에 누워 앓았다. 그날 밤의 정주 강연은 공립보통학교 운동장에서 굉장한 성황리에 열렸는데, 앓다가 끌려 나가서 약 시간 반(운동장에서 하는 강연이라 목에 힘이 드는 품이 몇 배 더하다.) 한창 중요한 구절을 소리칠 때에 시뻘건 피가 코에서 쏟아지기 시작하였다. 피가 흘러서 말을 하는 대로 입으로 흘러 들어가고, 벌써 흘러내린 것이 흰 린넨 양복 앞가슴에 새빨갛게 묻었다. 그러니 말하다 말고 그냥 달아날 수도 없고, 코를 막고 하자니 목소리가 크게 나지 않겠고, 그래 수건으로 자꾸 씻쳐 내면서 계속했더니 소위 열혈을 뿌리면서의 절규이었다.

말이 끝나자 여덟 팔자 대장 수염 난 사회자가 단에 올라서더니 첫마디가 청중을 향하여 "어떻습니까!" 한다. 무엇이 어떠냐는 말인고 하니

• **간권하다** 간절히 권하다.
• **약가** 약값.
• **여중** 여행 중. 객지에 있는 동안.

'들어 보니 얼마나 유익하고 기운이 나고 정신이 깨이느냐.' 하는 말이다. 그러더니 그다음 말이 더욱 걸작이다.

"들어 보니까 어떠냐 말씀이여요! 여러분은 반드시 이런 생각을 가지실 줄 압니다. 어떡하면 우리도 이러한 조카나 동생이 있을 수 있을까 하고요. 그렇지 않습니까?"

자기는 강연을 듣고 하도 좋아서 자기 심중에 기쁜 그대로 천진스럽게 한 말이지마는 이보다 더 우스운 실책이 다시없을 것이다.

사회자의 걸작은 수없이 많지마는 이런 일이 또 하나 있었다. 경성 한강철교 건너에 있는 모 청년회 주최의 강연회에 우리 사•의 부인 기자까지 연사로 초청되어 갔었다. 나는 먼저 마치고 내려왔고, 그다음에 부인 연사가 등단하여• 여성의 천직을 여러 가지로 말하여 새 시대에 처하는 여성으로의 가져야 할 각오를 말하였다.

그 말이 마치자 40여 세의 사회자가 부지런히 등단하여 "참말 그렇습니다." 하고 입을 열었다. "참말 그렇습니다. 부인들로 말씀하면, 참말 한 달에 한 번씩 피치 못할 남자와 다른 사정이 있습니다."

이 사회자가 무슨 생각으로 부인의 월경을 이야기하는지 모를 일이었다. 부인 연사는 한마디도 그런 말을 한 일도 없고 그런 일을 연상케 할 말을 한 일도 없건마는, 이 고마운 사회자가 '참말 그렇습니다.' 하고 그 말을 한 덕택에 생각지 않던 무안을 당하고 말았다.

이렇게 되면 연사는 먼저 사회자를 관상할 줄 아는 지식을 가져야 할 것이라고 나중에 돌아와서 아프도록 웃었다.

• **사** 회사. 여기서는 '개벽사'를 가리킨다.
• **등단하다** 연단이나 교단 같은 곳에 오르다.

독일서 돌아오신 박사 이 모 선생이 진주에서 강연을 할 때, 부인네라는 말을 할 때 여편네라고 하였다가 부인석에서 한 여인이 일어나 '여편네라는 말을 취소하고 고쳐 하시라.'는 항의를 받아 즉석에서 취소를 하고 다시 말을 계속하였다고 하는데, 나는 지방에 가서 동화나 혹은 아동 문제 강연을 하다가 경성 말을 청중이 못 알아듣는 일이 있어 곤란한 일이 있었다.

예하면,• 평안북도에 가서 '새장'이라니까 소년들이 못 알아듣고 갑갑해하는 눈치인 고로 '새 새끼를 잡아넣어서 기르는 그릇을 여기서는 무어라 하느냐.'고 물으니까 "도롱이요." 한다. 도롱은 '조롱(鳥籠)'이란 말이다. 경상남도에 갔을 때는 갓난아기의 오줌 받아 내는, 속칭 기저귀를 못 알아듣고 '살두둑이'라 하여야 알아듣는다.

이래서 진주에 가서 강연을 할 때 안 물어보아도 좋을 것을, 여기서는 색시들을 무어라 하느냐고 강연 전에 미리 물어보았더니 '각시'라 한다 하기에 그것을 기억해 두었다가 연단에서 부인석을 가리키면서 '각시들이' '각시들은' 하고 자꾸 각시들 각시들 하였다.

말을 마치고 나오니까 주최자 측에서 "방 선생이 자꾸 부인석을 가리키면서 '각시, 각시' 하여서 혼이 났습니다. 각시라는 말은 남의 집 부인을 가리키는 경어가 아니고 들띄워 놓고 '젊은 여편네들'이라거나 아니면 네 마누라 내 마누라 하고 농담할 때에 내 각시 네 각시 하는 것인데, 방 선생께서는 부인석을 손가락질을 하면서 한두 번도 아니고 자꾸 각시들, 각시들 하는 통에 항의가 나올 줄 알고 혼이 났습니다." 한다. 연사질도 좀처럼 용이한 것이 아니라고 우리는 두고두고 웃었다.

• 예하다 예를 들다.

재담 모르는 사람이 우스운 기사를 제공한다는 꼴이 이렇게 변변치 못한 것이 되고 말았다. 달리 재미있는 기억이 많이 있으나 그중 웃길 이야기만 고른 맵시가 쓰면서도 이렇게 심심할 바에는 이만만 하고 그만두는 것이 낫겠다.

_方小波, 『별건곤』 1930년 10월호

A 여자와 B 여자

오전 열한 시쯤 승객 적은 효자동 전차에서 A라는 여자가 B라는 양장 여자와 만났다고 독자는 생각하라.

A: "아이그, 어데 가던 길야? 참말 오래간만야."

B: "아기는 어쩌고 혼자 나섰어. 애기 잘 크우?"

A: "참말 이렇게 만날 줄은 몰랐어……. 그런데 요새두 그런 엷은 양복 한 벌만 입고 춥지 않어?"

B: "나 양장은 이제 아주 그만두려고 겨울 양복은 장만 안 했어……."

A: "단발한 것은 어떡허구 양장을 그만두어."

B: 한참 머뭇거리다가 "무얼……. 어때."

_方小波, 『별건곤』 1930년 11월호

* '가을 거리의 남녀 풍경'에 실린 글이다.

안 할 수 없는 연애

어느 곳에 나이 젊고 마음 고운 착한 시인이 한 분 있었습니다. 때는 옛날이라 하여 좋고 지금 이 세상이라 하여도 좋지만은 그 착한 시인은 귀여운 아드님까지 나은 여자인 것만은 기억해 주셔야겠습니다.

그런데 그 얼굴 곱고 마음 착한 여 시인이 써내는 시는 그 얼굴같이 깨끗하고 그 마음같이 곱고 아름다워서 발표되는 족족 여러 음악가들이 앞을 다투어 작곡을 하여 부치고 부치여서 어떤 시에는 작곡이 둘씩 셋씩 생기고 하였고 세상의 젊은 남녀들 사이에는 이 여 시인의 노래가 굉장한 기세로 유행되고 하였습니다.

그러나 여러 음악가들의 그 많은 작곡 중에 하나도 작자인 여 시인의 마음에 꼭 들어맞는 작곡은 별로 없었습니다. 도리어 어떤 작곡은 원시를 더럽혀 놓았다고 생각될 때까지 있어서 그런 것을 볼 때마다 여 시인은 적지 아니 불쾌하였습니다. 그래서 '단 하나라도 좋으니 자기가 시를 써낼 때의 고 심회 고 기분에 꼭 맞는 작곡을 볼 수 있었으면 얼마나 좋을까……. 얼마나 행복할까…….' 하고 여 시인은 생각하게 되었습니다. 그럼 그것은 꿈 같은 헛보람이지 자기가 음악가여서 작곡까지 자기

* '기혼자와 연애'라는 주제에 실린 글이다.

가 하기 전에는 도저히 바랄 수 없는 일이었습니다.

그런데 그 여 시인이 「집 없는 나그네의 노래」라는 시를 새로 발표하였을 때 그 시에 작곡을 부친 음악가가 세 사람이 있었는데 그 A B C 세 작곡 중에 B 작곡을 듣고 여 시인은 놀래었습니다. 그 작곡이야말로 여 시인이 오래오래 바라던 것이었습니다. 그것을 작곡한 음악가가 여 시인의 마음속을 빤히 들여다보고 고대로 사진 박혀 낸 것처럼 여 시인의 그 시를 지을 때의 느낌을 고대로 나타낸 것이었습니다. 여 시인은 어쩐지 모르게 가슴이 뛰놀았습니다. 그러면서 아는 음악가에게 청하여 그 작곡을 자꾸자꾸 한없이 자꾸 들려 달라고 하여 눈을 감고 고요히 듣고 있었습니다. 들으면 들을수록 자기 자신이 음악가요 작곡가라도 자기 마음을 그렇듯이 여실하게 그려 낼 수 없을 것 같았습니다. 그리고 꿈에 얻은 구슬을 깨어서 찾은 것보다도 더 신통하고 기뻤습니다.

여 시인은 그 작곡을 내인 음악가가 어떤 사람인지 알고 싶었습니다. 자기 감정과 자기 생각과 꼭 같은 감정을 가진 그 음악가가 대체 누구인가 어데서 사는 어떤 인물인가 알고 싶고 금방 뛰어가서 만나 보고 고마운 인사를 하고 싶었습니다.

그 후 한 달이 못 지나서 이번에는 「아직 만나지 못한 동무」라는 시를 발표하였을 때 그때도 그 시에 작곡을 부친 음악가가 두 사람 있었는데 그 중에 한 사람은 요전번에 작곡을 한 음악가였고 그 작곡은 이상하게도 여 시인이 그 시를 쓸 때의 마음을 엿보고 있었던 듯이 고대로 나타낸 것이었습니다. 여 시인은 너무도 신기로워서 그 음악가의 혼이 자기 옆에 와 있어서 아니 자기의 옆이 아니라 자기의 가슴속에서까지 드나들면서 자기가 무슨 생각을 하고 있는지 다 알고 있지나 않는가 싶었습니다.

그 후 한 보름쯤 지나서 시가(詩歌)에 관한 어떤 회합에 갔다가 거기서 그 음악가를 만났습니다. 키는 중키요 얼굴은 별로 특징이 없는 평범한 사람이나 예술가치고는 희한하게 말이 적은 침묵의 인(人)이었습니다.

까불대지 않고 고만● 부리지 않고 자기 할 말밖에 말을 많이 아니 하는 그 답답한 침묵이 그이의 좋은 미점이요 인격 같아 보여서 여 시인은 다른 예술가를 만날 때처럼 불쾌를 느끼지 아니하였습니다.

그 후로 그 음악가가 여 시인과의 교제와 담화에서 여 시인의 성정을 잘 알고 그의 생활을 더 잘 알게 되면서부터 여 시인의 시가 나올 적마다 더 좋은 작곡을 부쳐 내게 되었습니다. 그래서 언제든지 여 시인의 시에 다른 음악가들도 작곡을 부치지만 그 음악가에게서 정말 여 시인의 마음에 맞는 좋은 작곡이 나오고 나오고 하였습니다.

이러는 중에 누구든지 그 여 시인의 시! 하면 그 음악가의 작곡을 생각하게 되고 세상에서는 특히 문단 악단에서는 두 사람을 나란히 짝을 지어 생각하게 되었습니다.

"마음대로 하라면 그 여 시인하고 그 음악가하고 부부가 되어 한 살림을 하게 해야 될 것인데……." 하는 말까지 처처에 생기게 되었습니다. 그러나 아까도 말한 것처럼 여 시인은 모 실업가의 부인으로 아기까지 나은 이요 음악가 역시 아내가 있는 사람이었습니다.

'두 분이 다 미혼대로 있었다면 꼭 결혼을 할 것인데.'

이렇게 아깝게 생각하는 사람이 퍽 많았습니다. 아마 그 여 시인과 음악가도 이런 생각을 속으로 하고 있을는지도 모르는 일이었습니다.

● **고만** 뽐내어 건방짐.

"이것은 우리 친구끼리 쌍방에 권고를 하여서라도 이혼을 시키고 결혼을 하게 하는 편이 도리어 정당할 줄 아오."

하는 사람까지 생겼습니다. 그러니까 나이 젊은 문인들 청년들은 모두 그 말이 옳다고 하였습니다. 그 때에 종교가, 교육가도 있었는데 그런 이들도 찬성한다고 내닫지는 못하여도 반대란 말은 아니 하고 잠잠히 있었습니다.

이 두 사람이 서로 연모하는 정을 가졌다 하면 그것이 나쁘다고 욕을 하는 편이 옳을는지 아니하는 편이 정당할는지 나는 독자 여러분의 앞에 이 대답을 위탁해 두고 이야기를 그만 그치겠습니다.

이렇듯 한두 젊은 인생이 영영 남남으로 지나버려도 아까울 생각이 있을지 없을지…… 없을지 있을지…….

_波影, 『별건곤』 1930년 12월호

난센스 본위 무제목 좌담회 (1)

채: 괜히 마지메● 한 이야기를 하다가는 이 좌담회는 실패합니다.

박: 차 선생 이마(벗어진 이마)를 건드려야 이야기가 나올걸.

방: 지금 조선서 제일 기괴—그로● 한 게 무얼까?

최: 양성 문제.

채: 그건 에로요.

방: 어느 정도까지는 그렇겠지.

채: 그로를 찾자면 흉가 이야기에서나……? 그러나 지금 조선 사람은 일반적으로 그로에 대한 엽기적 취미에 대해서 인연이 멀기 때문에, 흉가 같은 것을 그로로 환영하기보담 재래의 관습으로 공포를 느끼고 기피를 하니까…….

방: 그러면 저널리즘으로의 흉가만 말할 것이 아니라 그저 일반적으로…….

박: 도깨비, 귀신 같은 이야기도 많이 있지.

* 원제목은 「난센스 본위 무제목 좌담회—본사 사원끼리의」이다. 『혜성』 1931년 3월호의 글과 제목이 같아 구별하기 위해 번호를 붙였다.

● **마지메** '진지' '성실' '착실' '진면목'의 일본어.

● **그로** '그로테스크'(괴기하고 이상스러움)의 준말.

채: 어쨌거나 지금 우리가 그로를 구한다면 그런 것밖에는 없겠지.

박: 귀신 이야기가 썩 신기한 게 하나 있는데……. 홍노작●이 직접 보나 다름없는 이야기라고……. 노작의 사촌의 외갓집에서 처녀 하나가 혼인을 정해 놓고 죽었는데, 그게 손각시●가 되어 가지고 그 집에 나와서.

방: 그 집이라니?

박: 자기 집이지……. 빨간 저고리 파란 치마를 입고 꼭 시집가는 새색시처럼 차리고는 살…….

이(李): 살이 뭐야?

박: 살, 살 몰라?

차: 쌀 말이구려.

박: 웅 웅. (겨우) 쌀뒤주 뒤에서 '하하' 웃고 나온다나. 그런데 그게 한 사람이나 두 사람의 눈에만 보이는 게 아니라 온 집안사람의 눈에 다 보인대. 그래 하하 웃고 돌아다니면서 별별 장난을 다 하고. 그러면서도 저의 오빠는 퍽 무서워한다나. 그래 저의 오빠가 나무라고 호령하면, 그 집 뒤에 소나무가 있는데 그 소나무 위에 올라가서 하하 웃고.

방: 아니, 그런데 전신이 발까지 다 뵈어?

박: 그럼! 사람과 꼭 같애요.

방: 그럼, 그렇게 장난만 하지 무슨 내용 있는 말은 없다? 가령 무슨 포원●이 있든지……?

박: 없어, 없어……. 그런데 그 집안에서 하도 귀찮으니까 점쟁이한테

● **홍노작** 시인, 소설가, 극작가 홍사용(1900~1947).
● **손각시** 혼기가 찬 처녀가 죽어서 된 귀신.
● **포원** 원한을 품음.

점을 쳐 보았더라나. 점을 쳐 보니까 그 소나무에 귀신이 붙어서 그런다고……. 그래서 소나무를 베어 버렸더니 이제는 그 소나무 등걸억지● 위에 가 앉아서 여전히 하하 웃고…….

일동: 허허…….

박: 그런데 더 이상한 것은 그 오빠 되는 사람이 호령을 하고 야단을 하면, 그게 '나는 작은오빠 집에 갈 테야.' 하고 그곳에서 얼마 아니 되는 가마골이라는 곳에서 가마솥 도가●를 하는 동생네 집으로 간다나. 그래서 가기만 하면 영락없이 가마가 터져서 사람이 죽었다고 곧 기별이 온다나.

최: 어데서 사람이 죽어요?

박: 가마골 동생의 집에서!

방: 노작도 그것을 목도했다오?

박: 아니.

차: 나도 그것 비슷한 이야기가 있는데, 저기 박동 중동학교 가는 길가에 우물 하나가 있었는데……. 하기야 내가 전문학교에 다니던 때였으니까 꽤 오래된 일이로군……. 지금은 그 우물도 메워 없앴지만……. 그래 그 우물 옆으로 취한 사람이 지나가기만 하면.

방: 술 취한 사람의 말이란 종작●할 수 없어!

차: 아니 비단 취한 사람뿐이 아니라 멀쩡한 사람도 여러 번 당했다우……. 그래 어둔 밤에 지나가느라면 고운 계집이 술상을 벌여 놓고 앉았다가 웃고 일어서면서 '한잔 잡숫고 가시지요.' 하고 아양을 피우는

● **등걸억지** 등걸. 줄기를 잘라 낸 나무의 밑동.
● **도가** 도매상.
● **종작** 대중으로 헤아려 잡은 짐작.

바람에, 끌리기만 하면 그 이튿날은 그 우물에 송장이 하나씩 떠오르고…….

방: 그러면 그런 일을 당한 사람은 다 죽었을 텐데, 그렇게 그 현장의 광경을 자세하게 이야기하는 사람은 누구요?

차: 그런데 그때 내가 다니던 보전• 소사•의 사촌 하나가 그 지경을 당해 가지고 우물에 빠져서 하마 죽을 뻔한 것을 살려 낸 일이 있어요.

이: 옳습니다. 나도 소학교 다닐 때에 그 우물에 사람이 빠져 죽은 것을 보았어요.

방: 그러나 우물귀신에 대해서는 누구나 공통된 선입감을 가지고 있기 때문에, 가령 한 우물에서 두 사람만 빠져 죽으면 그다음부터는 누구든지 그 옆을 자나가게 되면 귀신이 나오는 듯 나오는 듯 해서 그야말로 자기최면에 걸리는 수도 많아요.

최: (성급히) 그런데요, 그런데요. 나는 내 눈으로 목도한 일이 있어요.

박: 무얼?

최: 들어 봐요. 내가 수원서 보통학교에 다닐 땐데, 봄이여요. 3월쯤 되었을까……. 날이 퍽 노곤하고 아주 그 봄날이 퍽 (애를 쓰며) 좋은 날이여요. 그런 때면 조선 초가지붕이 이상스런 연회색으로 보이잖아요. 그래 나도 (손짓을 하면서) 그것을 그야말로 미도레데• 걸어오는데, 그 지붕 한가운데쯤에서 갑자기 연기가 폴삭 올라오고 불꽃이 폭 솟아오르더니 금시에 맷방석•만큼 불이 붙겠지요. 그래 깜짝 놀라서 '불

• **보전** 보성전문학교.
• **소사** 관청이나 회사, 학교, 가게 따위에서 잔심부름을 시키기 위하여 고용한 사람.
• **미도레데** '넋 놓고 바라보다' '정신없이 바라보다'라는 뜻의 일본어.

이야!' 소리를 치고 쫓아가니까 그 집에서도 역시 '불이야!' 하고 야단이 나더만요.

방: 낮에야?

최: 그럼요!

방: 그 집에 어린애가 없던가요?

최: 어린애는 없고 소박데기● 색시는 하나 있대요. 그런데 그날은 집에 없었더래요……. 그런데 퍽 이상한 것은 그날 그 집에서 그 불이 열두 번째 나는 불이라고 그래요. 나도 하도 이상해서 지붕으로 올라가서 불붙은 자리를 아무리 살펴봤지만 성냥이나 종이쪽이 살라진● 것은 안 보여요.

박: 그러나 귀신이라는 것은 어느 사람의 착각으로나, 그렇지 아니하면 이야기하는 사람이 될 수 있으면 그 이야기를 재미있게 하느라고 그런 신기한 색채를 가미하는 수가 많으니까.

최: 그런 것이 없는 것도 아니에요. 이것도 수원서 생긴 일인데, 왜 저 도깨비가 흙이나 모래를 던진다고 하지 않아요?

차: 그런 이야기도 많이 있지.

최: 그런데 그게 사람, 더구나 여자가 한 장난이여요.

방: 여자가?

최: 네, 처녀가!

방: 몇 살 먹은?

최: 과년한 색시지요……. 그것을 달리 안 것이 아니라 밤이면 콱콱

● **맷방석** 매통이나 맷돌을 쓸 때 밑에 까는 짚으로 만든 방석.
● **소박데기** 남편에게 소박을 당한 여자를 낮잡아 이르는 말.
● **사르다** 불사르다. 불에 태워 없애다.

흙을 끼트리고● 해서 무섭기는 하면서도 그 집 사람이 그 끼트린 흙을 잘 보니까, 왜 저 부엌 뒤에다 조개껍질을 족 덮어 놓지 아니해요? 그러고 그 근처 흙은 퍽 습기가 있지요. 그 흙하고 그 조개껍질이더래요. 그래 그놈을 가지고 한 사흘 동안 끼트리는 방향을 조사해 봤더니, 아닌 게 아니라 그 집에서 두세 집쯤 떨어져 있는 집 처녀가 그 짓을 했더래요.

방: 그게 보통 장난은 아니겠지. 무슨 의미가 있겠지.

채: 과년한 색시가 남자들이 많이 모여 노는 곳에 도깨비장난을 한다는 것은 아무튼 무슨 속이 있는걸…….

차: 그렇다고 무슨 악의나 그런 걸로만 볼 수는 없지.

방: 아니야. 그저 무의미한 장난이라면 여자가 그런 짓을 3, 4일이나 끈기 있게 계속을 하지 못하고, 제 입으로 얼른 발각의 단서를 남에게 암시를 주는 법이여요.

차: 그것도 과년한 계집애가 그 집에 사내놈들이 모여서 굼실굼실하니까 호기심으로 그런 게지. 또 공연한 시기로 그런 장난을 하는 수도 있고……. 이런 일이 있었어요. 어느 사람이 산 밑 외딴집에서 유부녀 간통을 하는데, 본부●도 아닌 딴 놈이 돌팔매질을 하여서 그 돌이 문에 딱 하고 맞으니까 그 사내는 본부가 온 줄 알고 그 자리에서 기절해 죽은 것 같은…….

방: ('성'더러) 진주에 쇠귀신 이야기가 없나요?

성: 전 모릅니다.

방: 도깨비는 일설에 동화작가의 창작이라고 합니다. 동화작가가 자기의 이상에 맞은 인간적 존재는 사람에서 발견할 수가 없으니까 도깨

● **끼트리다** 끼뜨리다. 흩어지게 내던져 버리다.
● **본부** 본남편.

비라는 이상적 초인을 만들어 가지고 그것을 통해서 동화작가로의 이상을 실현한다는 말도 있어요. 그렇기 때문에 동화에 나오는 도깨비는 장난은 잘하지만 결코 악하지는 않아요.

채: 도깨비에는 인도깨비•와 가도깨비가 있는데, 인도깨비는 나쁜 놈이요, 가도깨비는 착한 놈이라는 말이 있어요. 그래서 인도깨비를 만나면 뭐 부자가 된다나……. 그래 옛날 어느 과부가 인도깨비와 결혼을 했는데, 그놈이 보물이며 돈을 숱해• 많이 갖다주어서 갑자기 부자가 되었더래요. 부자가 된 과부는 어데 도깨비와 오랫동안 살 생각이 있겠어요. 그래 하로• 저녁에는 이불 속에서 도깨비더러 '당신은 세상에서 무엇을 제일 무서워하시요?' 하고 물으니까 '나는 백마 피를 제일 무서워합니다.' 하더라나요. 그래 그 이튿날은 과부가 백마를 잡아서 사방에다 피를 뿌리고 자기는 피 묻은 백마 가죽을 쓰고 앉았느라니까 밤에 도깨비 낭군이 와서 그것을 보고는 그만 놀라서 달아났대요. 달아나서 뒷산에 가 두 다리를 쭉 뻗고 앉아서 '여보소, 세상 사람들아! 부부간에 정 좋다고 속사정 마소, 속사정 마소.' 하고 울더라나. 그러고는 제가 사 준 논을 떠 간다고 논 네 귀에다 말뚝을 박고 영치기 영치기……. 하하.

일동: 하하하하!

방: 어쨌거나 도깨비는, 그놈이 애교가 있는 놈이야. 제 재주를 보이려고 솥뚜껑을 솥 속에다 집어넣고 사람이 그것을 빼지 못해서 애쓰는 것을 보고는 좋아서 하하 웃고.

차: 도깨비는 도리깨나 모자라진 비•가 된단 말이 있지?

• **인도깨비** 사람 모양을 한 도깨비.
• **숱하다** 아주 많다.
• **하로** '하루'의 사투리.

성: 귀신은 피가 묻어야 된다고 안 그래요?

방·박: 그 이야기는 도처 일반이야!

차: 피가 묻어야 된다는 것은 귀신이 아니라 도깨비 말이지!

(이때에 일부는 점심을 먹게 되었다.)

차: (먹는 것을 바라보며) 안 먹고는 못 사나?

이(學): 안 먹고야 못 살지!

차: 하기야 먹어 죽는 놈이 많지, 안 먹어 죽는 놈은 적어……. 흉년에 어른은 굶어 죽지만 아이들은 배불러 죽는단 말도 있지 않나.

방: 괜히 지금 먹고 싶으니까 저래요.

이: (채더러) 침 뱉어 가지고 먹잖소?

채: 왜? 좀 더 먹을 생각이 있소?

최: 먹을 때 침 뱉어 가지고 먹기는 중동학교 최진순 씨가 제일일걸!

방: 침이 아마 영약인 모양이야……. 웬만한 부스럼은 침만 바르면 낫지 않소? 앞으로는 아침에 세수할 때 칫솔로 긁은 그 침을 모아 가지고 고약 회사로 보낼 때도 있을걸.

차: 그때야말로 침으로 침(주사)을 놀 때지.

일동: 허허!

(점심이 끝난 뒤에)

최: 옛날 조선에 목욕탕이 없었나요?

방: 있을 게 어데 있어?

차: 여자들은 일 년에 꼭 한 번씩밖에는 목욕을 했나, 웬…….

방: 제삿날이면 꼭 했지.

● 비 빗자루.

박: 나는 시골 여자도 목욕하는 걸 못 보았어.

최: 여자를 몇이나 안다고 그리시우?

차: 둘은 꼭 알겠지……. 날 때부터 본 자기 어머니하고 이번 인귀 씨(박노아 씨 부인)하고……. 응, 또 하나 있군. 카피야……. 카피야 알어? 가피야(可避也)란 말이야.

일동: 허허허허!

방: 재담만 하는 사람은 핀셋으로 집어내어, 집어내어!

최: 옛날 조선 형구•를 모아 둔 게 없나요……. 그런 것은 꽤 그론데.

차: 있지요. 요전 박람회 때도 진열했습디다.

방: 참! 저 요전에 황해돈지 왜 그 시집을 가면 남편이 죽는다는 말로 300년 동안 그 집 처녀는 색시로 시집을 못 가고 늙는단 말이 있었지요? 그 뒤에 어떻게 낙착•이 되었나?

이: 면사무소를 통해서 혼인을 신청한 사람이 많대지요.

차: 우리 『별건곤』에 관상 이야기 쓰는 배상철 씨도 신청을 해 봤다더군요.

방: 그래서 그 뒤에 어떻게 되었어?

이: 그 색시 집에서 장가오는 사람에게 일생을 보장해 준다는 말은 거짓말이라고 해요. 되려 자기 딸을 여우기• 위해서 남을 죽일 수가 없다고 통혼을 모두 거절했다지요.

차: 만일 그것이 사실이라면 그런 여자가 몇 천 명만 있으면 좋겠군!

방: 왜?

● **형구** 형벌을 가하거나 고문을 하는 데에 쓰는 여러 가지 기구.
● **낙착** 문제가 되던 일이 결말이 맺어짐.
● **여우다** '여의다'(결혼을 시키다)의 사투리.

차: 그런 여자만 모아 가지고 어데든지 미운 놈의 나라로 보내서 시집을 가게 하든지 유곽을 꾸미든지 하면, 총 아니 놓고 제쟁하게• 될 게 아니요?

일동: 대소!•

방: 청오• 식이 나오는군.

박: 그런 말은 청오의 전매특허야.

방: 화두를 요즘 세상의 이야깃거리로 돌려서……. 가령 지금 여학생 밥값•이 남학생 밥값보담 헐하니, 그게 무슨 이유로 그러한지……. 이상하지 않은가.

이(學): 어느 사람 말에는 물도 더 쓰고 하니까 더 받아야 한다고 하던데.

방: 대관절 무엇 때문에 여학생 밥값을 덜 받느냔 말이야?

박: 밥을 적게 먹고 또 안에서 동성끼리라 허물이 없다는 것이겠지?

차: 동정심도 있고.

채: 동정심이라는 그런 관념적 이유는 성립이 아니 됩니다.

방: 남학생보담 조용한 편이 있어서 그럴까?

차: 흥, 연애하는 여학생은 사내놈이 자꾸 찾아오니까 더 시끄럽지!

방: 밥을 적게 먹나?

이: 웬걸요!

방: 여학생이 군것질은 많이 하지요. 성 선생이 아시겠군요?

• **제쟁하다** 원문 그대로이다. 정확한 뜻을 알 수 없다.
• **대소** 크게 웃음.
• **청오** 시인, 수필가, 언론인 차상찬(1887~1946).
• **밥값** '하숙비'를 뜻함.

성: 많이 먹습니다. 밥도 되려 많이 먹지요.

방: 아니, 애기 난 여자는 말고요.

성: (웃으며) 남학생들은 밖에 나가 다니니까 때도 넘기는 때가 많지만, 여학생은 세 끼면 세 끼 꼭꼭 찾아 먹고, 또 여자인 만큼 안사람들과 친하니까 아무 때라도 시장하면 먹을 수가 있어서 되려 밥을 더 먹는 셈이지요.

방: 물은 확실히 많이 써요. 그리고 안에서 숯불만 다루는 것을 보면 보기가 무섭게 다리미를 들고 나서고.

차: 그뿐인가……. 남학생들에게는 반찬 같은 것도 먹던 것을 그대로 줄 수가 있지만 여학생을 두면 안속을 빤히 알고 있으니까 그러지도 못하지…….

방: 그런데 지금의 여학생과 하숙 주인의 관계를 다만 밥을 사 먹고 밥을 판다는 그러한 범위에서 좀 더 나아가 지방의 부형을 대신해서 그 여학생의 생활을 감독하도록 그렇게 할 무슨 도리가 없을까? 가령 이러한 게 있어요. 남자들이 제 눈에 드는 여학생이면 그저 무시로 찾아다니고 해서 공부에도 방해가 되고, 또 그런 주책없는 사내들이란 야토롬한 환심만 사려고 배우 이야기나 하고 화투나 치고 활동사진● 구경이나 꾀여 가지고 가고 그러니까 그런 때는 그런 사람이 찾아오더래도 주인이 말을 해서 돌려보낸다든지 면회를 사절시킨다든지…… 하면 좋을 게 아니요?

박: 그러나 여학생들이 그런 감독을 달게 여기면 모르거니와 도리어 싫어해서 하숙을 옮겨 버리면 헐 수 없지.

● **활동사진** '영화'의 옛 용어.

방: 그렇다더래도 일반적으로 하숙집의 풍도•가 그렇게 되면 될 게 아니요?

박: 그런데 그런 때도 여학생이 물질로써 주인을 매수하는 수도 있으니까.

방: 그런 경우는 예외겠지만.

박: 결국 여학생들 자신의 자각에 맡기는 게 제일 좋겠지.

차: 어느 학부형은 서울 있는 사람에게 자기 딸의 감독을 부탁했더니 그 색시가 그 사람의 감독을 받기가 싫어서 이간질을 했다는데……. 그 사람이 자꾸만 시골서 오는 학비를 빼어서 쓰고 또 나쁜 데로 지도를 한다고 저 아버지한테 편지질을 해서…….

방: 어느 여학교 선생님은 여학생의 하숙을 찾아와서 늘 드러누웠고, 심지어 그 애들이 먹는 밥까지 뺏어 먹는다니…….

차: 어느 여학교 교장은 밤낮 여학생을 찾아다니며 냉면을 사 달래서 먹기 때문에 '냉면 선생'이란 별명까지 얻었다는데.

방: 그런데 여학생이 남학생보담 군것질을 많이 하지요?

박: 그런 줄을 아니까 남학생한테 여학생이 찾아만 오면 으레이• 과자를 내지.

방: 그거야 대접하느라고 하는 게니까 문제가 아니 되지만, 어쨌거나 군것질은 많이 해요. 종류로는 고구마·왜콩·마메•콩·호떡.

성: 지금은 호떡은 안 먹습니다.

방: 천만에!

• **풍도** 기풍. 태도.
• **으레이** '으레'의 사투리.
• **마메** '대두'의 일본어.

박: 호떡은 모욕인걸.

최: 사실이 사실인데 무에 모욕이여요?

방: 아니야. 호떡을 많이 먹어요. 그런 게 좀 고급으로 가면 초콜릿, 아이스크림 같은 것이지만.

박: 남학생은 밖에 나와서 호떡집에도 쑥쑥 들어가니까 많이 먹는 것 같고, 여학생은 앉아서 사다 먹으니까 아니 먹는 것 같겠지.

방: 어쨌거나 여자는 입을 놀려 두기를 싫어해요.

차: 여자는 소비만 하는, 아무 데도 못 쓸 거야. 사내가 실컨 벌어서 쌀을 사다 주면 밥을 지어 없애지, 장작을 사 오면 불에 살라 없애지, 옷감을 바꿔 오면 옷을 만든다고 도막도막 잘라 버리지.

박: 그것은 케케묵은 소리요.

차: 묵고 새롭고 간에 지금도 사실인걸.

최: 성 선생님 항의 아니 하십니까?

방: 두어두어요. 재담을 반박하면, 하는 사람이 글치!

차: 진즉 그렇게 항복을 하지들!

방: 옳소……. 그런데 여학생들은 교실에서 군것질을 해요. 선생의 강의가 재미가 없으면 저 앞에 앉은 애가 뒤에 앉은 애한테 편지를 하는데 '이 애, 초콜릿 하나만 보내라.'고.

일동: 허허허허!

성: 교수 잘못하면 정말 싫증이 나요.

성: 여학교에 젊은 선생이 새로 오면 강의를 천장이나 바깥만 바라보고 하기 때문에 질문을 못 해요.

일동: 허허허허!

차: 그것 좋겠군……. 무식해도 젊기만 하면 여학교 선생질을 해 먹겠

으니까.

방: 여학교 선생 8년에 모가지가 삐뚤어진 사람이 있어요. 밤낮 천장하고 들창•만 바라보고 강의를 하기 때문에!

차: 2층에 있는 교실은 천장을 바라보았자 별것 없을걸.

일동: (대소)

방: 또 하는 소리 봐요.

채: 과연 그로 100%로군!

방: 옥선진 씨가 여학생 간에 인기가 놀랍다지? 강의 잘해 준다고.

채: 지금은 돌아갔지만 중앙에 나원정 씨가 인기가 좋았지. 교수술이 아주 능란하고 말을 재미있게 해서.

최: 배재 김동혁 씨도 '호랭이 똥'이라고 아주 유명했어요.

채: 나는 처음에 중앙학교에 입학했더니 이중화• 씨가 교복 빨아 입는 이야기를 하시는데 아주 구미가 당기게 잘해요. '……우리 중앙 뒷산에는 맑은 시냇물이 있다. 일요일 날 점심을 꾸려 가지고 풀을 꼭 2전어치만 사 가지고 책을 한 권 들고 뒷산으로 올라와…… 그래서 위아래를 가지고 온 비누로 싹싹 비벼 빨아서 풀을 살풋 묻혀서…… 잔디밭에 널어놓고 그 옆에 누워 푸른 하늘을 바라보며 새소리도 들으며 생각도 하고 책도 본다. 그러는 동안에 오정•이 땡 치면 점심을 먹어…… 다시 석양이 되면 옷이 말라…… 그놈을…… 입고…… 내려와…… 세탁쟁이 주면 못써 못써…….' 그리고 군것질 말란 말을 '……심심하면 앞 가게에 나와서 애플 하나 사 먹는 것은 좋아……. 그러나 늘 주군주군 먹으

• **들창** 들어서 여는 창. 벽의 위쪽에 조그맣게 만든 창.
• **이중화**(1881~?) 국어학자.
• **오정** 정오.

면 못써 못써…….'

차: (박을 보고) 당신 삼촌 어른 박중화 씨, 그이도 유명했지……. 별명은 일(日) 순사고……. 한번은 시험을 보는데 그때는 커닝을 할까 봐 책상을 모두 운동장에다 내어다 놓고 죽 앉아서 답안을 쓰는데…… 나완이라고 하는 학생 하나가 이 양반을 골려 주려고 답안을 쓰면서 왼편 손에서 무얼 자꾸만 보면서 쓴다. 그러니까 이 양반이 부리나케 쫓아와서 그 사람의 왼 손목을 꽉 훌트려 잡고 '주먹 펴라!' 하고 소리를 치니까 이 사람은 시치미를 뚝 따고 '왜 그리십니까? 시간 바쁜데.' '잔말 말고 펏!' '왜 그리세요?' '펴 봐!'……. 그리자 손을 쫙 펴니까 웬걸, 맨손이지 하하.

일동: (대소)

방: 나는 원달 씨 생각하면 지금도 우스워……. 우습다는 것보담…… 무어라고 할까…… 그 양반이 학교를 막 졸업하고 나와서 보전에서 강의를 하게 되었는데, 학생들은 그이가 다재하고 또 유명하다니까 모두 필기장을 새로 장만해 가지고 마침 기다리고 있는데, 이 양반이 턱 한다는 말이 '가쿠노고도쿠…….●' 하면서 책을 외우듯이 죽 내려간다. 학생들은 기가 막히지……. 그리자 맨 뒤에서 학생 하나가 '선생님 무엇이 가쿠노 고도쿠란 말씀입니까?' 하니까 이 양반이 그만 실패를 깨닫고 얼굴이 빨개져서 그래 그 뒤로 영영 기운을 펴지 못했어요.

최: 배재 이중화 씨도 유명했지요.

차: 삼중화가 다 유명하군.

박: 우리는 한문 선생을 손아귀에 넣고 지냈는데, 이 양반이 원래 좀

● **가쿠노고도쿠** '이와 같이' '이처럼'이라는 뜻의 일본어.

무식해요. 그래서 시학[•]이 온다면 미리서 배워 둔다……. 그래 시학이 보는 자리에서 척 '아무개 일어나서 오늘 배울 데를 읽어 봐.' 하면 척척 읽어 내지. 그런 비밀이 있으니까 우리가 성적이 좀 나쁘면 그 양반을 조용히 만나서 눈을 똑바로 뜨고 '선생님 이번 학기에 왜 내 성적이 나빴습니까?' 하면 '응? 그래? 그러면 다음 학기에 보자.' 하지. 그럼 아니나 다를까 그다음 학기는 성적이 아주 좋아지군 했어.

차: 류일선[•] 씨가 음력 정월 초하룻날 학생이 아니 온다고 혼자서 교실에 들어가서 기하 문제를 풀고는 그것을 그다음 시험문제에 내었다는 것도 명담[•]이지.

방: 여규형[•] 씨가 제일고보에서 한문을 가르칠 때에 학생이 시험 답안에다 술상과 기생을 그려 갔다가 퇴학당한 이야기도 유명해.

차: 학생, 선생 해서 두 생 이야기를 했으니 삼생연분으로 인제는 기생 이야기나 하지.

방: 또 나온다……. 뭔 기괴한 장난으로 이야깃거리는 없나?

박: 조선 사람은 그런 장난을 장난으로 알지 아니하니까, 하지도 않고 하기도 무서워.

방: 일본 사람들이 문패 떼어 모으기 같은 것을 경쟁적으로 하는 것은 확실히 그로 취미야……. 조선 사람으로는 이서구[•]가 화재 때에 평양 사진을 용암포[•] 것으로 써먹은 것이 기발한 장난이고.

● **시학** 학교의 교육이나 경영 따위를 시찰함. 또는 그런 사람.
● **류일선** 수학자, 갑자유치원 설립 및 운영.
● **명담** 유명한 이야기.
● **여규형(1848~1921)** 한학자, 문인.
● **이서구(1899~1981)** 극작가, 연극인, 작사가.
● **용암포** 평북에 있는 읍.

성: 여학생 기숙사에서는 장난하느라고 방문 틈으로 담배 연기를 뿜어 들여보내요.

박: '술' 이야기나 해 보지?

방: 청오는 술 취하면 진고개•에 가서 전등 깨트리는 전문이라지?

차: 벌써 그것도 옛날이요.

채: 취중의 이야기로는 동아일보 김과백 군이 굉장한 일화가 있지……. 이 사람이 담뿍 취해 가지고 집에 돌아가서 자는데 갈증이 났던지 손바닥을 딱딱 치며 '이 애 뽀이! 이 애 뽀이!' 하고 부른다. 지금 자기 생각에는 요릿집에 있느니라 하는 생각으로 했겠다. 그런데 옆에 방에서 주무시던 그 아버지(지금은 작고하셨지만)가 잠이 깨어서 문을 열고 '이 애가 누구를 부르노?' 하니까, 이 사람 좀 봐요. '이 애 뽀이! 냉수 한 그릇 떠 오너라.' 하고 호령을 했으니 하하하하…….

일동: 허허허허…….

차: 염상섭• 씨가 술 취해 가지고 영국 영사관에 갔던 것도 유명하지.

방: 그건 참 국제적 주정이군…….

차: 술이 고주•가 되게 취해 가지고 무슨 생각인지 인력거를 타고는 그 밤중에 영국 영사관에를 가서 문을 뚜드렸다. 그러니까 문간에 있는 사람이 나와서 웬 사람이냐고 하니까 냉수 한 그릇 떠오라고 야료•를 했으니.

박: 요전에 이은상• 씨는 술이 취해 가지고는 서해•한테 부축을 받아

• **진고개** 서울 중구 충무로2가의 고개.
• **염상섭**(1897~1963) 소설가.
• **고주** 고주망태. 술에 몹시 취하여 정신을 가누지 못하는 상태.
• **야료** 까닭 없이 트집을 잡고 함부로 떠들어 댐.
• **이은상**(1903~1982) 시조 시인, 사학자.

가며 오다가 그 진흙바닥에서 '이 사람아, 조금만 자고 가자. 조금만 자고 가자.' 하더니 그대로 눕더라나……. 눕더니 '어 시원해 좋다.'고 음율적으로 감탄을 했다고.

차: 나는 한번 밤늦게 자다가 깨니까 달이 몹시 밝아서 문 앞길로 나오니까, 웬 사람이 이중화 씨 집 쓰레기통을 붙잡고서 꾸부리고 서서 '중화! 중화!' 하고 부른단 말이야. 그래 누군가 하고 가 보니까 김성수• 씨가 술이 고주가 되게 취해 가지고는 이중화 씨를 찾는다는 게 쓰레기통을 붙잡고 서서 그러는 거야.

일동: (대소)

채: 요전 좌담회 때 서춘• 씨가 자기가 이야기하는데……. 카페 빼삐에 와서 술을 먹었더라고. 그래 돌아가서 잤는데 이튿날 잠이 깨니까 확실히 무슨 큰 실수를 한 것 같아서 마음에 몹시 걸리기는 하나 아무리 생각해도 기억이 아니 나더라고……. 그래 타고 온 자동차 부•에서 물어보아도 도무지 그 자동차 부에서는 자기를 태워다 준 일이 없다고 하고 빼삐에 가서 물어보아도 아무 실수는 하지 아니했다고 하고……. 그러나 그래도 마음이 아니 놓여서 그 이튿날 다시 빼삐에 가서 물어보니까 그 집에서는 자기네 영업의 이익상 서 씨가 불러 달라는 집의 자동차를 아니 불러 주고 딴 데 것을 불러 주었다나……. 그래 자동차도 무심코 타고 가서 내일 와서 받아 가라니까 운전수는 싫다고 하면서 도루 태워 가지고 근처의 파출소로 갖다 놓으니까, 서 씨는 파출소에 들어서면서

• **서해** 소설가 최서해(1901~1932).
• **김성수(1891~1955)** 기업가, 교육가, 언론인, 정치가.
• **서춘(1894~1944)** 언론인.
• **자동차 부** 자동차 운행과 관련된 부서.

오줌을 눈다. 그것을 보고 순사가 하도 어이가 없던지 하하 웃더래요.

일동: (대소)

채: 그래 순사가 너는 왜 자동차 삯을 아니 주느냐고 하니까 포켓 속에서 지갑을 꺼내어 돈이 없다고 톨톨 털어 보이는 바람에 명함이 떨어졌다, 그러니까 순사가 명함을 집어 가지고 보더니 웬일로 '이분이 동아일보 편집국장인데, 설마 자동차 값이야 아니 주리라고 그랬느냐.'고 운전수를 나무래서 도로 태워다 드리라고 했다나……. 그때 운전수는 이키, 뜨거워라 하고 얼른 모셔다 드리고는 무서워서 그 이튿날 자동차 값도 받으러 오지 못하고 겨우 이틀 만에 빼빼에 가서 그 이야기를 했기 때문에 서 씨도 비로소 그러한 일이 있었던 줄을 알았다고 해요.

차: 현진건• 씨는 술을 먹으면 무겁다고 구두를 벗어 버리고 달아나겠다……. 심하면 양복도 벗고. 박승빈• 씨는 취하면 그릇 바수기가 일쑤지……. 술은 여자가 먹고 취한 게 볼만해.

박: 더럽지!

방: 소변 흘리고.

채: 성 선생님 취해 보신 일 있습니까?

성: 술을 통 못 먹어 봤습니다. 그때…… 저 맥주 한 잔 먹고서 혼은 났어도.

방: 홍성 사는 김 무어라는 친구는 석 잔만 먹으면 발가벗어요……. 그래야 술이 맛이 있다나!

차: 백대진• 씨와 같군!

• **현진건**(1900~1943) 소설가, 언론인.
• **박승빈**(1880~1943) 법률가, 교육자, 국어 연구가.
• **백대진** 언론인, 문학가.

박: 나는 취하면 자니까……. 만식이 자네는 취하면 울지?

채: 옛말일세.

차: 나는 취해서 인력거 삯 오 원 준 일은 있지.

방: 조남희 씨 술병 세는 것도 유명하지.

채: 동아일보 박찬희● 씨는 취해서 골이 틀리면 암말●도 않고 앉아서 가끔 술병으로 유리창만 하나씩 깨지.

방: 한번 조재호●하고 같이 취해서 길에 나섰는데 이 양반이 앞에 자동차가 있으니까 그 꽁무니에 가 매달렸다. 그리다가 자동차가 뚜루루 가니까 그 큰 키에다 어린애들처럼 매달려 가던 것이라니…….

일동: (대소)

방: 그래 우리가 뒤따라가면서 '떨어져라, 떨어져라!' 하니까 툭 떨어져서 쩔쩔매던 꼴이라니.

일동: (대소)

차: 변영로● 씨가 취중에 친구의 부인이 자는 모기장에 들어가려다가 실수한 것도 명담이야.

이: 그래서 그때부터 금주했어요.

차: 심대섭● 씨가 취해서 그 아버지한테 '왜 낳았느냐.'고 하였다지?

이: 네……. 언젠가 한번 '왜 낳았느냐.'고 하니까 그 아버지가 하도 기가 막히어 '낸들 아니? 낸들 아니?' 하더라나!

일동: (대소)

● **박찬희**(1897~1972) 언론인, 독립운동가.
● **암말** 아무 말.
● **조재호**(1902~1990) 교육자, 색동회 동인.
● **변영로**(1898~1961) 시인, 영문학자.
● **심대섭** 소설가, 시인, 영화인 심훈(1901~1936)의 본명.

본사 휴게실에서

백릉[●] 기(記)

_方定煥 외, 『별건곤』 1931년 1월호

● **백릉** 소설가 채만식(1902~1950).

딸 있어도 학교에 안 보내겠소

—여학교 교육 개혁을 제창함

나는 여자 교육을 반대하는 사람이 아니다. 그러나 '내게 고등보통학교에 보낼 딸이 있다 하면 학교에 보내지 않고 집에서 가르쳐 볼 수도 있겠다.' 하는 생각을 때때로 하게 된다. 내가 이런 생각을 하게 되는 것은 물론 지금 여학교 교육에 늘 갑갑한 것을 느끼는 까닭이다.

여학교라고 모두 그렇고 여학교 교원이라고 다 그럴 수 없는 일이겠지마는 지금 각 여학교에 대하여는 큰 기대를 가질 수가 없는 것이 불행한 '사실'이다.

보통학교에서 6학년 동안 글자와 산술의 기초될 숫자는 훌륭히 배웠으나 고등학교 4년 동안에는 대체 무엇을 배우는가? 그것은 그 이상 전문학교, 대학교에 들어갈 준비밖에는 아무것도 되지 못한다. 지금 조선 안에는 여자가 들어갈 전문학교가 과연 얼마나 많으며, 많다 한들 전문대학까지 마칠 행복한 처지에 있는 여자가 얼마나 있는가?

결국 지금 여학교 교육은 상급 학교에 갈 단 몇 사람에게만 고마운 교육이지, 그 외의 많은 처녀에게는 당장 그리 고맙지 못한 것이 되고 마는 것이다.

교육이란 무엇이냐? 쉽게 말하면 그 시대 그 시대에 살아가는 데 필요한 지식을 갖추어 주는 것이라고밖에 지금 우리는 더 생각할 여유가 없다. 그 시대와 떨어지는 교육, 실제 생활과 관계없는 교육은 아무 고마울 것 없는 헛노력이다. 내가 지금 말하려는 것은 이러한 점에서 출발하는 것이다.

이 의논은 후일 다시 자상히 써서 논의할 날이 있겠으므로 여기서는 간단히 아주 통속적으로 말할밖에 없거니와 조선의 지금 형편으로 보아 여자고보를 마치고 상급 학교로 가는 사람보다는 그 3분의 2 이상이 그냥 바로 실사회로 나오거나 실생활로 들어간다. 이 3분의 2 이상 되는 사람들에게 그 4년 동안 교육은 얼마치나 고마운 것이 되었느냐. 실제는 참으로 허무한 것이다. 고등보통쯤만 마치고 고만두는 것은 결국 공부를 중도에 그친 것이니 의당히 그럴 것이지 더 바랄 것이 무에 있느냐 하겠지마는, 그렇지 않을 사람보다 그러할 사람이 두 갑절이나 많은 바에야 왜 교육자가 그 형세에 맞추는 변통이 없는가 말이다. 변통이 없으면 없을수록 교육과 실생활과는 그 사이가 점점 더 멀어질 것이다.

4년 수학의 효과

나는 물론 전문이나 대학에 못 보낼 것을 표준하고 이 의논을 하는 것이다.

여교에서 영어를 배웠으나 졸업 후에 그것이 실제에 소용되지 못한다. 졸업 후의 실생활에 영어가 필요한 경우면 그는 새삼스레 다시 배워야 한다. 동물학에서 생선의 창자가 어떻게 생기고 개구리 배 속이 어떻게 생긴 것을 배웠으며, 박물 시간에 돌멩이 속에 금이 어떻게 붙어 있는 것 등을 배웠다. 그러나 졸업 후에 그런 것은 모두 잊어버리고, 잊어버리지 않았어도 별 소용이 없다. 재봉 시간에 서양 수놓는 법을 배우고, 가사 시간에 서양 요리 만드는 법을 배웠으나 3, 4년 지나서 졸업 후에 하여 보자면 새로 배우지 않고는 못 한다.

그러한 시간은 제해 놓고 보더라도, 수신• 시간에 근검 저축을 배우고 마음 착한 사람이 성공한다고 시간마다 배웠으나 졸업 후에 실사회에서 보면 정직한 사람이 편안히 못 사는 경우를 더 많이 보게 된다. 심한 예까지 들면, 작문 시간마다 머리를 썩히고 배웠으나 졸업한 후에 약혼한 남자에게 편지 한 장 슬슬 쓰지를 못하여 편지틀•을 사러 다니게 된다.

싸지 아니한 '월사금'을 바치고, 가난한 부모를 울려 가면서, 불소한• 학비를 써 가면서 햇수로 다섯 해를 배웠건마는 특별한 기술이나 사상은 그만두고 그날그날의 신문을 펴 들면 아는 글자보다 모르는 글자가 더 많다. 참말로 실제 생활에는 아무 관계 없는 글만 골라 배우고 있었다고 하여도 그다지 과한 말이 안 된다.

그래서 '여학교를 우등으로 졸업하고도 신문 한 장을 못 보니 대체 무얼 배웠어.' 하는 핀잔을 신랑에게 받게 되고, '여학교 출신이란 살림을 할 줄 아나? 그렇다고 신지식이 투철한가? 공연히 허영심만 많을 뿐이지. 갑갑하기는 더한걸…….' 하는 소리가 여기서 저기서 흘러나오게 되는 것이다.

• **수신** 도덕 과목.
• **편지틀** 편지글의 격식이나 본보기. 또는 그것을 적은 책.
• **불소하다** 적지 아니하다.

자가 교습 방법

여학교가 모두 이렇다 할진대 보통학교만 마친 처녀나, 고등학교까지 마친 여자나 그 사이가 과히 멀지 못하다. 그러니 보통학교만 졸업을 시키고 그다음은 고등교에 보낼 것 없이 집에서 가르치는 것이 더 효과가 있겠다 하는 생각이 아니 생길 수 없다.

집에서 가르쳐 보되 어떤 방법으로 할 것인고 하니, 가르칠 사람의 시간 형편에 따라서 오전 열 시로부터 열두 시까지로 하든지, 저녁 후 일곱 시로부터 아홉 시까지로 하든지 하로• 두 시간씩이면 될 것이다.

신문 잡지

교과서는 신문과 잡지만 가지면 될 것이니, 신문 잡지에 있는 것이야말로 인생 생활에 직접 관련된 문자만 쏙쏙 골라 모아 놓은 것이니 한 자도 한 귀도 읽는 사람에게 상관 안 되는 것이 없다. 그러고 신문 잡지 속에 어느 학과가 하나라도 빠진 것이 없으므로 신문 잡지만 가지고 공부하면 인생에 필요한 모든 학과를 골고루 공부하는 것인 동시에, 그 각 학과 중에서 직접 필요한 것만 추리고 뽑아서 배우게 되는 것이다.

교수 방법

신문 잡지를 가지고 교수하는 방법은 연구하면 여러 가지 묘한 방법이 있겠으나, 우선 주먹구구식으로 하더라도 신문 한 가지를 정하여 놓고 선생에게 오기 전에 먼저 혼자서 읽어 보아 모르는 글자는 표를 해 두고, 글자는 아나 무슨 뜻인지 모를 것을 또 따로 표를 해 두었다가 정

• 하로 '하루'의 사투리.

한 시간이 되면 선생 앞에서 우선 사회란을 낭독을 하고, 다음에 모르는 글자를 묻게 하고, 그다음에 뜻 모를 구절을 묻게 하여 거기 대한 설명을 하여 줄 것이다.

이리하자면 날마다 게재되는 신문 기사가 교재 안 되는 것이 없을 것이니, 경제·법률·조합 쟁의 등이며 공산당·무정부주의·재판법·공소·상고며, 물건 시세 오르고 내리는 것이며, 남녀 관계며 결혼에 대한 지식이며, 그것은 한이 없는 교재이면서 그것이 모두 실사회에서 직접 일어난 사건뿐인 고로 직접 자기 생활에 필요한 산지식인 것이다. 이것이 어찌 실생활에 관계 적은 문자만 골라 모은 판 박은 교과서와 함께 비교할 것이랴.

설명 태도

설명하여 주되 선생이 자기의 아는 표준만 하지 말고 듣는 사람의 알아듣는 정도를 따라해 주어야 하는 법이니, 이것은 학교교육과 달라서 이 방법에 있어서는 저절로 잘될 것이다. 학교에서는 한 교실에 오륙십 명을 앉혀 놓고 일정한 시간 안에 선생 한 사람이 설명하는 고로 알아듣는 학생은 들어도 못 하는 학생은 충분히 해득하지• 못한 채로 넘어가게 되고, 선생이 자기의 설명하는 그 정도까지 억지로 끌어 올리려 하고 억지로 따라 올라가자니까 과분의 힘만 들고 효과가 적어서 며칠만 지나면 다 잊어버리게 되는데, 반대로 이 방법에 있어서는 선생 한 분, 학생 한 사람, 많아야 두세 사람인 고로 선생이 학생의 정도 맞춰서 그가 알아들을 수 있는 정도까지 따라가서 설명할 수 있는 것이요, 교재가 헛

• **해득하다** 뜻을 깨쳐 알다.

생각으로 꾸며 놓은 것이 아니고 사실로 이웃집 또는 이웃 동리에 일어난 사건인 고로 흥미까지 있는 것이라, 이렇게 흥미를 가지고 자기 정도 따라 해득해 가는 것은 그 효과가 굉장히 클 것이다.

이렇게 설명을 하여 주고 듣고 하기를 약 두 시간씩 하면 그날 공부는 끝나는 것이다.

자습 방법

이렇게 두 시간 설명을 하여 준 것으로 소정의 공부는 끝나는 것이니, 아츰• 저녁 식사라든지, 재봉·세탁·가정 정리는 구식으로 살림 배우는 처녀보다 지지 않게 할 수 있으니, 가사 공부를 전문으로 실습하는 것이 되고, 밤에 잠자기 전에 그날 낮에 배운 신문 기사의 사실에 대한 자기의 소감을 간단히 적어 두었다가 그 이튿날 반드시 선생에게 보이게 할 것이요, 선생은 그것에 의하여 어저께 설명해 준 것을 바로 정확히 이해하였는가 못 하였는가를 검토할 것이요, 만일 그 소감에 의하여 그 사건에 대한 바른 이해를 가지지 못한 것을 발견하였으면 곧 고쳐 설명하여 줄 것이다. 이리하는 일은 그 배운 것에 대한 복습이 되는 동시에 한편으로 작문 공부와 조선어 공부가 되는 것이다.

이렇게 가다가 정도가 느는 데 따라서 신문 정치란과 학예란도 차차로 보게 하여 가고, 가다가 잡지에서 좋은 글을 선생이 지적하여 읽으라 하고 거기 대한 소감을 적어 오게 하면 좋을 것이다.

• **아츰** '아침'의 사투리.

실지 견학

그렇게 하는 한편으로 시간과 기회를 이용하여 실지 견학을 게을리 하지 말아야 할 것이니 재판소, 강연회, 전람회, 토론회, 음악회, 어느 단체의 총회, 심지어 경매소, 장터, 어물 시장, 신문사, 회사, 미두하는• 곳, 직업소개소까지라도 기회 있는 대로 실지로 자주 보게 하여 주어야 할 것이다. 그리고 보고 온 날마다 그날 밤에 반드시 소감을 쓰게 하여야 할 것이니, 이 방법에 있어서는 이 소감을 쓰이고 고쳐 주고 하는 일이 가장 중요한 일인 까닭이다.

이리하기를 꾸준히 노력하여 우선 2년만 계속하면, 벌써 고등과를 4년 졸업한 학생, 학교에서 가르치는 그 책에 있는 글자밖에는 아무것도 모르는 졸업생보다는 훨씬훨씬 뛰어난 지식을 가진 훌륭한 소용될 인물이 될 것을 믿을 수 있기는, 결코 나 한 사람뿐만이 아닐 것이다.

이러한 처녀이면 아무 가정에라도 갑갑하지 않은 주부가 되고 어머니가 될 것이며, 필요 있어 직업전선에 나서더라도 누구보다도 요령 있는 사람으로서 환영되고 성공할 것이다.

벌써 허락된 종이가 다 찼으니 이만큼으로 끝을 막을밖에 없거니와 이것은 그리 많이 연구한 구체적 방법이 못 된다. 그리고 이 글을 쓰는 것도 여학교 교육을 근본으로 부인하는 것이 아니라, 여학교 교육이 좀 더 속히 개선되기를 바라는 마음으로 다만 이렇게 생각할 수도 있다 하는 것을 여러 사람 앞에 제의하는 데 지나지 못하는 것이다. 그러나 이러한 의논이 나오도록까지 된 형세를 생각하여 우선 각 여학교 당국자 여러분에게 다소의 고려가 계실 수 있다면 이 거친 글에 곁두리로 생기

• **미두하다** 현물 없이 쌀을 팔고 사다. 쌀의 시세를 이용하여 약속으로만 거래하는 일종의 투기 행위를 하다.

는 큰 기쁨의 하나이겠다.

끝으로 이 글의 제목은 내가 붙인 것이 아니요, 편집자가 마음대로 붙인 것임을 말해 둔다.

_『별건곤』 1931년 3월호

안창남 군은 참말 살아 있는가

비행기 잘 타는 사람을 꼽자면 옛날에는 스미스• 지금은 미국의 린드버그• 그리고 이미 세상을 떠났다고 하는 안창남• 군이겠다. 안창남 군은 그야말로 조선의 스미스요 조선의 린드버그였었다.

안 군이 불우한 조선에 태어남으로써 모든 사정이 뜻과 같지 못하였기 때문에 타고난 천재를 마음대로 휘두르지 못하고 이역고토•에 가서 외로운 원혼이 되고 말았기에 말이지 만일 그도 남과 같은 처지에 있었더라면 그는 차라리 스미스 이상이요 린드버그 이상이었을 것이다.

안창남 군은 죽었다!

무엇이 그로 하여금 산 설고 물 설은 중국 땅에 가서 고혼•이 되게 하였는가?!

*

안 군이 죽은 지가 벌써 1년이 되었다. 그런데 요즈음 와서 한 반가운 소식이 퍼지었다. 그것은 안 군이 아직 세상에 살아 있다는 것이다. 그

• **스미스** 아트 스미스. 미국의 곡예 비행사.
• **린드버그** 미국의 비행사 찰스 린드버그(1902~1974).
• **안창남(1901~1930)** 비행사, 독립운동가.
• **이역고토** 다른 나라의 외로운 땅.
• **고혼** 의지할 곳 없이 떠돌아 다니는 외로운 넋.

것은 동경 대련● 간 여객 비행기의 조수로 있노라는 차형모라고 하는 사람이 전하는 말이다.

안 군은 정말로 살아 있는가? 정말인가? 만일 살아만 있다면 얼마나 기쁘고 반가운 일이냐? 안 군이 살아 있는 것을 자기의 눈으로 보았다는 이 소식이 점점 널리 퍼지기 시작하였다. 그리하여 수많은 안창남 군의 '파도론'은 가슴을 두근거리며 그 옳은 소식을 기다리고 있다.

여기서 그 소식의 진가를 알아보는 것도 또한 무의미한 일은 아닐 것이다. 그리하자면 안 군이 중국에 가서 지내던 일을 그 죽은 1주기의 추억 삼아 이야기하는 것이 가장 좋은 방법일까 한다.

*

때는 지금으로부터 6년 전인 1924년 12월. 일본으로부터 돌아온 안창남 군은 때마침 중국의 천지를 뒤집어엎으려 하는 봉직 전쟁●에 장작림● 편에 가담을 하기 위하여 안동현(安東縣)으로 건너갔다. 그러나 미리서 해 두었던 모든 교섭이 중간에 탈이 생겨 안 군은 표연히● 조선으로 돌아오고 말았다.

조선으로 돌아와서 민민히● 그날을 보내고 있던 안 군은 그 이듬해 다시 큰 뜻을 고쳐먹고 대련을 거치어 상해로 갔다. 그가 상해로 간 것은 본뜻이 광동(廣東)으로 가서 진형명●에게 탁신●을 하기 위한 것이었

● **대련** 중국의 도시 다롄.
● **봉직 전쟁** 1920년대 중국 군벌 사이에 벌어진 전쟁.
● **장작림** 중국의 군인, 정치가 장쭤린(1875~1928).
● **표연히** 바람에 나부끼는 모양이 가볍게.
● **민민히** 매우 딱하게.
● **진형명** 중국의 군인, 정치가 천중밍(1878~1933).
● **탁신** 남에게 몸을 의탁함.

었다. 그뿐 아니라 그때 광동의 비행학교 교장으로 있는 사람은 안 군이 일본 있을 때에 친히 가르치던 제자이었었다. 그리하여 전에도 그 사람이 안 군을 광동으로 오라고 청한 적이 여러 번 있었다.

상해에 머물러 있던 안 군은 광동으로 가려고 여러 가지 준비와 알선을 하고 있던 중 마침 여운형•을 만나게 되었다. 여기서 안 군은 여운형의 친절한 소개로 염석산•의 군중•에 투신하기로 되었다. 염석산 측에서는 안 군을 육군 소장 대우를 하기로 하고, 월급은 대양• 500원 그리고 만일 안 군이 불행히 죽는다든지 하면 5만 원을 그 유족에게 주기로 하였다.

그리하여 이때로부터 우리 안창남 군의 웅자•는 염석산 군의 본부인 태원•의 하날•에 나타나게 되었다. 그는 탄환과 초연•이 날리는 전지•에서 용감스럽게 싸웠다. 그 기술의 미묘함과 천재적인 것은 중국 사람들의 심담•을 서늘하게 하였다.

그러나 그러한 한편으로 안 군의 인기를 놀랍게 한 것은 여자에 대한 절조•이었었다. 태원에는 중국의 군벌이며 부호가 많은 만큼, 그 영양•

• **여운형(1886~1947)** 독립운동가, 언론인, 정치인.
• **염석산** 중국의 정치가 옌시산(1883~1960).
• **군중** 군대의 안.
• **대양** 중국에서 유통되던 은돈.
• **웅자** 웅장한 모습.
• **태원** 중국의 도시 타이위안.
• **하날** '하늘'의 사투리.
• **초연** 화약의 연기.
• **전지** 전쟁터.
• **심담** 심지와 담력을 아울러 이르는 말.
• **절조** 절개와 지조를 아울러 이르는 말.
• **영양** 윗사람의 딸을 높여 이르는 말.

들도 퍽 많이 있었다. 그들은 모두 다 안 군에게 열렬한 사랑을 던지었다.

그러나 안 군은 그러한 것을 일절 돌아본 체도 아니 하였다. 이것은 그의 인격을 우러러보게 한 데 큰 힘이 되고, 그리하여 그가 태원에 가서 있게 된 지 불과 2, 3개월에 사교계의 중심인물이 되어 버렸다.

*

때는 작년 4월 5일 안창남 군은 전지로부터 돌아와서 잠깐 몸을 쉬이는 동안이었었다. 쾌청한 한울•에 그는 비행기의 고장을 시험할 겸 한번 날아 보았다.

그런데 그 비행기가 고장이 있는 줄은 물론 미리 알고 있었으며 그리하여 수선을 할 겸 한번 날아 본 것인데, 그다지 심하지 아니하였으리라고 생각하였던 것인데 이륙하며 얼마 아니 되어서 비행기는 조종하는 사람의 말을 듣지 아니하고 사뭇 내리 걸리기 시작하였다.

이러한 일은 여러 번 겪는 일이라 안 군은 정신을 가다듬어 기울어 내리치는 기계를 바로잡으려 하였으나 때는 늦고 일은 급하였다. 또 하날도 우리 안 군을 돌보지 아니하였다. 내리치는 비행기는 큰 나무에 가 부딪치고 말았다.

비행기가 떨어진다고 탄 사람이 다 죽는 법은 없건마는 끝끝내 불행한 우리 안 군은 참혹하게도 생명을 잃어버리고 말았다. 누가 우리 안창남 군으로 하여금 이러한 죽음을 하게 하였느냐?

*

이상에 쓴 말은 그동안 늘 안 군의 신변 일에 현념•을 해 주던 김동철

● **한울** 천도교에서 '하늘'을 달리 이르는 말

● **현념** 늘 마음에 두고 생각함.

씨에게서 들은 바이다. 김동철 씨는 맨 처음 동경서 안 군과 같이 봉천• 으로 갔었고 또 그 뒤에 대련까지도 동행을 하였다. 그뿐 아니라 김 씨는 안 군이 죽은 뒤에도 그곳에 가서 있는 안 군의 유족과 통신으로 연락을 해 오던 터이라 결코 풍설•이 아닐 것이다.

김동철 씨의 말을 들으면 안 군이 죽은 것은 이미 그곳에까지 갔다 온 안 군의 고모부 되는 분이 눈으로 그 시체까지 보고 왔다고까지 함으로, 섭섭하나마 움직일 수 없는 사실인 듯하다.

장례는 매우 조촐하게 지냈다고도 하며, 또 일설에는 방부 약을 써서 보관해 두었다고도 한다. 그리고 애초에 그 유족에게 주기로 한 5만 원의 돈도 1만 원밖에는 아니 주려고 버티기 때문에 여러 가지 문제가 착잡하여 있다고 한다.

*

오는 4월 5일은 우리의 스미스 우리의 린드버그인 안창남 군이 이 세상을 떠난 지 1주를 맞이하는 날이다. 행여 풍설이 정말이 되어 그가 살아 있다고 하면 우리는 즐겁게 그날을 이야기할 것이요, 죽은 것이 사실일 바에 천운을 어찌하랴. 그의 영을 위하여 암축할• 따름이다.

_一記者,• 『별건곤』 1931년 3월호

• **봉천** 중국의 도시 '선양'의 옛 이름.
• **풍설** 풍문. 소문.
• **암축하다** 신에게 마음속으로 기원하다.
• 방정환은 안창남의 미동초등학교 2년 선배로, 1922년 안창남의 고국 비행기 쇼를 기획했다. 이 글은 방정환이 쓴 것으로 보인다.

처녀귀! 처녀귀!!

"나는 무서운 악마에게 나의 귀한 정조의 유린을 당하였습니다. 아! 생각할수록 몸서리가 나는 그 악마! 그러면서도 나는 그 악마의 정체를 말하여 드릴 수가 없습니다. 나는 그 악마에게 감시를 받고 있기 때문입니다. 악마에게 희생된 나는 이 더러운 그림자를 영원히 남의 눈에서 사라트리고● 말려 합니다."

이것은 재작년 여름 일본 횡수하●라는 곳에 있는 공성 간호부회의 젊고 어여쁜 간호부들이 종적을 숨기면서 그 간호부회의 회장에게로 보내는 유서 비슷한 편지이었었다.

그런데 사건 그것이 매우 이상도 하거니와 더욱 이상스러운 것은, 그 일이 다만 하나둘에 그치지 아니하고 계속하여 일곱 명이나 그러한 꼭 같은 경로를 밟고 종적을 숨기어 버리게 된 것이다.

처음에는 간호부 회장도 그저 젊은 여자들이라니 그런 수가 있겠지 하고 심상히 여기었으나, 그 수효가 일곱 명에 이르고 최후에는 아직 나이 어린 산본리에라는 소녀가 그와 같이 없어진 데 대하여는 더 두고 볼

* 발표 당시 '특별 독물 대괴기 실화'라고 소개되었다.

● **사라트리다** 사라지게 하다.

● **횡수하** 일본의 도시 요코스카.

수가 없이 되었다.

그리하여 그는 그때 횡수하 경찰서의 유명한 형사 적미(荻尾)라고 하는 사람에게 비밀히 사건을 의논하였다. 적미 형사는 그 일곱 장의 유서 비슷한 편지를 간호부 회장에게서 받아 가지고 그곳을 나와 그때로부터 활동을 시작하였으나 도무지 사건의 단서를 잡아내지 못하였다.

일이 이와 같이 되고 보니 확실히 귀신의 장난으로 돌릴 수밖에는 더 없는 것이다. 귀신이 처녀를 능욕하고 그들로 하여금 종적을 사라트리게 하였다……. 이러한 일이 과연 있을 수 있는 일일까?

하로•는 적미 형사에게 어떠한 점잖은 부인이 찾아와서 울며 다음과 같은 사건을 이야기하였다. 즉 '그 집에 과년된 딸이 하나였는데 마치 늑막염의 가벼운 징후가 있어서 집 안에 누워 정양•을 하고 있었다. 그런데 간밤에 갑자기 소리를 지르기에 달리어 가서 보니까 딸은 어느 자인지에게 강간을 당하고 말았다.

그 방에는 아무도 들어온 자취가 없고 다만 그 옆에 방에 간호부 한 사람이 있을 따름이었었다. 간호부에게 물어보니까 '자기는 잠을 자고 있는데 환자가 비명을 부르짖음으로 와서 보았으나 아무도 다른 사람은 없었다.'는 것이 그 부인의 진술이었었다.

간호부란 말에 형사는 호기심이 생겨서

"그 간호부는 어데서 왔습니까?"

하고 물었다.

"공성 간호부회에서 온 화강미요라는 여자에요."

● **하로** '하루'의 사투리.

● **정양** 몸과 마음을 안정하여 휴양함.

"응?! 화강미요?!"

하고 형사는 펄쩍 뛰었다. 전부터 형사는 미요의 뒷조사를 하여 보았다.

그러나 전에 실종된 간호부들이 그 전날 밤에 반드시 미요의 하숙하고 있는 곳을 찾아갔다는 사실 외에는 아무런 증거가 없었다. 도리어 그가 버젓한 여자요, 또 평소에 품행과 성질이 얌전하다는 반증거가 사방에서 모여들었을 따름이었었다. 그러나 형사는 인제 와서는 최후로 화강미요를 의심하게 되었다. 그리하여 그는 최후의 결심을 하고 집을 나섰다.

바로 그날 저녁이다.

공성 간호부회의 점잖고 품행 좋다는 화강미요는 같이 있는 어린 간호부 하나를 자기의 하숙으로 놀자고 데리고 왔다. 둘이 다 한곳에서 일을 하고 있는 터이요, 또 여자인 만큼 과실과 과자를 사다 놓고 먹으면서 재미있게 놀고 있었다.

그리하다가 필경● 상상하지 못할 기괴한 장면이 전개되었다. 그것은 화강미요가 남자가 되어 가지고 데려온 간호부를 겁탈하는 것이었었다.

그 방의 천장 속에 숨어 엿보던 적미 형사는 그날 밤으로 화강미요를 체포하였다.

*

그 뒤의 화강미요의 자백에 의하건대 다음과 같은 사실이 판명되었다.

화강미요는 그 고향인 광도현●하에서 소학교를 마치고 집에 있다가 열여덟 살 때에 결혼을 하였다. 결혼은 하였으나 그는 여자면서 여자가 아니요, 남자이면서 남자가 아닌 반양반음(半陽半陰-○○쟁이)이었었다.

● **필경** 끝장에 가서는.
● **광도현** 일본의 히로시마현.

그래 결혼한 지 반년 만에 저주받은 자기의 몸을 이끌고 친가로 돌아왔다가 이어 집을 떠나 사방으로 유랑하면서 겨우 간호부 면허장●을 얻어 가지고 횡수하의 공성 간호부회에 몸을 의지하게 된 것이 그의 나이 스물여덟 살 때였었다.

그는 일을 잘하였다. 남도 점잖다고 인정을 하여 주었다. 그러나 그에게도 사람으로서의 면치 못할 성적 욕망이 있었다. 그는 여성이…… 여자의 외형을 가진 남성인 그이니까…… 여자가 그리웠다. 그리하여 그는 한 방법을 생각한 것이 즉 같이 있는 간호부를 자기 하숙으로 데리고 와서 능욕을 한 것이었었다. 그것에 맛을 들이어 하나, 둘, 셋, 일곱 하다가 필경은 간호하러 간 환자까지 손을 대인 것이었었다.

그리고 그 일을 당하고 실종된 간호부들은 나이 어린 산본리에 이외에는 모두 다 간 곳이 판명 안 되었다. 그리고 그들이 그와 같이 종적을 감춘 것은 화강미요가 자기의 범죄를 숨기려고 그들의 하나하나를 협박하여 그와 같은 유서를 남기고 종적을 감추게 한 것이었었다.

_三山人, 『별건곤』 1931년 5월호

● **면허장** 면허를 증명하는 문서.

유술가• 강낙원 씨의 세계적 권투가와 싸워 이긴 이야기

때는 지금으로부터 벌써 11년 전. 구라파• 각국의 나• 젊은 청년들로 중심하여 권투를 본위로 하고 세계 각국을 유람하는 여행단을 조직해 가지고 온 세계를 권투로 정복하겠다는 키 높은 자세와 기운찬 소리로 구라파를 떠나 아메리카로, 거기서 다시 일본으로, 그리고 다시 조선까지 찾아왔었다.

그들은 가는 곳마다 강하면 강한 대로, 약하면 약한 대로 상대를 여지없이 이기고 승리를 얻었다. 그들이 세계 각국 가는 곳마다 승리의 월계관을 쓰고 개선가를 부를 때, 그네들은 넓은 천지가 모두 자기 수중에 정복되는 듯한 느낌을 가졌었다.

그들의 눈에 조선은 문제도 되지 않았었다. 일본에 와서 유도와 대항했으나 그 역• 여지없이 쳐이기었으니 그들의 눈 아래 조선을 문제 삼지 않은 것을 탓할 수는 없었다. 다만 조선의 고적과 명승을 찾아보려고 하여 조선을 들렀던 것이었다. 그리던 것이 그때 일본 측으로 내등• 이하

• **유술가** 유술(일본의 옛 무술)을 잘하는 사람.
• **구라파** '유럽'의 음역어.
• **나** 나이.
• **역** 또한. 역시.
• **내등(內藤)** 일본 사람의 성씨 나이토.

여러 사람이 주동이 되어 여러 번 간청한 끝에 이틀 동안(1921년 5월 9·10 양일) 경성공회당에서 국제 권투 대 유도 시합이 열렸던 것이다.

첫날은 그들의 뜻대로 대승리를 얻었다. 그 이튿날 서울 안 각 신문에는 그 성적이 일일이 기재되었던 바 우리 강낙원 씨의 친지 김상익 씨의 실패 전적이 보도되었다. 강 씨가 그 신문을 읽을 때 그의 가슴은 울렁거리고 속은 타기 시작했다. 조선을 찾아온 손님을 조선 사람이 맞이하여 대항해 나가 싸우지 못한 것도 유감이지만, 외롭게 나가 싸운 김 씨의 전적을 볼 때 더한층 조선 사람의 부끄러움을 느끼었다. 그래서 그는 학교에 가서 하로• 교무를 마치고(그때 휘문고보에 있었다.) 바로 공회당으로 향하였다.

정각이 되어 싸움은 시작되었다. 이제 여지없이 실패를 당한 경성군들은 패배의 설분•을 풀려고 온갖 수단을 다하여 당당히 싸웠다. 그러나 여러 용사들의 혈전고투는 수포로 돌아가 또다시 그들에게 전승의 영광을 돌려주게 되었었다.

바로 그때다. 사회자로부터 "싸움은 이로써 끝났습니다. 그러나 손님 중에서 혹시 싸우실 분이 계시면 사양 마시고 나오십시오. 누구시든지 관계없습니다." 하는 다소 흥분된 어조로 광고를 하였다. 그래서 관객 중에서 몇 사람 나갔으나 역시 실패를 보고 최후로 강 씨가 용기 있게 등단하였다.•

심판의 시작 소리와 함께 싸움의 막은 열리었다. 그때 관객 가운데에서는 확실히 세 가지의 다른 소리가 들리어왔다. 서양 사람들은 연전연

● **하로** '하루'의 사투리.
● **설분** 분한 마음을 풂.
● **등단하다** 연단이나 교단 같은 곳에 오르다.

승하는 기세로 자기편들이 나아가는 광경을 보고 강 씨와의 대전 역시 코웃음 치는 것이요, 또 한 소리는 연거푸 실패를 본 일본인 측의 자기네의 설한●이 되었으면 하는 촉망과 신뢰의 소리요, 또 한 소리는 조선 사람들의 기대와 갈망에 찬 응원 소리였다.

일진일퇴! 청룡백호의 으르대는 싸움! 이야말로 장부 일세의 가장 장쾌한 싸움이다. 한 번 때리면 한 번 메치고, 한 번 메치면 한 번 때리는 광경은 보는 사람의 가슴이 조이고 땀이 흐르며 피가 뛰논다.

그러나 첫 번 싸움에 42대 25점으로 강 씨는 패하였다. 상대자는 빙그레 웃었다. 뜻하였던 바와 같이 '너 역시 문제도 안 되는구나!' 긴장했던 일반 관객의 입속에선 "그저 그렇군." 소리가 여기저기서 났다. 짧은 휴식 시간에 강 씨의 머리에는 온갖 어지러운 생각이 복잡하게 떠올라 왔다.

상대자는 휴식 시간에 보호자들이 땀을 씻기며 알코올을 뿌리고 기운을 돋궈 준다. 그러나 강 씨에게는 알코올을 뿌려 주는 것은 고사하고 땀 하나 씻겨 주는 사람이 없을 때에 그는 한없이 외로웠다. 게다가 비웃음에 찬 눈들이 자기를 바라볼 때 그의 가슴에는 분한●이 끓어올라 왔다. 기술이 부족하고 기운이 약하더라도 정신으로 싸우자, 그의 가슴에는 이러한 비장한 결심이 떠돌았다.

둘째 번 싸움! 권투 장갑은 번개같이 강 씨를 향하여 습격하고 강 씨는 그 틈을 타서 상대를 움켜잡도록 몸을 피하며 기회를 엿본다. 싸움은 차츰차츰 깊어 갔다. 10점! 20점! 30점! 강 씨는 점점 유리해 갔다. 비호같이 그의 몸은 적을 엄습하였다. 상대는 강 씨의 뜻밖의 공격을 도저히

● **설한** 한을 풂.
● **분한** 분하고 한스러움. 또는 그런 원한.

막을 틈이 없었고, 그의 의기에 굽히어 자기의 정신을 수습할 겨를이 없었다. 장내의 공기는 침중해지고• 긴장이 되었다. 싸움은 점점 강 씨에게 유리하도록 되어 28대 48로 둘째 번 싸움은 우리 강 씨의 승리로 돌아왔다. 퍼붓는 박수! 열광된 광호의 소리!

마지막 싸움! 최후의 승부를 결정하는 셋째 번 싸움이 시작되었다. 장내는 긴장될 대로 긴장되었으며 관중의 정신은 흥분될 대로 흥분되었다. 서양 사람의 분노 소리! 일본 사람의 동정적 환호! 조선 사람의 만족한 희열!! 잡으며 움키고 때리며 메어치는 마지막 혈전은 벌어졌다.

강 씨는 마지막 용기와 일생의 정력을 다하여 때리려 덤비는 상대자의 두 팔을 날쌔게 붙잡아, 있는 기술을 다하여서 그를 보기 좋게 메어친 다음 그를 덮어 눌러 상대자를 일어나지 못하게 하여 일거에 20점을 얻었다.

열광된 관중의 환호 소리는 장내를 흔들고 다시 흔들었다. 두 사람은 다시 대전하려 할 때 상대편의 입에 피가 묻은 것을 보았다. 전광석화같이 강 씨의 머릿속에 떠도는 것은 상대가 아무 별다른 이유가 없이 한 조선 사람에게 진 것을 부끄럽게 여기어 강 씨의 가슴과 배의 사이를 물어뜯은 것을 동시에 느끼었다.

큰일! 큰일 났다. 신성해야 하고 엄숙해야 할 단상의 기분은 살기 만만• 일종의 수라장으로 돌변하였다. 국제적 권투 대 유도 시합의 운동 정신과 본의는 사라지고 극도의 감성과 증오로 찬 개인과 개인의 싸움판이 되어 버렸다.

이리하여 문제의 시합이 험악한 지경으로 들어가게 될 즈음—피차

• **침중하다** 가라앉고 무게가 있다.
• **만만** 느낌의 정도가 헤아릴 수 없을 만큼 큼.

간에 목숨을 내놓고 치욕을 씻으며 분한을 풀려고 그들이 싸울 때—그 때! 위기 임박한 그때 그 눈치를 챈 심판은 엄숙하고 정중한 소리로 중지 명령을 선언하였다. (시간도 다 되었지만) 의분에 끓는 피는 가슴에서 쉴 새 없이 뛰고, 정의의 울리우는 주먹은 다시 한번 더 힘 있게 쥐어졌으나 그러나 강 씨는 참았다. 사나이답게 참았다. 속으로는 울면서 참았다. 그러나 강 씨는 훌륭히 이기었다. 전적으로나 정신으로나 훌륭히 그는 이긴 것이다.

강 씨의 반생에 있어 지금까지 통쾌하면서 통분한• 시합은 이 싸움이었다고 하면서 지나간 그날을 추상하며 그의 입술은 떨리었다.

_三山人, 『별건곤』 1931년 7월호

• **통분하다** 원통하고 분하다.

테러가 낳은 두 쌍동●

테러, 테러! 그 무섭고도 놀라운 테러. 흔히는 무고한 사람을 죽이기도 하지만 또 어떤 땐 귀여운 사람을 낳게도 한다. 이번에 조선 사람과 중국 사람 새에 생긴 테러●는 근래에 보지 못하던 불상사로서, 경향●을 통하여 근 백 명의 생령●이 희생이 되었다.

그러나 그 난리 중 울음의 바다 속에서도 또 여러 사람이 웃음보를 터치고● 치하하는 경사가 있었으니 그것은 곧 서울의 중국인이 피난하고 있는 중국 영사관과 평양의 중국인 피난소에서 피난 온 부인이 서로 의논한 듯이 쌍둥이 어린애를 낳은 그것이다. 바로 7월 5일 오후 9시경이었다.

서울의 중국 영사관 안에는 경향에서 피난 온 중국 사람이 4천여 명이나 한곳에 모여서 극도로 혼란한 판에 별안간 한구석에서 부인의 비명하는 소리가 났었다. 신경이 한참 예민하여 누가 방귀만 뀌어도 대포

* 기획 '대경성 에로·그로·테러·추로 총출'에 포함된 글이다.
● **쌍동** 쌍둥이.
● 1931년 조선 곳곳에서 벌어진 화교 배척 사건을 가리킨다.
● **경향** 서울과 시골을 아울러 이르는 말.
● **생령** 살아 있는 넋이라는 뜻으로, '생명'을 이르는 말.
● **터치다** '터뜨리다'의 사투리.

가 터진다고 소동을 하게 된 판에 모두 눈이 휘둥그렇게 놀라서 이것이 웬일이냐, 어떤 부인이 별안간 아프다 소리를 지르니 누구에게 맞았느냐, 또 어떤 흉측한 놈이 이 소란한 통에 부인에게 무슨 무례한 짓을 하였느냐 하고 가뜩이나 떠들기 잘하는 중국 사람들이 한참 동안 소동하였다.

야중●에 알고 보니 시외 신당리 사는 중국인 주수행(周樹行)이란 사람의 부인이 남녀 쌍태●를 낳느라고 그리하였다. 그리고 동월 8일 밤에 평양에서도 진(陳) 씨란 중국 부인이 또 사나이 쌍둥이를 낳고, 그 외에 류(劉) 씨와 진(陳) 씨란 부인도 또한 생산을 하여 서울서와 같이 한참 동안 소동을 하다가 또 웃음보들이 터졌다. 그 통에 무고한 사람이 많이 희생된 것도 가엾지마는 쌍둥이가 둘씩 생긴 것은 희귀하고도 축하할 일이다.

_雙S生, 『별건곤』 1931년 8월호

● **야중** '나중'의 사투리.
● **쌍태** 쌍둥이.

편집실

● 6월호여야 할 7월호가 땀비 오는 속에서 편집되었습니다. 하지도 지난 지 사흘, 삶는 것같이 더운 날이외다. 녹음 또 혹은 수변•에서 읽혀질 책이건만 편집은 이렇게 더운 방에서 되는 줄을 짐작하는 이가 많지 못할 것이지요.

● 조선 자랑호•의 성적이 참으로 비상히 좋았던 것을 자랑도 감사도 하고 싶습니다. 값을 70전으로 올리기는 더러 염려되는 일이고, 또 기사도 최초 기획대로 되지 못한 것이 더 많아서 자랑 빠진 자랑호가 되고 만 것을 부끄러이 우리는 생각하고 있었건마는, 팔리기는 굉장하게 팔리어 모자라는 책을 다시 박혀 대어도 그래도 모자랐습니다. 참으로 우리로도 상상 밖이었습니다. 독자 여러분의 성원이 많으셨음을 믿고 기쁜 마음으로 감사를 드립니다.

한 가지 고해 둘 것이 있으니 본사 기자를 세 사람을 증원하였던 것은 전 호에서 아셨으려니와 앞으로는—이달부터—여러분을 늘 웃기어 온 차상찬 형, 또 암중비약•에 솜씨 익은 신영철 형 두 분이 『별건곤』 편

● **수변** 물가.
● 『별건곤』 1928년 5월호를 가리킨다.
● **암중비약** 어둠 속에서 날고뛴다는 뜻으로, 남들 모르게 맹렬히 활동함을 이르는 말.

집 전 책임을 지고, 신입 기자 세 분이 뒤를 돕게 된 것이외다. 숨어서 잘 다니는 차 형이 발행인에까지 이름을 내걸고 나섰으니 날카로운 솜씨 더욱 날카로워질 것이 있을 것을 기다려 보아 주시기 바랍니다. 나는 이젠 『어린이』만 전력을 해야겠습니다.

_方, 『별건곤』 1928년 7월호

편집 여언●

8월! 아는 사람 모르는 사람 모두 바람 쐬이러 여행을 가고 없는 때 개벽사에서만 아츰● 8시부터 오후 6시까지 8시간을 두 시간이나 넘어서 10시간 노동에 땀을 짜내고 집에 돌아가서는 모기와 싸우면서 그래도 원고를 쓰노라고 얼음찜질을 하면서 지내는 우리들의 여름! 생각하면 감사할 생활이지요. 하다 하다 못하여 시외 서강 강변에 물 내려다보는 사랑 한 채를 교섭하여 나흘 동안만은 더위를 모르고 거기서 원고 집필을 하였으니 그것으로 피서 여행이나 한 셈 잡아서 자위하는밖에 없는 억울한 여름입니다.

본 호를 읽으시는 이는 더러 이상하게 생각할는지도 모르나 여름이란 물로 산으로 나무 그늘로 오이밭이나 얼음집이나 장기판이나 바둑판으로만 마음이 끌리어 책 아니 팔리기로 예전부터 정해 논(?) 달이라 엔간한 자극 있는 기사가 아니면 거들떠보지도 않는 판인 고로 그럴 수가 있느냐고 "별건곤이 그 말을 보기 좋게 깨쳐 버려 준다."고 장담하면서 비밀 비경● 이야기호를 내기로 한 것입니다. 취미지로서 나무 그늘

● **편집 여언** 편집후기.
● **아츰** '아침'의 사투리.
● **비경** 경치가 빼어나게 아름다운 곳.

에 누운 독자가 흥미 있게 읽게만 되면 좋고 읽는 중에 스스로 어지러운 세상 물정에 밝아지는 것이 조금쯤이라도 있다면 더욱 다행한 일이겠습니다. 어데 이번 편집이 예년 8월 성적보다 얼마나 뛰어날는지 그것은 9월에 보아 광고하기로 하고…….

_方, 『별건곤』 1928년 8월호

편집실 낙서

눈이 퉁퉁 붓도록 밤들을 새워 가면서 편집한 이 책은 다시 말씀할 것이 없지마는 어떻게든지 연말 안으로 내기 위하여 계획 중에도 되지 않은 것은 모두 2월호로 밀리었습니다. 2월호야말로 굉장한 내용을 보여 드릴 것이오니 기쁜 마음으로 기다려 주시기 바랍니다. 그리고 이 책을 읽으시는 이는 반드시 『어린이』 신년호를 주문해 보아 주시기 바랍니다. 『어린이』는 이번 신년호부터 내용이 더한층 쉬워져서 보통학교 2, 3년 학생이라도 재미 붙여 혼자 읽게 되었고 광고에 보시는 바와 같이 이번 호에는 신년 부록으로 조선 13도 고적 탐승 말판•이 있어서 신문 한 장만 하게 큰 데다가, 13도 고적 경치를 채색 찬란하게 박혀서 아름답기 짝이 없거니와 집안 식구가 한자리에 앉아서 재미있게 놀 수 있는 중에 조선 지리 지식이 저절로 느는 것이요, 이것에만 370원의 돈을 더 들여서 박힌 것입니다. 보시면 반드시 칭찬해 주실 것을 믿습니다. 2월 1일에는 본사의 새 잡지 『학생』 잡지가 나옵니다.• 지극히 유익한 잡지

• **조선 13도 고적 탐승 말판** 『어린이』 1929년 1월호 부록으로, 방정환 고안, 김규택 그림으로 되어 있다.

• 『학생』 창간호는 1929년 3월 1일 발행되었다.

오니 기다려서 시독하여• 주시기 바랍니다.

_方, 『별건곤』 1929년 1월호

● **시독하다** 시험 삼아 책을 읽어 보다.

편집실 낙서

● 이번 책은 남북 경쟁 기사에 페이지가 많이 들어갔습니다. 첫 시험이니만치 시간 배정이 잘되지 못하여 미리 생각던 것보다는 수확이 좋지 못하였습니다. 그러나 예기하던[•] 수확은 없으나 곳이 다르고 내용이 달라서 하절[•] 독물[•]로 상당히 좋은 기사인 줄 믿습니다. 읽고서 잘했다고 생각하는 편에 많이 투표하시기 바랍니다.

●『별건곤』 다음 호는 '도시호(都市號)'로 하려다가 페이지가 곤란할 것 같아서 우선 '경성호(京城號)'로 하기로 하였습니다. 까부러져 간 대로 까부러지는 대로라도 모든 것으로의 중심지이니, 경성을 아는 것은 조선의 현상을 잘 아는 것이 된다 하여도 과언이 아니겠습니다.

● 옛날 경성과 지금 경성 어데가 어느 때 어떻게 변했으며 어째서 변했는가, 눈물 나게까지 변해 버린 경성을 180엽[•] 책 위에 상세히 잡아다 놓아 독자들께 호소하려는 것입니다.

● 경성 경성, 그러나 경성이란 곳은 겉으로만 보아서 알 수 있는 곳

● **예기하다** 닥쳐올 일을 미리 생각하고 기다리다.
● **하절** 여름철
● **독물** 읽을거리.
● **엽** 쪽. 책 면.

이 못 됩니다. 겉 다르고 속 다른 경성의 남 못 보는 속을 뒤집어서 밝은 데 내어놓는 것도 이번 경성호의 자랑이겠습니다.

● 이리하여 여러 가지로 구비한 경성호를 9월 1일에 발행하겠으니 미리 선전해 주시고 미리미리 주문해 두시기 바랍니다.

_方, 『별건곤』 1929년 8월호

편집실 낙서

개벽사 10주년 외롭게 외롭게 싸워 맞이하는 10주년. 우리의 있는 정성과 재주와 힘을 다하여 계획하는 금년 1년 동안의 기념사업을 보아주십시오. 우선 1년 동안 세 잡지의 활약, 잡지 이외에 있어서의 가지가지의 민중적 회합 개최, 10주년 기념을 총대• 영구히 남겨 둘 기념 출판, 기념사업으로의 신사업 창시. 이리하여 11년부터의 새 걸음을 씩씩하게 걸어 나가는 새 출발을 축복하여 주십시오. 이것이 결코 개벽사만을 위하는 일이 아닐 것을 잘라서 말할 수 있는 것입니다.

_方, 『별건곤』 1930년 1월호

● **총대** 전체를 대표함.

편집 낙서

요전에 개최하려던 본사 10주년 기념대강연회—세계정국대강연, 야담과 동화대회 범 3일간 계획—는 또한 시절이 시절인 까닭으로 당국에서 불허가가 되어 무기 연기가 되었다. 다음 기회에 물론 다시 개최하겠지마는 그동안 기대하던 여러분에게 미안한 말씀을 드린다.

_方, 『별건곤』 1930년 3월호

2부

기타

자연의 교훈

짹짹거리는 쾌활한 참새 소리가 조용한 공기에 울려온다. 먼 조시•에서 나는 와글와글하는 소리가 어두움을 뚫고 와서 은은히 귀청을 흔드는도다.

나는 오늘 하로•의 업을 마치고서 집을 나서다 전차 속의 이상한 공기 속에서 탈출하여 새로이 호흡을 길게 쉬었다. 양측의 집들은 아직도 꿈속에 들어 있는지 화면같이 고요한데, 노상에 서 있는 버들만 홀로 일찍이 깨어서 아침 바람에 놀고 있고, 교회당에서 울려 나오는 은은한 종성•은 시민의 잠을 거두고저 몽리•의 시중•에 널리 헤어진다. 은은한 그 종성은 (시간이 가까이 왔다, 속히 행하라고) 나에게 주의를 여하며,• 이른 아침부터 바람에 나부끼는 그 버들은 (성실하라, 종순하라고•) 나에게

* 『청춘』의 '독자 문예'에 상금 50전에 뽑힌 글이다. 당시 이 글의 투고자 주소는 '시내 견지동 118'로, '방정환' '소파'로 보낸 글과 주소가 같아 'ㅅㅎ生'이 방정환의 필명임을 알 수 있다.

• **조시** 아침에 서는 시장.

• **하로** '하루'의 사투리.

• **종성** 종소리.

• **몽리** 꿈속.

• **시중** 시내. 도시의 안.

• **여하다** 주다. 베풀다.

위대한 교훈을 여하는 도다…….

아아, 사랑하는 자연의 교훈이여! 풍우한서●를 불관하고● 대해●에 도달코자 쉬지 않고 흐르면서 (쉬지 말고 근면하라! 결말에는 대해와 같은 복락이 있느니라 하고) 나에게 경구●를 주는 버들 밑에 작은 개천 물과 (청년아 고심하라! 전도에는 광명이 있다 하고) 나에게 교훈을 여하는 아츰● 하늘의 새벽별을 쳐다보고는, (오냐!? 분투하여 입신하마 고) 나는 부르짖는다.

이와 같이 나에게는 대자연의 삼라한 만상이 일상의 교사 아닌 것이 없고 양우● 아닌 것이 없도다. 아아, 나에게 위대한 교훈을 여하는 대자연이여, 나의 세상에 처함에 그대의 무형하고● 힘 있는 교훈을 힘입는 바 적지 않도다.

_ㅅㅎ生, 『청춘』 1918년 4월호

● **종순하다** 순순히 복종하다.
● **풍우한서** 바람과 비와 추위와 더위를 아울러 이르는 말.
● **불관하다** 관계하지 않다.
● **대해** 넓은 바다. 큰 바다.
● **경구** 어떤 사상이나 진리 따위를 예리하고 간결하게 표현한 어구.
● **아츰** '아침'의 사투리.
● **양우** 좋은 벗.
● **무형하다** 형태가 없다.

관화•

나는 일종의 호기심을 가지고 꽃을 보았다. 바람이 쉬지 않고 몰려와 꽃을 불어 떨어트리고자 뒤흔들매, 복숭아 고운 꽃은 아니 떨어지려고 가지를 단단히 붙들고 가지의 흔들리는 대로 대롱대롱한다……. 떼고자 하는 바람, 아니 떨어지고자 하는 꽃……. 재미있는 이 경쟁의 결과가 어찌 될는지.

재작일• 저녁에 내가 이곳에 왔을 때에도 이러한 경쟁이 있었다. 그때도 재미롭게 보았다. 그때에는 꽃이 어찌 악착을 떠는지 필경• 바람이 그대로 가고 말았다. 오늘 또 시작된 이 경쟁은 어찌 될는지……. 여전히 꽃은 아니 떨어지자고 대롱대롱하나 가련한 꽃의 운명이 궁진하였다.• 풍백•이 어찌 흔드는지 꽃도 힘이 다하였나 보다. 가지에게 구조를 청하였으나 가지조차 못 견디니 어쩔 수 있으랴.

* 『청춘』의 '독자 문예'에 상금 1원에 뽑힌 글이다. 당시 이 글의 투고자 주소와 이름은 '경성 견지동 118 방정환'으로 되어 있다.

- **관화** 꽃을 관찰하다.
- **재작일** 그저께.
- **필경** 끝장에 가서는.
- **궁진하다** 다하여 없어지다.
- **풍백** 풍신. 바람을 주관하는 신.

꽃은 눈물만 흘리며 잠자코 가지를 쳐다보았다. 가지도 영별•이 애처로워 눈물을 머금고 묵묵히 내려다본다. 침묵이 계속되고, 눈물만 흐를 뿐이다. 풍백은 다시 한번 힘있게 흔들었다. 가련할사, 고운 꽃은 땅에 떨어지고 가지는 소리쳐 운다.

경쟁은 풍백의 승리로 종결되었다……. 가련한 낙화는 바람에 불려서 어데로 갔는지.

떨어진 꽃은 재작일에 보던 그 꽃이다. 그러면 흔들어 떨어친 바람도 재작일의 그 바람일까……. 아니다, 아니다. 꽃은 재작일의 그 꽃 그대로이나 바람은 새 바람이다. 그때 그 바람은 기시•에 정처 없이 달아났다. 다른 바람이 와서 흔들다가 또 가고, 또 다른 바람이 오고 하여 시각이 지날수록 새로운 바람인 것이다.

오늘의 경쟁을 보건대 재작의 그 꽃과 금일의 새 바람, 즉 신과 구의 경쟁이었다. 구가 신에게 패한 것이다. 아아, 오늘 본, 이 경쟁!! 신·구 세력의 차를 나에게 교시한 것이 아닐까…….

_『청춘』 1918년 9월호

• **영별** 영이별. 다시는 만나지 못하고 영원히 헤어짐.
• **기시** 그때.

우이동의 만추●

효풍잔월,● 한울●은 새고자 하는데 성사●주● 배알●차로, 우이동을 향하는 우리 일행은 지금 동소문을 지난다. 출발할 때는 5시 조금 전이었는데 지금은 몇 시나 되었을는지……. 삼선평●의 넓은 벌판을 옆에 끼고 꼿꼿한 신작로로 보조를 맞추어 간다. 앞에 얼듯얼듯하는 영자●를 보고, 문득 돌아보니 새벽달이 이때껏 서천에 높이 걸려 우리의 등을 비추고 있다.

아직도 몽중●에 있는 촌중●으로 빠져 되넘이고개●(돈암현)에 높이 서서 찬란한 홍돈●의 새 기운을 마시면서 심근솔을 지나 무너미에 이르

● **만추** 늦가을.
● **효풍잔월** 동이 틀 무렵, 새벽바람은 부는데 달은 아직 지지 않은 풍경을 표현한 말.
● **한울** 천도교에서 '하늘'을 달리 이르는 말.
● **성사** 천도교에서 제3대 교주인 손병희를 높여 이르는 말.
● **주** 주님. 극존칭.
● **배알** 지위가 높거나 존경하는 사람을 찾아가 뵘.
● **삼선평** 서울 성북구 삼선동, 동소문동, 동선동 일대 마을을 일컫던 이름.
● **영자** 그림자.
● **몽중** 꿈속.
● **촌중** 온 마을.
● **되넘이고개** 미아리고개. 서울시 성북구 동선동과 돈암동 사이에 있는 고개.
● **홍돈(紅暾)** 붉은 아침 해.

러 비로소 우이동 입구로 들어섰다.

신활동을 준비하려는 조반 연기•가 한 줄기 두 줄기 모이고 합하여 운무•를 이루었고, 살살 부는 추풍이 누릇누릇 벼 이삭을 흔들어 황금의 파랑을 일으키는데, 미옥•같이 반짝이는 찬이슬은 선명한 조일•에 반사되어, 그 광채가 더욱 미려하다. 우이동 어귀, 관앵회• 시•에 가• 삼월 미소년의 백마금편•은 흔적도 없고 낙엽만 쓸쓸히 날릴 뿐이다. ……우리는 좌편 좁은 길로 들어섰다.

알지 못해라, 청춘이 몇 때냐! 어젯날 고운 꽃으로 만인의 사랑을 받던 앵화•는 이제 비단 잎으로 또 우리를 반긴다……. 아아, 가을 가을 나는 이제 우이동에 이르러, 더욱 절절히 가을을 느끼었다.

쓸쓸하다 하랴, 재미있다 하랴, 가을의 빛이여!

맑게 갠 대공•에는 강남을 부르는 기러기 소리뿐인데, 살(殺)의 기(氣)는 천지에 가득하여 거칠거칠한 천봉만학• 물물•이 비애에 싸인 듯하다. 아 가을, 가을, 이 철이 시인의 느낄 때며, 철학가의 고려할 때며, 종교가의 각오할 때며, 지사•의 강개할• 때였다. 모든 사람이 자기의

• **조반 연기** 아침밥 짓느라 피어오르는 연기.
• **운무** 구름과 안개를 아울러 이르는 말.
• **미옥** 아름다운 구슬.
• **조일** 아침 해.
• **관앵회** 벚꽃 구경하는 행사.
• **시** 때.
• **가** 아름다운.
• **백마금편** 좋은 말과 좋은 안장.
• **앵화** 앵두나무의 꽃. 벚꽃.
• **대공** 높고 넓은 하늘.
• **천봉만학** 수많은 산봉우리와 산골짜기.
• **물물** 사물마다.

탁정•을 씻고, 대자연의 세례를 받을 때이다.

아, 가을에는 비애가 있는 일면에 대한• 위자•와 대한 교훈이 있는 것이라……. 이런 생각을 하면서, 이마 접•의 하 문•은 홍엽•을 손으로 헤쳐 가며 봉황각에 이르러 성사주께 배알하였다…….

조반을 마치고 후원•에 나서서 길에 깔린 낙엽을 버석버석 밟으면서 시냇가 바위 위에 우뚝 섰다.

산은 높고 골은 깊은데, 계류•는 잔잔히 석•을 뚫고 임•을 깨워 필경• 유금•의 소리와 합하여 천지자연을 구가할• 뿐이다. 나로 하여금 홀연히 인간세계의 속장•을 씻어 버리고 심골•이 한가지로 고결함을 느끼겠다. 날카로운 봉우리로 창천을 찌를 듯이 엄연히• 둘러 있는 삼각 거

● **지사** 나라와 민족을 위하여 제 몸을 바쳐 일하려는 뜻을 가진 사람.
● **강개하다** 의롭지 못한 것을 보고 의기가 북받쳐 원통하고 슬프다.
● **탁정** 맑지 못하고 추악하거나 어리석은 마음.
● **대한** 커다란.
● **위자** 위로하고 도와줌.
● **접(接)** 가깝다. 닿다.
● **문(吻)** 입술. 입꼬리
● **홍엽** 붉은 잎. 단풍.
● **후원** 집 뒤에 있는 정원이나 작은 동산.
● **계류** 산골짜기에 흐르는 시냇물.
● **석** 바위.
● **임** 숲. 수풀.
● **필경** 마침내.
● **유금** 원문은 "유금(幽禽)"으로 되어 있으나 '유금(遊禽, 주로 물 위를 헤엄쳐 다니며 하천, 호수, 바다 등에 서식하는 새를 통틀어 이르는 말)'의 오식으로 보인다.
● **구가하다** 입 모아 칭송하고 노래하다.
● **속장** 눈앞의 이익만을 찾는 속인의 천한 마음.
● **심골** 마음과 뼈를 아울러 이르는 말.
● **엄연하다** 의젓하고 점잖다.

체•를 배경으로…….

산록•에 가득한 수엽•이, 혹홍혹황•으로 각자의 의장•을 자랑하는 틈에 불변불쇠•의 기상을 자랑하는 송록이 섞이어 마음껏 힘써 가을 뫼를 장식하여 완연히 수•병풍 같은데, 그 사이로 천연의 미를 노래하며 흐르는 물속에 그 아리따운 추산•의 자태가 거꾸로 비추어 있는데, 게다가 찬란한 일광이 광채를 더하였으매 무어라 형언할 수 없는 미관•이다.

'화구를 가지고 왔던들 이 가경•을 우리 집 사랑으로 옮겨 갔을 것을……!'

하고 결한• 그 자연의 미관을 사생치 못함을 애처로이 생각다가 손 군의 발성에 따라

때 만난 신나무•는 우거져 붉고
서리 물든 고욤 잎 한창 누르다
새옷 입어 기꺼운 가을 뫼 웃음

● **거체** 거구.
● **산록** 산기슭.
● **수엽** 나뭇잎.
● **혹홍혹황** 어떤 것은 붉고 어떤 것은 노랗다.
● **의장** 차림새.
● **불변불쇠** 변하지 않고 쇠하지 않음.
● **수** 수놓다.
● **추산** 가을 산.
● **미관** 아름답고 훌륭한 풍경.
● **가경** 빼어나게 아름다운 경치.
● **결하다** 깨끗하다. 청결하다.
● **신나무** 단풍나뭇과의 낙엽 소교목.

엉크러진 숲 새에 새암•이 졸졸

하고 「가을 뫼」라는 노래를 부른다. 노래를 마치자 또다시 산은 조용하여지고 물소래•만 가늘게 들린다.

시내를 끼고 골짜기를 거슬러 일보 고, 일보 저•로 혹은 수목을 흔들어 황엽•을 떨어트려 흐르는 물에 띄기도 하고, 혹은 황엽을 허쳐• 아람•도 주우면서 우편•으로 조금 꺾어 들어가니 두견정(杜鵑亭)이 여기였다. 담고헌활,• 관한심정• 혹은 산 혹은 수 혹은 과원• 혹은 삼림 하이•의 풍광이 일모지리•에 췌입한다.• 앙하여는• 천•이 근하고,• 부하여는• 속•이 원하다.• 우리는 표연히• 봉래풍월•에 선 듯하다. 만산홍

● **새암** 샘.
● **물소래** 물소리. '소래'는 '소리'의 사투리.
● **일보 고, 일보 저** 한 걸음 올라갔다 한 걸음 내려가다.
● **황엽** 노랗게 물든 식물의 잎.
● **허치다** '흩어지게 하다'의 사투리.
● **아람** 밤이나 상수리가 충분히 익어 저절로 떨어진 열매.
● **우편** 오른쪽.
● **담고헌활** 처마는 높고 추녀는 훤하다.
● **관한심정** 넓고 한가하고 깊고 고요하다.
● **과원** 과수원.
● **하이** 멀고 가까움.
● **일모지리** 한눈에 보이는 거리.
● **췌입하다** 모아들이다.
● **앙하다** 우러러보다.
● **천** 하늘.
● **근하다** 가깝다.
● **부하다** 숙이다. 구부리다.
● **속** 속세.
● **원하다** 멀다.
● **표연히** 바람에 나부끼는 모양이 가볍게.

황일초정,• 이따금 낙엽 일이 편이 바람에 날아와 발 앞에 떨어지매, 나는 아무 의식 없이 그 낙엽을 집어 손에 들고 무심히 들여다보았다. 이상한 느낌이 가슴에 돈다.

세월의 덧없음이 이렇듯 심하도다. 아아 생각하면 거춘과하•는 모두 다 꿈이로다. 작일•은 금일의 꿈이요, 금일이 역시 꿈속에 저물어 가니 명일은 또 어떠한 일을 꿈꾸려는지……. 아아, 생각수록 꿈속이로다.

몽중에 생하여 몽중으로 사라져 가는 인간이 구름 같은 부귀를 얻고자 흐르는 세월을 잡고자 하여 미득하여• 비애하고, 기득하연• 열하니• 소위 달인• 유신무황•이 아니냐. 연이나• 인간의 참된 낙은 부귀 이외에 있나니, 문예의 낙, 미술의 낙, 아니 사념• 없는 도덕의 낙, 득실 없는 도덕의 낙, 이 낙은 다른 모든 낙을 탁절하나니,• 보라, 사념 없는 자가 복자• 아니면 무엇이며, 득실 없는 자가 부자 아니면 무엇 되랴. 아아, 지금 눈앞에 벌어진 미려한 만추의 이 경치는 티 없는 마음으로 참맛을 보는 이 몇몇이며, 허념에 흐린 마음으로 쓸쓸히 보는 이 몇몇이랴…….

● **봉래풍월** 봉래산의 청풍명월.
● **만산홍황일초정** 온 산에 단풍이 물들고, 정자 하나가 있다.
● **거춘과하** 봄도 가고 여름도 지났다.
● **작일** 어제.
● **미득하다** 아직 얻지 못하다.
● **기득하다** 이미 얻다.
● **열하다** 기뻐하다.
● **달인** 널리 사물의 이치에 통달한 사람.
● **유신무황** 급할 것 없이 오직 웃음뿐이다.
● **연이나** 그러나.
● **사념** 올바르지 못한 그릇된 생각. 삿된 생각.
● **탁절하다** 더할 나위 없이 뛰어나다.
● **복자** 복 받은 사람.

이런 생각을 하고 있다가 손 군의 "고만 내려갑시다." 하는 소래에 몸을 일어 내려오다가 아람을 주워서 오늘 원족•의 토산•을 장만하였다.

점심은 맛있는 율반•으로 배를 불리고, 후원의 수하•에서 떨어지는 황엽을 머리 위에 받아 가며 무한히 즐기다가, 석양이 물속에 빗길 때 단풍일지•에 조고마한 율낭•을 매달아 들고 돌아왔다.

(소귀• 원족기에서)

_小波生, 『천도교회월보』 1918년 10월호

- **원족** 소풍.
- **토산** 토산물. 그 지방에서 특유하게 나는 물건.
- **율반** 밤을 넣어 지은 밥. 밤밥.
- **수하** 나무 아래.
- **단풍일지** 단풍나무의 가지 하나.
- **율낭** 밤을 담은 주머니.
- **소귀** 쇠귀. 여기서는 '서울 강북구 우이동'을 가리킨다.

동경 K 형에게

제1신●

형님!?

나는 지금 취운정●(재동 꼭대기) 느티나무 밑에 앉아서 두 달 동안이나 문안치 못한 형님께 두어 자 소식을 끄적이나이다.

형님!? 두 달 동안이나 편지 못 드린 것을 허물치 마시오. 전번 편지에도 말씀한 바와 같이 그 청년구락부●의 일을 좀 보느라고 어떻게 바쁜지 형님께 편지 드릴 겨를이 없었나이다. 나는 형님의 보내신 편지를 아까야 받아 보았습니다……. 그동안에 여관을 옮기셨다니 얼마나 바쁘셨습니까. 이곳은 두루두루 무고하오니 방념하시기를● 바라나이다…….

형님이 하기방학에는 나오시겠지 하고 여름내 기다렸더니 형님은 나오지도 아니하고 여름만 다 갔습니다그려…….

● **신** 편지.
● **취운정** 서울 종로구 삼청동에 있던 정자.
● **구락부** 단체, 모임 등을 뜻하는 '클럽'의 일본식 음역어.
● **방념하다** 마음을 놓다.

서실● 옆의 오동잎이 하나씩 둘씩 힘없이 떨어지나이다. 머리 위에 누른 잎이 펄펄 나르나이다. 국화 피는 가을이 왔나이다. 쌀쌀한 가을이 왔나이다. 아, 형님! 저는 장차 이 쓸쓸한 가을을 어떻게 보내야 할는지 모르나이다. 가을이 쓸쓸하다고는 사람마다 다 하는 소리이지마는 이번 가을은 다른 모든 사람보다 한층 더 제가 쓸쓸하외다.

작년까지도 가을이 이다지 쓸쓸히 생각되지는 않았는데 급자기● 금년부터는 쓸쓸하여 못 견디겠나이다.

등화를 초가친●이니, 가을은 독서의 시즌이니 하건마는 어쩐 일인지 저는 글도 읽기가 싫고, 좋은 추경●도 사생하기 싫고, 다만 이러한 임중● 인적 없는 곳 적적한 곳에 친구도 없이 혼자 와서 외로운 시나 읊고 싶사외다.

아, 형님! 저는 왜 이렇게 세속을 싫어하는 인물이 되었습니까. 왜 이렇게 쓸쓸하게 지내지 아니치 못하게 되었나이까…….

말려 하나이다, 말려 하나이다. 저는 그런 생각을 말려 하나이다. 생각하면 생각할수록 비애의 씨가 될 뿐이니까, 그런 생각을 하지 아니하려나이다.

그러나 형님! 그러한 비애를 그냥 가슴속에만 파묻어 두면 그 비애로 말미암아 일신●을 해칠 것 같사외다.

● **서실** 서재.
● **급자기** 미처 생각할 겨를도 없이 매우 급히.
● **등화초가친** '등불을 점점 가까이할 만하다'라는 뜻으로, 당나라 문호 한유의 시 「부독서성남」에 나오는 구절.
● **추경** 가을 경치.
● **임중** 숲속.
● **일신** 한 몸.

그렇다고 이런 일을 타인에게 말하면 그는 곧 나를 비열한 자, 용렬한[•] 자라고 조소할 것이외다.

그러나 다만 한 분 형님께서는 저에게 동정하실 줄로 믿삽고 부끄러운 줄도 모르고 가슴에 있는 대로 끄적이나이다.

*

작년 여름이외다. 하기 휴학 중이나 저는 사생하려(경치를 그리려) 다니느라고 별로 한가치 못하였나이다. 스케치(사생)북을 메고 삼각의자를 손에 들고 볕을 가리기 위하여 학생용 맥고모[•]를 우그려 쓰고, 녹음 밑으로 산중으로 혹은 야중[•]으로 혹은 임중 혹은 강변 혹은 인천 해변 등으로 경치 좋은 곳마다 다니면서 그림을 그렸나이다.

어느 때는 동지 2, 3인과 동반도 하고 어느 때는 내지인[•] 우인[•]과 작반[•]도 하고, 또는 나 홀로 다닐 때도 많았나이다.

어느 때인지 하로[•]는 나 혼자 장충단 근처에서 사생을 하고 있는데……. 그곳에서도 지나가는 빨래꾼들이 하나씩 둘씩 모여 서서 그림 그리는 구경을 하더이다. 대낮(정오) 볕이 들이쪼여서 가뜩이나 더운데, 한 겹 두 겹 둘러서서 깍두기 냄새를 뿜고 있으매 무어라 형언할 수 없는 악감[•]을 일으키더이다.

그렇다고 그네들에게 이곳에 섰지 말고 가라고 하는 재주도 없으며

- **용렬하다** 사람이 변변하지 못하고 졸렬하다.
- **맥고모** 밀짚이나 보릿짚으로 만든 모자.
- **야중** 들 가운데.
- **내지인** 외국이나 식민지에서 본국의 사람을 이르는 말. 여기서는 일본인을 뜻한다.
- **우인** 벗.
- **작반** 동행자나 동무로 삼음.
- **하로** '하루'의 사투리.
- **악감** 악감정.

권리도 없으므로 잠자코 그릴 그림만 그리고 있었나이다.

한참 후에 나는 나의 등 뒤에서 이상한 향긋한 냄새가 나는 것을 깨달았나이다.

그림을 한참 그리다가 채색을 다시 풀 때에야 흘긋 돌려다보니 그곳에는 내지인 여학생 두 사람과 조선인 여학생 한 사람이 섰더이다. 아마 산보를 온 길인 듯하더이다. 나는 그네들을 보고 무슨 무안을 본 듯이 고개를 얼른 돌이켰나이다.

다시 그림은 그리나 어쩐 일인지 등 뒤에서 무엇이 나의 화필 든 팔을 잡아당기는 것 같아서 팔이 자유로 놀지 않는 것 같더이다. 그래서 한참이나 어릿어릿하고 있는데 "저 다리입니다그려. 지금 그리시는 것이……." 하고 먼저 말을 시작하므로 나는 다만 "네, 그렇습니다." 하고 일본 말로 대답하였나이다.

"저희도 그림을 그립니다마는 이러한 경치 좋은 곳에서 사생을 하면 대단히 재미있지요?" 하고 이야기를 계속하므로 나는 그 내지인 여자가 서양화를 그리는 줄을 알았나이다.

"네, 대단히 재미있습니다. 당신께서도 그림을 그리십니까?"

"네, 여기 있는 세 사람이 다 서양화를 배우는 중이올시다……."

이와 같이 담화가 시작되어 피차 양화● 연구에 대한 이야기가 많이 있었으나 다만 그 조선 여자는 아무 말이 없더이다. 물론 자신은 이야기를 하고 싶었을는지도 모를 것이나 남녀의 별●이 있으므로 잠자코 있었겠지마는, 보건대 학생인 듯하니까 남녀지별●을 그다지 가릴 것 같지

● **양화** 서양화.
● **별** 구별.
● **남녀지별** 남녀의 구별

도 않더이다.

어느 틈에 사생은 다 되었나이다. 사생구를 거두어 가지고 돌아오려 할 때에 그네가 자기네의 주소를 가르쳐 주며 부디 놀러 오기를 바란다 하므로 체면상 그대로 있을 수 없어 우리 집 번지를 적어 준 후 한번 놀러 오기를 바란다 하였더니, 약속은 그다음다음 날 오후 2시에 그네가 우리 집으로 오기로 되었나이다.

이윽고 헤어질 때에는 그 조선 여자도 허리를 잠깐 굽혀 인사를 하므로 나는 될 수 있는 대로 정중히 친절히 예하였나이다.

나는 북으로 그는 서로 헤어진 후 나는 몇 걸음 아니 가서 그네의 가는 뒷모양을 돌아보았더니, 마침 그때에 조선 여자도 나를 돌아보는 중이더이다. 그래서 시선과 시선이 마주치는 그 순간에는 무슨 이상한 힘 있는 암시가 있었던 것이외다.

그날부터는 종일 그의 생각으로 지내었나이다. 서양화 연구하는 동지자—이 조건이 더욱 나의 마음은 충동이더이다.

약속의 다음다음 날이 되었나이다.

아침부터 일본객, 더구나 여인객을 대접하려고 차구,● 과자 등을 준비하고 기다렸나이다. 그러나 그때에 나의 생각에는 한 가지 문제가 있었나니, 그것은 그 조선 여자가 오늘도 일본인 여자와 함께 오려는가 아니 오려는가 하는 문제였나이다. 오후 두 시는 지났나이다. 과연 그네는 와서 놀다 갔나이다. 그러나 문제의 그 조선 여자는 오지 아니하였나이다.

무슨 일로 아니 왔는가? 집안에 일이 있음인가, 모르는 남자의 집에 오기를 싫어함인가. 현대식 여학생으로, 더구나 일본 여자와 교제까지

● **차구** 차를 달여 마시는 데에 쓰이는 여러 기물.

하면서 나의 집에는 못 올 것이 무엇 있을까 하여 이리 생각 저리 생각하다가 그날 해도 다 보냈나이다.

저녁때 답답함을 이기지 못하여 파고다 공원을 향하여 대문을 나서는데, 체전부•가 편지 하나를 전하고 가는데 수신인은 분명히 내 이름이 쓰여 있으나 발신인의 성명은 없더이다. 필적은 못 보던 필적인데, 자세히 보니까 여자의 필적인 듯하더이다. '아아 이 편지, 무명자의 이 편지, 어떠한 곳에서 어떠한 일을 전하여 왔는가……?'

나는 편지 봉피•를 뜯기 전에 먼저 이런 생각을 하였나이다.

*

형님? 편지를 여기까지 쓰는데 해가 벌써 져서 글씨가 잘 보이지 않게 되었습니다. 고다음 일은 요다음 편에 아뢰일 것이오니, 형님! 그동안에 그 편지가 누구에게서 어떠한 말을 기록하여 온 것일까를 상상하여 보시오. 저는 그만 집으로 내려가겠나이다.

낙엽이 땅에 끌려서 걸음걸음이 버석버석 소리가 나나이다.

형님 객체• 내내 평안하시기를 바라옵고 그만.

대정 7년• 신상제• 전날 취운정에서.(이하 차호)•

_SP生, 『신청년』 1919년 1월호

• **체전부** '우편집배원'의 전 용어.
• **봉피** 물건을 싼 종이.
• **객체** 객지에 있는 몸. 주로 편지글에서 글 쓰는 이가 안부를 물을 때 상대편을 높여 이르는 말.
• **대정 7년** 1918년. '대정'은 일본의 연호.
• **신상제** 일본에서 고대로부터 행해진 제사로 벼의 수확을 경축하고 이듬해의 풍년을 기원하는 의식.
• 다음 호 연재를 예고했으나 연재가 이어지지 않았다.

전차의 1분시●

전차는 지금 명월관● 앞에 정차되었다.

전등은 여전히 휘황하는데 승객들은 유리창에 이마를 대고 바깥을 내어다본다. 광화문 차에서 내린 사람들이 승차권을 손에 들고 이 차로 오른다. 제일 처음에 내지인● 여자가 오르고, 그다음에 조선인 보병 1인이 오르고, 그다음 번에 올라와 나와 비슷하게 마주 앉은 조선 부인, 그를 잠깐 보는 순간에 나의 가슴은 끓고 얼굴은 불에 타는 듯하였다…….

이윽고 그 옆에 한 신사가 앉았다. 차는 가기를 시작하였다……. 그 신사가 그 부인의 표까지 내었다. 부인은 그제야 고개를 들고 차중● 인(人)을 흘금흘금 본다. 이윽고 그의 눈이 나의 얼굴을 향할 때에 별안간 그의 얼굴은 붉어지며 고개는 숙였다. 아, 그 부인은 과연 누구인가……?

아무 사람도 아니요, 내가 어린 가슴의 풋사랑을 바치던 그 주인공이다……. 그와 나와의 혼인담이 제출된 후부터는 그는 일절 우리 집에 오

● **1분시** '1분의 시간' '짧은 시간'을 뜻하는 일본어.
● **명월관** 1909년 문을 연 유흥 음식점.
● **내지인** 외국이나 식민지에서 본국의 사람을 이르는 말. 여기서는 '일본인'을 가리킨다.
● **차중** 열차, 자동차, 전차 따위의 안.

지 않았다……. 그러나 학교 가는 길에 서로 마주치는 일이 많았다. 만날 때마다 피차없이 고개를 숙였다…….

미여운● 사주쟁이가 '이 색시는 팔자가 거세니 남의 후처로 주라고' 함으로 인하여 혼담은 파열되었다.

기후●에 그는 일본으로 공부하러 갔다는 부인네 소문을 들었다……. 3년 후 그가 귀경하였다는 소문도 들었다. 그다음에 들은 소문은 그가 서문● 외 전당포 영업하는 자의 후실이 되어 갔다는 말이었다. 그 소리를 듣고 나는 까닭 없이 분하였다…….

아아, 그러한 인연 있는 부인이 히사시가미●로 남편과 함께 나를 대하였으니 그의 가슴은 어떠하였으랴……. 나도 눈을 감고. 고개를 숙였다…….

_京城 雲庭生, 『신청년』 1919년 1월호

● **미여운** 밉다.
● **기후** '그 뒤'를 예스럽게 이르는 말.
● **서문** '돈의문'(조선 시대에 건립한 한양 도성의 서쪽 정문)의 다른 이름.
● **히사시가미** '앞머리를 모자 차양처럼 내밀게 빗은 여자 머리'를 뜻하는 일본어.

독자 제위께

—편집실에서

인제야 겨우 제1호 편집이 끝났습니다. 여러분의 도와주심을 힘입어 변변치 못하나마 이만한 것을 제위● 앞에 제공케 된 것을 깊이깊이 사례하나이다.●

편집 방책도 이렇게도 하고 싶고 저렇게도 하여 보고 싶은 것이 많습니다마는 그것은 종차●로 많은 장래에 차츰차츰 실현되어 갈 줄로 민삽나이다.

다만 우리 『신청년』은 신흥되는 우리 문단에 일대광명을 던지자는 뜻을 가지고 출생한 것이므로 제위께서도 이에 공명하여 문예에 힘써 주시면 희미한 우리 문단에 적지 아니한 도움이 될까 민삽니다.

지면의 상치●로 본 호에 게재치 못하고 내호●로 미룬 것이 많게 되었음은 독제 제위와 함께 유감히 여기는 바외다. 그 대신 내호에는 될 수 있는 대로 기사를 선택하여 충분히 게재하겠사오며, 이미 탈고된 것만 말씀하더라도 소설 「미소년」이란 것은 소파 군의 붓으로 된 예술적 작

● **제위** '여러분'을 문어적으로 이르는 말.
● **사례하다** 고마운 뜻을 나타내다.
● **종차** 이 뒤. 또는 이로부터.
● **상치** 두 가지 일이 공교롭게 마주침.
● **내호** 다음 호.

품이니 현대 소년의 사조를 묘사한 것인즉, 반드시 독자 제위의 호평을 얻을 줄로 믿사오며 지면의 형편을 따라 세계적 대문호 빅토르 위고 씨의 출세전•을 기재하려 하나이다.

그 외에도 각 방면으로 명사의 옥고를 소개하겠사오니 더욱더욱 사랑하시기를 바라나이다.

_무기명,• 『신청년』 1919년 1월호

● **출세전** 『신청년』 1919년 12월호에 실린 「위고 출세담」을 가리킨다.

● 『신청년』의 편집, 발행을 주도했던 방정환이 쓴 것으로 보인다.

편집을 마치고서

바쁜 시대 바쁜 사회의 우리가 지금 이러한 것을 쓸 때가 아니다 하는 생각도 없지 아니합니다마는, 바쁜 틈을 타서라도 이것을 아니 쓰지 못하게 된 일이 있습니다. 울고 부르짖고 깨이고 일할 우리가 본의 아닌 것, 본의 아닌 얼굴로 여러분을 뵙게 된 그곳에 무엇이 숨어 있는 것을 살펴 주시면 다행입니다.

*

아무러나 우리는 딴생각이 있어서 이 책을 만듭니다. 뜨거운 심화•의 발로•는 가릴 수 없으며 넘쳐흐르는 번민의 흐름은 막지 못하나니, 평평범범한 이 책 속에도 보이지 않는 무엇이 분명히 있는 줄로 우리는 믿습니다.

무형할• 정신의 기치하에 활동하시는 제위•에 조금의 위안을 이 책에 구하시고 잠시의 한양•을 이 책과 한 가지 하시오. 그리고 새로운 원기를 가다듬으시오.

- **심화** 마음속에서 북받쳐 나는 화.
- **발로** 숨은 것이 겉으로 드러남.
- **무형하다** 형태가 없다.
- **제위** '여러분'을 문어적으로 이르는 말.
- **한양** 한가로이 몸과 마음을 안정하여 휴양함.

*

처음 일이라 분망하기만● 하고 설비는 완전치 못하여 예정대로 되지 못한 것이 하나둘이 아닙니다. 사진을 구하여 페이지마다 넣으려고 하였으나 그것도 이번에는 바빠서 여의치 못하였으니 차호에나 삽입하겠으며, 내용은 널리 예술 방면으로 재료를 구하여 우리네 정신계를 크게 개혁하고자 하는 터이나 이번에는 처음 일이라. 키네마●계에서만 재료가 모였습니다.

그 대신 태서● 명작인 문예만 취하였습니다. 그중에 「아루다쓰」는 특별한 뜻으로 기재하였으니 잘 읽어 주시기 바랍니다.

탐정소설 「의문의 사(死)」는 현상 백 원까지 걸었지요마는 실로 흥미 있는 일이니 차차 보아 가시며 누가 진범인일까 생각해 보셔서 많이 응모하시기를 바랍니다.

*

머지 아니해서 우리가 진심으로 계획하는 것이 발행됩니다. 다 짐작하시는 바와 같이 이 잡지는 어느 어쩌지 못할 형편하에 편집되는 것이요, 실상 우리가 부르짖으려는 것은 피 있고 생기 있는 것은 머지아니하여 발행될 터이오니, 다대한● 동정이라 공명으로 애독하시기를 미리 바랍니다.

나중에 임하여 본지 창간에 대하여 여러 가지로 편익을 주신 제위께 감사를 드립니다.

● **분망하다** 매우 바쁘다.
● **키네마** 시네마. 영화.
● **태서** '서양'을 예스럽게 이르는 말.
● **다대하다** 많고도 크다.

그리고 영원한 앞길에 길이길이 사랑하시기 바랍니다.

_무기명,[•] 『녹성』 1919년 11월호

● 『녹성』의 편집, 발행을 주도했던 방정환이 쓴 것으로 보인다.

위고 출세담

제1호에 예고하였던 대문호 위고 씨의 출세담을 자•에 기재케 되었습니다. 제위•의 애독하시던 애사•(『매일신보』에 기재된 것)의 원저• 『Les Miserables』은 세계 1이란 대걸작으로, 만세불후•의 명저인데 기• 저자는 지금 좌•에 기록고자 하는 대문호 위고 씨입니다.

문학 애호자는 물론 기타 청년 학생도 그 세계적 대문호, 대시인이 어떠한 경우 어떠한 가정에서 어떻게 생장하였는지를 알고자 하는 것이 결코 공연한 일은 아닌가 합니다. (기자)

- **자** 여기. 이에. 지금.
- **제위** '여러분'을 문어적으로 이르는 말.
- **애사** 프랑스 소설가 빅토르 위고의 소설 『레 미제라블』을 번안한 일본의 신문 연재 소설 『아아, 무정』을 민태원이 다시 번안해서 『매일신보』에 연재한 작품.
- **원저** 번역하거나 번안한 책의 근본이 되는 저작.
- **만세불후** 영원히 썩거나 사라지지 아니함.
- **기** 그. 그것.
- **좌** 왼쪽. 당시 세로쓰기 형태였으므로 '아래'라는 뜻이다.

1. 세계적 대시인

고금을 통하여 세계에 유명한 대학자는 많았으나 불국•의 빅토르 위고와 같이 특수한 이는 없었나니, 그는 실로 19세기 세계 문단의 제1인이었었다.

나파륜• 1세로서 불국 제1의 제왕이라 하면, 빅토르 위고는 세계 문단의 나파륜이라 할 것이다.

위고가 출생하기는 지금부터 110여 년 전, 불란서• 혁명이 겨우 끝나고 영웅 나파륜이 구주• 전토•에 기세를 떨치던 1802년의 봄이었다.

나파륜 당•의 유력한 일사관•을 부친으로 갖고, 그 반대인 왕당의 충근한• 일반 왕의 여(女)를 모친으로 가진 그는 당시의 동요의 쉴 새 없는 불국 사회 그대로의 축도인 가정에서 생장하였다고도 할 수 있다.

그중에도 그는 지극히 허약하여 그 부모는 항상 염려하여 왈 "저 애가 만족히 자랄까?" 하였다. 그러한 터이니까 그 아이가 후일에 대위인이 되리라고는 물론 가망•도 못 하였다.

● **불국** '프랑스'를 이르던 말.
● **나파륜** 프랑스 황제 '나폴레옹'의 음역어.
● **불란서** '프랑스'의 음역어.
● **구주** 유럽.
● **전토** 국토의 전체.
● **나파륜 당** 자코뱅 당.
● **일사관** 장군.
● **충근하다** 충성스럽고 부지런하다.
● **가망** 가능성이 있는 희망.

2. 총명한 유년 시대

위고가 5세 되던 해에 그는 모친과 형과 함께 파리에 이주하게 되었는데, 위고는 5세의 유치함[●]으로도 파리 소학교에 입학하였다. 그러나 원래 신체가 허약하므로 교원을 괴롭게 폐 끼칠 뿐이었다. 교사는 한번 듣고 배우면 다시 잊지 아니하는 위고의 총명함을 귀엽게 여겨 괴로운 줄도 모르고 특별히 지도하여 주었다.

위고의 가정은 파리 클리시라는 곳인데, 정원에는 지엽[●]이 무성한 나목이 많고 그 밑에는 산양의 집도 있고 연못도 있고 샘도 있어 남부럽지 아니하게 경치가 좋으므로, 위고는 학교에서 귀가하면 늘 이 정원에서 놀아 자연을 사랑하는 마음이 나기 시작하였다.

이때 나파륜이 불국의 황제가 되어 위고의 부친 장군으로 이태리[●] 지방의 장관을 명하므로 위고의 가족은 이태리로 옮겨 가게 되었다.

기시[●]에 근히[●] 6세에 불과한 위고는 기후 온화하고 풍경 가려한[●] 이태리에 가서 화려한 산하, 물결 잔잔한 호수, 취색□□한 삼림을 □하매, 영리한 그의 뇌에는 아름다운 시상이 심히 풍부하여졌다. 후일에 그가 세계에 유명한 시문을 서한[●] 바는 실로 6세 유년인 차시[●]에 얻은 힘이 많았다.

● **유치하다** 나이가 어리다.
● **지엽** 식물의 가지와 잎.
● **이태리** '이탈리아'의 음역어.
● **기시** 그때.
● **근히** 겨우.
● **가려하다** 모양이나 경치 따위가 매우 아름답다.
● **서하다** 쓰다.
● **차시** 이때.

찌유마라는 유명한 불국 문학자가 전후 20회를 풍경 좋은 이태리에 여행하였는데, 이때 그가 말하되 "위고가 유년 시대에 다만 1회 이태리에 갔던 것이 나의 20여 회 이태리 여행보다 성적이 우승하다." 하였다. 이로써 보면 위고가 얼마나 총명하였던 것을 짐작할 수 있다.

그 후 나파륜은 서반아●를 정복하고 위고의 부친을 서반아로 전임케 하였으므로 그의 가족은 또다시 파리로 옮겨 갔다. 이번의 주택은 전보다 굉대하고● 정원이 광대하여 위고가 기껍게 되었다. 그리고 그 인가●에 박학가인 노승이 있어서 위고의 총명함을 귀히 여겨 매일 친절히 나전어●와 희랍어●를 교수하였다. 재주란 무서운 것이다. 그가 7세 시에는 벌써 나전, 희랍, 불국의 문호의 논문을 혼자 자재●로 읽게 되었다.

후일에 그가 "나는 파리에 있던 유시●에 3인의 교사를 유하였었으니, 즉 좋은 정원과 친절한 노승과 나의 모친이 시●라. 그때 그 정원은 넓고 크고 높은 장벽으로 사방을 싸고, 중앙은 광야 같고, 기 후면은 삼림이었다. 나는 그 정원에서 꽃과 나비와 희롱하며 놀았다." 저서에 특서한● 것을 보면 그가 무엇에서 대한● 교화를 받았는지를 알 것이다.

● **서반아** '에스파냐'의 음역어.
● **굉대하다** 어마어마하게 크다.
● **인가** 이웃집.
● **나전어** '라틴어'의 음역어.
● **희랍어** '그리스어'의 음역어.
● **자재** 속박이나 장애가 없이 마음대로임.
● **유시** 어릴 때.
● **시** 이것.
● **특서하다** 특별히 두드러지게 적다.
● **대하다** 크다.

3. 신동의 중학생 시대

위고의 10세 전후 시대는 나파륜 황제의 세력이 가장 진성(振盛)할 시라, 영국을 제할• 뿐이고 구주 전토는 그의 명령하에 있듯 하였다.

그러나 1812년 말에 노국• 원정에 실패한 후부터 세력이 점점 쇠잔하여 기 익익년• 춘(春)에 마침내 나파륜 황제는 쎈트 고도•에 배소•의 월(月)을 보고 울게 되니. 따라서 위고의 부친은 군직을 사하고• 말았다.

그리고 부친은 위고를 장래에 군인을 만들 계획으로 그를 중학교에 입학게 하였다. 위고가 중학 시대에는 대담한 공부가로 잠시의 틈도 아껴서 독서하였다.

중학 시대의 그는 전과 달라 학교 중 제일의 완력가이었다. 그러므로 가끔가다는 폭행 같은 일도 하였다. 그러나 그는 의협심에 당하여 약한 자를 구하고 강한 자는 완력으로 제지하였다. 그리하여 그는 학교 중의 총대장이 되어 하자•를 막론하고 자기에게 반항하는 자는 때리고 차고 하였다. 그리고 □□에 한 번 정당한 일이라고 믿는 일은 학생을 □□할 뿐외라 교사도 괴롭게 한 일이 많았다.

일면 여사한• 완력동•인 그는 항상 문학에 뜻을 두어 13세 때부터 별

- **제하다** 덜어 내거나 빼다.
- **노국** '러시아'를 이르던 말.
- **익익년** 다음다음 해. 2년 뒤.
- **고도** 육지에서 떨어진 외로운 섬. '쎈트 고도'는 세인트헬레나섬.
- **배소** 귀양지.
- **사하다** 사양하거나 사절하다.
- **하자** 어떤 사람.
- **여사하다** 이렇다.

써 시를 짓기 시작하였다. 단시뿐 아니라 논문도 쓰고 소설도 짓고 전설도 쓰고 장시도 썼다. 가끔가다 연극 각본을 지어서 자기가 친히 학생들과 함께 교실에서 실연•을 한 일도 많았다. 지을 적마다 기 작품이 탁출하여• 교사네는 항상 말하되 "후일에는 반드시 큰 인물이 되리라." 하였다.

그가 17세(혹은 15세 시라고도 전하나) 시에 불국 학사원•에서 현상 시문을 전국에 모집하였다. 이 명예 있는 현상에 입선코자 전국 문사는 거의 전부 뇌를 썩혀 노작• 응모하였다. 이때 겨우 17세의 소년인 위고는 나도 한번 응모하리라고 즉시 1편의 시를 지어서 제출하였다.

세인•의 이목을 놀래이고 성적은 발표되었는데, 명예 있는 제1등 당선자는 17세의 소년 위고였다. 그러나 선자•들이 그 1등 당선자가 일개 무명의 소년인 것을 알고 까닭 없는 의심을 일으켜 아무 이유 없이 제9등으로 떨어트렸다. 소년 위고는 그때 깊이 사회의 불공평함을 느끼었다.(후에 그가 세계적 대걸작 『애사(장팔찬)』를 작한 최초의 근원은 이때부터 생겼다 한다.)

• **완력동** 힘을 많이 쓰는 아이. 싸움꾼 아이.
• **실연** 배우가 무대에서 실제로 연기함.
• **탁출하다** 남보다 훨씬 뛰어나다.
• **학사원** 아카데미 프랑세즈. 프랑스 한림원.
• **노작** 애쓰고 노력해서 이룬 작품.
• **세인** 세상 사람.
• **선자** 뽑는 사람. 심사 위원.

5. 학자•가 단절되어 고학함

위고의 부친은 그를 군인 되게 하고자 하였으나 그는 군인을 희망하지 않았다. 그가 군인으로서 총검을 쥐기에는 너무 문재•가 아까웠다. 그러므로 그는 부친의 뜻에 반대하였다.

관 성질인 부친은 대단히 노하여 최후 명령으로 "네가 군인이 되지 않겠다 하면 일절 학비를 주지 않겠다." 하고 그에게 선고하였다. 그러나 자기의 뜻을 세우고 목적대로 성공코자 하는 그는 그래도 굴하지 아니하였다.

'내가 이번에는 부친께 복종치 아니하여 노하심을 샀으나, 일심전력으로 문학을 연구하여 나중에 가명•을 발양•시키면 반드시 부친께서 다시 사랑하시리라.' 하였다.

그러나 과연 부친은 학비를 일분•도 불급하였다.• 그는 하는 수 없이 독력으로 의식•을 구하게 되었으므로 단연히• 중학교를 퇴학하였다. 그때 그는 중학의 3년생이었으나 문학에 대한 □은 실로 교사 이상이었다.

그는 호구할 금전을 구하느라고 가진 신고•를 다 맛보았다. 그러나

● **학자** 학비.
● **문재** 글을 짓거나 글씨를 쓰는 재능.
● **가명** 집안의 명성이나 명예.
● **발양** 떨쳐 일으킴.
● **일분** 아주 적은 양.
● **불급하다** 주지 않다.
● **의식** 의복과 음식을 아울러 이르는 말.
● **단연히** 결연한 태도로.
● **신고** 고생.

그런 빈곤 중에 있어서도 그의 뜻은 약하지 않았다.

태심한● 고생으로 1년을 지내고 익년●에 그 친우●의 보조를 얻어 『보수● 문학』이라는 잡지를 발행하여 당대의 문학 미술을 논평하고, 그리고 생활비도 그에서 취입하였다.●

위고의 문명은 조일●의 승천하는 기세로 높아 갔다. 후에 그는 학사원 회원으로 천거되고 갱히● 불국 상원의원으로 선정되었다.

그는 문학뿐만 아니라 일면으로는 정치가로 활동하여, 1848년에는 공화당 보결의원으로 의장●에 입하여● 루이 훠리푸 왕●의 실정을 공격하였다. 왕정이 멸하고 공화정치의 세●로 변하여 국민의 열광적 환영을 받으면서 친히 대통령으로 입한 나파륜 3세가 국민의 기대에 반하여 압제정치를 행할 시에 분격한● 위고는 또 그를 향하여 격렬히 반대하였다. 그로 인하여 1851년에 마침내 추방의 몸이 되었다. 조국에서 쫓겨난 그는 백이의●로 가고, 백이의에서 쫓긴 그는 또 다른 곳으로 향하여 1870년에 지하기까지● 춘풍추우● 20년간을 이리저리 곳곳으로 돌아다

● **태심하다** 너무 심하다.
● **익년** 이듬해. 다음 해.
● **친우** 가까이하여 친한 사람.
● **보수** 새로운 것이나 변화를 받아들이기보다 전통적인 것을 옹호하며 유지하려 함.
● **취입하다** 얻다. 불어넣다.
● **조일** 아침 해.
● **갱히** 다시.
● **의장** 회의장.
● **입하다** 들어가다.
● **루이 훠리푸 왕** 샤를 루이 나폴레옹 보나파르트. 나폴레옹 3세.
● **세** 세상.
● **분격하다** 격노하다.
● **백이의** '벨기에'의 음역어.
● **지하다** 이르다

넜다.

이 길고 긴 유죄●로 다니면서도 그는 도처에 정의와 인도를 위하여 싸웠다. 영국이 나파륜과 연합하는 것이 그름을 연설하고, 혹은 인민을 위하여 정치 연설을 하고, 이리하다가 그는 본국에 돌아와 저술에 힘쓰다가 드디어 83세에 세상을 버리니, 인민이 그의 사(死)를 아끼어 비통함을 이기지 못하여 그의 장일●에 파리 시가●는 전혀● 조객으로 파묻혔다는 것을 보아도 시민이 얼마나 그를 존경하였는지 알 것이다.

그는 시인, 작극가, 소설가, 정치가, 미술가 등 각 방면으로 활동하였다. 유명한 『애사』는 그가 유배 중에 저작한 것으로, 그의 60세 시에 공개한 것인데 전 세계의 각국어로 번역되어 기명●이 굉대하며, 그 외에도 『에르나니』 등 수종은 실로 천고의 명작이라, 세계에 그를 모르는 이 없어, 위대한 문호이며 불출세●의 대시인이여! 하고 경모한다.●

그는 실로 세계 문단의 나파륜으로, 지구의 다하는 날까지 기명이 불후할 것이다.

_一記者,● 『신청년』 1919년 12월호

● **춘풍추우** 봄바람과 가을비라는 뜻으로, 지나간 세월을 이르는 말.
● **유죄** 유형. 구형 가운데 죄인을 귀양 보내던 형벌.
● **장일** 장사를 지내는 날.
● **시가** 도시의 큰 길거리.
● **전혀** 모두.
● **기명** 그 이름.
● **불출세** 매우 뛰어남. 좀처럼 세상에 나타나지 못할 정도로 뛰어남.
● **경모하다** 깊이 존경하고 사모하다.
● 『신청년』의 편집, 발행을 주도했던 방정환이 쓴 것으로 보인다.

편집실에서

감사하외다. 사감하외다.•

세상모르는 갓난아이 『신청년』을 그다지 다정히 사랑하시고, 그다지 열렬히 공명하여 주시니 감사하외다.

신진하는 우리 청년, 신흥하는 우리 문단에 미력이나마도 공헌코자 출생한 『신청년』이 실로 예기• 이상의 열과 성으로 환영된 바는 일반이 주지하는 사실이외다. 기자는 거듭 여사한• 자가•의 광고를 위하여 제위•의 귀중한 『신청년』의 지면을 더럽히고자 아니 하나이다. 다만 모든 일은 본지 1호가 발행 후 10일 이내에 전부 매진되어 사계•의 신기록을 작하였음으로써 짐작하시옵소서.

『신청년』을 발행한 지 순일•이 못 되어 기자는 수없는 뜨거운 편지를 접수하였으니 그것은 애독자 제위께서 보내 주신 서면, 기서,• 축하

• **사감하다** 감사하다.
• **예기** 미리 생각하고 기다림.
• **여사하다** 이렇다.
• **자가** 자기 자체.
• **제위** '여러분'을 문어적으로 이르는 말.
• **사계** 해당되는 분야.
• **순일** 열흘.
• **기서** 기고.

장, 우•는 기자를 격려하시는 문면•이외다. 아아, 하등 감동이요, 기자는 그 수다한 제위의 서간을 일일히 배독할• 때 미면미지•의 제위의 면영•을 눈앞에 대한 듯이 느꼈나이다. 그리고 신무대에 활동할 신청년인 그에게 행복을 줍시사고 마음으로 축복하였나이다. 혹은 금시에 편집실에서 뛰어가 그의 손을 잡고 싶게까지 열정으로 써 보내신 것도 있었나이다.

제위여, 뜨거운 피에 끓는 기자의 젊은 마음을 웃지 마시옵. 새 사회를 건설할 신청년 제위를 생각하는 기자는 편집실 책상에 있어서 1일도 제위를 사모치 않는 때 없으며, 제위의 사랑하시는 『신청년』을 잊는 때는 순시•도 없나이다. 아아, 육체도 관철하는• 영의 교감! 『신청년』은 항상 이러한 심경하에 편집되어 가나이다.

*

그렇게 열정으로 대하여 주시는 제위께 마음껏 정성껏 진심으로 다정케 뵈옵지 못하는 것이 아무것보다도 유감이고, 무엇보다도 부끄럽사외다.

이번 호도 몇 번인지 거르고 추려서 부끄러운 것을 제공케 되었나이다. 그러나 이 뜻을 살피시고 제위께서만 잘 보아주시면 그다지 낙망할 것도 없을까 하나이다.

• **우** 또.
• **문면** 문장이나 편지에 나타난 대강의 내용.
• **배독하다** 남의 글월을 존경하는 마음으로 공손히 읽다.
• **미면미지** 아직 얼굴을 모르다.
• **면영** 얼굴 모습.
• **순시** 삽시간. 아주 짧은 시간.
• **관철하다** 어려움을 뚫고 나아가 목적을 기어이 이루다.

요만한 범위 내에서라도 제위의 사랑하시는 『신청년』을 제위의 좋으실 대로 유익하게 이용하시도록 편집고자 하오니, 제위의 의향을 통지하여 주시며 부적합한 곳은 비난하여 주시기를 바라나이다.

*

제위께서 보내 주신 원고를 일일히 게재하고자 하였고, 또는 그럴 규정이오나 제위도 익히 아시는 바 편집상 여러 가지 형편과 관계가 많아 몇 가지는 게재치 않기로 되었고, 몇 가지는 지수● 관계로 차호에 게재키로 하였사오니 통촉하여 주시고 더욱더욱 기고하여 주시기를 바라나이다.

어쩌는 수 없는 형편이었사오나 「동경 K 형에게」를 연재치 못하게 된 것은 유감 중에도 큰 유감이외다. 그 대신 본 호에는 「사랑의 무덤」이라는 가편●을 제공하였사오니 자세히 읽으시고 다른 가정에도 일독을 권고하시기를 바라나이다.

모든 일이 뜻과 같이 되지 않는 세상에 사는 저희는 일체를 예고치 아니하려나이다. 다만 어느 때일지 3호 지상에서 뵈옵기까지 사랑하시는 제위의 건강을 비옵고, 애달픈 이 붓을 던지나이다.

_무기명,● 『신청년』 1919년 12월호

● **지수** 종이의 수. 또는 지면의 수.
● **가편** 아주 잘된 작품.
● 『신청년』의 편집, 발행을 주도했던 방정환이 쓴 것으로 보인다.

『신여자』 제1호

산산이 쏟아지는 찬 눈 속에서
그래도 철이라고 피었습니다.
높고도 깊은 산의 골짜기에서
드문히 떨어지는 조그만 샘물
그래도 깊이 없는 대양의 물이
그 샘의 뒤끝인 줄 모르십니까.
공연히 어둠 속에 우는 닭 소리
그래도 아십시오, 새벽 오는 줄

_무기명,● 『신여자』 1920년 3월호

● 방정환과 함께 경성청년구락부를 조직했던 유광렬의 회고에 따르면, 방정환은 『신여자』의 편집고문으로 활동하였다고 한다. 『신여자』 창간호의 권두언은 방정환의 호 '소파(小波)'의 뜻과도 유사한 것으로, 방정환이 쓴 것으로 보인다.

꽃 이야기

조물의 신의 힘으로 된 아름다운 자연의 고운 꽃. 그중에는 봄에 피는 것도 있고 여름에 피는 것도 있고 또는 가을 겨울에 피는 것도 있을 뿐만 아니라 빛으로도 홍, 황, 백, 자 등이 있어 그 종류를 10이나 100으로 헤이지● 못하게 많지만, 다 각각 별다른 특색으로 신비로운 자연의 미를 나타내어 있으므로 사람사람이 너 나, 상하가 없이 다 같이 사랑하는 것입니다. 까닭도 모르고 그 미에 흠할● 뿐입니다.

그러나 그 사랑스러운 고운 꽃의 유래와 내력을 알고 보면 더한층 재미있고, 더 곱게 더 아름답게 보이는 것입니다. 이에 그중에 가장 흥미있고 가장 유명한 것을 몇 가지 소개하겠습니다.

물망초

물망초! 물망초.

* 발표 당시 '재미있는 서양 전설'로 소개했다.

● **헤다** '세다'의 사투리.

● **흠하다** 공경하다. 원문에는 "연(軟)할"로 되어 있으나 '흠(欽)할'의 오식으로 보인다.

잊지 말라는 풀! 그 이름부터가 얼마나 연하고 연연한• 애연할• 이름입니까. 화려한 색채도 없고, 그렇다고 좋은 향기도 없는 꽃이지마는 물망초라는 공중색• 같은 조그마한 꽃은—두 손을 가슴에 안고 무엇인지 홀로 깊은 생각 속에 든 소녀와 같이 보드랍고 연연한 귀여운 꽃입니다.

물망초! 잊지 말라는 풀! 얼마나 아름다운 이름입니까. 얼마나 애연할 말입니까……. 더구나 이러한 가련한 슬픈 내력이 있는 줄을 알면 더 한층 연연합니다. 색채도 없고 향내도 없는 조그만, 이름 있는 풀이 세상 사람들에게 물망초, 물망초 하고 불리게 되기까지는 옛날 어느 한 사람의 기사의 불쌍한 죽음이 숨겨 있는 것입니다.

그것은 멀고 먼 옛적에 독일이란 나라에 곱고 젊은 기사가 한 사람 있었습니다. 어느 쾌청한 날 기사는 자기와 약혼한 연인인 처녀와 함께 여러 가지로 재미있는 이야기를 하면서 도나우강의 물을 끼고 그 하변•을 조용히 산보하였습니다.

물론 그의 애인인 처녀, 선녀같이 곱고 아름답고 그리고 그의 입고 있는 녹색 의복에는 하날•에 휘황한 별같이 보석이 번득입니다. 그리고 그 선녀 같은 처녀의 옥수•를 잡고 가는 기사는 참으로 남자답고 수려한 풍채라서 두툼한 젖빛 같은 두 볼이라든지, 서늘하게 광채 나는 두 눈이라든지 보기 드문 청년이었습니다.

두 남녀는 서로서로 애인의 손을 잡고 거닐으는 데 흥미를 붙이어 얼

• **연연(戀戀)하다** 애틋하게 그립다. 미련을 두다.
• **애연하다** 슬픈 듯하다.
• **공중색** 하늘색.
• **하변** 강가.
• **하날** '하늘'의 사투리.
• **옥수** 여성의 아름답고 고운 손.

마를 왔는지 모르게 이야기를 하면서 걸었습니다. 이렇게 하변으로 한참 가다가 언뜻 보니까 어데서부터 흘러오는지 길고 긴 유수•에 조그만 풀이 떠서 물결과 함께 흘러 내려옵니다.

평소에 화초를 좋아하는 처녀는 기사의 손을 잡고 발을 멈춰 서서 무슨 풀인가 하고 보았습니다. 조그만 가늘은 풀에 엷은 공중색의 아름다운 꽃까지 피어 있습니다.

이 하수•의 상류 연안 어느 곳에 어떻게 피어 있는가, 어떻게 물에 떠서 이곳까지 흘러왔는가 알지 못하겠으나 이름도 없는 조그만 어여쁜 그 풀이 도회에서 자라난 처녀에게 어떻게 진기하게 보였는지 모르겠습니다. 더구나 처녀는 평소에 화초를 좋아하는 터이므로 지금 본 그 아름다운 꽃이 그냥 그대로 물결에 흘러 내려가게 내버려 둘 수는 없었습니다. 그래서 “아이그, 저 꽃을 잡았으면, 잡았으면.” 하며 안타까워하였습니다.

애인이 취해 가지고자 하는 것을 보고 젊은 그 기사는 그 하수의 깊이를 헤아릴 여가도 없이 그 꽃을 잡으러 뛰어 들어갔습니다. 물 위로 한 걸음 한 걸음 걸어 꽃을 잡으러 하중•으로 들어가서 기어코 목적하던 그 공중색 꽃 핀 풀을 잡아 들었습니다. 하변에 섰는 처녀는 그 꽃 잡은 것을 보고 기꺼워하였습니다.

그러나 애달픈 큰일이 생겼습니다. 기사는 목적하던 꽃을 잡기는 잡았으나 몸에 입은 갑옷에 싸인 무거운 몸을 어쩌지 못하고 그대로 물속에 가라앉게 되었습니다. 하변에서 이 광경을 본 처녀는 놀래서 소리쳐

• **유수** 흐르는 물.
• **하수** 강이나 시내의 물.
• **하중** 강 가운데.

구원을 구하였으나, 원래 인적 없는 적적한 곳이라 뉘라서 그 소리를 듣고 올 사람이 없었습니다. 처녀는 어찌할 줄을 모르고 미친 사람같이 날뛰는데 벌써 기사는 몸이 다 잠겨서 이제는 뉘가 와도 구할 수 없게 되었습니다.

처녀는 아무래도 하는 수 없이 발을 구르며 섰는데, 마지막 가라앉는 기사는 최후의 힘을 들여 손에 들었던 그 풀을 처녀 섰는 곳을 향하여 던지고 애인에게 대한 마지막 유언으로, "잊지 말아 주십시오." 하는 애연한 일구•가 자색으로 변한 기사의 입술로 나왔습니다. 이렇게 하여 그 이름 없는 풀은 처녀 섰는 곳에 떨어지고 기사는 영영 물속에 가라앉아 버렸습니다.

그 후부터는 짙은 녹색의 잎새에서 엷은 공중색의 연연한 눈동자를 끔벅이고 있는 그 꽃을 사람들이 잊지 말라는 풀이라고 부르게 된 것입니다. 그래서 물망초! 물망초! 하고 귀엽게 여기며, 정든 벗에게 이 풀을 뽑아 보내기도 하고 또는 애인에게 잊지 말아 달라는 뜻으로 보내기도 하는 것입니다.

히아신스

히아신스! 그것은 순결한 향기 좋은 고상한 보드라운 꽃입니다.

잎은 거의 수선화와 다르지 아니하고, 뿌리도 수선화같이 마늘송이같이 된 동그란 덩이입니다. 수선화 같은 청결한 잎 6, 7에 에워싸여 그

• **일구** 한 마디의 말이나 글.

가운데서 연하고 부드러운 줄기가 잎만치 길게 올라오고 그 줄기 머리에 음푹음푹한 곱고 연연한• 꽃이 도독도독• 붙습니다.

잎도 꽃도 다 같이 정하고• 고결하지마는 그 꽃에서 나는 향내는 참으로 고상한 것입니다. 으스러지지 않는 것 같으면 폭 끼고 싶은 정하고 부드럽고 예쁘고 향내 좋은 꽃입니다. 이 꽃을 이름까지 상긋하게 '히아신스' 하고 부릅니다. 히아신스, 무엇인지 정답고 연연한 이름 아닙니까?

히아신스, 히아신스. 고상한 이 꽃에는 또 어떠한 애연한 전설이 잠겨 있는지…….

옛날 옛적에 히아신스라고 부르는 왕자가 라코니아•라는 곳에 있었습니다. 왕자는 날마다 아폴로라는 신의 깊은 사랑을 받아 아무 부족해하는 일 없이 즐겁게 세월을 보냈었습니다.

그런데 이때에 제피로스라 하는 신이 아폴로 신과 왕자가 서로 의좋게 지내는 것을 시기하여 왕자의 신상에 무슨 과실이 있기만 바랐습니다. 원래 제피로스라는 신은 심술궂은 신이라 왕자가 때때로 호수 위에 배를 띄우고 선유할• 때에 별안간 파도를 일으켜 그 선유하는 배를 둘러엎어 해를 끼치고자 하였습니다. 그러나 늘 호수 물길의 형세가 마음대로 되지 아니하여 하지 못하였었습니다.

어느 날 바람은 잔잔하여 불지 아니하고, 하날은 신선하고 청명하게 개었습니다. 왕자는 아폴로 신과 함께 둥글게 생긴 고리 같은 것을 서

- **연연(姸姸)하다** 곱디곱다. 아름답다.
- **도독도독** '도도록도도록'(여럿이 모두 가운데가 조금 솟아서 볼록한 모양)의 준말.
- **정하다** 깨끗하다.
- **라코니아** 라케다이몬. 고대 그리스의 도시국가.
- **선유하다** 뱃놀이하다.

로 던지고 받고 하면서 재미스럽게 놀고 있었습니다. 붉은빛 푸른빛 오색이 영롱하게 물들던 철로 만든 고리는 하나씩 하나씩 두 사람의 손을 거쳐 풍풍 하고 첫여름 푸른 하늘에 높이 떴다 정그렁 하는 소리와 함께 땅에 떨어지는 모양은 참 재미스러웠었습니다.

그런데 아폴로 신이 던진 쇠고리가 왕자의 앞에 떨어질 때에 왕자가 급히 집으려고 하는 순간 감람수• 그늘에 두 사람이 즐겁게 놀고 있는 것을 바라보고 있던 제피로스가 급히 사나운 바람을 일으켰습니다.

가엾고 불쌍한 왕자! 천진스럽게 놀던 왕자. 바람에 불리는 날카로운 쇠고리에 차여 양미간을 베이고 붉은 피가 뚝뚝 떨어지는 대로 풀밭에 폭 엎드려져서 그대로 숨이 졌다 하옵니다. 아폴로 신은 얼굴이 파랗게 질려 왕자를 다시 살리려고 애를 무수히 썼으나 왕자의 입술은 굳게 닫히어 어찌할 수 없게 되었습니다.

아폴로 신은 어떻게 슬프던지 목이 메어 흑흑 느껴 울면서 감람수 그늘 조그마한 샘물 나는 가변•에 정성껏 왕자를 장사 지내 주었습니다. 그러나 아름다운 소년의 양자•를 차마 잊기 어려워 이름을 그대로 히아신스라고 지어 주고, 쇠고리 던지고 즐겁게 놀던 느낌 깊은 라코니아 들에 봄철이 되면 아름답게 피는 고결한 꽃이 되었다 하옵니다. 이러한 슬픈 운명 아래에 피인 히아신스는 영원히 진세•라는 꽃 이름을 얻게 되었다 하옵니다.

홍, 백, 자의 오색이 갖추갖추• 이 꽃 밑에 새기어 있는 것은 아폴로

• **감람수** 올리브나무.
• **가변** 가장자리.
• **양자** 얼굴 모양. 겉모습.
• **진세(盡歲)** 원문 그대로이다. 정확한 뜻을 알 수 없다.
• **갖추갖추** 여럿이 모두 있는 대로.

신과 두 사람이 라코니아 들에서 서로 던지며 놀던 쇠고리의 빛을 의미한 것이라고 세상 사람들의 전설이 되었습니다. 꽃 이야기가 여러 가지 있는 참에 오색 고리의 이야기처럼 □□하고 기묘한 이야기는 없습니다. 그래서 히아신스를 볼 때마다 꽃다운 풀밭을 가볍게 치며 놀고 있던 아름다운 왕자의 형상 같습니다.

아름다운 사제●

풍(風)의 신 제피로스의 심술궂은 시기로 아름다운 왕자가 불쌍히 죽었다는 말을 듣고, 라코니아 사람들은 박명한● 왕자를 위하여 해마다 '히아신시아'라고 하는 제사를 지내려 하였습니다. 사흘 동안은 빵을 먹지 아니하고 사탕과 과자만 먹으며, 여자는 결코 머리에 꽃을 꽂지 아니하니 왕자가 죽은 것을 슬퍼하는 뜻을 표함이외다.

그다음 날은 저자의 청년들은 아름다운 복장을 입고 거문고를 울리고 피리를 불며 미소년 히아신스를 잃은 아폴로 신을 위로한다고 합창을 부르며, 쇠고리 던지며 놀고 있었다던 들에 모이옵니다. 또 한편으로는 청년의 일대가 다수한 소녀를 마차에다 싣고 단가를 부르며 저자를 다 돌고 들로 모여, 동서로 날● 때 이 성대히 쇠고리 던지는 경기가 시작된다 하였습니다. □□□□□□ □□ □ □□□□□□ 먹을 것을 후히 주어 대접하였다 하옵니다.

● **사제(祀祭)** '제사'의 오식으로 보임.
● **박명하다** 수명이 짧다.
● **나다** 나뉘다.

그러나 □□□□□ 이상하게도 이때까지 고요하던 일기•가 별안간 사나운 바람이 불어 할 수 없이 이 아름다운 제사도 중지하게 되었다 하옵니다. 라코니아 사람들은 이것은 필연 제피로스 신이 하는 버력•인가 보다고 무서워서 서로 껴안고 꼼짝하지 못하였다 하옵니다. 제피로스는 참 투기 많고 괴악한 귀신인 듯하옵니다.

이 아름다운 제사가 없어지게 된 데 대하여는 라코니아 노예들은 어떻게 실망을 하였는지 모른다 하옵니다.

일 년 동안에 겨우 사흘 동안 자유의 날을 얻어서 다른 사람과 같은 대우를 받게 되던 기쁜 날이 제피로스의 심술궂은 헤살•로 중지되는 것을 한없이 애석히 여기었을 것이옵니다. 우리들도 이러한 아름다운 제사가 없어진 것을 충심으로 섭섭히 여기옵니다.

_月桂,• 『신여자』 1920년 5월호

● **일기** 날씨.
● **버력** 하늘이나 신령이 사람의 죄악을 징계하려고 내린다는 벌.
● **헤살** 일을 짓궂게 훼방함. 또는 그런 짓.
● 유광렬의 회고에 따르면, 방정환은 『신여자』의 편집고문으로 활동했다. 이 글에서 다룬 물망초와 히아신스는 방정환이 좋아했던 꽃으로, 방정환이 『어린이』에서도 소개한 적이 있으며 글도 거의 유사하다. 이 글을 쓴 '月桂'는 방정환이 『신여자』에서 사용한 필명으로 보인다.

불쌍한 생활

기봉•인 화운•이 느리게 떠 있을 뿐, 바람은 죽고 땅은 타는 듯하여 금일도 작일•만 못지않게 덥다. 오늘 쓰려던 원고를 다 쓴 나는 무거운 짐을 벗어 버린 때 같은 기분으로 부채를 들고 마루 끝에 나앉았다.

'오늘 해도 다 갔다.' 하는 듯이 느리게 떠 있던 흰 구름이 슬금슬금 동으로 흐른다. 저녁때 가까운 불볕이 아까보다도 더 푹푹 찌게 덥다. 아래채 지붕 기왓장과 마루 앞 주춧돌이 바짓바짓 타는 것 같고 좌우는 그윽히 조용하다.

늦은 아침때부터 시작하여 온종일 들리던 역군•의 지경• 닺는• 소리가 지금은 또렷이 들린다. 뒷집(전 광제원• 적•) 빈터에 여자 교원 양성소의 기숙사를 짓는다던 소문이 사실로 실현되어 기공하기는 며칠 전 일이다. 지금 그 지경을 닺는 것이다.

• **기봉** 이상하고 신기하게 생긴 봉우리.
• **화운** 여름철의 구름.
• **작일** 어제.
• **역군** 공사장에서 삯일을 하는 사람.
• **지경** 일정한 테두리 안의 땅.
• **닺다** '다지다'의 준말.
• **광제원** 대한제국 때 백성의 질병을 고쳐 주던 국립 병원.
• **적** 흔적. 자취.

무엇이라고 하는지 노래 같은 선창이 끝나면 "에여라, 처어……?" 하고 여러 역군의 소리가 자못 처량하게 들린다. 그리고 그것이 뒤 없이 연속된다. 어쩐지 옛날이야기를 듣는 듯한 애연한● 그 소리에 마음이 끌려 나는 몸을 일어 그곳으로 가 한편에 쌓아 놓은 벽돌 옆에 서서 보았다.

재목과 벽돌 등 건축 재료는 이곳저곳에 질서 없이 쌓여 있는데, 저편 서늘한 나무 그늘에서 일본 목공들은 재목 마름질을 하고 있고, 이편 볕받이●에서 지경을 닺는 역군들은 종일 노역에 피곤한 몸 느린 팔로 굵은 줄을 붙들고 섰다. 아니 그 줄에 매달려 있다.

석양은 무정하게 그들에게 불같이 비친다. 기중●에 선창의 역을 맡은 이는 사십 넘어 보이는데, 괴로운 노동 생활에 닦이고 깎이어 처참한 인생의 파란을 겪어 온 가련한 무슨 흔적이 보인다.

모두 다 그러한 가련한 장정 수십 인이 1일의 처자를 구할 미가●를 구코자 뜨거운 볕 밑 무거운 줄에 달려서 공평치 못한 세상을 원망하는 듯이 구슬픈 소리를 지른다.

저리하여 가련한 장정 저네의 땀, 힘으로 굳게 다진 그 위에 신옥●이 서면 그 집 그 방에는, 몇 백 리 타관에서 학업을 닦는 꽃 같은 처녀네의 고향을 그리는 애연한 로맨스와 미쁘운● 청년과의 아름다운 연애담이 담화되렷다.

● **애연하다** 슬픈 듯하다.
● **볕받이** 양지. 볕이 바로 드는 곳.
● **기중** 그 가운데.
● **미가** 쌀값.
● **신옥** 새로 지은 집.
● **미쁘다** 믿음성이 있다.

이렇게 생각하매 저네 역군들의 경우가 더한층 가련하게 느껴진다. 가련한 장정, 그네의 지르는 "에여라, 처어!" 구슬픈 부르짖음에 해는 저문다.

해는 이미 저물어 보이지 아니한다. 선창 역인 그가 주름지는 목을 늘이어 동편을 보면서 이런 소리를 자못 슬프게 부른다.

저 산 너머로 해는 지구요
　　　　에여라 처어
저 건넛마을에 저녁연기 오르네
　　　　에여라 처어
우리네 집에서도 저녁상 놓고요
　　　　에여라 처어
정다운 처자가 고대를 한다네
　　　　에여라 처어

아아 애연한 그 소리에 나는 울었다. 눈에 고인 눈물이 넘쳐서 뺨으로 굴러 흘렀다.

몇몇의 수전노의 희생이 되어 거친 세상 험한 물결에 잠기고 뜨고 흐르고 내리며 저렇게 슬프게 부르는 저네의 뒤에는 다 각각 말 못 할 비애의 생활이 기다리고 있는 것이다. 해는 지고 세상은 어두운데, 쌀 팔아 옷자락에 들고 나뭇단 등에 지고 적적한 산기슭으로 터벅터벅 돌아가는 역부의 귀로를 나는 상상하였다.

아아 가련한 인생! 참혹한 세상!

낡은 초가집 거친 마루에 앉아서 산 아랫동리의 저녁연기 오르는 것을 보며, 노동하여 얻어 가지고 올 쌀과 나무를 기다리고 앉았는 식구는 또 어떤 비애에 싸여 있는 가련한 인생일까.

아아, 공평과 행복을 표방하는 사회는 이러한 생활을 감추고 있다.

*

오후 세 시쯤 하여 안에 부인객 1인이 왔다.

그를 피하여 사랑으로 나아가다가 그의 얼굴과 마주 보게 되었다. 그 순간! 양방의 얼굴에는 반가운 빛과 함께 너무나 의외의 대면에 화끈하고 번개가 일었다.

그는 전일에 나와 한때•에 미동보통학교를 졸업한 이다. '○석자'라는 그의 성명도 지금껏 잊지 않았고, 그가 그때 여자부의 1위 우등 졸업생인 것도 아니 잊었다. 더구나 그가 곱게, 덕성스럽게 생겼다 하여 당시 남자부의 머리 굵은 학생들이 수근대고 떠들던 일도 생각난다. 그리고 나는 그때에 사무실의 지정으로 특히 여자부와 접근케 된 일이 많았으므로 그도 나의 성명도 알고 또는 잊지도 않았을 것이다.

당시 그의 집은 새문• 밖, 놋점골 팔각정 동산 위 다 쓰러지는 초옥•이었다.

졸업 후 벌써 7년! 모르는 그동안에 사람마다 칭송하던 그의 길고 숱한 머리는 탐스런 쪽•으로 변하였다. 7년 후, 봄은 일곱 번 오고 일곱 번 갔다. 어쩐 인연으로 누구를 알아서 우리 집에를 오는가.

• **한때** 같은 때.
• **새문** '돈의문'(조선 시대에 건립한 한양 도성의 서쪽 정문)의 다른 이름.
• **초옥** 초가.
• **쪽** 시집간 여자가 머리카락을 땋아 틀어 올려 비녀를 꽂은 머리.

나는 사랑에 나와 앉아서도 그의 생각으로 헤맸다. 그가 간 후에 나는 집안사람에게 이런 이야기를 들었다.

그는 보통학교를 졸업한 후 가세 빈한하므로 고등학교에 입학하지 못하고 집 안에 있어 살림을 보았다. 그 이듬해에 불행히 부친이 몰하매, 가련한 모녀는 막막한 천지에 바랄 곳이 없어 한때 생계를 잇기에 가망이 없었다. 슬하에 자손 하나 없는 부인은 이 넓은 세상에 다만 석자의 일신•밖에 바라고 의지할 곳이 아무것도 없었고, 석자 역• 처녀의 몸이라 착실한 곳에 출가하는밖에는 아무 도리가 없었다.

그러나 냉랭한 세정•에 누가 장모까지 살리려는 이도 없고, 더구나 석자는 어릴 때부터 학교에 통학하느라고 무엇을 집 안에서 배울 여가도 없었지마는 가세가 난고하여• 살림살이에 보고 배울 것이 없어 출가할 신부의 모든 자격을 구비치 못한 것이 자심•에도 꺼리는 터이었다.

이럴 때 누가 중매하는 이가 있어 지방 어느 부호의 자제로 상경하여 어느 전문학교를 졸업하고 지금 모 관청에 사진하는• 판임관•인데, 미혼자로 객지에 있는 터이니까 합당한 신부를 구하여 서울 살림을 설치하려는 터이며, 더구나 젊은 내외의 서투른 신가정이니까 장모가 있어 가사를 보살펴 주면 더욱 좋은 일이라 하여 구혼하는 이가 있다 하므로, 고경•에 빠져 갈 곳을 모르고 헤매는 석자의 모녀에게 이런 다행한 일

• **일신** 한 몸.
• **역** 또한. 역시.
• **세정** 세상의 사정이나 형편. 또는 세상 사람들의 인심.
• **난고하다** 괴롭고 어렵다.
• **자심** 자기 마음.
• **사진하다** 벼슬아치가 규정된 시간에 근무지로 출근하다.
• **판임관** 일제강점기에 장관이 마음대로 임명하고 해임하던 하위 관직.
• **고경** 어렵고 괴로운 처지나 형편.

이 없어 즉시 응낙을 하고 그 후 얼마 있지 아니하여 성대치는 못하나 식을 갖추어 혼례를 치렀다.

그러나 결혼 후 2개월 후에 그 모녀는 놀라울 일을 발견하였다. 그는 지방 부호의 아들이라 하더니 그의 본집은 서울 아래대• 중림동에 있고, 그에게는 이미 남매 2아를 생산한 부인이 있으며, 그 외의 일본인 첩까지 있어 지금 석자는 셋째 아내인 것이다.

낙심 절망 분노 비애가 일시에 가슴에 엉키어 일어나 어쩔 줄을 몰랐다. 그러나 이제 이르러 아무래도 하는 수가 없어 분한 눈물을 억지로 참아 가면서, 다만 지금의 이 생활대로나마 영원히 계속되기만 바라고 살았다.

*

3년 후이다.

부랑 청년에게 변화 없는 단순한 생활의 3년간은 너무도 지리하였다. 민적•에 기입도 못 된 연약한 여자의 몸이 무리로 이혼을 강박되어 까닭 없이 버린 몸이 된 그는 지금 홀로 노모를 모시고 북촌 계동 구석 남의 집 곁방에서 울며 지낸다 한다.

나는 그 이야기를 듣고 측연한• 마음을 금치 못하였다. 세상에는 남의 생명을 이렇게 유린하는 자가 적지 않다. 아아, 수족•에 밟힌 야화!• 이런 운명에 울고 있는 부녀가 얼마나 많을까. 거친 세상, 쌀쌀한 인정에 연약한 몸으로 저주받은 그가 노모를 모시고 장차 어찌나 살아가려

• **아래대** 예전에 서울 도성 안의 동남쪽을 이르던 말.
• **민적** '호적'을 달리 이르던 말.
• **측연하다** 가엾고 불쌍하다.
• **수족** 짐승의 발.
• **야화** 들꽃.

는가…….

아까 언뜻 본 그 석자 부인의 자태가 가없는• 넓은 들가에 외로이 서서 우는 양이 보인다.

아아, 해는 지고 바람은 부는데…….

세상은 거칠고, 인정은 냉랭한데 연약한 홑몸으로 노모를 모시고 어찌 되려는가. 아아, 운명에 울고 있는 여자!

나는 책장 속에서 보통학교 졸업 기념사진을 꺼내 들고 남학생 앞줄에 서 있는 여자부 졸업생 중에서 그를 찾아보았다.

한 손으로 앞에 앉은 여교사의 의자의 귀퉁이를 짚고 서서, 눈살을 조금 찡그리고 사기• 없이 생긋 웃는 그 모양!

아, 천진난만한 그의 학생 시대! 그러나 거친 운명의 물결에 떠도는 그는 일생을 두고 다시는 그러한 시대를 보지 못하렷다.

자기보다도 노모를 구하기를 위하여 꽃 같은 청춘인 석자 부인은 또 다시 새로운 운명에 흐르렷다. '비운에 우는 가련한 모녀에게 행복을 주소서. 연약한 그네 앞길을 밝은 곳으로 인도하소서.' 하고 나는 지금 그의 장래를 진심으로 축복하건마는 운명의 신은 또 어떠한 경우에로 그를 번롱하려는지…….•

비운에 우는 여자, 운명에 쫓기는 석자 부인!

수족에 밟힌 야화!

아아, 나는 다시 부르지 아니치 못하였다.

• **가없다** 끝이 없다.
• **사기** 요사스럽고 나쁜 기운.
• **번롱하다** 이리저리 마음대로 놀리다.

아아, 약한 자야!

너의 이름은 여자이다!

(수필록에서)

_잔물, 『신청년』 1920년 8월호

이태리 대문호 단눈치오의 소개

현존의 세계적 시인이요 애국 비행가로서, 근일 휴메● 독립을 선언하였다 하여 천하의 이목을 경동케● 하며, 세계 개조 역사의 페이지를 아름답게 하는 피유명한● 단눈치오●는 지금부터 56년 전(즉 1864년)에 아드리아해에 면한 페스카라●라 하는 마을에서 났다. 오태리●에서 이곳으로 이주하여 온 어느 지주 겸 해원●의 아들로…….

16세에 시집을 출판

그 부친은 단눈치오를 교육하기 위하여 가정교사를 고빙하여● 왔다.

* 코너 '서구 문학 연구자를 위하여'에 실린 글이다.
● **휴메** 피우메. 오늘날 크로아티아의 항구도시인 '리예카'.
● **경동하다** 놀라서 움직이다.
● **피유명하다** 유명해지다.
● **단눈치오(1863~1938)** 이탈리아의 시인, 소설가, 극작가.
● **페스카라** 이탈리아의 항구도시.
● **오태리** '오스트리아'의 음역어.
● **해원** 선원.
● **고빙하다** 학식이나 기술이 뛰어난 사람에게 어떤 일을 맡기려고 예의를 갖추어 모셔

그러나 자연을 좋아하는 그는 넓은 벌판이나 해안에서 놀기를 좋아하고 가정교사의 학과에는 귀를 기울이지 않는다. 더구나 그는 자연을 사랑하는 마음이 점점 자라서 안온한 농부의 생활과 한적한 어부의 생활에 심절한• 흥미를 느끼고 있었다.

그러나 그것을 반갑게 아니 아는 그 부친은 그가 14세 되는 해에 토스카나•라는 곳으로 보내어 그곳 고등학교에 입학게 하였다. 천여•의 시취•를 가져 자연을 사랑하는 그는 이곳에서도 학교의 학과에 대하여는 마음도 두지 않고, 때때로 학교에는 결석하고 홀로 시집을 들고 울울한 삼림과 또는 망망한 전야•로 소요하기를• 무상의 낙으로 알고 있었다. 그래서 이태리•에 유명한 고금의 시가를 음영하며• 아름다운 천원• 같은 꿈 세계에 놀고 있었다.

이럴 때에 그는 가슴속에 물밀듯 일어나는 시정•을 억제치 못하게 감격되어 자기도 시를 지어 잡기장에 적어 두었으나, 혈기에 뛰노는 그는 헛되이 자기의 작품을 잡기장 속에 묻어 두는 것을 쾌롭게 아니 알아, 기어코 그것을 모아서 술• 얇은 책으로 인쇄하여 대담하게 시집으

오다.
• **심절하다** 깊고 절실하다.
• **토스카나** 이탈리아의 주.
• **천여** 하늘이 줌.
• **시취** 시적인 정취.
• **전야** 논밭으로 이루어진 들. 시골이나 농촌을 이르는 말.
• **소요하다** 자유롭게 이리저리 슬슬 거닐며 돌아다니다.
• **이태리** '이탈리아'의 음역어.
• **음영하다** 시가 따위를 읊다.
• **천원** 하늘 정원.
• **시정** 시취.
• **술** 책, 종이, 피륙 따위의 포갠 부피.

로 출판하였다. 그것이 겨우 16세 시●며, 그 시집의 이름은 『프리모 베레』●라는 것이었다.

실로 무명 소년인 그가 무모하게 출판한 그 시집은 당시의 유행 시를 모방한 작품과 석시●의 라덴●의 시가를 번역한 것을 모아 논 것뿐이었으나, 그러나 그중에는 다른 시인의 것에서 구하기 드문 현란한 색채와 방순한● 향기가 창일해● 있으므로 당시 사계●에서 호평을 박할● 뿐만 아니라 유명한 비평가 챠리니라는 이가 일 편의 논문을 써서 소년 단눈치오를 신진의 시인으로 문단에 추장하였다.●

단눈치오는 이때에 토스카나의 고등학교를 버리고 문화의 중심이라고 일컫는 로마대학의 법과에 입학하였던 터이나 이 챠리니의 추장에 마음이 홍분되어 법률 같은 것을 조용히 공부하고 있을 수 없었다.

더구나 당시의 문호 카르두치●를 중심으로 하는 문학의 단체가 그를 환영하여 주므로 그는 즉시 대학을 퇴학하고 그 단체의 평론 잡지에 시를 발표하기 시작하였다.

그리고 그가 19세 시에는 『신요(新謠)●』, 20세 시에는 『삽락(揷樂)●』

● **시** 때.
● **『프리모 베레』** 『이른 봄』(*Primo Vere*).
● **석시** 옛적.
● **라덴** 라틴.
● **방순하다** 향기롭고 진하다.
● **창일하다** 넘쳐흐르다.
● **사계** 해당되는 분야.
● **박하다** 크게 얻다.
● **추장하다** 추천하여 장려하다.
● **카르두치(1835~1907)** 이탈리아의 시인.
● **신요** '새 노래'라는 뜻.
● **삽락** '기쁨을 꽂아 넣다.'라는 뜻.

을 출판함에 지하여• 그는 졸지에 시단 제일류의 지위에 오르게 되었다. 이리하여 그는 최초에 시인으로 세계 문단에 나타난 것이다.

그의 시와 소설

난국•의 인(人)은 조숙하는 것이라 피•도 조숙의 천재 중 일인인 것은 아까 이야기한 것으로 알 수가 있다. 그리고 난국 기질이어서 지극히 감정적이고 열정적이다. 그래서 그는 늘 화려찬란한 자연의 광경 중에 열렬한 연애의 정이 타오르는 것을 구가한다.

저 워즈워스•와 같이 자연을 자연으로 애(愛)하고 고요히 자연의 생명을 감(感)하는 것이 아니라, 자연과 인류와를 어디까지든지 감각적으로 열정적으로 보는 것이 그의 시풍이다. 예를 들면 열일•의 광휘에 타는 듯한 녹엽은 백은을 녹이고, 몰려오는 해변의 바람에 나부끼고 그 사이를 헤치고 나간즉 눈을 황홀케 하는 새빨간 꽃 한 송이, 생각할 여가도 없이 그 꽃에 키스를 아니 하고는 견딜 수 없다는 정경을 노래한 것이 많다.

그리고 이에 따르는 미묘한 음악적 격조는 사람을 황홀히 취케 하는 개•가 있고, 종래의 시에는 별로 쓰지 않던 보통어 또는 과학의 술

• **지하다** 이르다.
• **난국** 날씨가 따뜻한 나라.
• **피** 그.
• **워즈워스**(1770~1850) 영국의 시인.
• **열일** 뜨겁게 내리쬐는 태양.
• **개** 절개. 절조.

어● 등도 자유로 넣어서 다종다양의 취미를 나타내는 점에 그의 대재● 를 엿볼 수 있다.

화미풍려,● 열렬분방,● 이것이 단눈치오의 시의 특색이고 동시에 또 소설, 극곡●의 특색이었다. 요컨대 그는 난국의 색채와 기분을 유감없이 발휘한 대시인이었다.

그는 쉴 새 없이 시를 지어서 잡지에 발표하고 있었다. 그러는 동안에 카르두치를 중심으로 하는 그 평론 잡지가 폐간케 되었으므로, 그는 신문기자가 되어 생활의 길을 보아 가며 장편소설에 붓을 대었다.

그래서 제일 첫째로 세상에 발표된 것이 『쾌락아』이고 그 2년 후에는 『희생』이었다. 그리고 그다음에 나온 것이 유명한 『사(死)의 승리』이다. 그 뒤로 『암●의 소녀』 『염●』 등이 발표되어 그는 이태리 문학의 대표자가 되고 세계 문단의 화형 작자●가 되었다.

그리고 1889년 즉 피의 25세 시로부터 1896년에 긍하여● 발표된 소설 중의 3종을 '장미소설'이라고 일컫는다. 이 3종은 인물, 사건이 총히● 각 편 사이에 소호●의 연락도 없이 각각 독립한 작품이지만, 그 정조●가

● **술어** 학술어.
● **대재** 뛰어난 재주.
● **화미풍려** 화려하고 풍성하고 곱다.
● **열렬분방** 애정이나 태도가 매우 맹렬하고, 규칙이나 규범에 구애받지 않고 멋대로다.
● **극곡** 희곡. 연극 대본.
● **암** 바위.
● **염** 불꽃.
● **화형 작자** 일본 전통극 가부키에서 인기 좋은 배우를 가리키는 '화형역자(花形役者)'라는 말에서 나온 것으로, 인기 작가를 뜻한다.
● **긍하다** 걸치다.
● **총히** 전부 한데 모아서. 또는 모두 합하여.
● **소호** '작은 터럭'이라는 뜻으로, 아주 적은 분량이나 정도.

서로 같게 통해 있으므로 이렇게 한 이름을 포괄해 부르는 것이다.

장미소설! 저 찌는 듯한 초하의 일광 앞에 달큼한 향기를 토하며 붉은 와문•을 그리고 있는 장미의 화(花), 그것은 정히 피의 작품의 정조를 상징한 것이었다.

그의 작품의 특색

우리가 단눈치오의 작품을 읽고 제일 먼저 느끼는 것은 그의 작품이 모두 '아름답다' 하는 것이다. 더구나 그 아름답다는 미는 현란한 미요 육감적 미요 도취적 미이다. 그리고 그 미는 그의 시에서나 소설에서나 또는 극에서나 일종 음악적 운율로 나타나 있다. 음악은 모든 예술 중에서 가장 열정적인 것이다. 그의 작품에는 연인이 이야기를 하는 것도 음악이요, 또는 실연자가 절절한 애정•을 독자에게 호소하는 것도 음악이다. 그의 작품을 읽을 때 일종 매하는• 듯한 감을 받는 것은 분명히 작품의 음악적 특징에 인하는• 것이다.

다음에 그의 작품을 읽고 직히• 느끼는 것은 그의 작품이 전부 애(愛)로써 시작되어 연애로써 종한다는 것이다. 그의 작중의 인물은 다만 연애 때문에 생겨서 연애 때문에 고민하다가 연애 때문에 죽는다고

● **정조** 분위기.
● **와문** 소용돌이무늬.
● **애정** 불쌍하게 여기는 마음.
● **매하다** 매혹하다. 사로잡다.
● **인하다** 어떤 사실로 말미암다.
● **직히** 바로. 즉시.

생각하게 된다. 그들에게는 연애가 인생의 전체인 것같이 생각된다. 이것은 이태리라는 나라의 국성●으로 유●함이니, 이태리에서는 열렬한 육감적인 연애가 인심을 지배하는 제일의 힘이 되어 있다 한다. 그것은 예술상에서도 역● 자연히 매력의 중심이 된다. 단눈치오는 다만 풍부한 감각적 경험과 예민한 관찰력과 미묘한 음악적 운율로써 그에게 대담한 정직한 표현을 주는 것이다.

유명한 장미소설 중의 일부인 『사(死)의 승리』는 5개 성상●의 세월을 비하여● 성한● 각고조탁●의 작품으로 단눈치오 최대 걸작인데, 이것도 육감적 연애를 지극히 대담하게 묘사한 것이니, 비상식적이고 유아적이고 지극한 정열적인 청년이, 육욕의 화신이라고 할 만한 여자로 지식에 호소할 쾌락이라든가 명상의 낙 같은 것은 전무하고, 다만 육욕의 열●에 생명을 바치고자 하는 극열한 육욕적 열정적 여자의 육력에 속박되어 번민번민하다가 기어코 높다란 절벽 위에서 떨어쳐● 죽고, 자기도 죽는 것을 가장 대담하게 쓴 것이다.

남녀 양성 문제, 고금동서의 문학자치고 이 남녀 양성의 관계를 쓰지 않은 사람은 없으나, 단눈치오와 같이 능히 미세하게 능히 심각하게 능히 철저하게 이를 쓴 사람은 없으리라. 아마 양성 관계의 관찰자, 해부

● **국성** 나라의 성격. 국민성.
● **유** 까닭. 말미암다.
● **역** 또한. 역시.
● **성상** 햇수를 비유적으로 나타내는 단위.
● **비하다** 쓰다. 소비하다. 들이다.
● **성하다** 완성하다.
● **각고조탁** 어려움을 견디며 몸과 마음을 다해 무척 애써서 글을 매끄럽게 다듬음.
● **열** 기쁨.
● **떨어치다** 세게 힘을 들여 떨어지게 하다.

자, 비평자로 단눈치오의 우에 출할 자•는 고금 동서 문학자에 없을 줄로 생각한다. 그는 인생의 번민은 남녀의 번민의 불외한다• 하였다. 그래서 양성 관계의 일점•으로부터 인생을 해석하려 하였다. 이것이 혹은 편협한 생각인지 모르나 그러나 그만큼 그의 연애관은 심각한 것이었다.

그리고 그의 작중에는 구주• 근대 문예의 모든 경향이 포함되어 있는 동시에, 근대적 정신의 제 요소는 모두 구현되어 있다. 이 의미로 피일인•을 연구하는 것은 구주의 근대 예술의 대개를 전부 연구하는 것이 된다. 실로 그는 구주 근대 예술의 대표적 작가이다.

그는 또 극작가로 전구•에 유명하다. 그것은 지면 관계로 후일에 이야기를 다시 시작하기로 하자.

_一記者,• 『신청년』 1920년 8월호

● **우에 출할 자** '어깨를 나란히 하는 사람'이라는 뜻.
● **불외하다** 어떠한 범위나 한계에서 벗어나지 아니하다.
● **일점** 한 점.
● **구주** 유럽.
● **피 일인** 그 한 사람.
● **전구** 유럽 전체.
● 『신청년』의 편집, 발행을 주도했던 방정환이 쓴 것으로 보인다.

학생 강연단 귀환

—"참 통쾌하였습니다." 하며 6일 사명을 마치고 돌아온 보전 법과● 학생 방정환 군 담●

조선학생대회의 열 사람의 학생으로 강연단을 조직하여 일대●는 경원선●으로, 일대는 경의선●으로 출발하였음은 세상에서 이미 다 아는 바이거니와 경의선 대에 변사●로 나갔다가 지나간 6일에 돌아온 방정환 군은 말하되,

"참 이번 강연은 통쾌하였습니다. 도처마다 각 지방 인사의 뜨거운 환영을 받고 무사히 돌아왔습니다. 처음에 개성에 내려가서는 한편으로 수천 명의 청중을 모아 놓고 경찰서장은 우리 변사 일동을 청하여 쓸데없는 객설●을 너절하게 늘어놓기로, 우리는 돌아오겠다고 하니까 그제야 할 말이 있노라 하더니, 원래 당신네들은 학생의 신분으로 이러한 강연을 하면 일반 청중에게는 이익을 줄 줄로 믿으나 당신네가 그 강연을 하기 때문에 당신네에게는 아무 유익이 없을 뿐 아니라 도리어 희생

● **보전 법과** 보성전문학교 법과.
● **담** 이야기.
● **일대** 한 무리. 한 대오.
● **경원선** 서울과 원산 사이를 잇는 철도.
● **경의선** 서울과 신의주 사이를 잇는 철도.
● **변사** 연사. 연설하는 사람.
● **객설** 객쩍은 소리. 쓸데없는 싱거운 소리.

이 되는 것이니, 가서 청중에게 우리는 강연을 하고자 왔으나 배운 것이 부족하니 좀 더 배워 가지고 와서 강연하마고 하여 그럭저럭 중지를 하여 버리는 것이 어떠냐. 자기네들이 만일 우리를 강연을 검지하고• 또는 구류하며, 심지어 서울 있는 학교 교장에게 통지하게 되면, 청년 시대에 씻지 못할 큰 흠점•을 지을 터이라고 장황히 말하는 모양이 마치 세 살 먹은 어린아이를 꾀이는 것 같습디다. 그때에 우리는 말하기를 그것은 물론 당신의 말이 유리할는지• 모르나 우리는 일개인의 뜻으로 이러한 일을 하는 것이 아니요, 학생대회의 주최로 하는 것이니까 당신네들이 와서 듣고 귀에 거치는• 말이 있거든 당신네 마음대로 하라고 나와 버리었더니, 경찰서장까지 따라 나와서 강연단에 와서 앉았었소. 그리고 제일 우리에게 불쾌한 감정을 준 것은 도처마다 강연 장소를 예배당 같은 곳을 빌렸었는데, 신성한 예배당을 순사의 무리는 조선 옷 동저고리 바람으로 올라와서 필기를 하는 것이옵디다. 나는 처음에 그를 물지게꾼이 올라왔나 하였지 경찰 관리로 알지는 아니하였더니, 나중에 아니까 그것이 순사라 하옵디다. 또 제일 나에게 깊은 인상을 준 것은 서북 지방의 부인계의 각성이옵디다. 더욱 정주 같은 곳은 부인들이 우리 도착하기 전에 며칠 전부터 와서 기다리고, 정거장까지 따라 나와서 아무쪼록 돌아갈 때에도 정주를 잊지 말고 다시 한번 들러 달라고 하는 모양이 얼마나 그들이 지식을 구하고자 하는 마음이 열렬한 것을 가히 알겠습디다."

• **검지하다** 검사하여 알아내다.
• **흠점** 부족하거나 잘못된 점.
• **유리하다** 이치에 맞는 점이 있다.
• **거치다** 마음에 거리끼거나 꺼리다.

하고 매우 유쾌한 태도로 흔연히 말하더라.

_方定煥 君 談, 『동아일보』 1920년 8월 9일

광무대

(1)

원각사•가 없어진 이후로는 우리 서울에서 순 조선극을 구경할 곳은 오직 광무대• 한 곳밖에 없게 되었다. 즉 광무대는 우리 서울에서는 유일무이한 조선 극장이라 할 수 있다.

만일 이 광무대가 없었던들 우리는 다시 우리의 극이라 하는 것을 구경할 수가 없었을 것이요, 우리의 생활이라는 것을 윤택(?)케 할 수가 없었을 것이다.

즉 우리 서울의 광무대는 동경의 제국극장으로도 볼 수가 있으며, 파리의 오페라하우스나 뉴욕의 히파주람 극장•으로도 볼 수가 있을 것이다.

과연 30만 장안에 오직 하나밖에 없는 극장이라고 하면 어찌하였든지 그 도회의 대표 될 만한 극장이 되지 않으면 아니 될 것이다. 그러면

* 발표 당시 '잡기장'에 실린 글로, 3회 연재되었다.

● **원각사** 1908년 문을 연 극장.

● **광무대** 1912년 세워진 극장.

● **히파주람 극장** 메트로폴리탄 오페라하우스.

그와 같이 바람 많고 기다림 많은 광무대에서는, 어떠한 극을 어떠한 무대감독 아래에서 어떠한 배우가 출연을 하는가? 나는 도무지 아무 말도 하고 싶지를 않다. 나는 오직 가슴을 부둥키고 조선의 극단을 위하여 먼저 울고 싶을 따름이다.

먼저 그 집 꼴을 좀 보자! 죽데기• 나무로 조각을 맞추고 창이라는 창은 하나도 성한 놈이 없이 부서지고 깨어졌으며, 얕디얕은 2층 지붕은 서양 철 쪽•으로 덮어 놓았으니 그 꼴사나운 집 모양은 하릴없는 허름한 미곡 창고나 철물 공장으로밖에 아니 보일 것이다. 그러나 그까짓 집이나마 다무라라는 일본 사람의 집으로, 매삭• 300원씩의 사글세를 들었다 하니 말이 여기에까지 이르러서는 도리어 아무 말도 아니 하는 게 나을지도 모를 것이다.

그러나 이왕 시작한 이야기니 하고 싶은 소리를 있는 대로 모조리 하고 마는 게 도리어 사나이다울지도 모르며, 혹은 이때까지 아무 영문도 모르던 이들에게 한 참고 건이 될지도 모를 것이라, 이왕 더럽히기를 시작한 잡기장이니 몇 페이지를 좀 더 더럽혀 볼까 하는 것이다.

으레이• 매일 해 질 머리만 되면 다 쭈그러진 백립•을 우그려 쓰고 기름때가 말 못 되게 흐르는 두루마기에, 경제 못 되는 경제화•나 혹은 미투리 짝을 신고 '날라리'와 '장구'를 귀가 아프고 머리가 울리도록 실컷 불고 뚜드리면, 제일 먼저 모여드는 사람은 하등•에는 전기회사 차

• **죽데기** 통나무의 표면에서 잘라 낸 널조각.
• **쪽** 쪼개진 부분의 한 부분.
• **매삭** 매달.
• **으레이** '으레'의 사투리.
• **백립** 흰 베로 만든 갓.
• **경제화** 예전에 신던 마른신의 하나.

장 운전수와 인력거꾼 외에 서울 구경을 처음 온 시골 친고●들이요, 상등●에는 소위 남녀 배우의 수양아비나 수양어미 이들과 또는 그것들이 달고 오는 공● 구경꾼들이다.

이리하여 요사이로 말하더라도 맞은짝 황금관●에서는 이미 단권짜리 활동사진● 하나쯤은 벌써 끝나게 된 때쯤 하여야 비로소 막을 열게 된다. 그러나 그것도 비록 공 구경꾼이나마도 엉성히 들어오는 날에는 숫제 막을 열지도 않는 때도 가끔 있는 모양이라 하니, 참 기막힌 일이다.

이렇게 말하면 광무대는 공 구경꾼을 위하여 연극을 하는 것이 아니냐고 할 사람도 있겠지마는 과연 그렇지 않다고 할 수도 없나니, 700인 정원에 상등이 40전이요, 하등이 30전이라 하니, 상등은 고만두고 700인을 전부 하등으로만 쳐도 210원이요, 그 반분●만 하여도 105원은 수입이 될 것인데, 그 실수입인즉 전부 만원이 되는 날이라야 80원이 넘지를 못한다 하니, 어찌하였든지 한심한 일이다.

물론 광무대에서 매일 행연●하는 꼬락서니는 차마 돈 내고는 볼 가치가 없겠다 할 수도 있겠거니와 또는 수입이 너무 적으니까 금전만능인 이 시대에 하는 수 없이 광무대를 그 꼴을 만드는 외에는 아무 도리가 없는지도 모를 것이다.

그 언제인가 필자가 광무대 주인 박승필을 보고, "이 꼬락서니로 연

● **하등** 가장 낮은 등급.
● **친고** 친척과 오래된 친구를 아울러 이르는 말.
● **상등** 가장 높은 등급.
● **공** 공짜.
● **황금관** 1913년 문을 연 영화관.
● **활동사진** '영화'의 옛 용어.
● **반분** 2분의 1.
● **행연** 배우가 연기를 함.

극을 하려면 어서 문을 다 닫히구려." 하매 그는 기가 막히는 웃음을 지으면서 "아, 누가 이것을 하여 가지고 무슨 밑천이나 좀 잡으려고 하는 줄 아십니까. 이거는 꼭 여러분의 사랑 삼아서 나도 과하게 밑지지 않고 여러분께서도 심심하시면 찾아오시니깐 그대로 하여 가는 것이올시다." 하니 나는 이 말을 듣고 고만 기가 막혀 아무 말도 못 하고 말았다.

(2)

과연 우리 서울에는 정말 극 같은 극을 보여 줄 사람도 없었으며, 또한 볼 만한 사람도 극히 드물 것이다.

광무대에서 10여 년 이래로 저녁마다 행연하는 「춘향전」은 과연 너절한 서양의 소위 걸작이라는 연애소설 틈에는 차마 아까워 끼우지 못할 만한 명작이라고 할 수도 있으며, 누구든지 이에 반대할 이유를 발견키에 힘이 들 것이다. 참으로 「춘향전」은 책으로 읽어서만 좋은 것이 아니라 무대에 올려놓으면, 가히 어린 피에 끓는 청춘 남녀를 뜻대로 웃기고 울릴 만한 가극의 소질도 매우 풍부한 것이다.

이러하므로 만일 예술—더욱이 우리의 민족적 개성과 타는 듯한 열애의 굳센 정조 관념이며, 씩씩한 남성적 천분• 등의 능히 다른 사람이 담지 못함 직한 정조•를 가장 미묘히 약동시켜 놓은 예술은 오직 이 「춘향전」 하나밖에 없을 것이며, 당시에 소위 문인 시객•들이라는 분

• **천분** 타고난 재질이나 직분.
• **정조** 진리, 아름다움, 선행, 신성한 것을 대했을 때 일어나는 고차원적 복잡한 감정.
• **시객** 시를 즐겨 짓는 풍류객.

들은 부질없이 중국만 동경하고 중원•만 흠앙하여,• 글자 한 자를 써도 중원에서 유명하던 시객이 쓰던 글자가 아니면 만족지를 못하며 지리와 풍경이며 인물과 역사를 드는 데도 어찌하면은 중원 것을 많이 이용할까? 하며 머리를 썩히고 마음을 태우는 그러한 우리의 고대 중에서, 모두가 조선적이며 온통 이 실제적으로 구성된 이 「춘향전」이라는 영롱한 걸작이 있어서 우리의 생활을 말없이 이야기하게 된 일을 생각하면, 실로 붉어진 낯에 다시 기쁜 웃음을 금치 못하는 바이다.

그러하면 이와 같은 값있고 뜻있는 「춘향전」을 광무대에서는 과연 어떻게 행연하는가. 그 더럽고 어지러운 무대! 그 불학무식한• 광대들, '광대라는 직업을 욕함은 결코 아니다.' 고물상에 가서도 졸연히• 구치• 못할 만한 때 묻은 의복!

이것을 가지고도 오직 세상에 저 하나밖에 없다고 뻔뻔스럽게 씩둑꺽둑• 익살을 피우며 농담을 늘어놓아, 웃을 때나 울을 때나 얌전할 때나 점잔을 피울 때나 오직 처음에서 끝까지 관객으로 하여금 허리가 부서지고 뱃살이 꼿꼿할 만큼 웃게만 하여 주면 대대적 성공을 한 줄로 아는 모양이니, 그 같은 어리석고 가엾은 행동을 하는 소위 남녀 배우님네들의 신세는 다시 변통할 수 없는 형편이라 하는 수 없겠거니와, 그 꼬락서니를 보고 무엇이 그리 재미있는지 소리를 지르며 박수를 하는 구

● **중원(中原)** 중국의 황허강 중류의 남부 지역. 흔히 한때 군웅이 할거했던 중국의 중심부나 중국 땅을 이른다.
● **흠앙하다** 공경하여 우러러 사모하다.
● **불학무식하다** 배우지 못해 아는 것이 없다.
● **졸연히** 까다롭거나 힘들지 않고 쉽게.
● **구하다** 얻다.
● **씩둑꺽둑** 이런 말 저런 말로 쓸데없이 자꾸 지껄이는 모양.

경꾼들의 철없는 행동은 참으로 보기 답답하여 못 견딜 지경이다.

이리하여 경성에서 우리의 극장이라고는 한 곳밖에 없는 광무대! 이곳에서 유일의 생명으로 행연하는 우리의 옛 역사 중에 오직 하나밖에 없는 걸작품 「춘향전」은 고만 그 고운 낯에다가 똥칠을 하고 마는 것이다. 어찌 우리의 옛 예술 가운데에 몇째 아니 가는 명작 「춘향전」을 위하여 한 줄 눈물을 아낄 바이리요.

혹은 광무대를 극장이라 하며 광무대에서 행연하는 「춘향전」에다 감히 극이란 '극' 자를 붙이는 필자의 대담한 행위에 대하여는 다소간 일부 사회의 비난도 있을는지 미리 알지 못하는 바이거니와 어찌하였든지 광무대는 10유여 년의 역사가 있고, 더욱이 「춘향전」과는 동일한 생명을 가져온 것이라, 오늘에 앉아서는 좌우간 광무대를 말하려면 반드시 「춘향전」 이야기가 말이 아니 나올 수가 없고, 「춘향전」을 생각하면 으레 광무대를 연상치 아니할 수 없는 관계이므로 여기에까지 이른 것이니, 속담에도 땅이 걸어야 열매가 열린다는 말이 있거니와 금일의 광무대를 놓고 천 번 반성을 촉하고,● 만 번 개조를 부르짖는다 하여야 광무대를 해산을 하는 외에는 다시는 아무 도리도 없는 현상이라 무슨 논평할 여지가 있으리오마는, 다만 30만이 사는 우리의 경성에 오직 한낱의 극장이 없고 오직 한 사람의 극문학가가 나서지를 아니하며, 다만 한 사람이나마도 예술적 천재를 넉넉히 품은 배우가 나지를 못하여 무한한 가치를 가진 「춘향전」으로 하여금 극계의 악마굴과 같은 광무대 구석에서 영영 썩혀 버리게 된 것을 오직 서러워하며 한갓 향하는 곳 없이 하소연만 할 뿐이로다.

● **촉하다** 재촉하다.

(3)

「춘향전」 타령이 너무 길어진 모양이다.

다음에는 거의 한 다스 가량이나 되는 꽃 같은 여배우님네의 아스러지는 가무를 좀 구경하여 볼 것이다.

참 광무대에는 여배우가 많다!

나이 많으면 이십팔구 세에서 어리면은 불과 칠팔 세에 이르기까지의 뚱뚱이 넓적이 새침이 주걱턱 왜장녀• 물신선• 등 거의 10여 인이나 있는 모양이다.

그리하여 그들은 해만 지면 으레이 분세수•를 말끔히 하고 아끼고 아끼는 단벌 나들이 옷을 몸에다 감고 광무대로 모여들기를 시작한다.

물론 어느 구경터이든지 배우들이 있는 곳은 좀 조촐한 곳을 골라 주는 모양이나 아직 광무대의 여배우 전하들은 불행히 그러한 영광을 욕할• 만한 호운•을 만나지 못한 꼴이다.

2층으로 올라가는 층층대 옆으로 뚫린 어둡고 좁은 실골목•으로 한참 들어가면 바로 맞닥치는• 곳이 무대 뒤에 설치된 남녀 배우의 쉬는 곳이다.

남존여비의 철칙은 이곳에까지 뛰어들어왔는지? 박춘재•나 김인호•

• **왜장녀** 몸이 크고 부끄럼이 없는 여자.
• **물신선** 좋은 말을 듣고도 기뻐할 줄 모르며 언짢은 말을 들어도 성낼 줄 모르는 사람을 비유적으로 이르는 말.
• **분세수** 덩어리 분을 개어 바르고 하는 세수.
• **욕(浴)하다** 입다. 몸에 받다.
• **호운** 좋은 운수.
• **실골목** 좁고 가느다란 골목.
• **맞닥치다** 어떠한 일이나 물건이 서로 마주 또는 함께 다다르다.

등 남배우가 쉬는 곳은 같은 돼지 우릿간● 중에도 좀 넓은 편이라 기운을 통할 만큼은 갑갑지 아니하나 10여 명의 여배우의 거접하는● 곳은 간신히 광●이 4척●, 장●이 6척밖에 아니 되는 닭의 장만한 곳이다.

거기다가 설상가상으로 가뜩이나 키 큰 사람은 허리를 펴지 못할 만큼 얕은 집(집보다는 우릿간이라고 하는 게 마땅하겠다.)에 널조각을 모아서 덕●을 매우고 그 위에다가는 벼룩 빈대군●의 일 사단가량쯤은 능히 복병하여● 있음직한 일본 다다미●를 깔아 놓고 기어들고 기어나며 발은 고사하고 어깨조차 편히 움직이지를 못하며 키 큰 배우는 허리를 임의로 펴지를 못하고 구더기 끓듯 하고 지내는 모양이니 화려와 안락으로 제일의●를 삼는 현대 배우(?)의 생활로는 실로 말할 수 없는 참상일 것이다.

그들은 이 같은 천대를 달게 받아 가며 매일 광무대에 와서 하는 일은 과연 무엇인가?

10년 전이나 10년 후이나 어제나 오늘이나 일분● 일호●를 잊지 않는

● **박춘재(1881~1948년)** 재담소리꾼, 명창.
● **김인호** 춤꾼으로 유명함.
● **우릿간** 짐승의 우리로 쓰는 공간.
● **거접하다** 잠시 몸을 의탁하여 거주하다.
● **광** 넓이.
● **척** 길이의 단위로 1척은 약 30.3cm에 해당한다.
● **장** 길이.
● **덕** 널이나 막대기 따위를 나뭇가지나 기둥 사이에 얹어 만든 시렁이나 선반.
● **빈대군(軍)** 빈대의 무리를 군사에 비유한 것이다.
● **복병하다** 적을 기습하기 위하여 적이 지날 만한 길목에 군사를 숨기다.
● **다다미** 마루방에 까는 일본식 돗자리.
● **제일의** 근본이 되는 첫째 의의.
● **일분** 사소한 부분. 또는 아주 적은 양.
● **일호** 한 가닥의 털이라는 뜻으로, 극히 작은 정도를 이르는 말.

「선소리」• 「수심가」• 「육자배기」• 「난봉가」• 등 기기묘묘한 노래와 및 몇몇 가지 속된 춤 밖에 없나니 이러한 생각을 하여서는 그 같은 우릿간에서 숨을 크게 못 쉬고 고생을 하는 것도 그리 없지도 않을 때가 많다.

열흘이 하로•같이 밤낮 보는 그 사람이 어케 듣던 그 소리를 또다시 되풀이를 하는 게 즉 광무대의 프로그램이 되고만 것이다.

그러함으로 결국 구경꾼들은 배우들이 행연하는 노래나 춤을 듣고 보고자 가는 게 아니라 마침내 여자들은 남배우의 익살 떠는 게 보고 싶고 남자들은 여배우들의 얼굴이 보고 싶어서 저녁밥만 먹으면 아니할 말로 '애인의 집에 놀러가는 심•으로 발길을 광무대로 놓는 것이 아닌가?' 하는 생각도 드는 때가 많다.

과연 그렇다. 광무대는 명창 박춘재 군의 「성주풀이」와 김인호 군의 익살이며 10여 명 여배우의 웃음으로써 쇠잔한 생명을 근근이 보존하여 가는 모양이니 오늘날 광무대를 저 꼴을 만들고만 책임의 반분은 반드시 일반 시민 측에서도 면할 수 없을까 하는 바이다.

참으로 그렇다고 울지 않는 애기는 젖을 아니 준다는 심으로 구경하러 온 사람들의 주문이 익살이나 떨어라—능청이나 피어라—웃음이나 웃어라— 하며 여자는 남배우에게 남자는 여배우에게 거의 정신을 잃고 다시는 더 속 깊고 맛가로운 재주는 볼 생각도 아니 하는 모양이니 관객을 본위로 하는 광무대가 오늘날 저 꼴밖에 되지 못하는 것은 하릴

• **「선소리」** 대여섯 사람이 둘러서서 서로 주고받으며 속요를 부름. 또는 그 속요.
• **「수심가」** 구슬픈 가락의 서도 민요의 하나.
• **「육자배기」** 남도 지방에서 부르는 잡가(雜歌)의 하나.
• **「난봉가」** 황해도 지방에 많은 민요의 하나.
• **하로** '하루'의 사투리.
• **심** 마음.

없는 사정일지도 모를 것이다.

어찌하였든 한 입으로 말하면 광무대라 하는 곳은 없어지기를 그리 낭패될 것이 없겠으며 남아 있어서는 오직 뜻 있는 자의 부끄럼과 한탄만도 도와줄 뿐이라 하기를 어렵지 않게 여기는 것이니 실로 광무대라 하는 곳은 부랑 남녀의 야합처요 소위 여배우들의 사창 예약장밖에 더 될 이 없을 것이다.

_覆面冠,• 『동아일보』 1920년 9월 23~25일•

• '覆面'이라는 단어가 들어간 필명은 여러 사람들이 썼는데, 방정환이 편집과 발행에 주도적으로 관여했던 최초의 영화 잡지 『녹성』에 탐정소설을 번역했던 '覆面鬼'와 『동아일보』의 '覆面冠'은 방정환의 필명으로 보인다.

• 『동아일보』 1920년 9월 26일부터 1921년 2월 20일까지를 확인할 수 없기에 연재가 언제 끝났는지 알 수 없다.

교우 또 한 사람을 맞고

1월 7일 봄같이 따뜻한 날 새로• 한 시에 우리 네 교우•의 마중을 받고 박달성• 형이 동경역에 내렸다. 나흘 전에는 서산 교우 강후종 형이 왔고…….

이제 일본 서울에 우리 교인이 이로써 아홉 사람이 되었다. 오랫동안 못 보던 벗을 이역•에서 손목 잡는 것이 반가웠다. 몹시 기꺼웠다.

그러나 그보다도 더 천도교 청년의……. 아니 천도교 그의 걸음이 해외에 걷기 시작하는 것이 더욱 기꺼웠다. 무한히 반가웠다. 동양의 서울이라고 떠드는 동경 천지에 수없는 불교, 야소교,• 천리교• 그 틈에 새로이 우리 교의 교인이 늘어 가는 것을 기뻐한다.

새로운 사업에는 새로운 인물을 요한다. 이 점에서 방금 적으나마 아홉 사람의 우리 교의 새 일꾼이 동경서 길리우고 있는 것이 우리에게 오죽 기쁜 일이랴. 이윽고 이네로 하여 동경의 공중에도 신성한 주문 소리

- **새로** (12시를 넘긴 시각 앞에 쓰여) 시각이 시작됨을 이르는 말.
- **교우** 같은 종교를 믿는 벗.
- **박달성(1895~1934)** 천도교인, 『부인』『신여성』 편집인 겸 발행인.
- **이역** 다른 나라의 땅.
- **야소교** 예수교. '야소'는 '예수'의 음역어.
- **천리교** 1838년에 일본에서 창시된 신흥 종교.

가 울려 퍼질 것이라. 사쿠라꽃 피는 이 섬나라에도 궁을기•와 함께 천덕송• 부르는 소리가 아름답게 나부낄 것이다.

때는 물같이 쉼이 없이 흐르고 있다! 세상은 겨를 없이 변하여 가고 있다! 이새에 어찌 우리 천도교만이 낡은 채로 있을 것이냐, 커지지 않고 있을 것이냐 오만 년 두고 세월과 함께 시대와 함께 새로워 나아갈 우리 교는 그만큼 새 일꾼을 요한다.

아아! 새 일꾼, 새 일꾼! 우리에게 가장 급하고 가장 필요한 것이 새 일꾼이다. 이 점으로 생각하여 운산기천리 이역객창•에 학업을 닦고 있는 이네가 새로운 지식과 새로운 단련으로 공을 이루고 나는 날, 이네 새 일꾼의 손으로 천도교는 얼마나 더 아름답게 장식될 것인가. 어데까지나 더 크게 퍼질 것인가.

아아 뒤미처 나올 수없는• 새 일꾼의 손으로 포덕•이 천하에 미치는 때, 우주 최고의 진리인 인내천주의하에 절대 평등으로, 다 같은 교인으로 아름다운 천덕송 소리 속에 즐거운 평화한 날이 끝없이 흘러갈 날을 생각할 때에 지금 또한 일꾼을 맞는 것이 기쁘지 않고 어쩌랴. 아아, 평화의 사도• 천도의 일꾼! 내일 모레는 용산 교우 김 군이 온다 한다. 자꾸 오라 세상은 변한다.

_『천도교회월보』 1921년 2월호

- **궁을기** 천도교의 깃발.
- **천덕송** 천도교에서 한울님의 덕을 찬송하는 노래.
- **운산기천리 이역객창** 구름 낀 산 몇 천 리나 되는 남의 나라 땅에서 하는 객지살이.
- **수없다** 헤아릴 수 없을 만큼 그 수가 많다.
- **포덕** 천도교에서 한울님의 덕을 세상에 편다는 뜻으로, 천도교의 전도를 이르는 말.
- **사도** 거룩한 일을 위하여 헌신하는 사람.

빈부론

고루거각(高樓巨閣)에서 포식난의(飽食暖衣)하는 부자(富者)와 일간초옥(一間草屋)에서 기한근보(饑寒僅保)하는 빈자(貧者)와는 일견(一見)에 소양(霄壤)의 차별(差別)이 유(有)한 듯하도다. 부자에게 온갖 영화(榮華)를 향유(享有)하니 금세(今世)의 행복(幸福)의 사도(使徒)같이 앙망(仰望)함이 빈자의 약점(弱點)이오, 빈자에게 온갖 간난(艱難)이 부수(附隨)하니 차세(此世)의 불행(不幸)의 노예(奴隷)같이 멸시(蔑視)함이 부자의 오해(誤解)된 악관(惡觀)이다. 부자의 방자(放恣)의 영화(榮華)와 방순(芳醇)의 환락(歡樂)이 실로 유쾌(愉快)하리로다. 시(是)와 반(反)하여 빈자(貧者)의 곤궁(困窮)한 생애(生涯)와 신산(辛酸)한 심리(心理)가 실로 애연(哀然)하며 불유쾌(不愉快)하리로다. 그러나 세(世)의 빈자에게도 숭고(崇高)한 일대(一大) 미덕(美德)이 유(有)하도다. 오인(吾人)은 구태여 부자의 다복(多福)함을 흠선(欽羡)치 아니한 자이며 빈자의 박복(薄福)함을 한탄(恨嘆)한 자 아니리 하노라.

파란(波瀾) 곡직(曲直)이 허다(許多)한 세상의 감산(甘酸)을 절실(切實)히 경험(經驗)하며 변복(變覆) 무한(無限)한 인정(人情)의 냉열(冷熱)을 실제(實際)로 체험(體驗)하기에는 빈한에 곤궁한 자이 아니면 가(可)히 득(得)치 못하는 자이다. 오인은 철학이나 심리학을 논함은 아니나 그러나 빈궁한 연고(緣故)로 세태(世態) 인정을 절실 심각(深刻)하게 식별(識別)할 수 있다 하노라.

세(世)에 부자가 다(多)하며 귀인(貴人)이 다(多)하도다. 그러나 그들은 금전(金錢)—재화(財貨) 상(上)에 그 생존(生存)을 보지(保持)하므로 실세(實世) 간(間) 실사회와는 인연(因緣)이 격리(隔離)되어 진실한 생존의 감고(甘苦)를 미(味)치 못하며 적절(適切)한 인생의 진상(眞相)을 포(捕)치 못하리로다. 과연(果然)이라 하면 그들은 실생존의 인(人)이 아니며 허생(虛生)이오, 취생몽사(醉生夢死)의 도(徒)이다. 그 과연 행복이라 할까. 박복한 빈자와 불행한 천자(賤者)라야 완전한 심성(心性)— 양능(良能)으로 인심(人心)의 변이(變移)하는 기미(機微)를 인식(認識)할 수 있도다. 행복은 과연 하(何)에 재(在)한가.

아—그러나 오인은 논(論)이 차(此)에 지(至)하매 필(筆)을 정(停)하고 태식(太息)지 아닐 수 없다. 인정의 냉정(冷靜)함과 인심의 박약(薄弱)함을 주저(呪咀) 배척(排斥)하지 않을 수 없다. 금일의 세상은 황금만능 시대이다. 우(尤)히 아(我) 조선에는 금전의 열욕(熱慾) 외에는 하자(何者)도 무(無)하다. 온갖 세력(勢力)과 모든 권위(權威)가 금전—부자에게 있다. 금전만 다(多)한 자이면 지사(志士)요, 학자이며 고객(高客)이요, 귀인이다. 교장(校長)도 될 수 있으며 사장(社長)도 될 수 있다. 금전의 세력으로는 만반(萬般) 사위(事爲)에 장(長)이 될 수 있다. 불학무식한 부자로 아무 장이라도 될 수 있다. 그러나 박학(博學) 다지(多知)의 준재(俊才)라도 빈자 된 이상에는 사역자(使役者) 될 뿐이다. 따라서 세력이 무(無)하며 권위가 무하도다.

연이(然而) 부자 그에게 권세(權勢)가 유(有)한 것이 아니라 사회도 부자로 하여금 방자 횡포(橫暴)를 임의(任意)로 하게 한다. 빈약한 자에게 용허(容許)치 아니한 자를 부자에게 허인(許認)하며, 빈자의 정론(正論)은 효력(效力)이 무하고 부자의 곡설(曲說)은 세력이 다하며, 부자의 행동(行動)은 사회의 표본(標本)이 되기 역(易)하며 빈자의 동작(動作)은 치지도외(置之度外)로 치소(恥笑)와 조롱(嘲弄)의 적(的)이 되기 역(易)하다. 부자는 자존(自尊)하여 기고만장(氣高萬丈)이오, 빈자는 자비(自卑)하여 기식(氣息)이 미미(微微)하다.

오인은 부(富)하며 부를 이해치 못하는 자와 금전을 지(持)하고 금전을 활용(活用)치 못하는 양돈(洋豚)같이 비대(肥大)한 평범(平凡) 속한(俗漢)을 증오(憎惡)하는 동시에 빈하며 빈에 부(負)하는 자와 금전이 무하며 금전에 람(濫)하는 자를 연민(憐憫)히 여기노라. 부하며 부에 교(驕)하는 자와 빈하며 빈에 치(侈)한 자를 가련(可憐)히 여기노라. 탐욕(貪慾)의 수전노(守錢奴)를 배척하며 경박(輕薄)한 파산자(破産者)를 공격(攻擊)하노라.

오인은 세(世)에 부와 빈의 현격(懸隔)을 사(思)할 시(時)마다 금전의 위대(偉大)한 세력을 상(想)할 시(時)마다 수연(愁然)하여 비애(悲哀)의 태식(太息)이 무(無)치 아니하며 송연(悚然)하여 공포(恐怖)의 탄(嘆)이 무(無)치 아니하도다. 석(昔)이나 금(今)이나를 물론하고 부하여 로스차일드(Lionel Nathan Rothschild)나 카네기(Andrew Carnegie) 같은 분이 기인(幾人)이나 되며, 빈하여 소크라테스(Socrates)나 두보(杜甫) 같은 분이 기인이나 되는가. 우(又)는 공명정대(公明正大)하여 금전에 냉담(冷淡)하기 명치대(明治代)의 사이고 난슈(西鄕南洲)나 남송(南宋)의 비악(飛岳) 같은 분이 기인이나 유(有)한가 혹은 전무(全無)한가. 오인은 다시금 세(世)에 금전의 사역자 된 무능한 부자에게 연민의 동정을 아낄 수 없으며 빈한에 심기(心氣) 상실(喪失)하여 비애 호읍(呼泣)하는 빈자에게 연비(憐悲)의 루(淚)를 막을 수 없도다.

진정한 평화와 순일(純一)한 행복은 과연 하(何)에 재(在)한가?

_小波生, 『낙원』 1921년 7월호

[번역]

고루거각•에서 배부르게 먹고 따뜻하게 입는 부자와 일간초옥•에서 굶주리고 헐벗어 간신히 지내는 빈자와는 한눈에 하늘과 땅의 차별이 있는 듯하도다. 부자에게 온갖 영화(榮華)를 향유하니 금세(今世)의 행복의 사도같이 우러러 바람이 빈자의 약점이요, 빈자에게 온갖 간난(艱難)이 따르니 차세(此世)의 불행의 노예같이 멸시함이 부자의 오해된 악한 관점이다. 부자의 거리낌 없는 영화와 향기로운 환락이 실로 유쾌하리로다. 이와 반하여 빈자의 곤궁한 생애와 신산한 심리가 실로 슬프며 불유쾌하리로다. 그러나 세상의 빈자에게도 숭고한 일대 미덕이 있도다. 우리는 구태여 부자의 다복함을 부러워하지 아니하는 것이며, 빈자의 박복함을 한탄한 것 아니라 하노라.

파란곡직(波瀾曲直)이 허다한 세상의 즐거움과 괴로움을 절실히 경험하며 변복무한(變覆無限)한 인정의 냉담함과 열렬함을 실제로 체험하기에는 빈한에 곤궁한 자가 아니면 가히 얻지 못하는 것이다. 우리는 철학이나 심리학을 논함은 아니나 그러나 빈궁한 연고로 세태인정을 절실심각하게 식별할 수 있다 하노라.

• **고루거각** 높고 크게 지은 집.
• **일간초옥** 한 칸밖에 안 되는 작은 초가집.

세상에 부자가 많으며 귀인이 많도다. 그러나 그들은 금전— 재화 상에 그 생존을 지탱하므로 실제 세상, 실제 사회와는 인연이 격리되어 진실한 생존의 단맛과 쓴맛을 맛보지 못하며 적절한 인생의 진상을 잡아내지 못하리로다. 과연 그렇다 하면 그들은 실제 생존의 사람이 아니며 허생(虛生)이요 취생몽사(醉生夢死)●의 무리이다. 그 과연 행복이라 할까. 박복한 빈자와 불행한 천자(賤者)라야 완전한 심성— 타고난 재능으로 인심의 변이(變移)하는 기미를 인식할 수 있도다. 행복은 과연 무엇에 있는가.

아— 그러나 우리는 논의가 이에 이르매 붓을 멈추고 크게 탄식하지 않을 수 없다. 인정의 냉정함과 인심의 박약함을 주저 배척하지 않을 수 없다. 금일의 세상은 황금만능 시대이다. 더욱이 우리 조선에는 금전의 들끓는 욕망 외에는 아무것도 없다. 온갖 세력과 모든 권위가 금전 부자에게 있다. 금전만 많은 자이면 지사요 학자이며, 고객이요 귀인이다. 교장도 될 수 있으며 사장도 될 수 있다. 금전의 세력으로는 만반 일과 행동에 장(長)이 될 수 있다. 불학무식한 부자로 아무 장이라도 될 수 있다. 그러나 박학다식의 준재(俊才)라도 빈자 된 이상에는 남에게 부려지는 자 될 뿐이다. 따라서 세력이 없으며 권위가 없도다.

그러나 부자 그에게 권세가 있는 것이 아니라 사회도 부자로 하여금 방자 횡포를 임의로 하게 한다. 빈약한 자에게 허용하지 아니한 것을 부자에게 허락하며, 빈자의 정론(正論)은 효력이 없고 부자의 곡설(曲說)은 세력이 다하며, 부자의 행동은 사회의 표본이 되기 쉬우며 빈자의 동작은 치지도외(置之度外)●로 비웃음과 조롱의 과녁이 되기 쉽다. 부

● **취생몽사** 술에 취하여 자는 동안에 꾸는 꿈 속에 살고 죽는다는 뜻으로 한평생을 아무 하는 일 없이 흐리멍덩하게 살아감을 비유적으로 이르는 말.

자는 잘난 체하여 기고만장이요 빈자는 자기를 비하하여 기운이 미미하다.

우리는 부유하며 부를 이해치 못하는 자와 금전을 지니고 금전을 활용치 못하는 양돼지같이 살찐 평범한 속물을 증오하는 동시에 가난하며 가난을 짊어지는 자와 금전이 없으며 금전을 함부로 하는 자를 불쌍히 여기노라. 부유하며 부에 교만한 자와 가난하며 가난에 사치한 자를 가련히 여기노라. 탐욕의 수전노를 배척하며 경박한 파산자를 공격하노라.

우리는 세상에 부와 가난의 현격을 생각할 때마다, 금전의 위대한 세력을 생각할 때마다 시름에 잠겨 비애의 한숨이 없지 아니하며 두려움에 떨며 공포의 한탄이 없지 아니하도다. 예나 지금이나를 물론하고 부유하여 로스차일드•나 카네기• 같은 분이 몇 사람이나 되며, 가난하여 소크라테스•나 두보• 같은 분이 몇 사람이나 되는가. 또는 공명정대하여 금전에 냉담하기 메이지 시대의 사이고 난슈(西鄕南洲)•나 남송(南宋)의 비악(飛岳) 같은 분이 몇 사람이나 있는가, 혹은 전무한가. 우리는 다시금 세상에서 금전에게 부려지는 자 된 무능한 부자에게 연민의 동정을 아낄 수 없으며, 빈한에 심기 상실하여 비애에 목 놓아 우는 빈자에게 가엾고 슬픈 눈물을 막을 수 없도다.

- **치지도외** 마음에 두지 아니함.
- **로스차일드(1868~1937)** 영국의 은행가, 정치인. 런던의 로스차일드 자연사박물관 설립.
- **카네기(1835~1919)** 미국의 철강 사업자, 자선 사업가.
- **소크라테스(B.C 479년 경~B.C 399년 경)** 고대 그리스 철학자.
- **두보(712~770)** 중국 당나라 때의 시인.
- **사이고 난슈(1828~1877)** 일본의 군인, 정치가.

진정한 평화와 순일(純一)한● 행복은 과연 무엇에 있는가?

● **순일하다** 다른 것과의 섞임이 없이 순수하다.

이역의 신년

하숙 생활이 너무도 냉랭하고 불편이 많아서 동경 시가•에서 조금 따로 떨어진 이케부쿠로(池袋)라는 한적한 동리에 정결한 집 한 채를 차득하여• 중대•의 이(李)와 명대•의 윤(尹)과 또 김(金)과 나와 넷이 방 하나씩을 차지하여 살기로 하고, 집 이름을 계림사라 하였다.

사토라고 일본 사람 내외를 두어 조석 짓고 소제하고• 집을 보게 하고 식찬•은 우리 손으로 조선 음식을 만들어 먹는데, 토요일 오후와 일요일에는 시내 하숙에 있는 동무들이 조선 음식을 먹고 싶어 모여 와서 놀고 가는 게 으레이었다.

든든하면서도 그래도 어쩐지 모르게 쓸쓸스러운 요 조그마한 이역• 의 우리 집, 계림사에도 새로운 정월은 찾아왔다.

• **시가** 도시의 큰 길거리.
• **차득하다** 남의 것을 빌려 가지다.
• **중대** 일본의 주오대학.
• **명대** 일본의 메이지대학.
• **소제하다** 청소하다.
• **식찬** 반찬.
• **이역** 다른 나라의 땅.

1월 1일 청●

송구영신을 한다는 것보다도 선달그믐날 밤을 객지에서 보내는 쓸쓸한 생각을 잊기 위하여 아무도 잘 먹지 못하는 술상을 놓고 밤이 깊도록 이야기를 하고 있다가, 3시에 상을 치우고 자리에 누우니까 공연히 생각이 더 쓸쓸스러웠다.

다시 일어날 때는 벌써 전등이 꺼졌고 아마도 밖에는 벌써 높이 뜬 해가 찬란히 빛나고 있었다. 그리고 그 아츰● 햇발이 어제 온종일 오신 적설에 부딪혀 반짝거려서 마음에나 눈에나 거치는 것이 없이 심신이 시원하여 새해다운 초하롯날● 같은 아츰이었다.

오오쿠마의 집(옆집)에서는 희한하게 오늘은 새벽부터 주인 여편네의 웃음소리가 떠들썩히 들리고, 니시지(西寺)의 집(앞집)에서는 유성기 소리와 함께 여러 식구의 떠드는 소리가 들렸다. 어쩐지 쓸쓸스럽고 몹시 심심하고 하여 세상에 우리 집만 춥고 컴컴한 것 같았다. 그리고 그보다도 더 여편네는 부엌에서 우리 밥을 짓느라고 불을 피우고 사토는 화롯불을 끼고 쪼그리고 앉았는데 쓸쓸하여 보였다. 며칠 전부터 문간에 소나무를 꽂자는 것을 못 들은 체하고 그냥 있었던 것이 미안하게도 생각되었다.

이가 자리를 개키면서 김을 보고 "초하롯날이니 어서 와서 세배해." 하는 웃음의 소리도 이상하게 쓸쓸히 들리고, "서울서 연하장도 아니 오나?" 하는 소리도 몹시 가슴을 적적하게 하였다.

하도 쓸쓸도 하고—밥은 지었으나 반찬도 없고 하여—일본 떡국에

● **청** 청천. 맑게 갠 하늘.
● **아츰** '아침'의 사투리.
● **초하롯날** 초하룻날. '하로'는 '하루'의 사투리.

조선식 고명을 넣어서 끓였더니 맛이 훌륭하게 되어서, 익지도 않은 나박김치를 떠 놓고 사토의 내외까지 맛있게 먹었다. 사다 놓은 간을 굽고 술을 한 잔씩 오도쇼의 대신하였더니 그래도 얄팍하나마 설 같았다.

오늘은 누군지 놀러 오려니 하고 내심에 기다리며 화롭게• 별 나는 낮을 셋이서 도람프• 장난으로 보냈다. 아무도 오지 아니하고 심심하게 해는 저물었다. 일본 옷을 입고 잠깐 길거리에 나아갔더니 시외라 그런지 원일•로는 의외에 쓸쓸한 편이었다. 그래도 길거리 여기저기서 하카마• 입고 절하는 것이 보였다. 반찬 가겟집 뚱뚱한 여편네는 새옷을 입고 어린애처럼 좋아하는 양이 보였다. 가게 앞에 서서 지나가는 사람마다 보고 웃고 있었다.

별식으로 팥밥을 지어 먹는다던 것이 어느 틈에 잊어버리고 헌밥으로 저녁을 먹고는 좌등•까지 데리고 넷이서 국지관• 씨의 작 「진주 부인」을 보러 너머 동리 이타바시 다카사좌에 갔었다. 정월이라 대입만원•이어서 몹시 요란하였다. 눈 녹은 촌길로 어두운 밤을 걸어 10시나 지나 집에 돌아오니까 와세다•의 김이 이와 함께 와서 기다리고 있었다. 하숙에서는 주인이 술과 음식을 잘해 주더라고……. 다섯이 둘러앉아 늦도록 놀다가 같이 자리에 누웠다.

이날 연하장 많이 온 중에 성명을 기억할 이에게서 온 것이 많았다.

• **화롭다** 날씨나 마음, 태도 따위가 따뜻하고 부드럽다.
• **도람프** '트럼프'의 일본어.
• **원일** 설날.
• **하카마** '겉에 입는 주름 잡힌 하의'를 일컫는 일본어.
• **좌등** 일본인 이름.
• **국지관** 일본의 극작가, 소설가 기쿠치 간(1888~1948).
• **대입만원** 아주 많은 사람이 들어와서 꽉 참.
• **와세다** 일본의 와세다대학.

월보• 12월호가 오고 기다리던 S•의 편지가 왔다. 누구의 집엔지 인천에 가 있다고…….

1월 2일 담• 소우•

아츰에 볕이 나는 듯하더니 다시 흐렸다.

열한 시쯤 하여 김, 이가 와세다로 돌아가자 얼마 아니 하여 비가 오기 시작하였다. 우산도 없이 중도에 도로 돌아오려니 하였더니 그대로 간 모양이다. 내일 점심을 내겠다고 30명 친구를 오래 놓아서 그 음식 준비하느라고 우중•을 길로 헤매었다. 피차없이• 일본에 와 있어서 귀국도 못 하고 있어서 고국을 그리는 정을 위로하기 위하여 되나 못 되나 조선 음식으로만 하리라 하여, 일인•이 먹지도 않는 소의 간을 도수장•에 가서 구하여 오라 하여 놓았음으로, 간전유어•와 생선전유어를 신문관• 발행의 『조선요리제법』 책을 들여다보면서 만들어 놓자, 수의•의 아오야마• 김이 와서 일인처럼 차근차근히 새해 인사를 늘어놓는데, 성음이 폭 가라앉아서 곤란한 모양이기에 왜 그리 목이 쉬었느냐니까, 어저께

- **월보** 『천도교회월보』를 가리킨다.
- **S** 방정환의 연인 신준려(신줄리아).
- **담** 구름이 끼어 날이 흐린 현상.
- **소우** 잠시 동안 조금 내리는 비.
- **우중** 비가 내리는 가운데. 또는 비가 올 때.
- **피차없이** 그쪽이나 이쪽이나 서로 나을 것도 못할 것도 없이.
- **일인** 일본 사람.
- **도수장** 도살장.
- **간전유어** 간을 얇게 저며 밀가루를 묻히고 달걀 푼 것을 씌워 기름에 지진 음식.
- **신문관** 1908년 최남선이 세운 출판사.
- **수의** 수의과.
- **아오야마** 일본 도쿄 미나토구에 있는 지역 이름.

오모리• 김도연•에게 가서 여섯 사람이 밤새도록 놀며 떠들다가 이제야 헤어져서 오늘 계림사로 놀러 오는 길이라 한다. 조금 정월다운 맛이 느껴졌다.

저녁때 김은 가고 우리는 밤 12시가 넘도록 만두를 빚노라고 애를 썼으나 만두 모양이 잘되지 못하였고, 그중에도 사토 내외가 조력을 한다고 따라 빚어 논 꼴이 길다란 기선처럼 되어서 재미있었다.

이날 연하장 23매와 춘파•에게서 동경 온다고 엽서가 왔다.

1월 3일 담 소우

오늘 아츰에도 비가 오기에 오늘 손님이 적게 모일까 보다고 염려했더니 11시부터 자꾸 모들기 시작하였다. 청한 이 외에 미처 통지 못 보낸 이까지 오늘 조선 잔치를 나 몰래 한단 말이냐고 하여서 모여들 오는 것이 어쩔 줄 모르게 기뻤다. 적막도 쓸쓸도 없었다. 화기롭고 즐거운 내 마음이 이케부쿠로 일판•을 뒤싸는 것같이 즐겁고 기꺼웠다.

정각까지에 30여 명이 모여 와서 팔첩 방•에 빽빽하게 들어앉아 조선 이야기, 일본 이야기에 한참 꽃을 피웠다. 그중에 조선말 모르는 중국 손님이 끼어 앉아서 피차 일어로 고담•을 몇 마디 바꾸면서 즐겼다. 그릇은 국숫집 그릇을 모두 가져오고 상은 방방이 책상을 내어오고 동리 집 솥까지 빌려다 떡국을 끓여서 떡국만두, 전유어, 묵회, 군고기, 동

• **오모리** 일본 도쿄의 오타구에 있는 지역 이름.
• **김도연**(1894~1967) 정치인, 독립운동가.
• **춘파** 천도교인, 『부인』 『신여성』 편집인 겸 발행인 박달성(1895~1934).
• **일판** 어떤 지역의 전부.
• **팔첩 방** 불을 때지 못하는 마루방으로 다다미 여덟 장이 깔린 일본식 방.
• **고담** 옛날이야기.

치미, 나박김치에 식혜까지 맛있게 되어서 30여 명 장정이 금시 그릇을 비워 놓아서 기꺼웠다.

점심을 마치고 다시 조선서의 추회담●을 바꾸는 동안에 어느 틈엔지 집이 제일 가까운 임(任)이 자기 집에 가서 장자윷●을 가져왔다. 점점 정월다운 조선 놀이가 되어 갔다. 그 많은 사람을 적백 양편에 갈라 벌려 앉아서 윷놀이를 시작하여 일승일패 횟수가 깊어 갈수록 전원 총립●을 하여 뛰느라고 가뜩이나 약한 일본집이 들먹들먹하며, 그럴 적마다 집 무너진다! 소리가 나고 우리는 연해 무너져도 괜찮다 소리를 치며 열중되어 날뛰었다.

양편의 백열한● 응원 규호●의 소리가 모야! 띠야! 으아! 오아! 하며 이케부쿠로 촌중●에 널리 울리매, 무슨 큰 변이나 난 드키 근방 일인들이 깜짝깜짝 놀란 모양이라, 울타리 밖에는 기웃거리는 구경꾼이 몇 겹을 둘러싸고 있었다.

6시가 지나도록 승패가 안 나다가 결국 삼할양승●으로 백편이 이기고, 곧 저녁상을 내었다. 간단하게나마 두부찌개와 김 군 것은 하숙에서 못 먹는 것이라 맛있게 저녁을 치르고, 이번에는 차례차례 노래를 부르는 중에 김영길● 군의 낭화절●과 연학년● 군의 가극 노래와 문세영●

● **추회담** 지나간 일이나 사람을 생각하여 그리워하는 이야기.
● **장자윷** 장작윷. 길고 굵게 만든 윷.
● **총립** 모두 일어섬.
● **백열하다** 기운이나 열정이 최고 상태에 달하다.
● **규호** 큰 목소리로 부르짖음.
● **촌중** 온 마을.
● **삼할양승** 세 판 경기에 두 번 이긴 쪽이 승리하는 것으로 정한 규칙.
● **김영길(1909~1985)** 성악가.
● **낭화절** 일본의 전통음악.

군의 조선 고가•는 좌중 대호평이어서 몇 번을 거듭하였다.

최후에 일동이 전부 기립하여 '무궁화 삼천리 화려강산'을 그윽히 숭엄하게 삼창하고 헤어지니 시는 11시 30분이었다. 문, 이, 임 몇 사람이 자고 가기로 남았고, 방을 소제하느라니까 성선•거•가 벌써 그쳤다고 한패가 도로 들어와서 팔첩 방에 머리를 나란히 하고 누었으나, 남은 흥이 꺼지지를 않았고 제대• 유(兪)의 장난에 잠을 자지 못하였다.

1월 5일 청

엊저녁에 이웃 중국생의 집 에도학사에 가서 중국요리에 늦도록 놀다가 돌아와서 몹시 고단하였다. 늦게야 일어나 보니까 S가 보낸 소포 두 뭉치가 와 있었다. 김, 이는 벌써 세수하고 뒤곁 잔디에 가 있었다. 소포에는 어여쁜 어여쁜 문□□ 일력•책, 인삼 가배,• 손수 따뜻하게 지어 보내 준 삼팔•보선•이 들어 있었다. 다다미방에 발 찰 일까지 생각해 준 성의에 무어라 감사한 말을 할 수 없이 기꺼웠다. 거저 어떻게 하면 좋을지 모르게 기꺼웠다. 전번 수건처럼 궁금해할까 하여 이번에는 즉각에 받은 통지를 하였다.

- **연학년** 소설가, 연극인.
- **문세영**(1888~?) 사전 편찬가.
- **고가** 옛 노래.
- **성선** 일본의 국영 전철.
- **거** 차. 자동차. 여기서는 전철을 뜻한다.
- **제대** 일본의 동경제국대학.
- **일력** 그날의 날짜, 요일, 간지 따위를 각각 한 장에 적어 날마다 한 장씩 떼거나 젖혀 보도록 만든 것.
- **인삼 가배** 인삼 커피. '가배'는 '커피'의 음역어.
- **삼팔** 삼팔주. 중국에서 생산되는 올이 고운 명주.
- **보선** '버선'의 사투리.

*

오후에 같은 이케부쿠로에서 내외 살림을 하고 있는 임공(任公)의 집에 놀러갔더니 권(權)도 집에 있었고 류(柳)도 와 있었고 하여 우리 일행과 합들여 여섯이 윷을 놀기 시작하여 밤이 되도록 놀았다. 자는 이 얼굴에 먹을 그리기로 하여 나도 셋이나 그렸다. 윷은 역시 충청도 생장인 유가 잘 놀았다.

저녁은 임 씨, 권 씨의 두 부인의 수제 요리로 그중에도 깍두기를 맛있게 먹었고 특히 권의 부인은 중국 생장이어서 중국요리를 내였는데, 별식이라 맛있게 먹었다. 우리가 윷을 노는 동안에 임의 방에서 풍금을 타던 이는 그 부인(일본여자대학)이었었다. 칠첩 반 방에 침대 놓고 책장 놓고 옷걸이 놓고, 고것만으로 젊은 학생 내외의 객지 생활이 퍽 재미있어 보였고, 여러 번 패전에 얼굴에 먹투성이를 그린 남편을 불러내려 보고 웃고 하는 것도 몹시 화•로와 보였다. 밤이 깊어서야 윷을 그치고 경도•서 왔다는 굵고 좋은 귤을 먹고 헤어져 왔다.

이역 객지의 쓸쓸한 중에도 화롭게 화롭고 즐거운 중에도 왜 그런지 쓸쓸하게 신유의 정월•은 이렇게 지나갔다

_SP生, 『천도교회월보』 1922년 1월호•

• **화** 서로 뜻이 맞아 사이좋은 상태.
• **경도** 일본의 도시 교토.
• **신유의 정월** 1921년 1월.
• 1921년 1월에 쓴 글을 1년 뒤에 『천도교회월보』에 발표했다.

생식 숭배교의 신앙

1

종교사●상의 일 기이!● 생식기 또는 생식 그것을 숭배 신앙하는 종족이 우리 인류 중에 있다 하면, 누구나 그 우매하고 야비로움을 웃지 아니할 자 없을 것이다. 그러나 사실은 어데까지 사실이라 아무 힘으로도 부인치 못할 것이니, 종교사로 본 우리의 과거가 오래인 옛적에 있어서 이 생식 숭배의 한때를 지내지 아니한 인류가 없음이 사실이요, 또 지나간 과거뿐만 아니라 방금 지금 시대에 있어서도 소위 문명국, 소위 대국으로 자처하는 곳, 민족 간에 이 생식 숭배의 신앙이 남아 있는 것이 어쩌지 못할 실재 사실이라.

영미●도 그렇고, 불독●도 그렇고, 인도도 지나●도 그렇고, 일본도 이 점에서는 남에게 지지 아니할 만큼 되어 있나니, 이것이 이미 덮지 못하

* 원제목은 「종교사상의 일 기이 생식 숭배교의 신앙」이다.

● **종교사** 종교의 역사적 의미, 기원과 변천 따위를 연구하는 학문.

● **기이** 기묘하고 이상함.

● **영미** 영국과 미국을 아울러 이르는 말.

● **불독** 불란서('프랑스'의 음역어)와 독일을 아울러 이르는 말.

● **지나** 외국인이 '중국'을 얕잡아 일컫던 말.

고 짓지● 못할 실재 사실인 이상, 이 생식 숭배의 신앙은 그 어떠한 것이며 그 기원이 어데 있으며 한 것을 연구해 보는 것도 결코 의미 없는 일이 아닐 것이기에 이에 대한 일단을 소개코자 이 붓을 든다.

이 붓을 들기에 임하여 기자—아직 재학 중에 있어서 이 연구에 힘을 오로지 하지 못하매 세밀한 조사를 내어놓지 못하고 몹시 간략한 소개에 지나지 못하게 됨을 유감으로 생각한다.

지나 만주 봉천●성의 북방에 천고의 라마탑●이 기운 지 오래고, 이풍●의 건축이 반이나 썩은 범찰●이 있으니 이것이 유명한 법륜사(法輪寺)라. 이 사원의 내전에 속칭 천지불(天地佛)이라 하는 기괴하기 짝이 없는 거대한 음양불(陰陽佛)이 모시어 안치어 있다.

큰 키는 장여●나 되고 용모 흉악한 남신이 젊은 여신을 껴안고 섰는 형상의 금광 찬란한 괴상한 황금불인데, 더구나 괴상하기는 이 괴상한 기형불은 배전●의 정면 중앙 상좌●에 안치되어 있고, 거기서 한 층 내려와서 하층에 좌우로 갈라서 석가세존과 아미타의 양존이 놓여 있고, 그 또 아래층에 내려와서 피● 나마교●의 활불●인 서장●의 법왕의 좌상

● **짓다** '지우다'를 예스럽게 이르는 말.
● **봉천** 중국의 도시 '선양'의 옛 이름.
● **라마탑** 중국 원나라 때 티베트에서 발원한 라마교에서 전하여 오는 불탑 형식.
● **이풍** 다른 풍속. 다른 양식.
● **범찰** 절.
● **장여** 한 길 남짓한 길이.
● **배전** 종묘나 문묘, 사당 따위에서 참배객들이 절하는 장소.
● **상좌** 윗자리.
● **피** 그.
● **나마교** '라마교'의 음역어.
● **활불** 전생에 의하여 출현한다고 하는 라마교의 수장.
● **서장** 티베트.

이 놓여 있는 것이니 이것을 보아도 그들이 믿는바 제불● 제신● 중에도 그 남녀가 서로 껴안고 섰는 대괴상불●이 제일 최고위를 점하는 것임을 알 수 있는 것이다.

그것뿐만 아니라 서장에도 사진 제1도, 제2도와 같은 차마 보지 못할 음흉●한 형상 우두● 남신이 발가벗은 여신을 껴안고 섰는 것을 조각한 괴상불이 모시어 있고, 그에 대한 인민의 신앙이 놀랍게 독실하다는데 사진에 보이는 제1도는 인간 생사의 운명을 지배하는 신님이라 하여 자녀의 생산과 또 수명 장복을 이에 빌고, 제2도는 남녀 부부간의 애정을 지배하는 신님이라 하여 혼사에 관한 모든 복락을 이 벌거벗고 껴안고 섰는 괴상불에게 빈다 한다.

이보다도 더 북경의 황사(黃寺)라 하는 사원에는 위와 같은 괴상불을 모시어 논 외에 더 흉악하게 혹은 동물을 간하는● 음신● 혹은 □수에게 욕을 당하고 있는 처녀신, 기타 종종●의 목적물과 서로 접하여 끼고 있는 별별 형상의 괴불이신을 모시고 제사를 드리는 한 당우●가 있는데,

北京雍和宮, 以雍正帝歸依喇嘛教賜名, 奉有歡喜佛. 或婦人裸體與鰥魚交媾, 或作惡鬼狀, 裸體屹立, 抱擁美婦人. 或形似牛, 其上有露出陽根之菩薩騎之. 或婦

● **제불** 모든 부처.
● **제신** 모든 신.
● **대괴상불** 매우 괴상한 불상.
● **음흉** 음란하고 흉악함.
● **우두** 소머리.
● **간하다** 범하다. 간음하다.
● **음신** 음란한 신.
● **종종** 모양이나 성질이 다른 여러 가지.
● **당우** 규모가 큰 집과 작은 집을 아울러 이르는 말.

人裸體, 自背割開, 注以馬尾. 如是之佛像七八體, 又鬼神殿中, 奉有惡魔, 長丈三尺餘, 人身狗面有角, 與美貌女作淫狀. 又有惡鬼手持兇器, 閃閃有光, 足下踏有裸體男女. 是等不可思議之佛像, 屬喇教.●

라고.(제3도 참조) 『만청비사』●의 하권에 이렇게 기록되어 있는 것을 보아도 그 북경 황사 옹화궁이란 곳에 우리로서는 상상도 못 할 기기괴괴한● 괴상불이 있는 것을 알 수 있는 것이라, 누구나 이를 보고 피등● 나마교도들의 야만인 신앙을 타매치● 아니할 이가 없을 것이다.

그러나 인류학 또는 사회학상 견지로서 이를 보면 결코 이러한 종교, 이러한 신앙은 별로 진기하다 할 것도 없으며 또는 괴상타고 할 것도 없는 것이니, 대범● 이 지구상에 서식하는 인종, 민족, 또는 서식하였던 민족으로서 어느 자가 한시 한때나마 인육을 먹지 아니하였으며, 한 번 한

● 북경 옹화궁(雍和宮)은 옹정제(雍正帝)가 라마교에 귀의하여 이름을 내린 곳으로, 환희불을 모셔 놓았다. 그 불상들 중 어떤 것은 부인이 나체로 환어(鰥魚)와 교합하고 있고, 어떤 악귀의 상을 한 것은 나체로 우뚝 서서 아름다운 부인을 껴안고 있다. 양근을 드러낸 어떤 불상은 소 같은 동물을 타고 있다. 어떤 부인은 나체인데, 등으로부터 베어져 열려서 말의 꼬리가 끼워져 있다. 이와 같은 불상이 일고여덟 좌이다. 또 귀신전 안에는 악마를 모신 것이 있는데, 길이가 3여 척이고, 사람의 몸에 개의 얼굴을 하고 뿔이 있으며, 아름다운 용모의 여인과 음란한 모양을 하고 있다. 또 어떤 불상은 손에 번뜩이는 흉기를 든 악귀로 발밑으로는 나체의 남녀를 밟고 있다. 이런 등의 불가사의한 불상은 라마교에 속한다. (원 출처는 일본인 후루사와 코키치(古澤幸吉)가 쓴 『북방지나(北方支那)』에 실린 「연경초(燕京抄)」이다. 『만청외사』와 『만청비사』에 모두 실렸는데, 「연경초」의 글을 축약해 인용했다.)

● **『만청비사』** 1920년경 출간된 청나라 역대 왕조의 궁중 비사를 다룬 책.

● **기기괴괴하다** 외관이나 분위기가 몹시 기이하고 괴상하다.

● **피등** 그 사람들.

● **타매하다** 아주 더럽게 생각하고 경멸히 여겨 욕하다.

● **대범** 무릇.

회나마 생식기를 숭배하지 않았으랴 하여도 과언이 아닌 까닭이다.

미개한 민족, 야만인 종족은 그만두고라도 현대 문화 문명으로써 천하를 풍미하는● 피 서양 민족들도 그 조선●은 인육을 즐겨 먹은 일이 있었고 성심으로 생식기를 숭배한 일이 있었나니, 그것은 과거 역사상의 모든 점과 그네의 남겨 논 모든 유물이 있어서 현금● 구미● 각국 각 도시의 박물관 내에 진열되어 고고학 내지 인류학상으로 역력하게 그 증거를 보이고 있다.

세계의 보고●라고 유명한 불국● 파리의 루브르박물관의 일부에도 세계 창세 이후의 여러 곳 모든 종족이 각종 물체에 남녀의 음부(생식기)를 조각하여 몹시 존숭●이 알고 지니고 있던 것이 많이 있으며, 또 그 파리의 국립도서관의 지하실에도 한 비밀실이 있어서 그 비밀실은 의사나 법률가나 또는 사회학 연구자 외에는 입장을 불허하는데, 그 비밀 진열실에는 대개 나파륜● 대제가 수집하여 논 것이라 하며 그중에는 특종의 회화(춘화류)와 조각, 등물,● 생식 숭배의 종교상의 의미를 띤 참고고품●이 많다 한다.

그뿐만 아니라 이태리●에도 그 남단 에불시●에 있는 왕립박물관●의

● **풍미하다** 어떤 사회적 현상이나 사조 따위가 널리 사회에 퍼지다.
● **조선** 조상.
● **현금** 바로 지금.
● **구미** 유럽과 미국을 아울러 이르는 말.
● **보고** 귀중한 물건을 간수해 두는 창고.
● **불국** '프랑스'를 이르던 말.
● **존숭** 높이 받들어 숭배함.
● **나파륜** 프랑스 황제 '나폴레옹'의 음역어.
● **등물** 같은 종류의 물건.
● **참고고품** 살펴서 도움이 될 만한 재료로 삼음 직한 구성품.

일우•에 일반 공중의 참관을 불허하는 일(一) 비밀실이 있는데 일본의 우에다 교스케 씨가 근 20년 전에 이태리에 갔을 때에 이 비밀실을 보고 왔다 한다. 그 진열품의 대부는 발굴된 폼페이 시 중에서 발견한 풍기상 관계되는 회화와 조각물류라는데, 그중에는 순결한 종교 색채를 띤 숭배의 목적물이든 각색각종의 생식기가 많이 진열되어 있으며, 동시에 그로 인하여 고대 나마•사를 장식하는 신화적 남녀의 신님들이 모두 그 가면을 벗고 원형대로 노골로 드러나서 고대 희랍• 급• 나마인의 갈앙하던• 의신•의 본체가 몹시 노골적으로 현출된• 것을 보았다 한다.

대략 지구상의 인종은 양•의 동서가 다르고 문화의 정도와 시대상에 현저한 차는 있으나 역시 모두 동일한 궤도 위로 동일한 걸음을 걸어온 것이라. 금일 기독교를 신교•로 하는 민족으로서 자기 이외의 민족을 '이교도'이니 '우상교도'이니 하며 또는 만족•시하는 백석인종•도 그 분류 중에서 벗어나지 못하는 것이다.

백석인 중의 한 종파로 샤구지파•가 있는데, 그 파의 숭봉하는• 근저

- **이태리** '이탈리아'의 음역어.
- **에불시** 나폴리.
- **왕립박물관** 나폴리국립고고학박물관.
- **일우** 한쪽 구석. 또는 한 모퉁이.
- **나마** '로마'의 음역어.
- **희랍** '그리스'의 음역어.
- **급(及)** 및. 와/과.
- **갈앙하다** 매우 동경하고 사모하다.
- **의신** 그리스 신화에 나오는 의술의 신 '아스클레피오스'.
- **현출되다** 겉으로 드러나다.
- **양** 사물의 형용.
- **신교** 종교를 믿음. 또는 그 종교.
- **만족** 야만족.
- **백석인종** 백색 인종.

의 요소는 여자의 생식기관 그것을 숭배하는 데 있으며 그 경전 『단도라』•에 기록된 바를 보면 샤구지 숭배의 제일의•인 최상의 형식은 즉 나체의 부인 기자•를 직접으로 찬미하고 경모하고• 또 갈앙하는 데 있으며, 전당• 중에는 자기 면전에 발가벗은 나체의 부인을 세우고 그것에 의하여 매일 수행을 한다 하며, 또 아리나인(阿梨那人)은 집집에 남녀의 양음구•를 모시고 또는 조고만 양음구를 만들어서 고개에 걸고 다니며 그것을 자기 몸을 지키는 본신이라 하였다 하는데, 이것은 동으로는 인도, 서로는 고대의 희랍, 나마의 민족 모두 성히• 존재하였다 하며, 또 당시의 포도 수확기에 바쿠스 신의 제일•에는 신양주•에 취한 반광란의 남녀 군중은 벌거벗은 대로 팔루스(Phallus)라고 거대한 남자의 양근(음구)를 짊어지고 돌아다녔다는 등, 별별 괴풍이 많이 있으나 그것은 순서를 따라 다음에 쓰기로 하고, 우리 근방에 있어서는 지나가 이미 그렇고, 일본은 특히 고래로부터 성히 생식기를 숭배한 역사를 가지고 있을 뿐만 아니라 현금까지도 지방□□이 이 생식기 숭배의 신앙이 뿌리 깊게 박혀 있는 것은 실로 우습고도 흥미 있는 일이다.

연전• 봄에 『동경조일신문』 지상•에 「희류•의 남근제」라 하고 좌•와

• **샤구지파** 샤크티파. 힌두교의 한 종파.
• **숭봉하다** 우러러 공경하며 받들다.
• **『단도라』** 『탄트라』. 샤크티파의 경전.
• **제일의** 근본이 되는 첫째 의의. 또는 궁극의 진리.
• **기자** 그 사람. '두르가' 여신을 가리키는 듯함.
• **경모하다** 깊이 존경하고 사모하다.
• **전당** 신불을 모셔 놓은 집.
• **양음구** 남녀의 성기.
• **성히** 기력이나 세력이 한창 왕성하게.
• **제일** 제삿날.
• **신양주** 새롭게 빚은 술.

같은 기사가 있었다.

애지현동춘일정군미강촌대학대구보일색(愛知縣東春日井郡味岡村大學大久保一色)에서는 매년 구력정월 십□일 향사(鄕社) 출현신사(神社)의 금예(禁禮)에 장삼척 주위 삼척 되는 회목•으로 만든 남자 생식기(남근)에 짚으로 만든 고환을 달고 거기다 여자 인형까지 합쳐서 둘러메고 돌아다니며 대정•의 금일도 성히 행한다. 운운

우• 전현(田縣) 신사의 돌층계를 올라가면 돌이나 나무로 만든 대소(大小) 남근이 수십 개 마치 땅속에서 버섯 나오드키 봉납하여• 있는데 이것은 화류병자•와 자식 없는 여자가 봉납한 것이다. 운운.

이것을 보아도 현금도 성히 신앙이 있음을 알겠으며 정강현금곡□의 동선원(洞善院)이라는 사원의 문전에는 도락지장(道樂地藏)이라는 지장•이 모시어 있는데, 그것은 남녀 양체의 지장이서 껴안고 있는 것인데 그곳 주민은 몹시 독실하게 그 지장을 믿는다 하며, 갑주(甲州) 방면에선 머리 위에 생식기를 이고 있는 지장을 □□에 모시며 놓았다 한다.

- **연전** 몇 해 전.
- **지상** 신문의 지면.
- **희류** 드문 종류, 희귀한 종류.
- **좌** 왼쪽. 당시 세로쓰기 형태였으므로 '아래'라는 뜻이다.
- **회목** 편백나무.
- **대정** 일본의 연호.
- **우** 오른쪽. 당시 세로쓰기 형태였으므로 '위'라는 뜻이다.
- **봉납하다** 물품 따위를 바치다.
- **화류병자** 성병에 걸린 사람.
- **지장** 지장보살.

또 이□□□□의 □□내해(경치 좋기로 유명한 곳) 해상에 궁삭도(弓削島)가 있는데 이곳에 □□ 법왕궁이라는 신사가 있고 그 모시인 신체•는 청동□의 28여의 남근을 안치하였고• 지금은 그 신상을 철하(徹下)하여서 동사사상대강모가 보관을 한다는데, 해마다 하제(夏祭)에는 남근형의 큰 등을 만들어 지고 다니고, 고래로 촌민 중에 이핵(伊勢)공궁을 가는 자 있으면 그 처나 자제 되는 사람은 반드시 이 사(社)에 정성을 드리며 남편이 원로•에 무사히 돌아오기를 기도한다 하며, 그보다도 놀라울 만치 기괴한 신앙 풍습으로는 '씨받기'라는 것이니 하총국주주정의 현인 우두(牛頭) 천왕사에도 존중히 모시어 있는 신체는 역시 남자의 생식기 즉 남근인데 이곳의 현제•는 고래에 비상히 신비적 제례라 하여 성심성의를 다하여 헌제•하는데, 그것을 현제 씨받기라 칭하여 자녀 없는 여자는 이날 이 신사에 참례하여• 자식의 씨를 받아 간다 하는 것이다.

그 씨받기 제례는 으레 야반에 행하는데, 그때는 부근 일대의 등화•란 등화는 모두 꺼져 암암한• 암흑세계를 만들고 그중에 각지에서 모여 온 남녀가, 혹은 신사 경내에서 혹은 여관 등에 혼잡해 있는 동안에 이름도 성도 얼굴도 모르는 자와 관계하여……. 그래서 자식 없는 여자가 씨를 받았다 하며 또 그날 제례에 신전의 폐•를 임부•가 지니고 있

• **신체** 신령을 상징하는 신성한 물체.
• **안치(安置)하다** 안전하게 잘 두다. 상, 위패, 시신 따위를 잘 모셔 두다.
• **원로** 먼 길.
• **현제** 마을제사, 동제.
• **헌제** 제사를 드림.
• **참례하다** 예식, 제사, 전쟁 따위에 참여하다.
• **등화** 등불.
• **암암하다** 어두컴컴하다. 원문에는 "암암(闇闇)한"으로 되어 있으나 '암암(黯黯)한'의 오식으로 보인다.

으면 안산●을 한다고 믿는다.

우습고 추악하나마 신앙의 힘으로 그치지 않고 실행되는 이러한 짓은 그 넓은 지방 구석구석이 있으며, 또 그 지방이 다를수록 점점 더 영골●로 생식 행사를 하는 별일이 다 있으나 그것은 모두 약하기●로 하자.

그러나 조선 인류(또 문명한 곳 사람으로도 지금까지 행하고 있는 민족까지)는 그 무슨 동기로부터 이 기괴한 음신을 숭배하게 되었을까. 그 숭배하는 이유는 무엇일까…….

그것을 차호에 자세히 쓰기로 하자.

2

세상에도 기괴한 생식기 신 생식 숭배? 대체 우리의 조● 인류와 또는 현대 일부 종족은 무슨 이유, 무슨 동기로부터 이 기괴한 신앙을 가져왔을까.

지금 그것을 상세히 설명하자면 먼저 인류학 견지로부터 설명을 시작하여 종교사에 급하여● 원시시대의 인류가 최초에는 천체(즉 태양을 예

● **폐** 화폐.
● **임부** 임신부.
● **안산** 순산.
● **영골** 사리.
● **약하다** 생략하다. 줄이다.
● **조** 조상.
● **급하다** 미치다. 닿다. 이르다.

배하는 등)를 예배하다가 점차로 인지의 발달을 따라 소위 신화 시대의 종교가 생하고, 그다음에 영혼 존재의 신앙이 생하여 만물유영설•이 기하고,• 그다음에 그 신앙을 형체로써 표시하려고 한 결과라고도 할 수 있는 우상교가 안출되는• 등 차츰차츰 차례로 설명하는 것이 순서이나, 그러나 그것은 그렇게 용이히 한 호 두 호에 끝날 것이 아니므로 그것은 이제 피하기로 하고, 간단한 소개에만 그치기로 하자. 그러나 간단하게나마 이 생식 숭배를 말하기 전에 그 전제로 한 가지 명언하여• 둘 것이 있으니, 그것은 '창세의 인류는 결코 음외비열•한 관념으로 비등• 생식기 신이나 기타 기형 물체를 숭배한 것은 아니라.' 함이다.

현금 가장 성히 또 가장 노골적으로 남녀의 생식기를 숭배하고 있는 인도의 크리슈나교도에 관하여도 일본 학자 산상천천 씨는 좌와 같이 말하였다.

"이미 남녀 양성의 상사상연•의 관념으로써 종교적 신앙의 정을 설명하는 고로 그 설명의 방법이 극히 신비적이고 또 자연 그 설명 중에는 양성 관계의 비유가 많다. 오인•은 크리슈나 문학 중에 부부간의 가장 농후한 관계를 가장 대담하게 가장 노골로 설파한 것을 자주 보나니, 참으로 크리슈나 문학 중에는 오인의 절대로 번역할 수 없는 남녀의 관계를 적나라히 노골로 기록한 것을 발견하기는 결코 드문 일이 아니다.

- **만물유영설** 세상 모든 만물에 영혼이 깃들어 있다는 주장.
- **기하다** 일어나다.
- **안출하다** 생각해 내다.
- **명언하다** 분명히 말하다.
- **음외비열** 음란하고 방탕하고 천하고 졸렬함.
- **비등** 비슷하다.
- **상사상연** 서로 생각하고 그리워하고 사랑함.
- **오인** 우리.

그러나 이에 주의할 것은 크리슈나 문학의 작자는 여하히 비외한● 문자를 기(記)하여도 피등 자신의 마음은 추호도 당란하지● 아니한 것이니, 대개 이는 피등의 출발점이 열렬한 종교 신념의 위에 있던 까닭이니라." 하였고, 이 점에 대하여는 가장 엄격한 빠네트 박사도 같은 의견을 가지고 있나니. 박사는 "이름도 모를 기다●의 음사요묘●는 그만두고 인도의 도처에 있는 습파● 급● 피슌●의 궁전 내에는 우리 영국인의 붓으로 도저히 묘사를 감히 하지 못할 만큼 음외하기● 짝이 없는 추태를 현출한 조각물로써 장식되어 있는 것을 본다. 그러나 그렇다고 이러한 풍습이 반드시 신도의 음외한 성행●을 의미하는 것이라 상각하여서는● 안 된다."고 하였다.

재차 묻노니 그러면 대체 어떤 생각으로 이러한 기괴한 숭배를 시작하였는가.

*

우리 인류가 있은 후 자연종교의 벽두는 태양숭배이니, 인류가 최초에 광막한● 천공을 우러러보아 거기에 걸린 위대한 강렬한 홍연●의 화

● **비외하다** 천하고 더럽다.
● **당란하다** 음란함에 부딪치다.
● **기다** 얼마쯤 되는 그 수량.
● **음사요묘** 내력이 올바르지 않은 귀신을 모셔 놓은 집과 요사한 사당.
● **습파** '시바'(힌두교의 파괴와 생명의 신)의 음역어.
● **급(及)** 및. 와/과.
● **피슌** '비슈누'(힌두교의 평화의 신)의 음역어.
● **음외하다** 음란하고 방탕하다.
● **성행** 성품과 행실을 아울러 이르는 말.
● **상각하다** 생각하고 밝히다.
● **광막하다** 아득하게 넓다.
● **홍연** 붉은 연꽃.

단[●]을 배하였으매[●] 즉시 차[●]를 한 신으로 존숭하는 것은 당연한 일이니, 이 무의식적으로 위대한 것의 앞에 무릎을 굽힌다는 일은 홀연히 인류의 사상에 일문[●]을 투하여[●] 육안에 비친 피 발광물에는 갱히[●] 그것을 주재하는 정령이 잠재한 것을 감념하여[●] 그 태양을 통하여 편히 그 본존을 숭배하게 되는 순서로 되는 것이다.

이렇게 하여 최초에 태양을 숭배(자연종교의 벽두)하던 원시시대의 인류에게는 점차로 이목[●]에 접촉되는 것이 복잡하여질수록 천하의 모든 것이 보는 것마다 듣는 것마다 하나도 이상치 아니한 것이 없었나니, 그때 그 시대에 있는 피등의 단순한 두뇌에는 아무리 하여도 해석치 못할 난문제가 점점 늘어 왔다. 즉 그들의 주위에서 받는 경악[●] 공포가 점점 많아진 것이다.

'경악은 모든 신앙의 모(母)이다.' 그리고 순진한 원시인류는 가장 경건적으로 시등[●]의 앞에 숭배하고 거기에 기원을 드린 것이다.

피등 원시인의 모든 경악과 모든 이상한 난해 문제 중에는 가장 직접 자기에게 관계되고, 그리고도 가장 신비적으로 보인 것은 즉 생식 문제였다. 더구나 창세 미개의 일(日)—광막한 지구상에 몹시 적은 소수의

● **화단** 불덩어리.
● **배하다** 절하다.
● **차** 이것.
● **일문** 한 가지 질문.
● **투하다** 던지다.
● **갱히** 다시.
● **감념하다** 어떤 생각을 느끼다.
● **이목** 귀와 눈.
● **경악** 놀라움.
● **시등** 이들. 이것들.

인류가 생식하여 있던 시대에 있어서는 생식이라는 문제와 관련하여 번식이라는 문제가 가장 심절하게● 피등의 뇌리를 자극하였을 것은 사실이다. 그중에도 그 소수인 피등의 속에 사망하여 가는 자가 생겨서 한 사람 한 사람 그 수가 줄어 갈 때에는 몇 갑절 더 인류 증식의 필요를 통절히 느꼈을 것이라 그때에 피등에게는 피등이 통절히 요구하는 인류를 무난히 생산하는 생식기—즉 인구 번식의 근본 원소인 생식기를 위대한 창조주 조화옹●으로 알고 또는 유현● 신비 불가사의체라 하여 이에 대하여 비상한 경의를 바치고, 경의는 연하여● 존숭심이 되고 존숭심은 점차로 종교적 경건의 신앙으로 되어 필경●은 형체로써 차●를 현출하여 신으로 숭배하게 된 것이다. 그리고 이 신앙의 위에 철학적 인지가 가미되면 곧 순연한 일개의 종교가 되나니, 즉 현금 인도에 있는 생식기 숭배교와 여한● 것이 되는 것이다.

그리고 두뇌의 단순한 피등 원시인은 인류의 생식기의 생식, 번식 작용으로 미루어서 세상 만반의 것의 발육 성숙하는 것도 같은 이유로 생각하여 곡물의 풍요도 차등 생식신 음신(陰神) 양신(陽神)의 합체 등 신에게 빌게 된 것이라. 이와 같이 본문제● 생식 숭배의 신앙은 전혀 신성한 예배심에서 산출된 것이요, 결코 색욕의 연상이 그 본원●이 아닌 것

● **심절하다** 깊고 절실하다.
● **조화옹** 조물주.
● **유현** 이치나 아취가 알기 어려울 만큼 깊고 그윽하고 미묘함.
● **연하다** 잇다.
● **필경** 마침내.
● **차** 이.
● **여하다** 같다.
● **본문제** 이 연구의 대상.
● **본원** 근원, 뿌리.

이다.

이 점에 대하여는 일찍이 『사이콜로지 오브 섹스』●의 저자도 “창세의 만인●은 생식이라는 점으로써 남자의 생식기를 기기● 불가사의의 것이라 하여 처음에는 무서워하고 나중에는 존경하였다.” 하고 논파하였다.

그리고 이상과 같은 관념이 일층 증장하여● 몹시 인구 번식을 열망하는 지원●이 그 극도에 달하는 때는 지금 인도에서 성행되는 앗파판지교와 같은—정액 그것을 숭배하는 종교가 생기고 혹은 전호●에 말한 바와 같은 현금 서장, 몽고 등지에 있는 나마교와 같이 남녀 포옹의 불상(생식 작용의 현상 그것)을 숭배하는 종교가 생기는 것이다.

*

이 생식 숭배 신앙이 인류 생활의 진화에 따라 소멸된다는 점에 대하여는 일찍 스단레 홀 교수가 “생식기 숭배의 풍습의 발아의 당시는 가장 삼엄 고숭한 종교의 제전으로 성히 예배하였었으나, 시세 변천에 따라서 점차로 경건적 관념은 엷어지고 거의 전혀 성욕적 감정을 자극할 일종의 비밀 수단이 되기까지에 타락하였으므로, 다른 일층 고상한 신종교의 출현과 함께 그 풍습은 자연히 소멸됨에 이르렀도다. 이는 대개 인구의 번식과 함께 천연에게 받은 자연의 악사●는 전부 피등을 수용치

● **『사이콜로지 오브 섹스』** 영국의 수필가이자 의사인 해블록 엘리스의 『성심리학 연구』(*Studies in the Psychology of Sex*).
● **만인** 야만인.
● **기기** 몹시 이상야릇함.
● **증장하다** 점점 더 자라다.
● **지원** 지극히 바람. 또는 그런 소원이나 염원. 원문에는 “지원(志願)”으로 되어 있으나 ‘지원(至願)’의 오식으로 보인다.
● **전호** 앞의 호.

못하기에 이르렀으므로 피등은 점차 북방으로 이주하기 시작하고 또는 혹렬한• 천기와 싸우고 생존상의 경쟁에 핍박되어 벌써 종전대로의 나타•방일한• 생활을 할 수 없고, 전심전력 여하히 하여 생존하려 하는 문제에 잡히고 동시에 의복을 입을 필요가 생기하고• 이것저것의 정열에 종하여• 피등의 심리 상태에 현저한 변화가 생겨 기어코 노골적 생식 숭배 관념도 일변치• 아니치 못하기에 이르게 된 것이라."고 하였으나 기실•은 생식기 숭배의 풍습은 인지의 발달, 천후•의 일변, 생활 주위의 정태•의 변천에 의하여는 그렇게 용이히 소멸되지 아니하였나니, 그 역력한 증거로는 유사• 시대에 입(入)한 후에도 의연히 이 관습을 계속하여 온 사실의 기록이 있는 것이다.

태고의 피유명한 네보카드네자르• 대제가 욱일승천•의 세•로 바빌론에 군림하여 있을 때에는 바빌론 대제국의 문화는 거의 강성의 극도에 달하여 니네베• 도의 번화는 금일 영경 윤돈•을 능가할 만하다고 격

- **악사** 나쁜 일.
- **혹렬하다** 몹시 모질고 심하다.
- **나타** 나태.
- **방일하다** 제멋대로 거리낌 없이 방탕하게 놀다.
- **생기하다** 어떤 일이나 사건이 일어나다.
- **종하다** 따르다.
- **일변하다** 아주 달라지다.
- **기실** 사실. 실제 사정.
- **천후** 기후.
- **정태** 어떤 일의 사정과 상태.
- **유사** 인류 문명의 역사가 시작됨.
- **네보카드네자르** 신바빌로니아의 제2대 왕.
- **욱일승천** 아침 해가 하늘에 떠오르는 기세.
- **세** 기세.
- **니네베** 고대 아시리아의 수도.

칭을 받던 만큼 문물이 발달되었음에 불구하고 생식 숭배 기형신●은 의연히 전토● 각지에서 숭배되고 도처에 장려화미●를 극한 궁전 이스교 바빌론 급●과 훼네샤에 있는 본산에는 신녀라 호하는 기다●의 요조염려한● 묘령●의 변녀●가 신전에 예속되어 있어서 피등 절색의 미녀는 신에 봉사하는 제일 첫 일로 그 귀중한 정조(육체)를 신궁 전(前)에 바치고, 그것을 평생의 덕으로 안다 하며, 피등 묘령 변녀의 간(間)에는 피샤구지 교의 궁전에서 행하는 비밀 전례(전호에도 소개한 것)와 동일한 것이 실행되어 있었다.(이 변녀 즉 바빌론과 훼네샤의 무녀는 실로 금일 세상의 매음녀의 본원인 것이나, 그것은 문제가 다른 것이니까 여기는 약하기로 하자.) 그런데 그 니네베 도의 기형신은 당시 인방● 열강의 제 민족 간에 이앙●의 대목적물이었었다는 것을 보면 지금 상각하면 우스운 일인 것 같다.

그리고 그 후로 얼마 아니 되어 쟈크세쓰의 치세 때에 그리 웅장하던 바빌론 제국의 성운도 점차로 쇠퇴됨에 그 틈을 타서 애급●인이 대거하여● 바

● **영경 윤돈** 영국의 수도 런던.
● **기형신** 기이하고 괴상한 모양의 신.
● **전토** 국토의 전체.
● **장려화미** 웅장하고 화려하다.
● **급(及)** 및. 와/과.
● **기다** 얼마쯤 되는 그 수량.
● **요조염려하다** 행실이 얌전하고 정숙하고 용모와 태도가 아름답고 곱다.
● **묘령** 스무 살 안팎의 여자 나이.
● **변녀** 선녀.
● **인방** 이웃 나라.
● **이앙** 탐내고 우러러봄.
● **애급** '이집트'의 음역어.
● **대거하다** 크게 일어나다.

빌론에 침입하여 일거에 니네베 대도•를 무찌르고 만고불후•라고 천하에 자랑하던 모든 신전과 기타 영조물•을 마음대로 유린하여 버리고 당시 바빌론 민중의 숭배의 중심이 되어 있던 최고 신사의 본존을 탈취하여 수십 인의 병사를 시켜 짊어지고 개가•를 부르며 돌아왔다.

그런데 그네가 전쟁까지 사양치 않고 탈취한 목적물이란 것이 역시 남자의 양근을 형상한 괴신이라 하니, 그네 생식 숭배 사상이 얼마나 근저 깊고 또 열렬한 것임을 알 수 있으며 또 그 남자의 생식기형인 그 신상을 수십 인의 병사가 메고 왔다 하니 그 얼마나 거대한 것이었는지를 짐작할 수 있는 것이라.

필경 이런 것도 과학의 견지로는 여하히 창세 민족의 심리 정태가 잘 표시되었는지 알 수 있는 것이다. 즉 피등의 단순한 두뇌에는 아무것이나 웅대히 크기만 하면 그만큼 더 영되고• 더 위대한 줄로 상각한 까닭이라, 예컨대 우리나라의 은진미륵과 같은 것도 그러한 이유로 그다지 크게 만든 것에 불과하며, 또는 지나 각지에 있는 공자묘전 내의 공부자•와 여함도 그 주위의 제존•보다 쑥 뽑아 나게 크게 모시어 있는 것도 그것이며, 일본의 내량•의 대불 겸창 장곡•의 관세음상 등도 역시 동일한 상각에서 나온 것이다.

- **대도** 대도시.
- **만고불후** 아주 오랫동안 변하거나 사라지지 아니함.
- **영조물** 건축물.
- **개가** 개선가. 싸움에서 이기고 돌아올 때에 부르는 노래.
- **영되다** 신령스럽다.
- **공부자** '공자'를 높여 이르는 말.
- **제존** 여러 신.
- **내량** 일본 나라현 북부에 있는 도시 나라.
- **겸창 장곡** 일본 가마쿠라에 있는 하세 지역.

모리야 윌리암 씨의 설에 의하면 태고의 인도에는 전국에 긍하여● 12개소의 주뇌적● 대자재●천궁(大自在天宮)이 존재해 있고 그 사원 내에는 하늘을 찌를 만치 거대한 대리석의 남자 생식기가 모시어 있었다 한다. 그리고

滿洲遼陽城中亦有古刹. 瞻禮者祇干門焚禱. 不得闖入. 有范生者. 設法入之. 見內塑巨人二長各數丈. 一男向北立. 一女南面. 其頸赤體交接. 備極淫土人呼爲公佛母佛. 供奉甚謹.●

이 기록을 보면 지나에 있는 이 괴음신도 그 몹시 거대한 것임을 알 수 있다.

*

세미짓크 인종●은 같은 백석인 중에서도 유사의 초부터 비교적 순정한 종교 관념을 보지하여● 유태교이거나 회회교●이거나 모두 극단

● **긍하다** 걸치다.
● **주뇌적** 수뇌적.
● **대자재** 대자재천. 대천세계를 주재하는 신으로 인도 브라만교의 만물 창조의 신.
● 만주 요양성(遼陽城)에도 고찰(古刹)이 있다. 참배자들은 기간문(祇干門)까지만 향을 올리고 기도할 수 있으며, 함부로 들어가면 안 된다. 범생(范生)이라는 사람이 있었는데, 수단을 써서 안에 들어갔더니 안에 각각 몇 장(丈) 정도 키의 거인 조각상 두 개를 보았다. 하나는 북쪽으로 향해 서 있는 남자이고, 하나는 얼굴이 남쪽으로 향한 여자이다. 나체로 목을 잇닿아 있는 그들의 모습은 극도로 음란하다. 현지 사람들은 그들을 공불(公佛)과 모불(母佛)이라고 부르며 아주 조심스럽게 모신다. (청나라 동함[董含]이 쓴 『삼강식략(三岡識略)』에서 인용한 것이다.)
● **세미짓크 인종** 셈족.
● **보지하다** 온전하게 잘 지켜 지탱해 나가다.
● **회회교** 이슬람교.

인 비우상교•인지라 우상을 존숭하는 민족이면 수하•를 불문하고 이를 불구대천•의 적과 같이 혐오하였던 것이다. 그래서 『구약전서』나 또는 『코란』 중에서도 일찍이 피등이 생식기를 숭배한 형적을 발견할 수가 없다. 그러나 다시 생각을 돌려서 이 방면에 대한 피등의 행적을 살피자면 피등이 독특인 종교상의 전례인 할례라는 의식은 과연 나변•에서 기인한 것인가를 찾지 아니치 못할 것이다.

이 할례란 것은 그 의미로는 원복• 축• 또는 가관•의 분류에 속하여 양자가 공히 남아의 성인 축의 전례이며 이 할례야말로 가장 원시적이고도 가장 노골로 남자의 성육,• '어른 될 수 있게 됨'을 표출하는 의식이다.

대개 이 할례라는 것은 남자의 생식기 끝 귀두의 포피 환상• 절재 식전•을 칭하는 것이니, 이로써 역시 세미짓크 인종도 의연히 그 처음은 생식기 숭배 민족이었던 것이 판명되었다.

이 귀두 포피 환상 절재 식전은 원시민족이 피등의 비밀결사 내에서 행하는 각종의 의식 전례 중에 가장 신성하고 가장 중대한 전례의 하나로 치는 것이며, 피등 민족 중에 청년기에 달한 남아는 제일 먼저 '남자

• **비우상교** 우상을 섬기지 않는 종교.
• **수하** 누구.
• **불구대천** 하늘을 함께 이지 못한다는 뜻으로, 이 세상에서 같이 살 수 없을 만큼 큰 원한을 졌다는 뜻.
• **나변** 어느 곳. 또는 어디.
• **원복** 우리나라와 중국에서 관례 때 입고 쓰던 어른의 의관.
• **축** 축하.
• **가관** 성년식인 관례를 치르며 갓을 처음 쓰는 일.
• **성육** 자라서 크게 됨. 성장.
• **환상** 둥근 모양.
• **식전** 의식.

집회소' 내에 가서 거기에 여음양근●을 모시어 논 제단 앞에서 그 '할례'의 의식을 행하고 그리고 나서 비로소 비밀결사의 일원이 되는 자격을 가지게 되는 것이 통칙●이라, 현시●도 아직 그 풍습을 행하고 있기는 과반● 구주 전란● 후 일본의 판도●에 입한 마셜 군도●와 기● 부근의 열도의 만족과 또 남아미리가●의 생번●들이라 한다.

_ㅅㅍ生,● 『천도교회월보』 1922년 1~2월호

● **여음양근** 여자의 음부와 남자의 생식기.
● **통칙** 일반에게 공통으로 적용되는 규칙.
● **현시** 지금 이때.
● **과반** 지난번.
● **구주 전란** 제1차 세계대전.
● **판도** 한 나라의 영토.
● **마셜 군도** 마셜 제도. 태평양 미크로네시아 동쪽에 있는 여러 섬으로 이루어진 나라.
● **기** 그.
● **남아미리가** '남아메리카'의 음역어.
● **생번** 교화되지 아니한 야만인.
● **ㅅㅍ생** '소파生' 'SP생'에서 따온 필명으로 일본 유학 시절에 쓴 글로 보인다. '목성생'에서 따온 '口人生'을 필명으로 사용하기도 했다.

몽환의 탑에서—소년회 여러분께

외롭고 쓸쓸한 객창•에도 새해는 역시 찾아왔고, 고국을 그립게 하는 백설이 오늘도 아까부터 쏟아지고 있습니다. 하얗고 가벼운 수많은 눈이 고독에 떠는 여객•의 가슴을 울리면서 넓은 대지에 자꾸 쏟아지고 있습니다.

겨울마다, 눈 오실 때마다 보지도 못하고, 알지도 못하는 북국•의 촌락을 그리워하는 내가 이렇게 멀고 먼 객지에 쓸쓸히 있어서 눈 오시는 날을 닥뜨리니까, 전에 그립던 미지의 북국보다도 몇 갑절이나 더 고국이 그립고 서울 생각이 납니다.

아아, 소래•도 없이 백설은 분분히 내리고 생각은 덧없이 고국에 헤매고……. 보던 책을 덮어 놓고 미닫이 유리창으로 희미한 회색 속에 눈 맞으며 저물어 가는 동경 시가•를 내려다보고 앉아서 외롭고, 덧없고, 그립고, 울고 싶고, 어떻게 견디기 어려운 가슴을 안고 나는 여러분께 이것을 씁니다.

• **객창** 나그네가 사는 방. 객지에서 묵는 방.
• **여객** 여행하는 사람.
• **북국** 북쪽에 있는 나라.
• **소래** '소리'의 사투리.
• **시가** 도시의 큰 길거리.

아아, 여러분!

내가 여러분과 작별하고 서울을 떠나온 지는 인제야 겨우 달 반밖에 되지 않지만 아츰저녁•으로 쌓여 가는 그리운 정으로는 못 보게 된 지가 벌써 몇 해 몇 세월이나 된 것 같습니다.

벌써 전등이 켜졌습니다. 내 방 천장에는 50촉 전등이 빨갛고 노란 빛을 발하기 시작했습니다. 아직도 그리 어둡지는 않아서 그다지 불빛이 밝지는 아니합니다마는 창밖에 쏟아지는 눈과 방 안에 켜진 전등 불빛과 무언지 정 깊은 이야기의 밤 나라가 깊어들어 가는 것 같습니다.

창밖에 보이는 시가에도 전등이 켜져서 일찍 뜬 별같이 설중에 깜박깜박하고 있습니다. 어느 거리에선지 두부 장사의 나팔 부는 소리가 황혼의 곡같이 들리고 우에노 공원으로 넘어가는 진사정• 언덕길 좌우 점두•에 나란히 켜진 전등이 오시는 눈 속에 끔벅거리고 있는 것이 마치 저 먼 북국의 어느 시골 촌락같이 보입니다. 오늘 하로•도 이렇게 쓸쓸한 눈 속에 동경은 저물어 가는 것입니다.

아아, 여러분!

서울도 지금쯤은 전등이 켜지고 집집의 지붕마다 온돌방에 불 때는 연기가 떠오르겠지요. 울 듯한 가슴은 자꾸 헤매고, 눈앞에는 자꾸 서울 모양과 서울서 크고, 서울 길로 다니고, 서울서 노는 여러분의 모양이 보입니다.

나의 가장 사랑하는 여러분!

• **아츰저녁** 아침저녁. '아츰'은 '아침'의 사투리.
• **진사정** 일본 도쿄에 있는 지역 이름.
• **점두** 가게의 앞쪽.
• **하로** '하루'의 사투리.

풍속 다른 일인●의 2층 윗방에 쓸쓸히 있어서 비 오는 저녁마다, 바람 부는 밤마다 내가 그리워하는 서울! 거기에는 여러분의 지금과 같이 꼭 같이 난만하던● 어린 때의 생활이 어느 때까지든지 묻혀 있습니다. 따뜻한 봄이면 버들피리를 어린 입으로 불기도 거기였고, 바람 찬 겨울이면 동무의 손을 잡고 얼음을 지치기도 거기였습니다. 그리고 10세 되던 해에 소년입지회(少年立志會)를 세우고 어린 팔로 연탁●을 짚고 떠들던 것도 거기였고, 12세 되던 해에 160여 명 유년군의 총대장으로 작전의 계획을 벌이던 것도 거기였습니다.

훈련원의 대운동과 대한문 앞의 경축 행렬, 장충단의 개나리와 성북동의 밤 줍기……. 아아 꽃과 같이, 새와 같이 아름답고 쾌활하던 어린 세상에 나를 키워 준 서울의 볕은 얼마나 따뜻했겠습니까. 꽃은 지고 또 피고, 해는 가고 또 오고, 천진난만하던 어린 세상 위에 따뜻한 행복된 세월은 몇 번일는지 흘러갔습니다.

춘풍! 추우!● 10년의 세월은 꿈같이 지나서 벌써 나는 어린 나라에서 쫓겨났습니다. 꽃은 또 피겠지요. 봄은 몇 번이라도 또 오겠지요. 그러나 나에게는 그 세월이 다시 오지 못하고 그 꽃 그 봄 그 터에는 지금 여러분이 크고 있습니다.

애달프나마 하는 수 없이, 될 수만 있으면 여러분의 나라를 멀리 떠나지 말고 가깝게 있으리라고 바랐으나, 그것도 얻을 수 있는 것이 못 되었습니다. 흐르고 또 흐르고 한 해 두 해 쉴 새 없이 흘러가는 세월에 점

● **일인** 일본 사람.
● **난만하다** 꽃이 활짝 많이 피어 화려하다.
● **연탁** 연단에 놓는 책상.
● **춘풍추우** 봄바람과 가을비라는 뜻으로, 지나간 세월을 이르는 말.

점 멀리 어린 나라를 떨어져 가게 되는 것을 안타깝게 아끼는 몸이 이렇게 먼 곳에서 얼마나 내 고향인 여러분의 나라를 그리워하는지 알지 못합니다.

외국에까지 와서 대학에 다녀도 문학책을 보거나 철학을 연구하거나, 사람으로서는 몸으로서는 영원히 어린이로 있고 싶은 것이 소원인 내가 진정으로 얼마나 여러분을 보고 싶어 하는지 알지 못합니다.

아아, 사랑하는 여러분!

바람에 우는 어린 솔같이 싸늘한 객지에 떨어져 있어서 애련한• 추억으로만 남은 어린 때의 꿈을 잊지 못하는 내가, 지나간 해 11월 한 달을 그립던 그립던 고국의 품에 있어서 한 번도 다시 돌아오지 못할 꽃같이 난만한 어린이의 나라를 볼 수가 있었고, 그 안에까지 들어가서 어린이와 함께 놀 수 있었던 것이 얼마나 기껍고 행복된 날인지 몰랐습니다.

꽃송이의 모임! 소년회! 참으로 여러분이 모이시는 그곳은 쌀쌀한 겨울에 백화•가 일시에 만발하여 어우러진 화초 온실 같았습니다. 따뜻하고 향기롭고 찬란하고 나는 다만 그 속에 심신이 젖어만 있었습니다.

아무 욕심도 허위도 없고, 한 점의 사심도 없이 천진 그대로, 양심 그대로 한울• 그대로 아름답고 곱게 꽃은 피고 천진의 유로• 기꺼워 솟는 선녀 같은 노랫소리는 울리고, 그리고 무한한 앞길을 향하고 맑고 깨끗하게 희망의 샘물이 그 속에 끊일 새 없이 흐르고……. 아아, 이 밖에 나는 또 무엇을 구하겠습니까. 어데서 또 낙원을 구하겠습니까.

• **애련하다** 사랑하고 그리워하다.
• **백화** 온갖 꽃.
• **한울** 천도교에서 '하늘'을 달리 이르는 말.
• **유로** 감정이 어떤 상태로 나타남.

따뜻하고 깨끗하고 향기롭고…… 아아, 지난날의 어린이 왕국에서 놀던 날의 한이 없던 행복이여! 나는 얼마나 어느 때까지든지 거기 있고 싶었겠는가…….

기어코 나는 그달 월말에 작별을 고하게 되었지요. 그리고 바다 건너 멀리멀리 여기까지 오면서 그 노래 그 향기를 잊지 못하고 왔습니다.

객지는 싸늘합니다. 외롭고 추워요. 일본은 더 쓸쓸하고 적적합니다. 불도 못 때는 방에 쓸쓸히 드러누워서 새벽 2시쯤 3시쯤 고국의 꿈에 깨어서 눈만 버둥버둥 뜨고 누워서 창밖에 쏴 하고 지나는 바람 소리를 듣고는 그만 울고 싶게 고적하고 춥습니다.

아아, 사랑하는 여러분!

그렇게 쓸쓸하게 외롭게 지내는 나에게 여러분이 보내 주시는, 거의 하로도 아니 오는 날 없이 매일 하나둘씩 오는 편지가 얼마나 크고 많은 위안을 주는지 모릅니다. 문체도 조리도 보잘것없는, 글자 형용•도 잘 이루지 못하고 오자까지 많은 어린 여러분의 편지가 나에게는 제일 반갑고 제일 위안을 주는 것이었습니다. 아무 체면으로 쓴 것도 아니고 교제상 부득이 쓴 것도 아니고, 문체나 또는 서간 격식에 구속된 것도 아니고 순연한 마음으로 다만 잊지 않고 생각해 주는, 한 점 티끌도 섞이지 않은 깨끗한 심정에서 생각하는 그대로 일자일구•의 가감이 없이 써 주는, 세상에도 귀하고 귀한 글인 까닭입니다.

허위도 장식도 없이 진심 그대로! 세상에 이보다 더 귀하고 값있고 따뜻한 것이 또 어디 있겠습니까. 나는 그것에 주렸습니다. 구하려 구하려 하여도 구하기 용이치 못하였습니다. 욕을 하여도 좋습니다. 냉랭해

• **형용** 모양.
• **일자일구** 한 마디 말이나 글.

도 좋습니다. 그것이 진심 그대로이면 나는 거기에 열을 느낍니다.

어른도 신사도 별로 못 하는 것을 여러분이 어린 손으로 써 보내 주는 진심 그대로의 편지가 매일 12매씩 와서 쓸쓸과 외로움에 우는 나를 얼마나 많이 위로해 주는지……. 나는 진정으로 감사합니다.

학교에 다니고 소년회에 다니는 여러분이 바쁜 중에 써서 산을 넘고 물을 건너 4천여 리나 되는 여기까지 오는, 보드랍고 따뜻한 정의 편지! 거기에는 자자구구• 여러분의 깨끗한 마음이 어여쁘고 향기로운 꽃으로 피어 있습니다. 그리고 그 꽃은 붉은 꽃도 있고 노란 꽃도 있고 흰 꽃도 있고 가지각색 꽃이 피어 있습니다.

어느 분은 송추회 생각과 함께 나를 잊지 못한다고 쓰고, 어느 분은 마리오• 이야기를 듣고 울었다는 어여쁜 추억을 쓰고, 또 어느 분은 가극 배운 것 그때 재미있게 놀던 것을 생각하고 내 생각이 난다고 쓰고……. 아아, 가지가지로 어린 생각의, 귀여운 추억의 글을 읽고 나의 가슴은 얼마나 뜨겁게 뛰놀았는지 모릅니다.

그리고 10월 31일 저녁때, 교당 누각 위 응접실에서 저녁을 먹던 일을 쓰신 이가 계시지요. 나야말로 그날 저녁 일은 일생을 두고 잊지 못할 것입니다.

마침 전선• 야구대회 첫 시합이 흥화문• 대궐 안에서 있던 날이었지요. 교당 그 깨끗한 2층 응접실에 여러분이 손수 설비해 놓은 식탁이 마제형•으로 놓이고, 그 위에는 곱고도 고운 국화 분이 놓이고, 그리고 소

• **자자구구** 각 글자와 각 글귀.
• **마리오** 방정환이 자주 구연했던 「난파선」 이야기의 주인공.
• **전선** 전 조선.
• **흥화문** 경희궁의 정문.
• **마제형** 말굽형.

년회 대표라고 여러분이 20분인가 계시고, 그리고 소년회 선생님 여러 분과 나와 저녁을 맛있게 먹고, 그리고 그 찬란한 전등 밑에서 느긋느긋이 마음껏 속 이야기를 했지요.

나는 그날 그 자리에 불려 가서 그중 중앙의 석(席)에 앉으라니까 앉고, 그리고 여러분 중의 대표의 인사를 듣고 처음 그날 잔치의 주빈이 나인 것을 알고 정말 놀랬습니다. 선생님과 의논도 없이 여러분끼리만 어린 귀에 어린 입술을 대고 소근소근한 기획, 주최 그것이 이렇게 식을 갖춘 훌륭한 잔치일 것과, 또 그 주빈이 나일 것을 꿈에도 생각 못 했던 (어린이들이 아직 그만큼 규모 있는 일을 하지 못하리라 하여) 만큼 나는 기꺼웠습니다. 그날 그 자리에서야말로 전에 경험 없던, 내 일신●으로 어떻게 지탱할 수 없는 희열과 행복을 느꼈습니다.

그날 이전의 우리나라에 어느 때 어느 곳에 그러한 존귀한 회합, 초대가 한 번이나마 있었겠습니까. '장차의 새 조선을 건설하고 또 지배할 우리 동생, 우리 소년 들도 이렇게 길리우고 이대로 크면!' 하고 생각할 때 나는 얼마나한 희망과 만족을 일시에 느끼지 아니치 못하였습니다.

그때 마침 밖에는 비가 좍좍 오시고 그만큼 그 실내의 전광●은 더 탐탁하고 공기가 더 화로워서● 우리는 마음 놓고 느긋한 기분으로 이야기를 하였지요. 그리고 여러분은 나에게 고운 꽃 일속●을 주시고 뜻깊은 부탁과 축사까지 주셨지요. 그리고 뒤미처 한 분씩 한 분씩 내가 일본 가게 되는 것, 섭섭한 말씀도 하고, 또는 일본 가서 성공하라는 부탁

● **일신** 한 몸.
● **전광** 전등의 불빛.
● **화롭다** 날씨나 마음, 태도 따위가 따뜻하고 부드럽다.
● **일속** 한 묶음. 한 다발.

도 말씀하고, 또 혹은 일본서 고독히 지낼 일을 동정한다고 「망향가」를 부르신 이도 있지요. 그렇게까지 생각해 주는 사랑스러운 여러분을 떼쳐• 놓고 먼먼 해외로 갈 생각을 하고 나는 그 자리에서 울고 싶었습니다.

그 후에 듣고 알았습니다마는 그날 비용은 여러분의 어린 주머닛돈을 모은 것이고, 그리고 어떤 음식은 특별히 여자부 어느 회원의 댁에서 손수 가져온 것이라구요.

아아, 아무것으로도 구하지 못할 어린 가슴의 타는 듯한 정성으로만 된 그날의 잔치를 어쩐들 내가 잠시나마 잊을 수가 있겠습니까. 그날 내 가슴속에 여러분이 심어 주신 영(靈)의 새싹 하나는 영구히 영구히 점점 크게 곱게 자랄 것을 나는 믿습니다.

그리고 내가 서울을 떠나던 11월 29일 이른 아츰 때, 여러 곳 고별의 시간이 늦은 내가 인력거를 몰아 남대문 정거장에 내리니까 천만의외• 에 학교에 가셨을 여러분이 미리 나와 기다려 준 것을 나는 늘 잊지 못합니다. 그러나 정거장까지 나와서 보내 주신 정은 만만• 감사한 일이나 학교 시간을 등한히 하는 것을 몹시 내심에 염려했습니다. 그러다가 여러분의 학교 선생님이 부탁하신 명함을 내게 전하는 것을 보고 그제야 여러분이 선생님의 승낙을 얻으신 것임을 짐작하고 안심하였습니다.

아아, 사랑하는 여러분! 나는 거기서 부산, 부산서 시모노세키(하관), 시모노세키서 도쿄까지 4천여 리를 오도록 여러분의 사진을 놓지 못하고 왔습니다. 그리고 곧 오쓰카(대총)에 있는 우리 천도교 청년회관에까

• **떼치다** 달라붙는 것을 떼어 물리치다.
• **천만의외** 조금도 생각지 못한 상태.
• **만만** 헤아릴 수 없을 만큼 큼.

지 돌아오는 길에서부터 출영[●] 나와 주신 많은 이에게 이번 서울 다녀온 선물—여러분의 이야기를 먼저 했습니다. 그리고 회관에 와서 여러분이 주신 평양 밤을 많은 회원이 맛있게 먹었습니다.

그 후부터라고는 어찌도 적적하게 쓸쓸하게 지내는지 알지 못합니다. 밤이면 밤대로 낮이면 낮대로 쓸쓸하면 쓸쓸한 만큼 얼마나 여러분을 그리워하는지 모릅니다. 지난번 인일[●] 기념날은 편지하시는 이마다 내 생각을 하고 섭섭하다 하셨지요. 거기서 섭섭하신 여러분보다도 여기서 가고 싶어 하던 나는 몇 배나 더하였습니다. 그러나 신문의 보도로 각 지방 우리 소년회에서 가극도 하고 강연도 하는 소식을 듣고 무한히 기꺼웠습니다. 그렇게 해서 우리의 동무가 점점 늘어 가는 것이 반갑고 기꺼운 일이며 동시에 아직 소년회가 조직되지 아니한 지방에도 자꾸 조직되기를 바라고 있습니다. 그리하여 전 조선적으로 소년운동을 일으켜서 소년은 소년으로서의 일을 하며 또 소년의 세계를 점점 넓혀 가야 할 것입니다.

아아, 사랑하는 여러분! 건전히 활동하십시오. 앞길이 넓고도 찬란합니다.

의외에 쓰려던 것이 길어져서 종이가 얼마 아니 남았습니다. 여러분께 소식보다도 부탁하려던 말씀을 요다음에 다시 쓰기로 하고, 편지하시는 이마다 늘 여기서 내가 지내는 양을 물으시나 쓰지 못한 것을 이제 여기에 써 드리겠습니다.

● **출영** 마중.

● **인일** 천도교에서 제3대 교조 손병희가 제2대 교조에게 도통을 이어받은 기념일로 12월 24일.

지나간 해, 하기방학이 끝난 후 남보다 늦게야 도쿄에 와서 셋방을 구하다 못하여 학교는 개학은 되고 하는 수 없이 급한 대로 전차 길갓집을 빌어 임시로 있던 곳이 전차 소리에 집이 흔들려서 하도 곤란하다가 이번 정월 초 6일에야 좋은 집을 얻어 옮겼습니다. '동경 소석천구 중부판정 19번지' 구미카와라는 일인의 집입니다. 나 다니는 도요대학에서 퍽 가까운 곳이고, 우리 청년회와는 서울 우리 교당에서 대한문 앞까지만 합니다. 지형이 퍽 높은 조그만 산 밑엣집 2층이어서 시원하고 볕이 잘 들고 깨끗하고 몹시 조용합니다. 동과 남이 틔어서 미닫이창이고 이 방에서 내 책상에 앉은 채로 앉아서 도쿄 시가가 저 아래 내려다보입니다. 퍽 높은 곳이어요.

이렇게 조용하고 깨끗한 방에 들어앉아 책이나 보다가 저녁때가 되면 50촉 밝은 전등이 5시도 못 되어서 환하게 켜집니다. 사면이 고요하고 밤만 깊어 가는데, 육첩 방● 안에 50촉 등이 빛나는 조용한 맛은 더욱이 정다운 기분을 돕습니다. 그리고 어두운 유리창으로는 시가의 전등불이 꿈같이 끔벅끔벅 보이고, 이 속에서 청국● 국수 장사가 불면서 지나가는 호적● 같은 소리가 몽환곡●같이 들려오면 또 나는 그 소리와 그 정경에 마음이 끌려서 어느덧 고국 꿈을 꾸게 됩니다.

그래서 어느덧 높다란 2층 시가가 내려다보이는 내 방을 몽환의 탑, 몽환의 탑 하게 된 것입니다. 참으로 고요한 밤에 잠 아니 오는 눈으로 깜박깜박 전등 불빛 나는 시가를 내려다보고 앉았으면 정말 몽환탑이

● **육첩 방** 불을 때지 못하는 마루방으로 다다미 여섯 장이 깔린 일본식 방.
● **청국** 청나라.
● **호적** 태평소.
● **몽환곡** 조용한 밤의 분위기를 나타낸 서정적인 피아노곡.

라 하게 됩니다.

이 집 주인은 생화● 교수하는 사람이어서, 늘 출장 교수를 하느라고 낮이면 집은 텅 비어 있고, 음식은 자취를 합니다. 조그만 옹솥●에 쌀을 씻어 담아서 와사● 불에 올려놓으면 즉시 밥이 되니까요. 저녁에 새로 지어 먹고 남겨 두었다가 이튿날 아츰에 일찍이 데워 먹고는 학교로 갑니다. 반찬은 으레 조선식으로 두부찌개, 깍두기, 무나물 등을 역시 내 손으로 만들어 먹습니다. 퍽 재미있어요. 이러고 밥 지을 때마다 성미● 도 지성껏 뜹니다. 주인 일녀●가 보고 웃겠지요?

대강 이렇게 쓸쓸하나마 쓸쓸한 중에도 억지로라도 재미를 붙이고 학생 시대의 하로하로를 보냅니다.

종이도 모자라거니와 손님이 오셨습니다. 여러분께 부탁할 것 몇 마디는 내월호 편에 쓰기로 하고 이만 그치겠습니다. 내내 건전히 크시기 바랍니다.

학년 진급시험이 가까워 오니까 복습에 곤하시겠습니다. 그러나 그 시험 후 얼마 아니 하여 즐거운 즐거운 천일● 기념이옵니다. 따뜻한 새봄과 함께 즐거운 천일 기념이 점점 가까워 옵니다.

63.● 1. 19. 눈 오는 날 고국을 그리워하며.

_東京 小波, 『천도교회월보』 1922년 4월호

● **생화** 꽃꽂이.
● **옹솥** 옹달솥. 작고 오목한 솥.
● **와사** 가스.
● **성미** 신도들이 신에게 기도하거나 은총에 보답하기 위해 정성껏 모아 바치는 쌀.
● **일녀** 일본 여자.
● **천일** 천도교의 창건을 기념하는 날. 교조 최제우가 도를 깨달은 날로 4월 5일이다.
● **63** 1922년. 천도교 창도 해인 1860년이 포덕 1년이다.

소년회와 금후 방침

—어린아이들을 잘 지도하여야 미래의 사회도 완전하게 될 듯

세계에 어떠한 나라이든지 그 나라의 발달을 보려면 먼저 그 나라의 아이의 노는 것이라든지 일상의 생활하는 것을 보아야 할 것이다. 그런데 조선에서는 지금까지 아이는 아무것도 모르는 것으로만 생각하여 오직 압박만 하여 조금만 잘못하면 때리고 나무라고 할 뿐이며, 그리고 그 아이가 잘한 일에 대하여는 조금도 잘하였다는 표시는 없었다. 그러므로 아이들이 어렸을 적부터 어른의 말에 눌리어 자기의 마음에는 잘하였건마는 자기의 어른의 마음과는 맞지를 아니함으로, 오직 잘못하였다는 나무라는 말만 듣고 울 뿐이었다.

그러므로 알지 못하는 사람이 자기에게 대하여 알지 못하는 책망을 하건마는 그는 어른인 고로 마음대로 대답을 하지 못한다. 이러한 상태로 한 해 두 해 지내이다가 어른이 되어 사회에 나서서 무슨 일을 하는 데도 관습에 어른이란 것에 눌리어 자기의 이상과 자기의 하고자 하는 바와는 대단히 틀리건만은 어찌할 수 없이 순종하다가, 필경●에는 신구의 출동이 맹렬하게 일어나는 일은 근일의 각 사회를 보더라도 가히 짐작할 바이다.

* 기획 '새해에 어린이 지도는 어찌할까?'에 포함된 글이다.

● **필경** 끝장에 가서는.

그러므로 우리는 먼저 어린아이를 잘 인도하고 해방하여서 조금 자유스럽게 천진 그대로 지키게 하는 것이 자녀 교육의 가장 필요할 바이다. 이에 대하여 조선에서 처음으로 조직된 소년회를 지도하는 천도교 소년회의 방정환 씨는 말하되,

"우리의 회•가 성립되기는 벌써 재작년 5월 1일이외다. 우리의 회가 조직되자 조선 전도에 이르는 큰 곳은 거의 다 조직되었으며, 겸하여 각 사회에서도 소년 문제에 대하여 현재에 주의를 깊이 하니 이에 대하여 노력하는 중이외다. 그러므로 작년 5월 1일에는 '어린이의 날'이라고 하여 전 조선에 선전하였습니다.• 이제부터도 될 수 있는 대로 기회가 허락하는 대로 대대적으로 선전하려고 하는 중이외다. 이것은 우리 천도교소년회뿐 아니라 다른 소년회와 연합하여서 하는 것이 좋을 줄 믿습니다. 겸하여 우리 회는 종교적으로 천도교인뿐만 한하는 것이 아니라 어떠한 사람이든지 입회를 시키나이다. 그러므로 현재의 회원이 458명이외다. 이 소년들만 완전히 지도한다고 하여도 이후의 소년들은 비록 만 분의 일이나마 행복스러울 듯하외다.

참으로 조선의 아동교육은 너무나 한산하였습니다. 외국의 상태를 보고 전하는 말을 들을 것 같으면, 어린이를 극히 사랑하고 만반사•를 어린이에게서 비롯하고, 그들을 위□□□ 지도할 □하고 신문까지도 발행하였으며, 학교의 교육도 극히 잘 행하였습니다. 그러나 조선에서는 너무나 어린이에 대한 기관이 부족하외다. 부족할 뿐 아니라 무정한 터이외다. 작년에 내가 『사랑의 선물』이라는 책도 그들을 줄 셈하고 그들

• **회** 모임. 여기서는 '천도교소년회'를 가리킨다.
• 1922년 5월 1일 천도교소년회 창립 1주년을 맞아 '어린이의 날'을 개최했다.
• **만반사** 마련할 수 있는 모든 일.

의 환락을 주기 위하여 발행한 바이외다. 이제부터는 각지의 소년단체가 많이 일어날 줄을 믿으며, 우리 동포가 하로•라도 먼저 사람스럽게 또는 자유스럽게 행복스럽게 생활을 하려면은 먼저 어린이들을 좋은 길로 인도하고 그들을 위하여 사업을 경영하여야 하며, 기관을 설비하여야 할 것이외다. 참으로 어린이들처럼 중한 이는 없을 것이외다. 그들은 바다에 띄워 있는 배와 같이 바람이 동으로 불면 동으로, 서로 불면 서로 흘러가는 것과 같이 지도하는 이의 지도하에 따라서 혹은 행복의 길로 혹은 불행의 길로 돌아가는 것이외다."

이러한 처지에 있는 그들을 어찌 하로나마 범연하게• 여기랴 하고 매우 근심하는 빛으로 말하더라.

_천도교소년회 방정환 씨 담, 『조선일보』 1923년 1월 4일

● **하로** '하루'의 사투리.

● **범연하다** 대충대충하다. 성의 없다.

소년의 지도에 관하여—잡지 『어린이』 창간에 제하여• 경성 조정호• 형께

2월 7일에 주신 혜서•는 반가이 읽었습니다.

출발 시에는 정거장에까지 나와 주셨다는 것을 뵙지 못하고 와서 미안미안합니다. 그 실은 나 역시 여러 가지 일을 말씀할 것이 있어서 발차 시간을 조몃조몃•이 보면서 소춘• 형께 자꾸 형님 말씀을 하다가 그대로 떠나고 말게 되었습니다.

하여튼가 옆에서 남들이 '안 될 일을 헛꿈 꾸지 말라.'는 소리를 들어가면서 안타깝게 우리가 의논해 나가던 『어린이』 잡지를 이렇게 원처•에 나뉘어 있는 우리의 편지질로라도 이제 창간되게 된 것은 유쾌한 기쁜 일입니다. 이러하여 3월 1일에 첫 소리를 지르는 『어린이』의 탄생은 분명히 조선 소년운동의 기록 위에 의의 있는 새 금(획)일 것입니다.

형님, 형님이 이 일로 하여 경성의 지사• 여러 사람을 방문하신 일과

● **제하다** 어떠한 때나 날을 맞다.
● **조정호** 천도교인. 『천도교회월보』와 『신인간』에 시, 소설, 수필, 논문을 많이 발표했다.
● **혜서** 상대방의 편지를 높여 이르는 말.
● **조몃조몃** 조바심이 난 상태. 조마조마해하는 상태.
● **소춘** 독립운동가, 교육자, 천도교인 김기전(1894~1948).
● **원처** 먼 곳.
● **지사** 나라와 민족을 위하여 제 몸을 바쳐 일하려는 뜻을 가진 사람.

서울의 소년회를 위하여 많이 애써 주시는 일은 나로서 어떻게 말씀해야 할지 모르게 감사합니다. 진실히 노력해 주실 동지 한 분을 더 얻었다 하는 내 기쁨보다도 형님 한 분을 새로 얻은 것은 서울 소년회와 또 우리의 소년운동 위에 확실히 한 큰 힘인 것을 그윽히 기뻐합니다.

형님, 편지로 이렇게 잠깐 말씀할 일은 못 되오나 이제 우리가 한 가지 새 일을 시작해 나가는 첫길에 임하여 형님의 편지를 읽고 한 말씀해야 할 것이 있습니다.

소년들을 어떻게 지도해 가랴……. 이것은 큰 문제입니다. 꽃과 같이 곱고 비닭이•와 같이 착하고 어여쁜 그네 소년들을 우리는 어떻게 지도해 가랴. 세상에 이보다 어려운 문제가 없을 것입니다. 지금의 그네의 가정의 부모와 같이 할까……. 그것도 무지한 위압입니다. 지금의 그네의 학교 교사와 같이 할까. 그것도 잘못된, 그릇된 인형 제조입니다. 지금의 그네의 부모 그 대개는 무지한 사랑을 가졌을 뿐이며, 친권만 휘두르는 일 권위일 뿐입니다. 화초 기르듯, 물건 취급하듯 자기 의사에 꼭 맞는 인물을 만들려는 욕심밖에 있지 아니합니다.

지금의 학교, 그는 기성된 사회와의 일정한 약속하에서 그의 필요한 인물을 조출하는밖에,• 더 이상•도 계획도 없습니다. 그때 그 사회 어느 구석에 필요한 어떤 인물(소위 입신출세자겠지요.)의 주문을 받고 고대로 자꾸 판에 찍어 내놓는 교육이 아니고 무엇이겠습니까.

그러나 어린이는 결코 부모의 물건이 되려고 생겨 나오는 것도 아니고, 어느 기성 사회의 주문품이 되려고 낳는 것도 아닙니다. 그네는 훌

• **비닭이** '비둘기'의 사투리.
• **조출하다** 물건을 만들어 세상에 내다.
• **이상** 가장 완전하고 바람직하다고 여겨지는 상태.

륭한 한 사람으로 태어 나오는 것이고 저는 저대로 독특한 한 사람이 되어 갈 것입니다.

그것을 자기 마음대로 자기 물건처럼 이렇게 만들리라 이렇게 시키리라 하는 부모나, 이러한 사회의 필요에 맞는 기계를 만들리라 하여 그 일정한 판에 찍어 내려는 지금의 학교교육과 같이 틀린 것, 잘못된 것이 어데 있겠습니까.

우리는 우리 지식껏 이러한 사회를 꾸미고 이러한 도덕을 만들어 가지고 살지마는 그것은 우리의 사색하는 범위와 우리의 가진 지식 정도 이내의 것이지, 그 범위 밖을 내어다볼 수 있다면 거기는 그보다 다른 방침과 도덕으로 더 잘살 수 있는 것이 있을는지도 모를 것 아닙니까. 그러면 우리는 우리 지식껏 이렇게 꾸미고 이렇게 살고 있지만 새로운 세상에 새로 출생하는 새 사람들은 저희끼리의 사색하는 바가 있고, 저희끼리의 새로운 지식으로 어떠한 새 사회를 만들고, 새살림을 할는지 모르는 것입니다.

그것을 무시하고 덮어놓고 헌 사람들이 헌 생각으로 만들어 놓은 헌 사회 일반을 억지로 들어 씌우려는 것은 도저히 잘하는 일이라 할 수 없는 것입니다. 그네들의 새살림 새 건설에 헌 도덕, 헌 살림이 참고는 되겠지요. 그러나 무리로 그것뿐만이 좋고 옳은 것이라고 뒤집어씌우려는 것은 크나큰 잘못입니다.

모든 선진●이 소년들에게 대하는 태도를 대별하여 두 가지로 말하면, 한 가지는 이제 말한 바와 같이 지금의 이 사회 이 제도 밖에는 절대로 다른 것이 없다 하여 그 사회 그 제도 밑으로 끌어넣으려는 것과 한 가

● **선진** 어느 한 분야에서 연령, 지위, 기량 따위가 앞섬. 그런 사람.

지는 아아, 지금의 이 사회 이 제도는 불합리 불공평한 것인즉 새로 장성하는 사람들은 이러한 불합리 불공평한 제도에서 고생하지 않도록 하여 주어야 하겠다는 것입니다.

전자에서는 필연으로 강제와 위압적 교육이 생기는 것이요, 후자에서는 필연으로 애(愛)와 정(情)의 지도가 생기는 것입니다.

형님, 우리는 이 두 가지에서 그 어느 것을 취하겠습니까. 더구나 지금의 우리 조선에 있어서 우리는 그 어느 것을 취하겠습니까. 우리는 이 후자를 취하고 나서지 아니하면 아니 될 것입니다. 그리하여 몇 겹 몇 겹의 위압과 강제에 눌려서 인형 제조의 주형● 속으로 휩쓸려 들어가는 중인 소년들을 구원하여 내지 아니하면 아니 됩니다.

그래서 자유롭고 재미로운 중에 저희끼리 기운껏 활활 뛰면서 훨씬 훨씬 자라 가게 해야 합니다. 이윽고는 저희끼리의 새 사회가 설 것입니다. 새 질서가 잡힐 것입니다.

결코 우리는 이것이 옳은 것이니 받으라고 무리로 강제로 주어서는 아니 됩니다. 저희가 요구하는 것을 주고, 저희에게서 싹 돋는 것을 북돋아 줄 뿐이고, 보호해 줄 뿐이어야 합니다. 우리가 그네에 대하는 태도는 이러하여야 할 것입니다. 거기에 항상 새 세상의 창조가 있을 것입니다.

이러한 태도로 하지 아니한다 하면 나는 소년운동의 진의를 의심합니다. 소년운동에 힘쓰는 출발을 여기에 둔 나는 이제 소년 잡지 『어린이』에 대하는 태도도 이러할 것이라 합니다. 모르는 교육자의 항의도 있겠지요. 무지한 부모의 비방도 있겠지요. 그러나 어떻게 우리가 거기

● **주형** 거푸집.

에 귀를 기울일 수 있겠습니까. 우리의 소신대로 돌진 맹진할 뿐일 것입니다.

『어린이』에는 수신• 강화• 같은 교훈담이나 수양담은(특별한 경우에 어느 특수한 것이면 모르나) 일절 넣지 말아야 할 것이라 합니다. 저희끼리의 소식, 저희끼리의 작문, 담화, 또는 동화, 동요, 소년소설 이뿐으로 훌륭합니다. 거기서 웃고 울고 뛰고 노래하고 그렇게만 커 가면 훌륭합니다.

체재• 변경과 장책•을 하자는 형님 의견에는 동감입니다. 『어린이』 잡지에 회화가 많이 있어서 그들의 보드라운 감정을 유발하고, 일면으로 미적 생활의 요소를 길러 주어야 할 것은 물론입니다. 그러나 형님, 누가 그렇게 좋은 그림을 잘 그리어 주겠으며, 그림이 있은들 어떻게 그것을 인쇄하겠습니까. 심산 노 군• 같은 이의 그림도 많은 금액과 기교를 다하여도 『부인』 잡지의 표지처럼밖에 되지 못하고 맙니다. 그것으로 무엇을 하겠습니까. 무슨 효과가 있겠습니까.

또 한 가지 1월 2회로 하기 불편하니 1월 1회로 하고도 싶습니다마는 책가• 5전과 10전에 큰 관계가 있습니다. 1회 5전치를 2회 합하면 10전짜리가 됩니다. 그러면 불쌍한 조선 소년들이 어떻게 그 책을 손에 잘 만져 보겠습니까. 지금의 조선 사람 중에 그 몇 사람이 사랑하는 자제를 위하여 책 사 볼 돈을 자주 줄 것 같습니까. 그나마 경성 소년들에게는

- **수신** 도덕 과목.
- **강화** 강의하듯이 쉽게 풀어서 하는 이야기.
- **체재** 생기거나 이루어진 틀. 형식.
- **장책** 책을 꾸미어 만듦.
- **심산 노 군** 동양화가 노수현(1899~1978).
- **책가** 책값.

10전이 많지 못할는지도 모르나, 지방에 있는 소년 소녀에게 10전씩이란 돈은 그리 용이한 것이 아닐 것 같습니다. 단 5전씩에 해서라도 한 소년이라도 더 볼 수 있도록 하는 것이 좋을 것 같습니다.

아직 이렇게 해서라도 나아가면 더 좀 어떻게 할 수도 있겠지요. 그날을 우리 손으로 만들어 가는 수밖에 있겠습니까.

형님, 서울서 혼차서• 힘드시겠습니다.

바쁘실 몸이 오래 건전하시기만 바라오며, 바쁘시더라도 『어린이』 하나는 잘 키워 주시기를 바랍니다.

64.• 2. 14. 야(夜)

_在東京 小波, 『천도교회월보』 1923년 3월호

● **혼차서** '혼자서'의 사투리.

● **64** 1923년. 천도교 창도 해인 1860년이 포덕 1년이다.

찬성과 반대는 근본 해석부터 틀린 까닭—이혼은 결국 심리 문제이다

—이혼 문제의 가부 (8)●

이혼 문제의 가부를 말하는 사람의 의견이 다른 것은 결국 결혼 생활에 대한 해석이 틀린 까닭이올시다. 묵은 사람들이 이혼을 하지 말고 동정하여 살라 함은 싫더라도 살면 살 수 있다고 보는 것이요, 새 사람들이 싫으면 이혼할 수밖에 없다 하는 것은 싫고는 평생을 살 수 없는 것이다 하는, 이 두 가지 출발점이 틀린 까닭이올시다.

만일 새 사람의 뒤에 말한 해석으로 이혼 문제를 말한다면, 이혼을 하느니 마느니 할 것이 무엇 있습니까. 한번 누구든지 보기가 싫어지면은 고만 그것이 마지막인데, 그 위에 또 이혼이니 소박이니 하며 문제를 끌어 가지고 일을 삼는 것이야 도리어 우스운 일이 아닐까요. 한번 싫어지기 시작하면 점점 염증만 깊어 가는 것인데, 그같이 싫은 사람과 어찌 백복●의 원인이 된다 하는 부부가 되겠습니까.

그러니까 즉 한번 싫어져서 소박만 하게 되면 그것으로 이미 이혼이라 할 수 있는 것이니, 그 위에 법률상이나 혹은 도덕상으로 시비를 가

●『동아일보』에서 1924년 1월 1일부터 1월 12일까지 10회에 걸쳐 각계 인사들에게 '이혼 문제의 가부'에 관해 나눈 이야기를 실었다. 방정환과 나눈 이야기는 1월 8일 여덟 번째로 실렸다.

● **백복** 여러 가지 복. 온갖 복.

리는 것은 다 각기 자기 자기의 주의와 처지와 사정을 따라서 다를 것이니, 결국 그것은 뒤치다꺼리에 지나지 않는 것이나, 싫어진 사람과는 서로 낯도 대하기가 고통인데 어찌 이혼을 하느니 마느니 할 여지가 있겠습니까. 싫으면 헤어지는 것이 마땅한 것이 아닐까요.

그리고 비록 주위의 사정으로 인하여 소박은 하여도 집에 두고 평생을 먹여 살린다 하기로 민적●상 이혼만 아니 하였다고 그것을 정당한 부부라고 하겠습니까. 그것이야말로 두루뭉수리이지요. 까닭 없는 사람을 하나 기른다는 외에 다른 말을 붙일 수가 있겠습니까. 그러하므로 이혼은 이미 싫어진 때부터 단행되는 것이니까 새로이 논란할 것 없습니다. 결국 마음의 문제이니까……. 그렇고 세상에서는 여자가 이혼을 당하면 아주 죽는 것같이 희생이 되느니 어쩌느니 하지마는, 그것은 이혼되기 전에 일종 위협이요 필경● 하여 놓으면 그럭저럭 또 살게 되고, 혹시로는 더 잘 살게 되는 수가 있으니까 이것을 가지고는 이혼 반대 이유가 되지 못합니다.

_方定煥 氏 談, 『동아일보』 1924년 1월 8일

● **민적** '호적'을 달리 이르던 말.

● **필경** 끝장에 가서는.

여자 이상으로 진보하지 못한다

수없는 사람의 많은 기대 중에 창간되는 『시대일보』의 무궁한 앞길을 축복합니다.

그리고 창간 전부터 한없이 많은 기대 중에 있는 새 신문 『시대일보』에 부인과 어린이의 페이지를 둔다는 말에(아직 여러 날에 한 번씩밖에 못 둔다 할지라도) 나는 반겨 기뻐하는 한 사람입니다.

서양 사람의 말에 '아무 나라든지 그 나라 여자들보다 이상으로 진보하지는 못한다.' 말이 있는데 지극히 옳은 말이라고 생각합니다.

어느 곳 어느 나라에 가든지 그 나라 여자들의 진보된 정도를 보고 곧 그 나라 전체의 진보 정도가 그만한 것이라고 생각해 두면 그 관찰이 어그러지지 아니할 것입니다.

지금의 우리 생활에서 어머니와 아내와 딸을 따로 떼어 내버려 두고 남자들만 나아가자는 수가 어떻게 있겠습니까.

어느 나라든지 그 나라 여자 이상으로 진보하지 못한다는 말은 과연 옳은 말입니다.

그러면 조선은 얼마나 진보되었나. 그것을 알기 위하여 조선 여자는 얼마나 진보되었나 그것을 봅시다. 조선 여자는 과연 얼마나 진보되었나. 여기에 대답할 무엇이 있습니까. '할 말씀 없습니다.' 하는 수밖에 아무 대답도 없을 것입니다.

조선 남자들 중에는 지극히 앞서고 지극히 새로운 생각을 갖는 사람이 많이 생겼습니다. 그러나 그들의 생활은 진보되지 못하였습니다. 여자들이 진보하지 못하면 어느 때까지든지 정말 진보는 도저히 바라지 못합니다.

조선 여자들은 아직까지도 완전히 나서지 못하였습니다. 안방구석에서 마루에쯤 나온 데 지나지 못합니다. 전에 없던 여학교가 많이 생기고, 스무 살 내외의 커다란 새아씨들이 사내 틈에 섞여 학교에 다니게 된 것도 많은 진보겠지요. 그러나 우리가 여기에 주의하지 않으면 안 될 일은 지금의 여학교 교육은 실사회 실생활과는 너무도 멀리 떨어져서 거의 딴 세상을 꾸미고 있는 것같이 된 것입니다. 누가 예전에 정해 놓았는지 정해 놓은 그 판박이 속에서 정해 논 책장을 외어 주고 있는 외에 별다른 아무것도 없지 아니합니까.

물론 여자고등보통학교에서 온갖 모든 것을 다 가르치기를 바라는 것은 아닙니다. 기초 지식만 넣어 주면 그만이라 하겠지요. 그러나 그 기초는 무슨 기초입니까. 실사회 실생활에 필요한 기초 지식 아니고 다른 기초가 또 있습니까. 그런데 너무도 실사회 실생활을 모른 체하고 딴 세상을 꾸미고 있다는 말입니다.

여학교 졸업을 하고 나와서 사회운동이나 무슨 큰 활동은 그만두고라도 살림 하나 잘 고친 사람이 있습니까. 실사회 실생활에 처음 닥뜨려서 한 가지 아는 것 없이 쩔쩔매기는 보통학교 졸업생이나 고등여학교 졸업생이나 다를 것이 없습데다. 실사회 실생활에 대한 지식이 조금도 없이 학교에서 배운 글자풀이로만 처세를 하게 되는 고로, 아는 것이라고는 글자풀이 겉지식밖에 없어 온갖 것을 잘못 알고 덤벙대다가 자기 신세만 망치는 것인가 합니다.

그래서 여학교에 다니는 것쯤은 방구석에서 마루에 나온 것밖에 안 된다 하는 것입니다. 실사회 실생활에 관한 실제 지식의 보급! 아무것보다도 지금 여자들에게 필요한 것이 이것입니다.

그리고 그것은 신문, 잡지, 부인 강좌 이것들에 의해서뿐 지금 조선서는 바랄 수 있는 것입니다. 고등여학교 졸업생이거나 늙은 부인이거나 보통학교 졸업생이거나 이 공부에 있어서는 다 초급생입니다. 다 각기 다투어 잡지를 읽고, 신문을 눈 밝혀 보고, 부인 강좌에 정성스럽게 가야 될 것입니다. 안 읽고 안 가는 사람은 읽도록 가도록 지시하여야 될 것입니다. 뜻있는 사람이면 반드시 그리할 것입니다.

그런데 조선서 여자 잡지가 많이 생겨야 할 것인데 아직은 『신여성』이 단 하나뿐입니다. 그러나 『신여성』은 부녀들 사이에 꽤 읽혀지는 중 인즉 앞으로도 유망하게는 생각됩니다. 그러나 그 일은 고것만으로는 도저히 바랄 수 없는 일인즉 신문이 좀 더 부녀들에게 읽혀진다면 큰 효과를 나타낼 것인데, 지금 조선 부녀는 신문도 주의해 보는 이가 극히 적습니다. 사회란 기사의 제목만 뛰어• 가며 읽고 맙니다. 말하면 신문과 일반 부녀가 또 딴 세상에 살고 있습니다. 이것은 크나큰 손실입니다.

그런데 대체로 지금의 조선 각 신문은 부녀를 돌려다볼 여유가 없는 모양입니다. 부녀의 흥미를 이끌고 부인을 위해 바치는 아무것도 없으니까요. 외국 전보와 잡보 기사의 살풍경이기 짝이 없는 뿐이니, 가뜩이나 무엇을 알려는 욕심이 적은 조선 부녀들에게 아무 친밀성이 없을 것 아닙니까.

• **뛰다** 순서 따위를 거르거나 넘기다.

'아무 나라든지 그 나라 여자 이상으로 진보하지 못한다.'

여자들의 정말 진보에는 잡지와 신문과 부인 강좌가 가장 필요한 것인데, 새로 창간되는 『시대일보』에 부인과 어린이의 난을 둔다 함은 그것이 설사 일주일에 단 한 번일지라도 크게 효과 있는 일이라 생각하여 반겨하기 마지아니합니다.

_『신여성』 주간 方定煥, 『시대일보』 1924년 3월 31일

명년도 문단에 대한 희망과 예상 (2)

—문단 제 명가●

1. 명년도 문단에 대한 희망

지금 문단(작가)에게 소년문학을 지으라는 주문을 한다 하여도 그것은 공연히 말만 허비하는 것이겠다. 그러나 나는 열성으로 더불어 이러한 말을 한다. 지금 우리가 새 운동을 건설하자면 우리의 '세컨드 제너레이션'●인 조선의 아동의 세계에서 일하는 수 외에는 더 다른 길이 없다고. 그 이유는 지금 자세히 설명하지 않겠다.

그런데 이 중대한 문제인 아동의 생활은 어떠하냐? 아동의 생활에도 그 중요한 것은 그들의 내● 생활—'이너 라이프'인데 그 내 생활을 풍부하게 하고 또한 자극을 주어 썩 잘 성장하게 하자면, 그 임무는 문학에 있다 할 것이다. 그러므로 나는 소년문학의 융흥●을 희망하는 바이다. 다른 점에 대한 희망은 말하지 않겠다.

● **제 명가** 여러 유명한 작가. 1항과 2항에 대해 문단의 유명한 작가들(홍명희, 염상섭, 방정환, 김억, 양건식)이 답을 하였다.

● **세컨드 제너레이션** 다음 세대.

● **내** 속. 안.

● **융흥** 형세가 세차게 일어남.

2. 명년도 문단에 대한 예상

앞으로의 문단은 그 일부가 더 경제사상에 접근하는 경향으로 기울어지리라고 예상된다.

_『매일신보』 1924년 12월 7일

조선 소년운동

*

조선 사람은 자랑할 장점을 가진 것도 없지 않지만 결점을 더 많이 가졌습니다. 새로운 젊은 사람들은 그 결점을 잘 알고, 그것 때문에 잘못 살게 된 것도 잘 알고, '고쳐야 된다!'고 말하는 지 오래면서 실상 조금도 시원히 고치지 못하고 있습니다. 그것은 그 몸과 머리와 생각이 벌써 어릴 때부터 좋지 못하게 굳어진 고로 용이히 마음이 고쳐지지 않는 까닭입니다. 어릴 때부터 굳어지기 전부터 고운 새 생명을 더럽히지 말고, 꾸부리지 말고, 순실히 커 가게 하자. 이 한 가지를 조선 소년운동은 남달리 더 가지고 있습니다.

*

그러니 먼저 필요한 것이, 이때까지의 잘못된 온갖 것에 끌리거나 구애되지 말고 온전히 새 생명을 새롭게 잘 지시할 힘과 정성을 가진 지도자입니다. 잘못되게 길리운 사람이 자기 고대로 가르치고 그리 본받게 된다 하면 소년운동은 그 생명을 잃어버리는 것입니다.

*

그런데 지금 전 조선 140여 처의 소년회가 모두 좋은 지도자를 가졌다고 하기는 어렵습니다. 불행한 조선 소년들은 돌보아 주는 지도자도 없이 자기네끼리 모여서 청년회 흉내만 내는 것으로 잘하는 일인 줄 아는 곳이 많고, 또는 어느 교회나 청년회에서 소년회나 소년부를 세우고 어린 사람을 웃기기 잘하고, 섞이어 장난 잘하는 사람을 골라서 가장 적임자라고 어린 사람 지도를 맡겨 두는 곳이 또한 많습니다. 어린 양의 무리를 말승냥이에게 맡기는 위험보다 더 무서운 일입니다.

*

외국 그것의 흉내나 내거나 한때의 흥미로 소년운동에 관계하는 사람이 아니고, 자기의 생활에 끊임없는 반성을 가지고, 새것에 대한 열렬한 동경을 가지고, 몸소 어린 사람의 나라에 돌아가려는 진실한 사람이 많이 생겨야 조선의 소년운동은 바른길을 밟아 가게 될 것입니다. 지금 기세 좋게 일어나는 소년운동은 기실• 그런 사람을 얻기 위하여, 또는 짓기 위하여 선전하고 준비하는 것이라고 보는 것이 마땅합니다.

*

조선의 소년운동이 진실로 잘되어 간다 하면 그때에 큰 방해가 두 쪽으로 생겨 옵니다. 하나는 소년들의 부형이 자기네의 낡은 눈에 들지 않고 전같이 무조건 복종을 하지 않게 되는 까닭으로 반대하는 것이요, 하나는 보통교육 11년간으로 준일본 사람을 만들리라 하는 총독부의 교육 방침이 소년운동으로 말미암아 방해될까 염려하여, 간접으로 간섭하고 방해하려는 것입니다. 작년 여름에 몇 군데만 빼어놓고 전선• 여러 곳의 공립학교 교장들이 '소년회에 가면 퇴학시킨다.' '『어린이』 잡지는 읽으면 벌을 씌운다.'고 어린 사람들을 위협하였습니다. 우리가 항의하니까 그러지 않았노라고 태연히 거짓말하는 사람이 있었습니다.

• **기실** 사실.
• **전선** 전 조선.

*

먼저 학부형에게 소년운동에 관한 이해를 갖게 하여, 학부형으로 하여금 그들에게 항의하고 싸우게 되게 되어야 합니다. 이 점으로도 조선의 소년운동은 아직 선전기에 있다 할 것이니, 지금 현상에 낙망할 것은 아니고 힘써 서로 연락하여 힘을 모아 가지고 크게 선전에 힘쓸 것이라 합니다.

*

'조선의 소년운동'이란 굉장히 큰 문제를 90줄에 쓰라 하니까 90줄이 벌써 넘치고도 세 마디밖에 못 썼습니다. 후일에 다시 말씀할 기회를 기다리겠습니다. 여러 곳 소년회에 새해의 건전한 발전을 빕니다. (12월 22일)

_무기명,● 『동아일보』 1925년 1월 1일

● 이 당시 대표적인 소년운동가로, 글에서 『어린이』를 언급한 부분으로 미루어 볼 때 방정환이 쓴 것으로 보인다.

사라지지 않는 기억

별로 처녀작이라 할 만한 것을 낸 적은 없습니다마는 어렸을 때 내가 지은 글이 처음 활자로 인쇄되어 지상에 발표되었을 때 끝이 없이 기뻤던 기억은 지금도 사라지지 않고 있습니다.

분명히 열아홉 살 때였습니다. 그때까지 집에서 한학 공부를 한다고 노선생 한 분을 모시고 집에서 한서를 읽을 때인데, 우연한 기회로 최남선 씨의 『청춘』 잡지를 보고 흥미가 끌리어 'ㅈㅎ생'이라는 익명으로 작문을 투서하였더니,• 그것이 당선되어 지상에 실린 것이 처음이었습니다. 어린 때라 투서해 놓고는 마음이 퍽 조이었었습니다. 신문에 광고 나기를 고대고대하다 못하여 신문관•으로 전화를 걸면 으레이• 당국에서 허가가 나오지 않았으니 더 기다리라는 대답이었습니다.

그러다가 신문지에서 광고를 보면 책이 우편으로 오기를 기다릴 사이 없이 뛰어나가서 종로 거리의 책점에 가서 학교에서 성적 발표를 기다리던 때나 조꼼도 다르지 않은 마음으로 맨 먼저 독자 문예란을 펴 들

* '처녀작 발표 당시의 감상' 기사에 실린 글이다.

● **투서하다** 투고하다.

● **신문관** 1908년 최남선이 세운 출판사.

● **으레이** '으레'의 사투리.

었습니다. 그러다가 거기에 자기 익명을 발견하였을 때, 무슨 기술•이나 본 것처럼 몹시 신기해하면서 선 채로 내리읽었습니다.

읽고는 '내가 그때 정말 이렇게 써 보냈던가.' 싶어 하면서, 집에도 책이 올 것을 뻔히 알면서 기쁜 마음에 돈 주고 사 가지고 와서는 읽은 것을 또 읽고 또 읽고 하여, 그 글자 한 자 한 자가 무섭게 강한 친밀성을 가지고 머리에 스며들어 책을 덮고도 어느 쪽에 제목과 성명이 어떻게 쓰여 있는 것까지를 눈에 번하게• 보게 되게까지 반복해 읽었습니다.

그러고 자기 글을 반복해 읽을 뿐 아니라 그 책에 내 글과 함께 실리어 있는 여러 사람의 글을 모두 정다운 친우•의 편지 읽듯 몇 번씩 반복해 읽으면서 그 미지의 벗들을 만나 사귀었으면…… 하고 생각하였습니다.

지금 생각하면 퍽 마음이 어리었던 것입니다. 그러나 그때에 지상으로 성명을 익히고 편지로 사귄 사람으로 지금까지 사귀어 오는 사람이 많이 있습니다.

이 외에 더 길게 말씀할 것은 없으나 내 손으로 학생 문예를 모아 소잡지 『신청년』을 처음 간행하던 때와 그 후 여러 해 뒤에 늘 뜻하던 『어린이』를 처음 간행할 때에도 그에 지지 않는 기쁨을 느끼어, 세 번째 기쁘던 기억이 다 같이 사라지지 않고 있고 또 앞으로도 용이히 사라지지 않을 것 같습니다.

_『조선문단』 1925년 3월호

• **기술** 기묘한 솜씨나 재주. 교묘한 눈속임으로 재미있게 부리는 재주.
• **번하다** 훤하게 들여다보이듯 분명하다.
• **친우** 가까이하여 친한 사람.

당국 양해
—어린이날에는 아무 간섭이 없습니다

'어린이날' 준비에 대하여 방정환 씨는 다음과 같이 말하더라.

5월 1일은 '메이데이'이자 '어린이날'인 까닭에 서로 뒤섞이는 폐가 없지 아니합니다마는 '메이데이'는 '메이데이'이고 '어린이날'은 '어린이날'이외다. 당국에서 '메이데이'의 모든 집회라든가 선전 행렬 같은 것을 금지하는 것도 '어린이날'에 관한 집회나 행렬까지 금지한다는 뜻으로 해석하는 이가 많아 방금 각 지방에서는 야단들인 모양이외다마는, 결코 그렇지 아니합니다. 실상은 준비하기 전부터 경찰 당국의 명언•을 듣고 시작한 것이고 또 오늘 아츰•에도 당국의 확실한 승낙을 듣고 왔습니다. 선전지도 종래에 어떤 지방에서는 압수하는 일이 종종 있었습니다마는 이번에는 간섭이 없도록 하기 위하여 경무국장에게 직접 양해를 얻어 13도 경찰부에 통지해 주기로 되었습니다.

_方定煥 氏 談, 『동아일보』 1925년 4월 30일

● **명언** 분명히 말함.
● **아츰** '아침'의 사투리.

어린이 동무들께

나의 가장 믿고 사랑하는 동무 이정호● 군의 손으로 이 책 『세계일주동화집』이 짜여졌습니다.

무한히 뻗어 날 어린이들의 마음에 기쁨을 주고 그들의 한없이 자유로운 상상 생활에 좋은 자극과 충동을 주어 그들의 생명을 충실하게 하고 발랄하게 하기에는 '좋은 동화'를 주는 것보다 더 큰 힘이 없는 것은 여기에 길게 말씀할 것이 없거니와, 이제 새로 짜여진 『세계일주동화집』이 가장 좋은 동화책 중의 한 가지일 것을 나는 믿습니다.

세계 각국 각 민족의 사이에 오래된 예전부터 오늘에 이르기까지 곱게 아름답게 피어 내려온 이야기 한 가지씩을 갖추갖추● 추려 모아 놓은 것은, 그렇지 않아도 아름다운 '이야기의 나라'의 백화●가 일실●에 난만히● 핀 감이 있고, 짜여진 순서가 세계 일주의 길 차례로 되었을 뿐 아니라 이야기의 머리마다 그곳 그 나라의 사진과 풍속, 역사의 소개가

● **이정호**(1906~1938) 동화작가, 아동문화운동가.
● **갖추갖추** 여럿이 모두 있는 대로.
● **백화** 온갖 꽃.
● **일실** 하나의 방. 또는 한 칸의 방.
● **난만히** 꽃이 활짝 많이 피어 화려하게. 광채가 강하고 선명하게.

있는 등은 편자•의 특별한 노력에서 나온 것이라, 동화의 내용과 함께 독자에게 많은 지식과 흥미를 줄 것이라고 믿습니다.

나는 내가 내 손으로 짠 것이나 다르지 않게 믿는 마음으로 이 사랑스러운 책을 여러분께 권하고 싶습니다.

을축년• 첫가을에

경성 개벽사에서 방정환

_『세계일주동화집』(이정호 역, 이문당 1926)

● **편자** 책을 편찬하거나 편집한 사람.

● **을축년** 1925년.

아버지의 영혼은 딱정벌레

20년 전에 사실로 있었던 이야기입니다.

북아메리카 캐나다(미국의 저쪽)에 있는 캐나다 태평양 철도 회사의 반크바 정거장에서 여러 백 명의 남녀 손님을 태운 기차가 이제(이쪽 태평양 가를 떠나) 여러 날 두고 달음질하여 저쪽 대서양 가까지 먼 길을 다녀오려고 모든 준비를 마치었습니다.

몇 천 리 만여 리를 떠나는 손님들과 또 그를 작별하는 손님들이 기차와 기차 밖에 그뜩 서서 와글와글 떠들고, 역장과 역부들은 자주 시계를 꺼내 보고 섰고……. 몇 만 리 먼 길을 갔다 오려는 기관차는 연기만 뿜으면서 떠날 시간만 기다리고 있었습니다.

그러나 그 수백 명 손님과 또 수없이 많은 물건 짐과 여러 채의 수레를 끌고 여러 날 걸리는 먼 길을 갔다 올 젊은 기관수 안다손[•]은 시간이 닥쳐오건마는 아직도 자기 집 방문을 떠나지 못하고 있었습니다.

어머니도 없고 아주머니나 누이도 없고 아내도 동생도 없는 몸이 식구라고는 다만 한 분 늙으신 아버지를 모시고 셋방살이 가난한 살림을 하는 터에, 늙은 아버지 병환이 위독하여 암만하여도 여러 날 걸릴 길을

● **안다손** 『어린이』 판에서는 '안더슨'으로 바뀌었다.

떠날 수 없어서 조비비듯● 하는 마음으로 망설거리고 있는 것이었습니다.

"에에, 미안한 일이지만 이번에는 못 가겠다고 회사에 통지를 하리라!" 벽에 걸린 시계를 바라보면서 이런 말을 혼자 중얼거릴 때, 몸을 누이지 못하는 아버지가 그 말을 알아들었는지 "이 애야, 네가 오늘 기차를 가지고 떠날 날인데 왜 가지 않고 있느냐." 합니다. "아버님 병환이 이렇게 위중하시니 어떻게 떠날 수가 있습니까. 안 가기로 작정하였습니다."고 말씀하였습니다.

그러니까 아버지 말씀이 "이 애야, 그게 무슨 소리냐. 네가 그렇게 너의 직무에 불충실하여서야 쓰겠느냐……. 너 한 사람이 안 가면 수백 명 손님이 갈 곳을 못 가고 낭패가 대단할 것 아니냐. 나는 내 병 때문에 네가 세상에 충실치 못한 사람이란 말을 듣게 하고 싶지는 않다! 내 병은 아무 염려 없으니 어서 시간 늦기 전에 가거라. 네가 돌아올 때까지 기다리고 있으마." 하고 간절하게 말하는 품이 도저히 거역할 수 없는 것을 알고 안다손은 억지로 일어나 옆에 방 셋방 마나님께 아버지의 간호를 부탁해 두고 모자를 들고, "아버지 그럼 갔다 오겠습니다." 하였습니다.

"오냐, 내 병은 조금도 염려 말고 잘 다녀오너라. 내가 너 없는 새 죽을 리도 없지만 만일 내가 불행히 죽더라도 내 정신은 네 옆을 떠나지 않고 너의 일을 도와줄 것이다!" 하는 말씀을 안다손은 몹시 불길한 말씀으로 들어 '왜 저런 말씀을 하시는가.' 하고 가슴이 선뜻하였으나, 시간이 급한지라 내키지 않는 걸음을 억지로 급히 걸어가서 기관차에 몸을 싣고 기계를 잡아 그 많은 손님, 그 큰 기차를 끌고 머나먼 길을 떠났

● **조비비다** 마음을 몹시 졸이거나 조바심을 내다.

습니다.

때는 여름이라 그 먼 길을 떠나던 날 저녁부터 비가 몹시 큰비가 오시기 시작하더니 그칠 줄을 모르고 쏟아지는데, 기차는 바다에서 나온 마귀와 같이 비 오는 속을 소리소리 지르면서 그대로 그대로 돌진하여 나갈 뿐이었습니다.

기차는 달아나기만 하고 비는 쏟아지기만 하고, 이튿날이 되어도 그치지 않고 또 그 밤이 되어도 그치지 않고 점점 더 무서운 기세로 땅덩이를 모두 두들겨 부술 듯이 무섭게 쏟아졌습니다. 그러니까 기차가 달아나기는 하지만 몰고 나가는 안다손이나 옆에서 석탄만 지피고 있는 화부나 차장이나 타고 가는 수백 명 손님이나 다 같이 마음이 조마하여 걱정이 대단합니다.

"비가 이렇게 여러 날 두고 몹시 오시니 이렇게 우중•에 뚫고 나가는 기차에 무슨 탈이나 생기지 아니할까……." "이 기차가 달음질해 나가는 앞길에 혹시 산이 무너지거나 길이 떠내려가서 위험하지나 않을까." 하고 가지각색으로 모든 사람이 걱정을 하고 있었습니다.

사흘이 되던 날 그 기차가 어느 조꼬만 정거장을 지날 때에 그 정거장 사람에게 들으니까 그곳에는 비가 오기 시작한 지 벌써 닷새째 되었다 하는 고로 타고 가는 모든 사람들의 근심 걱정은 갑자기 더하여졌습니다. 그러나 기차는 연해• 석탄을 이어 가면서 기적 소리를 삐삐 지르면서 그날 밤새도록 비를 맞으면서 달아나고만 있었습니다.

사흘 밤째 지난 그다음 날이었습니다. 새벽인지 아츰때•인지 모르고 기차는 달아나기만 하는데, 비는 간신히 그쳤는지 그치려는지 가늘은

• **우중** 비가 내리는 가운데. 또는 비가 올 때.
• **연하다** 잇다.

이슬비가 내리는 것 같기도 하고 비 뒤의 자욱한 안개가 내리는 것 같기도 하여, 비는 그친 것 같으나 역시 천지가 캄캄한 때였습니다.

빗속에 기차를 몰아 나가면서 마음은 집에만 달아나 '비는 이렇게 몹시 오는데 그동안에 아버지 병환이 어찌나 되셨을까.' 하고 궁금해하는 안다손이 흘깃! 들창• 밖을 내다보니까 큰일 났습니다! 기차가 나아가는 앞에 거무스레하고 커다란 사람의 그림자가 높다란 허공 중에 나타나더니 한편 손을 번쩍번쩍 자꾸 듭니다. 기차나 전차가 나아가는 앞에서 손을 번쩍 드는 것은 '가지 말고 서라!' 하는 정거 신호인 고로 어느 때든지 어데서든지 기차의 나아가는 앞에서 손을 드는 것을 보면 혹시 사람이 치었거나! 또는 혹시 앞에 무슨 탈이 생긴 줄 알고 기차를 우뚝 세우는 법인데, 이제 그렇게 무섭게 큰 비가 6, 7일 온 터이고 또 앞에는 안개가 자욱한데 허공 중천에 도깨비 같고 귀신 같은 헛그림자(환영)가 나타나서 기차를 정거하라 하니 어찌 놀래지 않겠습니까…….

안다손은 얼른 얼굴을 다른 곳으로 돌렸다가 다시 내다보니까 이상도 하지요. 기차는 지금 자꾸 달아나는 중인즉 고동안에도 끔찍이 많은 거리를 달아나 왔는데 그 귀신 같은 그림자는 여전히 달아나는 기차보다 더 앞서서 여전히 손을 번쩍번쩍 들고 있습니다.

바로 '왜 정거 안 하느냐.' 하고 꾸짖는 것 같지요. 안다손은 가슴이 덜컥하였습니다. 겁도 겁이려니와 언뜻! 생각나는 일은, '아버지가 돌아가셨나 보다!' 하는 것과 또, '그러고 저것이 아버지의 영혼인가 보다!' 하는 것이었습니다. 그래 안다손은 굵다란 몽둥이로 머리를 후려

● **아츰때** 아침때. '아츰'은 '아침'의 사투리.
● **들창** 들어서 여는 창. 벽의 위쪽에 조그맣게 만든 창.

맞은 것처럼 정신 빠진 제웅• 같이 되어 자기 정신 없이 기계를 틀어 기차를 세웠습니다.

그렇지 않아도 '아무 변이나 나지 말았으면!' 하고 조마조마해 앉았던 수백 명 손님과 차장이 별안간에 기차가 우뚝 서니까 '이크, 기어코 큰일이 났구나.' 하고 눈이 둥그레져서, "웬일이요, 웬일이요?" 하고 모두 쏟아져 내려서 기관차로 우루루 몰려왔습니다. 누구보다도 먼저 차장이 뛰어 올라가서 안다손에게 그 이야기를 듣더니 깔깔 웃으면서, "이 사람아! 그게 무슨 어리석은 소리인가. 아무 염려 말고 어서 가세. 공중에 나타나긴 무에 나타난단 말인가! 어서 가세, 어서 어서!" 하고 이번에는 자기가 기관실에 안다손의 옆에 지키고 서서 같이 나아가기로 하였습니다.

그래 간신히 손님들의 마음을 진정시켜 가지고 기차는 다시 나아가는데, 한참 가다가 안다손이 또 흘깃 내다보니까 그래도 여전히 앞에 공중에서 그 이상한 그림자가 손짓을 몹시 자주 들고 있습니다. 그래 안다손이 옆에 섰는 차장을 보고, "저것 저것 좀 내다보시오." 하였습니다. 그래 차장도 얼른 창밖을 내다보니까 참말 이상하지요 차장이 볼 때는 공중에 아무것도 없습니다. 그래 차장은 또 웃으면서, "보이기는 무엇이 보인단 말인가. 공연한 소리하지 말고 어서 가세." 하고 기계를 틀게 하였습니다.

참말로 이상도 한 일이지요. 차장이나 화부와 같이 내다볼 때에는 아무것도 보이지 않고 안다손이 혼자 내다볼 때에는 여전히 그것이 나타나서 손짓을 부지런히 하고 있습니다. 그래서 안다손의 생각에는 이것

• **제웅** 짚으로 만든 사람 모양의 물건.

은 분명히 자기 아버지가 돌아가신 것이라고 믿게 되었습니다. 내다보면 내다볼 때마다 자기의 눈에만 그 그림자가 어데까지든지 기차보다 앞서가면서 손짓을 몹시 바쁘게 하는 것이 보이는 고로 안다손은 그만 기계를 틀어 기차를 딱 세우고, “나는 죽어도 더 못 가겠소.” 하였습니다.

그때 깜짝 놀래인 차장이 창밖을 내어다보더니 “으앗! 보인다, 보인다!” 하고 미친 사람같이 소리쳤습니다. 석탄을 집어넣고 있던 화부가 그 말을 듣고 전기에 찔린 사람같이 튀어가 내다보더니 그도 “보인다, 보인다!” 하고 소리쳤습니다. 이제는 자기들도 기차를 더 몰고 나아갈 용기가 없었습니다. 그래 웬일인가, 웬일인가 하고 눈이 둥그레져 뛰어내린 손님들께 그 이야기를 하여 드렸습니다.

그러니까 듣는 사람마다 듣는 사람마다, “어이고, 그러면 이 앞길에 무슨 불길한 까닭이 있는 것이 분명합니다.” “아무리 바쁜 일이 있더라도 이렇게 되면 못 가지요. 무슨 변이 생길 줄 알고 가겠습니까.” 하고 수성수성할● 뿐이었습니다.

과연! 과연! 그 뒤에 그다음 정거장에서 보낸 급한 통지가 이미 지나온 정거장을 들러서 이 기차에까지 온 것을 받아 보니, “이 앞에 있는 큰 철교가 무너졌으니 기차는 오지 말라!” 하는 것이었습니다.

이때까지 궁금해하면서 마음만 졸이고 있던 모든 사람들이 그 통지를 보고 얼마나 신기해하고 기뻐하였겠습니까. 손님들은 차장에게 절을 하는 사람, 한우님●께 감사하다는 기도를 올리는 사람, 서로 껴안고 죽을 운수를 면한 기쁨에 춤추는 사람, 형형색색으로 기뻐함을 마지아니하고 차장과 화부는 그 여러 백 명의 목숨을 물속에 빠지지 아니하게

● **수성수성하다** 몹시 수군거리며 시끄럽게 떠드는 소리가 자꾸 나다.
● **한우님** 하느님.

된 기쁨을 참지 못하여 안다손에게 달겨들어 껴안고 잡아 흔들고 어찌 할 바를 몰라 하였습니다.

그러나 그러나 그 모든 사람이 기뻐하면 기뻐할수록, 이번 일이 신기하다면 신기할수록 안다손만은, '분명히 아버지가 돌아가셔서 그 영혼이 이렇게 자기와 또 수백 명을 살려 준 것이다.' 생각하게 되어 가슴이 두방망이질을 치고 눈에는 눈물까지 고여서 울음이 터질 듯 터질 듯 하였습니다.

안다손은 잡담 제하고 기차를 몰고 뒤로 뒷걸음하여 와서 지나온 정거장에 다시 들어가서 다른 차를 바꿔 타고 곧 본고향으로 돌아왔습니다. 얼른 돌아가서 아버님 장례나 치르려고요…….

정거장에 차가 닿자마자 곤두박질을 쳐서 자기 집으로 뛰어가 아버지의 시체가 누워 있을 방문을 열 제 안다손의 눈에는 눈물이 펑 하게 솟았습니다. 고개를 숙이고 방문을 고요히 열고 들어가니까 이게 또 웬 일이겠습니까……. 꼭 돌아가셨을 아버지가 침상 위에 누운 채 얼굴을 들더니, "오오, 안다손아! 네가 어째 벌써 오느냐?" 하십니다. 안다손은 꿈 같기도 하고 하도 이상하여 "아버지 아니 돌아가셨습니까?" 하고 달겨들어 손목을 잡았습니다.

아버님은 분명히 살아 계셨었습니다. 그래 안다손이 기차를 가지고 가던 날부터 비가 온 일과 그림자가 나타났던 일, 그래 기차를 정거시키고 있었더니 앞에 철교가 무너져서 그냥 갔으면 모두 물에 빠져 죽었을 뻔한 일, 그래 꼭 아버지가 돌아가셔서 그 영혼이 그렇게 공중에 나타나서 위험한 것을 일러 주신 것인 줄 알았던 일을 자상히 말씀하였습니다.

그 후 일주일이 지난 후였습니다. 꾸물꾸물하던 장마 일기도 아주 깨끗이 개이고 아버지의 병환도 많은 차도가 있어서 안다손이 오래간만

에 상쾌한 마음으로 정거장에 나아가니까 정거장 역장이 안다손을 자기 방에 청하여 손목을 잡고 하는 말이,

"여보게 그때 그 기차 앞에 공중에 나타났던 이상한 그림자가 무엇인지 우리는 자세히 알었네……. 자네도 그것이 자네 아버지의 영혼인 줄 알았고, 또 누구든지 무슨 귀신이나 나타난 것이라고 꼭 알고 있지 않았었나……. 그러나 그 후 그 기관차가 하도 몹시 비를 맞고 달아난 것이니까 역부들을 시켜서 소제할• 겸 기계 검사도 하게 하였더니, 그 기관차 맨 앞에 전등(기관차 이마에 달린 것)이 있고 그 앞에 돋보기 유리가 끼어 있지 않은가. 그 유리 속에 손톱만 한 딱정벌레가 한 마리 들어가 있더라네그려. 그래 생각해 보니까 그 딱정벌레가 기관차 위엔가 어덴가 있다가 비가 하도 몹시 오니까 비를 피하여 그 전기 장명등 유리 틈 속으로 기어 들어간 것이데그려……. 그래 그놈이 돋보기 유리에 붙어서 발짓을 하니까 그놈이 전깃불에 크게 비쳐서 사람의 그림자처럼 보였데그려. 그런데 그것이 허공에 비치는 법은 없는데 그날은 마침 비가 오고 그친 끝에 안개가 자옥하게 내리는 때인 고로 안개 벽이라 할까 안개 담이라 할까, 어쨌든 그 안개 장막에 활동사진•같이 흐릿하게 비치기 시작한 것이 발짓하는 대로 손짓을 한 것처럼 보였던 것이데그려. 하하! 그게 그럴듯한 일이 아닌가."

안다손은 그제야 그 괴상한 허깨비의 실상을 알고 깔깔 웃었습니다.

_『조선농민』 1926년 3월호•

• **소제하다** 청소하다.

• **활동사진** '영화'의 옛 용어.

• 「달아나는 급행열차 앞에 공중의 귀신 신호」라는 제목으로 『어린이』 1926년 6월호에 재수록했다.

싹을 키우자

어린 사람의 앞에서 아무리 잘난 체, 윗사람인 체 하여도 어른은 어린 사람보다 이십 년, 삼사십 년 뒤떨어진 낡은 사람입니다. 어른의 속에서 나와서 어른의 보호 아래에서 자라긴 하지만, 어린 사람은 어른보다 이십 년, 삼사십 년 새로운 시대를 타고 나온 새 사람입니다.

*

지금의 어른들이 자기네 할아버지 때에 없던 기차를 타고 다니고 전기등을 켜고 사는 것과 같이, 지금의 어린 사람들은 지금 이 세상에 없는 물건과 지금 어른이 뜻도 못 하던 새로운 생각을 토□해 내어 가지고 지금 어른들보다 더 새롭게 살아갈 사람들입니다.

*

삼사십 년 뒤떨어진 낡은 사람이 삼사십 년 새 시대를 타고 나온 사람을 이리 끌고 저리 끌고 갈 수가 있겠습니까. 그래서 되겠습니까……. 예전의 콩기름 불이 지금의 전깃불을 내리누르고 나만 따라오라 하면 되겠습니까.

*

할아버지보다는 아버지가 새롭고 아버지보다는 아들이 새로워야 그 집 기운이 날로 새롭게 뻗어 나가지, 할아버지는 아버지를 내리누르면서 나만 따라오라 하고 아버지는 아들을 내리누르면서 나만 따라오라 하면, 할아버지보다 아버지가 못하고 아버지보다 아들이 못하게 되어 날로 쇠해지고 낡아지고 하여 망하는밖에 수가 없고, 조선은 그래서 망하였습니다. 할아버지는 지나간 시대 사람이외다. 무덤으로 가까이 가는 사람입니다. 무덤으로 자꾸 가면서 '나는 윗사람이다.' 하면서 아들과 손자를 나만 따라오너라 한 것이 어제까지의 조선이었습니다.

*

헌것, 낡은 것으로 새것을 눌러서는 안 됩니다. 어린것이라 하여 업신여겨서는 안 됩니다. 어린 사람의 뜻을 존중하고 어린 사람의 인격을 존중하여야 우리가 바라는 좋은 새 시대를 지을 새싹이 부쩍부쩍 자라납니다.

*

뿌리 없는 싹이 어데 있느냐 하여 뿌리가 싹을 내리눌러 온 고로 우리의 나무는 죽어 버렸습니다. 아비 없는 자식이 어데서 났다데 하고 어린 사람을 내리눌러 온 조선 사람은, 마치 뿌리가 중하다고 싹을 땅에 박고 뿌리가 하늘로 올라가 있다가 말라 죽은 격입니다.

*

조선의 어른이란 어른이 모두 좋은 뿌리가 되어야 합니다. 뿌리는 밑에 들어가 지기와 수분을 빨아서 싹에게 올려바치는 고로 중한 것입니다.

*

조선의 어른이란 어른은 모두 좋은 뿌리가 되자! 싹을 잘 키우는 좋은 뿌리가 되자! 어린이의 인격을 존중하자! 어린이의 뜻을 존중하자! 어린이날을 기념하는 본의는 여기에 있습니다.

*

잘 살기 위하여, 잘 살기 위하여 다 같이 이날을 기념하십시다. 이 점을 맹세하십니다.

_『조선일보』 1926년 5월 1일

내일을 위하여—5월 1일을 당해서* 전 조선 어린이들께

예전 희랍*에 스파르타라는 강용하기로* 유명한 나라가 있어, 이웃 나라와 전쟁하다가 불행히 졌습니다. 그때 싸움에 이긴 이웃 나라에서는 스파르타의 남아 있는 백성들에게 "너희는 졌으니 너희 나라의 어린 사람 500명을 우리나라에 바쳐라." 하였습니다.

그때에 스파르타 사람들은 "어린 사람 대신으로 우리들 큰 사람 500명이 가겠소." 하고 지옥살이보다 더 괴로운 원수의 나라에 어른들 500명이 자진하여 갔습니다.

스파르타 사람들은 영리한 사람들이었습니다. '우리는 불행히 너희에게 졌다. 그러나 오늘 졌다고 내일도 반드시 또 지라는 법이 있겠느냐. 오늘은 우리가 졌으나 내일 새로운 스파르타 사람이 나아가 싸울 때에는 반드시 반드시 이길 수 있는 것이다. 그런데 어린 사람 500명을 남의 나라에 바치는 것은 내일의 일꾼을 빼앗기는 것이니, 그것은 스파르타를 영구히 멸망케 하는 것이다. 차라리 싸움에 지고 돌아온 우리가 갈망정 스파르타의 어린이는 단 한 사람이라도 남의 나라에 바칠 수 없

* **당하다** 어떤 때나 형편에 이르거나 처하다.
* **희랍** '그리스'의 음역어.
* **강용하다** 강하고 용감하다.

다.'고 생각한 것이었습니다. '어린이를 뺏기는 것은 스파르타 뿌리째 망하는 것이다.'라고 생각한 것입니다.

(차간● 8행 생략●)

그런데 우리의 모든 희망은 뒤에서 오는 것이 아니고, 앞에서 올 것입니다. 그리고 우리보다 한 겹 앞서 나아가는 일꾼은 어린 사람입니다. 이러니저러니 하여도 어른은 어린 사람보다 이십 년 삼사십 년 뒤로 떨어지는 사람입니다. 어른의 속에서 나와서 어른의 품에서 커 가도 그래도 어린 사람은 어른보다 이십 년, 삼사십 년 새 시대를 타고 나온 사람입니다. 그러니 어린 사람은 결코 이삼십 년 낡은 사람의 뒤를 따라갈 사람이 아니요, 이때까지의 어른이 가지 못한 곳, 가다가 못 간 곳에 새 길을 열고 새 걸음을 걸어 나갈 사람입니다.

그런데 오늘날까지의 조선 삼십, 사십 년 뒤지고 낡아져서 무덤으로 무덤으로만 가까이 가는 피 마른 이가 삼십 년, 사십 년 새로운 시대를 타고난 사람을 '나만 따라오라, 나만 따라오라!' 하고 끌고 가고 있었습니다. 그리고 지금은 따로 다른 사람이 또 나서서 '날 닮아라, 날 닮아라!' 하는 데에 맡겨 두고 무심히 있습니다. 무덤으로 가는 이에게 한 손을 끌리우고 다른 사람에게 또 한 손을 끌리우고만 있는 것이 지금의 조선 어린 사람입니다.

이 꼴이 계속되는 때까지 우리는 구원되지 못하는 사람일 것입니다. 새로운 생명이 헐고 낡은 뿌리 밑에 덮여 눌려만 있는 때에는 어느 때까지라도 우리의 세상은 바로잡힐 날이 없고 새로워질 희망이 없을 것입니다.

● **차간** 이 사이.
● 검열로 삭제된 것으로 보인다.

새싹을 위하자! 어린이를 위하자! 뿌리가 중한 까닭은 새싹을 잘 키워 주는 데 있습니다. '뿌리 없는 싹이 어데 있으랴.' '아비 없는 자식이 어데 있데.' '근본을 위해야지, 뿌리를 위해야지.' 하고 싹을 땅에 내리박고 위에 올라와 있던 뿌리가 땅으로 돌아가야 합니다. 새로 탄생하려는 새 조선의 새싹을 잘 키우기 위하여 조선의 어른이 좋은 뿌리가 되자! 이 일을 생각하고 또 맹세함으로써 오늘의 어린이날의 기념이 되게 하여야겠습니다.

_소년운동협회 방정환, 『시대일보』 1926년 5월 2일

문반 강화반의 강습

농촌에서 쓸쓸히 커 가는 소년들을 좀 주의해 보아 주십시오. 그들은 모두가 무산 소년입니다. 학대받는 농민 중에서 그 속에서 또 한층 더 학대받는 이도 그들이요, 슬픈 살림 속에서 또 한층 더 슬픈 날을 보내고 있는 이도 그들입니다. 그러고 자칫하면 어두운 속에서 자라는 그들이 영구히 어둔 데서만 고생하다가 죽어 가는 사람이 되기 쉬울 것을 생각하면 실로 무서운 일입니다. 그들에게 어떻게든지 즐거움과 광명을 보여 주어야 하고 그들의 눈을 뜨여 주어야 하겠습니다. 이것은 결코 한때 소년들께 안가●의 위안을 주는 일이 아니고, 우리 전체의 장래에 광명을 구하는 일이고 우리 전체의 장래를 값있는 것 되게 하는 큰 노력일 것입니다.

*

먼저 농한기를 이용하여 소년들께 우리 글 강습을 시켜야겠습니다. 100명, 50명 아니라도 좋습니다. 다섯 사람, 세 사람씩이라도 좋으니 이번 겨울에는 우리 글을 깨우쳐 주십시오. 문맹타파운동으로 가장 긴하

* 기획 '조선 청년은 농한기를 여하히 이용할까'에 포함된 글이다. 김준연, 김평산, 방정환, 선우전, 안재홍의 글이 실렸다.

● **안가** 값이 쌈. 또는 싼값.

고● 또 가장 효과가 큰 일입니다. 바쁘고 또 줄 수 제한이 있어서 길다란 말씀은 못 하겠습니다마는 하로● 저녁 모이는 시간을 반분하여● 반은 우리 글 강습, 반은 강화(동화도 좋고 세상 이야기, 간혹 재미있는 유희 등)로 하면 급한 대로 그의 지식과 생각을 기르게 되고, 한편으로는 소년의 흥미를 끌어 강습이 의외의 속한● 효과를 보게 될 것입니다. '재미있어 모이는 중에 세상일을 듣고, 생각이 트이고, 그리하는 중에 어느 틈에 우리 글도 깨우쳐졌다.' 이렇게 하여야겠다는 말씀입니다.

다른 일도 급한 일이 많겠습니다마는 급한 중에도 가장 급한 이 일에 착안하시고 또 착수하시는 이가 많으실 것을 믿으나, 좀 더 더 많으시기를 비는 것입니다.

_『어린이』 주필 方定煥, 『조선농민』 1926년 11월호

● **긴하다** 긴요하다. 꼭 필요하다.
● **하로** '하루'의 사투리.
● **반분하다** 절반으로 나누다.
● **속하다** 꽤 빠르다.

새해를 맞으면서

—어린 동무들에게

'새해가 왔습니다.' '경사로운 새해가 왔습니다.' 기꺼운 소리로 모든 사람이 치하의 인사를 바꾸는● '새해'가 우리에게도 왔습니다. 마치 전쟁에 나아간 군대가 이기고 돌아온 때처럼 집집마다 경사로운 빛이 넘치고 모든 사람이 기뻐 날뛰는 새해가 우리에게도 찾아왔습니다.

*

'새해가 왔으니 우리들도 새해 인사를 바꾸십니다.' 이렇게 생각하고 나는 여러분 어린 동무들을 생각하면서 '새해가 왔습니다. 즐거운 새해가 왔습니다.'고 원고지 위에 몇 번인지 썼습니다. 그러나 나는 그것을 쓰면서 내 눈에 눈물이 고였습니다. 그래서 나는 눈물에 흐려 보이는 글씨를 지우고는 다시 쓰고, 쓰고는 다시 지우고 하였습니다.

*

새해는 왔지만 지금 조선의 어린이들께 무슨 기쁨이 있겠는가……. 가난한 동리 가난한 들창● 밑에 아버지의 한숨 소리를 듣고 앉았는 불쌍한 어린이들께 새해가 왔다 한들, 정월이 왔다 한들 무슨 기쁨이 있겠는가……. 어릴 때의 생활에 새해처럼 기다려지는 것이 없고 새해처럼

● **바꾸다** 말이나 인사 따위를 서로 주고받다.
● **들창** 들어서 여는 창. 벽의 위쪽에 조그맣게 만든 창.

즐거운 것이 없건마는 나무 끝같이 앙상한 살림 속에서 부형들의 한숨 소리만 듣고 있는 어린 사람들의 마음은 얼마나 쓸쓸할 것이겠습니까. 먼 산의 머리에 흰 눈이 쌓인 것도 처량해 보일 것이고, 새해란 글자만 보아도 울고 싶게 쓸쓸스러울 것입니다.

*

그러나 그것만 가지고 울어서는 아니 됩니다. 여러분! 그것만 가지고 울어서는 아니 됩니다. 요사이같이 치운● 날에 늙은 몸, 어린 몸이 홑옷을 입고 북간도로 떠나가는 이를 생각해야 합니다. 내 어머니 계신 나라, 내 조상이 살던 나라에 살지 못하고 늙은 부모, 어린 식구의 손목을 잡고 눈물의 길을 멀리 떠나가는 사람이 하로●에도 몇 백 명씩 날마다 북간도로 떠나가고 있습니다.

아아 여러분, 그들이 모두 우리 동리 사람들입니다. 우리들의 형제입니다. 눈 뿌리고 바람 찬 날 아츰●도 못 먹고 고국을 떠나가는 그들의 설움은 그만두고라도, 간다면 가는 곳에 살길이나 있겠습니까. 쫓겨 가는 형제들, 헤어지는 민족들……. 아아, 우리는 소리쳐 울어도 오히려 시원할 수가 없는 것입니다.

*

가는 그것이 슬픈 것이 아닙니다. 헤어지는 그것이 슬픈 것이 아닙니다. 아무 곳에 가든지 남보다 나을 수 있고 남보다 아는 것이 많고 남보다 앞서는 것이 있으면 가는 그것이 오히려 좋은 일이요, 기쁜 일입니다. 가면 갈수록 우리의 힘이 커지는 것이요, 간 곳마다 우리의 새로운

● 칩다 '춥다'의 사투리.
● 하로 '하루'의 사투리.
● 아츰 '아침'의 사투리.

세상을 장만하게 될 것입니다. 그러나 우리의 지금 형세는 몰라서 뒤졌고 뒤져서 밀리는 것이라, 가는 곳에 그보다 더한 고생과 슬픔이 있는 것이요, 먼저 가는 그들만 밀리고 말 것이 아닙니다. 모르는 슬픔, 약해진 슬픔, 쫓기는 슬픔……. 아아, 우리는 이를 갈고라도 이를 갈고라도 우리는 강해져야겠습니다. 남보다 강해져야겠습니다.

다 밀려 나가도 우리는—새로운 일꾼은 밀리지 않아야겠습니다. 그러기 위하여 우리는 오늘부터 이해부터 강해져야겠습니다.

*

쓸쓸하여도 새해는 새해입니다. 새해는 그날이 좋은 것도 아니요, 그 이름이 좋은 것도 아닙니다. 새로운 일을 시작하기 좋고 새로 결심을 하는 기회가 좋고 새로운 희망을 가질 수 있어서 좋다 하는 것입니다. 우리의 새해는 쓸쓸한 새해입니다. 쓰라린 새해입니다. 그러나 쓰라린 새해인 만큼 우리의 새로운 결심은 단단하고 우리의 희망은 큽니다.

여러분, 조선의 어린 일꾼 여러분! 우리는 강해지기를 결심하고 강해지기를 계획하여야 합니다. 힘으로 강하고, 지식으로 강하고……. 이를 악물고라도 우리는 바삐바삐 강해져야 합니다.

그리되기 위하여 우리는 지식을 얻기에 부지런해야 합니다. 남의 소년들이 한 가지를 아는 동안에 우리는 열 가지, 스무 가지를 배워야 합니다. 그리고 남의 소년 한 사람이 배우는 동안에 우리는 열 사람, 백 사람이 배워야 합니다.

자기 스스로가 부지런히 지식을 구하고 또 다른 소년이 그리되도록 서로서로 권고해 나아가기로 결심하고 또 **맹세**하십시다. 새해 첫날부터 그리하기로 결심하십시다.

*

우리의 조선 소년이 다 같이 이러한 결심을 가진다 하면 이번 새해는 우리에게 가장 기쁘고 가장 유쾌한 신년이 되겠습니다. 만일 우리에게 이 결심조차 없다고 하면 우리에게는 새해도 없는 것이요, 또 장래 희망도 없는 것입니다. 나무 끝같이 앙상한 살림에서 북간도 눈 날리는 벌판으로 앞뒤하여● 가고야 말게 될 것입니다. 어쩐들 어쩐들 그럴 수가 우리에게 있겠습니까…….

*

자아 여러분, 다시 한번 결심과 맹세를 거듭하십시다.

'새해 새 아츰부터 우리는 남보다 강해지자. 이를 악물고라도 강해지기에 부지런하자! 그리고 우리 동무들이 한결같이 그리되도록 서로 권하자!'

아아, 눈물을 거두자. 눈물을 거두십시다. 우리에게 이 결심이 있거니……. 조선의 새로운 일꾼들에게 이러한 결심이 있거니 무엇을 슬퍼하겠습니까. 이번에는 정말로 기쁜 마음으로 새해의 인사를 바꾸십시다.

새해가 왔습니다. 우리에게 새 생명을 가져올 새해가 왔습니다 고…….

_색동회 方定煥, 『신소년』 1927년 1월호

● **앞뒤하다** 둘 이상의 행동이나 상태가 연잇다.

아동의 상상 생활과 인형 완구

—몸과 마음을 자랄 대로 자라게 하라.
좋은 장남감은 어린 사람의 영양품

사회에 활동하는 것 직업에 부지런한 것이 아버지의 일이오 살림살이(가정)에 바쁜 것이 어머니의 일이오, 공부에 부지런한 것이 학생의 일이면 어린 아기들의 일은 무엇일까……. 이것을 아는 것이 어린 사람을 대하는 이에게 가장 먼저 필요한 지식입니다. 어린 사람의 '일'은 발육입니다. 마음과 몸이 자라 가는 것이 그들의 생명이오 사무입니다. 그런 고로 부모는 어떠하든지 그들의 발육을 도와주기에 많은 주의와 노력을 쓰지 않으면 안 됩니다. 심신의 발육은 젖이나 밥을 먹는 것 외에는 전혀 활동하는 데에서 생기는 것입니다. 다 아시는 바와 같이 아기를 안아 주더라도 가만히 있으면 싫어하고 흔들흔들 흔들어 주어야 좋아하는 것은 그 어린 활동가가 자기 사무에 부지런하려는 까닭입니다.

유치원에 가게쯤 된 사람에게 사람을 그리라 하면 눈과 입을 제일 크게 그리고 손과 팔을 그리면서 흔히 가슴과 배는 잊어버리고 맙니다. 그것은 가만히 있는 코나 귀보다도 쉴 사이 없는 눈과 입의 활동에서 더 많이 자극과 친밀한 정을 받는 까닭입니다. 배나 가슴은 잊어버릴망정 팔과 다리와 열 손가락을 잊어버리지 않는 것도 그 까닭입니다.

* '중외일요(日曜) 강좌'란에 실린 글이다. 같은 지면에 이화유치원 하복순의 「상상력을 기르고 창조적 정신을 함양—인형과 장난감의 효능」이라는 글도 실렸다.

그러면 어린 사람의 좋은 발육을 위하여 그의 심신을 잘 활동시키는 방법은 무엇일까……. 성장한 어른이 어린 사람을 가깝게 데리고 노는 것은 도리어 어린 사람의 자유로운 활동을 방해하는 해가 있는 것이오 나이 많은 어린 사람과 함께 놀게 하면 큰 어린 사람 자신의 자유로운 활동에 방해가 되는 것이고 오직 좋은 장난감을 주어 자기 마음껏 성의껏 즐겨 놀게 하는 것이 좋은 방법입니다.

좋은 장난감을 품에 안을 때 어린 사람의 한 없이 기뻐하는 기쁨 그것만이 벌써 그의 가슴에 고운 정서를 무한히 충동여서 불어날 대로 불어나게 하는 일인데 그 장난감을 움직임으로써 몸의 활동을 붓게 하는 동시에 그의 마음을 훌륭하게 하는 동시에 그의 마음을 훌륭히 많이 활동시켜 줍니다. 이것이 어린 사람의 발육에 가장 값 많은 작용이 되는 것입니다. 어린 사람은 자기가 가진 아무 경험도 이력도 없는 고로 마음을 활동시킬 길이 없는 것입니다. 그런고로 (지내 보낸 경험이 없는 고로) 그들의 마음은 상상으로밖에는 활동할 길이 없습니다. 그래 어머니가 쓰는 재봉틀을 보고도 '저 재봉틀도 엄마가 있고 아빠가 있겠지.' '저 재봉틀도 밤이 되면 엄마하고 나란히 드러누워서 잠을 자겠지.' 하고 생각합니다.

유치원에 오는 아기가 큰 난로 작은 난로를 보면 "이것은 엄마 난로구 저것은 아기 난로"라고 하고 또 "우리들이 집에 가서 엄마하고 잠을 잘 때에는 저 아기 난로도 엄마 난로하고 같이 잔단다." 합니다.

이렇게 어린 사람의 마음은 상상으로 상상으로 밖에 활동할 길이 없는 고로 그들이 세상에서는 나무때기나 고무로 만든 물건이라도 훌륭히 그것이 어린 사람의 동무 노릇을 하게 되는 것입니다. 부엌에서 밥 질 때에 쓰는 부지깽이라도 어린 사람이 그것을 사추리•에 끼고 다니면서 “이로낄낄 우리 말 잘 간다.” 할 때에는 그 타다 남은 부지깽이도 훌륭히 훌륭히 말 노릇을 하는 것입니다. 그리하여 그는 훌륭히 (거짓으로 연극하듯이 그렇다고! 하고 그런 체 하는 것이 아니라) 훌륭히 말을 타고 뛰어다니는 산 경험을 하게 되는 것입니다. 그의 몸도 유쾌한 활동을 하였고 그의 마음의 활동이 더욱 유쾌하여 부쩍부쩍 커 가는 동시에 생각의 밑천이 풍부해지는 것입니다.

_『어린이』 주간 方定煥, 『중외일보』 1927년 1월 30일

● **사추리** ‘샅’(두 다리의 사이)의 사투리.

내가 본 바의 어린이 문제

● 어린이가 사회의 장래에 대해서 얼마나 귀중한 의의를 가지고 있는가는 말할 필요도 없습니다.

그런데 세상 사람들은 어린이 문제에 대해서 너무 범연합니다.● 일반 사회에서 그러할 뿐 아니라 어린이를 직접으로 기르고 있는 가정에서도 그렇습니다. 조선 현재의 가정을 보면 어린이들은 너무나 억울한 지위에 있습니다. 그들을 직접으로 양육하여 지도하는 가정부인들은 그들을 지도함에 필요한 지식을 조금도 가지지 아니한 것이 일반 현상입니다. 그들은 어린이들에게 유익한 이야기 재료도 가지지 못했습니다.

● 그런데 어린이를 지도함에는 그 어머니 되는 이들이 하여 주는 이야기가 큰 힘을 가지고 있습니다. 그러므로 조선 가정부인들로 하여금 어린이들에게 유익한 이야기를 하여 줄 수 있도록 상식을 보급시키는 것이 우리의 급무 중의 하나라고 생각합니다. 그것을 위하여 사회운동자들이 많이 노력하여야 할 줄 압니다. 그러나 그 일을 가가호호 방문하려면 한이 없을 것이오, 따라서 효과를 얻지 못할 것입니다. 그 사업을 위한 기관이 있어야 할 줄 압니다.

* '1인 1화'(한 사람의 한 가지 이야기)에 실린 글이다.

● **범연하다** 대충대충하다. 성의 없다.

● 최근에 와서는 벌써 어린이 지도에 관한 상식을 보급시켜 보려는 노력이 있기는 있게 되었습니다. 그것에 관한 잡지도 있고 또 신문에서도 그것에 관한 기사를 취급합니다. 그러나 그것은 아직 다 불충분하니 가정부인들과는 밀접한 관계가 없는 것이 그 결점입니다. 그러므로 가정부인들은 그 기사를 오직 잡지의 기사, 신문의 기사로서 볼 뿐이오, 그것이 자기의 일이라고 생각하지 못하게 됩니다. 그것은 나의 가정에서도 항상 경험하는 바입니다. 그러므로 이와 같은 방법으로써 온 가정부인으로 하여금 어린이 지도에 대한 지식을 보급시킬 수 없습니다.

● 그러므로 나는 어린이 문제 연구회 같은 것이 조직되어서 그 안에는 직접으로 가정부인들을 넣어서 선구자와 가정부인이 한 덩어리가 되어서 자주 회합을 열고, 그 회합에서 어머니들에게 어린이에게 해 줄 이야기 재료를 공급하는 것이 좋을 줄 압니다. 그리고 또 어린이 문제에 대한 상담소를 만들어서 모든 방면의 상담을 하여 주는 것이 좋을 줄 압니다. 그와 같은 사업을 할 유지●만 있으면 나는 자원해서라도 나서서 같이 일하겠습니다.

_方定煥 氏 談, 『동아일보』 1927년 7월 8일

● **유지** 어떤 일에 뜻이 있거나 관심이 있는 사람.

조선 영화계 잡화•

조선에 있어서 요만큼이라도 영화계가 발전된 것은 누구나 기뻐함을 마지않을 것이다. 그러나 조선 영화계는 아직도 초창기를 넘어서지 못한 것은 사실이다.

내가 이러한 말을 하는 것은 결코 다른 나라 영화계를 견주어 말함은 아니라, 그 까닭은 다른 나라에 있어서 그만한 자본과 그만한 설비와 또한 그네들이 좋은 영화를 낳기에 편리한 그들의 생활환경과 비교하여 말할 수 없는 그러한 처지에서, 우리 영화계가 움직여 나가고 있는 까닭이다. 그런데 초창기에 있다 한 말은 아직도 조선의 영화는 일종 완구를 벗어나지 못하였다는 의미를 두고 말함이다.

옛날에 어느 나라치고 극•이나 그 외에 다른 예술품이 오로지 특수한 사람들의 눈요기와 성적 충동이나 그 외에 소화제로 전속되어 있었지만, 근일에 와서 이만큼 모든 것이 민중화된 동시에 애초에 일종 마술로 취급하였던 영화가 점점 이렇게 생활화 혹은 사회화하여 나아가는 이러한 때에, 즉 조선 영화는 우리의 생활과 별로 큰 관계를 맺어 오지

● **잡화** 잡담.
● **극** 연극, 드라마.

않았고 또한 그만큼 되기에 못 미쳤다는 것이다. 즉 현대에 있어서 영화 그것이 가지고 있어야 할 그 요소를 찾아낼 수 없다는 말이다.

지금 우리의 눈앞에—요사이에 떠들던 「바리에테」•와 같은 영화— 또한 그보다도 표현 방법이 더 앞으로 나아갈 수 없을 만한 영화가 나타났다고 하자. 그러나 그 표현 방법이란 이원적이요 그것은 건축물의 겉에 바른 콘크리트를 잘 바르고 못 바른 그 수단에 지나지 않고, 그 건축물로서 가져야 할 요소의 전부는 아닐 것이다. 그러한 고로 우리는 「바리에테」에 있는 것 그 기교 이상의 것을 원하는 것이 아니요, 우리의 생활의 행진곡이어야 할 것이다. 이 말을 어떠한 사람은 퍽 애매한 말로 알겠지만, 노농 노국•의 영화 「모」•가 지금 각처에서 얼마나 센세이션을 일으키고 있는가를 볼 것이다.

그러나 모든 것에 얽매인 우리에게서 현금•의 그만한 영화들이 나온 것은 기적이라 아니 할 수 없는 것이다. 동시에 그만한 영화를 제작한 이들에게 얼마나 감사를 드리는지를 모른다. 그러나 거기에서 그만 쪼그라진다면 애석하다는 말을 붙여 말하고 싶다.

만일 조선 영화를 평한다면 그 영화의 촉탁• 역을 가지고서 선전적으로 뒤떠들어• 주어야 그것을 평이라고 하는 사람이 있다. 물론 지금

• **「바리에테」** 에발트 안드레 듀폰트 감독의 1925년 영화 「버라이어티」.
• **노농 노국** '러시아'를 이르던 말.
• **「모」** 러시아 혁명문학의 대표작인 막심 고리키의 소설 『어머니』를 원작으로 프세볼로트 푸도프킨이 1926년에 제작한 무성영화.
• **현금** 바로 지금.
• **촉탁** 일을 부탁하여 맡김.

에 있어서 좋으나 언짢으나 그저 추어 주어야만 할 때임을 나도 안다마는, 자질구레한 영화 백 개보다도 우리가 늘 기념할 영화 한 개를 원하는 것이다. 여기에 이 말은 생각 있는 이면 알아들을 이야기일 것이다.

앞으로도 많은 영화가 우리의 손으로 빚어 나올 것이다. 나는 그 나올 사진 한 개 한 개마다에 이러한 부탁을 하고 싶다.

'우리가 어느 곳을 가야 할지? 무엇을 하여야 할지? 지금 우리는 어떻게 하여야 할지?' 그것을 보여 주어 달라는 말이다.

쓸 말이 많다. 그러나 이만 그치고 후일에 또 쓰기로 하자.

_北極星, 『조선일보』 1927년 10월 20일

● **뒤떠들다** 왁자하게 마구 떠들다.

『쿠오레』 추천사

『쿠오레』는 이태리• 나라 사람이 지은 소년소설로 어느 나라 말로 번역되지 않은 곳이 없는 세계에 유명한 소설입니다.

이제 이 좋은 이야기가 조선말로 번역되어 우리 어린이들에게 읽혀지게 되는 것을 누구보다도 기뻐합니다.

이 책이 어린이들의 가슴에 안길 때, 씩씩하면서도 보드라운 마음의 싹이 새로이 커 갈 것을 믿으면서 나는 이 책을 번역하신 고장환 씨의 남다른 정성에 감사합니다.

무진년• 꽃피는 첫봄에

方定煥

_『쿠오레』(고장환 역, 초판 박문서관 1928년 5월 1일; 재판 1928년 9년 9일)

• **이태리** '이탈리아'의 음역어.

• **무진년** 1928년.

천도교와 유소년 문제

특히 우리 교내● 유소년 지도, 교양 문제에 관하여 늘 생각하는 바 의견을 쓰려고는 오래전부터 벼르면서도 점점 손이 적어지고 점점 더 바빠지는 개벽사의 일에 부대끼느라고 잠깐을 어찌 못 해 오던 차, 이번 『신인간』의 신임 주간 춘파● 형의 감사한 최촉●을 받아 그 일단●을 쓰려 하면서 역시 연종● 가장 바쁜 때이라 심□으로 제목만 써 바치게 되는 것을 여러분과 또한 춘파 형에 사합니다.●

제일 첫째, 어린 사람에게는 어른의 세상과는 전혀 딴판인, 조금도 같지 않고 딴판인 세상 하나가 따로이 있는 것을 유소년 대하는 사람은 잘 알아야 합니다. 이것을 모르고 어른이 어른 자기 세상의 것으로 어린 사람을 대하는 고로, 열이면 열 모두 실패하고 마는 것입니다.

5, 6세의 어린 사람에게 사람을 하나 그려 보라 하십시오. 그 아이는

● **교내** 천도교 안.
● **춘파** 천도교인, 『부인』 『신여성』 편집인 겸 발행인 박달성(1895~1934).
● **최촉** 재촉.
● **일단** 한 부분.
● **연종** 연말. 한 해가 끝날 무렵.
● **사하다** 자기의 잘못에 대하여 용서를 빌다.

반드시 이 그림처럼 얼굴 밑에다가 모가지, 가슴, 배를 다 빼 버리고 직접 얼굴 밑에 두 다리와 두 팔만 그립니다. 사람은 모가지가 없으면 죽습니다. 팔이 없거나 다리가 없이는 살 수 있어도 가슴이나 배가 없으면 살지 못합니다. 그런데 어린 사람은 거침없이 그것을 빼 버리고 두 팔 끝 손가락 다섯씩은 정성스럽게 그려 놓습니다. 이것이 무슨 까닭인지 이 까닭을 잘 알아야 어린 사람을 대할 자격이 있는 것입니다.

어른도 그렇지만 어린 사람의 생명은 움직〔活動〕이는 것입니다. 그들의 생활로 움직이는 것뿐입니다. 그러기에 어른은 한 시간이라도 가만히 앉았을 수 있지만 어린 사람은 잠이 들기 전에는 단 1, 2분 동안도 바스락대지 않고는 못 견디는 것입니다.

그런데 얼굴에 눈썹과 귀와 코는 움직이지를 않는 고로 어린 사람의 세상에서는 존재의 인정을 받지 못합니다. 그러니까 눈이나 입이 보일 때 눈썹도 코도 보이지만 어린 사람은 그것을 기억하지 않는 고로 그림 그릴 때에 나오지 않는 것이요, 눈은 부지런히 깜빡깜빡 깜작거리고 입으로는 부지런히 사탕이나 엿을 먹어 들이는 고로 활동을 하는 것인 고로 그 기억이 무엇보다도 분명할 것입니다. 모가지와 가슴과 배가 아무리 중하여도 그것은 어른들의 말이지 아무 활동이 없는 고로 어린 사람에게 염려 없이 잊어버림을 받는 것입니다. 팔과 다리는 부지런히 움직이는 것이요, 그중에도 손가락은 다섯 개가 신통스럽게 쉴 새 없이 움직이는 고로 무엇보다도 그것을 정성스럽게 그리는 것입니다.

행실 나쁜 여자가 남편에게 들켜서 내외 싸움하는 것을 처음부터 끝까지 말끄러미 구경하고 와서도 어른 같으면, "아무개의 여편네가 외입●을

● 외입 오입.

하다가 들켜서 그 남편에게 두들겨 맞더라고." 가장 흥미 있게 이야기할 터인데, 어린 사람은 서방질이니 외입을 했느니 하는 소리를 모두 듣고 와서도 말을 옮기며, "복동이 어머니가 복동 아버지의 심부름을 아니 했다 막 때려 주어요." 합니다. 서방질이니 외입이니 하는 말을 귀가 아프게 듣고 왔지만, 그런 것은 어린 사람의 세상에 아무 상관 없는 것이니까 아무리 들었어도 그의 머릿속에 들어가지 않은 까닭입니다.

이야기가 저절로 길어졌습니다마는 어린 사람의 세상에 통용되지 않는 말은 암만 소중한 이야기라도 그 머리에 들어가지 않는 것입니다. 들을 때에는 눈을 깜빡깜빡 모두 듣고 있는 것 같지마는 하나도 그 머리에는 안 들어가는 것입니다. 교회에서 시일•날 강도•를 좀 쉽게 하면 부인네까지도 알아들을 수 있습니다. 그러나 어린 사람에게는 절대로 들어가지 아니합니다.

그러니까 아무리 우리의 욕심이 급하여도 교리나 교회 역사가 그대로 어른이 자기 지식만 가지고 그냥 해 주는 것이 그들의 머릿속에 들어가지 아니하는 것이요, 그것을 억지로 넣어 주잔즉 하품만 하다가 달아나고 그다음부터 오기를 즐기지 아니합니다. 그러니까 우리로서 제일 급한 것은, **'교리와 교회사•의 동화화'**입니다.

우리가 우리의 교리를 가지고 남의 나라에 가서 포교를 하려면 그 나라 말을 배우고 그 나라 말로 번역해 가지고 가야 할 것과 마찬가지로, 어린 사람의 세상의 통어•를 배우고 그 세상식으로 꾸며 가서 고쳐 가

• **시일** 천도교에서 한울님, 스승, 조상을 모시는 날이라는 뜻으로 '일요일'을 일컫는 말.
• **강도** 교리를 알기 쉽게 설명하는 일.
• **교회사** 천도교의 역사.
• **통어** 일반에서 널리 쓰이는 말.

야 할 것입니다. 쓴 약이 병에 이롭다고 그냥 퍼먹이려면 먹지도 않고, 억지로라도 퍼먹이면 금시 토해 버려서 아무 소용도 없이 됩니다. 그러니까 아무리 좋은 약이라도 어린 사람에게 먹일 때에는 사탕 칠을 하거나 엿에다 싸서 먹여야 합니다.

금년 1년에 우리는 무슨 방법으로든지 특별한 위원과 특별한 시간을 장만하여 교리와 교회사를 동화(어린 세상의 논문)로 꾸며야 하겠습니다. 그렇지 않고는 어린 사람의 시일 학교•나 소년회가 정말 실속 있게 시작되기 어렵습니다. 아무리 힘을 써도 대신사,• 해월신사,• 의암성사•가 어린 사람과 친해질 수가 없습니다.

우리 교리, 더구나 파란 많은 동학사•를 동화화해 놓았으면 오죽 좋겠습니까. 그렇게 되면 어린 사람뿐 아니라 향촌 부인네와 향촌 농민 포교에게도 많이 이용될 것입니다. 되나 못 되나 그렇게 좀 꾸며 보려고 생각은 하지마는 나는 개벽사의 바쁜 책임을 진 몸이요, 또 그 일이 달달이 쫓기고 쫓기어 끝날 날이 없는 일인 고로 도저히 되지 못하고 있으나, 금년 새해 1년 또 어물어물하다가는 참말 아니 되겠습니다. 여러분과 함께 특별위원과 특별 시간을 억지로라도 지어 볼 도리를 연구해야겠습니다.

유소년 연령 문제

그다음에는 연령 문제인데 나는 열 살까지는 보통 동화로 그냥 해야

• **시일 학교** 일요일마다 교당에 모여 천도교의 교리를 가르치는 학교.
• **대신사** 천도교에서 교조 최제우를 높여 이르는 말.
• **해월신사** 천도교에서 제2대 교주인 해월 최시형을 높여 이르는 말.
• **의암성사** 천도교에서 제3대 교주인 의암 손병희를 높여 이르는 말.
• **동학사** 동학의 역사.

겠고, 교회적 지도는 기분으로만 해야 할 줄 압니다. 그 이상은 절대로 무효입니다. 기분적이란 그냥 천덕송●을 기쁜 마음으로 같이 부르게 한다든지, 천일,● 지일,● 인일● 기념을 퍽 좋은 명절로 알게 한다든지, 세상은 천도교 판이요, 천도교가 제일인 줄 알게 하는 것입니다.

그리고 열 살까지의 이야기를 잘 들을 수 있는 버릇(기초 밑천)을 지어 가지고 11세부터 동화화한 교리와 교회사를 넣어 주기 시작하여야 할 것입니다. 그러면 절대한 효과를 볼 것을 불보다 더 확실히 믿고 봅니다.

벌써 밤 새로● 두 시입니다. 다른 것이 밀려 있으니 이번에는 이걸로 용서를 받고, 기본 지도에 관한 말씀은 요다음에 해 보겠습니다.

_『어린이』 주간 方定煥, 『신인간』 1928년 1월호

● **천덕송** 천도교에서 한울님의 덕을 찬송하는 노래.
● **천일** 천도교의 창건을 기념하는 날. 교조 최제우가 도를 깨달은 날로 4월 5일이다.
● **지일** 천도교에서 제2대 교주 최시형이 교조 최제우에게 심법을 이어받은 기념일로 8월 14일이다.
● **인일** 천도교에서 제3대 교주 손병희가 제2대 교주 최시형에게 도통을 이어받은 기념일로 12월 24일이다.
● **새로** (12시를 넘긴 시각 앞에 쓰여) 시각이 시작됨을 이르는 말.

제1 요건은 용기 고무

—부모는 자녀를 해방 후 단체에

—소설과 동화●

나는 소년층의 훈련 방법에 대하여 말씀하겠습니다. 오늘날 조선에는 약 400개의 소년단체와 3만 명 이상의 소년 소녀가 있는데, 청년층에 버금하는 중대한 역할을 방금 조선에서 하고 있습니다. 그것은 물론 청년단체 모양으로 직접 정치투쟁이나 경제투쟁에 참가하고 있는 것은 아니나, 늘 조선의 현실에 주의하여 그 장래를 준비하고 있습니다. 말이 추상적에 흐르기 쉬우므로 실상의 방법론을 말씀하면

첫째, 미조직 소년 소녀 들을 사회적으로 지지할 필요 있는 소년소녀단체에 기어이 가입시키어 놓을 것.

둘째, 전선●의 소년소녀단체의 지도 이론을 세우기 위하여 중앙에 통일된 기관을 세울 일.

셋째, 부형들은 자녀를 아무쪼록 가정에서 해방하여 소년단체의 지도자에게 맡기도록 할 일.

* 기획 '대중 훈련과 민족 보건'에 포함된 글이다. 방정환 글 외에 나원정 「절실한 것은 자연과학」, 정석태 「결심 실행」, 김연권 「치(齒)와 병원(病原)」이 실렸다.

● 나원정이 쓴 「절실한 것은 자연과학」의 글 뒤에도 과학 관련 책이 제시된 것으로 보아 편집부에서 추천 도서를 부탁한 것으로 보인다.

● **전선** 전 조선.

넷째, 유년의 취업 문제라든지 무산 아동 취학 문제 같은 것도 기회 있는 대로 취급할 것이로되, 조선 안 일이니까 특수 사정을 많이 참작하여야 할 일.

도대체 소년 소녀에게 훈련을 주자면 소년층을 어떻게 조직할까 하는 것부터 급한 문제인데, 종래의 소년운동단체는 다소 질적으로 고칠 점이 있지 않는가 합니다. 그리고 또 원래 나어린 소년 소녀를 상대하여 하는 운동이니까 이른다고 곧 그대로 되어지기 어려우므로, 우리들은 기회 있는 대로 동화회나 소년 소녀 가극회나 어린이날 옥외 행렬 등 집회를 이용하여 좋은 사상을 부어 주고, 또 비관하지 말고 늘 용기를 가진 육신을 가지게 하는 데 주의하여야 할 줄 압니다. 권력이나 금력을 못 가진 우리네 운동은 우선 정신적으로라도 우리가 이상(하)는 사상 감정을 갖도록 사회교육을 충실히 주어야 할 줄 압니다.

*

쿠레오●(이태리● 소설—일역 유●)

왜●(동화)

오가와 미메이 동화집(일문)●

사랑의 선물●(동화)

_『조선일보』 1928년 1월 3일

● **쿠레오** 이탈리아 작가 데아미치스의 아동소설 『쿠오레』의 오식이다.

● **이태리** '이탈리아'의 음역어.

● **일역 유** 일본어 번역본이 있다는 뜻.

● **왜** 독일의 사회운동가이자 무산 동화작가로 유명한 헤르미니아 뮤흐렌의 단편동화다. 『개벽』 1926년 3월호에 박영희의 번역이 실렸다.

● **일문** 일본어로 쓴 글.

● **사랑의 선물** 1922년 개벽사에서 펴낸 방정환의 번역 동화집.

오늘은 어떻게 지냈나

8일 저녁

보다가 남은 교정 뭉치를 옆에 끼고 외투에 얼굴까지 파묻고 인쇄소 문을 나서니 달빛이 눈보다 더 쌀쌀한 밤 10시를 치고도 10분이나 되었다. 『어린이』 잡지 신년호의 인쇄 때문에 계동 막바지에서 남대문 외(外) 정거장 뒤의 10리나 되는 인쇄소에 와서 밤이 깊어서야 돌아가기도 벌써 사흘째. 미끄러지기 쉬운 얼음길을 바람에 쫓기면서 자는 드키 조용한 경성역 뒤를 다 돌아 봉래교 다리 모퉁이에서 소식도 없는 전차를 기다리고 섰을 때에는 몇 해를 하로•같이 이렇게 다닌 수많은 인쇄 직공 생활에 진정으로의 동정이 생겼다.

'금일도 집에 어린 사람들이 만판• 같이 놀겠다고 고대하다가 그대로 잠들었겠구나.' 생각이 날 때에는 마음이 더욱 쓸쓸하였다. 내일이나 일찍 돌아가게 될까……. 이렇게 간절해지기도 하였다.

그러나 밤을 새우기라도 하여서 『어린이』가 하로라도 일찍 나아가야

• **하로** '하루'의 사투리.
• **만판** 마음껏 넉넉하고 흐뭇하게.

한다. 기만•의 어린 동무가 날마다 궁금해하면서 기다리고 있지 않느냐. 10만에 가까운 어린 사람이 이 책을 손꼽아 기다리고 있지 않느냐. 신년호는 그믐 전에 발행한다고 섣달그믐날 안에 인쇄 준비를 맞춰 놓았던 것을, 뜻밖에 아홉 페이지나 삭제를 당해 놓아서 그것을 급급히 채우느라고 이렇게 늦어진 것을 생각할 때에 마음이 몹시 불쾌하여졌다. 텅 빈 전차를 혼자 타고 집에 이를 때는 11시 치고도 더 지나서 집안 식구가 모두 자고 있었다.

9일 낮

어저께 남은 교정을 밥상 옆에서 보고 9시 10분에 사•에 나왔다가 인쇄소에 갈 길을 멈추고 안석주• 씨에게 전화질하기 바쁘다. 『어린이』에 신년 부록으로 들어갈 '말판'을 그려 달라는 일이다. 이것도 생각하기 시작한 지는 일주일 전이건마는 해마다 새것을 만들어 온 터이라 돈 많이 안 들고 재미있고 또 유익한 것이면서, 전에 하던 것과 내용이 달리 새로워야 된다 하는 조건 때문에 용이히 좋은 것이 생각되지 못했던 것이다. 생각 또 생각, 간신히 어저께에 한 가지를 터득해 가지고 오늘 곧 안 씨에게 그림을 그려 달라 해야 되게 되었다.

안 씨가 들어와 주기를 기다릴 사이가 없어서 전화질을 하는데 '왜 그런 것을 진작 미리 말하지 않고 이렇게 급하게 구느냐.'는 핀잔을 맞을 것을 미리부터 마음이 괴롭건마는 각오하고 전화에 달겨든 노릇이, 신문사에도 있지 않고 그의 댁에 전화는 고장이 생겨서 통하지 않았다.

● **기만** 만의 몇 배가 되는 수.
● **사** 회사. 여기서는 '개벽사'를 가리킨다.
● **안석주**(1901~1950) 삽화가, 영화인.

이래서는 큰일 났다고 안 씨가 중간에 들렀음 직한 곳에 모조리 전화를 하다가 찾지 못하고 그냥 사를 나섰다.

_『매일신보』 1928년 1월 10일

'어린이날'을 당하여*

—가정에서는 이렇게 보내자

*

일 년 중에 제일 기쁜 날이 왔습니다. 무슨 기념보다도 무슨 명절보다도 이날은 우리들의 생명을 축복하는 날인 까닭으로, 우리들의 내일 희망을 기다리는 날인 까닭으로 다른 아무런 기쁨으로도 비기지 못할 제일 기쁜 날입니다.

*

오월! 나무가 커 가고 풀이 자라고 벌레까지 커 가는, 온갖 생명이 커 가는 오월. 오월은 어린이의 달입니다. 이 세상 온갖 것의 생명이 새파랗게 커 가듯이 새○○와 생명이 우쭐우쭐 커 갈 것을 생각할 때에 우리들 전체의 희망이 새로 살아나고 우리들 전체의 생명이 새로 춤을 추게 됩니다. 어쩐들 이날의 기쁨이 한이 있을 것이겠습니까.

*

그런 까닭으로 결코결코 '어린이날'은 어린 사람 자신들뿐의 명절이 아니오, 소년운동자뿐만의 명절이 아닙니다. 할아버지, 할머니, 아버지, 어머니, 아저씨, 아주머니 온 집안사람, 온 나라 사람이 다 같이 이날을

* 원제목은 「일 년 중 제일 기쁜 날, '어린이날'을 당하여」이다.

● **당하다** 어떤 때나 형편에 이르거나 처하다.

맞이하고 이날을 지켜서 우리들 전체의 새 생명을 축복해야 할 것입니다. 이날을 맞이하는 전날부터 온 집안 식구가 같은 마음으로 새 생명, 새 복을 가져오는 날을 맞이하고, 다 같이 손을 이끌고 이날의 축하식장에 참례하여야• 할 것입니다. 이리하는 것이 결코 어린이를 위해서만 하는 것이 아닌 것을 알아야 하겠습니다.(한 가지 예를 들면 전 경성의 조선 사람 상민 대운동회가 어린이날을 잊어버린 듯이 이날에 개최되게 된 것은 지극히 섭섭한 일입니다.)

*

이날에 집집에 어린이날 등을 달기로 된 일은 위에 말한 점으로 생각하여 대단히 좋은 일입니다. 깨끗한 종이로 어여쁜 등을 만들고 오색 글자로 어린이날이라고 써서 불을 밝히어 마루 위, 처마 끝에 다는 그것 한 가지로도 온 집안 식구의 정성스러운 마음과 즐거운 마음을 한데로 모으는 데에 대단히 효과 있는 일이오, 어린 식구의 마음을 더한층 즐겁게 씩씩하게 하여 주는 데에도 크게 효과 있는 일입니다. 만일 그 등을 어린이날 전날 밤에 미리 달고 불을 밝히어 놓으면 더욱 좋겠고, 그 등 밑에 명함지•만 한 종이에 어린 식구의 이름을 써서 매달되 어린 사람이 세 식구면 석 장, 네 사람이면 넉 장을 매달면 더욱 좋겠고 그리고 그 밤에 그 등불 밑에 온 집안 식구가 한자리에 모여 앉아서 그날 소년단체에서 배포한 삐라에 씌어 있는 것을 낭독하면 더할 수 없이 좋고 유익한 일이겠습니다.

이렇게 하여 우리는 모든 정성을 어린이에게로 모으고 어린이를 잘 키우는 데에 필요한 모든 조건과 생각을 가정 안에 철저히 하는 일은 한

● **참례하다** 예식, 제사, 전쟁 따위에 참여하다.
● **명함지** 명함.

집안을 위하여, 한 사회를 위하여 또는 전체의 큰 생명을 위하여 절대한 효과를 가지는 일입니다.

*

앞으로 더 이날의 정신을 더 일반적으로 펴고 더 철저히 하기 위하여 희망되는 몇 가지를 말씀하면, 내년부터는 이날에는 집집에 어린이날 기를 꽂았으면 좋겠고, 집집에서 이날에 어린 사람에게 옷을 새로 빨아 입혔으면 좋겠고, 더 될 수 있으면 이날 한때만은 흰밥을 짓고 어린 사람이 평생에 즐겨 하는 반찬을 한 가지씩이라도 해 주었으면 합니다. 이렇게 하는 일이 가정적으로 이날의 기념을 철저 시키기 위해서 필요한 일인 까닭입니다.

*

바쁘기도 하거니와 마음이 어린 동무들과 함께 들떠서 더 쓰고 싶은 말이 조용히 쓰여지지 아니합니다. 다른 말은 이날 배포되는 종이에 있으니까 여기에 중복하지 아니합니다.

_『동아일보』 1928년 5월 6일

어린이날에

돈 없고 세력 없는 탓으로 조선 사람들은 맨 밑층 또 맨 밑층에서만 슬프게 생활하여 왔습니다. 그러나 그 불쌍한 한 사람 중에서도, 그 쓰라린 생활 속에서도 또 한층 더 내리눌리고 학대받으면서 참담한 인생이 우리들 조선의 소년 소녀이었습니다.

학대받았다 하면 오히려 한몫 사람값이나 있었다 할까, 갓 나서는 부모의 재롱감, 장난감 되고 커서는 어른들 일에 편하게 쓰이는 기계나 물건이 되었었을 뿐이요, 한몫 사람이란 값이 없었고 한몫 사람이란 수효에 치지 못하여 왔습니다. 우리의 어림[幼]은 크게 자라날 어림이요 새로운 큰 것을 지어 낼 어림입니다. 어른보다 10년 20년 새로운 세상을 지어 낼 새 밑천을 가졌을망정 결단코 결단코 어른들의 주머니 속 물건만 될 까닭이 없습니다. 20년, 30년 낡은 어른의 발밑에 눌려만 있을 까닭이 절대로 없습니다.

새로 피어날 싹이 어느 때까지 내리눌려만 있을 때 조선의 슬픔은 어느 때까지든지 그대로 이어만 갈 것입니다.

*

그러나 한이 없이 뻗어 날 새 목숨 새싹이 어느 때까지든지 눌려 엎드려만 있지 않았습니다. 7, 8년 전의 5월 초승!• 몇 백 년 몇 천 년 눌려 엎드려만 있던 조선의 어린이는 이날부터 고개를 들고 이날부터 외치기 시작하였습니다.

가리운 것은 헤치고, 덮인 것은 벗겨 던지고, 새 세상을 지어 놀 새싹은 우쭐우쭐 뻗어 나기 시작하였습니다. 그 기세는 마치 5월 햇볕같이 찬란하고 5월의 새잎같이 씩씩하고 또 5월의 샘물같이 맑고 깨끗하였습니다. 어린 사람의 해방운동이 단체적으로 500여 처에 일어나고, 어린 사람의 생명 양식이 수십 가지 잡지로 뒤이어 나와서 어린이의 살림이 커지고 또 넓어졌습니다.

아아! 거룩한 기념의 날, 어린이의 날! 조선에 새싹이 돋기 시작한 날이 이날이요, 조선의 어린이들이 새로운 생활을 얻은 날이 이날입니다. 엄동은 지났습니다. 적설은 녹아 없어졌습니다. 세상은 5월의 새봄이 되었습니다. 몇 겹 눌려 온 조선의 어린 민중들이여! 다 같이 나와 이날을 기념합시다. 그리하여 다 같이 손목을 잡고 5월의 새잎같이 뻗어 나갑시다. 우리의 생명은 뻗어 나가는 데 있습니다. 조선의 희망은 우리가 커 가는 데에 있을 뿐입니다.

_『조선일보』 1928년 5월 8일

● **초승** 음력으로 그달 초하루부터 처음 며칠 동안.

보고와 감사

—세계아동예전●을 마치고

어린 사람이 성인이 되어 갈 때에 전적● 생활을 잘 파지해● 갈 밑천을 짓기 위하여는 예술 생활에 관한 도야●가 그 대부분이라 하여도 좋을 만큼 중대한 것이건마는, 조선에서는 그것을 전혀 모르고 (혹은 잊어버려) 왔습니다. 이 점에 심절히● 느끼는 것이 있어서 우리는 좋은 참고와 많은 충동을 이바지하기 위하여 이번의 세계아동예술전람회를 계획한 것이었습니다.

*

그러나 욕심뿐이지 이 일은 우리들의 적은 힘에 너무 지나치는 일이었습니다. 전 세계적으로 주선하는 일이라 한 번 서신 왕래에도 2개월이 넘어 걸린 곳이 많아서, 햇수로 4개년 동안이나 걸리어 점● 수로 3천 점을 모아 이번에 개회한 것입니다.

● **세계아동예전** 세계아동예술전람회. 개벽사 어린이부 주최·동아일보사 학예부 후원으로 1928년 10월 2일부터 10월 10일까지 열렸다.
● **전적** 하나도 남김없이 모두 다인. 또는 그런 것.
● **파지하다** 꽉 움키어 쥐고 있다.
● **도야** 훌륭한 사람이 되도록 몸과 마음을 닦아 기름.
● **심절하다** 깊고 절실하다.
● **점** 그림, 옷 따위를 세는 단위.

*

독일 문부성에서 직접 보내 준 것 40여 점을 위시하여 영, 미, 불, 노, 중국, 정말, 서전, 서서, 파사, 파란, 이태리, 서반아, 토이기, 백이의, 누마니아, 분란, 소격란, 포도아, 자바●에서까지 모여 와서 각국 국민성의 다른 점이 그림 위에 역력히 나타난 것은 주최자뿐만 아니라 보시는 이가 다 같이 기뻐하신 것인데, 그중에 인도 작품만이 '보냈다'는 통지는 온 지 오래되었는데 어찌 된 일인지 작품이 도착하지 않아서 적지 않은 유감이었습니다.

*

아동 작품 이외에 각국의 동화극 사진과 가면극 실용 가면과 인형극의 실물형, 각국의 아동영화와 각국 아동잡지와 과외 독물●은 특별히 힘들여 모은 것이요, 세계아동예술가의 초상 사진과 세계 각국 풍속 사진을 내일 수 있게 된 것은 더욱 기뻐하는 일의 한 가지입니다.

*

이번 전람회를 준비하기에 우리가 4개년 동안 두고 전력을 바쳐 온 것은 물론이거니와 특별히 일본에 있는 조선인 단체 '외국문학연구회'에서 남다른 호의로 많은 일품을 제공해 주었고 또 아동문제연구회인 '색동회'와 독일 있는 유학생회에서 직접 간접으로 도와주신 일이 많았음을 여기에 보고와 아울러 감사를 드립니다.

● 순서대로 영국, 미국, 프랑스, 러시아, 중국, 덴마크, 스웨덴, 스위스, 페르시아, 폴란드, 이탈리아, 에스파냐, 터키, 벨기에, 루마니아, 핀란드, 스코틀랜드, 포르투갈, 인도네시아 자바섬을 가리킨다.

● **독물** 읽을거리.

*

4년 동안 준비한 일을 40여 명 철야의 노력으로 한 회장• 설비가 10월 2일 오전 11시 개회 시간 5분에 끝난 고로, 개회가 5분 늦어서 11시 5분에 되었습니다.

*

외국에서 보내 준 작품은 대접상 심사에 넣지 않았고, 조선 아동 작품만 심사한바 그것도 각 학교에서 단체로 출품한 것은 그 학교 사무실에서 선택해 보낸 것이겠으므로 거듭 선택하지 않고 그대로 진열하였고, 개인으로 출품한 것은 미리 초벌 선택을 해서 진열하였습니다. 그리고 학교나 개인이나 진열된 전 작품을 심사하여 가작과 특선을 선발하였습니다.

*

심사원은 통상 예대로 하면 화백 여러분을 정하여 합의 심사케 할 것이나 아동 자유화는 그 방면에 관한 특별한 이해를 가지고 안 가지는 차이로 선택 표준이 상반하겠어서• 단 한 분만으로 하기로 하고, 평소부터 『어린이』 잡지를 통하여 어린 사람과의 접촉이 제일 많은 석영 안석주• 씨에게 수고를 끼치었습니다.

*

개회 초일부터 각 학교 교원 여러분과 미술연구가 여러분이 많이 입장하셔서 가장 정성스럽게 감상해 보시고, 특히 외국 작품 앞에서는 3, 4시간씩 서서 비교 또 비교하면서 감탄불기•할 뿐외라 매일 연하여•

• **회장** 전시회장.
• **상반하다** 서로 반대되거나 어긋나다.
• **안석주**(1901~1950) 삽화가, 영화인.

새벽부터 오셔서 시간 전에 조용히 보여 주기를 청하시는 것을 볼 때에 우리들의 조그만 노력이 그만큼 전문가들께 좋은 참고를 드리게 되는 것을 한없이 기뻐하였습니다.

*

그리고 각 전문학생, 남자 중등학생 들이 열심으로 수첩에 기록해 가면서 보는 것도 주최자 측으로서는 기쁜 일이었습니다. 그러나 일반 가정부인들과 일부의 여학생 여러분이 그냥그냥 휙휙 지나 돌아가시는 것을 볼 때에는 적지 아니 실망하였습니다. 유치원의 보모와 각 학교 교원 여러분이 많이 참고하시고 많은 교재를 얻으실 것은 물론이거니와 일반 가정 부모 여러분이 한번 보심으로써 많은 참고를 얻으셔서 가정에서의 좋은 지도자가 되시기를 바란 것인데, 이렇게 그냥그냥 지나쳐 버리시는 이가 많은 것은 크게 섭섭한 일이었습니다.

*

그래서 제2일부터는 매일 오후 4시부터 한 시간씩 일반 아동예술에 대한 통속적 평이한 강화•와 아동 자유화에 관한 평이한 강화를 들려 드리기로 한 것이요, 또 되도록 진열된 작품 앞에서 일일이 설명을 하여 드리기로 한 것인데, 이렇게 하는 일은 가뜩이나 복잡한 회장을 더 소란하게 한 폐가 없지 않으나 일반 가정인들께는 적지 않은 효과가 있었으리라고 스스로 믿고 있습니다.

*

제4일부터 시간을 연장하여 밤 10시까지로 한 것은 각처 야학과 공장

● **감탄불기** 감탄을 꺼리지 아니함.
● **연하다** 잇달다.
● **강화** 강의하듯이 쉽게 풀어서 이야기함. 또는 그런 이야기.

직공 여러분들이 요구하시는 까닭으로 전등 설비에 다소 부족한 점이 있는데 불구하고 그리한 것이었고, 최종일에는 각 공립학교로부터 2, 3일간 연기해 달라는 요구가 많았으나 1일간 비용이 많을 뿐 아니라 장소 관계로 부득이하여 하로•만 더 연기하고 말았습니다.

*

이번 전람회에 출품한 각국에서 조선 아동 작품을 보내 달라 한 요구가 있는 고로 잘된 그림은 각국으로 보내겠습니다.

이번 전람회를 보아 주신 이가 외국인까지 합해서 근 4만인. 조선의 아동예술운동을 위하여 효과가 그리 적지 않으리라고 우리는 스스로 기뻐하고 있습니다. 여러분 전문가의 의견과 기타 여러 가지는 모두 거두어 신문이나 『별건곤』과 『어린이』 잡지에 발표하겠고, 또 이번 전람회에 출품된 조선 아동 작품에는 가지가지의 눈물겨운 이야기가 있는 바 그것도 『어린이』에 발표하겠습니다.

*

지금 모든 것의 뒷정리 중이라 조용하게 생각되지 않아서 거치른 대로 대강 보고에 그치고 마오나, 끝으로 이번 전람회에 가지가지의 기증품을 보내 주신 제씨•와 출품해 주신 각 학교에 감사를 거듭 드립니다.

_『동아일보』 1928년 10월 12일

• **하로** '하루'의 사투리.
• **제씨** 여러 사람을 높여 이르는 말.

조혼에 관한 좌담회

출석자

의학박사	박창훈●
의학박사	윤치형●
변호사	이창휘●
동아일보 편집국장	주요한●
조선일보 사회부장	유광렬●
	배성룡●
근우회 집행위원장	정종명●
근우회 집행위원	박호진●

● 박창훈(1897~1951) 의사, 고미술품 수장가.
● 윤치형(1893~1970) 의학박사.
● 이창휘(1897~1934) 독립운동가, 변호사.
● 주요한(1900~1979) 시인, 언론인, 정치인.
● 유광렬(1898~1981) 언론인, 정치인.
● 배성룡(1896~1964) 독립운동가, 언론인, 경제평론가, 정치가.
● 정종명(1895~?) 독립운동가, 간호사.
● 박호진(1906~?) 사회주의자, 근우회원.

조선일보 부인기자　최은희●

천도교종리사　이돈화●

천도교청년당 대표　김기전●

개벽사 이사　방정환

본사● 중앙이사장　이성환●

● 중심 문제

1. 몇 살 이하부터 조혼이라고 할까

2. 우리 조선에 남달리 조혼이 많은 원인이 무엇일까

3. 조혼이 낳는 극심한 폐해가 무엇일까

4. 그러면 조혼의 폐지책은 무엇일까

5. 그에 대한 실행 방법은 무엇일까

● 지나간 12월 11일 오후 네 시부터 밤 열 시까지 경성 시내 국일관에서 본사 주최로 조혼에 관한 좌담회가 열리었습니다. 의학계에 명성 있는 박창훈 박사, 조고계●에서 활동하시는 주요한 씨, 유광렬 씨, 방정환 씨, 최은희 양과 변호사 이창휘 씨의 출석하신 일, 바쁘신 중임을 불구하시고 배성룡 씨, 이돈화 씨, 김기전 씨께서 출석하여 주신 일, 더욱 근우회에 계신 정종명 여사, 박호진 여사 두 분이 출석하여 주신 일을 본사 및 일반 제자●는 감사하여 마지못할 일

● **최은희**(1904~1984) 언론인.
● **이돈화**(1884~?) 천도교 사상가.
● **김기전**(1894~1948) 독립운동가, 교육자, 천도교인.
● **본사** '조선농민사'를 가리킨다.
● **이성환**(1900~?) 천도교 농민운동 지도자, 조선농민사 초대 중앙이사장.
● **조고계** 문필계.

입니다.

● 좌담회가 열리어 문제는 매우 중대하게 취급되었습니다.

사실상 조선에 있어서 남달리 조혼이 성행되는 일은 심히 민망한 일입니다. 그 폐해가 실로 민족사회에 악영향을 끼치는 것을 매거하기에• 겨를이 없습니다. 전 국민의 정신상 육체상 큼직한 해독 되는 일이 평연•공연•히 성행되는 일이 얼마나 우리들의 무반성한 일입니까.

● 이번 좌담회의 결과가 널리 세상에 알려져서 이것이 큰 여론이 되고 또 자녀 가진 부모네와 당사자들 사이에 경종이 되어 금후는 조혼의 악풍이 깨트려질 것이니 우리의 이 계획은 소기의 효과를 얻고야 말 것을 만천하의 독자와 아울러 기뻐하는 바이올시다.

1. 몇 살 이하를 조혼이라고 할까

이성환: 이제부터 말씀을 시작합시다. 우리 조선에 있어서 인구의 구성 상태를 볼 것 같으면, 20세 이하의 연령을 가진 이가 4할 9분 3리 즉 전 인구의 거의 반수를 차지하고 있습니다. 그러므로 그들 성장 발전에 관한 문제가 민족사회에 미치는 영향이 중대할 것입니다. 그런데 현재

• **제자** 제군. 여러 사람.
• **매거하다** 하나하나 들어서 말하다.
• **평연** 평범하고 자연스러움.
• **공연** 세상에서 다 알 만큼 뚜렷하고 떳떳함.

조선에 있는 조혼 문제는 확실히 전 인구의 반수 되는 다대수* 인구의 정신과 육체상 심대한 악영향을 주는 일임에 불구하고 가장 평범한 가운데에서 행하고 있습니다. 누구든지 조혼을 좋지 못한 일이라고는 말하면서도 이것을 타파하여 보자는 대책을 강구해 본 일은 없다고 봅니다. 오늘 저녁 여러분을 모시고 이야기하게 된 것은 그 뜻이 여기에 있습니다.

김기전: 그러면 어떤 정도가 조혼이며 조혼이 아닌가를 먼저 작정하십시다.

방정환: 그렇겠지요. 가령 법률상으로는 몇 살까지 혼인할 수 있으며, 생리상으로는 몇 살까지 혼인할 수 있는데, 우리가 적당하다고 인정할 만한 연령에 대하여 토론하여 보십시다.

이창휘: 법률상으로는 남자 17세, 여자 16세면 혼인할 수는 있지요.

주요한: 현대 법률 그것은 혼인의 최저 연령을 지정하여 놓은 데 불과한 것인즉 그것에 표준할 것은 아니겠지요.

배성룡: 그렇지요. 지금 이 자리에서 토론하고자 하는 문제는 그 표준 밑에서 할 것은 아니겠지요.

이돈화: 생리학상으로 보자면 어느 정도까지를 조혼이라 할까요?

박창훈: 의학상으로 본 성숙기의 표준은 여자 13세로부터 십오륙 세, 남자 십육칠 세이면 보통으로 생식기능의 발달이 된다고 합니다.

방정환: 그러면 그 연령 이하가 아니면 조혼이 아니겠습다그려?

윤치형: 아니지요. 생식기능이 발달되었다고 조혼이 아니라고 할 수는 없겠지요. 여자는 14세만 되어도 생산할 수도 있어요. 그러나 어머니

* **다대수** 대다수.

될 자격은 없습니다. 작더라도 아이의 어머니가 되려면 아이를 양육할 능력이 있어야 할 것이고, 또 생산할 수는 있다 하더라도 골반이 작아서 난산이 되며 유방이 작아서 산아를 먹일 수가 없는 때도 있었습니다.

박창훈: 그렇습니다. 여자 십오륙 세이면 생식기능이 발달된다고 하지만 인체의 완전 성숙이라고는 할 수 없고, 기• 시기는 소아 자궁이라 하며, 기 시기를 지나고 십팔구 내지 이십에 달하여 완전한 부인 자궁이라고 합니다. 그러면 남녀 간의 성숙기를 이때라 할 것입니다. 그래서 성장기인 기 시기가 가장 주의할 때입니다. 만일 내분비를 간신히 할 수 있을 시기에 소비를 시작한다 하면 완전한 성숙이 못 되어질 것이라고 생각합니다.

이돈화: 자, 그것 보시오. 그래 조혼해서야 되겠소. 한창 자라는 화초에 불 지르는 격이겠지요.

이성환: 조선 내에 조혼의 통계 숫자로 나타난 것을 보면, 10세부터 16세까지의 유(有) 배우자 수가 42만 4936명이며, 자 5세•로 지 9세•까지 유 배우자 수가 972인이나 되고, 더욱 심한 것은 두 살 되는 자가 유 배우한 것이 2, 세 살 되는 자로 유 배우 한 자가 6인이니 그 사람들의 정신상 육체상 발달에 대하여 얼마나한 해독이 되겠습니까.

이돈화: 그것이 모두 사실입니다. 나도 20세에 장가를 갔는데 그때는 퍽 늦다고들 하였으니, 10세로부터 16이라든지 5세로부터 9세의 유 배우자가 그렇게만 말고요.

정종명: 두 살이나 세 살 되는 사람들의 혼인이라는 것을 혼인이라고

• **기** 그.
• **자 5세** 5세부터.
• **지 9세** 최고 9세.

문제 삼을 수는 없습니다. 실제로 혼인의 의미를 모르는 것이니.

주요한: 아니지요. 두 살 나는 사람이라도 혼인한 것으로 그 사람의 일생 운명이 그로 작정되었으니 폐해라고 안 할 수 없겠지요.

김기전: 그렇지요. 장래에 어찌 될지 모르는 사람인데 그 이상 더 바라보지 못하게 되었으니 큰 폐해겠지요. 그뿐입니까. 두 살 나는 사람이라도 남자가 죽으면 과부 소리를 듣겠지요.

방정환: 개성 사람은 아홉 살이면 보통 장가를 가는데, 만일 그 나이 장가를 못 가면 상놈의 집이라고 흉을 보았답니다.

박창훈: 개성뿐인가요. 경성은 더 심하였지요.

김기전: 그래요. 옛날에는 나이가 암만 많아도 장가를 안 가면 아이라고 하니까 어른 말 듣기 위하여 장가보낸 일도 있었지요.

이성환: 조혼한 전례를 도별로 보면 5세부터 9세까지 혼인한 것이 경기도 231인, 황해도가 180, 평남 146, 충북 142, 함남 70, 경북 66, 강원도가 47의 순입니다.

주요한: 이만큼만 하고 적혼●을 결정하여 봅시다.

이성환: 가장 적당한 시기를 언제로 보아야 좋을까요?

방정환: 그렇지, 생리상으로 폐해되는 점, 사회적으로 폐해되는 점을 고려하여 작정하는 것이 좋겠지요.

이창휘: 일본 민법의 혼인에 대한 입법상 취지를 보면, 결혼 당사자의 의사능력에 치중하여 있는 것 같습니다. 즉 혼인 당사자의 의사 발동이 충분하여야 할 것이고, 또 행위능력 즉 결혼자의 활동 능력도 봅니다. 족히 처자를 양육할 만한 능력의 발휘가 있어야 배우자를 얻게 되는 경

● **적혼** 적절한 혼례.

향입니다.

박창훈: 여자는 남자보다 정욕의 발동이 속성하느니만치● 정욕의 □감●이 속합니다.● 보통 여자는 40여 세가 되면 월경이 그치는데, 그것은 곧 생식기능의 쇠퇴라고 하겠지요. 그런데 동년기●의 남자는 그렇지 않아서 정욕상 불만을 갖게 됩니다,

김기전: 선생님 말씀을 재래 조선 혼인하던 예에 비추어 보면 생리상으로 첩 안 두고는 못 견디게 되었습니다. 그러니 조선 재래식 혼인은 여자는 성년 만혼이면서도 남자는 조혼이었으니, 기 해가 얼마나 크겠습니까.

이돈화: 하―구차히 말할 것 있소? 그런 폐해를 당하고 있는 사람이 죽나요. 나는 뭐―지금 여기서 말한 데 모두 범한● 사람이라니까 다들 말씀하시구려. 저 부인 측에서는 도리어 조혼을 찬성하지 않겠습니까. 정 선생은 나●가 많도록 장가오는 사람이 없다고 근심하시지 않겠어요.

최은희: 원, 천만의 말씀입니다. 정종명 씨가 무엇 만혼이라고 누가 말합니까. 커다란 아들이 있는데.

윤치형: 혼인에 대하여는 제2세 국민 건전에 대한 문제를 보지 않을 수 없는데, 아무렇게나 막 결혼을 해서 생산율에 있어서도 다른 나라보다 퍽 저율일 뿐 아니라 나타난 통계는 없다더라도 체격도 물론 못할 것입니다. 만일 조선에 징병제도가 있다면 그런 것도 잘 알 수가 있겠지

● **속성하다** 빨리 이루어지다.
● **감** 줄어듦.
● **속하다** 꽤 빠르다.
● **동년기** 같은 나이인 때.
● **범하다** 잘못을 저지르다.
● **나** 나이.

요. 그리고 경제 방면으로 보아서 넉넉히 자유 활동을 할 만한, 즉 독립 생계를 경영할 만한 기초가 없이 혼인한다는 것은 사회적으로 아름답다고 할 수 없다고 생각합니다.

유광렬: 현재 제도에서는 경제적으로 독립되게 될 때를 기다리려면 일생을 장가 못 갈 사람도 있겠습니다.

배성룡: 지금 이 자리에서 작정하는 것이 우리들의 몇 사람만 알고 넘어갈 것이 아니고, 적더라도 지상으로 발표할 것이니만치 장래를 신중히 생각하여 작정하여야 할 것이며, 현재 가정 중심, 기타 형편에만 치우쳐서 작정할 것이 아닌 줄 압니다.

주요한: 법률 연령이라든지 대가족주의에서 나온 인습을 떠나서 사회적으로 가장 적당하다고 인정할 만한 연령을 지정해야겠지요.

배성룡: 지금에 논란하는 것은 현재 조선 가장 중심의 가족제도를 시인하고 하는 것이나, 우리는 왜 그 가족제도를 일정불변하는 것으로만 보겠습니까. 우리는 이 문제를 오늘 논평하여 그 효과가 먼 장래까지 있을 것인즉 좀 더 이상적으로 작정해 봅시다.

방정환: 『조선농민』은 지금 이야기하여 내일 인쇄 배포하면 농촌 농민이 보고 곧 실행할 수 있는 현실 문제에 치중하여야 할 터인데, 광범하게 의논하니까 문제가 자꾸 혼동됩니다.

이성환: 그렇습니다. 우리가 지금 이야기하는 것은 여론화하는 동시에 실행성이 있어야겠습니다.

이돈화: 딴은 그렇지요. 현실에 치중하여야지요.

김기전: 그러면 농촌에서 실행할 수 있는 최저 연령과 결혼에 적당한 연령을 작정해 보십시다.

박창훈: 최저 연령은 아무리 적더라도 여자 16세, 남자 17세는 되어야

하겠고 적혼 연령은 여자 20세, 남자 25세로 보겠습니다.

2. 우리 조선에 남달리 조혼이 많은 원인이 무엇인가

김기전: 그 언제부터 조혼이 시작되었으며, 또 역사적으로 무슨 근거를 얻어 볼 만한 원인이 있나요?

이돈화: 무엇 별로이 역사적 근거까지는 알 수 없습니다. 그러나 대개는 자녀를 한 물건시 하는 고로 소유욕의 발동으로 자기 자식을 속히 장가를 보내면 그 집은 장하다는 그런 일종의 그런 못된 인습이 박혀서 그렇게 된 줄 압니다. 말하자면 가장 된 이의 한 우월감으로 지어진 악습이겠지요.

정종명: 그도 그렇거니와 시어머니가 며느리 맞아들이는 쾌감과 그 며느리 부려 먹자는 마음으로 속히 결혼하는 폐도 많지요.

이성환: 그렇습니다. 우리 고향 집안에도 그와 같은 실례가 있습니다.

박호진: 그뿐인가요. 나어린 딸을 두고 나 많은 사위를 삼아서 일 시켜 먹자는 데릴사위 같은 예도 있지요.

이창휘: 일한 합병 당시에는 결혼세를 받는다고 하는 유언비어가 전파되어 세 안 바치려고 일찍 혼인한 일도 있었습니다.

이성환: 그리고 우리 지방에서는 소위 궁합이 맞고 신부와 이 집과 방위가 좋으니, 또는 금년에 혼사하면 퍽 좋으니 하는 미신으로 조혼을 하는 일도 있습니다.

박창훈: 그렇지요. 당장 제가 열두 살에 장가를 갈 것인데 그해에 무슨 사고가 있어서 못 갔는데, 그 후에는 길년●이 없다고 해서 3년이나

기다려서 15세에 장가를 갔어요.

이돈화: 그것도 일종의 소유욕으로 나온 것이겠지만 어린 자식을 장가를 보내 놓고는 여 이제는 한시름을 잊었다, 이제 죽어도 눈을 감겠다, 자식에게 처를 얻어 주는 것이 부모의 의무로 아는 것도 원인이지요.

유광렬: 그러나 조혼하는 데 제일 중요한 원인은 경제상 곤란과 소유 관념의 악화입니다. 같은 자녀라 할지라도 아들은 으레 내 것이니까 아들은 몇이라도 경제가 곤란하더라도 견디지만, 딸은 나면서부터 남의 것이란 관념이 들어서 이왕 남의 자식이 될 것이니 한 식구라도 치우자고 어린것을 시집도 보내고 민며느리도 주며 심하면 팔아까지 먹지요.

김기전: 그러나 소유 관념으로 그리하는 것은 극소수이겠지요.

이돈화: 그 말이 났으니 말이지 매매혼인인 때는 여자의 값이 그 여자의 연령에 따르는 수가 흔하니, 만일 아들이 나 많은 뒤에 장가를 보내려면 돈이 많이 들어야 할 테니까 하는 수 없이 어린 여자를 사서 길러서 며느리 삼는 수도 있지요.

방정환: 황해도 지방에서는 처녀 값이 대개는 표준이 있다시피 되어, 어 아무 집 색시는 나이 암만•이니 혼전• 암만이나 되어야 할걸, 그 집은 문벌 좋고 침공•도 잘하고 인물도 해롭지 않고 등의 물건 평가하듯 한다는데요.

배성룡: 조혼이 도시와 농촌을 비하면 어느 곳이 더하였을까요?

박창훈: 기왕에는 도시가 더하였습니다. 도시는 유산계급의 집중 지

● **길년** 결혼하기 좋다고 하는 해나 나이.
● **암만** 밝혀 말할 필요가 없는 값이나 수량을 대신하여 이르는 말.
● **혼전** 결혼 비용.
● **침공** 바느질을 하는 기술.

대이니만치, 생활의 여유가 있으니만치 그런 데 더욱 힘을 썼습니다.

배성룡: 모든 유행이 인문의 발달됨을 따라 도시로부터 점점 지방으로 퍼지게 되었겠지요.

박창훈: 그 외에 역사적으로 임란•이나 내란•이나 기타 국가의 병란•이 조혼의 원인이 되지 않았을까요?

이돈화: 글쎄요. 자세 알 수 없습니다.

방정환: 근년에 나 많은 처녀가 있으면 무슨 위험한 일이나 있을 듯이 치워 버린다는 의미로 시집을 일찍 보낸 예도 많지요.

유광렬: 임란같이 먼 과거는 모르겠으나 근년에 지낸 우리 집 일로 보면, 내 위로 누이님이 있었는데 큰누이는 14세에 시집을 보냈는데 그것은 갑오년• 일청전쟁•이 있을 때이라, 일본 사람이 빼앗아 간다고 시집을 보낸 일이 있고, 또 내 작은누이는 일로전쟁•이 있을 때에 역시 14세에 시집을 갔는데 역시 일본 사람이 빼앗아 간다는 말이 있었고, 문 앞으로 군용철도가 놓이며 노가다꾼(목도꾼)이 많이 들어왔었는데 그런 사람이 와서 빼앗아 간다고 얼른 시집을 보내는 것을 보았으니, 최근 50년간 조선 사람의 생활을 보면 난리가 난다, 난리가 난다 하는 불안한 공기가 여자를 속히 치우게 되는 한 원인이 되었겠지요.

이창휘: 만일 그렇게 빼앗아 가는 것이 무서워서 여자를 속히 치웠다 하면, 종래 양반계급이 상놈의 딸이 반반한 것을 보면 얼른 강력으로 빼앗아

• **임란** 임진왜란.
• **내란** 나라 안에서 정권을 차지할 목적으로 벌어지는 큰 싸움.
• **병란** 나라 안에서 싸움질하는 난리.
• **갑오년** 1894년.
• **일청전쟁** 청일전쟁
• **일로전쟁** 러일전쟁.

가 처를 삼겠으니까 그것이 무서워서 역시 조혼을 한 것이 아닐까요?

이돈화: 그것보다도 부모가 자녀를 한 물건같이 보고 그것을 재롱거리로 알아서 어서 아들을 장가들이어 고기서 나는 손자를 보고 재미 본다는 것도 한 원인이 있겠지요.

주요한: 통틀어 말하면 부모가 한 가정의 주장이 되는 대가족주의에서 나왔고(기자 주—대가족주의는 가장 중심으로 직계과 방계가족이 한집에서 사는 것), 대가족주의는 봉건주의 사회제도에서 나온 것이니까 문제는 다들 근본 문제로 돌아갑니다.

이성환: 그러면 봉건주의 제도를 낳은 유교 사상이 조선에 들어온 후에 조혼을 촉성하지● 않았을까요.

이돈화: 봉건제도인 종족주의는 유교에서 나왔지만 유교에서는 '이십이가'● 하고 '삼십이유실'●이라 하였으니까, 조혼이 즉 유교의 죄라고는 할 수 없지요.

최은희: 옳습니다. '십오이계'●하고 '이십이가'하고 '삼십이유실'이란 말이 있습니다.

3. 조혼이 낳는 극심한 폐해는 무엇인가

이성환: 조혼의 폐해가 있다면 어떤 폐해이며, 제일 극심한 폐해는 무

● **촉성하다** 재촉하여 빨리 이루어지게 하다.
● **이십이가** 여자는 스무 살이 되면 시집을 간다는 말.
● **삼십이유실** 남자는 서른 살에 아내를 얻는다는 말.
● **십오이계** 여자는 열다섯에 비녀를 꽂는다는 말.

엇일까요?

박창훈: 폐해로 제일 큰 것은 내외 불화이겠지요. 조선 가정의 불화 원인의 대부분은 조혼일 것입니다.

이성환: 현재 조선에 통계 숫자로 나타난 것은 15세로부터 40세까지 이혼한 수가 11만 6815인이니 이 원인의 대부분은 조혼으로 그리된 것이 아니요.

이돈화: 그렇지요. 조혼하기 때문에 중학교에 다닐 때부터 이혼할 생각에 머리를 앓습니다.

김기전: 참 그래요. 자기 이상에 맞지 않을 뿐 아니라 자기는 아직 얼굴이 빤들빤들한 청년인데 여편네는 나이 많은 색시를 장가들었기 때문에 벌써 중늙은이가 되었으니 어째 이혼 연구를 안 하겠어요.

유광렬: 내가 다년• 신문기자를 다녔던 만큼 조혼의 폐해의 심대한 여러 가지 실례를 보았습니다. 재판소나 경찰서에 출입하며 여자 범죄의 실례를 보면 거의 전부가 조혼에서 나온 것입니다. 어린 여자가 나 많은 남자를 얻어서 남편을 원수같이 미워하는 끝에는 밥에 양잿물을 타서 먹이고 귀에 기름을 끓여 부으려 하는 등 무서운 살인범도 조혼 때문이요, 어린 여자가 시집을 가서 시부모와 남편에게 학대를 당할 때마다 그 단순한 머리에 '나는 친정이라는 집에서 왔다. 그런데 지금 시집이란 이 집에 와서 산다. 우리 "집"에서 이 집에 와서 살게 되었다. 그런데 이 "집"이 있기 때문에 "집"에서 살게 되는 것이요, 만일 이 "집"에 불을 놓아서 이 집이 타 버리면 이 집은 이산을 하고 나는 친정으로 가게 되겠으니, 그러면 그 무서운 시어머니의 학대와 그 흉한 남편의 손에

• **다년** 여러 해.

서 벗어나게 되리라.'고 불을 놓으니 방화범도 조혼 때문에 생기는 것이요, 또 절도도 역시 조혼 때문에 생기는 것이니, 심리학상으로 보아서 사람은 어떤 다른 사나운 자에게 학대를 받으면 자기만 못한 자에게 그 학대받은 만큼 분풀이를 의식적으로나 무의식적으로나 하게 된다는데, 나어린 며느리가 방에서 시어머니나 남편에게 학대를 받고는 부엌에 나와서 분풀이하는데, 자기만 못한 사람이 없으니까 자연 밥상을 치다가 그릇을 툭툭 부딪쳐 놓아서 깨트리게 되는 일이 있고, 그것을 깨트리어 분풀이는 하였으나 시어머니에게 그릇 깨트렸다고 야단을 만날 생각을 하니 기가 막혀 자연 이웃집에 가서 사발이나 탕기 같은 그릇을 훔쳐다가 그전 총수를 채워 놓게 되니, 이 버릇이 자라서 남의 집 옷가지와 돈까지 훔치게 됩니다. 간통 역시 조혼 때문에 내외 불화로 다른 남자를 사모하게 되어 많이 생기는 줄 압니다.

윤치형: 생리상으로 본대도 큰 해가 있습니다. 남자가 나어린 사람이나 많은 색시에게 장가든 실례를 들고 보면, 남자는 어린데 여자는 과년하니까 정욕을 억제치 못하여 수음을 하는 일이 있는데, 그렇게 수음을 많이.

4. 그러면 조혼 폐지책은 무엇일까

이성환: 자, 이렇게 혹심한 폐해가 많다면 이것을 없이 하는 대책이 없을까요? 이 대책에 대하여는 이 조혼의 폐해를 들어서 조혼은 죄악이다 하는 관념을 보급시키는 동시에 인습과 미신을 타파하여야 하겠습니다.

주요한: 그렇게 하자면 교육의 힘을 비는 수밖에 없겠지요.

배성룡: 그러나 그것은 유산계급 가정에서 인습과 미신으로 생기는 조혼에는 효력이 있겠지만 경제상으로 어쩔 수 없이 하는 조혼은 어찌 하나요.

이돈화: 그러나 어쩔 수 없어서 하더라도 조혼이 죄악인 줄을 알면서 하게 된다면 그만큼 효력이 있지요.

배성룡: 경제상으로 어쩔 수 없이 시집을 보낸다면 조선에도 공장이 있어서 계집애가 공장에를 가게 된다면 좀 완화를 할 수 있겠지요.

이성환: 다 같이 경제가 어려운 처지로 볼지라도, 일본에도 조선 농촌의 빈농같이 가난한 사람이 많으나 일본은 의무교육을 실시하기 때문에 남녀가 모두 소학교 졸업까지는 결혼에 대한 생각을 하지 아니하기 때문에 자연 조혼이 없어지고, 또 조선에도 공장이 생기면 계집애가 여직공으로 들어가겠으나 그렇지 못하니까 조선은 농업국이니만큼 계집애를 공장으로 보내는 대신 전원●으로 나오게 하여야 하겠습니다. 공업국이어서 '모든 소녀는 공장으로 가라.'는 표어를 내건다고 하면 조선서도 '모든 소녀를 전원으로'라는 표어를 내걸어야 하겠습니다. 일본 농촌에 가 보면 계집아이가 모두 논밭에 나와서 일을 하는데, 조선에서는 시집간 여자가 논밭에 나와서 일하는 것은 보았으나 처녀가 나온 것은 못 보았으니, 이후부터는 처녀도 논밭에 나와서 호미를 잡고 김도 매고 괭이를 잡고 밭도 파는 기분을 양성하면 조혼 방지의 일책이겠습니다.

박호진: 여자도 경제생활의 토대를 세워야지요.

유광렬: 조선에는 아직 공장이 없으니까 공장으로 가려야 갈 데도 없

● **전원** 논과 밭.

으니까, 다른 기회에도 한 말이지만 아직 동안은 농촌 가정의 가내 부업을 장려시키어 계집애도 제 밥 노릇을 하도록 하면 얼마간 조혼이 완화되겠습니다. 그 부업의 종류에 대하여는 지방에 따라 다르겠지만 내가 이전 살던 향촌에서 그렇게 빈한한 농민들이 딸을 먹일 수가 없다고 민며느리로 주는 일이 많았었는데, 근년에는 어데서 배워 온 것인지 모르겠으나 혼인하면 여자는 '히스테리'에 걸려서 장래 임신을 잘 못 할 뿐 아니라 생산을 하더라도 자궁의 불충실로 인하여 산아의 정신과 육체상에 악영향이 있습니다.

김기전: 어린 신랑이 그것을 알지 못하는데 여자는 성숙하였으니까 으레 그럴 것이지요.

방정환: 그것은 새악시●가 나 많은 실례이지만 나 많은 신랑이 데릴사위로 들어갔는데 새악시는 아직 그 목적을 행할 상대가 되지 못하니까 고만 그 장모와 사는 것을 보았습니다.

유광렬: 나도 어려서 자랄 때에 우리 동리에서 그런 실례를 보았습니다.

이돈화: 나도 보았는데 우리 동네에서는 장모와 사위가 함께 사는 것을 남녀를 빨가벗기어 북을 지어 촌내로 조리를 돌리는 것●을 보았습니다.

윤치형: 그리고 조혼이 농촌 피폐에 중요한 원인이 되겠습니다. 계집애를 사 오려니까 자연 빚을 얻어서라도 사 오게 되고, 또 계집애를 산 후에 혼인 기타에 돈을 많이 쓰게 되니까 이 때문에 더욱 피폐하게 됩니다.

● **새악시** '새색시'의 사투리.
● **조리를 돌리는 것** 죄 지은 사람의 등에 북을 달아매고 죄를 적어 붙여서 마을을 몇 바퀴 돌렸던 풍속. 조리돌림.

이성환: 어린것을 장가를 들여 놓으면 고 어린것이 못된 짓을 일찍 알아 가지고 자제력 없이 함부로 하기 때문에, 국민 보건상 큰 해가 생기고 또 이에 따라 일반의 능률이 줄어지는 것도 큰 해가 아닐까요?

박창훈: 그것도 큰 문제이지요. 그러나 그것은 우리가 말하던 조혼의 폐해와는 정반대로 내외 의가 좋아서 그렇게 되는 것이지요. 요새 춘원 이광수● 씨가 쓰는 「단종애사」에도 세종의 아드님이시오 단종의 아버지 되시는 분이 세자빈과 의가 너무 좋아서 너무 친압하였기● 때문에 일찍 승하하셨다고 하였으니, 그렇게 되는 것을 속담에 후천● 부족이니 기 부족이니 하는 것으로 그리된다고 하는 것이니, 말하자면 도리어 조혼의 장처●가 되겠지요. (하고 깔깔 웃는다.)

이돈화: 농촌에서 조혼 때문에 피폐하는 것은 사실이니 부가 자기 자녀 장가들이는 것을 한 의무로 알고 하는데, 아들이 나이 많아 가면 그것과 정비례하여 사 오는 계집아이 값이 비싸지니까 자연 빚을 내어서 사게 되니까 더욱 피폐하여지며, 이렇게 된 후에 자녀는 부모의 집에 있으면서 의식●을 의뢰하기 때문에 의뢰심이 많아지는 것도 한 폐해이지요.

정종명: 그렇지요. 조혼으로 인하여 혼인도 제가 하고 생계도 제가 하겠다는 독립심이 없고 의뢰성이 많아지며 진취성이 적지요. 한때 신방●에서 신랑 신부가 베는 베개 마구리●에 붙이는 것을, 네모반듯한 비단에

● **이광수(1892~1950)** 소설가, 언론인.
● **친압하다** 지나치게 친하다.
● **후천** 몸의 생명 활동을 유지하는 데 필요한 기본 물질.
● **장처** 장점.
● **의식** 의복과 음식을 아울러 이르는 말.
● **신방** 신랑, 신부가 거처하도록 새로 꾸민 방.
● **마구리** 길쭉한 물건의 양 끝에 대는 것.

수놓아 파는 것을 배워다가 벌이로 하게 되니 8, 9세 소녀라도 하게 되기 때문에 그전에는 어서 치우려고 하던 부모들이 돈벌이하는 것이니 몇 해 더 길러서 시집보낸다고, 정 어린것은 안 보내는 것을 보았습니다. 또 그 근처 다른 촌에서는 벌판에 '자오락'● 이라는 풀이 나는데 그 풀을 베어다가 소녀들이 일본 사람 밥통 담는 둥구미●를 만들어 진고개● 일인●에게 갖다 파는 것을 보았는데, 이 때문에도 얼마간 조혼을 적게 하는 것을 보았습니다. 요컨대 일편● 인습과 미신의 관념 타파와 폐해의 실천에 노력하는 동시에 생산 향상이 병행하여야 효력이 있겠습니다.

주요한: 평양에서는 고무 공장이 많이 생기어 그전이면 벌써 시집갔을 계집애가 공장에 가서 돈을 벌어 오니까 도리어 시집갈까 봐 근심합니다.

김기전: 그뿐인가. 딸이 기생이 되어 일가를 벌어 먹이는 일도 있는데.

주요한: 흥, 아까는 자식이 부모에게 의뢰하던 말이 나오더니, 이제는 부모가 자식에게 의뢰하는 말이 나오는군. 우리나라 사람은 밤낮 의뢰야!

이성환: 조혼 폐지에 대한 선전을 할 때에 생리학상으로 누가 보든지 놀랄 만한 말이 없을까요?

윤치형: 나 많은 여자가 나어린 신랑에게 시집가면 그 여자가 수음을 하게 되고 그 수음의 해로 히스테리에 걸려 생산을 못 하게 되는 일이 있으며 생산을 하여도 바보나 미치광이를 낳는다는 것을 선전하는 것

● **자오락** 천일사초. 바닷가 습지에 자라는 여러해살이풀.
● **둥구미** 짚으로 둥글고 울이 깊게 결어 만든 그릇.
● **진고개** 서울 중구 충무로2가의 고개.
● **일인** 일본 사람.
● **일편** 한편.

도 좋겠지요. 또 조혼을 하면 생산율이 줄어집니다. 결혼을 적당한 연령에 하면 생산율이 늘고 산아가 우량하다는 것을 설명하는 동시에 조혼을 하면 위에 말한 폐해에 빠진다는 것을 선전하는 것도 좋겠지요.

5. 그에 대한 실행 방법은 무엇일까

이성환: 그러면 이 실행 방법으로는 첫째 통속적 교육에 힘쓰되 소년 소녀에게보다 어른 교육에 힘쓰고 강연회, 토론회, 기타 방법으로 선전하며 이것을 여론화하기 위하여는 신문이나 잡지에서 사설이나 논설을 쓰는 것도 어떨까요?

주요한: 신문 잡지라야 그것 보는 사람은 도시나 기타 중산계급에밖에 없으니 정말 이 조혼에 폐해를 받고 있는 빈농에게 무슨 상관이 있나요.

이돈화: 그러면 직접 강연회나 토론회 등 방법으로 할 수밖에 없지요. 혼인 잔치 하는 데 가서 그저 이렇게 하면 안 된다고 떠들어 대지요.

김기전: 그러다간 잔칫집에서 국수 한 그릇도 못 얻어먹고 매나 맞고 쫓겨 나오려고…….

이성환: 지금 소년애호 데—●를 하는 것과 같이 전 조선 소년단체의 총동원으로 상당한 시기를 택하여 조혼 반대 주간을 하는 것이 어떨까요?

이돈화: 소년단체뿐 아니라 청년 기타 단체까지 총동원을 하여 반대 주간을 하는 것도 좋겠지요.

이성환: 근일 지방 청년단체를 보면 순회강연 같은 것도 많이 하는 모

● 데— 데이(날).

양인데, 대개는 범박한 문제로 달아나는 경향인데 차라리 이런 실제 문제를 잡아 가지고 하여 주었으면 좋겠다고 생각합니다.

배성룡: 청년들은 그런 침착하게 생각하는 문제보다도 지딱바딱하는[●] 일 하기를 좋아하니까 그런 문제로는 잘 하려고 하지 않지요. 그러나 그렇게 기분에 뛰는 일면도 필요하니까요.

주요한: 중국에서는 국민당 본부에서 지방 청년에게 산에 나무를 심어라, 길을 닦아라, 문맹타파운동을 하여라 하니까, 지방 청년들은 반대를 하여 우리는 그것보다 어서 정치 훈련을 하여 가지고 지방자치를 하여야겠다고 하였답니다.

이돈화: 정치 훈련도 중요하지만 이렇게 한 가지와 ○○와 ○○○ 문제를 가지고 실지 운동을 하는 것도 더 중요하지요. 더욱 지방에 있어서는 그렇습니다.

주요한: 이에 관한 실행 방법은 여러 가지가 있을 것입니다. 그 세밀한 것은 금후 조선농민사에서 맡아 잘 연구 실행하시는 것이 좋을 줄 압니다.

이성환: 바쁜 시간을 가지시는 여러분께서 이렇게 장시간 말씀해 주신 일을 감사합니다.

_方定煥 外, 『조선농민』 1928년 12월호

● **지딱바딱하다** 서둘러서 마구 일 따위를 하다.

아동예술전람회의 성공

나는 금년에 있어서 무엇보다도 4년이나 두고 준비해 오던 우리 사● 주최의 세계아동예술전람회가 뜻대로 무사히 대성황으로 열렸던 그 일이 가장 기쁩니다. 세계 아동은 물론 조선 어린이들의 많은 천재에 감심● 을 마지아니하며 앞으로 조선의 새 예술을 위하여 기뻐합니다.

_『신인간』 1928년 12월호

* '1년 중 제일 유쾌하였던 일 기뻤던 일'에 실린 글이다.

● **사** 회사. 여기서는 '개벽사'를 가리킨다.

● **감심** 깊이 감동해 마음이 움직임.

언론계로 본 경성

언론계로 본 경성, 이런 제목으로 쓸 말이 없다. 그것은 벙어리를 가리켜 말을 잘한다 못한다 할 수도 없고, 옳은 말이다 그른 말이다 할 수도 없는 까닭이다. 벙어리라고 속에 생각조차 없을까마는 어느 때나 이 병이 고치어져서 말문이 터질는지, 그날을 바라고 기다리는 사람이 지방 사람보다 더 많이 경성에 살고 있음을 알 뿐이다. 눈먼 사람의 귀가 이상히 발달되는 것과 같이, 벙어리 된 사람의 눈치 빠르기란 특별한 것이다. 오래 두고 말하지 못하는 생각을 가슴에 품고, 눈치만 굴리고 있는 사람의 도시 경성은 조용하면서도 결국 몹시 조용치 못한 도시다.

_開闢社 方定煥, 『경성편람』(백관수 편, 홍문사 1929)

어린 동무들께

호당 연성흠● 씨라 하면 지금 내가 따로 소개하지 않더라도 어린 동무들은 잘 알고 있을 것입니다. 그이는 소년회로 애를 쓰실 뿐 아니라 가난한 어린 사람들을 위하여 자기가 가난한 형세인 것도 불구하고 손수 강습소를 세우고 또 학교를 만들어 밤과 낮으로 고생하면서, 그래도 또 그 바쁜 틈을 타서 여러 가지의 좋은 동화를 써서 널리 온 조선의 어린 사람들에게 바쳐 오신 이입니다. 이제 그 귀한 살림 중에서 생겨난 금같이 옥같이 귀여운 동화를 한데 모아 이 책이 짜여졌으니 책은 비록 조고만 책이로되 여기에 들어 있는 정성과 힘을 생각하면 말할 수 없이 고귀하고 비싼 값있는 것입니다.

동화는 쓰는 사람 자기의 비위만 맞추면 어린 사람에게는 소용 못 되는 것인데 연 선생은 어린 사람들께 충실하게 친절하게 쓰기를 힘쓰는 이인 고로 더욱 이 책은 고대로 술술 읽는 이의 가슴에 스며들어서 많은 효과가 있을 것을 믿고 나는 기쁜 마음으로 이 책을 맞이하는 것입니다.

기사년● 수월 꽃 위에 비 오는 날 『어린이』 인쇄 교정실에서

_『세계명작동화보옥집』(연성흠 역, 이문당 1929)

● **연성흠(1902~1945)** 아동문학가, 아동문학운동가.

● **기사년** 1929년.

『사랑의 학교』 서문

『쿠오레』! 이것은 내가 어릴 때에 가장 애독하던 책입니다. 나의 어릴 때의 일기에 가장 많이 적혀 있는 것도 이 책에서 얻은 느낌입니다.

나에게 유익을 많이 준 것처럼 지금 자라는 어린 사람들께도 많은 유익을 줄 것을 믿고 나는 한없이 기쁜 마음으로 이 책을 어린 동무들께 소개 또 권고합니다.

_『사랑의 학교』(이정호 역, 이문당 1929)

조선 소년운동의 역사적 고찰

1

조선의 소년운동을 말할 때 잊어버려서는 안 될 것은 경남 진주소년회입니다. 그전에도 어린 사람의 모임이 전혀 없었던 것은 아니나 흔히 어느 종교의 주일학교나 반강습 소식의 소년부나 운동부였을 따름인 고로 그것을 가리켜 소년 자신을 주체로 한 사회적 의식을 가진 운동이라고 하기 어렵습니다. 다만 이 진주소년회라는 것이 기미년 여름에 생겼는데, 이것은 소년회를 위한 소년회가 아니고 어린 사람들이 모여서 독립만세를 부르고 모두 잡혀가 갇혀서 그것이 신문지상으로도 주목하는 화젯거리가 되어 소년회 이름이 덧씌워진 것 같습니다.

그것이 기미년(1919년)이었었는데, 다다음 1921년 봄 4월에 이르러 경성 천도교회 안에서 13명 소년이 발기인이 되어 조선 500여만 명의 유소년을

1. 재래의 윤리적 압박으로부터 풀어 내어 어린 '사람'으로의 인격을 찾고 지니고 옹호할 것.

2. 재래의 쓸쓸하고 캄캄한 무지로부터 풀어 내어 새로운 정서를 함양할 것.

3. 재래의 비사회적 악습으로부터 풀어 내어 새 세상에 새 사람이 되기에 마땅한 사회성을 기를 것을 주창하고 소년회를 조직하고 '천도교소년회'의 간판을 붙이니 이것이 진정한 의미의 사회적 성질을 가지고 생긴 조선 소년운동의 시초였습니다.

1주 3회의 집회를 이행하면서 안으로는 정서 함양과 사회적 훈련에 힘쓰고, 밖으로는 윤리적 해방, 사회적 해방을 위해서 노력하게 되자 미미하나마 이 회를 중심하고 그 주위에서부터 먼저 유소년에 대한 경어가 쓰이기 시작하고, '어린애'라는 말 대신에 '어린이'라는 새말이 생겼습니다. 언론기관을 비롯해서 각 사회에서도 소년회의 존재와 아울러 어린 사람 세상의 일을 주목하여 취급하기 시작했습니다.

한 해를 지나 임술년• 봄에 이르러서는 460명의 소년 군중을 가진 천도교소년회와 각 신문사와 사회 유지•와 동경 유학생 유지 들이 중심이 되어 소년운동의 일반 이해를 철저히 시키고, 또 각지에 이 운동을 촉진시키기 위해서 '어린이달'인 5월을 택하고 5월에도 제1일을 삼아 '어린이날'로 정하여 운동의 기세를 크게 올리니, 계획이 어그러지지 아니하여 소년운동의 필요는 전 민족적으로 깨닫게 되고, 운동은 전 조선적으로 퍼져서 각지에 일제히 일어나니 반도소년회, 명진소년회 등 그 수가 일거에 100여 개를 헤아리게 되었습니다. 따로이 그해 9월에 보이스카우트 운동이 일어나고, 기독교회의 소년척후운동이 일어나고, 불교소년회가 생기고, 기독주일학교에는 기독소년회 간판이 붙고, 각 회의 소년부는 소년회로 독립하고 동리의 체육부까지 소년회로 개조가 되었습니다.

• **임술년** 1922년.
• **유지** 마을이나 지역에서 명망 있고 영향력을 가진 사람.

2

해가 바뀌어(계해•) 소년운동 창시 후 3년째 되는 봄이 되니 소년운동이 성해 가면 갈수록 군량•으로 지도 재료를 요구하게 되어, 운동으로는 기관지의 필요가 생기고 따로 소년 교양의 교재를 찾게 되어, 3분 1은 기관지요 3분 2는 교양지로 소잡지 『어린이』가 창간되었으니, 4·6배판 12엽•에 정가 5전, 지금은 개벽사 간행으로 되었지만 당시는 천도교소년회 편집부에서 간행하였던 것으로 보아 순 운동 잡지였던 것을 알 수가 있습니다.

지명으로 『어린이』라 한 것은 유소년의 윤리적 해방을 고조한• 것이나, 어린이라 한 '이' 자•가 세인•마다의 머리에 울리는 것이 결코 적은 것이 아니었습니다.

3월 20일에 『어린이』가 창간되어 동화·동요를 중심한 정서 함양이 크게 나아가고, 적으나마 심심치 아니한 교재를 얻어 질적으로 한층 충실해진 소년운동은 그해 제2회째•의 '어린이날'을 불교소년회·조선소년군·천도교소년회가 연합하여 노력하고, 각 지방 소년회는 통신으로 연락하여 어느 편에 기울지 말고 지방단체에서도 쓰기 편하게 하기 위하여 '조선소년운동협회'란 이름으로 일치 협력했습니다.

• **계해** 1923년.
• **군량** 군대의 양식.
• **엽** 쪽. 책 면.
• **고조하다** 드높이다. 사상이나 감정, 세력 따위를 더 무르익게 하거나 높아지게 하다.
• **자** 글자.
• **세인** 세상 사람.
• 천도교소년회 창립 1주년을 맞아 1922년 5월 1일 '어린이의 날'을 개최한바 1923년 5월 1일의 '어린이날'을 2회라 보고 있다.

이렇게 되어 전년보다 일층의 기세를 올리니 그 사회적 반향도 적지 아니하여, 『신소년』 『새벗』 『햇발』 등의 소년 잡지가 뒤이어 간행되고 각 신문은 일제히 '어린이난'을 설하고● 출판계에서는 어린이 서적을 내기 시작하여, 이해에 들어서 거의 세상은 어린이가 차지하는 감이 있게 되었습니다.

그리고 이해 5월 1일에는 일본 유학생 중에서 아동 문제를 연구하는 이들이 모여서 아동문제연구단체 '색동회'가 조직되었고, 이 '색동회'와 '어린이사'의 연합 주최로 그해 7월 하순에 경성 천도교당에서 7일간 전 조선 소년지도자대회가 개최되어 전선● 30여 처의 지도자가 모여서 처음으로 아동 지도 문제를 학리●적으로 연구 또 토의했습니다.

이리하여 안으로는 지도 이론의 확립 또 통일에 힘쓰는 동시에 어린이 세상의 정신 양식을 공급하기에 부지런하고, 밖으로는 일반 사회를 향하여 소년 문제에 대한 주의를 환기하고, 소년 보육 사상의 선전에 노력하여 불과 2, 3년에 조선 내지●에만 소년회가 450여에 이르고 중국 각지, 미국 하와이에까지 파급하였습니다. 이리되어 해마다 5월 어린이날은 경성을 중심으로 각 소년단체가 총연합하여 '조선소년운동협회'라는 명의로 전선이 일치 협력하여 성대히 거행하였으니, 을축년● 어린이날에는 동경 대판●에서까지 이날을 기념했습니다.

● **설하다** 배치하다.
● **전선** 전 조선.
● **학리** 학문에서의 원리나 이론.
● **내지** 한 나라의 영토 안.
● **을축년** 1925년.
● **대판** 일본의 도시 오사카.

*

을축년 어린이날이 지나고 그해 첫여름에 반도소년, 불교소년, 또 한 소년, 세 소년회의 발기로 경성 시내 모모 소년운동 지도자 회합이 경성 간동 불교포교당에서 열리어(참석자 20인), 경성의 지도자회를 조직하여 명칭을 '오월회(五月會)'라 하였고, 나중에 그것을 소년연맹으로 고치려다가 경찰 간섭으로 못 하고 중지된 상태에 있다가 이듬해 병인년 3월에 다시 '오월회'로 새로 조직되었습니다.

그해 5월 어린이날을 앞두고 경성 각 소년단체(각 교회파 소년회, 소년회, 소년척후대도 참석) 대표자가 종로 청년회관에 모이어 어린이날 준비를 협의할 때, 금년에도 '조선소년운동협회'란 명의로 해내• 해외가 총연합하여 하자는 의논에, 오월회 대표자로부터 "소년운동은 상설기관이 아니고 매년 어린이날을 위한 일시적 연합에 불과한즉 금년부터 오월회 명의로 하자."는 주장이 있었고, "어린이날 운동은 모든 파•적 관계를 초월하여 지방 소년회까지, 해외 소년회까지 일치 협력해 할 것인 고로 네 이름도 아니요 내 이름도 아닌 소년운동협회 명으로 할 것이지, 경성 내에서도 각 회가 다 참여하지 않은 오월회 명으로 함이 부당하다."는 반대론이 있어 2, 3일의 타협 노력이 주효치 못해서 병인년 어린이날은 소년운동협회로 예년과 같이 하는 외에 오월회는 탈퇴하여 따로 어린이날을 기념하게 되었습니다.

• **해내** 바다로 둘러싸인 육지라는 뜻으로, 나라 안을 이르는 말.
• **파** 계파. 주의, 사상, 행동 따위의 차이에 따라 갈라진 사람의 집단.

3

그러나 이해에 창덕궁 전하●의 국상으로 어린이날은 묵묵한 중에 그냥 지나고 말았습니다.

다음 해 정묘년●(소화● 2년)에도 예년과 같이 각 파가 소년운동협회로 하고 오월회는 오월회대로 따로 어린이날 기념을 거행하였습니다.

이렇게 경성에서 따로 기념을 지낸 후 양쪽이 같이 심한 유감을 느끼어, 5월 14일에 오월회 측에서 먼저 '소년연합회'를 지을 일을 발기하고 소년운동협회 측에서도 무조건하고 이에 응하여 이해 10월 16일에 '조선소년연합회'를 창립하니, 이로써 2년간의 분립은 완전히 통일되었습니다. 그리고 이 창립총회에서 어린이날이 노동제일●과 상충하는 것과 일요일이 아니므로 명절 될 수 없다는 이유로 5월 첫 공일로 변경하기로 되었습니다.

*

이해 7월 24일에는 '아동문예연맹'이 조직되어 사무소를 견지동 무궁사(無窮社) 내에 두고 활동을 시작했습니다.

이듬해 무진년●(작년) 3월 25일 조선소년연합회 제1회 정기대회에서 소년연합회를 '조선소년총동맹'으로 하여 단일 조직으로 변경하고, 소년 연령을 18세까지로 제한하고 지도자의 연령을 25세까지로 제한하였습니다. 그런데 총동맹제는 간섭이 있어서 다시 협의하여 연맹으로 변

● **창덕궁 전하** 조선의 제27대 왕 순종(1874~1926).
● **정묘년** 1927년.
● **소화** 일본의 연호.
● **노동제일** 5월 1일 국제노동절(메이데이).
● **무진년** 1928년.

경되었습니다.

여기서 조직체가 단일체로 변경된 까닭에 '소년군(少年軍)' 같은 단체는 제외되었고, 종교를 배경으로 하는 소년회는 자체의 입장상 연맹에 참가 불참가는 자의로 하되, 따로 회체●를 가지게 되었습니다.

이해 4월 4일에는 '천도교소년회연합회'가 조직되었습니다.

*

작년(무진년)에는 총연맹으로서 우중●에 성대히 어린이날 기념이 거행되었고, 천도소년연합에서도 선전지만 따로 인쇄하여 배포하였습니다.

작년 8월에 총연맹 제1회 정기대회에서 중앙 간부가 두 군데로 조직되어 총연맹의 간판을 2처●에서 지니게 되었습니다. 그러나 아직 이것은 판단 지어 말하기까지 못 되었으므로 여기에는 이만 머물러 둡니다.

4

급한 대로라도 대강대강 작년까지의 일을 기록하였으니 이제는 끝으로 운동상 손해되는 영향이 없을 범위 내에서 몇 말씀 붙이어 끝을 막겠습니다.

*

오늘까지 8년 동안의 가장 얕은 역사를 가진 운동이 최근 어린이날

● **회체** 모임의 조직체.
● **우중** 비가 내리는 가운데. 또는 비가 올 때.
● **처** 곳.

때에 보는 바와 같이 굉장한 기세를 보이게 된 것은 밖에서 보든지 안에서 보든지 기뻐할 진전입니다. 그러나 고요히 앉아서 그 실제를 들여다본다면 이날에 동하는● 사람의 거의 반수나가 평소에 소년회단에 참여치 않는 미조직 군중으로 보아야 하게 됩니다.

이것을 더 상세히 말씀하자면 평소에 꾸준한 운동이 있으면서 그중의 하나로 어린이날 운동이 지켜져야 할 것인데, 여러 가지 사정으로 평소의 운동이 마음대로 진전되지 못하고 심한 경우에는 전혀 잊어버린 듯이 중단된 상태께 있다가 어린이날을 임박하여서 새로 생각난 드키 움직여 보기 시작하는 회단●이 전혀 없지 않은 까닭입니다. 이런 점으로 볼 때에 어린이날 운동은 여러 가지 본래의 의의와 효과 이외에 까부러지기 쉬운 어느 소년회단을 잡아 일으키어 새 혼을 불어넣는 데에도 큰 효과가 있다 할 것입니다.

그러나 우리는 냉정히 그리되는 까닭을 생각해야 할 것입니다. 첫째는 지도자 없이는 어린 군중이 모일 수 없는 것이요 모여서 나갈 수 없는 것인데, 성력● 있는 좋은 지도자를 만나지 못한 까닭이니 소년 소녀들이 스스로 이웃 동리의 충동을 받아 자기네끼리 그냥 모여 보았으나 어찌해 갈 길을 모르고 지도를 받을 곳도 없어서 그냥 흩어져 버리고 마는 것이요, 둘째는 1인 혹 2인의 지도자가 있고 또 그들에게 남다른 성력이 있다 하더라도 역시 그 수명이 길지 못하고 중간에 해체되거나 없어진 것도 아니요 있는 것도 아닌 중단 상태에 빠지게 되는 것이 보통이니, 여기에는 여러 가지 원인이 있습니다.

● **동하다** 움직이다.
● **회단** 모임나 단체.
● **성력** 정성과 힘을 아울러 이르는 말. 성실한 노력.

남다른 성의 하나만으로 소년회 혹 소년단을 창설은 하여 놓고 가사를 돌아다볼 사이 없이 거의 침식•을 잊어버리고 매달리나 그러나 그 힘 그 성력이 외롭습니다. 군중이 어린 사람들이니 거기서 돈이 나올 수 없고, 동리 인사의 이해가 없으니 보조가 나올 리 없고, 동화회 한 번 토론회 한 번에도 결국 자기 주머니의 담뱃값이나 자기 집의 반찬값을 긁어 넣게밖에 아니 되니, 뜻있고 빈한한 사람이라 그나마 영속할 수 없는 것이요, 그다음에는 몰이해한 소년 소녀의 부모들의 반대와 경찰과 학교의 간섭을 이겨 낼 힘이 없는 것입니다. 부모들을 설복시킬 만한 이론이 없는 이가 흔히 있으니 성의 하나뿐만 가지고는 되지 않는 일이요, 부형들의 이해가 없으니 소년회가 다른 힘과 싸울 힘이 없는 것입니다.

청년회는 회원이 100명이면 늘 100명의 힘으로 싸우는 것입니다. 위원이나 대표 1인이 싸워도 100명 힘을 가지고 싸우는 것입니다. 그러나 소년회단은 군중이 어린 사람인 관계로 어느 때든지 지도자 한 사람이나 두 사람이 외로이 싸우는 폭밖에 되지 못하는 것입니다. 이래서 1인 혹은 2, 3인의 외로이 버티는 힘은 오래지 못하여 안타까이 꺾여 버리고 말게 되는 것입니다.

5

그리고 그다음에는 외로운 지도자가 불행히 신병•이 있어도 집회는 중단되고 또는 가사, 또 혹은 다른 개인사로 타지방에 출타를 해도 회

• **침식** 잠자는 일과 먹는 일.
• **신병** 몸에 생긴 병.

체는 흩어지고 마는 것입니다. 심하게는 이러한 것이 있으니 경성에 와서 유학생이 하기나 동기 방학에 향리에 와 있는 동안에 소년회를 조직해 놓고 있다가 개학기가 되어 상경하면 소년회는 없어졌다가 다시 다음 해 방학기가 되면 다시 조직되고 되고 합니다. 이것 한 가지가 그간의 사정을 제일 잘 설명하는 것입니다.

어느 나라 소년운동을 보든지 국가 보조와 일반 부형 사회의 보조 후원으로써 자라 가는 것이니, 더구나 조선같이 빈한한 데서 무산 아동을 상대하는 소년운동은 다시 더 말할 것이 없는 것입니다. 더구나 이 운동은 의무,● 학무● 두 방면의 간섭을 받는 것이요, 심하여는 완명한● 부형급의 반대까지 받는 것이니 물질적으로뿐만 아니라 정신적으로 많은 후원의 힘을 얻어야 할 것입니다. 그러니 이 운동은 그 초기에 있어서 부형 사회 일반 가정을 향해서의 이해를 넓히는 노력이 소년 군중 자신들께의 노력과 병진했어야● 할 것입니다.

지방에서는 소년회라면 무조건하고 허가를 아니 하고 혹은 이미 조직된 소년회를 보통학교 교장이 해산을 시키는 기괴한 사실까지 있었습니다. 그러한 때에 거기 항거할 당자●들은 그 학교의 학생들이었으니 다른 후원의 힘이 없을 뿐 아니라, 부형들이나 사회의 소년회에 대한 이해가 없었던 고로 교장도 아무 기탄없이 그러한 망거●에 나올 용기가 났었거니와, 당하는 편에서도 아무 말 없이 그냥 당해 버리고 말게 될

● **의무** 의료에 관한 사무나 의사로서의 업무.
● **학무** 학사에 관한 사무.
● **완명하다** 고집이 세고 사리에 어둡다.
● **병진하다** 둘 이상이 함께 나란히 나아가다.
● **당자** 당사자.
● **망거** 분별이 없거나 말이나 행동이 보통에 어그러진 것.

것입니다.

저 병인년 봄의 '허시모 사건'●을 위시하여 '소년 사형●'의 참혹한 사건이 뒤이어 일어나서 각지의 소년단체는 피를 끓이며 분기하였으나, 모여서 의논 한 번 못 하게 간섭을 받고 아무 거●에도 나가지 못하고 말았습니다. 이러한 때에 간섭을 받는 것은 결코 소년운동뿐만이 아니지마는 우리가 스스로 내찰할● 때에 소년운동자는 그 운동권 내에 그 부형까지를 끌어넣을 것을 잊어서는 안 될 것이니, 이때까지 어머니회 아버지회를 개최하는 등 그 방면의 노력이 전혀 없었던 것은 아니나 그러나 심히 부족하였던 것만은 사실입니다.

소년 자신들의 지도 문제와 꼭 같이 부형들의 이해 문제가 급하고 소년 독물●이 필요한 것과 꼭 같이, 부형들께 읽힐 소년 문제의 서적이 몹시 필요한 것입니다. 이제부터라도 이 방면에 특별한 노력이 있어야 할 것을 절실히 깨달아야 할 것입니다. 운동은 단순히 지도에만 그치는 것이 아닌 까닭입니다.

*

말이 자연 여러 갈래로 나뉘게 되었습니다마는 다시 돌아와서 소년회 자체를 볼 때에 제일 큰 문제는 전에 말씀한 바와 같이 지도자 문제입니다. 지도자가 없이 자기네끼리 모여 놀다가 그냥 흩어져 버리는 것

● **허시모 사건** 1925년 평남에서 활동하던 미국인 선교사 헤이스머(한국명 허시모)가 어린아이의 뺨에 도적이라는 글자를 새겨 조선에서 외국인에 대한 사회적 반감을 일으킨 사건.

● **사형** 국가나 공공 권력, 법률에 의하지 않고 개인이나 사적 단체가 범죄자에게 벌을 주는 일.

● **거** 거사.

● **내찰하다** 가만히 살피다.

● **독물** 읽을거리.

은 이미 말씀하였거니와 1, 2인 혹은 3, 4인씩 지정된 사람이 있는 중에서도 어떻게 나아갈 길을—안으로는 어떻게 소년들을 지도하며 밖으로는 어떻게 부형들을 이끌고 나갈는지—모르는 이가 불소히● 계십니다.

어느 지방에를 가 보면 소년회를 모르기는 하였으나 그 지도자로 적임자를 고를 때 '아무는 어린 사람들과 놀기를 잘하니 그 사람으로 하자.' 하거나, '아무는 어린 사람들과 이야기를 잘하니 그가 하게 하자.' 하는 등 단순하게 생각해 버리는 이가 있는 바, 그런 이를 보면 처음 얼마 동안은 재미있는 이야기도 들려주고 마당에서 같이 뛰놀기도 하지만, 그것이 한 달을 못 가서 그것만 가지고는 염증이 날 뿐 아니라 아무 지도도 되지 못하고 차차로 한 사람 두 사람씩 떨어지게 되는 고로 점점 초조해져서 밑천 없는 가극을 한다거나 음담 섞인 야담 실화를 끌어다가 동화에 대용하거나 하여 소년을 끌기에 노력하니, 이때부터 벌써 탈선을 시작하는 것입니다. 그러나 탈선되는 대로나마 그것도 오래 계속되지 못하여 100명이던 회원이 50명, 나중에는 30명도 못 남게 되다가 결국은 아주 모이지 않게 됩니다.

6

근본 문제는 지도자가 많이 생겨야 한다는 데에 있습니다. 위에 말씀한 바 여러 가지 일의 원인을 짓는 지도, 교양 문제에 관하여는 먼저 기록한 바와 같이 6년 전에 전선 지도자대회가 색동회 주최로 경성에서

● **불소하다** 적지 아니하다.

7일간 열렸었던 외에 별로 없었던 것은, 이때까지의 소년운동사를 보는 이 누구나 다 유감으로 여길 일입니다. 어떻게든지 아동 문제를 진실히 연구하는 이가 많이 생기고 그리하여 스스로 자신이 있고 일반이 믿고 맡길 만한 좋은 지도자가 많이 생겨 나와야 할 것이니, 이제로는 소년단체가 많이 생기는 한옆으로 소년 문제를 연구하는 기관이 시골이나 서울에 많이 생겨야 하고, 소년 잡지가 많이 생기는 한편으로 아동 문제 연구 잡지가 많이 생겨야 할 것입니다. 그리하여 진실한 지도자가 더 많이 생겨 나와서 안으로는 좋은 지도, 밖으로는 씩씩하면서도 꾸준한 운동이 생명 있게 자라날 것입니다.

애초에 이 글은 어린이날 전하여• 운동사를 알려 달라는 많은 동지들의 요구에 의하여 어린이날 전에 마치려고 쓰기 시작한 것이므로 자세하지 못한 혐•이 없지 않은 이제, 또 이어서 말씀할 것도 많이 있으나 바쁜 대로 아직 이만 그치고 미진한 것은 후일 다시 쓰겠습니다.

_『조선일보』 1929년 5월 3~14일

● **전하다** 앞두다.
● **혐** 마음에 들지 않음.

새 호주•는 어린이—생명의 명절 어린이날에

어린이날이 왔습니다. 오늘이 어린이날입니다. 이 기꺼운 명절날에 나는 특별히 세상의 어머니와 아버지 들, 여러분께 제일 긴절한• 말씀을 드리겠습니다.

어린이날 특히 이날에 부모 되시는 이들이 생각해야 할 일, 생각하고 곧 실행해야 할 일이 꼭 한 가지 있으니, 이것을 실행하고 하지 못함으로써 우리들 전체가 잘살게 되고 못 되는 판단이 달려 있습니다.

*

그것은 다른 것이 아니라 '각각 자기 집안의 주장 되는 임자를 새로 바꾸어 놓자.' 하는 것입니다. 이때까지의 조선에서는 누구든지 어느 집에서든지 할아버지 할머니, 그렇지 않으면 아버지 어머니만 주장하여, 그가 주장하고 그가 임자 노릇을 해 왔으나 그것이 잘못된 일이어서 우리가 오늘과 같이 못살게 된 것입니다.

바쁘기도 하고 또 길다랗게 쓸 지면이 없어서 이렇게 간단한 말로만 말씀하니까 얼른 잘못 들으면 대단히 섭섭하게도 들리고 또 상스럽게 들리기도 할 말씀이지마는 진정대로 털어놓고 말씀하면, 할아버지 할

• **호주** 한 집안의 주장이 되는 사람.
• **긴절하다** 매우 필요하고 절실하다.

머니는 젊으셨을 때 자기 힘껏 재주껏 할 일을 다하고 이제는 무덤으로 가실 날만 가까워 오는 어른입니다. 다시 말하면 무덤으로 향하여 길을 걷고 계신 어른들입니다. 무덤으로 가는 어른이 임자가 되고 주장이 되어 온 집안 식구를 끌고 나가니 가는 곳이 무덤밖에, 공동묘지밖에 더 있습니까.

팥으로 메주를 쑨다고 하여도 웃어른 말씀이니까 잠자코 따라가는 것이 잘하는 짓이오 효도라고 가르쳐서 그대로만 지켜 왔으니, 조선 사람들은 온통 이때까지 공동묘지로만 향하고 있었던 것입니다.

*

늙으신 어른들이 무덤을 향하고 가는 이라 하면, 어린이들은 살아나려고 살려고, 일터로 일터로, 앞으로 앞으로만 나가는 사람입니다. 살려고 새 생명을 가지고 앞으로 나아가는 이를 주장을 삼고 임자를 삼아 온 집안 식구가 그리로 따라가야지, 무덤을 향하고 뒷길로 뒷길로만 가는 사람을 따라가서야 되겠습니까.

다 늙으신 이가 아니라도 젊으신 아버지나 어머니도 벌써 어린 아들이나 따님보다는 20년, 30년 묵은 사람입니다. 코를 흘리고 아무 철없는 것 같아도 어린 사람은 아버지보다 20년, 30년 더 새로운 세상을 살아갈 사람이오, 새로운 기운과 생명을 가지고 나온 사람들이오, 새것을 생각하고 만들어 낼 힘을 품고 나온 사람입니다. 조그만 석유 등잔밖에 켤 줄 모르고 사는 사람이 전기등이나 와사등●을 켜고 살 사람을 어떻게 자기 마음대로만 이리 끌고 저리 굴리고 할 수가 있을 것입니까.

● 와사등 가스등.

*

묵은 사람이 새 사람보고 내 말만 들어라 내 말만 들어라 하면서 새 사람의 의견을 엎어 누르기만 하면 천년만년 가도 새것이 나올 수 없고, 아버지보다 더 새롭고 잘난 아들이 있을 수가 없는 것입니다. 내 말만 믿지 말고 나보다도 더 잘난 사람이 되어 새것을 생각하고 새 일을 하도록 하라고 떠받쳐 주고 새 의견을 존중해 주어야 할아버지보다는 아버지가 잘나고, 아버지보다는 아들이 잘나고, 아들보다도 손자는 더 잘나게 되어 자꾸자꾸 집안이 잘되고 세상이 잘될 것입니다.

*

그런데 조선서는 새 생명을 위할 줄 몰라 왔습니다. 사소한 일로 말씀하더라도, 집 한 채를 지어도 무덤으로 가는 할아버지 생각만 하고 짓지, 어린 사람 생각을 해 가면서 지어 본 법이 없고, 반찬 한 가지를 장만하되 시어머니 시아버지만 생각하였지 어린 사람만 생각하면 불효요 천착하다고● 흉보아 왔습니다. 어른들만 임자 노릇 하노라고 새로 자라나는 새 기운을 어떻게 많이 꺾어 오고 죽여 왔습니까.

새 기운을 꺾어 버리고, 새 생명을 천대해 오고, 그러고도 잘살게 되기만 바라고 있었으니 미련하여도 너무 미련하였습니다.

*

오늘부터는 어린 사람을 주장을 삼고 어린 사람을 이때까지처럼 내려다보지 말고 쳐다보면서 매사를 어린이를 생각해 가면서 어린이들을 잘 키우도록만 하여 가십시다. 그래야 덕을 봅니다. 한 집안도 덕을 보고 한 사회도 덕을 보고 온 조선이 덕을 봅니다. 어린 사람을 주장을 삼

● **천착하다** 상스럽고 더럽다.

으십시다. 우리를 잘 살게 하여 줄 터줏대감으로 믿고 거기를 위하고 거기다 정성을 쓰십시다. 온 조선 아버지 어머니가 한결같이 이렇게 하면 우리는 분명히 잘 살게 됩니다.

*

오늘이 어린이날입니다. 동리 집 부인들께까지 이 말씀을 전하셔서 다 같이 이것을 이날부터 실행하십시다.

_『동아일보』 1929년 5월 5일

온 가족이 다 함께 동무가 되었으면

'우리 집의 오락'이란 제목을 들을 때 나는 가슴이 뜨끔합니다. 이런 제목을 듣고야 잊어버리고 있던 것을 새로 생각할 만큼 우리 집에는 가족적 오락이란 것이 없는 까닭입니다.

가난한 살림이요 또 바쁜 살림이라 그날 그날로 치워 넘겨야 할 일이 그날의 시간보다 더 많은 터라, 시간과 생각에 넉넉한 여유가 있을 수 없습니다. 학교와 유치원에 가는 사람이 세 사람, 사무 보러 다니는 사람이 두 사람, 이 다섯 사람의 치다꺼리가 결코 허술치 아니합니다. 그리고 늙으신 노인과 젊은 여자와 여학교에 다니던 처녀와 중년 남자인 나와 학교에 다니는 학생과 유치원에 가는 어린 사람과 이들의 취미가 공통할 수도 없습니다.

그런데 내가 집에 있어서 노력을 하면 전혀 안 될 일도 아니겠으나 나는 잠자는 시간 외에는 별로 집에 있을 겨를이 없습니다.

아츰●에 일찍 나와 해 진 뒤에야 들어가는 것이 보통이요, 심하면 강

* 기획 '우리 집의 취미와 오락'에 포함된 글이다.
● **아츰** '아침'의 사투리.

연회나 무슨 회의에 참례하고● 밤이 깊어서야 집에 들어가게 되는 고로 어린 사람들의 얼굴을 한 번도 만나 보지 못하는 날조차 흔히 있습니다. 간혹 일찍 들어와서 한가히 있을 시간이 있는 때는 학생들이 찾아오거나 달리 방문 오는 손님 때문에 집에 있어도 사무소에 나와 있는 것과 마찬가지로 바쁩니다. 이 점으로 나는 늘 우리 집 가족들께, 더욱 어린 사람들께 미안한 생각을 가지고 지냅니다. 일요일은 어린 사람들도 놀고 나도 공무를 쉬지마는 공무 이외의 연구 회합 또는 사사로운 심방●과 접객이 이날로 몰리는 고로 더욱 바쁘게 지내게 되어서 일요일도 가족들과 같이 놀 사이가 별로 없습니다.

억지로 있다면 저녁 먹는 시간에 전 가족이 한방에서 식사를 하면서 그날그날의 소경사●를 이야기하거나 바깥소문을 이야기하는 것하고, 유치원에 가는 어린 사람을 중심으로 재롱 보기뿐이요, 그 외에 겨우 한 가지 라디오를 듣는 것이 있을 뿐입니다. 다행히 일본 말을 들을 수 있는 사람이 많아서 일본 말 강의도 듣지마는, 가끔 내가 강연이나 동화를 방송하게 되는 고로 내 이야기를 라디오를 통해 듣는 데에 가족들은 흥미를 느끼는 모양입니다.

*

잡지는 여러 가지를 제각각 재미 붙여 읽습니다. 어린 사람은 소년 잡지, 어른들은 무어든지 집에 오는 대로 노인 한 분을 빼고는 저마다 돌려 읽는 까닭에, 흔히는 잡지 기사가 가족의 화제에 오릅니다. 그리고

●**참례하다** 예식, 제사, 전쟁 따위에 참여하다.
●**심방** 방문하여 찾아봄.
●**소경사** 겪어 지내온 일.

내가 소년운동에 관계하는 인연으로 각 소년회 소식에 비교적 통해서 소년 소녀의 회합에는 가족적으로 어린 사람 데리고 참례들을 합니다.

*

이 외에 한 말씀 부쳐 할 것은, 내가 되도록은 집안에서 모든 가족과 동무가 되려고 노력해 보는 한 가지입니다. 아버지와 아들이 아니라 아내와 남편이 아니라, 윗사람 아랫사람이 없이 친한 동무가 되어지려고 노력한다는 말입니다. 할 수만 있으면 어린 아들이나 딸과도 툭탁거리면서 술래잡기도 같이 하고 수수께끼도 같이 하고, 형이니 동생이니 오빠니 누이니 하는 관계로가 아니라 그냥 동무가 되어 버리려고 그런 가풍을 지어 보느라고 애를 씁니다.

그러나 이 일은 어른으로서의 위엄이 없어서 안 된다고 연령 많은 가족들의 반대가 없지 않습니다. 행랑 사람이나 심부름하는 아이에게도 한결같이 '해라'를 아니 하고 일체로 '하오'를 쓰는데, 이것도 안 된다 합니다. 어른 같지 않다는 것이 반대 이유인 모양이지요. 그러나 언제까지든지 어른 같지 않은 사람이 되려고 나는 노력하는 사람이라 그냥 뒤섞여서 아무와도 어른 같지 않게 섞여 지내려고 나는 힘씁니다. 우리 집 좌우의 동리 사람들은 나의 처신을 이상히 여기는 모양입니다마는 가족적 오락의 근본은 먼저 가족이 한 동무가 될 수 있고 없는 데에 있을 것이요, 또 이 일은 가족적 오락 문제에만 그치는 것이 아닐 줄 압니다.

아버지와 아들, 남편과 아내라 하는 관계보다도 더 자유롭고 친밀한 동무가 되라. 퍽 중대한 문제요 또 노력 많이 드는 일입니다.

_개벽사 方定煥 氏 談, 『중외일보』 1929년 11월 18일

소년운동

출석자

사회: 박팔양●

토의: 방정환, 정홍교● 외 제씨●

토의안

1. 조선 소년운동의 지도 방침

1. 조선 소년운동 침체 원인과 그 타개 방법

1. 종교층 소년의 사회적 인도 방법

사회자: 오늘 저녁에는 대개 아래와 같은 세 가지 문제에 대하여 두 분 선생의 높으신 고견 말씀을 듣고자 합니다. 아무쪼록 기탄없이 말씀하여 주시기 바랍니다. 문제라는 것은 다른 것이 아니라,

* 조선일보사 주최로 1930년 1월 1일 개최된 원탁회의에서 박팔양 사회로, 천도교소년연합회의 방정환과 조선소년총연맹의 정홍교가 '원탁회의 제7분과'로 소년운동에 관해 토론하였다.

● **박팔양**(1905~1988) 시인, 언론인.

● **정홍교**(1903~1978) 아동문학가, 소년운동가.

● **제씨** 여러 사람을 높여 이르는 말.

첫째: 조선 소년운동의 지도 방침은 어떠하여야 될 것인가.

둘째: 조선 소년운동이 침체되는 원인은 무엇이며 그 타개 방법은 어떻게 하여야 할 것인가.

셋째: 종교층 소년을 사회적 소년운동 안으로 인도할 필요가 있다면 그 방법은 어떠하여야 할 것인가.

대개 이러합니다. 그러면 위선● 조선 소년운동의 지도 방침부터 말씀 듣기로 하지요.

정홍교: 네, 물론 현재 조선 소년운동에 있어서 지도 방침의 문제는 매우 큰 문제일 것입니다. 조선 소년을 어떻게 지도해야 할 것인가, 즉 그 지도 방침의 근본적 결정이 없이는 도저히 소년운동의 전개를 바랄 수 없을 것입니다.

방정환: 물론 지도 방침이 중요한 문제입니다. 그런데 우리는 이렇게 생각합니다. 즉 우리들이 보통 '소년'이라고 간단히 말해 버리지마는 소년에도 비교적 어린 소년이 있고 좀 장성한 소년이 있으니까 우리 생각에는 지도 방침도 그 소년의 연령을 따라서 달라야 할 줄 압니다. 이를테면 소년을 열두 살부터 열여덟 살까지라 하면, 열두 살 된 소년과 열여덟 살 된 소년을 일률로 한 방침으로 지도할 수는 없을 것입니다.

사회자: 그럴 터이지요. 어린 소년과 비교적 장성한 소년은 그 생각하는 것과 감정이 다를 터이니까요.

● 위선 우선.

방정환: 그러니까 말씀입니다. 우리의 주장으로는 비교적 어린—가령 열두 살부터 열너더댓 살 된 소년—에게는 정서의 함양이라는 데 치중하여야 하겠고, 열대여섯부터 열칠팔 세까지의 소년에게는 지능적, 이지적● 지도가 필요할 줄 압니다.

사회자: 그러면 대개 십사오 세 이하 소년은 정서교육이 필요하고, 그 이상 소년에게 비로소 지능적 교육이 필요하다는 말씀이지요.

방정환: 그렇습니다.

정홍교: 그런데 우리 생각에는 지도 방침이라 하면 즉 그 지도 정신을 의미하는 것인데, 그러한 연령적 구별에 의한 방침 문제도 물론 필요한 문제이지마는 그보다도 지도의 근본정신이 더 중대한 문제라고 생각합니다. 그 문제는 즉 소년 지도의 의식 문제인데, 이 의식 문제가 무엇보다도 가장 중대한 문제입니다.

방정환: 물론 그야 그렇겠지마는 내가 말하는 바는 어떠한 의식을 넣어 주는 것도 그것을 이해할 만한 연령에 도달하여야 될 것이니까 그 정도에 이르지 아니하였을 때에는 정서적 교육을 하고, 차차 모든 사물을 이해할 정도가 되거든 어떠한 의식이든지 넣어 주는 것이 좋겠다는 말입니다. 다시 말하면 소년의 기초 교육은 정서교육이어야 한다는 말입니다. 그리하여 그 기초 위에 어떠한 이지적 교육을 하는 것이 마땅하다는 말입니다.

정홍교: 그렇지만 우리는 그런 것보다는 소년운동을 사회운동의 한 부분으로 보아서 사회적으로 용감히 일할 사람을 양성하는 교육을 하여야 한다고 생각합니다. 말하자면 프롤레타리아 소년운동이 되겠지요.

● **이지적** 이성과 지혜로 행동하고 판단하는.

사회자: 자, 그러면 그 문제는 그만큼 해 두고 그다음 문제로 가지요. 즉 조선 소년운동이 침체되는 원인은 무엇이며, 그 타개 방법은 어떻게 하여야 할 것인가 하는 문제입니다.

방정환: 원인과 타개 방법은 서로 말이 관련되어야겠습니다그려.

사회자: 네, 그렇게 되겠지요.

정홍교: 침체된 운동의 타개 방법으로는, 우리는 현재 소년운동이 분열되어 있는 현상으로 보아서 소년 지도자의 연합 기관 같은 것이 하나 필요할 줄 압니다. 그러면 좀 통일이 될까 하는 생각입니다.

방정환: 그렇지만 그것은 결과에 있어서 현재의 조선소년총동맹과 무엇이 다를 것이 있겠습니까? 지도자 연합 기관으로 모인대야 그 사람이 그 사람이니까 소년총동맹의 지도급이 모인 것이나 마찬가지가 아니겠습니까.

정홍교: 그래도 그렇지 않지요. 현재 소년총동맹이 분열되어 있는 만큼 그러한 지도자의 연합 기관은 필요할 줄 압니다. 즉 전 조선의 각 지방별로 소년운동의 대표적 지도 분자를 모아서 한 연합 기관을 만들면 이 분열을 구할 수 있을까 하는 생각입니다.

방정환: 그 말은 곧 현 조선소년총동맹의 지도자급을 불신임하는 말씀이 되지 않겠습니까. 우리는 그러한 생각보다는 우리들의 소년운동이란 것은 지도자만 있어도 안 되고 소년만 있어도 안 되고 지도자와 소년과 그 외에도 학교와 가정이 서로 이해하고 힘을 모아서 하지 아니하면 안 되는 까닭에, 위선 학교나 가정이나 기타 일반 사회에서 신임할 만한 지도자—그렇게 말하면 어폐가 있을지 모르니까 정확하게 말하자면 참으로 소년을 지도할 만한 역량이 있는 지도자를 얻는 것이…… 또는 그러한 지도자를 양성하는 것이 이 소년운동의 침체를 구하는 것

이 되겠습니다. 왜 그러냐 하면 현재 각 학교나 각 가정에 있는 소년들을 소년운동 세력 아래로 많이 얻지 못하는 이유의 가장 큰 것이 무엇이냐 하면, '지도자들을 신임할 수 없다.'는 것이므로 위선 지도자로의 역량이 있는 사람이 현재 필요한 까닭입니다. 지도자로의 역량이 있는 지도자만 있으면 아직 소년운동권 내로 들어오지 아니한 소년들을 많이 더 둘 수 있을 것입니다.

그리고 또 한 가지 생각할 것은 소년 지도자의 연령을 제한하는 문제인데, 이것은 소년총동맹에서 이미 연령을 제한키로 결의가 되어 있으니까 내가 이러한 좌석에서 이러한 이야기를 하는 것은 좀 거북한 일이지마는 이왕 이야기가 났으니 말이지 지도자의 연령은 특별히 제한할 필요가 없다고 생각합니다. 왜 그러냐 하면 나이가 많으면 소년운동에 대해서 이해를 갖기가 어렵다는 이유로 연령을 제한하는 것도 일리는 있지마는, 그렇게 몇 살 이상은 안 된다는 구속을 특별히 만들 필요가 없는 것이, 만약 그렇게 소년에 대한 이해가 없을 만한 사람이면 지도자로서 선거하지 않으면 고만이니까 말입니다. 지도자로 선거하는 권리는 언제든지 소년들 자신의 손에 있는 것이니까 구태여 몇 살 이상은 안 된다는 규칙을 세울 필요가 없지 않은가요. 그것은 물론 그리 큰 문제는 아니지마는 그래도 한번 생각해 볼 문제인 줄 압니다.

그리고 타개책의 큰 것으로는 역시 역량 있는 지도자의 양성이라는 것이 되겠지요.

정홍교: 연령 제한 문제에 대해서는 우리도 그렇게 생각합니다. 그리고 타개 방법의 중요한 자●로는 아까 말씀한 지도자 연합 기관이 필요

●자 것.

하다는 것과 또 한 가지는 소년총동맹의 통일이 필요할 줄 압니다.

사회자: 마지막으로 '종교층 소년을 사회적 소년운동 안으로 인도할 필요가 있다면 그 방법은 어떻게 하여야 할 것인가' 하는 문제가 남아 있습니다.

방정환: 그 문제는 물론 필요야 있지마는 그 문제는 타개 문제만 잘 해결이 된다면 별반 문제가 없을 줄 압니다.

정홍교: 그리고 그것은 '어린이날'에는 완전히 실현되는 것입니다. 즉 매년 오월 어린이날에는 종교단체의 소년이나 또는 소년단체에 가입하지 아니한 학교의 소년들이나 전부 참가함으로 그날만은 종교층의 소년과 소년단체의 소년이 결합되는 것입니다.

사회자: 그러면 그들 종교층의 소년들을 소년운동단체로 인도할 좋은 방법이 없을까요?

양 씨: 글쎄올시다.

방정환: 하여간 그것은 소년운동의 진전을 따라서 자연히 해결되겠지요.

사회자: 그러면 밤도 늦고 했으니 오늘 저녁 좌담회는 그만큼 해 두지요. 좋은 말씀 많이 하시느라고 수고들 하셨습니다.

_方定煥 외, 『조선일보』 1930년 1월 2일

아동 재판의 효과

—특히 소년회 지도자와 소학교원 제씨● 에게

1

내가 아홉 해 전에 처음 소년운동의 깃발을 들 때 제일 힘써 고조한● 것은 위선● 윤리적 압박 밑에서의 해방을 위하여 가정에 있어서 '어린이 대우 개선' '어린이의 의사 존중'이었습니다.

묵은 사람의 손으로 새로운 싹을 꺾지 말라!
묵은 사람의 생각으로 새로운 생각을 덮어 누르지 말라!
어린 사람이 가진 것을 꺾지 말고 휘지 말고 고대로 키우라!
어린 사람의 의사를 존중하라!

바로 말하면 '어린 사람 자신을 위하여 나쁘다고 생각되는 행위는 단연히● 그것을 금하고 동시에 그 잘못을 알게 하라.'는 말을 반드시 첨부

● **제씨** 여러 사람을 높여 이르는 말.
● **고조하다** 드높이다. 사상이나 감정, 세력 따위를 더 무르익게 하거나 높아지게 하다.
● **위선** 우선.
● **단연히** 결연한 태도로.

해야 할 것을 알지마는, 하로● 24시간 어린 사람의 의사를 무시하고만 있고 꺾어 휘어 주고만 있는 부형들이라 초기의 선전에는 일부러 그 말을 빼고 아동 의사 존중만을 고조하였던 것입니다.

그리하여 경향●을 통하여 글로 말로 '어린 사람의 의사를 이유 없이 꺾지 말라.' 하는 생각을 비교적 철저 시킨 후에 비로소 다음 해부터 어린 사람 자신을 위하여 해로운 행동은 단연히 금할 것이라는 조건을 붙이기 시작하였습니다. 특히 '어린 사람 자신을 위하여'라고 힘써 붙인 것은 이때까지의 성인들이 어린 사람의 행동의 선악을 판단할 때에 성인 자기를 표준하여 꾸짖기도 하고 칭찬도 해 온 까닭이니, 아동의 어떤 행동이 아동 자신을 위하여 잘했거나 못했거나 어른 자기의 비위에 안 맞는다고 자기 일에 방해된다고 꾸짖거나, 자기 눈에 든다고 칭찬하거나 하는 것이 크게 해로운 짓인 것은 물론입니다.

그런데 실제에 있어서 우리가 어린 사람들과 접촉을 할 때에 그들의 행위에 대하여 얼마나 공정한 태도로 판단할 수 있는가—즉 자기의 감정과 자기의 이해를 완전히 떠나서 아동만을 위하여 판단하는 태도를 얼마나 가질 수가 있을까? 이것이 뜻있는 부형이나 소년회 지도자와 학교 교원의 다 같이 마음 쓰는 점일 것이다.

그리고 다음에 마음 쓰이는 문제는 그 잘못을 어떻게 당자●에게 철저 시킬까? 자기 생각 또는 자기 행동의 잘못을 어떻게 충분히 이해시킬까? 하는 것입니다. 누구든지 어린 사람의 잘못을 발견할 때에 노기를 띠우고 꾸짖기는 쉬운 일이요, 급한 대로 그 행동을 억압하기 쉬운

● **하로** '하루'의 사투리.
● **경향** 서울과 시골을 아울러 이르는 말.
● **당자** 당사자.

일이나 그때의 그 어린 당자로 하여금 자기의 잘못을 충분히 자각시키기는 실로 어려운 일입니다. 이해시키지 못하는 꾸지람이 그때 당장의 행동을 막을 수는 있으나 그다음 재범까지를 막을 재주가 없는 까닭이니, 이해시키지 못하는 꾸지람이 일시적 효과에만 만족하여 두 번 세 번 거듭하는 때는 '어른'이란 으레이• '꾸짖는 사람'이 되어 버려서 그에게 꾸지람받는 것은 그다지 남부끄러운 일이 아니라고 생각되고, 전차 탈 때에 차표 사는 것이나 마찬가지로 평범하게 생각하게 됩니다. 그리고 자칫하면 도리어 잘못된 반항심—자기 잘못을 깨닫기 전에 먼저 꾸짖는 사람에게 대한 반항심을 가지기 시작하게 됩니다. 예하면,• 아무 아이가 이런 일을 할 때는 어른이 꾸짖지를 않더라…… 또 혹은 자기는 무엇이든지 잘하기만 하는가 보다 하는 생각을 가지고 꾸짖는 사람의 약점 내지 잘못까지를 찾아내려 하는 것입니다. 이러한 반항적 태도를 가지는 사람에게 일시의 노기, 이해 못 시키는 꾸지람이 아무런 효과가 없을 것은 성냥을 그어 불이 일어나는 것보다 더 당연한 일입니다.

어떻게 하면 어린 사람에게 자기 잘못을 충분히 깨닫게 할까? 그리함으로써 그가 다시 재범을 하지 않게 할 수 있을까? 그것은 벌로도 매로도 욕으로도 아니 되는 것이요, 오직 한 가지 길밖에 없을 것이니 그 잘못된 행동에 대해서 지도자가 그 행위의 잘잘못을 판단하기 전에 먼저, 그 당자로 하여금 자기 행위에 대한 가치 평정•을 시키는 방법입니다.

이 평치 작용•이야말로 자라 가는 어린 사람들에게 지극히 필요한

• **으레이** '으레'의 사투리.
• **예하다** 예를 들다.
• **평정** 평가하여 결정함.
• **평치 작용** 가치를 평가하는 일.

것이니, 다른 때에도 필요하지만 과실이 있을 때에 이 작용을 이용하면 실로 일거양득이 되는 것입니다.

되도록 노하지 말 것입니다. 노기가 전혀 나지 말라 할 수는 없으나 되도록 자제하여야 할 것입니다. 노기를 띠지 말고 친절한 태도로 아동 자신이 그 행위에 대하여 얼마만큼 잘한 일인가? 얼만치 잘못된 것일까? 그 가치 평정을 요구할 것입니다. 그런 후에 어쩌다가 그리 잘못되었는가? 원인을 생각하게 할 것입니다. 어린 사람이란 어른들이 생각하는 이상으로 영리하여서 넉넉히 평가할 수 있는 것이요, 만일 혼자서 바르게 평가하기에는 지나치게 복잡한 일이라면 먼저 그 준비로 평가 작용에 필요한 지식을 설명해 넣어 준 후에 평가시킬 것입니다.

이리하여 아동은 남에게 꾸지람을 받지 않고 자기 스스로가 자기를 꾸짖게 되고 그리함으로써 잘못됨을 자각하여 재범치 않기를 자기할• 것입니다.

나는 위에서 어린 사람의 잘못을 가장 속히, 가장 효과 있게, 가장 합리적으로 바로잡아 나갈 한 가지 방침으로 말씀하였거니와 다시 이 방침을 소년회나 소학교에서 한층 더 묘하게 이용할 길을 더 말씀하겠습니다.

극소수의 아동밖에 가지지 아니한 한 가정에서는 그리할 수 있다 쳐도 학교와 같이 한 교원이 육칠십 명씩의 아동을 데리고 소정의 과목을 교수하는 데나, 더욱 1주간 수삼• 시간밖에 아동을 접하지 못하는 소년회 등에서는 일일이 많은 시간을 들여서 서서히 평가 작용을 시키고 있을 여유가 없을 것입니다. 그리고 여러 아동이 아츰•에 하나, 저녁에 하

• **자기하다** 마음속으로 스스로 기약하다.
• **수삼** 두서넛.

나, 내일 하나, 모레 하나 이렇게 시간을 달리하여 동일한 잘못을 범할 때 교원은 그때마다 같은 말을 되풀이하고 그때마다 많은 시간을 들여서 똑같은 평가 작용을 시키는 것은 시간상 손해뿐 아니니, 도저히 그 친절한 노력이 계속되지 못할 것입니다. 이때에 먼저 말한 평가 작용을 일층 확대하여 전반 아동 혹은 소년회 전원에게 일제히 일으킬 것이니, 곧 '아동 재판'이 그것입니다.

즉 한 반 60명 아동 중에서 어느 한 아동이 잘못을 범하였을 때, 그 행위에 대한 평가 작용을 그 당자 한 사람에게만 요구하지 말고 전 반 60명 아동에게 모두 요구할 것이란 말이니 이것은 그만 아동이 불행히 범한 잘못은 타일● 다른 아동도 범할 수 있는 행위인 까닭이다. 자기 잘못을 자기가 평가함으로써 그 잘못을 완전히 고칠 수 있다 하면, 자기도 범하기 쉬운 남의 잘못을 자기 일처럼 반성하면서 가치 평정을 함으로써 남의 잘못이 곧 자기 경험이 되어 남의 있는 효과를 다 각기 자기도 얻을 것입니다.

한 반 한 층에서 한 아동이 잘못을 범하였으면 지도자가 곧 그 행위의 가치를 독단하여 처판하지● 말고, 점심시간이나 다른 시간을 이용하여 지도자가 재판장이 되고 다른 아동 전부가 배심원이 되어 피고 된 아동의 행위를 신고하여서 일반 배심원이 각기 의견대로 그 가치를 평정하게 하고 그 의견들을 참작하여 재판장이 공정한 판단을 내리게 하라는 것이니, 이러함으로써 잘못을 범한 아동이 한 번 범하고 재판을 받음으로써 후일을 자계하여● 재범하게 되지 않는 것과 꼭 같이, 배심한 아동

● **아츰** '아침'의 사투리.
● **타일** 다른 날.
● **처판하다** 사무를 분간하여 처리하다

도 그런 잘못을 범하지 않게 될 것입니다. 물론 이 경우에도 배심원들이 평가하기에 지나치게 복잡하거나 어려운 경우에는 지도자가 먼저 그 일을 심판하기에 필요한 지식을 먼저 설명해 들려준 후에 공판을 열 것이요, 상급반이거나 전원 중 판단력이 넉넉한 아동이 있는 때는 재판장의 소임도 아동에게 맡기고 지도자도 배심원의 1인이 될 것입니다.

혹인●은 실제로 시험해 보기 전에 '어린 사람들에게 자기네 동무의 심판을 맡기면 이●보다도 정에 끌려서 공정한 판단을 기대하기가 어려우리라.'고 의심할 것입니다.

어린 사람처럼 음모 적고 더러운 야심이 적은 사람은 없을 것이니 그들이 한번 심판의 자리에 서면 누구보다도 가장 그 직분에 충실하려는 노력이 실로 어른들이 따르지 못할 만큼 직실하여집니다.● 바로 '자기와 친한 사람이니 잘못한 것은 사실이나 어떻게 그 벌만은 경감할 수 없을까.' 하는 언턱거리●를 정당한 이유에서 찾으려 할망정 이기적 야심에 더럽혀진 성인들처럼 잘못된 것을 잘한 일이라고 억지로 굽혀 우기거나 경위를 구부리는 등 비열한 태도는 결코 취하지 아니합니다.

나는 일찍이 학교에 있어 보지 못했고, 소년회원들에게는 그런 시험은 하여 볼 만한 여유 하는 시간을 가져 보지 못하였으니, 내 집에서 소학교에 다니는 10세 내외의 어린 사람에게 시험해 본 일이 있습니다.

그릇을 깨트리거나 의복이나 원고지에 잉크를 엎질렀거나 할 때는 그 당장에서 꾸짖지 아니하고 그냥 얼른 소제●만 시켜 왔고,(그것은 내

● **자계하다** 잘못을 저지르지 않도록 스스로 경계하다.
● **혹인** 혹자. 어떤 사람.
● **이** 이치. 논리.
● **직실하다** 정직하고 착실하다.
● **언턱거리** 남에게 무턱대고 억지로 떼를 쓸 만한 근거나 핑계.

가 꾸짖지 않아도 당자가 충분히 잘못된 것을 알고, 알 뿐 아니라 먼저 자겁하여● 얼른 빛이 변하고 가슴이 성큼하여 마음을 졸이고 섰으니 그것이 벌써 스스로 받는 벌이라, 충분히 잘못도 알고 벌도 스스로 맞고 있는 고●입니다.) 다만 그의 놀랜 마음이 평정을 회복한 후에 서서히 '그대가 발 앞을 보지 않고 딴 데만 보고 다닌 까닭에 그리 잘못된 것이니 이다음부터는 주의하라.' 하거나, '뜨거운 국그릇을 분수없이 들고 다닌 까닭에 내리쳐서 깨트린 것이니 그런 때는 무얼로 싸서 들든지 어른에게 가져다 달라 하든지 하라.'고 일러 줄 뿐입니다.

그리고 복습을 하는 시간에 하지 않고 놀거나, 하지 말라고 금하는 나쁜 욕설을 하는 등, 또는 소유주의 승낙 없이 남의 물건을 가져다 쓰거나 하는 잘못을 범한 때는 '그 일이 잘한 일인가 잘못한 일인가 가만히 생각을 하라.' 하면 '과연 잘못했어요.' 합니다. 그러면 '누구든지 잘못한 만큼 벌을 받는 법이니까 벌을 받아야 할 터인데, 종아리를 몇 개를 맞아야 마땅할꼬?' 하고 평가를 요구하면 9세 11세 것만은 '세 개만' 하거나 '다섯 개만' 하거나 합니다.

혹 자기로 판단하기가 어려운 눈치에서 얼른 대답을 못 하는 모양이면 '언제인가 이러한 일이 잘못되어서 그때는 세 개를 맞았었는데 이번 잘못은 그때보다 더한가 덜한가.' 하고 유도를 하면 반드시 '다섯 개만' 하거나 '여섯 개만' 하고 몹시 공정한 대답을 하는 것이 으레였습니다.

이 외에 소년회나 학교에서 이 방침을 쓰는 데에는 미국에 유명한 소년자치단에서 그 창설자이요 또 지도자인 윌리엄 R. 조지 씨가 흥미 있

● **소제** 청소.
● **자겁하다** 제풀에 겁을 내다
● **고** 까닭. 이유.

는 시험을 하여 좋은 성적을 본 것이 있으니, 그것은 차호에 소개하여 여러분의 참고에 바치겠습니다.

2

나는 본지 전전 호에서 '어린 사람의 행동을 어른이 자진하여 먼저 심판하지 말고 어린이 자신으로 하여금 그 자신의 행동에 대한 가치 평정을 시키라.'고 말씀하였고, 나 자신이 일찍이 시험해 온 결과까지를 들어 그 실제 효과의 많음을 말씀하였습니다.

그것은 쉽게 말하면 어린 사람이 어떤 잘못된 행동을 하였을 때, 성인(어른)이 자기 혼자 '이것은 잘못이니까 벌을 주어야겠다.'고 먼저 독단해 버리지 말고 어린 사람 자신으로 하여금 냉정하게 생각게 하여 자신이 저질러 놓은 행동이 잘된 일인가 잘못된 일인가, 얼마만큼 잘된 일인가 얼마만큼 잘못된 일인가 스스로 판단하게 하라는 말이니, 이리하는 것이 그때 당장의 상벌을 분명히 하는 데만 효과 있는 것이 아니라 나아가 후일 다시 재범까지를 예방하는 데 크게 효과 있는 까닭입니다.

그리고 나는 전전 호에서 학교, 소년회, 강습소 등에서 이것을 더 확대하여 아동 재판(아동 자신들이 심판하는)의 규정을 설하라고• 말씀하였습니다. 이것 역시 학교의 교원이나 소년회의 지도자가 피지도급인 아동의 행동을 자기가 먼저 독단하지 말고 전 반 아동이 모두 모여서, 혹은 판관이 되고 혹은 배심원이 되어 동무 한 사람의 행동을 심판하게 하

• **설하다** 배치하다.

라는 것이니, 혹 아동들이 판단력이 부족하여 심판을 잘못할 때는 교원이나 지도자가 배심원의 일인으로 의견을 진술할 수도 있고, 또는 항소를 하게 하여 재심 판사가 될 수도 있는 것입니다.

이리하는 것은 단 한 사람이 잘못을 범한 불행으로써 전 반 아동의 경험을 삼아서 전 반 아동으로 하여금 동일 범행에 이르지 않도록 예방하는 데에 막대한 효과가 있는 것입니다.

이상은 전전 호에서 세술하였거니와• 이 방법을 누구보다도 먼저 실행하여 좋은 성적을 거둔 미국 윌리엄 R. 조지 씨가 그의 창립한 소년자치단에서 처음 이 방법을 실행하던 때의 이야기를 여기에 소개하여 유지하신• 이의 참고에 바치렵니다.

*

이 소년자치단이란 것은 저 파월•의 소년군 같아 세계적으로 퍼진 것은 아니나, 내가 아는 범위에서 우리에게 가장 많은 참고를 제공하는 미국에서 가장 저명한 소년단입니다. 이에 관한 서적으로는 단 한 권 내 손에 있던 것이 불행히 일본 진재• 통에 없어져서 여기에 자상히 소개할 길이 없는 것은 큰 유감입니다. 그러나 간신히 지금 기억되는 것이나 또는 묵은 수첩 속에 옮겨 두었던 조각 기록들을 모아 보면,

그 창설자 윌리엄 R. 조지라는 인물은 교육가도 아니요 종교가도 아닌 일(一) 실업가였는데, 그가 어느 해 여름에 해변에도 온천에도 가지 못하고 자기 경영의 상점에서만 바쁘게 지내고 있을 때였습니다.

• **세술하다** 자세히 밝히다.
• **유지하다** 어떤 일에 뜻이 있거나 관심이 있다.
• **파월** 영국의 군인, 보이스카우트 창설자 로버트 베이든 파월(1857~1941).
• **진재** 지진으로 생긴 피해.

각처 학교라는 학교마다의 학생들이 각각 부모들을 따라 혹은 해수욕장으로, 혹은 온천장으로, 혹은 시골 친척 집으로 피서를 가고 없어서 시중●이 적요한● 때인데 불구하고 빈한한 가정에 태어난 때문에 아무 데도 못 가고 거리에 남아 있어서 쓸쓸히 지내고 있는 빈가아●들이 많은 것을 보고, 일 실업가인 그는 '오냐, 저 가련한 아이들의 빈곤한 부모들을 대신하여 금년에는 내가 모두 데리고 내 고향으로 가서 피서를 시켜 주어야겠다.'고 결심하고 곧 실행한 것이 1890년 8월이었고 그때의 첫 이름이 '청풍단(淸風團)'이었습니다.

몸이 건강하면서 시골 갈 기회가 없는,

소년 50인, 소녀 10인

이 60명을 데리고 자기 고향인 푸리뻴이라는 촌에 가서 2주일 동안 유쾌하게 놀고 온 것이 동기가 되어 다음 해 1891년 여름에는 125인의 소년 소녀를 데려가게 되고, 또 그다음 해에는 그보다도 더 많은 소년 소녀를 데리고 가게 되어 비로소 소년자치단이란 이름으로 되고 기간도 늘고 살림도 늘어서, 푸리뻴 촌에서도 민가와 아주 떨어져 있는 산간에 기지를 장만하고 일개의 어린이 나라를 형성하여 그 안에서만 거주되자, 필연의 세●로 노동법이 생기고 임은제●가 생기고 소년 경찰이 생기고 소년 우체국이 생기고 소년단 내의 화폐가 생기고 금융기관이 생기고 소년 의회가 생기고 무역법이 생기고 하여 전 인류가 미개 시대로부터 이날까지 가져온 진화를 단기일에 실제로 실연하게 되어, 이 일의

● **시중** 시내. 도시의 안.
● **적요하다** 적적하고 고요하다.
● **빈가아** 가난한 집 아이.
● **세** 세력. 힘이나 기운.
● **임은제** 임금 제도. 품삯을 주는 제도.

가치 있는 효과는 곧 전국 식자● 간에 인정되어서 합중● 정부의 이해 있는 보조를 받게까지 된 것인바, 그간의 지도자 윌리엄 R. 조지 씨의 꾸준한 노력이야말로 아무도 용이히 따르지 못할 바였습니다.

*

그가 100여 명의, 가정교육조차 못 한 아동들을 데리고 단기간의 하기 생활을 할 때에 한 사람의 잘못을 꾸짖으면 또 다른 수삼 인의 잘못이 생기고 심한 때는 일시에 수십 인씩의 잘못이 생기니, 책임 있는 지도자로서 그들의 잘못을 그냥 묵과할 수도 없고 그 상벌을 엄정히 하기에 얼마나 고심하였을 것은 우리들의 상상으로도 오히려 부족함이 있을 것입니다.

더구나 때가 하절●이요 고개 하나만 넘으면 민가가 산재해 있는 곳이라, 남의 집 울●을 넘어 들어 과실을 훔치거나 닭 장난을 하거나 세탁해 널어놓은 의복 등류에 장난을 하는 등 매일 여러 사람의 손으로 근사한 범행이 반복되는 터이라, 그것을 일일이 벌하고 또 후일을 경계하기에 그의 고심은 대단하였습니다.

이하 그가 아동 재판의 신법●을 창설하게 된 동기의 일절 기록되어 있는 것을 옮겨 보겠습니다.

*

내가 그들을 가련하게 생각하고 빈곤한 그들의 부모를 대신하여 여기에 데리고 온 것은 물론 그들로 하여금 다른 부유한 집 아이들처럼 여

● **식자** 학식, 견식, 상식이 있는 사람.
● **합중** 미합중국.
● **하절** 여름철
● **울** 울타리.
● **신법** 새로 제정한 법.

름 한철을 유쾌하게 놀게 해 주려는 것이다. 그러나 그렇다고 그들의 나쁜 버릇을 그대로 내버려 두는 것은 결국 그들을 위하는 일이 아니다.

그들이 여름 동안 여기에 와서 노는 동안 나쁜 버릇을 완전히 고쳐 가지고 한 가지라도 좋은 지식과 좋은 습관을 가지고 돌아가게 되는 때에 진실한 유쾌가 있을 것이다. 그러나 내가 아무리 좋은 말로 타이르고 아무리 부지런히 벌을 주어도 그때그때뿐이지 그들의 나쁜 버릇은 감하지 않았다. 도대체 그들은 동무끼리도 남의 인격을 존중할 줄 아는 사람이 하나도 없다. 따라서 고마운 때 감사할 줄을 모르고, 벌을 선 때 남부끄러운 줄을 모른다. 거의 모두가 한 번 이상씩 벌을 받은 고로 벌 받는 것을 의례건•으로 생각하게 되고, 선생이란 으레 벌주기 위해 있는 것인 줄 안다. 그러면서도 남이 벌 받음을 볼 때는 또 모여 서서 구경하면서 재미있어한다.

나는 어떻게든지 그들의 악습을 고쳐 주려고 결심하고, 벌을 줄 때는 종아리를 그 경중에 따라 개수를 가감하여 때리기로 하였다. 그러나 그것도 별 효과가 없이 맞는 사람이 크게 부끄러워하지도 않고 으레 맞을 것을 맞는 것처럼 태연하고, 다른 아이들도 미구•에 자기도 맞을 줄 모르고 둘러서서 보면서 재미있어한다.

나는 그만 염증이 생겼다. 그리고 나의 이 일에도 절망을 느끼기 시작하였다. 그리고 그들을 벌주기에 피곤하였다. 그러나 나는 입술을 깨물면서 속으로 생각하였다.

'이 소년 소녀 들의 한 떼는 마치 로마의 제일•과 같이 매일 아츰마

• **의례건** 전례나 관례에 비추어 있어 온 일.
• **미구** 얼마 오래지 아니함.
• **제일** 제삿날.

다 내 앞에 와서 범행한 동무를 고발하고 또 그 맞는 꼴을 구경하고 섰다. 대체 그들은 내가 내리는 심판과 형벌이 정당한지 부당한지 그런 것을 생각해 보는 눈치도 보이지 않는다. 다만 남이 벌 받는 것을 재미있게 구경할 뿐이니, 어떻게 하면 그들도 다 같이 이 사건에 간접 관계가 있고 연대적 책임이 있는 것을 깨닫게 해 줄 수가 있을까.'고 생각해 보았다. 그들이 남의 벌 받는 것을 아무 비판 없이 그냥 구경하니까 금방 구경한 남의 잘못을 자기도 어느 틈에 또 범하게 되는 것이다. 한 번 잘못을 깊이 개심함으로써• 그 당자 자신이 다시 재범 아니 하게 되는 것과 같이, 남의 잘못과 거기 대한 벌을 정당히 비판하면 그리함으로써 남의 잘못이 자기 경험권 내에 들어와 자기는 완전히 그 잘못을 피해 갈 수 있을 것이다.

나는 여기서 한 가지 묘안을 안출하였다.•

'그들의 잘못을 내가 심판하던 규례•를 치우고, 이제부터는 그들로 하여금 심판하게 하리라.'

그 이튿날은 랑키하고 카리가 그중 중죄에 걸렸다. 그래 나는 날마다 하던 것처럼 다른 죄인 10여 명을 내가 심판하여 내 손으로 벌을 주고, 나머지 랑키와 카리 두 사람을 남겨 놓고 벌떡 일어서서 모든 구경하고 섰는 아동들에게 선언하였다.

"여러분! 나는 오늘까지 나 혼자 재판관 노릇도 하고 배심원 노릇도 하였고 맨 나중 집형자• 노릇도 내가 하였습니다. 이때까지 내가 하는

- **개심하다** 잘못된 마음을 바르게 고치다.
- **안출하다** 생각해 내다.
- **규례** 일정한 규칙과 정하여진 관례.
- **집형자** 형을 집행하는 사람.

재판과 벌칙에 대해서 여러분은 얼마나 정당한지 또는 부정당한지 전혀 모르고 왔습니다. 이 사건은 모두 여러분의 동무 중에서 일어난 사건인 만큼 여러분에게도 관계가 되고 영향이 되는 것입니다. 그래서 나는 지금부터 여기서 일어나는 모든 사건의 재판을 여러분에게 맡깁니다. 우선 오늘부터 랑키와 카리를 여러분에게 맡길 터이니, 여러분이 재판관이 되어서 두 사람의 죄상을 듣고 벌을 줄 것인지 안 줄 것인지 판단해 보시오."

이 선언을 듣자 소년 소녀 들은 각각 자기들이 입은 의복을 잡으며 몸맵시를 고치는 등 졸지에 엄연한• 태도를 짓기 시작하였다. 그리고 자기들끼리 서로서로 얼굴을 쳐다보며 쑥덕이더니 "그리해 보겠습니다."고 대답하였다. 그리고 그들의 얼굴에는 새로운 광채가 빛나는 것 같았다. 그들 유년 재판관으로도 반드시 정의가 행해지리라고 믿어지는 마음이 생겨서 기뻤다.

랑키와 카리와는 맨 앞에 앉혔는데 그들은 이때까지 자기편이던 동무들이 모두 자기를 심판하는 사람이 된 고로 영 뒤를 향하지 않고 있었다.

"자아 이제는 여기 앉아 있는 사람이 모두 재판관이니까, 랑키 군 일어서서 자기가 한 일을 자세자세 이야기해 보아요." 하고 내가 일렀다.

그는 가장 얌전하게 일어서더니 천장을 쳐다보다가 무언지 애원하는 눈치로 여러 동무들을 보다가 다시 천장을 쳐다보다가 "아니오. 저는 능금을 단 한 개도 도적질하지 않았습니다."고 분명히 말하였다.

그는 그 얌전한 태도와 공순한• 어조로 다른 재판관—실상은 배심원—들의 동정을 구하려는 것이었으나, 보통 때였으면 효과가 있었을

• **엄연하다** 의젓하고 점잖다.
• **공순하다** 공손하고 온순하다.

지 모르나 지금은 모두 심판관이 되어 엄정해졌는 고로 그렇게 쉽게 동정의 눈치를 보이는 아이도 없고, 그렇다고 함부로 웃는 아이도 없었다. 아주 심판에 열심이었다.

아무도 자기에게 동정해 주는 사람이 없는 것을 보고 랑키는 골이 났다. 불량소년에게 흔히 있는 까닭 없는 반항적 태도로 "이놈들아! 너희들도 전에 능금 도적질을 하지 않았니?" 하고 악을 썼다. 그러나 아무도 경솔히 그 말에 응하는 아동이 없었다. 정말 재판관 같은 무서운 눈으로 '이놈, 나쁜 놈!' 하는 드키 랑키를 쏘아보고들 있었다.

랑키는 자기가 쏜 화살에 아무 반응이 없는 것을 보고 이번에는 또 다른 방법을 취하는 모양이었다.

"너희들도 아는 바와 같이, 내가 능금을 훔친 것은 카리가 훔치자고 먼저 그래서 훔쳤단다."

할 수 없으니까 최후로 가장 비열한 방법을 취한 것이다. 그러나 나어린 심판관들은 얼른 그 말에 넘어가지 않았다.

"거짓말 말아!" 하고 소리친 사람이 있었다.

그러니까 랑키는 다시 최후 발악으로 "죽이든지 살리든지 맘대로 하려무나!" 하였다.

그러자 심판관인 아이들은 하나씩 일어서서

"선생님 물어볼 것도 없이 랑키는 능금을 도적한 것이 사실이니까 유죄입니다."

"옳소, 옳소! 유죄요, 유죄야!" 하고 소리친다.

나는 일어서서 다시 물었다.

"유죄면 매를 몇 개를 때리는 것이 적당하냐?"

"다섯 개만 때리셔요."

한 소년이 주장하고 앉으니까

"아니요. 어저께 톰이 같은 죄를 지었을 때도 네 개를 때렸으니까 네 개가 적당합니다."

"옳습니다. 네 개가 옳습니다."

나는 그들의 심판대로 랑키를 네 대를 때렸다. 그러나 그들이 그저 남이 맞는 것이 재미있어서 그러는지 또는 자기가 전에 맞은 일이 있으니까 지금 남도 맞는 것을 일종의 분풀이로 생각하고 있는지 알 수가 없었다. 그러나 규칙은 규칙대로 실행하여야 한다. 범인이 누구든지 용서할 권리는 아무에게도 없다.

"이번에는 카리 군!" 하니까 카리는 다소곳이 일어섰다. 카리는 전부터 암전한 소년이었는데 어쩐 일인지 이번 처음 죄를 지었다.

그는 이런 때에 다소곳이 있는 것이 제일 양책•인 줄 생각하였는지 아무 반항하는 빛을 보이지 않고 벌떡 일어서서

"네, 저는 능금을 훔쳤습니다. 그러나 랑키가 말한 것처럼 내가 먼저 훔치자고는 아니 했습니다. 실상은 랑키가 능금 생길 데가 있으니 같이 가자고 그래서 따라갔었습니다. 이번 죄는 물론 감수하겠습니다. 내가 만일 전에도 그런 죄를 지은 일이 있거든 나를 죽이기라도 하십시오. 이 중에 아는 동무는 일어나서 이야기하여 주십시오. 참말 나는 이번 처음입니다. 만일 이 말을 우리 어머니가 들으시면 어떻게 놀라실는지 모릅니다. 아아, 나는 더 할 말이 없습니다." 하고 그냥 자리에 쓰러지드키 앉아서 으엉으엉 울었다.

"여러분 카리를 벌을 주겠습니까?"

• **양책** 좋은 계책이나 뛰어난 책략.

하고 물어도 아무도 손을 드는 소년이 없었다.

"무죄로 방면할 터입니까?"

그래도 손을 드는 사람이 없었다. 어떻게 판단해야 공정할지 모르는 모양이었다. 저희들끼리만 쑥덕이는데, 더욱 머리 큰 소년들은 유죄가 옳다거니 무죄가 옳다거니 하고 서로 다투고 있었다. 한동안이나 지나서

"선생님, 카리에게는 다소 동정되는 점도 없지 않습니다마는 능금을 훔친 것은 사실이니까 물론 유죄입니다."

하고 주장하는 소년이 있었다.

"아니올시다. 무죄가 옳습니다."고 반대하니까 "무죄로는 못 됩니다. 처음 일이니까 용서할 수도 있으나 그렇다고 용서하면 아무라도 다 용서해야 할 터이니까, 유죄로 하되 두 개만 하는 것이 좋습니다." 하는 소년이 있자 "옳소! 그것이 옳소!" 하고 모두 응하여 찬성하였다.

나는 곧 심판대로 카리를 두 개를 때렸다.

"오늘의 포판●은 이걸로 끝났습니다. 이후부터는 대소 사건 간에 모두 오늘과 같이 여러분과 함께 재판할 터이니 그런 줄 알고 계시오."

하였더니 그들은 모두 기쁜 소리를 쳐서 찬성의 뜻을 표하고 이 새 법정을 위하여 만세들을 세 번이나 불렀다.

이 일이 생긴 후로 그다음 날은 법정에 오게 되는 범인이 전날의 반수도 못 되고 또 그다음 날은 반의반도 못 되게 줄어들었다. 그리하여 10여 일이 지난 때에는 혹 한 사람쯤 되거나 아주 없는 날이 많이 생겨서 매 때리는 법은 없애 버리고, 유죄인은 그 경중에 따라 판정되는 대로 한 시간 혹 두 시간, 세 시간 마당의 풀을 뽑게 하기로 하였다.

● **포판(褒判)** 옳고 그름을 가리어 판단하는 '재판'과 같은 뜻으로 쓰였다.

*

이상은 윌리엄 R. 조지 씨 자신의 수기의 일절을 대강 의역한 것입니다마는 이것이 이윽고 소년자치단 치안의 근본이 되게 한 아동 재판 기관이 생기게 된 동기입니다.

전전 호에도 말씀한 바와 같이 이리하는 일은 세 가지로 좋은 효과를 가져오는 것이니, 하나는 범죄한 소년으로 하여금 동무들 앞에서 심판받기를 더 괴롭게 알게 하고 더 불명예로 알게 하여 스스로 범죄를 두렵게 알게 하는 데에 효과 있는 일이요, 또 하나는 남의 범죄 행동을 판정할 필요에 끌려서 자연 평가 작용을 기르게 되는 고로 일반에게 사건의 비판력을 길러 주는 데 효과 있는 일이요, 나머지 하나는 한 사람의 나쁜 경험이 곧 일반의 나쁜 경험이 되어 전 반 아동으로 하여금 어느 한 사람의 잘못을 재범하지 않게 하는 데에 효과 있는 일입니다.

이 지도자의 태도와 전에 말씀한 재래식 태도—지금도 우리가 흔히 행사하는—와 비교하여 그 효과의 차이를 생각할 때에 우리가 이날까지 해 온 노력이 어떻게 헛된 노력인 것을 알 것입니다.

거듭거듭 유지하신 부형 또 교원, 지도자 제씨의 심심한 사려를 바라면서 이 거칠은 논의의 끝을 맺습니다.

_『대조』 1930년 3~5월호

담뱃갑

서울 어느 소학교에서 학생 중에 담배를 먹는 사람이 있다는 말을 듣고 하로•는 교장 선생님이 별안간 명령을 내려 300명 학생을 마당 한가운데에 모아 세워 놓고 여러 선생님을 시켜서 학생들의 몸을 뒤졌습니다.

담배를 가진 학생은 혼이 나서 넌지시 주머니에 있는 담배를 꺼내서 바지가랭이에 넣었으나 그것도 들켜서 모두 빼앗겼습니다. 그런데 누가 그랬는지 담뱃갑을 얼른 꺼내서 운동장 구석에 내어던져 버린 것이 들춰나서• 교장 선생님은 불같이 노하셨습니다.

"담배를 먹던 사람은 이후부터는 안 먹겠습니다 하고 떳떳이 내어놓는 것이 잘하는 것이지, 다른 애매한 사람에게 넘겨씌우려고 남모르게 몰래 버리는 것은 아주 옳지 못한 짓이요, 더러운 마음이다. 그러니 이 담뱃갑을 내어버린 사람은 남자답게 내가 버렸습니다고 손을 들어라." 하셨습니다.

그러나 300명 학생 중에 아무도 손을 드는 사람이 없었습니다. 교장

* 『중외일보』 '어린이 차지'란에 실렸다.
• **하로** '하루'의 사투리.
• **들춰나다** 들추어져 드러나다.

은 점점 더 노하여 얼굴까지 벌게 가지고 꾸지람 연설을 하고 또 하고, 반 시간, 한 시간 또 반 시간. 두 시간 이상이나 꼿꼿이 서 있는 학생들이 다리가 아프고 배가 고파서 더 견디지 못할 지경이고 해까지 져서 어둑해 오는데 그래도 손을 드는 사람은 없었습니다.

"손을 들고 나오는 사람이 있을 때까지 밤중이 되어도 이렇게 서서 기다릴밖에 없다."
고 교장은 또 소리치셨습니다. 그 소리를 듣고 300명 학생은 일제히 고개가 늘어져 버렸습니다.

그때 별안간 맨 앞줄에 서 있던 어린, 아주 어린 학생 하나가 손을 번쩍 들고 교장 앞으로 나아갔습니다.

"제가 내버렸습니다!"

교장도 놀라고 선생님들과 300여 명 학생이 모두 눈이 둥그레졌습니다. 너무도 어린 사람이어서 그가 담배를 먹었으리라고는 아무에게도 믿어지지 않았습니다.

"네가 버렸으면 담배가 무슨 담배요, 몇 개가 들어 있는 것을 버렸느냐?"
고 교장이 물으시니까 그는 대답을 하지 못하고 쩔쩔매었습니다.

"네가 버리지 않은 것을 왜 네가 버렸다고 그러느냐?"

"선생님, 학생들은 배가 고프고 다리가 아파서 더 섰을 수가 없습니다. 그리고 집 먼 사람이 많으니까 일찍 돌아가야 합니다. 그래서 다른 학생들이 일찍 다 돌아가게 하려고 그랬습니다."

이 대답을 듣고 교장은 마음이 몹시 기뻐지셨습니다. 그래서 기쁜 소리로,

"이 어린 학생은 다른 모든 학생들을 일찍 돌아가게 하기 위하여 자

기가 버리지 아니한 것을 자기가 버렸다 하고 죄를 받으러 나왔으니, 이런 훌륭한 학생이 우리 학교에 있는 것은 기쁜 일이요, 여러 사람을 구원하기 위하여 자기 몸을 내바치는 것을 '희생'이라 하는데 이 세상에서 희생의 정신보다 더 좋은 정신은 없는 것이요."

하셨습니다. 그리고 곧 흩어져 돌아가라고 명령하셨습니다.

_『중외일보』 1930년 3월 18일

어린이날을 당하여•

가장 기쁜 명절 우리 '어린이날'을 맞이하는 기쁨은 결코 소년운동자들만의 것이 아닙니다. 그것은 이 명절이 다른 명절처럼 지나간 과거의 어떤 일이나 인물을 기념하는 것이 아니요, 오직 앞날의 새 세상을 축복하는 명절인 고로 이날의 이 운동이 가져올 것은 적게는 각각 우리 가정에, 크게는 우리 민족 전체에, 더 크게는 우리 인류 전체에 새 행복을 가져올 것인 까닭입니다.

이 기쁜 명절에 나로서 특별히 하고 싶은 말씀은 우리의 각 사회 각 방면에서와 일반 가정에서 어떠한 부분 사람들의 일을 옆에서 구경하듯 하지 말고 다 각각 자기 일로 알고 함께 나서서 이날을 같이 지키고 같이 축복하여 우리의 새 생명을 모두 더 씩씩하게 키우자 하는 것입니다.

그리하기를 일반 사회와 가정에 바라는 동시에, 그리하게 되도록 소년운동에 노력하는 동무들의 특별한 노력을 제의합니다.

_『조선일보』 1930년 5월 4일

• **당하다** 어떤 때나 형편에 이르거나 처하다.

오늘이 우리의 새 명절 어린이날입니다

—가정 부모님께 간절히 바라는 말씀

우리의 새 명절 어린이날을 당하여 나는 가장 기쁜 마음으로 여러분 어린이들의 부모께 몇 말씀 드리어 다 같이 기쁜 마음으로 다 같이 긴장한 마음으로 우리의 이날을 지키고 싶습니다.

우리가 이때까지 지켜 온 명절은 여러 가지입니다. 사월 파일, 오월 단오, 팔월 추석 같은 것들이 모두 좋은 명절이 아닙니까. 그러나 그런 것들은 누구가 탄생한 날 또는 어느 유명한 사람이 죽은 날이니 그것을 기념하자는 것이요, 또 혹은 시절이 좋으니 하로● 즐겁게 놀아 보자 하는 데 지나지 못하는 것입니다. 그런 까닭으로 그것들은 우리들이 앞으로 살아 나가는 데에 좋은 도움이 되는 것이 아닙니다. 그래서 아무 산 생명이 없는 명절입니다.

그런데 오늘! 이 '어린이날'이라는 명절뿐만은 예전 것을 기념하거나 그냥 기후가 좋으니 놀자는 날이 아니라 앞으로 살아 나갈 새 생명을 축복하고 북돋우자는 명절인 고로 이날만은 적게는 한 집안의 새 운수를 위하는 것이요, 크게는 우리 민족 전체의 새 운수를 위하는 것이요, 더 크게는 전 인류의 새 운수를 위하는 의미 깊은 명절입니다. 그러니

* '가정부인'란에 실린 글이다.

● **하로** '하루'의 사투리.

이날을 잘 지키고 못 지키는 것이 곧 우리의 생명을 잘 살리고 못 살리는 노릇이 되는 것입니다.

지금 좋은 세상에서 더 잘 사는 사람도 오히려 더 좋은 세상을 만들고 더 잘 살게 되려고 이날을 잘 기념하겠거든, 고르지 못하고 바르지 못한 세상에서 누구보다도 더 아프고 고생스런 생활을 하는 우리들이야 다시 말씀할 것이 있겠습니까. 우리들의 지금 살림이 고생스러우면 고생스러울수록 더욱더욱 이날을 잘 기념하여야 합니다.

그러면 우리는 우리의 생명을 키우기 위하여 하로라도 더 속히 좋은 새 세상이 오게 하기 위하여 일치단결 정성을 다하여 이 명절을 기념하겠는데, 어떻게 하는 것이 이날을 가장 잘 기념하는 것인지 그것을 알아야겠습니다.

첫째, 이날은 온 집안 식구가 다른 일 다른 의논을 다 걷어치워 두고 오직 조선을 생각하고 집안 형편을 생각하면서, 그것이 잘되게 하기 위해서 어린 사람이 얼마나 귀중한 책임이 있는 몸인지를 따져 볼 것이요, 그리하여 그 귀중한 책임자를 어떻게 잘 보호하며 어떻게 대접해야 할까 그것을 생각해야 할 것입니다.

이것을 구체적으로 자세 말씀하자면 퍽 장황할 것이니까 후일에 말씀하기로 하고, 아주 손쉽게 하면 그 귀중한 책임자를 이때까지와 같이 내 자식놈, 내 딸년 하고 자기 주머니 속의 담배 부스러기 주무르듯 그렇게 소홀히 여겨도 좋을 것인가, '애 녀석이' 하거나 '계집애가' 하는 투로 아무렇게나 함부로 휘어 쓰고 윽박질러도 좋을까, 이런 데서부터 생각을 해 나갈 것입니다.

그다음에는 우선 이날 가까운 소년회에 보내고, 부모도 따라가서 어린 사람들의 기념식에 또는 기념 행렬에 참례하여• 거기서 설명하는 것을 듣고, 또 거기 모인 어린 사람들의 기세가 어떻게 씩씩하고 큰 것을 볼 것입니다. 거기서 여러분들은 분명히 생기 있는 새 세상, 여러분을 맞아 갈 새로운 세상, 새로운 기운을 보시게 될 것입니다.

셋째, 그날 집에서 어린 사람을 중심으로 한 조그만 연회를 열 것이니, 반드시 음식을 많이 차려야 연회가 되는 것이 아닙니다. 흰밥이나 짓고, 그것도 없으면 아무 밥이라도 좋습니다. 이름을 지어서 '오늘은 명절이니까.' '오늘은 어린이날이니까.' 하고 이름을 지어 온 가족이 그것을 충분히 알게까지 철저 시키면 좋습니다. 그래서 온 가족이 특별히 어린 사람을 중심으로 하고 둘러앉아서 어린이날 이야기를 하라는 말씀입니다. 이리하는 것은 이날 명절 기분을 두텁게 하는 데 효과가 있을 뿐 아니라 어른들까지 이날을 축복해 주고 우리를 위해 준다 하여 어린 사람의 의기가 여러 갑절 하는 것입니다. 이렇게 하여 우선 여러분 자신의 댁에 있는 어린 사람을 씩씩하게 출중하게 키우기에 먼저 착념하실● 것입니다.

그러나 이날 기념이 다른 명절처럼 그날 하로에 그쳐 버리면 아니 됩니다. 이날로 비롯하여 이듬해 어린이날까지 어떻게 어떻게 실행해 나아갈 일을 결심하여야 실제 효과가 내 집에, 내 민족에 떨어질 것입니다. 그 실행할 조건은 여러 가지가 있으나 오늘 다 말씀하지는 못하겠고, 그중 중요하고 근본 되는 것을 한 가지만 말씀하면, '어린 사람에게 호주● 대접을 하라!' 하는 것입니다.

아무리 잘났어도 할아버지나 아버지는 벌써 장래가 없는 사람입니

● **참례하다** 예식, 전쟁, 제사 따위에 참여하다.
● **착념하다** 무엇을 마음에 두고 생각하다.
● **호주** 한 집안의 주장이 되는 사람.

다. 앞으로는 어린 사람 즉 새 사람이 잘해야 잘살게 되는 것이니 새 호주를 잘 위하여야 그 집이 잘될 것 아니겠습니까. 어린 사람을 잘 키워서 그 덕을 보려 하면서 그 사람을 소홀히 대접해 가지고 될 수 있겠습니까. 이담에 다 자란 후에 위하기 시작하지 말고 미리부터 위해야 그에게 좋은 성품이 자라지고 좋은 기운이 길러져서 자라서도 좋은 호주가 되지 않겠습니까. 온갖 성품이 길러지고 사람의 밑천이 정해지는 때는 아무렇게나 푸대접하여 아무렇게 길러 놓고 이담에 갑자기 위하려 드니 잔뼈가 다 나쁘게 굳어지고 좋지 못한 성품이 다 길러진 후에 아무리 위한들 무슨 소용이 있습니까. 어린 아기 때부터 정성을 써서 그의 기운을 꺾지 말고 그의 성품을 상하지 말고 떠받치고 위해서 길러야 이다음에는 저절로 위함받는 인물이 되어집니다.

부모는 뿌럭지•입니다. 어린이는 싹입니다. 뿌럭지가 밑에 들어서 싹을 위해야지 뿌럭지가 상좌•에 앉아서 싹은 내 자식이니 무어니 하고 내리누르면 그 나무는 망하고 맙니다.

남을 위해서가 아니라, 어린 사람을 위해서가 아니라, 여러분 자신이 잘살게 되기 위하여 이를 악물고라도 이것은 실행해야 됩니다.

_어린이사 方定煥,『중외일보』 1930년 5월 4일

• **뿌럭지** '뿌리'의 사투리.
• **상좌** 윗자리.

민중 조직의 급무
—하휴에 귀향하는 학생들에게

학생들이 시골로 돌아가면 보통학교 5, 6학년 생도로 하여금 국문 모르는 이에게 가르쳐 주도록 주선함이 좋을 줄 압니다.

중학교 이상의 학생으로서는 실지로 민중을 조직하는 일이 가장 좋으리라 믿으며, 소년이거든 소년회, 부녀이거든 여성단체, 농민이거든 농민사의 기관을 조직게 하여 단체 생활의 흥미와 또는 훈련을 도모하는 일이 가장 긴요한 일이겠습니다. 기분으로 떠드는 것보다 실지로 단 한 사람이라도 더 조직시켜서 방학 동안에 적어도 5, 6차는 집회할 수 있으니, 훈련에 힘쓰다가 개학이 되어 다시 학교로 갈 때에는 그 동리 사람 가운데에서 우수한 일꾼에게 맡기고, 겨울방학에 또 돌아가서 힘써 주면 차차 기초가 서게 될 것이니 금년 방학에는 기관 조직에 힘썼으면 합니다.

_개벽사 方定煥, 『농민』 1930년 7월호

활기 있는 평양

평양에 관해서 아는 것이 전혀 없습니다.●

_『등대』 1930년 9월호

● 잡지의 뒷부분이 낙장이라 이어지는 글을 확인할 수 없다.

실질적으로

사람이 죽은 때는 삼일장, 오일장, 구일장, 십일일장 하여 적어도 사흘 이상 열하루까지 죽은 사람을 집에다 두고 조석으로 자손 되는 이가 곡을 합니다. 이것을 우리는 생각할 때에 돌아간 부모를 추억하는 애통의 나머지 참을 수 없는 울음을 뉘라서 막겠느냐고 하겠지마는 그러나 많은 사람을 본다면 반드시 슬퍼서 운다는 것보다 이래로 내려오던 인습에 젖어 조상●을 온 손님을 보면 반드시 곡을 하여야만 된다는 관념 아래에서 우는 이가 있습니다.

그리고 아직까지도 길거리에서 본다면 방갓●을 쓰고 베 두루마기를 입고 다니는 사람이 보입니다. 요즘같이 바쁜 시대에 하가●에 그런 예절을 다 차릴 수 있습니까? 지금은 거의 다 실사회에서 활동하는 사람인데, 그런 거추장한 옷을 입고야 은행이고 회사 같은 데를 다닐 수 없을 것입니다. 그러면 현대인은 어떠한 상복을 입으면 좋을고 하니, 거상●이라는 것은 오직 자기가 상제라는 것을 남에게 알리는 것이며, 또한 부모

* 기획 '관혼상제 관련 생활개선'에 포함된 글이다.

● **조상** 조문.

● **방갓** 예전에 주로 상제가 밖에 나갈 때 쓰던 갓.

● **하가** 어느 겨를.

● **거상** '상복'을 속되게 이르는 말.

를 추모하는 표적에 불과한 것이니까, 보통 두루마기에다 검은 것으로 동정•을 한다든지 그렇지 아니하면 팔뚝 같은 곳에다 베로 테를 두른다면 극히 간단도 하고 남이 보기에도 좋을 것 같습니다.

상기• 같은 것은 반드시 3년이라고 꼭 제한까지 할 것은 없을 것 같습니다. 왜 그런고 하니 그걸로 말미암아 많은 폐해가 있습니다. 옛날에는 나라의 일까지라도 하지 아니하고 조석으로 상식•을 지내었습니다. 그러는 동안에 자기 개인의 생활은 더 말할 것도 없지만 그에 따라 나라의 일은 얼마나 침체하여졌겠습니까. 지금도 조금만 여유가 있는 집에서는 조석상식•을 받드는 중인데, 부모의 생존 시와 같이 만반진수•를 다 차려 놓게 되니 비용도 좀 많이 날 것입니까. 그러니까 기일 같은 것을 단축하여 될 수 있는 대로 실질적으로 하여 나가는 것이 좋을 것 같습니다.

_方定煥 氏 談, 『매일신보』 1931년 1월 3일

● **동정** 한복의 저고리 깃 위에 조붓하게 덧대어 꾸미는 헝겊 오리(실, 나무, 대 따위의 가늘고 긴 조각).
● **상기** 상복을 입는 기간.
● **상식** 상가에서 아침저녁으로 궤연 앞에 음식을 차리며 예를 올리는 일.
● **조석상식** 상가에서, 죽은 사람의 혼백이나 신주를 놓은 상에 아침과 저녁에 차리는 음식. 또는 그런 의식.
● **만반진수** 상 위에 가득히 차린 귀하고 맛있는 음식.

조선 사람의 새로운 공부

● 음력 정월이 되면 조선에서는 집집마다 소녀들과 부인네들이 널을 뛰지요. 남자들은 뛰지 않고 여자들만 뛰는 것 아닙니까?

그런데 외국 사람들은 말하기를 '조선 사람들은 남자나 여자나 사회에 나와 일하는 사람들까지 밤낮 널만 뛰고 있다.'고 그럽니다.

● 이것은 무슨 말인고 하니 조선에서 사회에 나서서 일하는 점잖은 신사들이 널판때기 위에 올라서서 뛰엄을 뛴다는 말이 아니라, 한 사람이 신용이 좋고 덕망이 높아서 쑥 올라가는 것 같다가도 얼마 못 올라가다가 다시 쑥 떨어져 내려오고, 그 대신 저편 사람이 쑥 올라가는 듯하다가 또 도로 내려오고 하여, 두 편이 모두 밤낮 그대로 있어 정말 높다랗게 올라가 지도 못하고 있다는 말입니다.

● 더 알아듣기 쉬운 말로 하라면 조선 사람은 서로 시기하기를 좋아하여 서로서로 경쟁하여 각각 더 빨리 더 많이 나가려고는 아니하고, 나보다 더 나아간 사람을 훼방하여 끌어내리려고만 애를 쓰는 고로 이 사람이 조금 올라가면 저 사람이 끌어내리고, 저 사람이 조금 올라가면 이 사람이 또 끌어내리고 해서 10년, 100년 동안 올라가느라고 애를 써도

* '1인 1문'(한 사람의 글 한 편)란에 실렸다.

항상 그 언저리에서 올라갔다 내려갔다 하고 있다는 말이요, 그러니까 전 조선 사람이 앞으로 쑥 나아가지를 못하고 있다는 말입니다.

● '그렇게 밤낮 널뛰기만 하고 있으면 조선은 영구히 구원되지 못할 것이라.'고 합니다. 이 말이 열이면 열 가지에 꼭 들어맞는 말은 아니라고 하더라도, 우리가 스스로 가만히 생각해 보면 전혀 안 맞는 말이 아닌 것을 알게 됩니다. 시기하는 마음을 버리자! 이것이 당장 우리에게 가장 급한 일입니다.

● 어른들도 부지런히 고쳐야 하지만 새로 자라나는 어린이들, 새로이 커 가고 있는 새 조선 사람들에게는 애초에 이런 버릇이 생기지를 않아야 합니다. 자기 한 사람만 영악해지고 자기 한 사람만 이로우면 조선이 다 잘될 수 있는 줄 알아서는 큰일 납니다. 나도 좋은 사람이 되고 남도 좋은 사람이 돼야, 더 좋은 일꾼이 한 사람이라도 더 많아져야 그 많은 좋은 사람의 힘이 합해 가지고 온 조선이 잘될 수 있는 것입니다.

● 남이 높이 올라가는 것을 기뻐하자. 그리고 그보다도 나는 더 높이 나아갈 수 있게 하자. 그다음에 남이 더 나아가기를 바라고 나는 또 그보다도 더 나아가기를 힘쓰자! 이것이 조선을 구하는 것이요 또 정말 나아가는 길이지, 나는 올라가지 못하고 앉아서 나보다 올라간 사람을 나의 밑으로 끌어내리려 하는 것은 적게는 내 몸을 망치는 것이요 크게는 온 조선 전체를 망치고 세상을 망치는 것입니다.

● 간절히 간절히 바라는 것이니, 제발 우리 새 조선 사람은 조선의 새 일꾼인 우리는 어려서부터 조고만 일에라도 남을 위하고 남이 좋아지는 것을 기뻐하지, 결코결코 시기하는 마음을 기르지 않도록 마음을 써야 합니다.

_『조선일보』 1931년 2월 14일

난센스 본위 무제목 좌담회 (2)

방:● 담배가 조선에 들어온 지 몇 해나 되었을꼬.

차:● 광해조 때 들어왔지. 기록(예여● 『지봉유설』●)에 보면 광해 초년이라고 있어요.

채:● 광해조면 시방부터 몇 해 전인가요?

차: 한 330여 년은 되겠군.

방: 300년밖에 안 돼? 그래? 조선의 담배 기원이?

차: 젠장, 그밖에 안 되는 걸 어떡허나.

방: 아니 300년이라면 굉장히 짧지 않소, 글쎄.

차: 짧아도 할 수 없지. 그 이전에 담배란 이름도 난 곳이 없는데야 어찌하누.

방: 광해조 때 어데서 들어왔나요?

차: 일본서 들어왔지.

* 원제목은 「난센스 본위 무제목 좌담회—본사 사원끼리의」이다.

● **방** 방정환.

● **차** 시인, 수필가, 언론인 차상찬(1887~1946).

● **예여** 예를 들면.

● **『지봉유설』** 조선 중기의 학자 이수광(1563~1628)이 1614년 간행한 백과사전.

● **채** 소설가 채만식(1902~1950).

채: 어떤 방면에서부터 맨 처음 들어왔을까요?

차: 맨 처음에야 남양●에서 건너온 게지. 그러게 담배를 '남초(南草)'라들 그러지 않소. 아마 시방 비율빈●이겠지……. 그래 남양에서 상인의 손을 거쳐 일본을 건너와서, 다시 일본으로써 우리 조선에 건너온 게지……. 대마도로 해서 처음 건너온 모양이야…….

박:● 담배가 구라파●에 들어간 것도 그리 오래지는 않은 모양이야. 영국에서 엘리자베스 여왕 시대던가 그렇지 아마. 그러고 이정섭● 씨가 말하는데 불란서● 어느 황후가 중병이 났는데, 잔 니코트란 대신 하나가 서반아●에 여허여허한● 풀이 있으니 그놈을 구해다 먹으면 즉시 병이 낫는다 그랬다나. 그래 군사를 서반아에 보내서 그 풀을 구해다 먹였더니 이상하게도 황후의 병이 나았더라고……. 그 풀이 다른 게 아니라 담배더래……. 그러고 니코틴이란 말은 그 니코트란 사람의 이름에서 나온 거라나.

방: 담배를 우리 조선서 어느 땐가 한번 금한 일이 있었지? 왜 화로 속에다 담배를 묻고 냄새만 맡고 들어앉았었지……. 그런 때가 있었어요.

채: 담배란 말은 아마 세계 공통일걸.

차: 원래 담배가 담파도란 섬으로부터 왔다 하지 않소. 그러니 이름이 같을밖에.

● **남양** 태평양의 적도를 경계로 하여 그 남북에 걸쳐 있는 지역을 통틀어 이르는 말.
● **비율빈** '필리핀'의 음역어.
● **박** 연극인, 언론인 박로아.
● **구라파** '유럽'의 음역어.
● **이정섭(1895~?)** 언론인.
● **불란서** '프랑스'의 음역어.
● **서반아** '에스파냐'의 음역어.
● **여허여허하다** 이와 같다.

채: 담배는 섬라• 사람이 드세게 먹는다더군. 아무튼지 가족 전용으로 쓰는 통이 이마만 하게 (손으로 형용•을 하며) 있다누만. 담배통이야! 그래 그 통에다 줄을 여러 개 대고는 온 집안 식구가 빡빡 빤다나.

방: 그래 그걸 늘 먹는단 말이야?

채: 응, 늘 먹어. 그걸 내가 최남선 씨 『소년』 잡지에서 보았나, 어디서 보았지…….

방: 로서아• 사람들은 담배 먹는 게 어때?

박: 로서아 사람들도 상당히 담배를 좋아하지. 첨 인사한 사람보고도 담배 가졌소 하고는 예사로 담배를 얻어 피우니까. 그런데 보통 궐련•은 가느다랗게 만 것이 윗부리가 3분지 2나 되는 하이칼라• 담배가 많지만, 노동자들은 대개 마홀까라고 여기 희연•같이 된 것인데, 그놈을 신문지에나 아무 종이에나 제 손으로 말아서들 잘 피우지. 침칠을 해서 마는데 그 수법이 여간 빠르고 익숙한 게 아니야.

이:• 옳아! 나도 보았는데 외손잡이•로도 곧잘 말아요.

채: 담배에, 왜 가기타바코•라고 코에다 대고 맡는 게 있지.

민:• 씹는담배가 또 있는데.

• **섬라** '타이'의 전 이름인 '시암'의 음역어.
• **형용** 말이나 글, 몸짓 따위로 사물이나 사람의 모양을 나타냄.
• **로서아** '러시아'의 음역어.
• **궐련** 얇은 종이로 가늘고 길게 말아 놓은 담배.
• **하이칼라** 서양식 유행을 따르던 멋쟁이를 이르던 말.
• **희연** 담배의 한 종류.
• **이(李)** 동화작가, 아동문화운동가 이정호(1906~1938).
• **외손잡이** 두 손 가운데 어느 한쪽 손만 능하게 쓰는 사람.
• **가기타바코** '코담배'의 일본어.
• **민(閔)** 민삼식. 개벽사 영업국 사원.

채: 아무래도 담뱃대에 담아 먹는 게 이상적이야.

최:• 그거 재미없지.

채: 당신 혼자 주관으로는 재미없을지 몰라도 일반적으론 그게 좋다오.

차: 담뱃대는 중국 사람들 먹는 게 멋이 있어. 커다란 이상한 담뱃대에다 한 옴 담아 물고 빽빽 빠는 게 됐단 말야.

이학:• 중국 담뱃대에는 물을 넣는답니다.

박: 콧물을 훌쩍거리는 것 같아서 숭업더군.•

방: 각 지방에 유명한 담배로는 어떤 게 있노.

차: 강원도 영월 김성 담배, 황해도 금천 담배를 치지. 평안도 성천, 경기 광주.

채: 다른 지방에서는 그런 맛이 나지 않는 담배로는 이 광주 근방에서 난다는 금광초가 맛이 아주 훌륭하대……. 그것도 그 맛 나올 게 불과 몇 십 평밖에 안 되는데, 고 땅 밖에 심은 담배는 벌써 맛이 다르다거던. 이상해요.

최: 지금도 난대?

채: 그럼.

최: 전매국에서 가만두나, 그걸?

채: 글쎄. 전매국에서 사 가는데, 그 담배로 특별히 무슨 하마키•를 만든다더만.

• **최** 최영주(1906~1945).
• **이학** 이학중.
• **숭업다** '흉업다'(말이나 행동 따위가 불쾌할 정도로 흉하다)의 사투리.
• **하마키** '여송연'(담뱃잎을 썰지 아니하고 통째로 돌돌 말아서 만든 담배)의 일본어.

차: 충주 황색 연초란 게 있는데, 이건 개성 하면 인삼으로 유명하듯이 충주 하면 황색 연초로 살아간다고까지 이르게 된 게야. 외국에도 많이 보낸답디다.

최: 외국 수출을 해요?

차: 전매국에서 여송연을 만들어서 팔지 않소.

방: 다른 지방에는 없나요?

차: 개성 엽궐련이란 게 있지. 이 엽궐련은 묵을수록에 좋다는 게야. 그래 부호들은 그걸 10년, 20년이나 묵혀서 자랑 삼아 피우는데 그렇게 해서 피워야 독하기도 하고 향취도 난다고……. 연전•에 개성 어느 친구 집 사랑에서 한번 피워 본 일이 있는데, 맛이 썩 좋아……. 그리고 좋은 담배 소산지로는 황해도 금천, 평남 성천, 강원도 영월초를 다 치지 않소.

채: 광주 금광초는 옛날 진상으로 올라왔대요.

방: 조선에는 언제부터 전매제도가 생겼소?

민: 동아연초회사가 없어지고부터니까, 그것이 대정 7년•이든가 8년이든가 그렇지.

이학: 아니야. 대정 10년 4월에 전매령이 나와서 그해 7월부터 실시되었어.

최: 꽤 똑똑히 아는데, 그래! 하여튼 내가 담배 배운 게 3·1운동 훨씬 이후인데 그때 파이레트•를 피웠거든.

채: 파이레트가 언젠데.

● **연전** 몇 해 전.
● **대정 7년** 1918년. '대정'은 일본의 연호.
● **파이레트** 담배 상표.

방: 기미년●에 파이레트가 없어지고, 지구표가 나왔지.

채: 하여간 기미년까지 파이레트가 있었던 것은 사실이야. 내가 하숙에 가 파이레트를 피우고 있으니까 형사가 와서 보고, '고마이쿠세니 파이레토난가스이야갓테'● 하였으니까.

방: 아무튼지 그때 기생방 출입하는 사람들은 지구표를 칼표 대신 가지고 다녔었지.

최: 나는 중학 3년 때 국화표를 먹었는데.

차: 난 히로란 담배를 먹어 본 일이 있지.

채: 그러고 전에 왜 혹지연이라고 입 닿는 데 꿀을 발라서 먹으면 달콤한 게 있지 않았어요?

방: 한때 히로가 굉장히 펴졌었지. 히로 껍지● 만만히● 가지면 광무대● 구경도 거저도 하고, 전차도 공으로 타고 한 적이 있었지, 왜.

채: 하여간 전매제도 되고부터는 좋은 담배 못 먹게 된 것은 사실이야.

방: 자, 그러면 조선 사람의 담배 소비액이 1년에 얼마나 될까?

박: 작년도 총계는 아직 모르겠고, 재작년도 소비 총액은 3974만 4천원이래.

최경:● 전매가 된 뒤로 담배를 덜 먹지 않나?

최: 덜 먹지……. 가만히들 못 먹으니까.

● **기미년** 1919년.
● **고마이쿠세니 파이레토난가스이야갓테** '잔챙이 주제에 파이레트 따위를 피워 대고'라는 뜻의 일본어.
● **껍지** '껍질'의 사투리.
● **만만히** 부족함이 없이 넉넉하게.
● **광무대** 1912년 세워진 극장.
● **최경** 언론인 최경화.

방: 담배를 어찌들 먹게 되나?

채: 민요에도 왜 이런 게 있잖아요. 젊은 과부 단봇짐• 싸는데 늙은 과부 담배만 먹누나라고……. 하여간 담배란 놈이 마음을 진정시키는 데는 확실히 효과가 있단 말야.

차: 담배 먹어 효과 보는 때 많지……. 답답할 때도 먹고, 속상하는 때도 먹고, 심심풀이로도 먹고……. 왜 한시에도 이런 게 있잖소. '한등여관천수반(寒燈旅館千愁伴)이요, 세우강정일미진(細雨江亭一味眞)'이라. 찬등여관에는 일천 근심과 짝하고, 이슬비 내리는 강가 정자에 한 맛이 참되더라……고. 좋지 않소.

채: 식후에 제일미•라니…….

방: 담배가 망우지□(忘憂之□)라는 것은 몰라도 기분을 전환시키는 데는 확실히 좋을 것 같애……. 성난 때 열을 세어라, 이런 말이 있는데 이 말인즉 마음에 여유를 가지고 기분을 전환하란 뜻이겠는데, 담배를 피우고 보면 그런 마음의 여유를 가질 수가 있을 것 같거던.

차: 그럴 수가 있지. 저 비사맥•이나 카이젤• 같은 사람이 각국 군주 중에는 아마 제일 담배를 많이 먹었나 본데, 무슨 어려운 국사를 생각할 때 여송연 한 개만 새로 피워 물면 새 고안이 하나씩 머리에 떠오르고 했대…….

방: 바쁜 일 하나 마치고 나자 이내 뒷일이 등을 댈 때, 도저히 쉴 틈은 없고 할 때, 그 일과 일 사이에 한 대 피워 무는 맛이란 여간 아닐 것

• **단봇짐** 아주 간단하게 꾸린 봇짐.
• **제일미** '가장 맛있다'는 뜻.
• **비사맥** 독일의 정치가 비스마르크(1815~1898)의 음역어.
• **카이젤** 카이저. 독일 황제 빌헬름 2세를 가리키는 말.

같애.

최경: 누가 그런 생각하고 먹나. 인●이 박이니 먹지.

차: 왜 아이들 횟배● 앓을 때도 담배 먹이지 않소.

박: 거기 참혹한 이야기가 있어요. 처녀 때 횟배를 앓으니까 집에서 어른들이 담배를 먹여서 진정을 시키고 했는데, 이 처녀가 시집을 갔다. 그래 시집에서도 담배를 종종 알게 되니까 몰래 담배를 피우는데 그게 오래갈 리가 있나. 그만 들켰구료. 그러니 어찌 됐어. 새로 시집온 새댁이 담배를 피우더라고 그야말로 효방●이 났단 말이야.

이: 방 선생 하로●에 몇 갑씩이나 피우시나요?

방: 보통 두 갑이지……. 그것도 식후에 소화가 잘 안 되니까 피우는 게야. 아침밥이면 아침밥, 저녁밥이면 저녁밥이 도무지 잘 내리지를 않는단 말이야.

최: 식후 제일미라……. 허허허.

차: 담배가 소화 소담하는● 물건인 게 사실이야……. 약성가●에도 그게 있지…….

최경: 담배 피우는 사람들은 담만 많던데.

채: 최경화 씨! 야소교●에서 기를 쓰고 담배 못 먹게 하는 것은 무슨 까닭이요?

● **인** 여러 번 되풀이하여 몸에 깊이 밴 버릇.
● **횟배** 거위배. 회충으로 인한 배앓이.
● **효방** 사람들 입에 오르내림.
● **하로** '하루'의 사투리.
● **소담하다** 가래를 제거하다.
● **약성가** 약재의 성질과 효능을 읊은 한시.
● **야소교** 예수교. '야소'는 '예수'의 음역어.

최경: 다른 사람 앞에 좋지 못하고, 경제적으로도 이로운 게 없고, 또 위생상으로 보아서도 좋지 못하니까 그러는 게지. 뭘 별다른 이유야 있겠소.

방: 다른 사람에게 나쁠 거야 있나?

최경: 무슨 집회 같은 데 모이는 사람이 다 피우면 몰라도 혼자만 피우게 되면 연기 나고 재 떨어지고……. 뭐 좋을 게 없지.

채: 조선에 야소교가 건너오면서 아메리카 개인주의까지 수입해 왔단 말이 있어. 집에서는 남몰래 고소고소 술도 먹고 담배도 피우면서 남 보는 데는 먹지 않는 체하고…….

차: 그건 나라에 따라서 달라요. 우선 중국서는 야소교에서 술보다 아편을 더 많이 금하지 않소……. 그 나라 형편을 보아서 술이 폐해가 많으면 술을 더 금하고, 담배가 폐해가 많으면 담배를 더 금하고 하는 게야……. 조선서는 존장● 앞에서만 안 먹으면 고만이지…….

채: 그런데 담배가 술같이 많이 먹어서 무슨 추태가 난다면 또 몰라……. 하여튼 야소교에서 담배 금한다는 건 난 모르겠어.

차: 그거야 아마 교인들이 담배를 함부로 피우다가 나중 천당에 불이 날까 봐 그게 무서워서 미리 금하는 게지. 허허허.

일동 대소…….●

최경: 야소교에서도 술 먹지 말란 말은 종종 해도 담배 소리는 별로 하지 않더군.

민: 자고 나서 눈도 채 뜨지 않고 머리맡에 있는 담배를 더듬어서 피워 무는 사람이 있는데 아마 맛이 훌륭한 게야. 나는 반드시 세수 후가

● **존장** 일가친척이 아닌 사람으로서 자기보다 나이가 많은 사람.
● **대소** 크게 웃음.

아니면 맛을 모르는데.

최경: 뭘……. 담배는 운치 없는 게야.

차: 왜 운치가 없어! 파란 담배 연기가 아롱아롱 피어 올라가는 걸 바라보는 것도 운치지…….

채: 머리가 터분할● 때 퍽 피우고 나면 담방● 가뿐해지는걸, 그래…….

최경: 중독자의 말이지.

채: 술, 아편, 담배가 다 성질이 비슷비슷한 거니까.

차: 감옥에서는 뭣보담도 담배 생각이 제일 간절한 모양이야. 밥을 굶더라도 담배만 있으면 살 것 같다……는걸.

채: 그렇지. 담배를 먹겠나 한 끼를 굶겠나 하면, 한 끼 굶을 사람이 참 그야 많지.

방: 글쎄 유치장에서 기침 한 번만 해도 혼이 나는 판인데, 거기서 간수가 껴안고 있는 화롯불을 몰래 훔쳐 내 가지고는 담배를 피우는구료. 그게 어느 판이요, 글쎄. 그러니 그게 목숨을 걸고 먹는 게 아니냐 말이야……. 담배란 그런 게라니까…….

최경: 우리 안주●에 담배 굉장히 잘 먹는 사람이 하나 있지……. 이시복이라고 무역상 하는 노인이야……. 뭐 이 사람은 어느 때고 담뱃대 놓을 때가 없으니까……. 그래 우리가 시골 내려갈 때는 내기를 하지. 그 사람이 담뱃대를 물고 있겠느냐, 놓고 있겠느냐 하고……. 그래 내려가 보면 꼭꼭 담뱃대를 물고 있단 말이야.

● **터분하다** 날씨나 기분 따위가 시원하지 아니하고 매우 답답하고 따분하다.
● **담방** 금방. 바로.
● **안주** 평남 안주.

일동 대소.

채: 강화에 일본인 생선 장수가 하나 있었는데, 이 사람 몸에서는 언제든지 송풍 세 갑씩은 떠나지 않거든. 아무튼지 담배 세 개를 꺼내 가지고는 한 개는 귀에다 끼고, 한 개는 입에 물고, 한 개는 한 손에다 쥐고…… (손짓을 해 가며) 입에 문 놈을 먹고 나면 또 꺼내고, 먹고 나면 또 꺼내고……. 1초 동안이라도 뗄 때는 없으니까 24시간을 초로 치면 그것이 모두 얼만데……. 하여간 그 사람의 존재 이퀄• 담배야.

최경: 담배가 선사품으로 서양에서들 많이 쓰이는 모양이지.

방: 그야 서양뿐인가. 조선서도 그렇지……. 좋아하니까 하는 게지.

채: 일본 사람들은 손님이 찾아오면 차나 내지만, 조선서야 담배를 내기 전에는 별 대접할 게 있어야지……. 그러고 늘 담배 물고 나오기야 『주간조일』• 만화에 나오는 아담슨! 영락없지, 허허허.

차: 우리 아는 축으로는 보성고보 정대현• 씨가 상당하지. 끄고는 댕기고, 끄고는 댕기고 하는 담배가 온종일 그칠 새가 없단 말야. 그래 아무튼지 손톱이 다 타서…….

이학: 담배 많이 먹으면 손톱이 노랗지.

차: 노란 게 다 뭐요. 그는 아주 빨개.

이: 손톱 노래지는 건 담배에 따라서 달라요. 해태는 얼마 안 가서 노래지는데, 피죤은 덜하거든…….

차: 그담 중앙고보에 있던 나원정• 씨가 아마 교육계에서는 담배 대

• **이퀄** 등호(=). '같다'는 뜻.
• **『주간조일』** 1922년 창간된 일본의 시사·대중잡지.
• **정대현** 보성고등보통학교 교장.
• **나원정(1888~1929)** 교육자.

장일걸.

최경: 여학생도 담배 먹는 사람이 있나?

방: 있을걸.

최경: 여자들이 담배 먹는 것은 어째 좋지 못한 것 같애.

최: 그거야 생각이 후루이● 해서 그렇지.

채: 언제부터 어린애가 어른 앞에서 담배 먹지 못하는 예절이 생겼을고?

차: 그거야 벌써 오랬어……. 어른 앞에서 못 하는 게 여러 가지 있잖소. 지팡이 짚지 못해, 안경 쓰지 못해, 담배 못 먹어…….

방: 존장 앞에서 담배를 피운다든지 지팡이를 짚는다든지 하는 게 보기에 우선 당돌하지 않아? 그러고 그런 것은 다 어른들이 하느니라, 이렇게 돼 버렸단 말이야.

박: 그렇지. 좀 당돌해 보이지. 도덕관념이 그렇게 돼 버려서 그렇겠지만…….

차: 이런 이야기가 있지……. 어떤 노인 하나가 길을 가다가 몹시 담배가 먹고 싶다. 그런데 마침 나무하는 머슴애 한 놈을 만나서 너 담배 가졌니 하니까 그 머슴애가 여기 있습니다 하고 담배를 꺼내 주었다. 그래 그 담배를 받기는 했으나 어른 된 체면에 그럴 수가 없어서 '네, 이놈! 그래 어른이 담배 가졌나 물으면 없습니다 하든지 또 돌아서서 여기 있습니다 하고 내놓든지 하는 게 아니라, 그래 정면으로 내놓아야 옳단 말이냐!' 했더라나 허허허.

일동 대소…….

● **후루이** '구식이다' '오래다'의 일본어.

방: 그렇다니까……. 하여간 집안에 어른이 있는 사람은 늙어도 늙었단 말을 못 하는 법이라니까……. 어른 앞에 담배 못 먹는 것도 그 연장일 것 같애.

채: 그런 도덕률의 근거가 빈약하단 말이야, 내 말이…….

차: 서양 사람들은 또 그렇지 않지……. 동서양의 도덕관념이 어느 정도까지 다르니까 그렇겠지만, 조선서도 요새에 홍명희● 씨와 홍기문● 씨는 부자간에 맞담배를 먹지 않소.

박: 경상도 양반의 집에서도 음식은 다 마찬가지라 해서, 며느리가 시어머니 앞에서 담배를 피우니까…….

차: 내가 보니 평안도에서도 어떤 사람은 제 아버지 앞에서 맞담배질을 하는데, 첨 보기에 여간 해괴하지 않더군.

채: 조선에 들어온 외국 담배로 어떤 것이 있노.

박: 여송연으로는 알함브라, 럭키스트라이크, 체스터필드 같은 것이 있지, 아마.

채: 하마키 말고 말이야……. 스리 캐슬, 청지연 같은 게지. 더 없나?

최: 그 방면에 무식해서 원 알 수가 있어야지.

최경: 여편네 담배 먹는 게 어떨고? 보기 싫지?

차: 관념이 다르니까 그렇지, 그렇게 보기 싫을 거야 있소.

채: 아, 사나이들도 바늘을 들고 뭘 꿰매고 앉았어 봐요. 보기 좋은가…….

방: 담배에 대한 다른 이야깃거리가 없을까?

채: 춘원●이 어느 해 섣달그믐날 밤에 담배가 먹고 싶어 똑 죽겠는데

● 홍명희(1888~1968) 소설가.
● 홍기문(1903~1992) 국어학자.

담배가 떨어졌구료. 혹시 먹다 남은 담배 꼭지라도 없나 하고 온 방 안을 찾다 못해 행길[•]로 뛰어나왔단 말야. 그러니 가게 문은 다 꼭꼭 닫히고 생전 담배 파는 데가 있어야 말이지. 할 수 없이 집에 되돌아가서는 그 부인을 보고 '아이구, 사람 죽겠소! 여보, 사람이 조금만 뭘 하면[•] 담배 한 갑이라도 감춰 두었다가 이런 때 내준단 말이지.' 하고 투덜투덜하는 걸 그 부인이 어데 두었던지 담배 한 갑을 내주더라나……. 그러니 그걸 피우지도 않고 머리맡에 놓고는 그대로 자 버리더래……. 하여간 담배 먹는 사람은 당장 먹지 않더라도 담배가 떨어지면 고코로보소이[•]하단 말야…….

방: 그거 좋은 이야기야……. 난 이돈화[•] 씨 이야기 듣고 어떻게 웃었는지 몰라. 이이가 담배 없으면 원고가 안 나온다는 인데, 한번은 지방엘 갔는데 마침 천장절[•] 축하 활동사진[•]을 돌린다나. 지방에서야 안 갈 재주가 있소. 그래 이 양반이 한잔 얼큰해서 가 앉았는데 바로 앞에 군인이 와 앉았더라나. 그래, 그 좋아하는 담배를 피워 물고 떡 앉아 있는데 한참 있다가 보니까 앞에서 불이 일어났다……. 앞에 앉은 병정 어깨에 담뱃불이 붙었단 말이야. 그러니 어찌 됐어!

채: 그래도 몰라?

방: 암. 사진에 팔려서 알 까닭이 있소, 병정이야! 그래, 그걸 보니까

- **춘원** 소설가, 언론인 이광수(1892~1950).
- **행길** '한길'(사람이나 차가 많이 다니는 넓은 길)의 사투리.
- **뭘 하다** '눈치가 있다'는 뜻.
- **고코로보소이** '불안하다' '허하다'의 일본어.
- **이돈화(1884~?)** 천도교 사상가.
- **천장절** 일본 왕 히로히토 생일 축하 행사.
- **활동사진** '영화'의 옛 용어.

자기 생각에도 어이가 없더라나. 그는 일본 병정이고 한데, 혼날 것 아니요? 그래 필경● 은 그 병정도 제 어깨에 불이 붙은 걸 알고 성이 발칵 나서 이게 웬일이냐 하고 힐난을 하니까, 이 양반 대답이 장관이야. '아따, 오늘이 천장절인데 뭐 좀 그랬기로니 어떻단 말이냐.'고 하였더라오. 허허허.

일동 대소.

채: 그래 암말● 도 안 해?

방: 그럼 어떡해……. 술은 취했고…… 또 천장절이고 한데. 허허허.

채: 상해서 담배가 떨어지면 행길에 나가서 담배 벌이를 하는데, 서양 사람들이 여송연을 피다 말고 픽 집어 던지면 그 위에다 슬그머니 한 개비를 떨어트리고는 한 개비를 줍는 척하고 담배 꽁다리● 를 집어 올린다나. 그래서 몇 시간만 돌아다니면 여송연 꽁다리가 방에 그득하대.

(이때 박진● 군이 들어온다.)

민: 담배 맛은 쓰레기나 재떨이 속에서 꽁다리 골라 먹는 맛은 무엇이라고 할 수 없어.

채: 담배 새로 사서 맨 처음 한 개 뽑아 먹는 맛하고, 재떨이에서 담배 꽁다리 주워 먹는 맛이 제일이야.

방: 마코 사는데, 물부리● 보는 재미란 또 여간 아니야. 그것도 수통스러운● 게 들어 있으면 기분이 좋지 못하거든…….

● **필경** 끝장에 가서는.
● **암말** 아무 말.
● **꽁다리** 짤막하게 남은 동강이나 끄트머리.
● **박진(1905~1974)** 연출가, 극작가.
● **물부리** 담배물부리. 담뱃대로 담배를 피울 때 입에 물고 빠는 자리에 끼우는 물건.
● **수통스럽다** 부끄럽고 가슴 아픈 데가 있다.

차: 우리 사원 중에서는 누가 담배를 제일 많이 피울고……. 아마 소파가 제일일걸?

방: 나는 남과 같이 허파까지 빨아들이는 게 아니라 그냥 멋모르고 빨아 버리니까 담배가 좋고 나쁘고 간에 맛이 일반이란 말이야……. 그리고 난 끊어도 괜찮은데, 끊으면 제일 안된 게 하나 있단 말야. 연회석상에 갔을 때 보통 한 시간 이상 기다리게 된다. 자, 그러니 그런 때 담배 안 먹고는 쑥스러워서 앉아 배길 수가 있어야 말이지……. 코앞에다 발끈 정성스럽게 반들반들하는 재떨이에, 해태에 갖다 놓는대야, 넨장• 안 피울 장사가 있나.

최: 차 선생님은 담배 그리 안 피시지요?

방: 암, 그래도 물부리만 넣고 다니지. 물부리만 있으면 어데 가서든지 먹을 수 있거든……. 어디에 놀러 갈 때라야 담배를 사지. 그러나 청오• 외투 주머니 속에 피죤 갑이 들어 있는 걸 보면 그 전날 딴 데 갔던 것을 알 수 있단 말야. 허허허…….

방: 그런데 한번은 담뱃불 붙이다 욕먹은 일이 있잖소.• 왜 일본서는 남에게 담뱃불을 빌릴 때 그 사람 손에 들려 놓고 내가 담배를 갖다 대고 붙이질 않소? 그걸 만일 조선에서 하듯이 불 빌려주는 사람의 담배를 내 손에 받아 들고 불을 붙이고 나서 도로 주면서 그대로 팽개치고 달아나니까……. 일본 몇 해 있는 동안에 그게 그만 습관이 되었단 말이야. 그래 조선에 와서 한번은 새문• 밖에 볼일이 있어서 가는데, 그때가

• **넨장** 못마땅할 때 혼자 욕으로 하는 말. 젠장.
• **청오** 차상찬.
• 관련 일화는 「담뱃불 사건」이라는 제목으로 『별건곤』 1929년 1월호에 실렸다.
• **새문** '돈의문'(조선 시대에 건립한 한양 도성의 서쪽 정문)의 다른 이름.

겨울이야. 광화문통 동아일보사 앞을 지나서부터 담배가 먹고 싶어 죽겠는데 불이 있어야지. 그런 걸 꼭 참고 걸어서 천연 길거리에 들어서서 거진 다 갔는데, 마침 보니까 길옆에서 야키이모• 장수가 발간 숯불을 피고 있단 말이야. 그래 그 앞에 가서 '나 불 좀 부칩시다.' 하니까, '네, 부칩시요.' 하고 불을 빌려주는데, 들려 놓고 그대로 붙였단 말이야. 그러고는 내가 아무나보고도 말은 공손히 하니까 '고맙소이다.' 하고는 돌아서지 않았겠소. 그래 한 10여 보나 갔을까……. 이놈 들어 보라는 듯이 욕설을 내놓는데……. '저런 빌어먹을 망할 자식 같으니……. 어데 제 놈의 담뱃불 붙이느라고 하인을 세웠더냐, 보두청•으로 갈 녀석 같으니…….' 아 그저 막 함부로 욕이란 말이야. 그래 듣고 있을 수가 있어야지. 돌아서서 갔지요. '여보, 인제 무슨 말을 했소?' 하고 힐문을 하니까, '아니올시다. 저희들끼리 무슨 이야기 좀 했세요.' 하겠지. 그래 그 자리에서 일본에서는 그런 습관이 있다는 것을 설명하고 간신히 변명을 했구료……. 그런 꼴이라니…….

채: 내한랴• 길을 가려니까 일인• 인력거꾼이 담뱃불을 좀 빌리라고, 그래 먹던 담배를 내주었지. 그랬더니 안 받고 내 손을 잡으러 와. 아, 불이라 그랬지! 또 손을 잡으러 와. 아, 붙이라고 그랬지! 그랬더니 '파가야로다나!'• 하고는 그대로 가 버려…….

방: 그렇다니까……. 일본서 길 가는 사람보고 담뱃불 좀 빌리려면, 성냥을 꺼내 주고는 가 버린다니까.

• **야키이모** '군고구마'의 일본어.
• **보두청** '포도청'의 변한 말.
• **내한랴** 원문 그대로이다. 정확한 뜻을 알 수 없다.
• **일인** 일본 사람.
• **파가야로다나!** '바보(멍청이) 같은 놈이군!'이라는 뜻의 일본어.

박진: 일이 아니야? 담뱃불 빌리려는 놈은 그래도 그만치는 한가하겠지만 말이야. 빌려주는 놈이야 무슨 죄로 담배를 다 붙일 때까지 붙들려 섰겠소! 또 무슨 바쁜 볼일이 있는지 아나……. 성냥 주고 가는 것은 그래도 예절 있는 놈이지. 욕을 하면 뭐라겠소? 그런데 말이 어찌 되었소?

차: 담배 연기처럼 돌아갔지.

방: 사람두……. 좌담이란 중간에 들어오면 그래요. 말 돌아가는 향방을 모르니까……. 그런데 연애에 담배가 불리할까?

차: 시간을 끄는 데는 좋겠지. 애인하고 이야기하다가 막히면 담배 연기가 용트림하고 올라가는 거나 쳐다보고……. 그래서 혹하게 되면 담배 연기에까지 혹하거든!

박진: 연애한다는 신여성들 보면, 담배는 술에다 대면 문제도 아니야. 아무튼지 술 많이 먹는 사람이라면 아주 싫다거든……. 그러나 담배는 안 피면 되려 사나이답지 못한 줄 안다는 데야, 뭐 더 할 말 없지.

방: 무슨 구경이나 해수욕장 같은 데서 대개 기생이겠지만, 여자가 남자 담배 피우는 데 와서 담뱃불 붙인다 하고는, 새로 두 개를 붙여서 남자가 반이나 피우던 담배를 팽개치고 새로 붙인 담배를 준다. 그런 걸 보았단 말이야. 그런 경우에는 담배가 수작의 매개가 되는 게 아니야?

차: 그것이 키스지, 침칠까지 하니까.

방: 또 이런 경우가 있을 것 같애. 가령 여자 여러 사람하고 남자 여러 사람이 한자리에 모여서 놀 때가 있지 않겠소. 그럴 때 말이야, 한 여자가 무심코 무슨 이야기 끝에 아무 남자는 인격도 훌륭하고 학식도 있고 사람도 똑똑한데 담배를 먹어서 안됐더라고……. 그러면 그 말 들은 남자들이 그 사나이를 보고, '야, 이놈! 어떤 여자가 너를 좋아하는데 담배를 먹어서 안되었다더라.' 하고는 놀린단 말이야. 그래 가지고는 이놈

의 말이 퍼져서 은근히 서로 만나고 싶어 하다가 정말 애인이 되어 버린다……. 그럴 수 있을 것 같애.

차: 흥, 되긴 됐군! 담배 연(煙) 자, 사랑 애(愛) 자! 그야말로 연애(煙愛)로군.

_方定煥 외, 『혜성』 1931년 3월호

학교 다니는 자녀에게 용돈을 어떻게 주나
—부형마다 다른 그 방법의 공개

금년 처음 중등학교에 가는 사람이 생긴 고로 나는 이제 비로소 이 문제를 생각하게 되었습니다. 학비 외에 따로 2원씩 정해 놓고 줄까 합니다. 경성에는 어린 학생들의 유혹될 길이 많은 까닭으로 많이 주어도 탈이요, 안 주어도 또 탈일 것이니, 아주 안 주면 거짓말해야 할 경우를 만들어 주게 되기 쉽습니다. 중학생부터는 그 인격을 세워 주기 시작해야 할 것입니다.

_『혜성』 1931년 4월호

어린이 전문 약이 필요

언제도 한번 한 말이지만, 유소년부에서 어린 사람들을 직접 지도할 때에 문제 되는 것은 어떻게 하여 그들과 교회와 교리를 친하게 가깝게 하겠느냐 하는 것입니다. 그들은 아직 이지•의 힘이 거의 없다 하여도 좋을 만큼 약한 고로, 교리를 정면으로 이해시키기는 전혀 불가능한 일에 가까운 까닭입니다. 더 쉽게 말하면 신병•에 아무리 유익한 '약'이라도 어린 사람은 그냥 받아먹지 아니할 뿐 아니라, 억지로 퍼먹여도 도로 뱉어 버리고 마는 것이니 그 '약'을 엿으로 싸든지 사탕으로 뒤감아서 먹여야 할 것이라는 말인데, 이 방법이 그리 용이하지 못하여 생각은 오래이면서 아직껏 어린이 전문 약이 우리에게 하나도 생기지 못하고 있습니다.

아무것보다도 먼저 삼세신성•을 어린이의 나라에서 새로이 인격화시켜야겠습니다. 동화로 그림으로, 그리고 또 유희로. 이리하여 일상생활에 있어서 늘 그 인격이 그들의 옆에 있어야겠습니다.

● **이지** 이성과 지혜.
● **신병** 몸에 생긴 병.
● **삼세신성** 천도교에서 제1세 교조 최제우, 제2세 교주 최시형, 제3세 교주 손병희를 높여 이르는 말.

이리하기 위하여는 삼세신성의 평생을 일관한 인격에 어그러지지 않는 한도 안에서 새로운 안을 창작하여도 아무 방해 없습니다. 방해 없을 뿐 아니라 도리어 창작에 힘을 써야겠습니다.

전국 당의 유소년부에 □□□ 계신 여러분! 처□□□□□□전한 작품을 바□□□□□□□□나중에 자□□□□□□□□□셈하고 부지□□□□□□□□□력하여□□□□□□□□□□□표하□□□□□□□□□□□

□□□□□□□□□□□□□것을□□□□□□□□□□□보는 일□□□□□□□□□는 탓으로 □□□□□□□□□신 양해를□□□□□□□□부터 하는 것입□□□□□□□.•

_유소년부 수석 方定煥, 『당성』 1931년 4월호

• 자료의 훼손으로 해당 부분의 글자를 알아볼 수 없다. 글자 수도 대략 추정한 것이다.

호방한 김찬*●

벌써 10년 전이다. 도쿄서 5, 6인이 일행을 지어 강연을 들으러 가는 길인데, 길가에 장발 청년 일인● 한 사람이 신간된 사회주의 서적을 늘어놓고 팔고 있는 고로 우리는 발을 멈추고 저마다 책을 뒤적이면서 구경하고 있었다. 그런데 돌연히 우리 일행 중의 한 사람, 그중 체소한● 사람이 들고 보던 책을 그냥 학생복 주머니에 우그려 넣고 아무 말 없이 훙여케● 가 버렸다. 너무 의외의 일에 우리 일행이 다 놀랐지마는 참말 놀란 사람은 책 파는 임자였다.

"모시 모시, 모시모시, 다다데 못테이카레자고마리마스요!"●

쫓아가자니 늘어놓은 책을 모두 잃어버릴까 겁나고 안 쫓아갈 수 없고 5, 6걸음 쫓아가다 말고 서서 황망히 이렇게 소리만 지른다. 훙여케 가던 그는 딱 돌아서서 쇠 같은 소리로

* 기획 '김찬은 어떤 인물인가'에 포함된 글이다.

● **김찬**(1894~?) 사회주의 운동가.

● **일인** 일본 사람.

● **체소하다** 몸집이 작다.

● **훙여케** 휭하니.

● **모시 모시, 모시모시, 다다데 못테이카레자고마리마스요!** '여보세요, 여보세요, 그냥 가져가시면 곤란해요!'라는 뜻의 일본어.

"사회주의 책을 나 같은 무산자가 가져다가 보는 것이 잘못될 것 무어 있소!"

하고 꾸짖듯이 소리치고는 그냥 돌아서서 가 버리니

"고맛타나."•

하고 일인 청년은 그냥 머리만 긁고 말았다.

그 체소한, 참말 체소한 소학생같이 조꼬만 사람이 김찬이었다.

*

도쿄 유학생들의 제2○○선언사건의 공판이 도쿄 지방재판소에 열릴 때, 조조•부터 밀려든 방청객을 제한하기 위하여 인수•의 10분 1도 못되는 방청권을 발행하였었다. 그리하여 방청석은 만원 되고 출입구는 간수들로써 출입 엄금이 되어 버렸다. 그런데 무어라고 어떻게 힐난을 하였는지 출입 엄금된 문으로써 몹시 체소한, 납작한 청년 한 사람이 저벅저벅 들어왔다. 들어오기는 왔으나 앉을 자리가 없는 고로 도로 쫓겨나려니 하였더니 그는 서슴지 않고 맨 앞자리로 저벅저벅 걸어 나아가서 방청석과 피고와 변호사석의 경계인 목책 너머에 있는 의자 하나를 번쩍 들어서 방청석 맨 앞자리에 놓고 대룽대룽 올라앉아 버렸다.

법정 안이란 얼마나 행동을 엄제하는지• 손짓 하나 마음대로 못 하는 법인 것은 독자도 잘 아는 바이어니와 워낙 서슴지 않고 하는 것이요 대담한 행동이라, 정정•이며 간수 들도 말 한마디 못 하고 보고만 있었다.

- **고맛타나** '야단났네.'라는 뜻의 일본어.
- **조조** 이른 아침.
- **인수** 사람 수.
- **엄제하다** 엄격히 통제하다.
- **정정** 일제강점기에 법원의 사환을 이르던 말.

"어쩌려고 그런 짓을 하오?" 하고 옆에 사람이 말하니까, "무얼! 저희들이야 권리가 있는 놈이니까 의자가 없으면 새로 가져다가 앉겠지……." 하고 태연하였다.

이윽고 판검사보다 먼저 변호사가 입정하여• 보니 의자가 없는지라 모욕이나 당한 것처럼 노한 얼굴로 정정을 보고 "의자를 왜 안 놓았느냐."고 질책하였다. '저이가 가져갔어요.' 소리도 못 하고 정정은 황망히 뛰어가서 새로 의자를 가져왔다.

체소한 납작한 청년, 그는 김찬이었다.

*

그만큼 체소한 이도 드물지만, 그만큼 호담스럽기도• 드물다. 5척• 도 못 되어 보이게 키가 작고 목이 다 붙고 몸이 얼굴과 같이 납작한 이가, 모자도 안 쓰고 하카마•도 없이 맨몸에 유카타• 하나만 걸치고 넓은 도쿄 안에 못 갈 데가 없으니, 아무라도 하잘것없는 사람으로 보았지 그에게 아무도 당하지 못할 그런 놀라운 호담이 있으리라고는 생각이 미치지 못한다.

어느 해였던지 음력 8월 추석날 저녁때였다. 석양 머리에 나의 숙소를 찾아온 그는 "오늘이 추석이니 술을 내이라."고 하나, 나는 기다리는 학비가 오지 않아서 "저녁이나 같이 먹자." 하였더니, "염려 말고 따라나서라."고 강잉히• 끌고 나섰다.

• **입정하다** 법정에 들어가다.
• **호담스럽다** 매우 담대하다.
• **척** 길이의 단위로 1척은 약 30.3cm에 해당한다.
• **하카마** '겉에 입는 주름 잡힌 하의'를 일컫는 일본어.
• **유카타** '목욕한 뒤나 여름철에 입는 무명 홑옷'을 일컫는 일본어.
• **강잉하다** 억지로 참으며, 또는 마지못해 그대로 하다.

그는 역시 맨머리 맨발에 유카타 하나만 걸쳤다. 이 친구가 나를 끌고 다른 친구에게로 가나 보다 하였더니, 지나던 길가의 어느 요정으로 들어갔다. 미인 하녀가 두 사람 술상이 제법 소홀치 아니하나 아무리 눈치를 보아도 외상 요리를 먹을 만큼 단골로 다니는 곳인 것 같지 않은데, 초저녁부터 먹는 것이 밤 열두 시가 가깝도록 쉴 새 없이 술을 청해 들이고 요리를 청해 들이는지라, 넌지시 "이 집이 잘 아는 집인가?"고 물어도 "알면 어떻고, 모르면 어떻단 말이요. 먹어 놓고 보는 것이지."

기어코 새로● 2시까지 먹고 마시고, 더 계속할 기력이 없이 되어서는 잠깐 장장(사무실)에 갔다 오더니, "나가자." 하는지라 따라나서니까, 현관 앞에 자동차가 놓여 있어서 우리를 태워 가지고 아사쿠사●로 신주쿠●로 한 바퀴 휘도는 동안에, 여기서 내리자 저기서 내려서 더 먹고 가자 하는 것을 그럴 적마다 싫다고 하여 억지로 말려 가지고 간신히 집으로 돌아왔다. 나같이 이 방면에 고루한 사람에게는 이날 일이 한 기적 같이 요술같이 생각되건마는 그에게는 그것이 늘 있는 일이었다. 한 푼 돈이 있을 리 없고, 늘 그렇게 대음●을 하고 지내건마는 돈 걱정을 하는 것을 본 일이 없다. 작은 일이나 큰일이나 간에 남의 궁상을 보면 돈으로나 힘으로나 도와주기를 주저하지 않는 성정이었다.

*

도쿄 오사카에 수많은 노동인을 옹하고● 있는 ○애회(○愛會)라 하면 폭력을 잘 쓰기로 이름이 있어, 툭하면 흉기로써 사람을 상하는 일

● **새로** (12시를 넘긴 시각 앞에 쓰여) 시각이 시작됨을 이르는 말.
● **아사쿠사** 일본 도쿄의 지역 이름.
● **신주쿠** 일본 도쿄의 번화가.
● **대음** 술을 많이 마심.
● **옹하다** 껴안다. 호위하다. 옹호하다.

이 자주 있었다. 한때는 김찬이 관계하는 철○단(鐵○團)과 ○애회원 간의 큰 싸움이 일어나서 쌍방에 상해가 많이 난 일이 있었다. 이 직후의 일이라 ○애회에서는 철○단의 습격이 있으리라 하여 눈에만 뜨이면 여지없이 해내이려고 벼르고 있는 음험한 판에, 김찬이 혼자 그 소구• 로 그 본부 앞에 딱 나타났다.

왔다 하고 ○애회에서는 곤봉이며 칼이며를 들고 달려드는데, 단신으로 김은 그것을 제지하고 시비를 가리어 기어코 진사•의 말을 받고 돌아왔다.

*

이상으로 그의 성격과 평소의 생활은 대개 짐작될 만큼 나타났을 것 같다. 그가 귀국한 후의 일은 잘 알지 못한다.

_『혜성』 1931년 7월호

● **소구** 작은 몸.
● **진사** 까닭을 설명하며 사과의 말을 함.

여름방학 중에 소년회에서 할 일 2, 3

여름방학 동안에 소년회에서 할 일은 대체로 두 가지 방법이 있는 바, 하나는 소년들 자체의 심신 발육을 위하여 또는 소년회로서의 훈련을 위하여 노력하는 것이요, 다른 하나는 소년들로서 남을 위하여, 일반을 위하여 노력하는 방면입니다.

첫째의 소년 자체의 심신 발육과 훈련을 위한 노력은 임간● 강습, 등산, 수영, 야영 생활 등 여러 가지로 각 소년회에서 평소부터 그것을 연구하고 또는 실행하여 오는 일이지마는, 흔히 일반 가정에서 하기방학에 대해서 똑바른 생각을 가지고 있지 못하는 고로 소년회로서 하고자 하는 일에 지장이 많아 왔습니다. 하기방학은 여름철이 더워서 공부를 못 하겠으므로 하는 것만이 아닙니다.

어린 사람은 항상 크고 뻗어 나고 자라 가는 것인 고로 공부보다도 지식보다도 잘 자라 간다 하는 조건이 제일 중요한 것인데, 잘 자라기 위하여는 자연과 많이 친해야 한다 하는 것이 가장 귀중한 것입니다. 맨발을 벗겨 기르라, 흙과 친하게 하라 하는 등 말은 모두 자연과 친하게 하라, 자연의 품에 안겨 자연과 같이 자라게 하라는 것입니다.

● **임간** 숲속.

그런데 자연이 아무것 하나도 숨기지 않고 아끼지 않고 있는 대로를 그대로 사람들의 앞에 펼쳐 놓고 제공하는 철이 여름철입니다. 그래서 공부보다도 더 소중한 '자연과 친하는 노력'을 시키기 위하여 방학을 하는 것입니다. 그러니 소년회에서는 이 방학 동안에 어린 사람들로 하여금 한 번이라도 더 자연과 친할 기회를 지어 주기에 노력해야 할 것이요, 그 노력을 완전히 하기 위하여 먼저 한편으로 일반 가정 부형에게 이것을 자주 설명하여 철저히 시켜야 합니다.

둘째, 소년회원이 자체를 위해서가 아니라 남을 위하여 할 노력으로, 교통이 끊어지기 쉬운 개천에 큰 돌을 옮겨다가 징검다리를 놓는다거나, 교통이 불편한 산길에 길을 내어 준다거나, 여러 가지로 그 동리 그 촌락에 좋은 일을 할 것이 많이 있겠은즉, 그곳 형편에 따라서 이런 봉사적 노력을 할 것은 물론이거니와, 나는 특별히 이런 일을 제안하고 싶습니다. '문맹 타파! 국문 강습!'

문맹타파운동은 조선에서 무엇보다도 급한 일이라, 지금 각 방면 각 계급에서 노력하고 있습니다. 우리 교회 기관으로도 우선 학생회에서도 할 것이요, 내성단•에서도 할 것입니다. 그러나 사람은 그 추축하고• 연락되는 길이 다 각각 다른 것입니다. 부인네는 부인네끼리 만나기가 쉽고, 늙은이는 늙은이끼리 연락이 되고, 젊은이는 젊은이끼리 연락이 쉽습니다. 논둑이나 밭두덕•에 앉아서 새 떼를 쫓고 앉았고, 지게 지고 낫 들고 꼴 베러 다니는 농촌의 어린 사람들을 쫓아가고 추축하기에는 누구보다도 소년회원들이 제일 나을 것이니, 학교에 다니는 소년회

• **내성단** 천도교의 여성운동단체.
• **추축하다** 친구끼리 서로 오가며 사귀다.
• **두덕** '두둑'의 사투리.

원들로 하여금 그 방면을 맡아 한 달 동안이나 또는 40일 동안 기한을 정하여 각각 몇 명 이상씩의 인원을 책임지고 국문을 깨우쳐 주게 하자, 다른 기관에서 다 하더라도 소년회는 소년회로서 이 노력을 하자, 이것은 실행하기 쉽고 효과가 확실하면서 가장 값있는 노력이니 각지의 지도자 여러분이 이 점에도 많이 유의하시기를 바랍니다.

_『당성』 1931년 7월호

부록

| 연보 |

1899(1세) 11월 9일, 서울 야주개(종로구 당주동과 신문로1가에 걸쳐 있던 낮은 고개)에서 아버지 방경수(方慶洙)와 어머니 손씨 사이에서 출생. 본관은 온양(溫陽). 유년 시절 '대단히 큰 기와집을 하나 가지고도 부족하여 두 집을 사서 사이를 트고 한 집을 만들어 쓸' 정도로 넉넉한 가정환경에서 증조부모, 조부모, 부모, 큰고모, 작은고모, 삼촌 등 4대가 함께 생활. 집안은 야주개 시장에서 미곡전과 어물전을 경영.

1905(7세) 4월, 서대문 근처 보성소학교(8년 과정) 유치반에 입학.

1907(9세) 집안의 사업 실패로 사직동 도정궁 앞 초가집으로 이사.

1908(10세) 소년입지회 활동.

1909(11세) 사직동 매동보통학교 입학.

1910(12세) 집이 사직동에서 근동으로 이사. 10월에 미동보통학교 2학년으로 전학.

1913(15세) 3월 25일, 미동보통학교 4학년 졸업. 11월, 용산구 청파동에 위치한 선린상업학교 입학. 이 시기를 전후하여 『소년』 『붉은 저고리』 『새별』 등의 잡지를 탐독.

1914(16세) 선린상업학교 중퇴.

1915(17세) 조선총독부 토지조사국에 사자생(寫字生)으로 취직. 유광렬(柳光烈)과 함께 기거.

1917(19세) 5월 28일(음력 4월 8일), 권병덕(權秉德)의 중매로 천도교 제3세 교주 의암 손병희(孫秉熙)의 셋째 딸 손용화(孫溶嬅, 당시 17세)와 결혼.● 이후 천도교 내 입지가 크게 강화됨. 5월 6일(음력으로 추정), 지병으로 모친 별세.

1918(20세) 5월 2일(음력으로 추정), 장남 방운용 출생. 7월, 보성법률상업학교 입학. 7월 7일, 이중각(李重珏) 등과 함께 '경성청년구락부' 결성. 12월, 봉래동 소의소학교에서 경성청년구락부 송년회 개최. 소인극 '동원령'을 연출하고 주연을 맡음.

1919(21세) 1월 20일, 이중각 유광렬 김선배(金善培) 등과 경성청년구락부의 기관지 성격을 지닌 잡지 『신청년(新青年)』 발간. 3월, 유광렬의 회고에 따르면 3·1운동 때 『조선독립신문』을 오일철과 함께 인쇄 배부하고 독립선언서를 돌리다가 검거되었는데, 1주일 만에 풀려났다고 함. 9월 2일, 창립된 천도교청년교리강연부의 간의원(幹議員)으로 선출됨. 12월, 우리나라 최초의 영화 잡지 『녹성(綠星)』 발행에 참여.

1920(22세) 3월, 김원주(김일엽) 신준려 박인덕 등이 창간한 『신여자(新女子)』의 편집고문을 맡음. 4월 25일, 천도교청년교리강연부의 명칭을 천도교청년회로 개정. 6월, 잡지 『개벽』 발행에 참여.● 6월

● 손병희의 첫째 사위는 이관영(李寬永), 둘째 사위는 정광조(鄭廣朝)다.

● 창간 당시 개벽사원이 누구였는지를 직접적으로 확인할 수 있는 자료는 아직 발견되지 않았다. 다만 『개벽』 1921년 1월호에 실린 개벽사원들의 '근하신년' 광고를 통해 초기 사원 명단을 확인할 수 있으며 이들이 『개벽』 창간 당시 사원일 것으로 추정된다. 여기에 등장하는 개벽사원은 방정환을 비롯해 강인택, 김기전, 노수현, 민영순, 박달성, 박용준, 이돈화, 이두성, 최종정, 현희운 등 모두 11명이다.

21일, 보전친목회(普專親睦會) 문예부장으로 평양청년회에서 '자아각성과 청년의 단합'이란 주제로 강연. 8월, 고한승 김윤경 이묘묵 등과 함께 조선학생대회 하기순회강연단의 연사로 주요 도시를 돌며 강연. 9월, 일본 동경 유학길에 오름.

1921(23세) 1월 10일, 김상근 박달성 이기정 정중섭 등과 함께 천도교청년회 동경지회 설립 추진. 발기인 대표로 활동. 2월, 『천도교회월보』 1921년 2월호에 아동문학에 관심을 두고 실천하겠다는 각오를 밝힌 「동화를 쓰기 전에 어린애 기르는 부형과 교사에게」라는 글을 게재. 2월, 동경에서 양근환의 민원식 암살 미수 사건에 연루되어 10여일간 수감. 4월 5일, 천도교청년회 동경지회 발회식 거행. 지회장으로 선출됨. 4월 9일, 도요(東洋)대학 전문학부 문화학과 청강생으로 입학. 새로운 사상과 학문의 수용은 물론 폭넓은 인맥을 형성하는 계기가 됨. 4월, 김기전 등과 함께 천도교청년회 산하에 소년부를 두고 어린이운동을 시작. 5월 1일, 소년부를 천도교소년회로 개편. 6월, 천도교청년회 동경지회에서 '현대문화 사상의 고취와 천도교의 진리를 선전'할 목적으로 조직한 순회강연단의 제3대를 민병옥과 함께 맡아 전주, 광주, 목포, 철원, 원산, 북청, 청진 등 전국 각지에서 강연을 함. 11월 10일, 천도교청년회 동경지회장으로서 박달성 등과 함께 태평양회의를 기회로 모종의 운동을 계획했다는 혐의로 종로경찰서에 체포됨.

1922(24세) 3월, 도요대학 자퇴. 5월 1일, 김기전 구중회 등과 함께 천도교소년회에서 이날을 '어린이의 날'로 정하고 그 취지를 비롯한 각종 인쇄물을 통해 선전. 5월 19일, 장인 의암 손병희 사망. 6월 1일, 개벽사에서 잡지 『부인(婦人)』 창간호 발행. 7월 7일, 개벽사에서 단행본 『사랑의 선물』 출간.

1923(25세) 문예 동인지 『백조』 3호(1923)부터 팔봉 김기진과 함께 후기 동

인으로 참여. 3월 20일, 개벽사에서 잡지 『어린이』 창간호 발행. 동경에 체류하면서 『어린이』 편집을 책임짐. 4월 17일, 천도교 소년회 불교소년회 조선소년군 등이 중심이 되어 조선소년운동협회를 결성하고 매년 5월 1일을 '어린이날'로 제정.
3월 16일, 방정환의 하숙집에서 방정환 강영호 손진태 고한승 정순철 조준기 진장섭 정병기 등이 모여 '색동회' 창립 준비. 3월 30일, 정병기 집에 손진태 윤극영 방정환 조준기 고한승 정병기(강영호 진장섭은 귀국) 등이 모여 모임의 명칭을 '색동회'로 합의하였으나 최종 결정은 미룸. 4월 14일, 윤극영 집에 손진태 윤극영 정순철 방정환 고한승 정병기 등이 모여 명칭을 '색동회'로 결정하고 5월 1일 발회식을 열기로 결의. 5월 1일, 조선소년운동협회에서 어린이날 행사 추진. 방정환은 동경에서 색동회 창립 발회식 거행 뒤 기념사진 촬영.• 7월 23일, 색동회와 어린이사 공동 주최로 6일간 전조선소년지도자대회 개최, 김기전 등과 함께 강연. 9월 2일, 천도교청년회를 천도교청년당으로 재편. 이후 사망할 때까지 청년당의 중앙집행위원 등 핵심 간부로 활동. 청년당에서 전개한 7대 부문(농민·노동·상민·청년·학생·여성·소년) 운동 중 소년운동 부문 담당. 9월 15일, 개벽사에서 잡지 『부인』의 제호를 『신여성(新女性)』으로 변경하여 제1호를 발행. 가을, 동경에서 경성으로 완전히 돌아옴.

1924(26세) 2월 20일 발행된 잡지 『신여성』 제3호부터 편집 겸 발행인을 맡음. 4월 21일, 조선소년운동협회 임시총회에서 조철호와 함께 상무위원으로 선정됨. 5월 1일, 어린이날 기념식에서 이날 배포될 선전물의 내용 설명과 어린이를 위한 여러 이야기를 함.

• 창립 동인은 고한승 방정환 손진태 윤극영 정병기 정순철 조재호 진장섭 등 모두 8명이다.

1925(27세) 4월 15일, 조선기자대회 참석. 4월 20일, 어린이날 행사를 준비하기 위한 조선소년운동협회 모임에서 어린이날 준비위원으로 선정됨. 5월 1일, 조선소년운동협회에서 어린이날 기념행사를 진행함. 이날 행사에서 「어린이날 노래」가 처음으로 불려짐. 5월 24일, 경성소년지도자연합회 발기총회 개최. 연합회의 명칭을 '오월회(五月會)'로 결정. 5월 31일, 오월회 창립총회 개최. 8월 1일 발행된 잡지 『어린이』 제31호부터 편집 겸 발행인을 맡음. 12월 28일, 조선사회운동총결산보고연설협의회에서 소년운동 부문 연사로 선정됨.

1926(28세) 4월, 조선소년운동협회와 오월회에서 어린이날 기념행사 준비 모임을 가짐. 이 자리에서 어린이날 기념행사를 누구 명의로 할 것인지를 두고 논란이 벌어져 조선소년운동협회와 오월회에서 각각 어린이날 행사 준비를 따로 시작함. 순종의 사망으로 일본 경찰이 어린이날 기념행사를 금지함. 6월, 6·10만세운동으로 일본 경찰에 검거되어 취조를 받고 풀려남. 8월, 잡지 『개벽』이 통권 제72호로 폐간당함. 이후 개벽사의 주무로 활동하며 '개벽 잡지왕국의 총리'로 불릴 정도로 개벽사 잡지 발간의 중추적 역할 담당. 10월, 개벽사에서 잡지 『신여성』은 제31호를 끝으로 휴간하고 잡지 『별건곤』을 발행하기로 결정. 11월 1일, 개벽사에서 『별건곤』 창간호 발행.

1927(29세) 4월, 조선소년운동협회의 어린이날 준비위원으로 참여. 조선소년운동협회와 오월회에서 어린이날 기념행사 준비를 각각 추진함. 4월 26일, 『별건곤』 1927년 2월호에 발표한 「은파리! 풍자기!」의 글이 문제가 되어 백상규에게 명예훼손 혐의로 고소를 당해 차상찬과 함께 경성 지방법원 검사국에서 취조를 받고 석방됨. 7월 30일, 조선소년운동협회와 오월회가 연합하여 조선소년연합회 발기대회 개최. 창립준비위원으로 참여. 10월 16일, 조

선소년연합회 창립대회에서 위원장으로 선출됨. 10월 17일, 조선소년연합회 임시대회에서 어린이날을 메이데이와 충돌을 피하기 위하여 5월 첫 일요일로 결정.

1928(30세) 2월 12일, 경성소년연맹 창립대회 개최. 고장환 정홍교 윤소성 안정복 연성흠 최청곡 등과 함께 창립준비위원으로 참여. 3월 25일, 조선소년연합회 제1회 정기총회(전국대회)에서 임시의장을 맡음. 총회에서 조선소년연합회의 명칭을 조선소년총동맹을 변경하려고 했으나 일본 경찰의 반대로 조선소년총연맹으로 함. 4월 4일, 천도교소년회연합회 결성. 5월 6일, 5월 첫째 일요일에 진행된 어린이날 기념행사를 조선소년총연맹(대표 정홍교)과 달리 천도교소년회연합회에서 독자적으로 진행함. 10월 2~10일, 색동회와 어린이사 공동주최로 세계아동예술전람회 개최. 12월 27일, 조선소년총동맹 제2회 정기대회에서 간부 선출 문제로 충돌이 일어남.

1929(31세) 1월, 개벽사에서 새로운 잡지 『학생(學生)』을 발간하기로 결정하고 이태준과 최영주를 채용함. 3월 1일 개벽사에서 발행한 잡지 『학생』 창간호부터 편집 겸 발행인을 맡음. 천도교소년회를 천도교소년회연합회로 변경하고 대표를 맡음. 전암(筌菴)이라는 도호를 받음. 10월 31일, 조선어사전편찬회 발기인 및 위원으로 참석.

1930(32세) 4월, 천도교소년회연합회를 천도교소년회연합회총본부로 변경. 12월, 『학생』을 제18호(1930년 11월호)로 정간하고 대신에 『신여성』을 속간하기로 결정.

1931(33세) 1월 1일, 잡지 『신여성』을 속간하여 제32호 발행. 이전과 마찬가지로 편집 겸 발행인을 맡음. 3월 1일, 개벽사에서 잡지 『혜성』 창간호 발행. 3월 15일, 서울잡지협회 창립총회 참석. 3월 18일, 서울 지역 소년단체 대표자들이 어린이날 행사를 준비하기 위

해 전선어린이날중앙연합준비회 결성. 총무부 위원으로 참여. 7월 9일, 신장염과 고혈압으로 경성제국대학 부속병원 입원. 7월 23일 오후 6시, 사망. 7월 25일, 경운동 천도교당에서 영결식 거행. 홍제동 화장장에서 화장하고 납골당 안치. 8월 2일, 서울 시내 각 소년단체 발기로 추도식 거행.

1932 7월 23일, 개벽사와 색동회 공동주최로 소파 방정환 1주기 추도식 거행.

1936 5월 3일, 이정호 최영주 등 27명이 방정환기념비 건립 발기. 7월 23일, 홍제동 화장장 납골당에 안치되었던 유골을 망우리묘지로 이장. 망우리묘지에서 차상찬의 사회로 기념비 제막식 거행. 이정호의 약력 보고, 최영주의 비석 건립 경과보고, 이은상 유광렬 정인섭 김도현의 추억담 등으로 행사 진행.

1940 5월 25일, 최영주 마해송 등이 『소파전집』을 500부 한정판으로 박문서관에서 간행. 6월 22일, 차상찬 등이 참여한 가운데 『소파전집』 출판기념회 개최.

_정용서 작성

| 경성방송국 라디오 출연 경력 |

1927.2.15	육아 강좌「어린이와 완구」
1927.2.17	육아 강좌「어린이와 직업」
1927.2.18	육아 강좌「어린이는 언제 자라는가」
1927.2.21	동화「백조가 된 왕자 (1)」
1927.6.22	동화「이상한 샘물」
1927.7.10	동화「양초귀신」
1927.7.28	동화「미련한 곰」
1927.7.30	강연「아동의 독물에 취하여」
1927.9.2	동화「황금비」
1927.9.14	동화「양손의 이야기」
1927.9.25	동화「연속동화 4 (끝)」
1927.12.3	동화「마법경쟁(魔法競爭)」
1928.1.4	동화「맹(盲)의 포수」
1928.1.30	동화「요술 아아」

* 『경성일보』의 경성방송국(JODK) 프로그램을 참고했다. 일본어로 작성된 것이라 방정환이 우리말로 발표했던 작품명과 달라진 것이 있다.

1928.2.3	동화「재판장의 코」
1928.2.23	동화「동무를 대신하여」
1928.3.16	동화「선물 같지 않은 선물」
1928.4.5	동화「심(心)의 화(花)」
1928.4.21	동화「앵화(櫻花)」
1928.5.6	동화「어린이날에 취(就)하여」
1928.5.9	동화「도깨비 이야기」
1928.6.4	동화「막보(莫浦)의 대상(大商)」
1928.6.30	동화「송도령(宋道令) 김도령(金道令)」
1928.7.25	동화「도깨비의 재판 (1)」
1928.8.3	동화「도깨비의 재판 (2)」
1928.9.9	전래동화「4인의 무사(武士)」
1928.9.27	동화「난파선」
1928.10.9	동화「이리와 양」
1928.11.11	동화「장자(長者)의 연(淵)」
1928.12.17	동화「끝없는 이야기」
1929.1.29	동화「형의 생각과 아우의 생각」
1929.2.13	소년 미담「금시계」
1929.3.3	동화「열두 왕자」
1929.3.14	동화「백조 왕자」
1929.4.3	동화「도깨비 이야기」
1929.5.17	동화「팔각보(八角寶)」
1929.5.28	동화 *제목 불명
1929.6.10	동화「이상한 시계」
1929.7.8	전기「세계 위인 유년 시대—발명가 에디슨 (1)」
1929.7.9	전기「세계 위인 유년 시대—발명가 에디슨 (2)」
1929.7.17	동화「바다의 귀신」

1929.8.26	가정 강좌 「육아강화(育兒講話) (1)」
1929.8.27	가정 강좌 「육아강화(育兒講話) (2)」
1929.8.28	가정 강좌 「육아강화(育兒講話) (3)」
1929.8.29	가정 강좌 「육아강화(育兒講話) (4)」
1929.8.30	가정 강좌 「육아강화(育兒講話) (5)」
1929.8.31	가정 강좌 「육아강화(育兒講話) (6)」
1930.1.9	동화 「의붓 오누이(계형매[繼兄妹]) (1)」
1930.1.10	동화 「의붓 오누이(계형매[繼兄妹]) (2)」
1930.1.31	동화 「양초 도깨비」
1930.2.26	가정교육 강좌 「아동교육에 대하여 (1)」
1930.2.27	가정교육 강좌 「아동교육에 대하여 (2)」
1930.4.16	가정 강좌 「어린이와 완구 (1)」
1930.4.18	가정 강좌 「어린이와 완구 (2)」
1930.5.19	동화 「콩 이야기」
1930.8.6	강화 「하계휴가와 아동 (1)」
1930.8.7	강화 「하계휴가와 아동 (2)」
1931.1.9	가정 강좌 「학령아동과 가정 (1)」
1931.1.10	가정 강좌 「학령아동과 가정 (2)」
1931.5.11	동화 「팔색마(八色馬)」
1931.5.21	가정 강좌 「아동 생활과 부모 (1)」
1931.5.22	가정 강좌 「아동 생활과 부모 (2)」
1931.6.29	가정 강좌 「명랑한(밝은) 가정 (1)」
1931.6.30	가정 강좌 「명랑한(밝은) 가정 (2)」

_나카무라 오사무(仲村修) 작성

| 강연회·동화회 일정 |

1918.12 소의소학교가 개최한 경성청년구락부 송년회에서 첫 자작 각본인 소인극「동원령」을 연출·주연. (유광렬 증언)

1920.6.6 보성법률상업학교(보성전문) 대강당에서 열린 문예강연회에서 보성전문 문예부장으로 모리스 르블랑의 탐정소설『813』구연. (『동아일보』 1920.6.7)

1920.6.13 보성친목회 주최로 보성법률상업학교에서 열린 문예회에서『813』구연. (『동아일보』 1920.6.13)

1920.6.20 평양천도교청년회 주최의 강연회에서 보성법률상업학교의 한 사람으로「남녀평등론」강연. (『동아일보』 1920.6.26; SK생「편집실에 계신 P형에게」,『천도교회월보』 1920.8)

1920.6.21 평양청년회 주최로 평양청년회관에서 보전친목회원을 초대하여 연 강연회에서「자아 각성과 청년 단합」강연. 방정환을 보전친목회 문예부장으로 소개. (『동아일보』 1920.6.26)

1920.6.30 천도교청년회 문천지회 주최로 천도교구실에서 열린 특별대강연회에 경성천도교청년회 강연대의 일원으로 참여해「개벽 선언」강연. (『동아일보』 1920.7.7)

1920.7.2 원산 동락좌에서 개최된 특별대강연회에서 천도교청년 강연대 일행으로「세계 평화는 인내천주의」강연. 이 무렵 천도교청년회 주최로 서울, 문천, 원산, 장연 등지로 순회강연. (『동아일보』 1920.7.6)

1920.7.27 종로청년회 학생대회 주최 강연회에서 강연. (『동아일보』 1920.7.27)

1920.7.27~8.6 경부, 경의, 경원선 중 중요 도시를 순회하는 조선학생대회 하기순회강연에 학생대회 10인의 청년운동가 일원으로 참여. (『동아일보』 1920.7.26)

1920.7.28 고려청년회와『동아일보』지국의 후원으로 열린 개성 사립송도보통학교 강연회에서「자녀를 해방하라」강연.「현금 시세(時勢)와 정신의 개조」라는 연제로 강연하려 했으나 일본 경찰의 감시로 임시 개정. (『동아일보』 1920.8.1)

1920.7.30 평양 남산현, 장대현 예배당에서「노력하라」강연. (『동아일보』 1920.8.2)

1920.8.2 선천 신성학교 기숙사 뜰에서「각성하라」강연. (『동아일보』 1920.8.7)

1920.8.10~12 조선학생대회 주최의 순회강연단 일행으로 김윤경 신경수 방정환은 제1대 변사로 강연. 10일 전주 강연에 당지의 제3부의 금지 명령으로 강연을 하지 못함. 12일 광주 강연에서 당지 도지사의 금지 명령으로 강연하지 못함. (『조선일보』 1920.8.15)

1921.6.18 부산천도교청년회가 주최하고『동아일보』지국 후원으로 국제관에서 열린 대강연회에서「잘 살기 위하여」강연. (『동아일보』 1921.6.22)

1921.6.20 논산 기독교회당에서 교육 발전에 관해 강연. (『동아일보』 1921.6.24)

1921.6.20~8.6 여름방학을 맞아 동경유학생순회강연단 일행으로 6월 17일부터 한 달여간 순회강연. 3대로 나누어 천도교의 진리를 선전하고 현대문화의 사상을 고취하고자 하는 목적으로 강연회 개최. 제1대는 박달성 정일섭, 제2대는 정중섭 전민철, 제3대는 방정환 민병옥. (『동아일보』 1921.6.11)

1921.6.21 군산 기독교청년회관에서 열린 강연회에서「잘 살기 위하여」강연.

(『동아일보』 1921.6.27)

1921.6.26 김제 천도교청년회관에서 열린 강연회에서 「잘 살기 위하여」 강연. 치안에 저촉된다 하여 강연 도중 중지, 산회. (『동아일보』 1921.7.4)

1921.7.4 『동아일보』 지국 주최로 황금정 예배당에서 열린 강경 강연회에서 「잘 살기 위하여」 강연. (『동아일보』 1921.7.9)

1921.7.8 경운동 천도교당에서 열린 천도교청년회 동경지회의 경성 강연회에서 사회를 맡음. (『동아일보』 1921.7.10)

1921.7.10 천도교소년회 담론부 주최로 경운동 천도교당에서 소년강연회 개최. 방정환을 '소년에 대한 연구가 많은' '동양대학' 학생으로 소개. (『동아일보』 1921.7.10)

1921.7.12 서흥 천도교당에서 열린 강연회에서 「잘 살기 위하여」 강연. 경관의 강연 중지로 산회. (『동아일보』 1921.7.19)

1921.7.14 황주 천도교구실에서 열린 강연회에서 「잘 살기 위하여」 강연. (『동아일보』 1921.7.17)

1921.7.15 사리원천도교회에서 열린 강연회에서 「잘 살기 위하여」 강연. (『동아일보』 1921.7.20)

1921.7.18 안악 천도교당에서 열린 강연회 참여. 동경에서 부산까지의 상륙 소감을 약술하고 「잘 살기 위하여」로 강연하려 했으나 경찰서장 야마다의 돌연 중지로 폐회. (『동아일보』 1921.7.22)

1921.7.20 은율 기독교 광선학교 강연회에서 「잘 살기 위하여」 강연. 일반 유지 주최 환영회에서 홍순한 축사, 방정환 답사. (『동아일보』 1921.7.27)

1921.7.22 장연 천도교청년회지회 주최로 천도교구에서 열린 강연회 참여. 방정환이 「잘 살기 위하여」라는 연제로 강연 도중 경관의 돌연 중지로 차용복이 속론. (『동아일보』 1921.8.6)

1921.7.25 해주 강연회에서 「잘 살기 위하여」 강연. (『동아일보』 1921.7.29)

1921.8.27 천도교청년회 동경지회 순회연극단을 이끌고 진남포에서 「유학생의 자취 생활」 「신생의 일(日)」 공연. 「신생의 일(日)」은 방정환 연출·주

연. (『동아일보』 1921.8.31)

1921.8.30~31 평양 가부기좌에서 상연된 참회의 극 「식객(食客)」 연출에 천도교청년회 동경지회 일원으로 참여. (『동아일보』 1921.9.4)

1921.9.4 경성 천도교대강당에서 상연된 자작 사극 「신생의 일」을 연출·출연. (『동아일보』 1921.9.4; 정인섭 『색동회어린이운동사』, 학원사 1975)

1922.6.18 소년 보호 사상을 선전하기 위해 경운동 천도교당에서 개최한 천도교소년환등강연회에서 「새 살림 준비」 강연. (『동아일보』 1922.6.18)

1922.6.29 경성천도교소년회가 주최하고 개벽 인천지사 후원으로 인천 가부기좌에서 열린 소년소녀가극회에서 「소년회 조직 필요」 강연. 방정환을 '천도교청년회 동경지회장'으로 소개. (『동아일보』 1922.7.2)

1922.7.12 천도교 장연 교구가 주최한 강연회에서 「새 살림 준비」 강연. (『동아일보』 1922.7.22)

1922.9.2 경운동 천도교당에서 열린 천도교청년회 창립 3주년 기념강연회에서 강연. (『동아일보』 1922.9.1)

1922.12.25 경운동 천도교당에서 열린 천도교소년회 환등강연회에서 「생활 개조와 아동 문제」 강연. (『동아일보』 1922.12.25)

1922.12.30 경운동 천도교당에서 열린 천도교소년회 환등강연회에서 강연. (『동아일보』 1922.12.30)

1923.1.14 천도교소년부 동화극대회에서 「열두 달의 손님」 구연. (이정호 「처음 기쁜 날」, 『천도교회월보』 1923.2)

1923.4.28 일본 도쿄에서 소년문제강연회 개최.

1923.7.23~28 색동회와 어린이사 공동 주최로 경운동 천도교당에서 전선소년지도자대회를 1주일 동안 개최. 23일 「소년문제에 관하여」, 25일 「동화에 관하여」 강연. 25일 경운동 천도교당에서 열린 동화대회에서 「내어버린 아이」 구연. (『동아일보』 1923.6.10; 『동아일보』 1923.7.25)

1923.9.22 천도교당에서 열린 가을놀이소년소녀대회에서 동화 구연. 행사에서 방정환이 『어린이』 창간호에 실은 동화극 「노래주머니」 상연. (『어린

이』 1923.8)

1923.11.18 경성도서관 주최로 열린 동화강연회에 출연. (『동아일보』 1923.11.18; 『조선일보』1923.11.18)

1923.11.25 경성도서관 주최로 열린 동화강연회에 출연. (『동아일보』 1923.11.25)

1924.1.18 이은상의 안내로 창신학교와 의신여학교를 방문하여 「아버지의 병간호」「헨젤과 그레텔」 구연. 이 무렵 경성도서관 주최로 일요일마다 방정환 동화회가 열렸는데, 그때마다 대성황을 이룸. (소파 「나그네 잡기장 (1)」, 『어린이』 1924.4)

1924.3.18 색동회의 정순철, 정병기, 강영호와 개성 샛별 잡지사를 방문. 18~19일에는 북복교예배당에서 「산드룡 이야기」와 「내어버린 아이」(헨젤과 그레텔) 구연. (소파 「나그네 잡기장 (1)」, 『어린이』 1924.4)

1924.5.1~4 5월 1~4일 경운동 천도교당 마당에서 열린 어린이날 행사에서 연설. (『동아일보』 1924.4.23; 『동아일보』 1924.5.3)

1924.10.12 홍성유치원 주최 유원동화대회에 출연. (『시대일보』 1924.10.13)

1924.10.27 천도교 대신사 백년 기념(10.28)을 맞아 천도교당에서 대신사 일대(一代)에 관한 강연회 참여. (『동아일보』 1924.10.26)

1925.1.29 경운동 기념관에서 열린 천도교내수단 부인대강연회에서 기념관 건축 역사에 대해 강연. (『동아일보』 1925.1.31)

1925.2.22 천도교청년당이 교리의 진리와 주의 선전하기 위해 용산원정 천도교당에서 연 대강연회에서 「살아갈 길」 강연. (『동아일보』 1925.2.22; 『동아일보』 1925.3.3)

1925.3.21~30 『어린이』 창간 2주년 기념 소년소녀대회에서 동화와 소년 문제에 대해 강연. 3월 21일 경성(천도교기념관), 3월 22일 대구, 3월 24일 마산(마산신화소년회 창립 축하회 겸 동화회), 3월 26일 부산, 3월 30일 인천. (『동아일보』 1925.3.18; 방정환 「나그네 잡기장 (5)」, 『어린이』 1925.5)

1925.4.3 조선 기근구제회 봉산후원회가 사리원 천도교당에서 개최한 기근구제 대강연에서 「사선(死線)을 밟고서」 강연. (『동아일보』 1925.4.6)

1925.4.29 어린이사와 색동회 주최로 천도교기념관에서 개최된 제3회 어린이날 전야제에서 「귀만의 설움」 구연, 「어린이날 이야기」 강연. (『조선일보』 1925.4.30)

1925.6.16~26 오월회 주최로 열린 소년문제강연회 지도자강습회 강사로 선정되어 강연. (『동아일보』 1925.6.11)

1925.6.20 인천 송현리 영명학원 주최로 인천 산평정 공회당에서 개최된 교육강연회에서 강연. (『동아일보』 1925.6.16)

1925.6.30 마포청년군이 주최하고 오월회가 후원한 마포어머니대회에서 소년 문제에 관해 강연. (『동아일보』 1925.6.30; 『시대일보』 1925.6.30)

1925.7.13~ 10여 일 간 울산, 포항, 경주, 대구 등지에서 열린 동화회와 소년문제강연회 참여. 정순철의 동요회와 같이 열림.

1925.7.15~17 울산 성우회가 주최하고 동아일보사 울산지국 후원으로 개최된 소년소녀동요동화회에 참여(방정환의 동화, 정순철의 동요). 7월 15일부터 울산 지역 공립보통학교에서 소년문제강연과 소년소녀동요동화대회, 방정환 정순철 초청하여 소년소녀동요동화회, 방정환은 「신생의 도」라는 연제로 소년문제강연회, 부인 본위로 육아아동문제강연회 등 3일간 연속 개최. 어린이 동화 구연 심사. (『시대일보』 1925.7.23; 『시대일보』 1925.7.25)

1925.8.6 재경 용천학생친목회가 주최하고 용암포상무회와 동아일보사 후원으로 시내 천도교당에서 열린 동화회 참여. 「소년 문제에 대하여」 강연. (『동아일보』 1925.8.15)

1925.8.7 재경 용천학생친목회가 주최하고 양시기독교여자청년회와 조선일보사, 동아일보사가 후원한 하기강연회에서 우리 사회를 회복할 길과 우리 민족의 참생활을 얻는 길은 아동교육을 근본 삼는 데 있다는 내용으로 강연. (『동아일보』 1925.8.11)

1925.8.26 인천엡웟소년회 주최로 내리예배당에서 열린 동화회 참여. (『동아일보』 1925.9.27)

1925.10.25 현대소년구락부가 경성도서관 아동실에서 개최한 방정환동화회 참여. (『동아일보』 1925.10.23)

1925.11.15 각 소년회 연합 주최로 견지동 시천교당에서 열린 어린이놀이에서 동화 구연. (『동아일보』 1925.11.9; 『시대일보』 1925.11.14)

1925.12.5 개성천도교소년회 주최로 개성 중앙회관에서 열릴 예정이던 동화회가 연사의 불온함과 아동 회합의 악결과를 초래한다는 이유로 일제 당국에 의해 금지됨. (『조선일보』 1925.12.12)

1925.12.12 소년소녀문예회가 청진동 예배당에서 개최한 어머니대회에 연사로 참여. (『동아일보』 1925.12.12)

1926.1.5 문화소년회가 주최하고 경성여성동우회의 후원으로 청진동 회중기독교당에서 열린 '어머니와 소년회'에서 실제 가정생활 개선에 관해 강연. (『매일신보』 1926.1.3; 『시대일보』 1926.1.3; 『동아일보』 1926.1.4)

1926.2.21 경성 가회동의 취운소년회가 주최한 동화회에 출연. (『조선일보』 1926.2.20; 『동아일보』 1926.2.21; 『시대일보』 1926.2.21)

1926.3.20 선우소년회 주최로 연화봉여학교강당에서 열린 소파 초청 신춘동화대회에 참여. (『시대일보』 1926.3.21)

1926.8.14 경운동 천도교당에서 열린 천도교지일 기념 축하회에서 「해월 선생 법설 중에서」 강연. (『동아일보』 1926.8.14)

1926.8.25 어린이사가 주최하고 조선일보사의 후원으로 경운동 천도교당에서 열린 동화동요동극대회에서 「삼 용사 이야기」 구연. (『조선일보』 1926.8.2; 『동아일보』 1926.8.25)

1926.9.26 현대소년구락부 50회 기념 동화회 참여. (『동아일보』 1926.9.27)

1926.10.1 경운동 천도교기념관에서 열린 천도교소년동화회에서 「돔손디 이야기」 구연. (『동아일보』 1926.10.1)

1926.10.3 현대소년구락부가 주최한 어머니대회에 연사로 참여. (『동아일보』 1926.10.3)

1926.10.16 별나라 주최 동화회(소년왕 대회)에 이정호 고한승 정홍교와 함께 참

석. 동화회 장소가 견지동 시천교당에서 시내 천도교당으로 변경. (『동아일보』 1926.10.13; 『동아일보』 1926.10.14)

1926.11.1~2 천도교 2세 교주 해월 탄생 백년 기념으로 열린 천도교조기념식 경성 본부 종지 선전 강연에 참여. 1일은 「광명은 동방에서」, 2일은 「진실한 소년」 강연. (『동아일보』 1926.11.1)

1926.11.2 진남포 천도교청년당이 동교 비석리 종리원에서 개최한 종지 강연에 연사로 참여. (『동아일보』 1926.11.2)

1926.11.13 천도교소년회 동화회 출연. (『조선일보』 1926.11.13)

1926.11.20 서강의화소년단이 주최하고 별나라와 신소년사가 후원한 강연회에서 가정교육에 관한 강연. (『동아일보』 1926.11.17)

1926.11.26~30 의주 천도교종리원에서 개최한 제4회 강도회에서 강연. (『동아일보』 1926.11.25)

1926.11.27 중앙썬데이스쿨 주최로 중앙예배당에서 열린 동화회 출연. (『조선일보』 1926.11.28)

1926.12.12~13 영동소년회가 개최한 동화동요대회 참여. (『동아일보』 1926.12.17)

1926.12.18 문예운동사가 주최하고 조선일보사 후원으로 종로 중앙기독교청년회관에서 열린 문예대강연회에서 「소년문학 잡감」 강연. (『조선일보』 1926.12.11; 『중외일보』 1926.12.20)

1926.12.24 천도교청년당 긴급위원회의 천도교 구파(舊派) 검토 대연설회에서 「5세 교주는 또 누구냐」 연설. (『동아일보』 1926.12.24; 『중외일보』 1926.12.24)

1927.2.17 「어린이와 직업」이라는 제목으로 라디오 방송 참여. 2월 16일부터 경성방송국에서 한국어, 일본어 혼합 단일 방송 시작됨.

1927.3.17 경운동 천도교청년당 본부에서 열린 해월 탄생 백년 기념일(3.21) 축하 강연 및 기념식에서 「소년 고수」 구연. (『동아일보』 1927.3.17)

1927.3.26 『어린이』 창간 4주년 기념 동화동요동화극 대회에 출연해 동화 구연. (『조선일보』 1927.3.23)

1927.8.7~9 경성방송국에서 「DK 연속동화」로 아라비안나이트 중 「흘러간 삼남매」를 3일간 방정환 고한승 이정호가 나누어 구연. (『동아일보』 1927.8.9; 『중외일보』 1927.8.9)

1927.9.8 무궁화사 주최로 시천교당에서 열린 추기동화대회에 출연. (『조선일보』 1927.9.6)

1927.10.3 진남포 천도교청년당 주최하고 조선일보사와 동아일보사 지국이 후원한 이돈화, 방정환 초청 추계대강연회에서 「낙망하지 말자」 강연. (『동아일보』 1927.10.6)

1927.10.7 사리원동화회 주최로 사리원 미 감리교 예배당에서 열린 동화회에서 아동보육에 전 책임을 가진 부형에게 간단하게 강연한 뒤 동화 구연. (『동아일보』 1927.10.11)

1927.11.1 진주청년회 주최로 진주청년회관에서 열린 동화회 참여. (『동아일보』 1927.11.4)

1927.11.9 수원화성소년회가 주최하고 조선일보사 후원으로 수원 공회당에서 열린 동요동화대회에서 동화 구연. (『조선일보』 1927.11.8)

1927.11.25 강화소년군 주최의 동화회와 소년문제강연회에서 강연. (『조선일보』 1927.11.24; 『동아일보』 1927.11.25)

1927.12.30~31 안악소년회에서 강연. (『조선일보』 1928.1.8)

1928.2.7 조선소년연합회의 경성세포단체연합 주최로 천도교기념관에서 열린 어머니대회에서 「소년운동과 가정 교양」 강연. (『매일신보』 1928.2.6; 『조선일보』 1928.2.6; 『동아일보』 1928.2.7)

1928.2.11 개벽사가 주최하고 동아일보사의 후원으로 열린 남녀 각 학교 졸업생 재학생 석별 강연회에서 개회사. (『중외일보』 1928.2.13)

1928.2.11~12 색동회가 주최하고 어린이사 후원으로 관훈동 동덕여학교 강당에서 열린 아동문제강화회 참여. 11일에 「아동 연구에 관한 기초 지식」, 12일에 「아동 교양에 필요한 동화 지식」 강연. (『중외일보』 1928.2.10; 『동아일보』 1928.2.11)

1928.2.25	백의소년회 주최로 배화여학교에서 열린 제1회 모매대회(어머니와 누님대회)에서 「아동 보육의 실제 지식」 강연. (『동아일보』 1928.2.25)
1928.3.4	안주천도교청년회가 주최한 방정환동화대회 참여. (『동아일보』 1928.3.9; 『조선일보』 1928.3.14)
1928.3.5	신의주천도교학생회의 주최로 신선좌에서 열린 동화회에 출연하여 동화 구연과 「신생의 도」 강연. (『동아일보』 1928.3.11; 『조선일보』 1928.3.11; 『중외일보』 1928.3.11)
1928.3.7	신의주천도교학생회 주최로 신선좌에서 열린 동화대회 참여. (『조선일보』 1928.3.11)
1928.4.2	4월 2일 교육계, 종교계, 사상계, 언론계 등 명사 30여 명이 참여하기로 예정되었던 『동아일보』 창간 8주년 기념 문맹퇴치 선전 운동과 강연이 경무국의 금지(1928.3.28)로 무산됨. (『동아일보』 1928.3.29)
1928.4.5	천도교청년당 주최로 열린 천도교 천일(天日, 1세 교조 최수운의 득도한 날) 기념 축하식에 사회자로 참여. (『동아일보』 1928.4.6)
1928.5.5	천도교소년회 주최로 천도교기념관에서 열린 동화회에 연사로 참여. (『조선일보』 1928.5.5)
1928.5.7	조선소년총연맹회 주최로 견지동 시천교당에서 열린 부형모매회(父兄母妹會)에서 강연. (『중외일보』 1928.5.9)
1928.6.2	시흥군의 용흥청년회 주최로 은로학교 강당에서 열린 춘계강연회에 연사로 참여. (『동아일보』 1928.6.2)
1928.7.7	조선농민사 교양부가 주최하고 동아일보사 학예부 후원으로 천도교기념관에서 열린 농촌문제강연회에서 「귀향하는 학생 제군에게」 강연. (『동아일보』 1928.7.7; 『중외일보』 1928.7.8)
1928.8.4	용산천도교종리원 주최 강연회에서 「시대를 타는 인물」 강연. (『동아일보』 1928.8.4)
1928.9.14	백의소년회 주최로 광화문 예배당에서 열린 동화대회에서 동화 구연. (『중외일보』 1928.9.14)

1928.9.15 서강의화소년회에서 방정환 이정호 초빙 동화와 강연회 준비했으나 용산경찰서의 돌연 금지로 무산. (『동아일보』 1928.9.18)

1928.9.27 경운동천도교소년회 주최로 천도교기념관에서 열린 추석맞이동화대회에 출연해서 「바보의 장사」 구연. (『동아일보』 1928.9.28)

1928.10.2~10 어린이사 주최, 색동회 주관, 『동아일보』 학술부 후원, 재경해외문학부 협찬으로 천도교기념관에서 세계아동예술전람회 개최. 4일 「양초귀신」 구연. (『동아일보』 1928.10.6)

1928.10.27 궁정동 북감리교예배당 소속 엡윗청년회 주최의 동화동요대회에 출연. (『동아일보』 1928.10.28; 『조선일보』 1928.10.28; 『중외일보』 1928.10.28)

1928.11.29 숭일동 글벗소년회가 주최하고 소년연맹 후원으로 숭이동예배당에서 열린 어머니대회에서 「어린이 살리는 길」 강연. (『동아일보』 1928.11.28)

1928.12.4 경성소년연맹 주최로 열린 소년애호주간 행사. 동소문 안 예배당 글벗소년회 책임 어머니를 상대로 한 강연회에 참여. (『동아일보』 1928.12.8)

1928.12.8 견지동 시천교당에서 열린 어머니누님 대회에서 「소년 보육에 대하여」 강연. (『동아일보』 1928.12.8)

1928.12.15 숭이동애조소년회 후원회가 주최한 강연회에서 「신생의 도」 강연. (『동아일보』 1928.12.15)

1929.1.19~20 수원화성소년회가 주최하고 수원 개벽지사 후원으로 수원 공회당에서 소파 방정환 동화와 정순철의 동요 개최. (『동아일보』 1929.1.25)

1929.1.21 신우회가 주최한 연강일대순회동화대회 일환으로 마포청년회관에서 열린 음악동화대회에 연사로 참여. (『동아일보』 1929.1.18; 『조선일보』 1929.1.18)

1929.2.14 별탑회 주최로 천도교기념관에서 열린 동화동요순회대회에 출연. (『조선일보』 1929.2.5)

1929.2.16 개벽사가 주최하고 동아일보사 학예부 후원으로 천도교기념관에서 열린 제2회 재학생졸업생석별강연회에서 개회사. (『동아일보』 1929.2.18)

1929.2.18 천도교 선천종리원에서 일주일간 개최한 강도회에 강사로 참여. (『동아일보』 1929.2.15)

1929.2.19 천도교청년당 선천부 주최로 천도교당에서 열린 특별대강연회에서 「잘 살기 위하여」 강연. (『동아일보』 1929.2.23)

1929.2.21 평양천도교소년회 주최로 천도교당에서 열린 방정환동화회 참여. (『동아일보』 1929.3.1)

1929.2.23 천도교청년당 주최로 천도교기념관에서 열린 강연회에서 「신생의 도」 강연. (『동아일보』 1929.2.23)

1929.3.8 천도교청년당 학생부 주최로 중등 이상 학교 졸업생을 초청한 강화회에서 「졸업하고 일터로 가는 이에게」 강연. (『동아일보』 1929.3.7)

1929.4.19 천도교학생회 주최로 경운동 천도교기념관에서 열린 신입생 환영 강연회에서 「중학 공부 시작할 때」 강연. (『중외일보』 1929.4.17; 『동아일보』 1929.4.19)

1929.5.5 경성천도교소년회 주최로 경운동 천도교기념관에서 열린 어린이날기념강연회에서 「어린이를 알자」 강연. (『동아일보』 1929.5.5)

1929.5.13~15 천도교내수단 주최로 천도교기념관에서 열린 아동보육강연회 참여. 13일 「어린이의 심리 생활」, 14일 「어린이가 크는 여러 시기」, 15일 「꾸짖는 법, 칭찬하는 법」 강연. (『중외일보』 1929.5.12; 『동아일보』 1929.5.13; 『동아일보』 1929.5.15)

1929.6.2 글벗소년회가 주최하고 동아일보사 학예부 후원으로 천도교기념관에서 열린 소년소녀현상동요동화대회의 동화부 심판으로 참석. (『조선일보』 1929.6.2)

1929.6.4 당주동 신우회 경성지회가 주최하고 조선일보사 학예부 후원으로 열린 조선소년문예대강연회에서 「조선소년문예운동의 사적 고찰」 강연.

(『동아일보』 1929.5.31; 『중외일보』 1929.6.1; 『조선일보』 1929.6.3)

1929.6.21 백의소년회 주최로 광희문예배당에서 모자대회에 연사로 출연. (『동아일보』 1929.6.21; 『중외일보』 1929.6.21)

1929.9.4 천도교 전주청년당 주최로 방정환 박근용 초청 강좌, 강연회 개최하고자 했으나 전주경찰서에서 조선박람회 관계로 집회 불허 금지. (『동아일보』 1929.9.4)

1929.9.17 어린이사 주최로 천도교기념관에서 열린 추석놀이대회에서 동화 구연. (『조선일보』 1929.9.16; 『중외일보』 1929.9.16)

1929.11.4 천도교포덕선전강연회에서 「우리의 목적」 강연. (『동아일보』 1929.11.3; 『중외일보』 1929.11.3)

1929.11.23~24 천도교청년당 동경 유소년부 주최로 동경종리원에서 열린 초청강연회에서 유소년 문제에 대해 강연. (『중외일보』1929.11.29; 『동아일보』 1929.11.30)

1930.2.10 평양천도교소년회 주최로 평양 천도교당에서 열린 방정환 초청 신춘동화대회에서 동화 구연. (『동아일보』 1930.2.8; 『조선일보』 1930.2.8)

1930.2.15 인천 화도유년주일학교 주최로 인천 내리예배당에서 열린 동화동요대회에서 동화 구연. (『조선일보』 1930.2.17)

1930.2.19 대구 복명유치원이 주최하고 조선일보사, 동아일보사, 중외일보사 지국의 후원으로 만경관에서 열린 동요동화회에서 동화 구연과 아동 보육에 대해 강연. (『동아일보』 1930.2.13; 『중외일보』 1930.2.18; 『동아일보』 1930.2.19; 『조선일보』 1930.2.19)

1930.2.25 평양천도교소년회가 주최하고 중외일보사 평양지국 후원으로 열린 평양동화대회에서 동화 구연. (『중외일보』 1930.2.22)

1930.4.12 연건동 명진소년회 주최로 열린 동화회 참여. (『동아일보』 1930.4.13)

1930.5.3 천도교경성소년회 주최로 열린 천도교소년기념동화회에서 「불쌍한 남매」 구연. (『중외일보』 1930.5.3)

1930.7.22 경성중앙보육학교 동창회가 주최하고 조선일보사 학예부 후원으로

열린 제3회 율동유희하기강습회에서 동화와 수양 강연. (『조선일보』 1930.7.19)

1930.9.21　대구 복명유치원 주최하고 조선일보사 지국이 후원한 방정환동화회 금지됨. (『조선일보』 1930.9.21)

1930.10.28　수운 기념 강연. (『동아일보』 1930.10.29)

1930.11.1　천도교청년당 주최 포덕선전대강연회에 연사로 참여. (『동아일보』 1930.10.30)

1931.2.25　여자체육장려회 주최로 경운동 천도교기념관에서 열린 강연회에서 「조선 여자와 체육」 강연. (『동아일보』 1931.2.22)

_염희경 작성

| 작품 연보 |

1917.11 方雲庭, 현상문예 「소년어자(少年御字)」, 『청춘』 11호 * 미수록

1918.3 ㅅㅎ生, 독자 문예 「바람」, 『청춘』 12호

1918.4 ㅅㅎ生, 독자 문예 「우유 배달부」, 『청춘』 13호

1918.4 ㅅㅎ生, 독자 문예 「자연의 교훈」, 『청춘』 13호

1918.6 方定煥, 독자 문예 「고우(故友)」, 『청춘』 14호 * 미수록

1918.9 方定煥, 독자 문예 「봄」, 『청춘』 15호

1918.9 方定煥, 독자 문예 「관화」, 『청춘』 15호

1918.9 方定煥, 「천국」, 『청춘』 15호 * 미수록

1918.9 小波生, 현상문예 「시냇가」, 『청춘』 15호 * 미수록

1918.10 小波生, 산문 「우이동의 만추」, 『천도교회월보』 98호

1918.12 ㅈㅎ生, 「마음」, 『유심』 3호

1918.12 ㅈㅎ生, 학생소설 「고학생」, 『유심』 3호

* 글에 필자 이름이 없고 목차에서 필명을 밝힌 경우 목차 필명을 적었다. 본문과 목차 필명이 다른 경우 목차 필명을 괄호 안에 함께 밝혔다. 무기명의 경우 확인했거나 추정한 것으로, 구체적인 사실은 본문 각주에서 밝혔다. 장르명은 발표 당시의 표기를 따랐으며, 별도의 장르명 표기가 없는 경우 목차에서 밝힌 장르명을 괄호 안에 적었다.

1918.12	小波生, 선외가작 「현대청년에게 정(呈)하는 수양론」, 『유심』 3호 *미수록
1918.12	방정환, 「○○령(동원령)」, 연극 공연(희곡) *미발굴
1919.1	小波生, 「암야」, 『신청년』 1호
1919.1	小波生, 단편소설 「금시계」, 『신청년』 1호
1919.1	SP生, 「동경 K 형에게」, 『신청년』 1호
1919.1	雲庭生, 「전차의 1분시」, 『신청년』 1호
1919.11	覆面鬼, 「의문의 사(死)」, 『녹성』 1호 *추정
1919.11	무기명, 「아루다쓰」, 『녹성』 1호 *추정
1919.12	雲庭生, 「사랑하는 아우」, 『신청년』 2호
1919.12	SP生, 연애소설 「사랑의 무덤」, 『신청년』 2호
1919.12	잔물, 학생소설 「졸업의 일(日)」, 『신청년』 2호
1919.12	一記者, 「위고 출세담」, 『신청년』 2호 *추정
1920.3	잡지 『신청년』으로부터, 「『신여자』 누이님에게」, 『신여자』 1호 *추정
1920.3	勿忘草, 소설 「처녀의 가는 길」, 『신여자』 1호 *추정
1920.3	月桂, 혼인애화 「희생된 처녀」, 『신여자』 1호 *추정
1920.3	무기명, (무제목 권두언), 『신여자』 1호 *추정
1920.4	잔물, 「나의 시—사람의 마음, 설(雪)중의 사별, 심중의 소(小)궁전」, 『천도교회월보』 116호
1920.5	小波, 소설 「애(愛)의 부활」, 『천도교회월보』 117호
1920.5	月桂, 재미있는 서양 전설 「꽃 이야기」, 『신여자』 3호 *추정
1920.6	잔물, 시 「어머님」, 『개벽』 1호
1920.6	잔물, 「신생의 선물」, 『개벽』 1호
1920.6	月桂, 「영흥을 지나면서」, 『신여자』 4호 *추정
1920.6	牧星, 소설 「유범(流帆)」, 『개벽』 1호
1920.7	잔물, 「원산 갈마반도에서」, 『개벽』 2호

1920.8 雲庭, 「귀여운 희생」, 『신청년』 3호
1920.8 무기명, 「참된 동정」, 『신청년』 3호
1920.8 CW, 「자유의 낙원」, 『신청년』 3호
1920.8 무기명(CW), 「헌 자취가 사라지는 곳」, 『신청년』 3호
1920.8 CW生, 「화분을 들고」, 『신청년』 3호
1920.8 잔물, 「어린이 노래—불 켜는 이」, 『개벽』 3호
1920.8 잔물, 「불쌍한 생활」, 『신청년』 3호
1920.8 一記者, 「이태리 대문호 단눈치오의 소개」, 『신청년』 3호 * 추정
1920.8.9 方定煥, 담(談) 「학생 강연단 귀환」, 『동아일보』
1920.9 小波, 「추창수필」, 『개벽』 4호
1920.9.17~23 覆面冠, 「두 소박데기」, 『동아일보』 * 추정
1920.9.23~25 覆面冠, 「광무대」, 『동아일보』 * 추정
1920.11 잔물, 「망향」, 『개벽』 5호
1920.12~1921.2 牧星, 소설 「그날 밤」, 『개벽』 6~8호
1920.12.27 牧星, 「크리스마스」, 『조선일보』
1921.1 에쓰피生, 「달밤에 고국을 그리워하며」, 『개벽』 7호
1921.1~12 목성, 사회 풍자 「은파리」, 『개벽』 7~18호
1921.2 牧星, 「동화를 쓰기 전에 어린애 기르는 부형과 교사에게」, 『천도교회월보』 126호
1921.2 SP, 「(무제목)」, 『개벽』 8호 * 만문만화(漫文漫畫)
1921.2 小波, 「교우 또 한 사람을 맞고」, 『천도교회월보』 126호
1921.2 牧星, 번안동화 「왕자와 제비」, 『천도교회월보』 126호
1921.4 牧星, 「깨어 가는 길」, 『개벽』 10호
1921.5 牧星, 동화 「이야기 두 조각—귀먹은 집오리, 까치의 옷」, 『천도교회월보』 129호
1921.7 小波生, 「빈부론」, 『낙원』 1호
1921.8 방정환, 「식객」, 연극 공연(희곡) * 미발굴

1921.9 방정환, 「신생의 일(日)」, 연극 공연(희곡) * 미발굴

1921.10 小波生, 「무서운 날」, 『천도교회월보』 134호

1921.12 小波, 시 「눈」, 『천도교회월보』 136호

1922.1 SP生, 「이역의 신년」, 『천도교회월보』 137호

1922.1 목셩, 동화 「귀신을 먹은 사람」, 『천도교회월보』 137호

1922.1~2 ㅅㅍ生, 「생식 숭배교의 신앙」, 『천도교회월보』 137~138호

1922.1.6 方定煥, 「작가로서의 포부—필연의 요구와 절대의 진실로(소설에 대하여)」, 『동아일보』

1922.2 ㅁㅅ生(목성生), 「낭견으로부터 가견에게」, 『개벽』 20호

1922.2 小波, 「몽환의 탑에서—소년회 여러분께」, 『천도교회월보』 138호

1922.7 方定煥, (무제목 서문), 『사랑의 선물』

1922.7 方定煥, 「난파선」, 『사랑의 선물』

1922.7 方定煥, 「산드룡의 유리 구두」, 『사랑의 선물』

1922.7 方定煥, 「왕자와 제비」, 『사랑의 선물』 * 재수록

1922.7 方定煥, 「요술 왕 아아」, 『사랑의 선물』

1922.7 方定煥, 「한네레의 죽음」, 『사랑의 선물』

1922.7 方定煥, 「어린 음악가」, 『사랑의 선물』

1922.7 方定煥, 「잠자는 왕녀」, 『사랑의 선물』

1922.7 方定煥, 「천당 가는 길」, 『사랑의 선물』

1922.7 方定煥, 「마음의 꽃」, 『사랑의 선물』

1922.7 方定煥, 「꽃 속의 작은이」, 『사랑의 선물』

1922.7 小波, 동화 「천당 가는 길」, 『천도교회월보』 142호 * 재수록

1922.7~9 方定煥, 동화 「호수의 여왕」, 『개벽』 25~27호

1922.8 잔물, 「공원 정조」, 『개벽』 26호

1922.8~9 小波, 「프시케 색시의 이야기」, 『부인』 3~4호

1922.9 소파, 신동요 「형제별」, 『부인』 4호

1922.9 夢見草, 사실애화 「운명에 지는 꽃」, 『부인』 4호

1922.9 한기자(잔물), 「칠석 이야기」, 『부인』 4호

1922.9 잔물, 「추석 이야기」, 『부인』 4호

1922.10 한기자, 「구월 구일(중양) 이야기」, 『부인』 5호 *추정

1922.11 小波, 「털보 장사」, 『개벽』 29호

1923.1 小波, 「새로 개척되는 '동화'에 관하여」, 『개벽』 31호

1923.1~2 小波, 세계명작동화 「내어버린 아이」, 『부인』 7~8호

1923.1.3 小波, 동화 「천사」, 『동아일보』

1923.1.4 方定煥, 담(談) 「소년회와 금후 방침」, 『조선일보』

1923.3 무기명, 「세의 신사 제현과 자제를 두신 부형께 고함」, 『개벽』 33호 *추정

1923.3 小波, 「소년의 지도에 관하여—잡지 『어린이』 창간에 제하여 경성 조정호 형께」, 『천도교회월보』 150호

1923.3.20 ㅈㅎ生, 「향내 좋고 빛 고운 사랑의 꽃 히아신스의 이야기」, 『어린이』 1권 1호

1923.3.20 小波, 명작 동화 「성냥팔이 소녀」, 『어린이』 1권 1호

1923.3.20 夢中人, 불란서 동화 「장난꾼의 귀신」, 『어린이』 1권 1호

1923.3.20 무기명, 「처음에」, 『어린이』 1권 1호 *추정

1923.3.20 무기명, 「걸어가십시오」, 『어린이』 1권 1호 *추정

1923.3.20 무기명, 세계소년 「눈 오는 북쪽 나라 아라사의 어린이」, 『어린이』 1권 1호 *추정

1923.3.20~4.1 小波, 동화극 「노래주머니」, 『어린이』 1권 1~2호

1923.4.1 夢中人, 그림동화 「황금 거위」, 『어린이』 1권 2호

1923.4.1 무기명, 소녀소품 「아버지 생각—순희의 설움」, 『어린이』 1권 2호 *추정

1923.4.1 무기명, 「봄 소리」, 『어린이』 1권 2호 *추정

1923.4.1 무기명, 세계소년 「불쌍하면서도 무섭게 커 가는 독일의 어린

이」, 『어린이』 1권 2호 *추정

1923.4.23 小波, 동화 「눈 어두운 포수」, 『어린이』 1권 3호

1923.4.23 夢見草, 불쌍한 이야기 「영길이의 설움」, 『어린이』 1권 3호

1923.4.23 무기명, 「이상한 책값」, 『어린이』 1권 3호

1923.4.23 무기명, 「꽃놀이」, 『어린이』 1권 3호 *추정

1923.4.23 ㅈㅎ生, 꽃 전설 「4월에 피는 꽃 물망초 이야기」, 『어린이』 1권 3호

1923.4.23 雲庭, 「귀여운 피」, 『어린이』 1권 3호 *「귀여운 희생」의 재수록

1923.5 小波, 세계 명작 동화 「의좋은 내외」, 『부인』 11호

1923.7 小波, 「이상한 샘물」, 『어린이』 1권 6호 *『어린이』 영인본 낙질로 미확인

1923.7 夢中人, 재미있는 이야기 「백설공주」, 『어린이』 1권 6호 *『어린이』 영인본 낙질로 미확인

1923.7 ?, 「나비의 꿈」, 『어린이』 1권 6호 *『어린이』 영인본 낙질로 미확인

1923.8~12 무기명, 사진소설 「영호의 사정」, 『어린이』 1권 7~11호 *추정

1923.9 잔물, 동요 「가을밤」, 『신여성』 1호

1923.9 夢見草, 애화 「흩어진 따리아」, 『신여성』 1호

1923.9 잔물, 「추창만초」, 『신여성』 1호

1923.9 CW生, 「씩씩한 중에도 고운 심정을 가진 미국 여학생」, 『신여성』 1호

1923.9 小波, 「즐거운 모임」, 『신여성』 1호

1923.9 小波, 「조각보 (1)」, 『신여성』 1호

1923.9 (鄭順哲), 「형제별」, 『어린이』 1권 8호 *재수록

1923.9 夢中人, 「잃어버린 다리」, 『어린이』 1권 8호

1923.9 무기명, 「이상한 산술」, 『어린이』 1권 8호

1923.9 무기명, 「새 바람 불고」, 『어린이』 1권 8호 *추정

1923.9 무기명, 「미진한 말씀」, 『어린이』 1권 8호 *추정

1923.10 夢中人, 동화「염소와 늑대」,『어린이』1권 9호

1923.10 三山人, 새 지식「생선 알」,『어린이』1권 9호

1923.11 ㅈㅎ生, 이솝 이야기「당나귀와 개」,『어린이』1권 10호

1923.11 小波, 동화극「토끼의 재판」,『어린이』1권 10호

1923.11 夢見草,「낙엽 지는 날」,『어린이』1권 10호

1923.11 W,「조각보 (2)」,『신여성』1권 2호 *추정

1923.11 雲庭,「조각보 (3)」,『신여성』1권 2호

1923.12 夢中人, 동화「요술 내기」,『어린이』1권 11호

1923.12 ㅈㅎ生, 이솝 이야기「당나귀와 닭과 사자」,『어린이』1권 11호

1923.12 小波, 권두언「『어린이』제11호」,『어린이』1권 11호

1924.1 小波, 동화「두더지의 혼인」,『어린이』2권 1호

1924.1 ㅈㅎ生, 이솝 이야기「서울 쥐와 시골 쥐」,『어린이』2권 1호

1924.1 무기명,「새해 새 희망」,『어린이』2권 1호 *추정

1924.1 무기명,「호랑이 잡기 노는 법」,『어린이』2권 1호

1924.1 무기명, 여흥「소년 기술 두 가지」,『어린이』2권 1호 *추정

1924.1~2 夢中人, 동화「작은이의 이름」,『어린이』2권 1~2호

1924.1.8 方定煥, 담(談)「찬성과 반대는 근본 해석부터 틀린 까닭—이혼은 결국 심리 문제이다」,『동아일보』

1924.2 小波, 동화「선물 아닌 선물」,『어린이』2권 2호

1924.2 ㅈㅎ生, 이솝 이야기「금도끼」,『어린이』2권 2호

1924.2 무기명, 에디슨 이야기「말하는 도깨비」,『어린이』2권 2호 *추정

1924.2 무기명,「럼네 선생의 사랑」,『어린이』2권 2호

1924.2 小波, 재미있는 동화「체부와 굴뚝새」,『신여성』2권 1호

1924.2 小波,「나그네 잡기장 (1)」,『어린이』2권 2호

1924.2 W生,「정신여학교에 첫나들이」,『신여성』2권 1호 *추정

1924.2 W生, 현하 조선 여자계의 누구누구「김필례(金弼禮) 씨」,『신여성』2권 1호 *추정

1924.3　夢中人, 재미있는 동화「거만한 곰과 꾀바른 여호」,『어린이』2권 3호

1924.3　ㅈㅎ生, 이솝「파리와 거미」,『어린이』2권 2호

1924.3　夢見草, 여학생 기화(奇話)「이상한 인연」,『신여성』2권 2호(통권 4호)

1924.3　무기명,「돌 풀이」,『어린이』2권 3호 *추정

1924.3　方,「여학생 학교 표(조각보 [4])」,『신여성』2권 2호

1924.3　一記者,「불란서의 여학생 생활」,『신여성』2권 2호 *추정

1924.3　무기명,「잠자는 여왕」,『신여성』2권 2호 *추정

1924.3　小波,「그게 무슨 짓이냐(조각보 [5])」,『신여성』2권 2호

1924.3.31　方定煥,「여자 이상으로 진보하지 못한다」,『시대일보』

1924.4　夢中人, 동화「더 못난 사람」,『어린이』2권 4호

1924.4　ㅈㅎ生, 이솝「친한 친구」,『어린이』2권 4호

1924.4　잔물, 소년소설「졸업의 날」,『어린이』2권 4호 *「졸업의 일(日)」의 개작

1924.4　무기명, 권두언「4월 4월」,『어린이』2권 4호 *추정

1924.4　小波,「나그네 잡기장 (2)」,『어린이』2권 4호

1924.4　?,「참말의 시험」,『신소년』*미발굴

1924.4.1~2　方定煥, 동화「삼태성」,『시대일보』

1924.5　夢見草,「어느 젊은 여자의 맹세」,『신여성』2권 3호

1924.5　小波,「4월 그믐날 밤」,『어린이』2권 5호

1924.5　SP生, 문제극「『인형의 가(家)』와『해(海) 부인』」,『신여성』2권 3호

1924.5　무기명,「어린이의 날 오월 초하로가 되면」,『어린이』2권 5호 *추정

1924.5　編輯人,「미혼의 젊은 남녀들에게」,『신여성』2권 3호

1924.5　小波, 동화「삼태성」,『신여성』2권 3호 *재수록

1924.6　小波, 동화 「피시오라!!」, 『어린이』 2권 6호

1924.6　무기명, 「나뭇잎 배」, 『어린이』 2권 6호

1924.6　月桂, 애화 「출가한 처녀」, 『신여성』 2권 4호 *추정, 「희생된 처녀」의 개작

1924.6　무기명, 「금붕어」, 『어린이』 2권 6호

1924.6　三山人, 「마라톤 경주 중로에 큰 사자와 눈싸움을 한 용소년」, 『어린이』 2권 6호

1924.6　小波, 「나그네 잡기장 (3)」, 『어린이』 2권 6호

1924.6　小波, 상문(想文) 「어린이 찬미」, 『신여성』 2권 4호

1924.6　SP生, 신기한 꽃 이야기 「꽃 기상대와 꽃 달력」, 『신여성』 2권 4호

1924.6　CWP, 「청아하기 짝 없는 서서의 여학생들」, 『신여성』 2권 4호

1924.6　아드킨쓰(번역자 무기명), 「자유의지로 결혼하려는 처녀에게」, 『신여성』 2권 4호 *추정

1924.6~10　목성, 풍자 만필 「은파리」, 『신여성』 2권 4~8호

1924.7　小波, 명작 동화 「막보의 큰 장사」, 『어린이』 2권 7호

1924.7　夢中人, 동화 「개구리 왕자」, 『어린이』 2권 7호

1924.7　夢見草, 여학생 야화(夜話) 「비밀」, 『신여성』 2권 6호

1924.7　ㅈㅎ生, 「당신의 손으로 이렇게 만들어 파리를 잡으시오」, 『어린이』 2권 7호

1924.7　方定煥, 「수만 명 신진역군의 총동원」, 『개벽』 49호

1924.7　夢見草, 처녀 애화 「봉선화 이야기」, 『신여성』 2권 6호

1924.7　小波, 「뭉게구름의 비밀」, 『신여성』 2권 6호

1924.7　編輯人, 「시골집에 가는 학생들에게—남겨 놓고 올 것·배워가지고 올 것」, 『신여성』 2권 6호

1924.8　夢中人, 표랑기담(漂浪奇談) 「소년 로빈손」, 『어린이』 2권 8호

1924.8　ㅈㅎ生, (동화) 「파리의 실패」, 『어린이』 2권 8호

1924.8 ㅈㅎ생, 「허풍선 이야기」, 『어린이』 2권 8호

1924.8 小波, 북극신화(北極新話) 「말만 들어도 서늘한 에스키모의 이야기」, 『어린이』 2권 8호

1924.9 夢見草, 소년 애화 「불놀이」, 『어린이』 2권 9호

1924.9 무기명, 동요 「가을밤」, 『어린이』 2권 9호 *재수록

1924.9 崔先生, 「길다란 혀」, 『어린이』 2권 9호

1924.9 一記者, 재담(才談) 「뛰뛰는 여관」, 『어린이』 2권 9호 *추정

1924.9 一記者, 「세계 유일의 병신 학자 헬렌 켈러 여사」, 『신여성』 2권 6호 *추정

1924.9 雙S, 골계 만화 「여류 운동가」, 『신여성』 2권 6호

1924.9 무기명, (권두) 「『신여성』 창간 1주년 기념 특별호」, 『신여성』 2권 6호 *추정

1924.9~10 夢中人, 동화 「귀신을 먹은 사람」, 『어린이』 2권 9호~10호 *「귀신을 먹은 사람」 1회분 재수록

1924.10 夢見草, 「과꽃 남매」, 『어린이』 2권 10호

1924.10 小波, 재미있는 이야기 「월계처녀」, 『어린이』 2권 10호

1924.10 小波, 「귀뚜라미 소리」, 『어린이』 2권 10호

1924.10 夢見草, 「수녀의 설움」, 『신여성』 2권 7호

1924.10 무기명, 「가을놀이 여러 가지」, 『어린이』 2권 10호

1924.10 三山人, 가을 지식 「단풍과 낙엽 이야기」, 『어린이』 2권 10호

1924.10 무기명, 「제비와 기러기」, 『어린이』 2권 10호

1924.10 SW生, 「숙명여학교 평판기」, 『신여성』 2권 7호 *추정

1924.10 一記者, 「가두에 나선 여인, 백합사 여주인」, 『신여성』 2권 7호 *추정

1924.10 一記者(목성), 천하일품 「쌍동 미인의 진기한 연애 생활」, 『신여성』 2권 7호

1924.11 方定煥, 「유익하고 재미있는 하룻밤 강습」, 『어린이』 2권 11호

1924.11	무기명, (소년 만화) (무제목[「밀동이 말 타고」]), 『어린이』 2권 11호 * 소년만화(漫畫)
1924.11	夢中人, 강화 「생명의 과녁」, 『어린이』 2권 11호
1924.11	銀파리, 「남선 부호 상 삼 형제 복마굴 탐사기」, 『신여성』 2권 8호 * '은파리' 시리즈
1924.12	무기명, 우화 「장님의 개」, 『어린이』 2권 12호
1924.12	小波, 설중 미화 「불쌍한 두 소녀」, 『어린이』 2권 12호
1924.12	三山生, 신작 동요 「첫눈」, 『어린이』 2권 12호
1924.12	잔물, 신작 동요 「늙은 잠자리」, 『어린이』 2권 12호
1924.12	夢見草, 심소설(心小說) 「금발 낭자」, 『신여성』 2권 9호
1924.12	一記者, 「이렇게 하면 글을 잘 짓게 됩니다」, 『어린이』 2권 12호 * 추정
1924.12	무기명, 「설중 심산에서 40명의 인명을 구한 명견 이야기」, 『어린이』 2권 12호
1924.12	무기명, 「눈 눈 눈」, 『어린이』 2권 12호 * 추정
1924.12	편집인(方), 「『어린이』 동무들께」, 『어린이』 2권 12호 * 28행 삭제
1924.12	方, 「눈이 오시면」, 『어린이』 2권 12호
1924.12	CW生, 여학교 방문기 (4) 「신명여학교 이야기」, 『신여성』 2권 9호
1924.12.7	小波, 「명년도 문단에 대한 희망과 예상 (2)」, 『매일신보』
1924.12.8	小波, 동요 「허재비」, 『조선일보』
1925.1	北極星, 「어린 양」, 『생장』 1호
1925.1	方定煥, 「새해의 첫 아츰」, 『어린이』 3권 1호
1925.1	編輯人, 「연두 이언」, 『신여성』 3권 1호
1925.1	雙S, 소문만복래 「늦둥이 도적」, 『신여성』 3권 1호
1925.1	銀파리, 만문만화(漫文漫話) 「셈 치르기」, 『신여성』 3권 1호
1925.1~10	北極星, 탐정소설 「동생을 찾으러」, 『어린이』 3권 1~10호

1925.1.1	小波生, 「동화작법」, 『동아일보』
1925.1.1	무기명, 「조선 소년운동」, 『동아일보』 *추정
1925.1.23~2.4	小波生, 재미있는 동화 「나비의 꿈」, 『동아일보』 *재수록
1925.2	北極星, 「사자생(寫字生)」, 『생장』 2호
1925.2	夢見草, 전설 애화 「남겨 둔 흙 미인」, 『신여성』 3권 2호
1925.2	小波, 「눈먼 용사 삼손 이야기」, 『어린이』 3권 2호
1925.2	무기명, 「천재 소녀 최정옥 양」, 『어린이』 3권 2호 *추정
1925.2	一記者, 여학교 방문기 (5) 「동덕여학교 평판기」, 『신여성』 3권 2호 *추정
1925.2~3	무기명, 「은파리 미행기」, 『신여성』 3권 2~3호 *'은파리' 시리즈
1925.3	方定煥, 권두 「두 돌을 맞이하면서」, 『어린이』 3권 3호
1925.3	方定煥, 처녀작 발표 당시의 감상 「사라지지 않는 기억」, 『조선문단』 6호
1925.4	北極星, 「밀회」, 『생장』 4호
1925.4	方定煥, 「감사합니다」, 『어린이』 3권 4호
1925.4	무기명, 지식(권두) 「꽃놀이」, 『어린이』 3권 4호 *추정
1925.4.30	무기명, 「어린이날 노래」, 『동아일보』
1925.4.30	方定煥, 담(談) 「당국 양해」, 『동아일보』
1925.5	小波, 동화 「귀먹은 집오리」, 『어린이』 3권 5호 *재수록
1925.5	北極星, 「문예 만화(文藝 漫話)」, 『생장』 5호
1925.5	編輯人, 인사 「개회의 말씀」, 『어린이』 3권 5호
1925.5	무기명, 「나그네 잡기장 (4)」, 『어린이』 3권 5호
1925.5	무기명, (권두) 「요령 있는 여자가 됩시다」, 『신여성』 3권 5호 *추정
1925.6	夢中人, 동화 「까치의 옷」, 『어린이』 3권 6호 *재수록
1925.6·7	城西人, 「애(愛)의 결혼에서 결혼애(結婚愛)에」, 『신여성』 3권 6호 *사정(검열로 추정)으로 미수록

1925.6.30　小波, 동화 「눈 어둔 포수」, 『시대일보』 * 재수록

1925.7　夢中人, 동화 「과거 문제」, 『어린이』 3권 7호

1925.7.13　(방정환), 「이상한 샘물」, 『조선일보』

* 개작, 『조선일보』(1925.7.12) '어린이신문'란에 방정환 동화 연재 예고

1925.7.14　(방정환), 「꽃 꺾기」, 『조선일보』

1925.7.15　(방정환), 「개구리와 소」, 『조선일보』

1925.7.16　(방정환), 「그림 아기」, 『조선일보』

1925.7.17　(방정환), 「굴뚝쟁이」, 『조선일보』

1925.7.18　(방정환), 「종소리」, 『조선일보』

1925.7.24　(방정환), 「금도끼 은도끼」, 『조선일보』 * 「금도끼」의 개작

1925.7.31~8.1　(방정환), 「장마에」, 『조선일보』

1925.8　夢中人, 동화 「양초귀신」, 『어린이』 3권 8호

1925.8　小波, 「해녀의 이야기」, 『어린이』 3권 8호

1925.8　잔물, 실화—수재미담 「눈물의 모자값」, 『어린이』 3권 8호

1925.8.3　(방정환), 「작은 새」, 『조선일보』 * 「럼네 선생의 사랑」 개작

1925.8.5　(방정환), 「참마음」, 『조선일보』 * 「참된 동정」의 개작

1925.8.17　(방정환), 「일 없는 돼지」, 『조선일보』

1925.8.18　(방정환), 「해와 바람」, 『조선일보』

1925.8.19　(방정환), 「말 임자」, 『조선일보』

1925.8.20　(방정환), 「아침 해」, 『조선일보』

1925.8.21　(방정환), 「개아미」, 『조선일보』

1925.8.24　(방정환), 「청개구리」, 『조선일보』

1925.8.27　(방정환), 「50전짜리」, 『조선일보』

1925.8.28　(방정환), 「거짓말한 죄」, 『조선일보』

1925.8.29~30　(방정환), 「삼손」, 『조선일보』 * 「눈먼 용사 삼손 이야기」 개작

1925.8.31　(방정환), 「해바라기」, 『조선일보』

1925.9　夢見草, 불란서 명화 「뿌움 뿌움」, 『어린이』 3권 9호

1925.9 小波, 「사랑하는 동무 『어린이』 독자 여러분께」, 『어린이』 3권 9호

1925.9 編輯人, 권두 「코스모스의 가을」, 『어린이』 3권 9호

1925.9 小波, 「씩씩한 동무들, 언양의 조기회」, 『어린이』 3권 9호

1925.9 三山人, 신지식 「가을밤에 빛나는 별」, 『어린이』 3권 9호

1925.9.2 (방정환), 「개학하던 날」, 『조선일보』

1925.9.3 (방정환), 「달나라 구경」, 『조선일보』

1925.9.6 (방정환), 「하늘을 만져 보려던 정희」, 『조선일보』

1925.10 잔물, 애린미화(哀憐美話) 「눈물의 노래」, 『어린이』 3권 10호

1925.10 夢見草, 소년 애화 「절영도 섬 넘어」, 『어린이』 3권 10호

1925.10 編輯人, 권두 「눈물의 가을」, 『어린이』 3권 10호

1925.10 方定煥, 취미 「나의 가을 재미」, 『어린이』 3권 10호

1925.10 三山人, 과학 신지식 「아름다운 가을 달 계수나무 이야기」, 『어린이』 3권 10호

1925.10.20 (방정환), 「이사 가는 새」, 『조선일보』

1925.10.22~23 (방정환), 「어린이의 꾀」, 『조선일보』

1925.10.24~25 (방정환), 「도적의 실패」, 『조선일보』

1925.10.27~28 (방정환), 「알렉산더 대왕」, 『조선일보』

1925.11 長沙同一讀者, (흥미) 「방정환 씨 미행기」, 『어린이』 3권 11호 *추정

1925.11 編輯人, 권두 「가을의 이별」, 『어린이』 3권 11호

1925.11 一記者, (주의) 「글 지어 보내는 이에게」, 『어린이』 3권 11호 *추정

1925.11 三山人, 과학 「이것도 전기」, 『어린이』 3권 11호

1925.11 夢見草, (소개) 「두 팔 없는 불쌍한 소년」, 『어린이』 3권 11호

1925.11.10~11 (방정환), 「어떤 곳에」, 『조선일보』

1925.12 編輯人, 권두 「잘 가거라! 열다섯 살아」, 『어린이』 3권 12호

1925.12 三山人, 흥미 「새롭고 재미있는 눈싸움법」, 『어린이』 3권 11호

1925.12.9 (방정환), 「시험이 가까웠다」, 『조선일보』

1925.12.10	(방정환), 「달밤」, 『조선일보』
1925.12.28	(방정환), 「금동이와 은동이」, 『조선일보』
1926	방정환, 「어린이 동무들께」, 『세계일주동화집』(이정호, 이문당)
1926.1	編輯人, 권두 「오―새해가 솟는다! 높은 소리로 노래하라!」, 『어린이』 4권 1호
1926.1	夢見草, 재담(才談) 「설떡 술떡」, 『어린이』 4권 1호
1926.1	夢中人, (동화) 「호랑이 형님」, 『어린이』 4권 1호
1926.1	깔깔박사, (奇談) 「셈 치르기」, 『어린이』 4권 1호 *재수록
1926.1.1	方定煥, 「귀여운 피」, 『조선일보』 *「귀여운 피」의 개작
1926.1.10	(방정환), 「순희의 결심」, 『조선일보』
1926.1.11	(방정환), 「준치 가시」, 『조선일보』
1926.1.18	(방정환), 「누가 제일 먼저 났나」, 『조선일보』
1926.2	무기명, 「눈 오는 새벽」, 『어린이』 4권 2호 *추정
1926.2	小波, 만고기담 「천일야화」, 『어린이』 4권 2호
1926.2	길동무, 명화 「겨우 살아난 하나님」, 『어린이』 4권 2호
1926.2	三山人, 과학 「전화 발명자 알렉산더 그레이엄 벨」, 『어린이』 4권 2호
1926.2.24~26	(방정환), 「꾀꼬리와 종달새」, 『조선일보』 *「나비의 꿈」의 개작
1926.2.27	(방정환), 「게름뱅이 두 사람」, 『조선일보』
1926.2.28	(방정환), 「주제넘은 당나귀」, 『조선일보』
1926.3	깔깔박사, 우스운 이야기(재담) 「옹기 셈」, 『어린이』 4권 3호
1926.3	길동무, 실익 「가장 작은 금년 역서」, 『어린이』 4권 3호
1926.3	무기명, 실익 「3월 1일 창간 3주년 기념」, 『어린이』 4권 3호 *추정
1926.3	方定煥, 인사 「세 번째 돌날에」, 『어린이』 4권 3호
1926.3	夢中人, 「유리창 사건」, 『어린이세상』 5호(『어린이』 1926년 3월호 부록)
1926.3	무기명, 「봄맞이―봄을 배우라」, 『어린이세상』 5호(『어린이』

1926년 3월호 부록) * 추정

1926.3 무기명, 「이번 봄에 학교를 졸업하는 이들께—특별한 생각이 있으라」, 『어린이세상』 5호(『어린이』 1926년 3월호 부록) * 추정

1926.3 夢見草, 「잡기장」, 『어린이세상』 5호(『어린이』 1926년 3월호 부록)

1926.3 小波, 「아버지의 영혼은 딱정벌레」, 『조선농민』 2권 3호

1926.3 方定煥, 「귀신 먹는 사람」, 『조선농민』 2권 3호 * 재수록

1926.3~5 小波, 천일야화 「어부와 마귀 이야기」, 『어린이』 4권 3~5호

1926.3.1 (방정환), 「당나귀와 개」, 『조선일보』

1926.3.2 (방정환), 「길다란 혀」, 『조선일보』 * 개작

1926.3.3 (방정환), 「파리와 거미」, 『조선일보』 * 개작

1926.3.12 (방정환), 「점쟁이」, 『조선일보』

1926.4 城西人, (지혜) 「굉장한 약방문」, 『어린이』 4권 4호

1926.4 夢見草, 동화 「벚꽃 이야기」, 『어린이』 4권 4호

1926.4 무기명, 「미련이 나라 (1)」, 『어린이세상』 6호(『어린이』 1926년 4월호 부록)

1926.4 깔깔博士, 엉터리 희가극 「아버지」, 『어린이세상』 6호(『어린이』 1926년 4월호 부록)

1926.4 編輯人, 「봄! 봄!!」, 『어린이』 4권 4호

1926.4 방정환, (취미) 「봄철에 가장 사랑하는 꽃」, 『어린이』 4권 4호

1926.4 길동무, (소개) 「봄철을 맞는 '어린이 공화국'」, 『어린이』 4권 4호

1926.4~1927.12 北極星, (탐정) 「칠칠단의 비밀」, 『어린이』 4권 4호~5권 8호

1926.5 三山人, 신기한 이야기(조선동화) 「무서운 두꺼비」, 『어린이』 4권 5호

1926.5 편집인, (권두) 「어린이날」, 『어린이』 4권 5호

1926.5 一記者, 「동물원행」, 『신여성』 4권 5호 * 추정

1926.5.1 方定煥, 「싹을 키우자」, 『조선일보』

1926.5.2	방정환, 「내일을 위하여—5월 1일을 당해서 전 조선 어린이들께」, 『시대일보』
1926.6	무기명, 「미련이 나라 (2)」, 『어린이세상』 8호(『어린이』 1926년 6월호 부록)
1926.6	三山人, (소개) 「이태리 소년」, 『어린이』 4권 6호
1926.6	무기명, 「따끈한 햇볕에 앵두 익는 첫 여름—이 철에 배워가질 것」, 『어린이세상』 8호(『어린이』 1926년 6월호 부록) *추정
1926.6	夢見草, 미담 「울지 않는 종」, 『어린이』 4권 6호
1926.6	무기명, 「정직」, 『어린이세상』 8호(『어린이』 1926년 6월호 부록)
1926.6	小波, 실화 「달아나는 급행열차 앞에 공중의 귀신 신호」, 『어린이』 4권 6호 *「아버지의 영혼은 딱정벌레」의 재수록
1926.6~7	一記者, 「영원의 어린이, 피터팬 활동사진 이야기」, 『어린이』 4권 6~7호 *추정
1926.6~7	길동무, 특별 기사 「소년 탐험군 이야기」, 『어린이』 4권 6~7호
1926.6~10	방정환, 「20년 전 학교 이야기」, 『어린이』 4권 6~9호
1926.7	무기명, 「미련이 나라 (3)」, 『어린이세상』 9호(『어린이』 1926년 7월호 부록)
1926.7	잔물, 동요 「여름비」, 『어린이』 4권 7호
1926.7	무기명, 「은파리」, 『신여성』 4권 7호 *'은파리' 시리즈
1926.7	一記者, 「각 여학교 마크 이야기」, 『신여성』 4권 7호 *추정
1926.7~9	三山人, 여름 지식(과학) 「바람과 번갯불」, 『어린이』 4권 7~8호
1926.8	편집자, 「하기방학으로 시골에 돌아간 여학생들에게」, 『신여성』 4권 8호
1926.8·9	깔깔博士, (소화[笑話]) 「방귀 출신 최덜렁」, 『어린이』 4권 8호
1926.8·9	夢中人, (동화) 「하멜른의 쥐 난리」, 『어린이』 4권 8호 *「거짓말한 죄」의 개작
1926.8·9	잔물, 신동요 「산길」, 『어린이』 4권 8호

1926.8·9　一記者, 최신 지식「라디오 이야기」,『어린이』4권 8호 *추정

1926.8·9　무기명,「방송해 본 이야기」,『어린이』4권 8호 *추정

1926.8·9　잠수부, (실화)「서늘한 바닷속 물나라 이야기」,『어린이』4권 8호 *추정

1926.8·9　무기명,「깔깔박사의 피서하는 맵시」,『어린이세상』10호(『어린이』1926년 9월호 부록) *추정

1926.8·9　무기명,「콜럼버스의 알」,『어린이세상』10호(『어린이』1926년 8·9월 합호 부록)

1926.9　三山人, 전설기담「천하 명기 백운수」,『신여성』4권 9호

1926.9　무기명,「가을! 처녀! 마음」,『신여성』4권 9호 *추정

1926.9　雙S生, (사회 밀화[密話])「남자의 연애」,『신여성』4권 9호

1926.10　夢中人, 톨스토이 동화(동화)「욕심쟁이 땅차지」,『어린이』4권 9호

1926.10　夢見草, 재미있는 동화(동화)「시골 쥐의 서울 구경」,『어린이』4권 9호

1926.10　方定煥, (권두)「가을, 가을의 재미」,『어린이』4권 9호

1926.10　一記者, (소개)「가여운 병신 몸으로 바이올린의 대천재」,『어린이』4권 9호 *추정

1926.10　三山人, (지식)「나뭇잎이 왜 붉어지나」,『어린이』4권 9호

1926.10　무기명,「은파리」,『신여성』4권 10호

1926.10~12　小波, 천일야화「흘러간 삼 남매」,『어린이』4권 9~12호

1926.10.5~6　方定煥,「동요 '허재비'에 관하여」,『동아일보』

1926.11　깔깔博士, 소화(笑話)「엉터리 병정」,『어린이』4권 10호

1926.11　方定煥,「문반 강화반의 강습」,『조선농민』2권 11호

1926.12　北極星,「누구의 죄?」,『별건곤』2호

1926.12　小波, (권두)「눈 오는 거리」,『어린이』4권 11호

1926.12　방정환,「과세 잘하십시다」,『어린이』4권 11호

1926.12 무기명, 「미련이 나라 (4)」, 『어린이세상』 13호(『어린이』 1926년 12월호)

1926.12 波影, (기자 총출) 「대경성 백주 암행기 (1)」, 『별건곤』 2호

1926.12 波影, 「민중 오락 활동사진 이야기」, 『별건곤』 2호

1927.1 雙S, 「돈벼락」, 『별건곤』 3호

1927.1 波影, 「양초귀신」, 『별건곤』 3호 * 재수록

1927.1 方定煥, 어린이 독본 「한 자 앞서라」, 『어린이』 5권 1호

1927.1 三山人, 신년 과학 「토끼」, 『어린이』 5권 1호

1927.1 무기명, 「새해 인사」, 『어린이』 5권 1호 * 추정

1927.1 方定煥, 「새해를 맞으면서」, 『신소년』 5권 1호

1927.1 一記者, 「로서아 삐오네르」, 『어린이』 5권 1호 * 원고 불허가로 삭제

1927.1 編輯人, 「새해 아츰부터」, 『어린이세상』 14호(『어린이』 1927년 1월호 부록) * 미발굴

1927.1 깔깔博士, 「이야깃거리와 소화(笑話)」, 『어린이세상』 14호(『어린이』 1927년 1월호 부록) * 미발굴

1927.1.3~4 小波 方定煥, 동화 「꾀꼬리와 나비」, 『조선일보』 * 「나비의 꿈」의 개작

1927.1.30 方定煥, 「아동의 상상 생활과 인형 완구」, 『중외일보』

1927.2 夢見草, 소년미담 「동무를 위하여」, 『어린이』 5권 2호

1927.2 方定煥, 어린이 독본 「작은 용사」, 『어린이』 5권 2호

1927.2 方定煥, (소화) 「작년에 한 말」, 『어린이』 5권 2호

1927.2 三山人, 과학 지식 「사철 변하지 않는 땅덩이(대지)의 온도」, 『어린이』 5권 2호

1927.2 方定煥, 「심부름하는 사람과 어린 사람에게도 존대를 합니다」, 『별건곤』 4호

1927.2 雙S, 「아홉 여학교 바자회 구경」, 『별건곤』 4호

1927.2 波影, 「대경성 백주 암행기 (2)—제2회 1시간 사회 탐방」, 『별건곤』 4호

1927.2 무기명, 「작년에 한 말」, 『별건곤』 4호 * 재수록

1927.2~3 은파리, 통쾌 무비 「은파리! 풍자기!」, 『별건곤』 4~5호

1927.3 夢見草, 학생소설 「만년샤쓰」, 『어린이』 5권 3호

1927.3 方定煥, 어린이 독본 「두 가지 마음성」, 『어린이』 5권 3호

1927.3 무기명, (권두) 「창간 4주년 기념일에」, 『어린이』 5권 3호 * 추정

1927.3 三山人, (명화) 「몸에 지닌 추천장」, 『어린이』 5권 3호

1927.3 双S, 남북대(南北隊) 경쟁 기사 「전율할 대악마굴 여학생 유인단 본굴 탐사기」, 『별건곤』 5호

1927.4 夢見草, 학생소설 「1+1=?」, 『어린이』 5권 4호

1927.4 方定煥, 어린이 독본 「참된 동정」, 『어린이』 5권 4호 * 개작

1927.5·6 方定煥, 어린이 독본 「소년 고수」, 『어린이』 5권 5호

1927.5·6 편집인, 「첫여름」, 『어린이』 5권 5호

1927.7 方定煥, 1인 1화 「외삼촌 대접」, 『별건곤』 7호

1927.7 雙S生, 일문일답 「조선 영화계 유일의 화형 여우 신일선 양과의 문답기」, 『별건곤』 7호

1927.7~1927.10 小波, 천일야화 「알리바바와 도적」, 『어린이』 5권 6~7호

1927.7.8 方定煥, 담(談) 1인 1화 「내가 본 바의 어린이 문제」, 『동아일보』

1927.8 北極星, 괴사건 돌발!? 「괴남녀 이인조」, 『별건곤』 8호

1927.8 강사 깔깔博士, 「'웃음'의 철학」, 『별건곤』 8호

1927.10.20 北極星, 연극과 영화 「조선 영화계 잡화」, 『조선일보』

1927.12 方定煥, 어린이 독본 「너그러운 마음」, 『어린이』 5권 8호

1927.12 방정환, 재미있는 이야기(작문) 「편지 소동」, 『어린이』 5권 8호

1927.12 三山人, 과학 문답(이과) 「소리는 어데서 나나」, 『어린이』 5권 8호

1927.12 双S生, 「여학생과 결혼하면」, 『별건곤』 10호

1927.12 城西人, 모던 걸, 모던 보이 대논평 「현대적(모던) 처녀」, 『별건곤』 10호

1927.12 波影, 기자 경쟁 일엽(一頁) 기사 「벌거숭이 남녀 사진」, 『별건곤』 10호

1927.12 見草, 전설 애화 「남겨 둔 흙 미인」, 『별건곤』 10호 *재수록

1928 方定煥, 무제목(「『쿠오레』 추천사」), 『쿠오레』(고장환, 박문서관)

1928.1 方定煥, 어린이 독본 「어린이의 노래」, 『어린이』 6권 1호
*「어린이 노래—불 켜는 이」 개작

1928.1 三山人, (소개) 「소년 감화원 이야기」, 『어린이』 6권 1호

1928.1 方定煥, 「천도교와 유소년 문제」, 『신인간』 3권 1호

1928.1 方定煥, 유희 「'명산 대천 일주 말판' 노는 법」, 『어린이』 6권 1호

1928.1.3 方定煥, 대중 훈련과 민족 보건 「제1 요건은 용기 고무」, 『조선일보』

1928.1.10 方定煥, 「오늘은 어떻게 지냈나」, 『매일신보』

1928.2 城西人, 풍자 해학 신유행 예상기 「감주와 막걸리」, 『별건곤』 11호

1928.2 雙S生, 풍자 해학 신유행 예상기 「신혼살림들의 공동 식당」, 『별건곤』 11호

1928.2 三山人, 풍자 해학 신유행 예상기 「여자 청년회 빙수점」, 『별건곤』 11호

1928.2 三山人, 풍자 해학 신유행 예상기 「여학교 다니곤 결혼을 못 하게 되어서」, 『별건곤』 11호

1928.2 波影, 변장 기자 야간 탐방기 「밤 세상·사랑 세상·죄악 세상」, 『별건곤』 11호

1928.2 波影, 변장 기자 야간 탐방기 「자정 후에 다니는 여학생들」, 『별건곤』 11호

1928.3 三山人, (우화) 「우리 뒤에 숨은 힘」, 『어린이』 6권 2호

1928.3 方定煥, 1인 1화(취미) 「선생님 말씀」, 『어린이』 6권 2호

1928.3~5·6 방정환, (취미) 「나의 어릴 때 이야기」, 『어린이』 6권 2~3호

1928.5 三神山人(三山人), 「천하 영약 고려 인삼」, 『별건곤』 12·13합호

1928.5·6 三山人, 「움 돋는 화분」, 『어린이』 6권 3호

1928.5.6 方定煥, 「일 년 중 제일 기쁜 날, '어린이날'을 당하여」, 『동아일보』

1928.5.8 方定煥, 「어린이날에」, 『조선일보』

1928.7 方定煥, 어린이 독본 「뛰어난 신의」, 『어린이』 6권 4호

1928.7 三山人, (소개) 「쾌활하면서 점잖게 커 가는 영국의 어린이 생활」, 『어린이』 6권 4호

1928.7 城西人, 「이발소 잡감」, 『별건곤』 14호

1928.7 波影, 「빙수」, 『별건곤』 14호

1928.7 波影, 「감사할 살림 여러 가지」, 『별건곤』 14호

1928.7 小波, 「구름의 비밀」, 『별건곤』 14호 *「뭉게구름의 비밀」의 재수록

1928.8 波影生, 암야 대탐사기 「미두 나라 인천의 밤 세상」, 『별건곤』 15호

1928.8 城西人, 「인류학적 미인고(考) 자연 미인 제조 비술」, 『별건곤』 15호

1928.9 方定煥, 어린이 독본 「시간값」, 『어린이』 6권 5호 *「이상한 책값」의 개작

1928.9 三山人, (지식) 「제비와 기러기」, 『어린이』 6권 5호 * 재수록

1928.10 方定煥, 어린이 독본 「세계 일가」, 『어린이』 6권 6호

1928.10 夢見草, 전람회 미담 「눈물의 작품」, 『어린이』 6권 6호

1928.10 方定煥, 인사 말씀(훈화) 「세계아동예술전람회를 열면서」, 『어린이』 6권 6호

1928.10.12 方定煥, 「보고와 감사」, 『동아일보』

1928.12 方定煥, 어린이 독본 「고아 형제」, 『어린이』 6권 7호

1928.12 編輯人, (권두) 「겨울과 연말」, 『어린이』 6권 7호

1928.12 三山人, 과학 「즘생도 말을 합니다」, 『어린이』 6권 7호

1928.12 方定煥, (훈화) 「겨울에 할 것」, 『어린이』 6권 7호

1928.12 方定煥, 「아동예술전람회의 성공」, 『신인간』 3권 11호

1928.12 方定煥 外, 「조혼에 관한 좌담회」, 『조선농민』 4권 9호

1929 方定煥, 「언론계로 본 경성」, 『경성편람』(백관수, 홍문사)

1929 方定煥, 「어린 동무들께」, 『세계명작동화보옥집』(연성흠, 이문당)

1929 方定煥, 「서문」, 『사랑의 학교』(이정호, 이문당)

1929.1 깔깔博士, (소화) 「뼈하고 가죽하고」, 『어린이』 7권 1호

1929.1 北極星, (탐정소설) 「소년 삼태성」, 『어린이』 7권 1호 ＊검열로 2호 원고 삭제, 미완

1929.1 方定煥, (선언) 「새해 두 말씀」, 『어린이』 7권 1호

1929.1 무기명, 「13도 고적 탐승 말판 노는 법」, 『어린이』 7권 1호

1929.1 方定煥, 소개 「지상(誌上) 연하장」, 『어린이』 7권 1호

1929.1 깔깔博士, (소개) 「지상 연하장」, 『어린이』 7권 1호

1929.1 方定煥, (실익) 「외딸은 선생님」, 『어린이』 7권 1호

1929.1 小波, 봉변!! 대봉변 내가 제일 욕먹던 일 「담뱃불 사건」, 『별건곤』 18호

1929.1 方定煥, 신춘 지상 남녀 대토론 「한 집에 고부 동거가 가(可)한가 부(否)한가」, 『별건곤』 18호

1929.1 方小波, 취미 있는 가정 강화 「답답한 어머니: 제1회 아기의 말」, 『별건곤』 18호

1929.1 双S生, 「대경성 광무곡」, 『별건곤』 18호

1929.1 雙S生, 소설 이상 영화 이상 진기 연애 전람회 「너무도 진귀한 연애」, 『별건곤』 18호

1929.1~2 夢見草, 소년사진소설 「금시계」, 『어린이』 7권 1~2호

1929.2 方定煥, 어린이 독본 「동정」, 『어린이』 7권 2호

1929.2 三山人, 소년 수공(수공) 「최신식 팽이 만드는 법」, 『어린이』 7권 2호

1929.2　一記者, (유희)「남의 나이 맞혀 내기」, 『어린이』 7권 2호 *추정

1929.2　三山人, 이과「재미있고 유익한 유희 몇 가지」, 『어린이』 7권 2호 *재수록

1929.3　깔깔博士, 재미있는 이야기(동화)「꼬부랑 할머니」, 『어린이』 7권 3호

1929.3　方定煥, 「각설이 떼식으로」, 『조선농민』 5권 2호

1929.3　方定煥, 「여섯 번째 돌날을 맞이하면서」, 『어린이』 7권 3호

1929.3　삼산인, 「우리의 음악 자랑」, 『어린이』 7권 3호

1929.3　三山人, 「조선의 특산 자랑」, 『어린이』 7권 3호 *「천하 영약 고려인삼」의 개작

1929.3　一記者, 수공 유희「재미있는 인형 만들기」, 『어린이』 7권 3호 *추정

1929.3　무기명, 「'자랑 말판' 노는 법 설명」, 『어린이』 7권 3호 *추정

1929.3　方定煥, 어린이 독본「모두 합해서」, 『어린이』 7권 3호 *검열로 삭제

1929.3　方定煥, 「『학생』 창간호를 내면서 남녀 학생에게 하고 싶은 말씀」, 『학생』 1권 1호

1929.3~4　雙S生, 풍자 기사「남녀 학교 소사 대화」, 『학생』 1권 1~2호

1929.4　方, 권두언「봄이다, 봄이다! 소리 높여 노래하라」, 『학생』 1권 2호

1929.4　方定煥, 나의 페이지「졸업한 이, 신입한 이와 또 재학 중인 남녀 학생들에게」, 『학생』 1권 2호

1929.4　方定煥, 취직 주선을 하여 본 경험담「취직 소개해 본 이야기」, 『별건곤』 20호

1929.5　一記者, 알아 둘 지식「어느 해 몇 해 전에 어떻게 되었나」, 『어린이』 7권 4호 *추정

1929.5　方定煥, 「조선의 학생 기질은 무엇인가」, 『학생』 1권 3호

1929.5　雙S生, 진담! 만화(漫話)!「여류 운동가 흑스타 전」, 『학생』 1권

3호 *「여류 운동가」 재수록

1929.5 方定煥, 「어린이날을 맞으며」, 『어린이』 7권 4호

*원고 불허가로 삭제

1929.5 方定煥, 어린이 독본 「(제목 미확인)」, 『어린이』 7권 4호

*원고 불허가로 삭제, 제목 미확인

1929.5 夢見草, 사진소설 「이엽초(二葉草)」, 『어린이』 7권 4호

*원고 불허가로 삭제

1929.5.3~14 方定煥, 「조선 소년운동의 역사적 고찰」, 『조선일보』

1929.5.5 方定煥, 「새 호주는 어린이—생명의 명절 어린이날에」, 『동아일보』

1929.6 方定煥, 어린이 독본 「적은 힘도 합치면!」, 『어린이』 7권 5호

1929.6 編輯人, (권두) 「여름과 『어린이』」, 『어린이』 7권 5호

1929.6 一記者, 「재미있고 유익한 유희 몇 가지」, 『어린이』 7권 5호 *추정

1929.7 方, 「권두언」, 『학생』 1권 4호

1929.7 方定煥, 나의 페이지 「지금부터 시작해야 할 남녀 학생의 방학 준비」, 『학생』 1권 4호

1929.7 小波, 「남학생, 여학생 방학 중의 두 가지 큰 일」, 『학생』 1권 4호

1929.7 SS生, 「노서아 학생들의 하휴 생활」, 『학생』 1권 4호

1929.7·8 方定煥, 어린이 독본 「싸움의 결과」, 『어린이』 7권 6호

1929.7·8~9 三山人, (취미) 「재미있고 서늘한 느티나무 신세 이야기」, 『어린이』 7권 6~7호

1929.7~10 雙S生, 중학교 만화(漫話) 「호랑이 똥과 콩나물」, 『학생』 1권 4~7호

1929.8 方小波, 「천하 명약 흑고양이」, 『조선농민』 5권 5호

1929.8 方, (권두언) 「제일의 기쁨」, 『학생』 1권 5호

1929.9 方定煥, 어린이 독본 「눈물의 모자값」, 『어린이』 7권 7호

1929.9~1930.12 北極星, 신탐정소설 「소년 사천왕」, 『어린이』 7권 7호~8권 10호

* 미완

1929.9　波影生,「빙수」,『별건곤』22호

1929.9　波影, 녹음 만화(漫話)「임자 찾는 백만 원」,『별건곤』22호

1929.9　雙S生, 사실 비화(秘話)「남자 모르는 처녀가 아기를 배어 자살하기까지」,『별건곤』22호

1929.10　方定煥, 어린이 독본「형제」(의좋은 형제),『어린이』7권 8호

1929.10　方,「권두언」,『학생』1권 7호

1929.10　三山人, 유희「재미있고 유익한 가을놀이 몇 가지」,『어린이』7권 8호 *「가을놀이 여러 가지」의 재수록

1929.10　方定煥,「늙은 잠자리」(정순철 곡),『어린이』7권 8호 * 재수록

1929.10　波影生,「스크린의 위안」,『별건곤』23호

1929.10　雙S生,「누구든지 당하는 쓰리 도적 비화」,『별건곤』23호

1929.11.18　方定煥, 담(談)「온 가족이 다 함께 동무가 되었으면」,『중외일보』

1929.12　北極星,「신사 도적」,『신소설』1호

1929.12　方定煥, 어린이 독본「일기」,『어린이』7권 9호

1929.12　三山人, 실익「연하장 쓰는 법」,『어린이』7권 9호

1929.12　三山人, 세계 3미인 정화(情話)「애급 여왕 클레오파트라 염사」,『별건곤』24호

1930.1　方, (권두)「소년 진군호를 내면서」,『어린이』8권 1호

1930.1　一記者, (상식)「세계적으로 유명한 위인들의 신분 조사」,『어린이』8권 1호 * 추정

1930.1　三山人, (지식)「말 이야기」,『어린이』8권 1호

1930.1　三山人,「만고명장으로 유명하고 철갑선 발명으로 유명한 이순신의 어릴 때 이야기」,『어린이』8권 1호

1930.1　무기명,「새해」,『학생』2권 1호 * 추정

1930.1　方定煥, 비중비화(秘中秘話)「꼭 한 가지」,『별건곤』25호

1930.1　方小波, 가정생활 개신(改新) 새해부터 실행하려는 것「작은 일

네 가지」, 『별건곤』 25호

1930.1.2 方定煥 외, 「소년운동」, 『조선일보』

* 박팔양 사회, 방정환·정홍교 좌담

1930.2 方定煥, 어린이 독본 「너절한 신사」, 『어린이』 8권 2호

1930.2 方小波, 1인 1화 「불친절인 친절」, 『어린이』 8권 2호

1930.2 編輯人, (권두) 「발명가의 고심」, 『어린이』 8권 2호

1930.2 方小波, 「남의 집 처녀에게」, 『별건곤』 26호

1930.2 方定煥, 「최의순 씨·김근실 씨」, 『별건곤』 26호

1930.2 三山人, (참고기사) 「자동차 황금시대」, 『별건곤』 26호

1930.3 小波, 「조선 제일 짧은 동화—촛불, 이상한 실, 꼬부랑 이야기」, 『어린이』 8권 3호 *「이상한 실」은 「길다란 혀」의 개작, 「꼬부랑 이야기」는 「꼬부랑 할머니」의 개작

1930.3 方, (권두) 「7주년 기념을 맞으면서」, 『어린이』 8권 3호

1930.3 三山人, 「조선 제일 학생 많은 곳」, 『어린이』 8권 3호

1930.3 무기명, 「권두언」, 『학생』 2권 3호 * 추정

1930.3 方定煥, 「진급 또 신입하는 학생들께」, 『학생』 2권 3호

1930.3 波影生, 진귀실화 「낙화? 유수?」, 『별건곤』 27호 *「너무도 진귀한 연애」의 개작

1930.3 方小波, 「미행당하던 이야기—도리어 신세도 입어」, 『별건곤』 27호

1930.3 方定煥, 「모를 것 두 가지」, 『별건곤』 27호

1930.3 方定煥, 감상기 「박희도 씨」, 『별건곤』 27호

1930.3~5 方定煥, 「아동 재판의 효과」, 『대조』 1~3호

1930.3.14 方定煥, 어린이 차지 「한데 합쳐서」, 『중외일보』

1930.3.16 方定煥, 어린이 차지 「한 자 앞서라」, 『중외일보』 * 재수록

1930.3.17 方定煥, 어린이 차지 「욕심쟁이」, 『중외일보』

1930.3.18 方定煥, 어린이 차지 「담뱃갑」, 『중외일보』

1930.3.19~20 方定煥, 동화 「형님과 아우」, 『중외일보』 * 「의 좋은 형제」의 개작

1930.4 三山人, 과학 「궁금 풀이」, 『어린이』 8권 4호

1930.4 깔깔博士, (만화) 「서양멍텅구리」, 『어린이세상』(『어린이』 1930년 4월호 부록) * 미발굴

1930.5 方定煥, (감상) 「『어린이』의 옛동무들을 맞이하면서」, 『어린이』 8권 5호

1930.5 무기명, 「식물 급 곤충채집법」, 『어린이』 8권 5호 * 추정

1930.5 方定煥, 「내가 본 나」, 『별건곤』 28호

1930.5.4 方定煥, 「어린이날을 당하여」, 『조선일보』

1930.5.4 方定煥, 「오늘이 우리의 새 명절 어린이날입니다」, 『중외일보』

1930.5.4 무기명, 「어린이날 노래」, 『중외일보』 * 재수록

1930.6 方定煥, 「내가 여학생이면」, 『학생』 2권 6호

1930.6 雲庭居士, 현대 투빈 비술, 가난뱅이의 생활 사전 「제일유효투빈술」, 『별건곤』 29호

1930.6~9 雙S, 해학·풍자·기발 「신부 후보자 전람회」, 『별건곤』 29~32호

1930.7 一記者, 필요한 상식 「윤달 이야기」, 『어린이』 8권 6호 * 추정

1930.7 編輯人, (인사) 「개벽사 창립 10주년 기념을 맞으며」, 『어린이』 8권 6호

1930.7 牧夫, 「어부와 해녀의 살림」, 『어린이』 8권 6호
* 추정. 『어린이』 영인본 낙장으로 뒷부분 미확인

1930.7 方定煥, 사실미담(事實美談) 「소년 용사」, 『어린이』 8권 6호

1930.7 무기명, 「권두어」, 『학생』 2권 7호 * 추정

1930.7 方定煥, 「아동 문제 강연 자료」, 『학생』 2권 7호

1930.7 方定煥, 「하기 농촌 강습회 조직법」, 『학생』 2권 7호

1930.7 三山人, 「바다의 파도 이야기」, 『어린이』 8권 6호
* 『어린이』 영인본 낙장으로 미확인

1930.7 方定煥, 문자로 그린 만화(漫畫) 「선전 시대?」, 『별건곤』 30호

1930.7	方定煥, 1인 1문「술·어린이」, 『별건곤』 30호
1930.7	方定煥, 「민중 조직의 급무」, 『농민』 1권 3호
1930.8	三山人, 「죽은 지 15개월 후에 관 속에서 기어 나온 사람」, 『별건곤』 31호
1930.9	方定煥, 「눈」(정순철 곡), 『어린이』 8권 7호
1930.9	牧夫, 취미「가을에 여는 과실 이야기」, 『어린이』 8권 7호 * 추정
1930.9	三山人, 가을 과학「기러기 이야기」, 『어린이』 8권 7호
1930.9	方, (권두언)「개학기의 성찰」, 『학생』 2권 8호
1930.9	方定煥, 「활기 있는 평양」, 『등대』 12호 * 잡지 낙장으로 뒷부분 미확인
1930.10	方定煥, 어린이 독본「동무의 정」, 『어린이』 8권 8호
1930.10	무기명, 실익「궁금 풀이」, 『어린이』 8권 8호 * 추정
1930.10	方小波, 「연단진화」, 『별건곤』 33호
1930.11	三山人, 일화「아무나 못 할 일」, 『어린이』 8권 9호
1930.11	무기명, (권두)「물새」, 『학생』 2권 10호 * 추정
1930.11	무기명, 「『학생』 폐간에 대하여」, 『학생』 2권 10호 * 추정
1930.11	方小波, 「A 여자와 B 여자」, 『별건곤』 34호
1930.12	方定煥, 어린이 독본「정직」, 『어린이』 8권 10호 * 재수록
1930.12	波影, 「안 할 수 없는 연애」, 『별건곤』 35호
1931.1	方定煥, 「해를 배우자」, 『어린이』 9권 1호
1931.1	方, 「권두언」, 『신여성』 5권 1호
1931.1	方定煥, 「공부한 여자와 공부 안 한 여자와의 차이」, 『신여성』 5권 1호
1931.1	方定煥 외, 「난센스 본위 무제목 좌담회 본사 사원끼리의 (1)」, 『별건곤』 36호
1931.1.3	方定煥, 담(談)「실질적으로」, 『매일신보』
1931.2	方定煥, 특별독물「부형께 들려드릴 이야기」, 『어린이』 9권 2호
1931.2	무기명, (권두)「불행을 이기라」, 『신여성』 5권 2호 * 추정

1931.2 方定煥, 처녀독본「처녀의 행복」, 『신여성』 5권 2호

1931.2.14 方定煥, 1인 1문「조선 사람의 새로운 공부」, 『조선일보』

1931.3 方定煥, 「애아명명록(愛兒命名錄)」, 『신여성』 5권 3호

1931.3 方定煥, 「살림살이 대검토 1」, 『신여성』 5권 3호

1931.3 方定煥, 「딸 있어도 학교에 안 보내겠소」, 『별건곤』 38호

1931.3 一記者, 「안창남 군은 참말 살아 있는가」, 『별건곤』 38호 *추정

1931.3 方定煥 외, 난센스 본위「난센스 본위 무제목 좌담회—본사 사원끼리의 (2)」, 『혜성』 1권 1호

1931.4 方定煥, 「정조와 그의 죽음」, 『신여성』 5권 4호

1931.4 方定煥, 「학교 다니는 자녀에게 용돈을 어떻게 주나」, 『혜성』 1권 2호

1931.4 方定煥, 「어린이 전문 약이 필요」, 『당성』 1호

1931.5 三山人, 대괴기 실화「처녀귀! 처녀귀!!」, 『별건곤』 40호

1931.6 三山人, 취미「금붕어 기르는 법」, 『어린이』 9권 5호

1931.6 三山人, 「영국의 국가」, 『어린이세상』 43호(『어린이』 1931년 6월호 부록)

1931.6 方定煥, 「살림살이 신(新)강의」, 『신여성』 5권 5호

1931.6 方定煥 外, 「학부형끼리의 여학생 문제 좌담회」, 『신여성』 5권 5호

1931.7 三山人, 「유술가 강낙원 씨의 세계적 권투가와 싸워 이긴 이야기」, 『별건곤』 41호

1931.7 方定煥, 「호방한 김찬」, 『혜성』 1권 4호

1931.7 삼산인, 「미래의 대해전」, 『어린이세상』 44호(『어린이』 1931년 7월호 부록) *미발굴

1931.7 方定煥, 「여름방학 중에 소년회에서 할 일 2, 3」, 『당성』 4호

1931.8 雙S生, 대경성 에로·그로·테러·추로 총출「테러가 낳은 두 쌍동」, 『별건곤』 42호

1931.8	방정환, 「고 방 선생 유고, '어린이독본' 중에서」, 『어린이』 9권 7호 *「너그러운 마음」의 재수록
1931.9	三山人, 「반짝반짝 빛나는 별나라 이야기」, 『어린이』 9권 8호
1931.9	무기명, 상화(想話) 「어린이 찬미」, 『신여성』 5권 8호 *재수록
1931.9	무기명, 상화(想話) 「추창만초」, 『신여성』 5권 8호 *재수록
1931.9	무기명, (미담) 「소년 용사」, 『신여성』 5권 8호 *재수록
1931.9	무기명, (자료) 「아동 문제 강연 자료」, 『신여성』 5권 8호 *재수록
1932.7	고 방정환, 「임자 찾는 백만 원」, 『별건곤』 53호 *재수록
1932.12	夢見草, 재미있는 한 페이지 이야기 「미련이 나라」, 『어린이』 10권 12호 *재수록
1932.12	夢中人, 재미있는 한 페이지 이야기 (동화) 「콜럼보의 알」, 『어린이』 10권 12호 *재수록
1933.5	方定煥, 동화 「귀먹은 집오리」, 『어린이』 11권 5호 *재수록
1933.5	三山人, 재미있는 이야기(명화) 「두꺼비 재판」, 『어린이』 11권 5호 *「무서운 두꺼비」의 재수록
1933.5	무기명, 「굉장한 약방문」, 『어린이』 11권 5호 *재수록
1934.3	三山人, 「이것도 전기」, 『별건곤』 71호 *편집부 개작
1935.3	깔깔博士, 우스운 이야기(소화) 「뼈하고 가죽하고」, 『어린이』 13권 1호 *재수록
1948.5	小波, 동요, 「여름비—고 소파 선생의 남긴 동요」, 『어린이』 123호 *재수록

_염희경 작성

| 간행위원 |

최원식(崔元植)	간행위원장, 인하대학교 명예교수, 전 한국작가회의 이사장
강정규(康廷珪)	아동문학가, 『시와 동화』 발행인
김경희(金敬姬)	전 유니세프 한국위원회 사무차장
김영미(金英美)	어린이책시민연대 서울 정책지원부장
김정의(金正義)	한양여자대학교 명예교수
김정인(金正仁)	춘천교육대학교 사회과교육과 교수
노원호(盧源浩)	(사)새싹회 명예이사장
도종환(都鐘煥)	시인, 전 문화체육관광부 장관
박소희(朴少姬)	(사)어린이와작은도서관협회 이사장
안경식(安京植)	부산대학교 교육학과 교수
여을환(呂乙煥)	(사)어린이도서연구회 전 이사장
이상경(李相卿)	(재)한국방정환재단 이사장
이상금(李相琴)	이화여자대학교 명예교수
이재연(李在然)	숙명여자대학교 명예교수
차웅렬(車雄烈)	청오차상찬선생기념사업회 고문
최영희(崔英姬)	(사)탁틴내일 이사장

| 편찬위원 |

원종찬(元鍾讚) 편찬위원장, 인하대학교 한국어문학과 교수. 계간 『창비어린이』 편집위원장, 한국아동청소년문학학회 회장, 한국작가회의 이사 역임. 『아동문학과 비평정신』 『동화와 어린이』 『한국 근대문학의 재조명』 『한국 아동문학의 쟁점』 『북한의 아동문학』 『한국 아동문학의 계보와 정전』, 『동아시아 아동문학사』(공저) 등을 냈고, 『권정생의 삶과 문학』 『현덕 전집』 등을 엮었다.

이기훈(李基勳) 연세대학교 사학과 교수, 국학연구원 부원장, 계간 『역사비평』 편집위원. 『청년아 청년아 우리 청년아』 『무한경쟁의 수레바퀴—1960~1970년대 학교와 학생』, 『방정환과 '어린이'의 시대』(공저), 『쟁점 한국사—근대편』(공저) 등을 냈다.

이윤미(李玧美) 홍익대학교 교육학과 교수, 한국교육철학회 운영이사, 『교육비평』 편집위원. 한국교육학회 이사, 한국교육사학회 회장 역임. 『*Modern education, textbooks, and the image of the nation: politics of modernization and nationalism in Korean education 1880-1910*』 『한국의 근대와 교육』 등을 냈다.

이재복(李在馥) 아동문학평론가, 출판놀이 대표. 비평서 『우리 동화 바로 읽기』

『판타지 동화 세계』『아이들은 이야기밥을 먹는다』, 그림책『엄마, 잘 갔다 와』『숲까말은 기죽지 않는다』 등을 냈다.

이주영(李柱映) 어린이문화연대 대표, 한국글쓰기교육연구회 이사. 계간『어린이문학』 발행인, (사)어린이도서연구회 이사장, 한국어린이문학협의회 회장, 한국도서관친구들 회장 역임.『이오덕, 아이들을 살려야 한다』『어린이 문화 운동사』『어린이 해방—그 날로 가는 첫걸음』, 동화『삐삐야 미안해』『아이코, 살았네!』, 시집『비나리시』, 그림책『비』 등을 냈다.

이지원(李智媛) 대림대학교 교수, 동북아역사재단 이사. (재)한국방정환재단 이사, 한국역사연구회 회장 역임.『세계 속의 한국의 역사와 문화』『한국 근대 문화사상사 연구』『미래세대의 동아시아 읽기』,『일제하 지식인의 파시즘체제인식과 대응』(공저),『식민지 근대의 뜨거운 만화경』(공저),『일제 강점 지배사의 재조명』(공저),『정체성의 경계를 넘어서』(공저),『한국사, 한 걸음 더』(공저) 등을 냈다.

정용서(鄭用書) 연세대학교 의과대학 동은의학박물관 학예연구실장.『식민지라는 물음』(공저),『일제하 '조선 역사·문화' 관련 기사 목록 1』(공저),『연희전문학교의 학문과 동아시아 대학』(공저),『방정환과 '어린이'의 시대』(공저) 등을 냈다.

조은숙(趙銀淑) 춘천교육대학교 국어교육과 교수, 계간『창비어린이』 기획위원, 한국아동청소년문학학회 부회장.『한국 아동문학의 형성』『대중서사장르의 모든 것 3: 추리물』(공저),『이원수와 한국 아동문학』(공저),『한국 아동청소년문학 장르론』(공저),『대중서사장르의 모든 것 5: 환상물』(공저) 등을 냈다.

염희경(廉喜瓊) 편찬위원회 간사, (재)한국방정환재단 연구부장, 인하대학교·춘천교육대학교 강사, 한국아동청소년문학학회 연구이사.『소파 방정환과 근대 아동문학』,『동화의 형성과 구조』(공저),『동아